KB033253

팔란티어

게임중독 살인사건

3

팔란티어

게임중독 살인사건

3

김민영 장편 스릴러 소설

황금가지

차례

제27장
벽

6월 10일 화요일

개통식은 오전 10시 삼진 그룹 본사 전산실과 회장실에서 동시에 거행되었다. 개통식이래 봤자 시스템의 스위치를 넣고 초기화와 몇 가지 구동 명령을 내려주는 것에 불과했지만 그 순간에 모든 팀원들이 모이는 것이 블레이드 러너 팀의 관행이었다. 여러 가지 사무적인 필요도 있었지만, 자신들이 만든 '피조물'을 처음 세상에 선보이는 설렘 때문에라도 이 형식적인 모임은 충분한 의미를 가졌다.

집에서부터 두 시간 가까이 차를 몰면서, 서울 시내 한복판에 사옥을 유지해야 위신이 선다고 믿고 있는 늙다리 기업가들을 쉬지 않고 욕해 대던 원철은 9시 40분에 가까스로 건물 입구를 통과하여 10시 5분 전에야 간신히 지하 2층에 있는 전산실을 찾을 수

7

있었다.

"오빠! 어서 와요. 오늘도 또 늦는 줄 알았지 뭐야."

먼저 원철을 발견한 은영이 팔짝팔짝 뛰면서 반가워했다. 원철은 건성으로 그녀의 인사를 받으며 수정을 찾아 방 안을 둘러보았다. 그러나 은영 외에는 성식이 형과 혁진이, 그리고 삼진의 직원 대여섯만이 시동 준비를 위해 바쁠 뿐, 수정의 모습은 그 어디에도 보이지 않았다.

"수정인 안 왔어?"

"회장실에."

원철의 물음에 성식이 자판을 두드리며 대답했다.

"거긴 왜?"

원철이 다시 묻자 옆에서 혁진이가 팔짱을 끼고 선 채 말했다.

"높으신 분들께서 여기로 내려오시기가 힘드시대. 그래서 위에도 패럴렐 시스템 하나 차려놓았어."

"패럴렐이면 그냥 보기만 하면 되잖아?"

원철이 고개를 갸우뚱거리자 은영이가 깔깔거리며 말했다.

"그게 그렇게 간단치가 않아. 켜질 못하겠대. 언니가 스위치 올려주러 갔어."

그때 전산실 문이 열리며 강 과장과 경민이 몇몇 나이든 임원들과 함께 들어왔다.

"이 대리, 오늘은 늦지 않았네."

강 과장의 일침을 미소로 넘기자 이번엔 경민이 물어왔다.

"형, 다른 문제는 없겠지?"

버그가 걱정되어서 하는 소리였다. 하긴 녀석에겐 이번이 첫 일감인 셈이니 신경이 쓰이는 것은 당연할 것이다. 그러나 원철에게는 버그 운운할 필요가 없다는 것이 블레이드 팀의 상식이다. 아니, 그것은 지금까지 노 버그의 기록을 자랑하는 원철의 자존심에 대한 모욕인 것이다.

"경민아, 좀 느긋하게 있으라니까. 혁진이 형처럼 좀 의젓해 봐라."

원철이 뭐라 하기 전에 은영이 먼저 핀잔을 주었다.

"난 의젓한 게 아니라 똥마려운 거 참고 있는 거야."

혁진이 조금도 움직이지 않고 그렇게 말하는 바람에, 걷잡을 수 없는 웃음이 전산실 안에 번져나갔다.

"자, 그럼 시작할까요?"

성식이 큰소리로 말하자 파워를 담당한 직원들이 고개를 끄덕이며 스위치를 올렸다. 그러자 성식은 앞에 놓인 모니터를 들여다보며 복잡한 명령어들을 쳐넣기 시작했다. 아마도 메인프레임의 시스템 구동을 위한 기계어 명령들일 것이다.

5초 정도가 지나자 성식의 모니터에 복잡한 도면이 나타났다.

"부산 시스템, 아직 파워가 안 들어갔어요."

모니터를 들여다보던 성식이 말하자 직원 한 사람이 전화에 대고 뭐라고 말했고, 곧바로 도면의 빈 자리에 노란색 직사각형이 그려졌다.

"자, 그럼 모두 연결을 시킨 다음에……, 서울, 대전, 대구, 부산, 찍고……."

성식이 옛날 뽕짝을 흥얼거리는 바람에 다시 사람들이 쿡쿡댔다.

"자, 모두 연결이 끝났어."

성식이 자리에서 일어나자 이번엔 혁진이 그 자리에 앉았다. 그러더니 의심스런 눈초리로 사방을 둘러보고는 등과 어깨로 자판을 가린 채 뭔가를 잔뜩 쳐넣었다. 아마도 보안 시스템을 가동시키기 위한 초기 암호일 것이다. 만약에 앞으로 무슨 이유에서든지 이 시스템의 보안을 완전히 해제하고 싶다면 혁진에게 직접 암호를 묻는 수밖에 없었다. 일단 암호를 가르쳐주고 나면 일이 생길 때마다 운영자들이 수시로 직접 보안을 해제하게 마련이다. 그 때문에 엄청난 피해를 입은 경험이 적지 않은 혁진은 차라리 새벽에 불려나가는 한이 있더라도 이 방법을 고집했다. 물론 그의 디자인은 웬만한 문제라면 보안 해제까지 가지 않더라도 해결할 수 있게 되어 있었으므로 혁진에게까지 연락이 오는 경우는 그렇게 많지 않았다.

혁진이 일어나자 성식이 다시 자리에 앉아 키보드를 잡았다. 드디어 진짜 시스템 가동이 시작되는 것이다. 모두의 눈이 전산실 정면에 달린 90인치 대형 스크린으로 모였다.

우우우웅!

이어서 삼진의 회사 엠블럼과 태극 문양이 각각의 문짝에 그려진 솟을대문이 스크린에 나타났다. 문이 열리자 황톳빛 길이 천하대장군과 여장군을 지나 너른 광장까지 이어졌고, 다시 공지 사항을 알리는 방문이 붙어 있는 광장 중앙으로부터 사방으로 뻗어나가고 있었다.

멀리 저녁 노을이 보이는 것까지, 시인이 그렸던 술 익는 마을의 모습이 생기 있게 그려지고 있었다.

"대단하군. 저런 고풍스런 마을을 어디서 찾아낸 건가?"

삼진의 임원 중 한 사람이 묻자 경민이 대답했다.

"저건 디자인한 거예요. 실제로 찍은 사진이면 저렇게 3차원 영상이 불가능하죠."

실제로 마을의 영상은 3차원이었고 마을의 구조는 인트라넷 시스템의 구조를 상징하도록 디자인되어 있었다.

"자, 여기가 아까 물어보시던 영업 부서입니다."

성식은 마우스를 잡고 시장 쪽으로 화면을 움직여간 후 말했다. 옛 장터의 모습을 한 시장에는 옷가게, 술집, 국밥집 등등이 늘어서 있었는데, 화면은 옷가게 앞에서 멈추었다.

"여기가 의류 사업부죠."

마우스를 클릭하자 옷가지가 주렁주렁 걸려 있는 가게 안의 모습을 배경으로 인사, 재무, 기획 등등의 메뉴가 떠올랐다.

"자, 인사를 치면……."

성식이 메뉴를 클릭하자 갑자기 복잡한 도표가 화면에 나타났다.

"의류 사업부에 소속된 모든 직원을 한눈으로 알 수 있죠. 그리고 맨 위의 사장님은……."

도표의 한 사각형을 클릭하자 옆에 작은 창이 열리며 사진과 함께 인물의 프로필이 나타났다.

원철은 이내 그 사진이 경민의 옆에 서 있던 사람이라는 것을 알 수 있었다.

"어이구, 김 사장님 연봉이 꽤 되시네요."

성식이 말하자 경민 주위에 서 있던 사람들이 허허허 웃었다.

"이렇게 간단하게 삼진 전직원의 모든 정보가 검색이 되지요. 연봉은 물론 경력, 학력, 출신, 고향, 가족까지 데이터 베이스에 들어 있는 것이라면 모두 볼 수 있어요."

"저거야 인사 카드에 다 나와 있는 것들 아닌가?"

50대 중반인 김 사장이 별것 아니잖냐는 투로 물었다.

원철은 한숨을 쉬었다. 저런 식으로 나오는 사람들이 어디나 한 둘은 있다.

혁진이 못마땅한 표정으로 한 마디 해주려고 나서는데, 강 과장이 먼저 선수를 쳤다.

"하지만 전 직원의 인사 카드를 항상 책상 머리에 놓고 일을 할 수는 없잖아요? 그렇다고 일이 있을 때마다 일일이 찾아볼 수도 없는 일이고."

"그거야 그렇지만……."

"인트라넷이라고 뭐 별다른 게 아녜요. 그냥 있는 정보를 좀더 효과적으로 이용할 수 있게 해주는 것뿐이죠. 하지만 그게 얼마나 큰 차이를 가져오는지는 사용해 봐야 느낄 수 있을 거예요."

어떤 상황에서도 강 과장은 비즈니스 우먼다운 평정을 잃지 않았다. 그것은 컴퓨터 전문가인 팀원들 중 어느 누구도 그녀를 대신할 수 없는 점이었다.

김 사장이 건성으로 고개를 끄덕이자 성식이 말했다.

"사원들의 아이디에는 보안 레벨에 따라 각각 볼 수 있는 범위가 정해져 있죠. 사장님의 개인 정보를 부하들이 마구 볼 수는 없을 테니 걱정하진 마세요. 지금은 회장님이 쓰는 최고 경영자 레벨로 들어갔기 때문에 모든 부서의 상황을 다 볼 수 있습니다만……, 어이구, 이 레벨에서는 버튼 하나로 사장님을 해고시킬 수도 있네요?"

"조, 조심해."

마우스 커서가 김 사장의 사진 옆에 붙은 붉은색 해고 버튼 주위를 맴돌자, 김 사장이 당황하여 말을 더듬으며 소리쳤다.

원철은 성식의 장난에 속으로 미소를 지었다. 김 사장도 지금쯤은 의사 결정이 얼마나 간단해졌는지 실감하고 있을 것이다. 모든 것이 빠르고 간단하고 객관적이 된다. 승진도 해고도 단지 화면의 단추를 클릭하는 것에 불과해지는 것이다. 그만큼 안면이니 학연, 지연 따위가 끼어들 소지가 줄어들고 객관적인 결정을 내릴 수 있다. 게다가 부서간의 협조니 결재 등등 지금까지 시간을 잡아먹던 과정들이 빛의 속도로 이루어지는 것이다. 물론 저 김 사장에게는, 정보란 그것을 가지고 있다는 사실보다 어떻게 활용하느냐의 문제가 더 중요하다는 것을 깨닫는 일이 쉽지는 않을 것이다. 아마도 대부분의 나이든 간부들에게 그건 마찬가지일 테고. 어쩌면 영원히 깨닫지 못하는 사람들도 있겠지.

성식은 슬쩍 미소를 지으며 로그 오프한 다음 자리에서 일어났다. 그는 품에서 디스크를 꺼내 담당 책임자에게 넘겨주며 말했다.

"운영자 매뉴얼입니다. 온라인이 잘되어 있으니 거의 쓸 일은 없겠지만 하드웨어적인 문제가 발생할 경우엔 일차적으로 참조를 하세요. 이걸로 해결이 안 되면 연락주시고."

"그럼 다 된 거요?"

김 사장이 묻자 성식이 고개를 끄덕였다.

"자, 그럼 경민 군, 그 동안 수고가 많았어."

김 사장이 경민에게 악수를 청하며 말했다. 일이야 나머지 사람들이 다 했어도 의뢰인들은 항상 아타셰에게만 인사를 한다.

"아이, 기분 나빠!"

그때 전산실 문을 열어젖히며 수정이 들어왔다.

"왜 그래, 또?"

"글쎄, 그 자식이……"

성식이 묻자, 수정은 뭐라고 말을 하려다 말고 삼진 사람들을 의식한 듯 입을 다물었다.

"자, 그럼 우리가 여기서 할 일은 다 끝났으니 이만 인사를 드리죠."

강 과장이 하염없이 악수를 하고 있는 경민의 팔꿈치를 툭툭 치며 말했다.

삼진 빌딩을 나온 강 과장은 바로 옆에 있는 커피 전문점으로 블레이드 러너들을 끌고 들어갔다.

모두 자리에 앉자 강 과장이 말했다.

"자, 또 한번 성공적인 가동을 마친 것을 먼저 축하합니다. 여러분들은 정말 우리 나라, 아니 세계 최고예요."

의뢰자 측의 요구 사항도 많았고 기간도 짧았던 것을 생각하면 빈말만은 아닌 칭찬이었다. 강 과장은 안경을 고쳐쓰며 전자 수첩을 열었다.

"고생들 한 만큼 수입도 괜찮은 프로젝트였어요. 세금과 제반 비용을 제하면 순이익이 1억 2457만 5820원이군요."

블레이드 러너들은 서로를 마주보며 미소를 지었다. 순이익이 1억이 넘는 대박 프로젝트는 1년에 서너 번뿐이다.

"각자 분배 퍼센티지는 알고 있겠죠? 그건 변하지 않았으니까, 계산들은 직접 하세요. 입금은 목요일 오후 2시에 할 겁니다."

원철의 몫은 18퍼센트이니 2200만 원이 조금 넘는다.

현재 진행중인 넥서스 프로젝트에 대한 짧은 회의 후 강 과장이 자리를 뜨자, 커피숍은 그대로 블레이드 러너 팀의 뒤풀이 장소가 되었다.

"아까 왜 그런 거야?"

성식이 다시 묻자 수정이 인상을 쓰며 말했다.

"그 회장이란 자식 말야. 환갑도 한참은 지나보이는 인간이 날 보고 모레쯤 저녁이나 같이하자고 하더라고. 기분 나빠서, 정말"

"그게 뭐 기분 나쁠 일이야? 그건 누나가 아직 매력 있다는 증거잖아?"

혁진의 말에 수정은 더욱 얼굴을 찡그렸다.

"그러니까 하는 말이야. 이젠 그 매력이 환갑 지난 늙은이나 동할 정도로 슬슬 맛이 가고 있다는 얘기잖아."

"걱정 마라. 아직 그 정도는 아니다."

성식이 미소를 지으며 말하자 수정이 쏘아붙였다.

"아이 참! 지금 오빠 같은 노인네들 눈에 그렇게 보이기 시작하는 게 문제라니까!"

원철은 저도 모르게 피식 웃으며 안도의 숨을 내쉬었다. 저런 농지거리를 해대는 것으로 보아 수정은 토요일 저녁의 일은 완전히 잊고 정상으로 돌아온 듯했다.

'그래. 원래 진지한 걸 싫어하는 애니까, 그 순간 벌컥하고 지나갔을 거야.'

은영이 말했다.

"성식 오빠, 그나저나 우리 그 여행은 언제 가? 이번 삼진 건만 끝나면 다같이 동남아 어쩌고 하던 소린 어떻게 된 거야?"

"바보, 이미 넥서스 건 시작했잖아. 보나마나 물 건너간 거 뻔한데 왜 자꾸 물어? 마음만 아프게."

언제나 은영과 아웅거리는 혁진이 툴툴대자 성식이 두 손으로 테이블을 짚으며 말했다.

"아니야. 이젠 정말 휴식이 좀 필요해. 안 그래도 강 과장이 벌써 넥서스 다음 고객을 물색하고 있던데, 오늘 당장 연락을 해서 말려야겠어. 우리가 무슨 기계야? 우리도 좀 쉬어야 일을 하지. 돈도 좋지만 너무 이렇게 몰아치다 사고라도 나지 않을까 걱정이야."

"사고요?"

경민이 눈을 동그랗게 뜨며 묻자 은영이 말했다.

"만약 우리가 만들어준 시스템에 문제가 생겨서 전산화된 데이터들이 몽땅 날아가는 걸 상상해 봐. 그 피해 보상액이 얼마나 될 것 같아?"

"암, 암. 우리가 괜히 돈을 많이 받는 게 아니지. 다 그만한 책임을 져야 하기 때문이라고."

혁진도 나름대로 심각한 표정을 지으며 말했다.

"참, 혁진이 너 이번엔 초기 암호 뭐로 썼니?"

수정이 묻자 혁진이 빙그레 미소를 지었다. 혁진은 초기 보안 암호로 4, 50자 정도의 문자열을 사용한다. 문제는 각 시스템마다 똑같은 암호를 쓸 수도 없고, 또 아무렇게나 집어넣자니 자신이 나중에 일일이 기억을 하지 못한다는 것이다. 그래서 혁진은 그 해결 방법으로 이미 잘 알려진 문장들을 암호로 사용하고 있었다.

주로 끌어다 대는 것은 이조 후기의 유명 시조들이었는데, 외기가 쉽고 또 고문과 달리 컴퓨터상에서의 한글 표기도 쉽다는 게 그 이유였다.

"아, 이번 건 정말로 모를 거야. 아무도 알 수 없는 글이야. 알아맞추면 내가 점심을 사지."

혁진의 자신감 넘치는 제안에 은영과 경민이 경쟁적으로 글 제목을 부르기 시작했다.

"독립 선언문이다! 이제 조선 시대 것은 거의 다 써먹었잖아."

"아냐."

"그럼 님의 침묵요?"

"아니."

"김소월의 진달래?"

"아니!"

5분 가량 이어지던 퀴즈 게임은 은영과 경민이 두 손을 들면서 끝이 났다.

"도대체 이번엔 뭐야?"

은영이 포기하며 묻자 혁진은 씨익 웃음을 짓더니 나직이 읊조렸다.

"우리는 민족 중흥의 역사적 사명을 띠고 이 땅에 태어났다……."

"국민 교육 헌장?"

은영과 수정이 황당해하며 동시에 물었다.

"야, 그건 벌써 옛날에 폐기된 거잖아."

원철도 너무 엉뚱한 혁진의 선택에 기가 막혀 말했다.

"그럼요. 하지만 이거야말로 암호로 아주 적격이지 않아요? 절대로 까먹지 않을 만큼 머릿속에 각인되어 있지만 그걸 기억하고 있다는 사실조차 망각한 문장."

"딴은 그렇다만, 너 그렇게 암호를 막 떠벌리고 다녀도 되는 거야?"

성식이 걱정스런 표정으로 묻자 혁진이 자신 있는 얼굴로 말했다.

"에이, 형은 내가 그 글 그대로를 암호로 썼으리라고 생각해요? 물론 역시 누구도 상상할 수 없는 변형을 첨가했으니 걱정 놓으세요. 자, 그럼 은영이 네가 점심을 사는 거지?"

혁진이 은영을 돌아보자 그녀는 깜짝 놀라며 항변했다.

"내가? 내가 왜?"

"만약에 누구라도 답을 맞혔다면, 나한테 점심 사내라고 제일 크게 떠들었을 사람은 너잖아."

"으으, 웬수! 좋아. 내가 산다 사. 하지만 이번엔 개고기는 절대 안 돼."

배가 터져라 찜닭을 먹고 난 블레이드 러너들은 넥서스 프로젝트에 대해 잠시 이야기를 나눈 뒤 헤어졌다. 원철은 아무리 수정의 기분이 풀어졌다고는 해도 미안하다는 말은 해야겠다고 생각하며 지하철 역으로 내려가고 있는 그녀를 불러세웠다.

"수정아."

"왜?"

걸음을 멈추고 돌아보기는 했지만 상당히 곱지 않은 말투의 대답이 날아왔다. 아마도 원철이 기대한 만큼 완전히 풀어지지는 않은 모양이었다.

"저기, 토요일의 일 말인데. 정말 미안하다. 내 의도는 그게 아니었어."

"흥. 구차하게 변명할 필요는 없어."

"이건 변명이 아니야. 실은 내가 욱이한테……."

"관둬. 그년은 누구야?"

"엉?"

원철은 수정의 험한 말투에 순간 당황했다.

"아니, 그 여자는, 저기, 그러니까 나랑은 아무 상관이 없는……."

"아무 상관이 없는 여자가 왜 토요일 저녁에 거기서 밥을 먹고 있어?"

"그, 그건 말이야……."

"야, 이원철. 넌 나 불러서 저녁 한 끼나 먹여준 적 있어? 그 여자가 너랑 아무 상관이 없는 년이면, 난 더 상관이 없는 년이란 말이야?"

"수정아, 진정해."

흘끔거리는 행인들의 눈을 의식하며 원철이 속삭이자, 수정은 그를 계단 벽으로 몰아붙인 후 역시 목소리를 죽이며 말했다.

"나한테 장난을 거는 거라면 애교로 받아줄 수 있어. 하지만 그 고릴라 녀석과 짜고 날 가지고 놀겠다면, 얘기가 달라. 난 너희들

노리개는 아니야."

"누가 그, 그렇대?"

"잘 들어, 이원철!"

수정의 눈에서 파란 불꽃이 튀었다.

"난 네가 날 어떻게 생각하든 상관 안해. 그건 내 관심거리조차
안 돼. 하지만 어떻게 사내 자식이 나 샤워하는 동안 줄행랑을
쳐? 어떻게 그런 일이 우연히 일어나? 넌 그런 식으로 남의 자존
심을 조롱하는 게 재미있다고 생각해?"

"수, 수정아……."

원철이 할말을 찾지 못해 어물거리자 수정의 입가에 냉랭한 미
소가 떠올랐다.

"나, 지금까진 심심풀이로 너랑 장난이나 좀 쳐보려는 거였지
만, 이젠 달라. 이젠 널 내 식대로 길들여 놓아야 직성이 풀리겠
어. 그래야 너희들이 찢어놓은 내 자존심이 조금이나마 아물 테니
까."

원철은 태어나서 처음으로 여자의 미소도 공포스러울 수 있다
는 것을 느꼈다.

"……."

원철이 여전히 아무 말도 못하고 있자, 수정은 독기 어린 눈을
잠시 부라리더니 몸을 돌려 계단을 내려갔다.

계단 아래에 다다른 그녀는 갑자기 돌아서더니 원철에게 말
했다.

"너, 이번엔 정말로 날 화나게 했어. 두고 봐."

원철은 수정의 모습이 사라진 지 한참 후에야 후들거리는 다리

를 진정시킬 수 있었다. 겨우 핸드폰을 꺼내든 원철은 조금의 머
뭇거림도 없이 욱의 집 전화 번호를 눌렀다.

열 번 정도 신호가 울려도 받는 사람이 없자 원철은 다시 녀석
의 핸드폰으로 전화를 걸었다. 서너 번 신호가 간 후, 방금 잠에서
깬 듯한 졸린 목소리가 귓전을 긁었다. 아마 어느 구석에 숨어서
낮잠을 자고 있다가 받은 듯했다.

"어우우……, 여보세요."

"야, 이 자식아! 너 도대체 뭐하는 놈이야?"

원철이 고래고래 소리를 지르자 욱은 마치 뭔 일이 있었냐는 투
로 물었다.

"원철이구나. 인마, 왜 소리는 지르고 그래?"

"뭐? 몰라서 물어? 너 토요일날 도대체 어떻게 된 거야?"

"엉? 토요일? 그날은……, 아, 그래. 너야말로 어떻게 된 거
야? 만나자고 하고서 막상 나타나지 않는 녀석은 너잖아."

원철은 말문이 막혔다. 사실 녀석의 말이 틀린 것은 아니다. 욱
도 수정도 모두 자신을 만나러 그곳으로 간 것이고, 둘 사이에 뭔
일이 이루어지길 바란 것은 자신의 기대였을 뿐이다. 그러니 욱에
게 수정을 어떻게 해줘야 할 의무가 있던 것은 아니다.

"야, 그래도 너 수정이가 샤워하는 동안 사라졌다면서?"

"응? 아, 그랬지."

"'아, 그랬지'라고? 너 인마, 그럼 같이 방까지 잡고서 그런 거
잖아!"

"그래."

"그래놓고 여자애 샤워하는 동안 도망을 쳐? 네가 내 입장을

조금이라도 생각한다면 수정이한테 그럴 수 있어? 지금 내가 얼마나 난처해졌는지 알기나 해?"

"흠……, 거기까지는 생각을 못했는걸."

원철은 화를 참지 못하고 손바닥으로 지하철 계단 벽을 힘껏 내리쳤다.

개자식! 생각을 못한 게 아니라 안 한 것이다. 김혜란 박사 문제도 그렇고 이번 수정의 일도 그랬다. 이 녀석은 절대로 남의 입장에서 생각해 볼 줄을 모른다.

"인마! 그래도 그런 일이 있었으면, 나한테 연락이라도 해줘야 될 것 아냐! 내가 지금 어떤 꼴을 당하고 있는지 알아?"

"아, 미안. 곧 연락하려고 그랬어."

"너 그러면 우리 연락하기로 한 곳은 봤어?"

"아! 그거! 맞아. 그러고 보니 그것도 까먹고 있었군 그래."

원철은 기가 막혀 '허' 하고 숨을 내뱉었다. 이 일에 제 목숨이 달렸네 어쩌네 하면서 도와달라고 매달리던 때는 언제고, 이제는 아예 관심도 없다는 듯한 태도였다.

"야, 원철아. 저기 지금 좀 바쁘거든. 내가 나중에 연락을 할게."

원철이 말이 없자 욱은 일방적으로 그렇게 말하고는 전화를 끊어버렸다.

금붕어처럼 입을 뻐끔거리던 원철은 한참만에야 속을 진정시킬 수 있었다.

"야, 이 개자식아!"

더 이상 참지 못하고 애꿎은 핸드폰에 대고 소리를 지르자, 지하철 계단을 오르내리던 사람들이 흘끔거리며 지나갔다.

'제기랄, 지금 아쉬운 게 누군데!'

원철은 고개를 절레절레 흔들며 이를 갈았다.

"그래, 이 자식아. 누가 더 아쉬운가 보자!"

담배를 꺼내 불을 붙인 원철은 낮게 투덜거리며 주차장을 향해 걸음을 옮겼다.

오후 내내 씩씩거리던 원철은 결국 욱에 대한 화를 삭이는 데 실패한 채로 혜란의 방문을 받았다. 그녀는 직장에서 오는 길인지 흰 블라우스에 감색 스커트 차림이었고, 한 손엔 커다란 가방을 들고 있었다. 반갑게 인사를 하며 현관에 들어서던 그녀는 험상궂게 일그러진 원철의 표정을 보고는 조심스레 물었다.

"제가……, 좋지 않은 때 왔나요?"

"아니, 아닙니다. 들어오세요."

원철이 억지로 얼굴을 펴며 말했으나 혜란은 그래도 흘끔흘끔 원철의 눈치를 보며 소파에 앉았다.

"불편하시면 다른 때 다시 와도 되는데……."

"괜찮아요. 여기까지 한 시간 이상 걸리셨을 거 아닙니까. 그냥 돌아가시라곤 못하죠. 기왕 할 거, 빨리 하고 끝냅시다."

원철은 성큼성큼 침실로 들어가 일요일날 풀었던 문제집을 가지고 나왔다.

"자, 숙제는 여기 있습니다."

혜란은 원철이 건성으로 내미는 인쇄물을 받아 옆에 놓고는 맞은편 소파를 가리켰다.

"일단 앉으세요."

원철이 자리에 앉자 혜란은 살짝 미소를 지으며 다시 말했다.

"편안히 계세요. 여긴 원철 씨 집이잖아요. 마음을 가라앉히시라고요."

"그게 그렇게 간단히 됩니까?"

원철이 이마를 살짝 찌푸리며 말했다.

"도대체 뭐가 그렇게 원철 씨를 괴롭히나요?"

"뭐긴 뭐겠어요. 그 곰탱이 같은 제 친구 녀석이죠."

"장 형사님이오?"

혜란이 의외란 듯이 물었다. 원철이 고개를 끄덕이자 혜란이 다시 물었다.

"혹시 원철 씨께 상의도 안 하고 절 보낸 것에 대해서 아직 화가 나 있는 건가요?"

원철은 화풀이로 고개를 끄덕이려다 마음을 고쳐먹고 말했다.

"그건 화낼 일이 아니에요. 사실 지금 김 박사님께 계속 협조를 하고 있는 이유는 박사님이 하루라도 빨리 그 녀석의 억지 이론이 틀렸다는 걸 증명해 주셨으면 해섭니다. 박사님이 확실히 아니란 말을 하기 전에는 절대로 물러설 녀석이 아니거든요."

"그러면 뭐가……?"

"관두죠, 뭐. 박사님한테 얘기한다고 달라지는 게 있는 것도 아니고."

"아니. 이야길 해보세요. 또 알아요? 기분이 좀 나아질지도."

혜란의 권유에 원철은 잠시 머뭇거리다 말했다.

"실은 욱이 녀석이랑은 벌써 10년 넘게 알고 지내는 사이에요.

24

워낙 막역하다 보니 서로 스스럼없이 지내는 게 좋긴 한데, 녀석은 가끔씩 도가 지나쳐요. 저한테 말 한 마디 없이 박사님을 보낸 건 양반 축에 속하는 겁니다."

"후후, 무슨 말인지 알겠어요. 너무 친한 사이다 보면 가끔씩 그런 사이에서도 지켜야 할 것들이 있다는 걸 잊는 경우가 있죠."

"단순히 그런 문제가 아니에요. 그 자식은……."

원철은 자신의 입이 서서히 거칠어지는 것을 깨닫고 말을 고쳤다.

"그 녀석은 다른 사람과 좀 달라요. 뭔가 목표를 정하고 나면, 그 다음은 수단과 방법을 가리지 않고 그걸 달성하고 말아요. 그 수단과 방법을 가리지 않는다는 부분이 문제예요. 수사를 하면서도 불법적인 방법을 많이 동원하죠. 우리 나라니까 통하지, 미국 같았으면 그 녀석이 잡아들인 범인들은 모두 무죄 판결을 받았을 거예요."

"재밌군요. 장 형사님보다도, 그런 걸 다 알면서 10년이 넘게 친구로 남아 있는 원철 씨가요."

"그거야……, 불법적인 방법이라곤 하지만 세상엔 그러지 않고는 잡을 수 없는 놈들이 많이 있잖아요. 상대가 불법적으로 대항을 해오니 자신도 당연히 그럴 수밖에 없다는 식의 논리겠죠. 제가 아직 녀석의 친구인 이유는, 그래도 속까지 썩은 그런 녀석은 아니기 때문이에요. 최소한 제 입맛에 맞는 진실만을 뚝딱뚝딱 만들어내는 그런 놈은 아니란 말이죠. 그 녀석에게 '진실'이란 무지 중요한 것이거든요. 거기까지 가는 방법이 제 맘대로라 그렇지."

"그렇게 변호까지 해주시면서 왜 화가 나신 거죠?"

"변호를 해주는 게 아니라, 욱이 녀석이 어떤 식으로 살든지 지금까지는 나와 큰 상관이 없었기에 하는 말이죠. 우리 관계는 지금까지 친한 고등학교 동창이란 것에서 크게 벗어나본 적이 없었으니까요. 그냥 가끔씩 만나 술이나 한잔씩 하고 사는 얘기나 좀 하고, 뭐 그런 사이 있잖아요. 그런데 이번에 이 일이 불거지면서 모든 게 달라졌어요. 막상 그 자식 일하는 방식에 말려들고 보니 아주 기분이 나빠요. 자기 하는 일 외에는 다른 사람 생각을 전혀 안 해 줘요."

그러자 혜란은 다리를 꼬며 고개를 갸웃거렸다.

"'안' 하는 게 아니라 '못' 하는 게 아닐까요?"

"못한다뇨. 사람인데 어떻게 그런 걸 못할 수가 있나요? 그 자식은 그러기가 귀찮은 거예요."

"글쎄요. 사실 전 장 형사님이 지금 원철 씨가 못마땅해하는 그 이론을 들고 찾아왔을 때 정말 깜짝 놀랐어요. 다른 건 몰라도 심리학에는 문외한인 장 형사님이 제 논문을 이해하는 게 절대로 쉬운 일이 아니거든요. 원철 씨가 말한 대로 자기 목표를 향해 수단과 방법을 가리지 않고 집요하게 파고들 수 있는 집중력과 추진력 없이는 불가능한 일이죠."

"그래서요?"

"그런 사람들 중에는 자기 목적 외에는 정말로 다른 것을 보지 못하는 사람들이 많아요. 나쁘게 말하면 근시안적인 좀생원이지만 그들 중 일부는 천재라고 불리기도 하죠."

"하! 천재요? 아하!"

원철은 하도 기가 막혀 자기도 모르게 짧은 웃음을 터뜨렸다. 그 둔해 빠진 욱이 녀석이 천재? 잘못 봐도 유분수지, 어떻게 그 유명한 '석짱'을 천재라고 부를 수 있단 말인가!

"아니, 왜 웃으시죠?"

"박사님이 잘못 봐도 한참을 잘못 보셨어요. 그 인간은 범재와 둔재 사이에서 왔다갔다하는 녀석이에요. 그 녀석이 대학에 붙었다고 했을 때 우리 학교 학생들은 물론, 그 녀석 밥줄이던 옆 학교 학생들까지도 믿지 않았다고요."

"그럼 원철 씬 대학에 가는 게 천재의 필요 조건이라고 생각하세요?"

"네?"

허를 씨르고 들어온 혜란의 실문에 원철은 말문이 막혔다.

혜란이 다시 물었다.

"모차르트가 지금 시대에 살았다면 음대에 갈 성적이 나왔을 거라고 생각하세요? 아니, 대학은커녕 고등학교라도 제대로 졸업을 할 수 있었을까요?"

"……."

"천재란 아인슈타인처럼 물리나 수학 같은 분야에만 한정해서 생각할 것이 아니에요. 어느 한 부분에서 다른 사람에 비해 특출난 재능을 가지면 그게 바로 천재인 거죠. 미술, 음악, 사업, 투자, 싸움, 정치, 하다못해 도박이나 도둑질까지, 인간이 재능을 발휘할 수 있는 분야는 많아요."

혜란의 말을 듣고 보니 원철은 갑자기 깨닫는 바가 없는 것도 아니었다. 자신은 학교에서도 사회에서도 평생을 모범생으로 살아왔지만 세상에서 지금 큰소리치고 사는 인간들은 그렇지 않은 사람들이 더 많다. 그들은 세상이 교과서대로만 돌아가지 않는다는 것을 남보다 먼저 깨닫고 나름대로의 분야에서 '재능'을 발휘한 사람들이다. 과연 학교 공부만 잘했던 자신이 그들에 비해 '영리하다'고 할 수 있는 것인가?

욱이 녀석도 그렇다. 따지고 보면 머리가 나빠서 공부를 안 한 녀석은 아니다. 2년을 사방팔방 쌈박질만 하러 다니다가 수능 시험 1년 남기고 공부를 시작해서 합격한 것을 보면 절대로 바보는 아니다. 어쩌면 그 2년 동안은 공부를 해야 할 필요성을 느끼지 못해서 그렇게 보낸 건지도 모른다. 또 녀석의 말을 빌자면 한번 잡기로 마음을 먹은 범인은 놓쳐본 적이 없다고 했다. 물론 온갖 거짓말과 속임수를 다 동원해서긴 하겠지만, 그것도 재능이라면 재능일 수 있었다.

"너무 표정이 심각해지시는군요. 장 형사님이 꼭 천재라는 말은 아니에요. 다만 그런 류의 사람들은 주변의 다른 일들에 세세히 신경을 못 쓴다는 이야길 하는 거예요."

혜란의 말에 원철은 퍼뜩 정신을 차리며 고개를 끄덕였다.

"네……."

"그러니까 장 형사님이 원철 씨를 무시해서 그런다고 생각하실 필요는 없어요. 그럴수록 괜히 원철 씨만 괴롭죠."

"하긴. 원래 그런 녀석이긴 하지만……."

원철은 고개를 끄덕이다가 어느새 기분이 좀 나아진 것을 깨닫고 미소를 지었다.

"박사님과 이야길 하고 나니까 진짜 속이 약간 풀리는 것 같네

요."

"그럼 지금은 마음이 조금 가라앉으셨어요?"

"아까보다는 많이요."

그러자 혜란은 가방에서 몇 장의 그림들을 꺼내어 테이블 위에 놓았다.

"자, 그러면 지금부터는 차분한 마음으로 이 그림들을 보기로 하죠."

혜란이 그림 한 장을 집어들며 말했다. 알록달록한 물감을 종이에 방울방울 떨어뜨린 후 반으로 접어 대칭을 만든 그림이었다.

"그게 뭡니까? 초등학생들 장난인가요."

원철이 웃으며 묻자 혜란이 정색을 하며 대답했다.

"이건 로샤 테스트라고 하는 심리 검사의 일종이에요. 여기 그림들에서 뭐가 보이느냐를 가지고 원철 씨의 심리 구조를 파악하는 겁니다."

"그런 게 가능합니까?"

"물론이에요. 지금까지 개발된 심리 검사 중 가장 믿을 만한 것 중에 하나랍니다. 로샤라는 한 천재가 개발한 거죠."

"그래요?"

원철은 고개를 갸우뚱거리며 혜란이 들고 있는 그림을 바라보았다. 뭔가가 보여야 한다는데, 아무리 보아도 물감 번진 것 외에는 보이지 않았다. 원철이 혹시나 하여 매직아이 그림을 보듯이 눈을 사팔뜨기로 만들자 혜란이 웃음을 터뜨리며 말렸다.

"아니, 아니에요. 그게 아니라 그냥 보고 생각나는 게 있으면 말하시라고요."

"보이는 게 없어요. 이 그림은 답이 뭔가요? 하나만 알려주시면 나머지도 맞출 수 있을 것 같은데."

그러자 혜란은 다시 한번 웃더니 말했다.

"이건 정답이 없는 테스트예요. 아까 주신 숙제도 마찬가지고요. 모두 정답이 있는 게 아니에요. 그냥 원철 씨 생각나는 대로만 이야기하세요."

원철은 그녀의 말에 고개를 끄덕이며 다시 그림을 바라보았다.

"아하, 그러고 보니 이 녀석은 꽃게랑 비슷하게 생겼네요. 다리는 좀 짧지만."

"그래요?"

혜란은 옆에 펴놓은 노트에 뭐라고 쓰면서 다음 그림을 보여주었다. 이번엔 좀 나았다.

"이건 거인이군요. 북구 신화에 나오는 거인들이오. 양손에서 불을 뿜고 있는 모습인데요?"

원철이 신이 나서 답하자 혜란이 계속 뭔가를 적으며 고개를 끄덕였다.

"네, 아주 좋아요. 그런 식으로 하시면 되는 거예요."

한 시간 가량 계속된 그림 놀이가 끝나자 원철이 시계를 보고 말했다.

"벌써 저녁 시간이군요. 오늘은 냉동 피자가 있는데 들고 가시렵니까?"

그러자 혜란은 테이블 위에 늘어놓은 것들을 정리하며 말했다.

"아니에요. 어차피 제가 여기 올 수 있는 시간은 오후 늦게밖에는 없는데, 매일 저녁을 얻어먹을 순 없잖아요?"

"그래도 시간이 시간인데 빈속으로 서울까지 돌아가실 순 없잖아요. 이 시간이면 길 막히는 게 장난이 아닌데."

"그것도 그렇죠. 그래서 오늘은 제가 저녁을 사드릴게요. 아까 오다가 버섯 전골 하는 집을 봤거든요. 우리 나라에 와서 아직 버섯 전골을 먹어보지 못했어요."

원철은 잠시 생각해 본 다음 고개를 끄덕였다. 오늘 있었던 시스템 개통식 덕에 넥서스 스케줄도 조금 늦춰졌고, 사실 그러지 않았다고 해도 넥서스 건은 시간에 쫓기는 문제는 아니었다. 저녁 한 끼 정도 느긋하게 먹을 여유는 충분했다.

식당은 원철의 집에서 15분 거리에 있었다. 다니면서 많이 보긴 했어도 막상 들어가본 적은 없는 곳이었다. 각자의 차를 앞마당에 세운 두 사람은 안쪽에 자리를 잡고 마주앉았다.

"버섯 전골도 먹어본 지 오래군요."

원철이 가게 안을 둘러보며 말하자 혜란이 미소를 지었다.

"그래도 저만 하시겠어요. 10년이 넘도록 햄버거만 먹었어요. 여기 돌아오니까 매일 음식 순례를 다니는 것도 적지 않은 재미더군요."

"저야말로 라면과 냉동 피자로 연명한 지 오랩니다. 일에 쫓기다 보면 다른 음식을 해먹을 여유도 없고, 버릇이 되다보니 그냥 그렇게 사는 거죠. 오늘도 박사님이 오지 않았으면 냉동 피자로 때웠을 거예요."

그러자 혜란이 원철의 얼굴을 똑바로 보며 물었다.

"그런데 원철 씨는 장 형사님이랑 동갑 아니세요?"

"그래요."

"그럼 저랑은 한 살 차이밖에 안 되는데, 언제까지 절 박사님이란 호칭으로 부르실 건가요?"

"하하, 그런가요? 전 그냥 그렇게 부르는 게 더 편해서……."

"전 좀 부담이 되는군요. 그냥 편하게 이름으로 부르세요."

"뭐……, 그러죠. 그거야 어렵지 않죠. 그런데 박사님은……."

원철은 말을 시작하다 말고 자신의 실수를 깨닫고 쑥스러운 미소를 지었다.

"아니, 혜란 씨는 스물여덟에 벌써 박사시라니 대단히 빨리 학위를 따셨네요."

그러자 혜란이 짧은 웃음을 터뜨리며 대답했다.

"누가 스물여덟이라는 거죠? 전 서른이에요."

"네?"

원철이 깜짝 놀라며 되물었다.

"아니, 아까 저랑은 한 살 차이라고 하시더니……, 아, 그럼……."

"네. 한 살 위라는 말이었어요."

"나이에 비해 상당히 젊어보이시는군요. 전 이십대 중반 정도로 보았는데."

"좀 그렇게 보이는 편이죠. 하지만 그게 꼭 좋은 것만은 아니에요."

"하하, 다른 여자들이 들으면 배부른 소리라고 하겠습니다."

"후후, 그럴까요?"

점원이 둥근 냄비에 담긴 전골을 가져오는 바람에 대화는 잠시 끊어졌다. 전골에서 김이 모락모락 올라오기 시작하자 혜란이 물었다.

"어려서는 제천에서 사셨다고 했죠?"

"네. 정확히는 제천 옆에 있는 봉양이란 곳이에요."

"어떤 곳인가요?"

"정말 오지 같은 곳이었죠, 최소한 제가 자랄 때까지는요. 사방이 산이고 읍에서 조금만 벗어나면 길도 비포장 외길이 전부인, 그런 곳이었어요. 읍내 나가면 반 이상은 서로 집안끼리 알고 지내는 사람들이었을 정도로 사람이 드물었고, 그건 나중에 충주 댐이 생기고 나서도 마찬가지였죠. 하지만 90년대 말에 원주와 연결된 고속 도로가 생기고 태백시가 관광 도시로 개발되기 시작하면서 요즘은 세가 가봐도 모를 정도로 많이 달라졌어요."

"어쩐지. 이런 곳에 나와서 사시는 게 다 이유가 있었군요."

혜란이 고개를 끄덕이자 원철이 말했다.

"맞아요. 사실 도시는 지긋지긋해요, 사람들도 삭막하고. 그 틈에 끼여 있자니……. 차라리 이렇게 혼자 사는 게 나아요."

"후우, 이해가 가요. 저도 여섯 달 전에 서울에 도착한 이후로 얼마나 힘들었는데요. 사방이 사람, 사람, 사람. 그것도 짜증이 엄청나게 쌓이는 거더라고요. 참, 제천에서의 어린 시절은 어떠셨어요? 학교에 들어가기 전 아주 어렸을 때 말예요. 뭘 주로 하고 노셨나요?"

"그냥 시골 아이들이 흔히 하는 놀이들이죠. 여름엔 수박 서리, 겨울엔 감자 캐서 구워먹기, 또 병정놀이도 하고, 강에서 송사리도 잡아먹고, 산에선 토끼 잡고……."

"바쁘셨군요. 혹시 그중에 제일 기억에 남는 일이 있으세요?"

혜란이 흥미롭다는 표정을 지으며 물었다.

"글쎄요. 가장 기억에 남는 일이라……. 아! 학교 들어가기 한 해 전에 참외 서리 하다가 된통 혼난 일이 있었죠. 우리 마을에 참외밭을 하는 어른이 한 분 계셨는데 얼마나 무서운지 별명이 벼락 아저씨였어요. 서리하다 잡히기만 하면 그야말로 죽음이었죠. 하지만 애들이야 그런 밭에서 서리하는 걸 더 쳐주잖아요. 하여간 한여름 밤에 동네 아이들이 모두 모여서 다섯 명을 제비로 뽑았는데, 저도 그중에 뽑힌 거예요. 어쩌겠어요. 무서워 죽겠는 걸 꾹 참고 참외밭으로 기어들었죠. 그런데 두 번째 것을 따고 있을 때 갑자기 다른 아이들이 '토껴' 하고 소리를 지르며 도망가더라고요. 저는 그래도 따놓은 참외를 들고 나오려고 꾸물대다가 그만 잡히고 말았죠."

"호호, 원래의 목적을 잊지 않으셨군요."

"하하, 그것도 있고, 또 '내가 이걸 들고 가면 모두 날 다시 보겠지' 하는 어린 치기도 있었어요."

"그런데 왜 그 일이 그렇게 기억에 남으신다는 거죠?"

혜란의 물음에 원철은 그녀에게 전골을 한 그릇 퍼주며 말했다.

"벼락 아저씨는 절 잡아다 원두막 기둥에 묶어놓았어요. 그게 한 밤 10시쯤이었는데, 다음날 아침에 아버지가 찾으러 오실 때까지 거기에 그대로 묶여 있었죠."

"어머나, 세상에……."

"……."

"너무 잔인해요. 그 나이면 아직 어둠에 대한 공포가 심할 땐

데."

"맞아요. 뜬눈으로 밤을 새워본 건 그때가 처음이었어요. 해가
뜰 때까지 밤새 무서워서 울었죠. 소리도 지르고 친구들 이름도
부르고……, 그 후론 두 번 다시 서리는 하지 않았어요. 참외도
한 3년은 입에 안 댔던 것 같아요."

그러자 혜란은 앞에 놓인 전골 그릇은 쳐다보지도 않고 다시 물
었다.

"그때 기분이 어떠셨어요? 원두막에 묶여 있을 때."

"그냥 무서웠다는 생각밖에는 기억이 나지 않아요. 어둠 속에
서 뭐가 부스럭거릴 때마다 귀신이 튀어나와 날 잡아먹을 것 같았
고……."

원칠은 이야기를 하다가 갑자기 혜란의 얼굴을 똑바로 쳐다보
며 물었다.

"이거 그냥 물어보시는 게 아니군요?"

그러자 혜란은 혀를 살짝 내밀며 목을 움츠렸다.

"들켰네요."

"허허, 정말. 혜란 씨도 정말 끈질기시군요."

"어쩔 수 없잖아요. 원철 씨는 일 때문에 시간을 많이 낼 수 없
는 상황이고, 전 연구 목적상 원철 씨의 성장 과정을 알아야만 하
고. 이런 자투리 시간이라도 활용을 해야죠."

"그럼 오늘 이 버섯 전골도……."

"물론 공짜는 아닌 셈이죠."

원철은 고개를 절레절레 흔들다 짧게 웃고는 순가락을 들었다.

"공짜가 아니라면 더 더욱 열심히 먹어야겠군요. 혜란 씨도 일

제27장 벽 35

단 드세요. 이거 끝내기 전까지 전 한 마디도 안 할 겁니다."

"이런, 오늘 작전은 실패군요."

혜란도 체념조로 말하면서 숟가락을 집어들었다.

원철이 집으로 돌아온 것은 10시가 다 되어서였다. 식사 후 계속되는 혜란의 질문 공세에 견디다 못해 근처 카페에서 커피를 살 수밖에 없었기 때문이다. 거기서 혜란은 녹음까지 해가며 두 시간이 넘도록 원철의 어린 시절과 중학생 때 이야기에 귀를 기울였고, 또 수십 가지의 질문을 해대었다.

오늘도 역시 한 시간이라던 면담 시간이 서너 배로 늘어났지만 원철은 그다지 기분이 나쁘진 않았다. 전공이 심리학이라 그런지 김 박사는 사람 기분을 잘 맞춰주는 축에 속했다. 거의 원철의 독백에 가까운 대화가 계속되었지만 그녀는 조금도 지루하지 않게 분위기를 끌고 나갔고, 그랬기에 원철은 고향 친구와 옛이야기를 나누듯 편안히 이야기할 수 있었다. 그리고 막상 어릴 적 고향 이야기들을 하다 보니 저도 모르게 약간 감상적인 분위기에 빠져들어 혜란이 묻지 않은 것까지도 주절주절 떠들어댔기에, 사실 면담이 이렇게 길어진 데는 자신의 책임도 적지 않았다.

원철은 집에 들어오자마자 제천에 안부 전화를 걸었다. 갑자기 그 동안 부모님께 너무 소홀했다는 생각이 들어서였다. 그러나 고향집은 평온했고 부모님도 마찬가지였다. 아버님의 무릎 신경통이 좀 심해지신 것 같다는 것과 돼지 두 마리가 서로 싸우다 죽었다는 게 유일한 뉴스거리였다.

원철은 전화를 끊고 나서 시스템의 스위치를 올렸다. 성식이 형이 보내온 작업 진행 상황에 대한 메일을 먼저 읽어 보았다. 필요한 데이터는 모두 넘어왔고 그래픽 부분도 90퍼센트 이상 진행이 되고 있었지만, 저쪽에서 요구 사항을 자꾸 바꿔대는 바람에 강 과장이 머리카락을 쥐어뜯고 있다는 소식이었다. 의뢰인이 요구를 자꾸 바꾼다는 것은 초기에 아타셰와 충분한 협의가 이루어지지 않았다는 뜻이다. 경민이 녀석이 경험이 없다는 걸 고려한다면 당연한 일일지도 모르지만 강 과장이 그걸 그렇게 받아들여 줄지는 알 수 없는 일이다.

원철은 강 과장이 쥐어뜯고 있다는 게 강 과장 자신의 머리카락인지 경민의 머리카락인지 궁금해하며 메일을 닫은 후, 욱과 연락을 취하기로 한 자료실을 연결했다. 아까 전화상으로 그 난리를 쳤는데도 욱은 아직도 답장을 보내지 않고 있었다.

"이 자식은 정말 어떻게 돼먹은 자식이야?"

원철은 투덜거리며 작업 폴더를 열려고 하다가 생각을 고쳐먹고 자리에서 일어났다. 프로젝트가 또 지연이 될 것은 뻔했고, 사실 그것이 예정대로 진행된다 하더라도 이미 자신은 할 일의 95퍼센트를 마무리지은 상태였다. 오늘밤까지 일에 매달릴 필요는 없었다.

성식이 형 말대로 휴식이 필요했다.

거실로 나간 프로그래머는 CD 랙에서 앨범 하나를 골라 플레이어에 실어넣었다. 아마도 저녁에 혜란과 했던 대화 때문인지, 오늘밤은 영 기분이 감상적으로만 흐르는 듯했다.

소파 깊숙이 몸을 기대고 잠시 기다리자 스피커에서 귀에 익은 음악이 흘러나왔다. 아마도 3년? 아니, 마지막으로 제대로 들어본 것은 한 5년쯤 되는 듯했다. 그러나 지금 이 순간, 앨범을 처음 들을 때 느낀 옛 감동이 고스란히 되살아나고 있었다. 자신의 고등학교 시절을 몽땅 사로잡아 버렸던 그 마법의 음악.

순수 그 자체인 멜로디에 이어 그리울 정도로 날카로운 핑크 플로이드의 목소리가 귓속을 파고들었다.

'So ya, thought ya, might like to go to the show……'

이것은 단순한 음악이 아니었다. 홀로 서울로 유학온 자신의 외로움을 유일하게 이해해 주던 친구였다. 얼마나 많은 밤들을 그 싸구려 복사본을 돌리고 또 돌리며 지새웠던지..

'To feel the warm thrill of confusion, that space cadet glow……'

결국 아버지께 참고서를 산다고 거짓말을 해서 받아낸 돈으로 겨우겨우 중고 원판을 구하고 나서 얼마나 기뻐했던가. 그리고 또 하얀 벽돌색 커버의 원판 앨범을 펼치면서, 그 엽기적인 디자인을 보고 얼마나 충격을 받았던가.

노래는 이미 다음 곡으로 넘어가 있었다.

'If you should go skating, on the thin ice of modern life……'

잘 알아듣기도 어려운 그 가사를 이해하려고 밤을 새워 사전을 찾고, 또 그래도 이해가 되지 않아 끙끙대던 시간들. 결국 주변 친구들에게 물어물어 깨우치던 한 마디 한 마디는 환희였고 경이였다.

'Dragging behind you, the silent reproach, of a million tear-stained eyes……'

그러나 원철은 앨범의 처음부터 끝까지 한 편의 대서사시처럼 이어지는 가사의 뜻을 어렴풋이나마 깨닫고 나서, 그 암울한 절망과 비관에 다시 한번 놀랄 수밖에 없었다. 이 땅의 삶을 그렇게 어둡고 고통스럽게 받아들이는 사람이 있다는 사실이 도무지 믿기지가 않았다.

'Don't be surprised when a crack in the ice appears under your feet……'

하지만 그때는 아직 자신의 두 발이 단단한 땅을 딛고 서 있다고 생각하던 시절이었다. 인생이 정말 워터스의 가사처럼 무수한 가는 금으로 수놓인 살얼음판이란 걸 깨닫기까지는 아주 오랜 시간이 남아 있던, 그런 시절이었을 뿐이다.

눈을 감고 음악에 몰입하던 원철은 자신이 가장 좋아하는 멜로디가 흘러나오자 저도 모르게 고개를 끄덕이기 시작했다.

'All in all you're just another brick in the Wall……'

워터스, 길모어, 메이슨, 라이트. 신과 동격이던 거대한 이름들. 그리고 그들을 숭배하며 보냈던 고교 시절…….

하숙집, 새 친구들, 시험, 성적표, 그리고 또 시험.

당시엔 힘겹기만 하던 반생 전의 나날들을 떠올리며 원철은 씁쓸히 미소를 지었다. 그래도 3년만 지나면 뭔가 나아지리란 막연한 기대 속에 하루하루를 살아가던 날들이었다. 하지만 지금 돌아보면 얼마나 행복하던 때던가. 아직 펼쳐지지 않은 미래에 대한 장밋빛 희망을, 최소한 앨범 속의 핑크보다는 나은 삶이 기다리고 있을 거라는 희망을 가질 수 있었던 때니 말이다.

물론 그때 다른 '천재'들처럼 인생의 냉혹한 참모습을 깨닫지 못했다고 해서 지금 후회하고 싶은 생각은 추호도 없었다. 어떤 상황에서건 희망을 갖는 건 죄악이 아니니까.

'Goodbye cruel world, I'm leaving you today……'

어느새 마지막 곡이 나오고 있었다. 원철은 두 번째 CD를 넣기 위해 자리에서 일어나려다 더 이상 그 앨범을 들을 수 없다는 것을 깨닫고 다시 주저앉았다. 듣기 싫어서가 아니라 지금은 도저히 그 두 번째 판에 서린 광기를 감당해 낼 엄두가 나지 않아서였다.

한동안 멍하니 앉아 있던 원철은 갑자기 자신의 처지가 핑크와 크게 다르지 않다는 것을 깨달았다. 사람들과 멀리 떨어진 이 외진 산골에 처박혀 있는 집이며 하루 종일 혼자서 모니터만 들여다보며 일하는 직업. 그리고 일 때문에 가끔씩 만나는 동료들과 돼먹지 않은 욱이 녀석을 빼고는 딱히 말벗이라 할 만한 친구도 없다.

아니, 더 웃긴 것은 그런 상대의 필요성조차도 느껴본 적이 없다는 것이었다.

원철은 처음으로 자신과 세상 사이에 솟아 있는 '벽'의 실체를 뚜렷하게 볼 수 있었다. 자신이 의도했든 아니든 간에, 이 벽의 벽돌 한 장 한 장을 쌓아올린 것은 분명히 자신이었다. 이 안에 틀어박혀 있으면 세상으로부터 상처받는 일이야 없겠지만 과연 그것을 행복한 삶이라 부를 수 있을까?

이런저런 생각을 하며 소파에 기대 있던 원철은 자신도 모르게 스르르 잠이 들었다. 그리고 그 흐린 안개 같은 꿈속에서 하얀 대리석 벽돌로 쌓아올린 높은 '벽'을 보았다. 원철은 천정(天頂)까지 솟은 높이로 자신을 위압하는 그 벽을 더듬다가, 손바닥만하게 갈라진 틈을 발견했다.

그 틈을 통해 내다본 바깥 세상에서 어떤 사람이 손짓을 하며 원철을 부르고 있었다. 선명하게 보이진 않았지만 무척이나 낯익은 느낌을 주는 사람이었다.

제28장
서서히 열리는 문

6월 11일 수요일

잠에서 깬 원철은 빵과 우유로 간단히 아침을 때운 후 시스템 전원을 넣었다. 어제 저녁에 소파에서 잠드는 바람에 목뒤가 뻐근한 게 영 기분이 좋지 않았지만, 개통식에 이어 수정과 김혜란 박사에게 연달아 시달리느라 미뤘던 팔란티어 갈무리 파일을 열어보기 위해서였다.

부팅 영상을 스킵하고 파일을 열자 비트라 쿰에서 보로미어가 출정 준비를 하는 장면이 시작되었고, 이어서 메디나와 다투는 부분이 나왔다. 원철은 보로미어가 메디나를 밀쳐 쓰러뜨리는 것을 보며 머리를 저었다. 정말 어쩔 수 없는 녀석이었다. 같은 계급의 상급 서열에게 예의를 갖추는 것은 카자드의 규칙이다. 만약 메디나가 저 행동을 문제 삼고 나선다면 전사의 집인 발할라에서 일정

기간 동안 퀘스트를 금지하는 제재가 들어올 수도 있다. 아무리 메디나가 실바누스와 한통속이 되어 자신을 속였다고 착각하고 있는 상태라지만 자신에게 해가 될 수 있는 행동을 거침없이 저지르는 보로미어를 원철은 도저히 이해할 수가 없었다.

이어서 네크로맨서 원정대의 집결지가 나오고 말을 탄 가이우스가 보이자 원철은 그 멋들어진 모습을 뜯어보면서 쓴웃음을 지었다. 정말 저 녀석의 플레이어가 누군지 진짜 얼굴을 꼭 보고 싶었다. 멍청한 보로미어는 그렇다 치고 현실의 자신마저 깜박 속아 넘어갈 정도의 사기극을 연출한 그 인간이 누군지 정말로 궁금했다. 아무리 게임 안이라지만, 죄없는 하급 서열 예순 명의 목숨을 보로미어의 갑옷과 바꿀 생각을 하다니! 일상 생활에서도 가치관에 상당한 문제가 있는 사람임에 틀림이 없었다.

그러나 팔란티어는 자신이 책임지는 게임이다. 아무리 이번 원정이 가이우스의 사기극이었다 하더라도 일단 스스로 녀석을 따라나선 이상은 다른 사람을 탓할 이유가 없었다. 다시 한번 멍청한 보로미어에게 분통을 터뜨리려던 원철은, 가이우스에게 속아 네크로맨서 원정에 뛰어들었던 플레이어가 예순 명에 가깝다는 것을 상기하고는 마음을 진정시켰다. 경험이 적은 초짜들뿐 아니라 상급 서열에 오르기 직전인 4급 서열들도 여럿 따라왔다. 사정이 그랬는데 사기극의 메인 타깃인 보로미어가 속아넘어가지 않았다면 오히려 이상한 일일 것이다.

게다가 가이우스의 말솜씨 역시 무시할 수 없는 요인이었다. 보로미어야 제라드 쿰 이후엔 내내 가이우스를 우상화하고 있었으니 말할 필요도 없고, 발록이 나타나기 직전에 원정을 포기해야 한다고 주장하던 전사 리스트나 위저드 바실리아도 그 사기꾼 레인저의 논리에 굴복하는 것을 원철은 분명히 확인했다.

'논리? 과연 그것이 논리의 문제였던가?'

원철은 언뜻 레인저에게 있어서 카리스마란 것이 단순히 캐릭터의 외모를 대변하는 수치만은 아니지 않을까 하는 생각이 들었다. 그러자 생각을 하면 할수록 자신의 추측에 확신이 서기 시작했다. 다른 계급들의 카리스마는 보통 외모로 그 효과가 나타나지만 그 외에는 별다른 기능이 없다. 그러나 레인저들은 그것을 이용해 사기를 칠 수 있을 정도로 상대방에게 호감을 산다. 그것은 캐릭터의 계급이 레인저인 경우엔 카리스마 수치가 가중되어 나타나도록 프로그램을 짜면 간단히 달성할 수 있는 일이다.

"정말 대단하군, 대단해!"

원철은 자신도 모르게 낮은 감탄을 올렸다. 실제로 그런 식으로 다른 캐릭터를 속일 수 있게 만듦으로써 게임의 현실성을 극대화할 수 있다. 그리고 그런 현실성은 퀘스트나 원정중이 아니더라도, 플레이어들이 완전히 긴장을 풀지 못하게 하는 역할을 하는 것이다.

'마치 현실의 삶처럼……'

이어서 보로미어가 어설픈 제대장 역할을 하는 장면이 나오자, 원철은 슬며시 웃음이 떠오르는 것을 참을 수 없었다. 제대원이래 봤자 빌빌대는 초짜들뿐인데도, 그것도 감투라고 으스대는 녀석의 모습이 너무도 코믹했기 때문이다. 물론 원정대 전체를 통틀어 보로미어의 전투력이 제일 강하긴 했지만, 보로미어는 그 사실보다도 제대장이라는 직함에 더 우쭐해하고 있었다. 나중에 상급 서열이 되어 원정 대장이라도 하게 되면 정말 가관일 거란 생각이 들었다.

실실거리며 화면을 주시하던 원철은 레일라의 모습이 나타나자 길게 숨을 내쉬며 몸을 뒤로 기댔다. 아르망 패스의 정상에서 보로미어는 그녀에게 실바누스가 아니냐고 물었다. 그러나 레일라는 비트라 쿰으로 돌아올 때까지 그 질문에 답을 하지 않았다. 그것은 암묵적인 긍정이었다.

정말 의외였다. 비록 지금까지 얼굴을 본 적은 없었지만, 보로미어는 물론 원철도 그가, 아니 그녀가 남자가 아닌 여자일 거라곤 의심조차 해본 일이 없었다. 목소리하며 말투하며, 당연히 남자라고 믿었던 것이다. 그녀는 왜 그렇게 두건을 덮어쓰고 자신을 숨기려 했을까? 그리고 지금은 왜 그 포댓자루를 벗은 것일까?

아니, 진짜로 이해할 수 없는 것은 왜 그녀가 가이우스의 원정대까지 자신을, 아니 보로미어를 쫓아왔느냐는 점이었다. 이미 신의 이름을 걸고 한 사제의 맹세는 보로미어에 의해 깨어졌고 따라서 실바누스는 더 이상 보로미어를 상급 서열까지 보호할 의무가 없는 상태다. 그런데 왜?

원철은 팔짱을 낀 채 정상 속도로 재생되고 있는 스크린을 쏘아보았다. 아무리 플레이어의 충동에 의해 진행되는 게임이지만 팔란티어 안에서의 행동에는 다 원인이 있고, 또 캐릭터 나름대로의 계산이 있는 법이다. 그러므로 실바누스도 아무런 이유 없이 보로미어를 쫓아오진 않았을 것이다. 그것도 자신이 알아보지 못하게 두건을 벗은 모습으로.

원철은 화면에 눈을 고정시킨 채 위험한 순간마다 레일라, 아니 실바누스의 도움을 받는 보로미어의 모습을 지켜보았다. 아무리 실버 블레이드를 얻고 무지막지한 갑옷을 입었다고는 하지만 여전히 실바누스의 보호가 없이는 불안한 녀석이었다. 그러므로 실바누스가 옆에 붙어 있다는 것은 분명히 나쁜 일은 아니다. 하지만 여기서 중요한 것은 그녀가 그렇게까지 하면서 보로미어를 도우려는 이유였다. 그녀는 애초부터 그 바보 같은 맹세를 간단히 깰 수 있다는 것조차 숨기며 보로미어와 붙어 있으려 했다. 왜일까?

분명히 뭔가가 있었다.

고민하던 프로그래머는 전투가 끝난 직후 실바누스가 그 고물 갑옷, 즉 가이우스가 레인보 플레이트라고 부르던 그 갑옷을 챙기는 것을 보며 한 가지 가능성을 발견했다. 그녀가 아니었다면 덜렁거리는 보로미어 녀석은 분명히 그것을 사천왕의 숲속에 흘려놓고 왔을 것이다. 실바누스는 별 물건이 아니란 말로 다른 플레이어들의 관심을 돌려버리면서도, 한편으론 가롯의 말을 은근슬쩍 상기시켜 보로미어가 그것을 버리지 못하도록 했다. 이유야 어찌 되었건 아직은 보로미어가 그 갑옷을 계속 소유하는 것이 그녀의 바람인 것은 확실했다.

만약 그녀가 말하던 갑옷의 세 번째 비밀이라는 것이 제라드 쿰에서 보로미어에게 당했던 그 험한 꼴을 감수하면서까지 반드시 알아내야 하는 것이라면, 지금처럼 기를 쓰고 보로미어를 쫓아올 이유는 충분히 된다.

만약 실바누스가 갑옷의 비밀을 밝혀내는 것에 필요 이상으로 집착을 한다면, 어쩌면 그것을 위해 보로미어의 안전마저도 위태롭게 할지 모른다. 지금까지야 보로미어의 안전이 곧 그녀의 안위였으므로 그런 걱정을 할 필요가 없었지만 사제의 맹세가 깨어진 지금은 사정이 다른 것이다. 행여 앞으로의 일이 그런 식으로 진행되어 간다면 결국 실바누스가 가이우스와 다를 것이 뭐란 말인가.

원철은 눈살을 찌푸렸다.

앞으로도 여전히 마음을 놓을 수 없는 보로미어의 처지를 생각하며 답답한 눈으로 스크린을 쳐다보던 원철은 전사가 아르망 패스의 꼭대기에서 레일라의 정체를 밝히는 부분에서 파일을 정지시켰다.

솔직히 조금 당황스럽기까지 한 부분이긴 하지만, 인정할 것은 인정해야 했다. 현실의 원철로서는 레일라가 실바누스라는 사실을 영원히 알아내지 못했을 것이다. 하지만 보로미어는 놀랍게도 그걸 깨달았다. 논리적으로 설명을 할 수는 없지만 분명히 저 보로미어 녀석에게는 원철에겐 없는 감각이 있었다. 전에도 얼핏 그런 느낌을 받은 적이 있었는데, 어쩌면 보로미어는 팔란티어 안에서 생존을 위해 나름대로의 감각을 개발했는지도 몰랐다. 비록 원철의 마음에 드는 방향으로는 아니지만 말이다.

원철은 파일을 닫으려다가 혹시나 하여 가이우스가 일곱 갑판의 빛을 모두 발동시키는 부분을 다시 돌려보았다. 어쩌면 보로미어나 실바누스가 놓친 것이 있을지도 모른다는 생각이 들어서였다. 그러나 몇 번을 되풀이하여 재생해 보아도 특별한 것은 없어 보였다. 일곱 개의 갑판에서 각각 뿜어대는 빛은 하나의 눈부신 백색광으로 합쳐졌지만 말 그대로 눈이 부시다는 것 외에는 발록이나 가이우스, 또 보로미어를 비롯한 다른 모든 대원들에게도 아무런 변화가 없었다. 그림자 마법 비슷한 것은 눈을 씻고 보아도 없었다.

그러나 어깨를 으쓱하며 창닫음 버튼을 누르려던 원철은 갑자기 고압 전류에 감전된 사람처럼 자리를 박차고 일어섰다. 마치 엉덩이 밑에서 수류탄이라도 터진 듯했다.

"으어⋯⋯, 으어⋯⋯."

원철은 너무도 놀란 나머지 뜻없는 소리를 웅얼거리며 벽에 걸린 스크린을 뚫어져라 바라보았다. 몇 번이나 파일을 재생시켜 본 후 자신의 생각이 틀림없음을 확인한 프로그래머는 후들거리는 다리로 작업실을 나섰다. 무너지듯 소파에 앉아 거친 숨을 몰아쉬면서 원철은 뛰는 가슴을 진정시키려고 노력했다.

'아니야, 믿을 수가 없어.'

그러나 믿어야 했다. 이것만큼은 의문의 여지가 없었다.

"이제⋯⋯, 이제 어떡하지?"

원철은 멍하니 혼자서 중얼거리다 말고 거칠게 전화를 집어들었다. 그러나 번호를 누르려다 생각을 바꾸어 다시 작업실로 돌아갔다. 그리고는 떨리는 손으로 시스템의 문서 작성기를 불러와 짧은, 그러나 다급한 메시지를 두드리기 시작했다.

하루 종일 안절부절못하며 기다리던 원철은 오후 늦게 욱이 초인종을 울리자 번개같이 문을 열어젖혔다.

"왜 이렇게 늦었어?"

원철의 물음에 욱이 툴툴거리며 말했다.

"인마, 내가 여기 한번 오려면 얼마나 뱅뱅 돌아와야 하는 줄 알아? 그리고 내가 네가 오라고 하면 벌떡 일어나서 달려올 수 있는 사람인 줄 아냐? 나도 할 일이 많은 놈이야."

"제기랄, 내 일 때문이 아니라 네 일 때문에 오란 것 아냐!"

"알았다, 알았어. 그런데 급히 알려줄 일이란 게 뭐야? 또 저번처럼 엉뚱한 수작 부리는 거 아냐?"

"아냐, 인마."

원철은 욱의 손을 끌고 작업실로 들어가 앉혀놓고는 자이로 마우스를 손에 끼웠다. 팔란티어 브라우저를 작동시킨 다음 마지막 갈무리 파일을 열자, 비트라 쿰에서 아르망 패스를 향해 나가는 원정대의 모습이 스크린에 나타났다.

그러자 욱이 따분하다는 듯 하품을 하며 물었다.

"보여준다는 게 결국 이거야?"

"가만 있어봐, 이 자식아."

원철은 파일을 앞으로 진행시켜 마지막 상대였던 화염 마왕이 나타나는 장면에서 화면을 정지시켰다.

"자, 여길 잘 봐."

원철의 말에 욱이 눈을 부릅뜨자 스크린에서 레일라가 보로미어에게 말했다.

'스플래시는 위저드가 아닌 사제 주문이야. 게다가 저건 발록이잖아. 아치데블 벨리알의 부관인 데블 족 마왕이라고. 보통 물은 녀석의 몸에 닿기도 전에 증발하고 말 거야. 강물의 신 고하지스의 은총이 담긴 성수라면 모를까.'

"도대체 저게 뭔 소리야?"

한껏 기대했던 욱은 한 마디도 알아들을 수 없자 이맛살을 찡그리며 원철을 돌아보았다. 그러나 원철은 대답 대신 대화의 한 부분만을 반복적으로 재생시켰다.

'저건 발록이잖아. 아치데블 벨리알의 부관인 데블 족 마왕이라고.'

'저건 발록이잖아. 아치데블 벨리알의 부관인 데블 족 마왕이라고.'

'저건 발록이잖아. 아치데블 벨리알의 부관인 데블 족 마왕이라고.'

그러자 욱의 입이 서서히 벌어지기 시작하더니, 급기야는 벌떡 일어나 손가락으로 스크린을 가리키며 펄쩍펄쩍 뛰기 시작했다.

"저거⋯⋯. 저, 저거⋯⋯."

원철은 의기 양양한 미소를 지으며 아직도 입을 닫지 못하고 있는 친구를 돌아보았다.

"워, 원철아, 저, 저거⋯⋯."

그러나 욱의 흥분이 한없이 계속되자 원철은 보다못해 그의 소매를 잡아 자리에 앉혔다.

"인마, 좀 진정해라. 저거 맞지? 네가 찾던 게 저거 맞지?"

원철이 물었으나 형사는 고개만 끄덕일 뿐 여전히 제대로 말을 하지 못했다. 한참이 지난 후에야 겨우 숨을 고른 욱은 주체할 수 없는 웃음을 간간이 터뜨리며 말했다.

"결국 내가 맞았어. 으하하, 박현철이 그 자식과 이 게임은 분명히 연관이 있었던 거야. 흐흐흐, '바로크'가 아니라 발록이었어. '벨랴'가 아니라 벨리알이었던 거고."

원철도 고개를 끄덕였다.

"나도 정말 놀랐어. 실은 네 녀석 말을 별로 믿지 않았거든. 하지만 이렇게 확실한 증거가 있는 데야, 이젠 나도 안 믿을 수가 없잖아."

"인마, 너 정말 잘했다. 응? 정말 고마워."

덥석 두 손을 잡아오는 욱과 긴 악수를 한 다음 원철이 말했다.

"자, 그럼 이걸로 된 거지? 박현철이 이 게임 때문에 살인을 했다는 증거를 잡은 셈이니, 더 이상 날 괴롭히진 말기다."

그러자 갑자기 욱이 말도 안 된다는 표정을 지으며 고개를 흔들었다.

"아니지, 아냐. 그건 아니지."

"인마, 뭐가 아냐! 살인자가 살인하면서 주절거린 말이 게임 안에 나와 있는데, 뭐가 더 필요하다는 거야?"

얼굴을 찡그리며 소리치는 원철에게 욱이 말했다.

"이건 너와 나한테나 의미가 있는 거야. 객관적으로 '바로크'가 발록이란 걸 증명할 수 있는 방법은 없어. 비슷한 발음의 말이야 얼마든지 만들어낼 수 있으니까. 그리고 설사 '바로크'나 '벨랴'가 '발록'과 '벨리알'이라고 인정한다 쳐도, 그게 이 게임과 살인 사건 사이의 직접적인 연관을 증명하는 건 아니거든. 사건 해결은 고사하고 아마 수색 영장도 받을 수 없을 거야."

친구의 설명에 원철의 얼굴이 일그러졌다.

"그럼 이건 아무 소용이 없단 말이냐?"

"아니지. 아주 중요한 거지. 우리가 제대로 가고 있다는 걸 확인한 셈이니까. 실은 김 박사가 내 이론에 대해 부정적인 바람에 나도 반신 반의하고 있었거든. 하지만 이제 내 육감이 맞았다는 게 확실해졌으니 앞으론 밀어붙이기만 하면 돼. 분명히 사건의 단서는 이 게임 안에 있어. 우리가 진짜로 찾아야 하는 게 바로 그거라고. 제우스를 쫓다 보면 분명히 뭔가가 나올 거다."

욱의 말이 끝나자 원철이 투덜거렸다.

"결국 그 빌어먹을 제우스란 녀석을 찾아내야만 일이 해결된다 그 말이지?"

"암. 박현철의 컴퓨터가 사라졌다는 걸 잊지 마. 그건 누군가 박현철과 팔란티어의 관계를 감추려 하고 있다는 증거야. 그리고 그건 아직 그 게임 안에 우리가 알아서는 안 되는 뭔가가 남아 있다는 뜻이고. 분명 그게 사건 해결의 열쇠일 거야."

"에이 씨, 지겹다, 지겨워."

원철이 계속 투덜대자 욱이 그의 어깨를 다독거렸다.

"인마, 기왕 시작한 것 끝까지 좀 도와줘. 최소한 내가 터무니없는 엉터리 주장을 하고 있는 건 아니란 게 확인됐잖아. 그리고 대한민국의 국민이면 누구나 공익을 위한 경찰 수사에 협조를 해야 할 신성한 의무가……"

"알았어. 알았다니까."

원철은 욱의 헛소리가 길어지기 전에 두 손을 들어버렸다. 정말 끈질긴 녀석이었다. 그 점에 있어선 정말 김 박사의 말대로 '천재' 적인 놈이다.

뭐가 그리도 좋은지 혼자서 실실 쪼개고 있던 욱이 갑자기 생각난 듯 물었다.

"참, 김 박사는 뭐래? 내 이론이 가능성이 있대?"

"응? 아니, 아직 네 이론까진 가지도 않았다. 두 번인가 왔는데 문제집 하나 풀고, 그림 몇 장 보고, 내 어렸을 때 얘기만 잔뜩 녹음해 갔어."

"쳇, 그럼 도대체 언제나 결론이 나는 거야?"

욱이 뒤통수를 긁으며 투덜대자 원철이 피식 웃으며 대답했다.

"마음 느긋하게 가져라. 말은 일주일 정도라고 하지만, 내 보니 족히 보름은 걸리겠더라. 한번에 한두 시간 어쩌고 하더니 어제도 다섯 시간 가까이 있다 갔어."

"흐흐, 좋겠다. 인마, 넌 나한테 감사해야 돼. 어때, 잘 돼가?"

욱이 음흉한 웃음을 흘리자 원철은 잠시 어리둥절해하다가 그의 뒤통수를 세게 후려갈겼다.

"인마, 내가 넌 줄 아냐?"

다섯 시간이나 있다가 갔다는 말에 욱이 녀석은 딴 생각을 하고 있는 것이다. 물론 욱은 이해하지 못할 것이다. 혜란이 미인 축에 든다는 걸 부정하는 것은 아니지만, 솔직히 그녀의 외모에 대해선 오늘까지 별로 생각해 본 적도 없었다. 아니, 아예 여자로 생각해 본 적이 없었다. 만약 그랬다면 어제처럼 자연스럽게 대하지도 못했을 것이다.

"자식이, 내 앞에서까지 내숭이냐, 내숭은. 솔직히 말해 봐, 어땠어?"

"야, 너 자꾸 이럴래?"

욱이 언어맞고 나서도 계속 이죽거리자 원철은 결국 발끈하여 소리를 질렀다. 진짜로 화가 나서라기보다는 녀석의 입에서 더 심한 말이 나오기 전에 아예 이야기가 그쪽으로 흐르는 것을 막기 위해서였다.

그러자 욱이 어깨를 으쓱하더니 말했다.

"자식, 별걸 가지고 다 화를 내고 그래. 알았다, 알았어. 하지만 너도 조심해라. 그 여자 겉보기랑 달리 성깔이 보통이 아니더라."

"성깔이건 나발이건 나랑은 상관이 없는 일이라니까."

원철이 잘라 말하자 욱은 다시 한번 어깨를 으쓱하며 입을 닫았다가 갑자기 정색을 하며 말했다.

"참, 오늘 발견한 거, '바로크'와 '벨랴'에 대해선 그 여자한테 얘기하지 마."

"왜?"

"인마, 그 녹화된 테입 자체가 일급 비밀이라고 했던 거 생각 안 나?"

"아, 맞아. 그랬지."

원철이 자신의 이마를 치며 말하자 욱은 눈썹을 모아세우며 원철을 닦달했다.

"이래서 둘이 나누면 이미 비밀이 아니란 말이 나오는 거야! 인마, 그거 조금이라도 바깥으로 새나가면 난 모가지야, 모가지! 송 의원 가족들한테도 비밀로 하고 있는 건데."

"알았어. 조심하면 되잖아."

"그리고 다른 이유도 있어."

"뭔데?"

그러자 욱은 잠시 고민스런 표정을 하더니 말했다.

"우리가 이 게임 안에서 어떤 증거를 찾아낸다 하더라도, 그걸 현실의 살인과 연결시키려면 김 박사가 이론적으로 뒤를 받쳐줘야 해. 게임 안의 일이 현실의 플레이어에 어떤 영향을 미칠 수 있다는 걸 김 박사 같은 전문가가 인정해 줘야, 그게 법정에서 증거로 채택된단 말이야. 결국 그녀의 말에 모든 게 달린 셈이지."

"그렇……군."

원철이 고개를 끄덕이자 욱이 계속했다.

"그러니 그녀의 판정에 영향을 줄 다른 증거를 보여줘선 안 돼. 그녀가 바로크에 대해 미리 알고 있는 상태에서 어떤 결론을 내린다면, 그녀의 의견이 증거로 받아들여지지 않을 수도 있어."

원철이 머리를 저으며 툴툴거렸다.

"거 되게 복잡하군. 우리 나라에서도 그게 그렇게 철저하냐? 수사고 재판이고 그냥 뚝딱뚝딱해서 넘어가는 거 아니었어?"

"자식이, 지금이 무슨 20세긴 줄 아나? 이젠 우리 나라도 많이 변했어."

욱은 핀잔조로 말하며 자리에서 일어났다.

"벌써 가려고? 조금 있다 저녁이나 먹고 가지."

원철이 따라 일어나며 말하자 욱은 머리를 가로저었다.

"안 돼. 요즘 정말 바빠. 그리고 네놈 내놓는 저녁이래 봤자 결국 라면일 거 아니냐."

"쳇, 라면이 어때서. 그리고 제놈이 바빠봤자 얼마나……. 어, 맞아, 너!"

원철은 갑자기 소리를 지르며 욱의 팔을 잡아챘다.

"어, 이 자식이 갑자기 왜 이래?"

욱은 반사적으로 팔을 뿌리치려고 했으나 원철은 단단히 잡고 놓아주지 않았다.

"너 이 자식, 도대체 토요일날은 어떻게 된 거야?"

"뭐? 어제도 전화하고 난리더니 도대체 뭐가 문제야?"

"몰라서 물어? 네가 내 입장을 조금이라도 생각했으면 그렇게 수정일 놔두고 횡하니 사라질 수 있어?"

그러자 욱은 웃기지도 않는다는 투로 말했다.

"아니, 네 입장이 거기 왜 끼어들어? 난 널 만나러 갔던 거고, 거기서 너한테 바람맞고 우연히 수정일 만난 것 아냐! 그러니까 내가 개를 회 쳐먹든 국 끓여먹든 너랑은 상관없는 일이잖아."

"야, 나를 통해서 둘이 알게 된 건데 어떻게 내가 상관이 없니? 지금 개가 나한테 복수의 칼을 갈고 있단 말이야."

"개 좀 또라이 아냐? 나한테라면 몰라도 왜 너한테 칼을 가냐? 가만, 너 혹시 그런 또라이라서 나한테 소개시켜 준 거 아냐?"

원철은 어제와 마찬가지로 말문이 막히고 말았다. 사실 수정이 진짜 화가 난 이유는 지금껏 원철이 그녀의 데이트 신청을 계속 거부해 온 데다가 대신으로 나간 욱이 두 번이나 사고를 쳤기 때문이다. 그러니 그녀의 분노가 욱보다 자신에게 돌아오는 것은 당연한 일이었다. 그러나 아무리 욱이 녀석에게라지만 '너는 꿩 대신 닭이었노라'고 곧이곧대로 말할 수는 없는 터였다.

원철이 머뭇거리자 욱이 결론을 내리듯 말했다.

"그러니까 수정이랑 나랑 토요일날 무슨 일이 있었건 그건 우리 둘의 문제야. 너한테 뭐라고 한다면 그건 개가 이상한 거지, 나한테 뭐라고 할 일이 아니라고."

언제나처럼 아전 인수 격의 말도 안 되는 논리였다. 하지만 원철은 더 이상 따져봤자 자기만 손해일 거란 생각이 들어 아예 입을 닫기로 했다. 게다가 어차피 자기가 혼자 꾸몄던 일이니 욱이

나 수정을 나무랄 일이 아닌지도 몰랐다.

"알았다, 알았어. 갈 거면 빨리 가기나 해라."

원철이 똥 씹은 표정으로 내뱉자 욱이 조금 누그러진 투로 말했다.

"인마, 갑자기 수사반에 비상이 걸리는데 난들 어떻게 하냐."

"알았다니까."

원철이 여전히 퉁명스레 말하자, 욱은 뭐라고 한 마디 더 하려다가 어깨를 으쓱하고는 현관으로 걸어갔다.

"그럼 또 뭐든 발견하는 대로 연락해 줘."

대답 대신 고개만 건성으로 끄덕이는 원철을 뒤로 하고 욱은 대문을 나섰다.

꼬불꼬불한 산길을 내려가면서 욱은 떨리는 가슴을 진정시키려고 애썼다. 물론 자신의 육감에서 시작한 일이었지만, 막상 이번 사건과 팔란티어가 관련되어 있다는 것을 확인하고 나자 그 흥분은 상상한 것 이상이었다. 이제 원철이가 그 제우스란 녀석의 행적만 쫓아 팔란티어에 숨겨진 단서를 찾아내고 김 박사가 자신의 이론에 손을 들어주기만 하면 모든 일이 끝난다. 그 지겨운 합동 수사반도 끝인 것이다.

물론 원철이 녀석이 언제나 그 빌어먹을 제우스를 찾게 될지 기약이 없다는 것과 김혜란 박사가 자신의 이론을 인정해 줄 가능성이 희박하다는 것이 문제이긴 했다. 하지만 오늘 일로 미루어보면 원철인 조만간 제우스를 찾을 수도 있을 것 같았다. 진짜 문제는 김 박사였는데, 아무래도 그 여자가 자신의 이론을 지지해 줄 것 같지가 않았다.

욱이 그렇게 생각하는 가장 큰 이유는 김 박사가 욱의 이론이 불가능할 것이란 선입관을 가지고 원철을 만나고 있다는 점이었다. 물론 그녀의 그런 태도엔 심리학과는 상관도 없는 욱이 그런 이론을 들고 나타났다는 것에 자존심이 상한 탓도 있을 테고, 또 첫날부터 남성 우월주의자로 치부된 자신의 이미지도 무관하지는 않을 것이다.

하지만 연구를 시작하기 전부터 그런 생각을 가지고 있다면 결론이야 보지 않아도 뻔하지 않은가! 그녀가 지금 원철을 잡고 시간을 끌고 있는 것은 자신의 결론에 무게를 싣기 위한 일종의 쇼일 뿐이지 별다른 의미는 없는 것이다.

최소한 욱에겐 그렇게 보였다.

따라서 원철에게 바로크의 비밀에 대해 그녀에게 말하지 말라고 했던 것은 아까 둘러댔던 말 같지 않은 이유들 때문은 물론 아니었다. 그것은 단지 그 정보를 모르는 상태에서 과연 김 박사가 어떤 결론을 내릴지가 궁금했기 때문이다.

만약 김 박사가 엉뚱하게 나온다면 자신도 바로크의 증거를 들이대고 따질 것이다. 그리고 그래도 계속 헛소리를 해댄다면 지금 준비하고 있는 비밀 무기도 있었다.

물론 아직은 그 무기가 자신의 마음대로 작동하지 않고 있는 것이 조금 문제긴 하지만.

해는 어느덧 서쪽으로 기울고 있었다. 욱은 슬쩍 어깨 뒤를 돌아보며 아무도 없음을 확인한 다음 버스 정류장으로 걸음을 옮겼다.

오늘 알아낸 바로크의 비밀은 자신의 육감이 옳았음을 증명해

주는 것이면서, 한편으론 자신을 감시하는 사람들이 이유 없이 움직이고 있는 것이 아님을 반증하는 것이기도 했다.

그리고 어쩌면 놈들이 감시 이상의 일을 벌일 수 있다는 경고일 수도 있었다.

버스를 기다리며, 욱은 주변을 돌아보는 눈길을 늦추지 않았다.

원철은 친구가 떠난 뒤 한참 동안 혼자 생각에 잠겨 있었다. 게임 팔란티어와 박현철의 살인이 관계가 있으리라던 욱의 추측은 멋지게 들어맞았다. 그 증거를 직접 본 이상, 그것을 부정할 수는 없는 것이다.

문제는 박현철이 게임 때문에 잔인한 살인자로 돌변했다면 게임을 하는 다른 사람, 즉 자신에게도 그런 일이 일어나지 않는다는 보장이 없다는 점이었다. 그러나 아직까진 자신은 물론, 박현철 외에 다른 플레이어가 백주의 살인자로 돌변해 난동을 부렸다는 소식은 듣지 못했다. 이유가 뭐든 간에 그런 현상이 모든 플레이어들에서 일어나는 것이 아님은 확실했다.

하지만 가능성은 여전히 남아 있는 것이다.

몸을 일으켜 라면으로 저녁을 때운 원철은 서너 시간 가량 넥서스 프로젝트의 코딩을 만지작거리다, 11시가 가까워오자 커서를 팔란티어 접속 아이콘 위에서 빙빙 돌리며 고민하기 시작했다.

욱의 컴퓨터에서 보았던 박현철의 광기 어린 눈빛이 생각났다. 그렇게 되긴 싫었다.

하지만 반드시 제우스의 행적을 찾아야 한다고 말하던 욱의 모습도 생각났다. 그리고 '밤을 즐기는' 일의 실체와 아직 풀리지 않

은 레인보 플레이트의 수수께끼도 머릿속을 맴돌았다. 실바누스
도 여전히 수많은 비밀을 안고 비트라 쿰에서 자신을 기다리고 있
었다. 그냥 접속을 미루기엔 얻어야 할 답들이 너무도 많았다.

그리고 솔직히 말하자면 접속을 하지 않고 앞으로 두 시간을 버
틸 자신이 없었다.

원철은 버릇대로 전화기의 선을 뽑고 휴대폰을 끈 다음, 흔들의
자에 앉아 멀티 세트를 착용했다.

제29장
링 메이든

6월 11일 수요일, 비트라 쿰

잠에서 깬 보로미어는 평소와 달리 약간의 두통을 느꼈다. 그는 가이우스의 갑판 갑옷 대신 예의 고물 갑옷을 입고 아래층으로 내려왔다. 그러자 예상대로 레일라, 아니 실바누스가 1층 테이블에 앉아 자신을 기다리고 있었다.

그러나 막상 그녀의 앞에 서자 전사는 뭐라고 말을 시작해야 할지 몰라 머뭇거렸다. 그런 그를 물끄러미 바라보던 실바누스가 조용한 목소리로 먼저 입을 열었다.

"일단 앉지 그래."

그녀의 말대로 자리에 앉은 후, 전사는 앞에 앉은 드루이드의 얼굴을 신기한 듯 뜯어보았다. 지금까지는 당연히 남자로만 알고 있었던지라 여자인 그의 얼굴은 상상도 해본 적이 없는 것이다.

나이는 자신과 비슷해 보였으나 어떻게 보면 더 많아도 보였고 또 어떻게 보면 더 적은 듯도 했다. 투명할 정도의 금발과 짙은 갈색 눈썹에 작지는 않은 눈, 그리고 나름대로 곧은 콧날과 약간 두툼한 입술로 뚜렷한 이목구비이긴 했지만 역시 지금까지 보았던 미인들엔 약간 못 미치는 용모였다. 그러나 보로미어는 그녀의 얼굴에서 눈을 뗄 수가 없었다. 가이우스의 카리스마와는 다른, 그러나 그 못지않은 강렬한 끌림이 있었다.

"뭘 그리 쳐다봐?"

"아, 아니야."

"흥!"

짧은 대화를 주고받은 뒤 다시 긴 침묵이 이어졌다.

보로미어는 테이블 건너의 엘프를 흘끔거리며 엇갈린 감정에 사로잡혔다. 사흘 전 제라드 쿰에서 자신은 그녀의 목에 칼을 겨누었다. 물론 자신의 오해에서 비롯된 행동이었고 그녀는 그런 대접을 받아야 할 하등의 이유가 없었다. 다시는 얼굴을 보지 않겠다고 해도 할말이 없는 판국인데, 그녀는 오히려 목숨을 걸고 가이우스의 원정까지 쫓아와 자신을 구해 주었다. 그 사실만 놓고 본다면 자신은 당장 그녀에게 머리를 조아리고 미안하다고 빌어야 했다.

그러나 한편으론 그녀가 왜 자신을 따라왔는지에 대한 의심이 무럭무럭 일고 있었다. 굳이 가이우스의 예를 들지 않더라도 지금 온 카자드 땅을 통틀어 믿을 수 있는 녀석은 하나도 없었다.

"실바……, 아니, 이제부턴 널 뭐라고 불러야 하지? 레일라? 실바누스? 헬트? 아니면 진짜 이름은 또 따로 있나?"

전사가 먼저 입을 열자 실바누스는 한동안 손가락으로 테이블을 톡톡 두드려대다 말했다.

"실바누스라고 부르면 돼."

"그게 네 진짜 이름이야?"

"내 진짜 이름이 뭔진 중요치 않아."

그녀의 대답에 보로미어는 고개를 끄덕이며 자리에서 벌떡 일어섰다.

"알았어. 실바누스, 지금까지 여러 가지로 도와준 것 고마워. 그럼 안녕히."

"자, 잠깐."

실바누스가 당황한 얼굴로 따라 일어서며 물었다.

"지금 어딜 가려는 거지?"

"어디든 내가 갈 곳으로."

그러자 실바누스는 한숨을 쉰 다음 말했다.

"대체 너 왜 그러는 거야? 설마 가이우스가 늘어놓은 거짓말을 아직도 믿는 건 아니겠지?"

전사는 굳은 얼굴로 그녀를 마주보았다.

"지금 난 네게 아주 간단한 질문을 했어. 그런데도 넌 그것 하나 제대로 답을 해주지 않잖아. 난 예전의 돌대가리 2급 전사가 아니야. 전처럼 적당히 얼렁뚱땅 넘어가는 건 이젠 안 통한다고. 그런데도 넌 여전히 모든 걸 내게 숨기려고만 해. 왜 그래야 하지? 너도 그렇고 가이우스도 그렇고, 난 이제 숨기고, 속이고, 감추고 하는 것에 질렸어. 널 보호자로 두는 게 도움이 된다는 걸 모르는 건 아니야. 하지만 이름도 모르는 너와 다니며 매일 그런 의심으로 골머리를 썩이느니, 난 차라리 혼자가 편해."

"잠깐만……."

실바누스는 돌아서려는 보로미어의 소매를 잡았다.

"보로미어. 네 말대로 카자드의, 아니 단지 카자드만이 아니라 여기 가이아의 모든 일들이 네가 기대하듯 그렇게 간단하고 명쾌한 건 아니야. 너와 마찬가지로 나도 모든 걸 알지는 못해. 하지만 모든 일들을 다 알아야 하는 것은 아니잖아. 내 진짜 이름이 뭔지가 뭐 그렇게 중요하다는 거야? 그리고 어떤 일들은 모르는 게 나은 것들도 있어."

그러자 보로미어는 지그시 실바누스의 손을 떼어놓으며 말했다.

"지금까지 네가 날 위해 해준 일들에 대해선 고맙게 생각하고 있어. 하지만 이번 원정에서 가이우스에게 배운 것이 하나 있다면, 그건 이 카자드란 곳에선 아무도 믿어선 안 된다는 거야. 널 믿고 싶지만, 지금처럼 네가 애매한 말로 모든 걸 얼버무린다면 내가 어떻게 그럴 수 있겠어? 진짜 이름조차 가르쳐주지 않는 사람에게 어떻게 목숨을 맡기고 원정을 같이할 수 있겠냐고."

"넌 아직 저 레인보 플레이트를 사용하는 법도 모르잖아. 내 도움 없이는 절대로 그 비밀을 풀지 못할걸?"

"그래도 상관없어. 사실 이젠 별로 궁금하지도 않아. 어설프게 그 갑옷의 힘에 의지하면 어떻게 되는지는 가이우스 덕에 잘 배웠으니까."

그러자 실바누스는 아랫입술을 깨물며 말했다.

"그래서. 도대체 어쩌자는 거야? 정말 이대로 떠나겠다는 거야?"

"네가 내 질문에 진실하게만 대답해 준다면, 그러지 않을 수도 있어."

전사의 대답에 드루이드는 한숨을 쉬더니 고개를 끄덕였다.

"좋아. 물어봐."

그러나 보로미어는 다시 자리에 앉으면서 고개를 저었다.

"아니, 그렇게 간단히는 아니야. 지금 네가 진짜 이름이 뭐라고 가르쳐준다고 해도 그게 진짜 이름이 맞는지 아닌지 내가 알 수 있는 방법이 없잖아. 그러니 네 말을 정말로 믿을 수 있게 해줘."

"무슨 소리야?"

"신의 이름을 걸고 맹세해. 내가 묻는 말에 진실만을 말하겠다고."

그러자 실바누스의 몸이 순간적으로 꼿꼿하게 굳었다.

"맹세를 하라고? 신의 이름을 걸고?"

"네가 방금 날 속이려 한 게 아니라면 못할 이유도 없잖아?"

"너, 정말!"

자존심이 상한 드루이드는 입술을 파르르 떨면서 전사를 노려보았다. 그러나 전사의 표정에 한치의 흔들림도 없는 것을 본 그녀는 두 손으로 머리를 감싸쥐고 고민하더니, 갑자기 자리에서 벌떡 일어났다.

"좋아. 따라와."

실바누스가 보로미어를 데리고 간 곳은 비트라 쿰의 남쪽 성문 밖이었다. 아무런 말도 없이 30분 가량을 걷기만 하던 드루이드는 인적이 드문 숲속으로 들어가더니 걸음을 멈췄다.

"그렇게도 소원이라면 그까짓 맹세 따위 못할 것도 없지."

드루이드는 잔뜩 화가 난 표정으로 투덜거리더니 덧붙여 말했다.

"하지만 나도 조건이 있어. 질문은 단 세 가지뿐이야. 너에게 한없이 시달리긴 싫으니까."

보로미어는 잠시 생각을 해본 뒤 고개를 끄덕였다.

그러자 실바누스는 반지를 뽑아 땅에 놓고는 주문을 외웠다. 잠시 후, 반지가 연보랏빛 광채를 뿜기 시작하자 그녀는 두 팔을 하늘로 뻗으며 외쳤다.

"당신의 종은 이로써 전사 보로미어의 질문 세 가지에 거짓없이 답할 것을 맹세합니다!"

다시 반지를 집어 손에 낀 드루이드는 전사를 흘겨보며 물었다.

"자, 뭐가 그리도 궁금하지? 내 진짜 이름? 네 갑옷의 비밀?"

그러나 보로미어는 천천히 고개를 젓더니 말했다.

"링메이든에 대해 말해 봐."

그러자 실바누스의 얼굴이 순간적으로 굳어지더니, 전사를 노려보며 서서히 일그러지기 시작했다.

"나쁜 자식. 날 속였어."

"널 속인 게 아냐. 내가 분명히 말했지? 난 이제 얼뜨기 2급 전사가 아니라고. 지금 내겐 네 진짜 이름보다 더 궁금한 일들이 많이 있어. 내가 네 이름 따위나 물어보려고 맹세까지 시켰다고 착각을 했다면 그건 순전히 네 잘못이지."

실바누스는 분해 죽겠다는 표정으로 계속 보로미어를 노려보다가 어쩔 수 없다는 듯 한숨을 쉬고는 말했다.

"좋아. 말해 주겠어. 하지만 지금 들은 걸 절대로 입 밖에 내지 않겠다고 약속해."

웬 비밀? 보로미어는 고개를 갸우뚱했으나 일단은 그러겠다고 답했다.

"······알았어."

그러자 실바누스는 다시 한숨을 쉬고 풀밭에 앉더니 보로미어에게도 앉으라는 손짓을 했다. 그러고도 한동안 아랫입술을 씹으며 고민하던 엘프는 마침내 입을 열었다.

"아모네 이실렌 원정 때 상급 서열들의 미션에 대해 이야기해 준 거, 기억 나?"

보로미어가 고개를 끄덕이자 실바누스가 계속했다.

"메디나의 경우를 보아도 알겠지만, 상급 서열이 된 다음엔 서열을 올리기가 간단치 않아. 필요한 경험을 쌓더라도 부여된 미션을 해결하지 못하면 서열을 올릴 수가 없다는 건 전에 말했던 대로야."

"알고 있어."

"그래. 하지만 경우에 따라선 그 미션의 해결이 아예 불가능해질 수도 있어. 예를 들어 어떤 동굴의 비밀 문을 열어야 미션이 해결되는데, 그 비밀 문의 유일한 열쇠를 누가 로인즈 호수 한복판에 빠뜨렸다고 해봐. 그러면 그 미션은 영원히 불가능한 것으로 남을 것이고 그 불쌍한 상급 서열은 영원히 승급을 못할 거란 말이야."

"그렇겠군."

"원천적으로 불가능해진 그런 미션들에 목을 맨 사람들이 상당히 많기 때문에, 신들이 그런 이들을 구제하기 위해 보내준 것이 바로 고대어 마법이야. 스톤헨지에서 돌벽 속으로 길을 냈듯이 움직일 수 없는 것들을 움직이게 하고 변할 수 없는 것들을 변하게 하는 강력한 마법이지. 간단히 건물이나 숲의 모양을 바꾸는 것에서 돌벽에 길을 뚫든가 강을 땅으로 바꾼다든가 하는 것까지 모두 가능해."

"대단하긴 한데 그게 링메이든이란 것과 무슨 상관이지?"

"끝까지 들어봐! 넌 투사급이 되어도 성질 급한 것은 여전하구나."

전사가 말을 끊자 실바누스는 못마땅한 표정으로 핀잔을 주더니 계속했다.

"물론 고대어 마법에 대해선 많이 알려져 있는 편이야. 웬만한 사제나 위저드라면 한눈에 알아볼 수 있을 정도니까. 하지만 대부분의 사람들이 모르고 있는 것도 있어. 그건……, 그건 바로 그 고대어 주문을 아무나 쓸 수 없다는 점이지."

"……."

"많은 이들이 운 좋게 두루마리 같은 것을 얻어 그 주문을 사용할 수 있게 된다고들 알고 있지만, 실제로 고대어 주문을 사용하기 위해선 아주 엄격한 조건들이 필요해."

"?"

"첫째는 사용자가 드루이드여야 한다는 것. 즉 상급 서열 사제인 5급 비숍에서 6급인 카디널로 올라가기를 포기하고 계급을 아예 드루이드로 바꾼 사람들만이 그 마법을 쓸 수 있는 자격을 갖게 돼. 그러나 드루이드라고 누구나 그 마법을 사용할 수 있는 것도 아니야. 바로 고대어 마법의 정수가 담긴 신물(神物)을 얻어야만 비로소 고대어 마법을 사용할 수 있어."

"신물이라고?"

보로미어가 되묻자 실바누스는 잠시 머뭇거리다 털어놓았다.

"그건 가이아의 대지와 산천 초목의 모든 힘, 즉 드루이드 마법의 원천을 한 물건에 압축하여 담아놓은 거야. 현재 카자드와 노렐, 그리고 다메시아에 각각 하나씩만 존재하는 아주 희귀한 물건이지. 신물은 반지의 모양을 하고 있고, 따라서 그 반지를 가진 드루이드를 링메이든 또는 링마스터라고 불러."

"그럼 설마 네, 네가……."

놀란 보로미어가 말을 잇지 못하자 실바누스는 긴 한숨을 쉬며 왼손을 들어올렸다.

"그래. 맞아. 내가 바로 카자드의 링메이든이야. 카자드의 신물인 '네냐'를 맡고 있는 드루이드지."

그녀의 왼손 가운뎃손가락에는 타오르는 듯한 붉은색의 반지 하나가 얌전히 끼워져 있었다.

"그, 그런데 그게 뭐 그렇게 큰 비밀이라고……."

아직도 놀람이 가시지 않은 전사가 더듬거리자 실바누스가 말했다.

"바보같이! 조금만 생각해 봐. 카자드가 록스란드에 먼저 진입하기 위해선 실력 있는 상급 서열들이 많이 필요해. 링메이든의 역할은 바로 그런 상급 서열들이 각자의 미션을 빨리 해결할 수 있도록 돕는 거라고. 하지만 보물을 얻기 위해 온 카자드를 헤매고 다니는 하급 서열들도 한둘이 아니잖아. 만약 링메이든이란 존재가 있다는 사실이 알려진다면 누구나 그 도움을 얻으려고 혈안이 될 거고, 그럼 아마도 난 그 사람들로부터 피해 다니느라 아무 일도 할 수 없을 거야. 그런 이유에서 링메이든에 대한 지식은 상급 서열들만의 비밀로 남아 있는 거지. 내가 링메이든인 것을 모르고 도움을 받는 상급 서열들도 있고, 또 어떤 자들은 메디나처럼 그 사실을 알더라도 앞으로 언제 다시 내 도움을 필요로 하게 될지 모르니까 반드시 비밀을 지킨단 말이야. 만약 이 사실을 다른 하급 서열들에게 발설한다면 너 역시 내 도움은 끝이야."

보로미어는 그제서야 모든 것을 이해할 수 있었다. 제라드 쿰에서 기어이 링메이든에 대한 답변을 거부하던 실바누스나 자신이 그 이름을 언급하자 놀라던 메디나나 모두 이유가 있었던 것이다. 지금까지 비밀스럽기만 했던 실바누스의 행동들에 대한 오해가 풀리면서 그녀에게 가졌던 의심들도 차츰 녹아내리기 시작했다.

보로미어는 약간의 경외심이 서린 눈으로 앞에 앉은 엘프 여인을 바라보았다. 상급 서열의 수호자이며 카자드에 단 하나뿐인 링메이든. 자신이 지금까지 그렇게 엄청난 인물의 도움을 받고 있었다니⋯⋯.

"링메이든은 원래 그 비밀을 유지하기 위해 계속 이름과 모습을 바꿔야 해. 동쪽에서는 바렌하트로, 서쪽에서는 사프란으로. 어제는 실바누스로, 또 오늘은 레일라로. 내가 두건을 벗어던진 것도 이름을 바꾼 것도 다 그런 이유 때문이야."

피로한 목소리로 이야길 계속하던 실바누스는 갑자기 생각이 난 듯 보로미어를 돌아보더니 매섭게 쏘아붙였다.

"흥! 그리고 그러지 않을 수도 없었지. 네가 잘 알지도 못하면서 덜렁 맹세를 깨버리는 바람에 그 벌칙이 맹세자인 나에게 떨어졌단 말이야. 너 덕분에 '네냐'의 힘이 완전히 소진되어 버렸어!

모습과 목소리를 바꿔주던 고대어 마법을 쓸 수 없으니, 더 이상 남자 행세를 할 수도 없는 노릇이잖아."

보로미어는 깜짝 놀라 실바누스를 돌아보았다.

"뭐? 그럼 나 때문에······."

"그래, 이 바보야! 너 때문에 지금 카자드엔 링메이든이 없단 말이야!"

화가 난 실바누스가 언성을 높여가며 퍼부어댔지만 전사는 대꾸조차 할 수 없었다. 아무리 가이우스의 카리스마에 넘어가 저지른 일이라고는 하지만 이번 일이 카자드 전체의 운명이 달린 초대형 사고라는 것 정도는 눈치 없는 그로서도 충분히 알 수 있었기 때문이다. 풀이 죽은 전사가 시선을 피해 애꿎은 땅만 쳐다보고 있자 드루이드는 조금 누그러진 목소리로 덧붙였다.

"좀 번거롭긴 하지만 그래도 네냐의 힘은 드루이드 신전에서 다시 회복할 수 있으니까 걱정하지 마. 하지만 링메이든에 대한 이야기만은 절대로 입 밖에 내어선 안 돼. 잘못하면 온 카자드의 질서가 무너져버리니까."

보로미어는 실바누스의 말에 황급히 고개를 끄덕이다가 언뜻 생각이 나서 물었다.

"그런데 반지가 왜 하나뿐이지? 전에는 더 많았던 것 같은데."

그러자 실바누스는 잠시 눈썹을 찡그리더니 한숨을 쉬며 오른손을 들어올렸다. 거기엔 노란색과 푸른색의 반지가 각각 셋째와 넷째 손가락에 감겨 있었다.

실바누스가 말했다.

"드루이드로 계급을 바꾸는 사제는 원래의 신척을 잃는 대신 두 개의 반지를 받아. 하나는 사제 주문을 쓰기 위한 신척으로, 그 걸 가지고 있으면 5급 사제인 비숍의 능력으로 기존의 사제 주문을 쓸 수 있어. 그리고 추가적으로 그 반지엔 회복 계열이 아닌 사제 주문 하나를 영구히 각인시킬 수 있어. 내 경우는 안티매직 주문이지."

드루이드는 노란 반지를 낀 약지를 흔들어 보인 다음 설명을 계속했다.

"또 하나는 드루이드의 1급 서열인 에폽트를 상징하는 그린 서클인데, 지금은 가지고 있지 않아."

"그럼 그 파란 반지는 뭔데?"

"드루이드는 서열이 오를 때마다 반지를 하나씩 추가해. 이건 내가 2급 드루이드인 마이스테스가 되며 얻은 블루 서클이야. 3급인 데이누스가 되면 흰색인 화이트 서클을 받겠지."

"그린 서클은 왜 가지고 있지 않은데?"

계속되는 전사의 물음에 실바누스는 성가신 듯 얼굴을 찡그리며 말했다.

"고대어 주문의 힘은 일단 네냐로부터 나오지만, 실제로 사용을 하려면 드루이드 서클 하나에 그 힘을 묶어야 해. 그리고 일단 드루이드 서클에 묶인 주문은 나와 떨어져서도 그 힘을 잃지 않아. 지금 내 그린 서클은 고대어 마법 하나를 묶어서 다른 곳에 쓰고 있어."

"어디에?"

그러자 드디어 실바누스가 참다못해 투덜거렸다.

"야! 도대체 내가 그 반지를 가지고 판게아 산을 갈아엎고 있든

로인즈 호수에 물을 대고 있든 무슨 상관이야? 질문 하나 가지고 밤을 샐 거야?"

보로미어는 이미 링메이든에 대해선 충분히 설명을 들었고, 또 더 이상 그녀의 화를 돋울 입장도 아니었기 때문에 일단 거기서 입을 닫았다. 그리고 더 궁금한 것들도 아직 많이 남아 있었다.

"좋아. 그럼 두 번째 질문이야. 도대체 '밤을 즐긴다'는 말이 무슨 뜻이지?"

보로미어가 묻자 실바누스의 얼굴은 순식간에 다메시안 강의 저녁 노을처럼 붉어졌다.

"너, 너란 녀석은 정말……."

드루이드는 당황하여 말을 더듬다가 말했다.

"그, 그건 네가 상급 서열이 되면 자동적으로 알게 되는 일이야."

그러나 보로미어가 입을 굳게 다물고 끈질기게 노려보자 그녀는 거세게 도리질을 한 번 치고는 마지못해 입을 열었다.

"전에 내가 결혼이란 것에 대해서 말해 준 거 기억해?"

"그래. 상급 서열이 다른 상급 서열과 죽을 때까지 모든 원정을 같이하기로 하는 것 말이지?"

"맞았어. 결혼을 한 상급 서열에게 부여되는 특권이 바로 밤을 즐기는 거야. 됐지?"

"그러니까 그게 뭐냐고!"

답답해진 보로미어가 다시 묻자 실바누스는 더욱 얼굴을 붉히며 더듬거렸다.

"결혼한 상급 서열은……, 이틀에 하루씩은 잠을 자지 않아도 돼. 그러니까 밤이 시작되어도……, 계속 깨어 있을 수 있단 말이야. 그리고 그 동안 각자의 배우자와 서로……."

드루이드가 더 이상 말을 잇지 못하자 전사는 드디어 짜증을 내기 시작했다.

"그래서 도대체 뭐가 어떻게 된다는 거야? 숨기지 않고 말해주기로 맹세했잖아!"

그러자 이번엔 실바누스도 벌떡 일어나더니 지지 않고 소리를 질렀다.

"이 바보야! 물어볼 게 따로 있지, 어떻게 그걸 나한테 물어보니! 상급 서열인 다른 남자들에게 물어봐! 난 더 이상 얘기 못해!"

드루이드의 이야기를 하나도 이해하지 못한 보로미어는 못마땅한 표정으로 그녀를 노려보다 물었다.

"좋아. 그건 남자 상급 서열 아무에게나 물어보면 가르쳐준단 말이지?"

"그래!"

"알았어. 그런 거라면 지금까지 네게서 받았던 도움을 생각해서라도 더 이상 묻지 않을게."

"휴우. 정말 고마워서 눈물이 다 날 지경이다."

실바누스는 혼자말처럼 중얼거리며 풀밭에 털썩 주저앉았다.

"그럼 세 번째 질문이야."

보로미어가 쉴 틈을 주지 않고 말하자 실바누스는 짧은 웃음을 터뜨리더니 말했다.

"무슨 소리야? 이미 질문 셋을 다 했잖아."

"뭐? 난 두 가지 질문밖에는 하지 않았어!"

황당해진 보로미어가 소리를 지르자 드루이드가 손가락을 꼽으며 말했다.

"링메이든에 대해서 하나, 드루이드 서클에 대해서 둘, 그리고 밤을 즐기는 것에 대해서 셋. 내가 보기엔 분명히 그렇게 세 가지 질문이었는걸?"

"그런 말도 안 되는 셈이 어딨어?"

전사가 얼굴을 붉히며 항의하자 실바누스는 조금도 물러서지 않고 되받아쳤다.

"론디움에선 너도 그 셈법을 즐겨 사용했잖아!"

"이건 불공평해! 밤을 즐기는 것에 대해선 제대로 대답도 안 했잖아."

"어떻게 답을 얻을 수 있는지 가르쳐준 걸로 충분해."

"이 씨……."

보로미어는 분통이 터졌으나 더 이상 말해 봐야 소용이 없다는 것을 잘 알고 있었다. 전사와 드루이드의 논쟁이란 결론이 뻔한 것이고, 게다가 지금 자신은 제라드 쿰에서의 행동에 대해 한참을 빌어도 모자랄 처지인 것이다.

"제기랄!"

포기한 전사가 일그러진 얼굴로 내뱉자, 실바누스가 조금은 미안했는지 엷은 미소를 지으며 말했다.

"쯧쯧. 정 그렇게 궁금하다면 한번 말해 봐. 답해 줄 수 있는 것이면 답을 해줄 테니까."

"그래?"

전사의 눈이 다시 반짝거렸다. 사실 이게 가장 궁금했다.

"왜지? 왜 맹세의 효력이 사라졌는데도 네크로맨서의 원정까지 날 쫓아온 거지? 원정대가 전멸할지도 모른다는 걸 알면서도 말이야. 그리고 지금도 내가 도망갈까 봐 사제의 맹세까지 해가며 날 잡아두고 있잖아. 도대체 나한테서 원하는 게 뭐지?"

보로미어의 날카로운 물음에 실바누스는 갑자기 얼굴을 붉히며 자세를 바로잡았다.

"그, 그건……."

그러나 일단 운을 뗀 실바누스는 왠지 한참이 지나도 답을 하지 않았다. 뭐라고 말을 하려다 말고 몇 번이나 머뭇거리던 그녀는 슬쩍 고개를 돌려 전사의 눈길을 피했다.

"관두자."

"이봐, 그걸 모르면 난 널 믿을 수가 없어."

보로미어의 말에 드루이드는 갑자기 흥분하며 소리쳤다.

"그만하자고 했지! 지금까지 네 녀석이 나한테 한 짓들을 다 접어두고, 난 바로 어제까지도 널 보호하려고 몇 번이나 목숨을 걸었어. 그런데도 날 믿지 못한다는 소리나 한다면, 넌 정말, 넌……."

입술을 바르르 떨며 말을 맺지 못하는 실바누스의 모습에 전사는 찔끔하여 입을 닫았다. 사실 한두 번도 아니고 여러 차례 자신을 위해 죽음을 불사했던 그녀다. 링메이든에 대한 의심도 풀린 지금, 그녀를 믿지 못한다는 것은 자신이 할 소리가 아니었다.

"아, 알았어. 미안해. 내가 잘못 생각했어."

보로미어는 황급히 사죄했다. 어쨌거나 오늘은 그녀를 화나게 할 입장이 아닌 것이다.

잠시 어색한 침묵이 흐르자 드루이드가 퉁명스레 말했다.

"됐어. 그런 쓸데없는 소린 좀 그만하고 네 갑옷 얘기나 하자."

"내 갑옷?"

갑작스럽게 바뀐 화제에 보로미어가 되묻자, 실바누스가 한숨을 쉬더니 말했다.

"그래! 지금 네가 입고 있는 그 고물 갑옷 말이야. 가끔은 나라 전체의 거대한 운명이 작은 물건 하나에 좌우되는 일이 있어. 어쩌면 카자드의 록스란드 진공도 네 갑옷의 힘을 밝혀내느냐 마느냐에 달렸을 수도 있다고. 내 생각엔 충분히 그럴 가능성이 보여."

"이 고물에 록스란드 진입의 열쇠가?"

전사가 믿을 수도 없다는 듯이 되묻자 드루이드가 말했다.

"물론 아직까지는 추측일 뿐이지만, 그럴 수도 있다는 거지."

"하지만 이건 빛을 내는 것 이외엔 아무런 힘이 없잖아."

그러자 순간적으로 실바누스의 얼굴에 어두운 그림자가 스쳐 갔다.

"후우, 그게 문제야. 사실 나도 가이우스가 무지개에 대한 것을 언급할 때에서야 그 구체적인 방법을 깨달았지만, 내가 생각해 낸 방법도 가이우스의 그것과 큰 차이가 없거든. 모든 갑판의 빛이 동시에 합쳐질 때 갑옷의 힘이 발산된다는 것. 분명히 그때 프라이멀 라이트(Primal light)가 나왔어야 하는데……."

"프라이……, 뭐라고?"

"프라이멀 라이트. 태초의 빛."

"태초의 빛?"

실바누스는 전사의 멍한 얼굴을 흘끗 보더니 한숨을 쉬며 말했다.

"이건 고급 사제 마법에 잠시 나오는 이야기야. 태초에 가이아가 창조될 때, 세상엔 빛도 어둠도 없었다고 해. 나중에 신들이 다섯 종족의 시조를 창조하고 나서 그들에게 세상의 아름다움을 보여주기 위해 태초의 빛을 선사했는데, 그게 바로 프라이멀 라이트였다는 거지."

"그럼 이 갑옷의 힘이 단지 그림자 마법만이 아니란 말이야?"

"그렇지. 물론 겉으로 보면 그림자 마법이지만, 그것만으론 네가 리치를 죽였던 걸 설명할 수가 없어. 그건 그림자 마법을 담고 있는 그 빛이 단순한 빛이 아닌 프라이멀 라이트였다는 걸 뜻하고, 바로 그게 네 갑옷의 세 번째 비밀이란 게 내 생각이야. 전설에 따르면 프라이멀 라이트는 먼저 세상을 빛의 반쪽과 어둠의 반쪽으로 나누었고, 그 빛의 반쪽이 지금 우리가 살고 있는 세계와 영계, 광물계, 지옥계, 천계 등등으로 다시 나뉘었다고 해. 그리고 어둠의 반쪽에는 우리와 완전히 대칭이 되는 또 다른 세계가 존재한다는 거지."

"이해가 안 가는군."

"흥. 물론 네가 이해하길 기대하진 않았어. 하지만 리치란 존재에 대해서 한번 생각을 해봐. 녀석은 아이언 다이어뎀의 힘으로 우리 세계와 영계에 나뉘어 있는 존재야. 간단히 두 군데에 한꺼번에 존재한다고 생각할 수도 있지만, 사실 그건 어디에도 존재하지 않는다는 말과 같아. 리치에게 그림자가 없던 것 기억나지? 그건 바로 그 녀석에게 실체가 없기 때문이야."

"……"

"프라이멀 라이트는 세상이 빛과 어둠의 반쪽으로 나뉘기 전의 상태야. 그러니 너나 나처럼 빛의 세계에 실체를 둔 존재들에겐 어둠의 세계 속에 존재하는 그 쌍둥이, 즉 자신과 똑같은 능력을 가진 '그림자 괴물'을 안겨주는 그림자 마법으로 작용하겠지. 하지만 리치처럼 어디에도 그 실체가 없는 존재가 그 빛을 받으면 어떻게 될까?"

"……."

"내 생각엔 어둠의 반쪽에서 불러올 그림자가 없는 존재라면, 아마도 태초의 빛 속에선 그대로 소멸해 버릴 것 같아. 프라이멀 라이트는 자신이 나눠놓은 빛과 어둠의 구분에서 벗어난 모순적인 존재를 허락하지 않을 테니까."

"하지만 그 빛으로 우리 세계의 리치가 소멸한다고 해도 영계의 리치는 계속 남아 있게 되잖아. 여전히 녀석을 완전히 죽일 수는 없어."

쥐꼬리 만한 지식을 가지고 전사가 반론을 제기하자 실바누스가 고개를 저었다.

"기억해? 에스트발데에서 네 갑옷의 힘이 발동한 것은 네가 트랜스 상태에 있을 때였어. 즉 넌 우리 세계와 영계에 반반씩 걸쳐져 있었단 말이야. 그런 상태에서 프라이멀 라이트가 두 세계의 리치에게 동시에 비춰진 거라고. 양쪽 세계의 리치가 동시에 소멸해 버렸기에 녀석을 죽일 수 있었던 거지. 덕분에 그 흉물스런 다이어뎀이 카자드 땅에 굴러다니게 된 거고."

확실히는 아니었지만 대충이나마 실바누스의 설명을 이해한 보로미어는 천천히 고개를 끄덕였다.

"물론 아직까지는 모든 것이 추측일 뿐이지만, 그게 네가 리치를 죽인 것에 대해 내가 생각해 낼 수 있는 유일한 설명이야. 물론 제잘난 줄만 아는 가이우스는 거기 담겨 있는 게 단순히 그림자 마법이라고만 생각했겠지만."

실바누스가 어깨를 으쓱하며 덧붙였다.

그러자 고개를 끄덕이던 전사가 다시 물었다.

"좋아. 그건 그렇다고 치자. 그런데 가이우스가 갑옷의 힘을 발동시켰을 때는 왜 아무런 일도 일어나지 않았던 거지?"

그러자 실바누스는 두 손을 번쩍 들어올리더니 뒤로 벌렁 누우며 읊조렸다.

"몰라, 몰라, 몰라! 바로 그걸 나도 모르겠단 말이야. 아무리 머리를 굴려봐도 그것만은 도저히 알 수가 없어."

전사는 입고 있는 고물딱지 갑옷을 내려다보다가 무심코 말했다.

"어쨌거나 그 가이우스란 자식, 정말 대단하긴 대단한 놈이야. 난 한꺼번에 두 개도 밝히기 힘든 갑판을 동시에 몽땅 밝혔으니 말이야. 어떻게 사람이 일곱 가지나 되는 감정을 동시에 가질 수 있을까?"

그러자 실바누스가 갑자기 벌떡 일어나 앉으며 소리쳤다.

"맞다!"

"뭐, 뭐가?"

놀란 보로미어가 되묻자 엘프는 잔뜩 흥분된 목소리로 외쳤다.

"레인저! 레인저였잖아! 녀석은 레인저였다고."

"그건 카자드 전체가 아는 사실이야."

전사가 한심스럽다는 투로 말하자 실바누스는 머리를 저으며 쏘아댔다.

"이런, 이런 내가 왜 그 생각을 못했을까! 레인저들은 사기를 치기 위해 자신의 감정을 숨기거나 조작하는 능력을 키운단 말이야!"

"그, 그래서?"

"그러니까 가이우스가 가졌던 일곱 가지 감정들은 모두 가짜일 수도 있어. 모두 진실한 감정이 아닌 조작이었을 거라고."

"그럼……."

전사가 눈이 커지자 드루이드가 세차게 고개를 끄덕이며 말했다.

"그래. 그 녀석이 내던 빛은 모두 가짜였을 거야! 그래서 갑옷의 진짜 힘을 끌어낼 수 없었던 거라고!"

보로미어가 갑옷을 어루만지며 벌떡 일어나자 실바누스도 따라서 일어나며 들뜬 목소리로 말했다.

"너라면 모든 감정에 미련할 정도로 솔직하니까 가능할 거야. 일곱 가지 감정을 동시에 발산할 수만 있다면, 간단히 갑옷의 힘을 이용할 수 있을 거야. 분명해."

전사는 미련하다는 말에 살짝 기분이 상했지만 새로운 가능성으로 흥분한 지금 그런 것에 신경 쓸 틈은 없었다.

"정말 그럴까?"

전사가 미심쩍은 듯 묻자 실바누스는 두 눈을 반짝였다.

"물론이야. 지금이라도 해보자."

오늘은 성미 급한 것이 보로미어 자신만의 전매 특허는 아닌 듯

했다.

실바누스의 부추김도 부추김이었지만, 전사는 스스로의 호기심을 이기지 못해 눈을 감았다. 그 빌어먹을 가이우스 녀석의 상판때기를 생각하자 실바누스의 탄성이 들려왔다. 살짝 한쪽 눈을 떠보니 가슴 갑판에서 눈이 부실 정도의 주황색 빛이 뿜어나오고 있었다.

"그래. 확실히 빛의 감이 다른 것 같아."

엘프는 고개를 끄덕이더니 다시 말했다.

"이번엔 기쁜 생각을 해봐."

보로미어는 투사로 서열을 올리던 때를 기억해 보았다. 그러나 이번엔 드루이드가 고개를 저었다.

"아니야. 빛이 약해. 정말로 기쁘던 생각을 해봐."

고민 끝에 네크로맨서의 숲에서 동굴 사자의 무리를 도륙하던 때를 떠올리자 실바누스가 박수를 치며 소리를 질렀다.

"그래! 바로 그거야, 그거!"

힐끗 뒤를 돌아보니 등 갑판이 진한 붉은빛으로 환하게 달아오르고 있었다.

"좋아. 그러면 이번엔 두 가지 생각을 같이 해봐."

보로미어는 그녀의 말대로 해보려고 무진 애를 썼으나, 그것은 사천왕의 숲에서와 마찬가지로 영 쉽지가 않았다. 한동안 앞뒤의 갑판이 번갈아 깜박이는 것을 보며 안타까워하던 실바누스는 전사의 어깨를 두드리며 다그치듯 말했다.

"아니야, 너무 성급했던 것 같아. 일단 한 갑판씩 해보자."

이어서 해가 중천에 이르도록 진땀을 뺀 결과, 보로미어는 추가로 양어깨와 옆구리의 갑판까지 발동시키는 데 성공했다. 그러나 아무리 노력을 해도 애(愛)의 감정에 대응하는 배 갑판에서만큼은 고유의 청색광을 끌어낼 수가 없었다. 가장 아끼는 실버 블레이드를 떠올려도 엉뚱하게 오른쪽 옆구리 갑판이 욕(慾)의 보랏빛을 뿜어댈 뿐이었다.

결국 보로미어 이상으로 지쳐 있던 실바누스가 한숨을 내쉬더니 물었다.

"보로미어. 세상에 그렇게 사랑하는 게 없어?"

"글쎄, 많다고 생각했는데⋯⋯."

"그럼, 지금까지 만났던 마리안이나 아그네스 같은 여자들이라도 생각해 봐."

그러나 역시 결과는 마찬가지였다. 카자드로 넘어온 이후 조금이라도 끌렸던 여자들을 모두 떠올려 봤지만, 빌어먹을 배 갑판은 도무지 요지부동이었다.

"소용없어. 지금까지 만났던 여자들은 모두 떠올려 봤지만⋯⋯."

맥빠진 전사의 말에 실바누스가 확인하듯 물었다.

"모두 다?"

전사가 고개를 끄덕이자 그녀는 실망한 표정이 역력한 얼굴로 말했다.

"됐다, 됐어. 오늘은 그만 하자."

"조금만 더 하면 될 것도 같은데⋯⋯."

그러나 실바누스는 고개를 저었다.

"됐다니까. 우린 내일 네냐를 회복시키기 위해 드루이드 신전으로 가야 해. 준비할 것들이 많으니까 오늘은 이걸로 마쳐."

"하지만……."

"그만 하자니까!"

웬일인지 버럭 소리를 지르고 멀어져 가는 실바누스의 뒷모습을 바라보던 보로미어는, 갑자기 아침 나절의 두통이 되돌아오는 것을 느끼면서 주먹으로 양쪽 관자놀이를 번갈아 가며 쥐어박기 시작했다.

혼자 터덜터덜 비트라 쿰으로 돌아온 전사는 일단 싸구려 망토를 하나 사서 볼꼴사나운 갑옷 위에 걸쳐 입었다. 여전히 지끈거리는 머리를 안고 성내를 헤매다 다다른 곳은 현자의 집 앞이었다.

"아무 상급 서열에게나 물어보면 된다고 했지?"

중얼거리며 상급 서열의 문패를 찾던 보로미어는 천 두카트라는 가격표를 보고 멈칫했다. 아무 상급 서열이나 답해 줄 수 있는 정보를 얻기 위해 그런 거금을 써야 할 것인가에 대해 회의가 생겼기 때문이다.

고민하던 전사는 고개를 저으며 술집들이 있는 거리 쪽으로 발걸음을 돌렸다. 일단 몇몇 큼지막한 주점들을 기웃거려 보았으나 낮인지라 한산한 편이었다. 전사는 어쩔 수 없이 여관으로 돌아와 실바누스를 기다리기로 했다.

그러나 어찌 된 일인지 드루이드는 해가 저물 무렵이 되어도 나타나지 않았다. 기다리다 지친 보로미어는 밤의 시작을 두어 시간 남기고 다시 거리로 나섰다. 낮과는 달리 저녁의 거리는 퀘스트와 원정에서 돌아오는 사람들로 북적대고 있었다.

보로미어는 다시 몇몇 술집을 기웃거렸으나, 이번엔 겉모습만 보고 상급 서열을 알아볼 수 없다는 문제에 봉착했다. 물론 옷차림이나 들고 있는 무기의 종류로 보아 대충 짐작을 할 수는 있었지만 확실한 것은 아니다. 무턱대고 아무나 잡고 혹시 상급 서열이 아니냐고 물어보던 전사는, 상급 서열이란 상당히 드문 계층이라는 사실을 새삼 깨달아야 했다.

걸음을 질질 끌며 다시 여관으로 향하던 전사는 갑자기 날아온 반가운 목소리에 고개를 돌렸다. 위저드 바실리아였다.

"보로미어! 이 촌구석은 벌써 떠났을 줄 알았는데, 이게 웬일이야!"

바실리아는 호들갑을 떨며 전사의 손을 잡더니 옆의 술집으로 끌고 들어갔다. 그녀가 안내한 테이블에는 두어 명의 사람들이 앉아 있었는데, 그중 낯익은 얼굴을 발견한 보로미어가 손을 흔들자 하플링인 리스트가 자리에서 튀어오르듯 일어나며 환성을 질렀다.

"보로미어! 보로미어!"

리스트는 옆에 있던 다른 사람들을 돌아보며 큰소리로 말했다.

"바로 내가 얘기하던 그 친구야! 고르곤 전사! 아니, 이제는 은검 전사라고 불러야지."

등을 떠밀리다시피 하여 테이블에 앉은 보로미어에게 바실리아가 나머지 사람들을 소개했다.

"리스트는 알 테고, 이쪽은 4급 레인저인 트래커 제스로."

마주앉은 엘프 레인저가 간단히 목례를 해왔다.

"그리고 여긴 5급 위저드인 컨저러 클란디에르."

"클란이라고 부르게."

위저드 복을 입은 중년의 인간 남자가 보로미어에게 손을 내밀었다.

"컨저러면 상급 서열이잖아."

보로미어는 클란의 손을 마주잡으며 물었다. 바실리아가 고개를 끄덕였다.

"물론이지. 그리고 내일 출발하는 우리 원정대의 원정 대장이기도……."

그러나 바실리아가 말을 끝맺기도 전에 보로미어는 클란의 손을 부여잡은 채 큰소리로 외쳤다.

"클란, 대체 '밤을 즐긴다'는 것이 뭐요?"

일순간 놀라울 정도로 조용해졌던 술집의 사방에서 킥킥거리는 웃음이 터져나왔고, 옆에 앉아 있던 바실리아의 얼굴은 루비처럼 붉게 달아올랐다.

어리둥절해진 보로미어가 사방을 둘러보자 클란이 당황스런 미소를 지으며 소리 죽여 말했다.

"이보게. 목소리 좀 낮추게나. 이거야 어디 낯뜨거워서……."

자신이 또 뭔가 실수했다는 것을 눈치챈 전사가 입을 다물자 술집은 곧 이전의 소란스런 분위기로 되돌아갔다. 왁자지껄한 소음이 차오르자 클란은 그때까지도 자신을 단단히 움켜쥐고 있는 보로미어의 손을 점잖게 걷어내며 말했다.

"이보게, 보로미어. 그런 이야기는 이런 자리에 어울리지도 않고, 내일 원정에 필요한 이야기도 아니야."

이상한 미소를 머금고 있는 바실리아의 얼굴을 돌아본 보로미어는 고개를 갸우뚱거리며 클란에게 물었다.

"왜들 이러는 거지? 내가 뭐 못할 말이라도 한 건가?"

"아니. 아니야. 그냥 잊어버리게. 그건 그렇고 우리 내일 원정에 대한 이야기나 좀 해볼까?"

클란이 점잖게 말꼬리를 돌리려 했으나 보로미어는 완강히 고개를 저었다.

"안 돼. 난 먼저 밤을 즐기는 게 뭔지 알아야겠어."

그러자 클란이 난감한 표정을 지으며 물었다.

"나 참, 이거. 자네는 그걸 꼭 이 자리에서 알아야만 하겠나?"

보로미어는 거세게 고개를 끄덕이며 대답했다.

"물론이지. 그런데 웬일인지 아무도 그걸 가르쳐주려고 하질 않잖아."

리스트와 바실리아는 이미 알고 있는 이야기였는지 가벼운 미소만 띠고 있었지만, 제스로라는 레인저는 처음 듣는 것인지 귀를 쫑긋 세우고 있었다. 클란은 제스로와 보로미어를 번갈아 쳐다보다가 어쩔 수 없다는 듯 한숨을 쉬며 입을 열었다.

"일단 상급 서열에 오르면 혼인이란 것이 가능해지네. 그건 남녀 상급 서열들 간의 계약의 일종으로……."

"그건 알고 있소."

보로미어는 조급한 표정으로 말을 잘랐다. 클란이 고개를 끄덕였다.

"좋아. 그래서 일단 부부가 된 남녀는 이틀에 한 밤씩을 그들만의 시간으로 부여받는다네. 서로에게서 육체의 즐거움을 얻을 수 있는 시간을 말이야."

보로미어는 그 다음에 나올 이야기에 온 신경을 집중하였으나 클란은 웬일인지 더 이상 말을 하지 않았다. 굳게 닫힌 그의 입을 한동안 바라보던 보로미어는, 이미 그가 말을 다 끝냈다는 것을 깨닫고는 성난 목소리로 외쳤다.

"아니, 내가 궁금한 건 말이오……."

그러나 전사는 뒷말을 이으려다 말고 사람들의 시선이 다시 자신을 돌아보는 것을 느끼고는 목소리를 낮췄다.

"내가 궁금한 건, 바로 그 육체의 즐거움을 나눈다는 게 무슨 뜻이냔 거요. 도대체 뭘 어떻게 나눈단 말이오?"

그러자 옆에 앉았던 리스트와 바실리아, 그리고 제스로가 일제히 푸하하 웃음을 터뜨렸다. 보로미어가 험악한 눈으로 돌아보자 억지로 웃음을 멈추긴 했으나 간간이 입술 사이를 비집고 튀어나오는 짧은 키득거림까지 억제하지는 못했다. 보로미어는 그들의 악의 없는 웃음보다도, 제스로마저 당연히 아는 것을 자신은 모르고 있다는 사실에 한층 더 기분이 상했다.

클란은 처음엔 황당한 표정을 지었다가 이내 얼굴을 붉히며 보로미어를 나무랐다.

"자네 지금 날 놀리는 건가?"

"놀리다니! 난 정말 궁금해서 죽을 지경이오!"

보로미어의 진지한 얼굴을 잠시 들여다보던 클란은 갑자기 픽 웃음을 흘렸다. 그러더니 약간의 비장감마저 감도는 결연한 표정으로 보로미어의 어깨에 손을 얹으며 말했다.

"좋아. 어차피 누군가가 해야 할 일이라면……."

그러자 옆에 있던 바실리아가 이상한 웃음을 흘리며 자리에서 일어섰다.

"전 잠시 밤바람이나 쐬고 오겠어요."

바실리아가 사라지자 클란은 사뭇 진지한 말투로 입을 열었다.

"그럼 먼저 남자와 여자의 몸이 어떻게 다른가부터 시작하지. 일단 남자는 말이야……."

이어서 한동안 길게 이어지던 클란의 이야기가 끝난 다음, 보로미어는 입을 딱 벌리고 자신의 사타구니 사이를 내려다보았다.

저것이 거기에 쓰는 물건이었단 말인가? 저게 곤봉처럼 단단해져 여자의 다리 사이로 들어간다니, 도저히 믿을 수가 없었다. 그리고 그런 행동이 두 남녀에게 세상의 무엇과도 견줄 수 없는 쾌락을 가져다준다고? 정말?

미소를 띤 채 보로미어의 반응을 즐기고 있던 클란이 물었다.

"이봐, 왜 그런 표정을 짓고 있는 거지?"

"좀 믿기지 않는 이야기라……."

전사가 말꼬리를 흐리자 클란은 짧은 웃음을 터뜨린 후 다시 물었다.

"그럼 자넨 지금까지 한번도 예쁜 여자에게 끌려본 적이 없단 말인가?"

"물론 그러기야 했지만……."

그러자 클란은 머리를 절레절레 흔들고는 말했다.

"나 이런! 나도 카자드 땅을 몇 달째 휘젓고 다니지만 자네 같은 숙맥은 보다 처음일세. 하지만 기억해 두게나. 그런 끌림들의 마지막 목표가 바로 밤을 즐기는 것이긴 하지만, 그건 단지 육체의 쾌락만이 목적은 아니야. 그건 남녀가 서로에게 자신의 믿음을 확인시켜 주는 아주 고귀하고 신성한 과정이란 말일세. 결혼한 부

부란 서로의 목숨을 쥐고 원정을 하는 사이인 만큼 그런 믿음을
다지는 건 아주 중요하다고."

전사가 여전히 알쏭달쏭한 얼굴을 하고 있는 가운데 바실리아
가 돌아왔다.

"교육은 다 끝나셨나요?"

그녀가 미소를 지으며 묻자 클란이 고개를 끄덕여 보이고는 보
로미어에게 말했다.

"하여간 아직 4급 투사인 자네에겐 필요 없는 얘기니 이만 하자
고. 자자, 지금은 더 중요한 일들을 상의해야 할 때야."

바실리아가 자리에 앉은 다음 클란은 보로미어에게 물었다.

"그런데 여기 바실리아와 리스트에게 듣자니, 자네가 발록을
잡았다면서?"

"내가 아니라 질리안이란 트래커 레인저였소."

보로미어의 대답에 클란이 고개를 저었다.

"자세한 얘기는 이미 들었네. 하지만 적과 대등하게 맞서주는
전사가 없으면 아무리 하플링 레인저의 앰부시라도 성공하긴 어
려워. 질리안이란 그 레인저가 발록을 앰부시하는 데 성공했다면
그건 자네가 그 화염 마왕과 최소한 대등하게 맞서고 있었다는 증
거지."

"이 친구는 이미 2급인 전사 서열 때 고르곤을 잡은 경력도 있
다고. 카자드 쿰에서 고르곤 전사라고 얼마나 소문이 파다했는
데."

리스트가 옆에서 거드는 바람에 보로미어의 겸손도 한계에 다
다랐다.

"뭐, 그냥 운이 좀 좋았던 거지."

전사가 우쭐한 미소를 지으며 말하자 클란이 놀랍다는 듯 감탄을 하며 말했다.

"정말 대단한 친구로군. 감히 발록에게 1 대 1로 맞서 살아남은 전사는 카자드에선 자네가 처음일세. 예전에 파이어 나이트 제우스조차도 티어의 신전에서 신탁을 얻겠다고 나섰지만 결국 돌아오지 못하고 말았지."

"누, 누구?"

전사는 왠지 모르게 온몸에 전율을 느끼며 되물었다. 갑자기 두통이 심해지고 있었다.

"카자드 최고의 템플러라고 불리던 제우스를 모르나? 템플러 서열이 3급 파이어 나이트였으니까 전사 서열로 치자면 8급인 팰러딘쯤 되겠지. 벌써 한 달쯤 전의 일이야. 이곳 비트라 쿰에 온 제우스는 티어의 신전에서 신탁을 얻겠다고 나섰지. 록스란드로 가는 비밀 통로가 담긴 신탁이 티어의 신전에 있다는 소문은 예전부터 돌고 있었거든. 하지만 그 신전으로 가는 길목엔 화염 마왕 발록이 단단히 지키고 있어서 그때까진 아무도 성공한 사람이 없었다네."

"그, 그래서 어떻게 되었지?"

보로미어가 머리를 쪼개는 듯한 통증에 이를 악물며 묻자 클란은 한숨을 내쉬며 말했다.

"많은 사람들이 말렸지. 비트라 쿰의 총독까지 이들을 쫓아다니며 말렸지만, 템플러나 드루이드 같은 특수 계급들은 영주나 총독의 허가 없이도 원정을 할 수 있잖은가. 제우스는 기어이 작은 원정대를 조직하여 티어의 신전이 있다는 아이언 힐로 출발했고, 그 후로 제우스나 그의 대원들을 다시 본 사람은 아무도 없다네."

잠시 좌중에 침묵이 흐른 후 클란은 안타깝다는 표정을 지으며 덧붙였다.

"그 친구만 살아 있었다면 어쩌면 지금쯤은 메레디트 놈들을 깔아뭉개고 록스란드로 가는 길을 뚫었을 수도 있을 텐데."

그러나 보로미어는 이미 클란의 말을 듣고 있지 않았다. 두통이 걷잡을 수 없을 정도로 심해지고 있었다. 마치 정수리에 강철 화살이 서너 대쯤 박힌 듯한 느낌이었다.

"으으윽!"

보로미어가 갑자기 머리를 감싸쥐고 바닥으로 구르자 놀란 리스트와 클란이 황급히 달려들었다.

"뭐지? 지연성 중독인가?"

"중독은 아닌 것 같은데, 모르겠어."

리스트와 클란이 허둥대고 있는 사이에 정신을 차린 보로미어가 신음을 하며 일어나 앉았다.

"으으으……."

"보로미어? 괜찮아?"

리스트가 걱정스레 묻자 전사는 몇 번 거세게 머리를 흔들더니 벌떡 일어섰다.

"대체 뭐가 어떻게 된 거야?"

클란의 물음에 전사는 다시 한번 머리를 흔들더니 말했다.

"오늘은 몸이 영 말을 안 듣는군. 미안하지만 이만 실례해야겠어."

그 말을 끝으로 보로미어가 휘적휘적 술집을 나서자, 황당한 얼굴로 그의 뒷모습을 지켜보던 바실리아가 클란을 돌아보며 물었다.

"교육이……, 너무 충격적이었나 보죠?"

여관으로 향하는 보로미어는 도무지 조금 전의 일을 이해할 수가 없었다. 클란으로부터 '제우스'라는 이름을 듣는 순간, 갑자기 엄청난 두통이 해일처럼 밀려왔다. 아무리 거부하려 해도 거부할 수 없는 엄청난 힘이었다. 그러나 잠시 후 그 두통은 당장 티어의 신전으로 가야 한다는 생각만을 전사의 뇌리에 또렷이 남겨놓고는 씻은 듯이 사라져버렸다.

도대체 무슨 조화인지는 알 수 없었지만, 분명한 것은 보로미어 스스로가 그 생각을 받아들이는 순간 고통이 사라졌다는 것이었다.

보로미어는 여관문 앞에서 그 말도 안 되는 생각을 떨쳐버리려다가 다시 밀려드는 고통에 무릎을 꿇어야 했다. 겨우 정신을 차린 전사는 더 이상 그 생각을 거부할 용기가 나지 않았다.

'도대체 이게 어떻게 된 일이지?'

고민하던 보로미어는 그것이 바로 로키 신의 계시일 것이라는 결론을 내렸다. 달리 설명할 방법이 없었다.

문을 밀고 들어가자 어느새 돌아와 기다리고 있던 실바누스가 보로미어를 돌아보며 말했다.

"일찍도 다니는군. 우린 내일 아침에 드루이드 신전으로 출발해야 하니까……"

"잠깐만. 실바누스."

전사는 일단 말을 가로막은 다음 크게 숨을 들이마셨다.

"너, 왜 그래?"

그의 표정에서 뭔가 심상찮은 분위기를 읽은 실바누스가 물었다. 보로미어는 떨리는 목소리로 대답했다.

"저기……, 나……, 신의 계시를 받았어."

"뭐라고? 그게 무슨 뚱딴지 같은 소리야?"

"수호신 로키에게서 계시를 받았다니까! 바로 조금 전에."

그러자 실바누스는 눈썹을 찌푸리며 고개를 저었다.

"말도 안 되는 소리 좀 작작해. 사제도 아닌 전사가 무슨 신의 계시를 받아?"

"아냐. 틀림없어. 로키는 나에게 티어의 신전으로 가라고 했어. 만약 그 계시를 거역하면 난 머리가 쪼개져서 죽고 말 거야."

"너 지금 제정신이니?"

실바누스가 기가 막힌다는 표정으로 묻자 보로미어는 세차게 머리를 저었다.

"넌 몰라. 당장 티어의 신전으로 가지 않으면 난 정말 죽어. 잘봐."

전사는 말을 마치자마자 '으윽' 하고 신음을 지르며 바닥에서 데굴데굴 구르기 시작했다. 처음엔 장난인 줄 알고 팔짱을 낀 채 외면하던 실바누스도 보로미어의 얼굴을 보고는 그것이 연극이 아님을 깨닫고 황급히 그의 상태를 살피기 시작했다.

"헉, 헉."

잠시 후 겨우 일어나 앉은 전사는 거친 숨을 몰아쉬며 실바누스를 돌아보았다.

"이건 중독이나 저주 같은 것은 아니야. 도무지 이유를 모르겠군."

드루이드가 근심 가득한 눈으로 말하자 보로미어가 인상을 찌푸리며 툴툴거렸다.

"그러게 내가 신의 계시라고 말했잖아. 조금이라도 거부할 맘을 가지면 이렇게 된다니까."

그러자 실바누스는 이해할 수 없다는 표정으로 전사를 찬찬히 뜯어보더니 말했다.

"나 참, 살다 보니 별 이상한 걸 다 보겠네."

"네가 이해를 하든 말든 난 내일 아침 당장 티어의 신전으로 가야 해."

"하지만 내일 당장은 힘들어. 대원을 모아야 하고 원정 대장도 구해야 하고 총독의 허가도 얻어야 하잖아. 출발은 아무리 빨라도 2, 3일 후에나 가능할걸?"

"그런가?"

실바누스의 말에 주춤하던 보로미어는 다시 밀려오는 통증에 저도 모르게 머리를 감싸쥐었다.

"으으윽!"

무슨 일이 있어도 내일 가야겠다고 굳게 마음을 먹자 통증은 감쪽같이 사그라들었다.

"후우, 실바누스. 그렇게까진 기다릴 수가 없어. 난 반드시 내일 가야 해."

그러자 드루이드가 인상을 쓰며 소리쳤다.

"답답하긴! 거긴 하루에 다녀올 수 있는 거리가 아니란 말이야. 퀘스트가 아니라 원정을 해야 한다고. 총독의 허가를 받은 원정대가 아니면 불가능하다니까."

"왜 불가능해? 우리 둘이서 가면 되잖아! 넌 드루이드니까 총독의 허가 없이도 원정을 할 수 있다며?"

보로미어가 마주 소리를 지르자 실바누스는 주춤하더니 혼자 말처럼 투덜거렸다.

"쳇. 별걸 다 주워듣고 다니는군."

"같이 가줄 거지?"

전사의 물음에 실바누스는 아랫입술을 잘근거리며 고민하다가 말했다.

"아니, 그럴 수 없어. 원정 허가야 그렇다고 쳐도 위저드나 레인저 없이 너랑 나랑 단둘이서 거길 간다는 건 자살 행위야. 명색이 네 보호자로서 그런 미친 짓을 말리지는 못할망정 나서서 돕는다는 게 말이나 돼? 그리고 지금은 드루이드 신전으로 가서 소진된 네냐의 힘을 회복시키는 일이 더 급해. 이건 카자드 전체의 운명이 달린 일이야. 설마 그게 네가 저질러놓은 일이란 걸 잊은 건 아니겠지?"

그러나 보로미어 역시 양보할 상황이 아니었다.

"좋아. 관둬. 네가 안 가겠다면 나 혼자서라도 갈 거야. 재수가 없어 죽더라도, 여기서 두통에 지랄하다 죽는 것보단 그게 백 배 낫다."

보로미어가 결정이 났다는 투로 말하자 드루이드는 발까지 굴러가며 분통을 터뜨렸다.

"나쁜 자식! 네가 지금 나한테 어떻게 이럴 수 있어! 언제나 제 맘대로야! 이 돌대가리야! 그렇게 말을 못 알아들어? 너 혼자선 거기까지 반도 못 간다고!"

그러나 전사는 그토록 싫어하는 '돌대가리'라는 소리를 듣고서도 평소완 달리 차분히 대꾸를 했다.

"그건 모르는 일이지. 내 수호신이 날보고 죽을 길을 가라고 하진 않을 거야."

"어휴! 지금 네 두통의 원인이 뭔진 몰라도 분명히 신의 계시는 아니야! 전사에겐 그런 일이 일어나지 않아."

"너도 이 가이아의 모든 일을 다 알진 못한다고 네 입으로 말했잖아. 티어의 신전엔 록스란드로 가는 길이 담긴 신탁이 있다고 들 었어. 어쩌면 로키 신께서는 내가 그걸 얻기를 바라는지도 몰라. 그래, 그런 게 틀림없어."

"완전히 돌았군. 그 정도 광신이면 아예 계급을 사제로 바꾸지 그래?"

실바누스가 설득을 포기하고 빈정거리자 전사가 다시 물었다.

"너 정말 같이 가지 않을 거야?"

"그러지 말고 네가 생각을 돌려. 지금은 너 혼자 가든 나와 같이 가든, 어차피 자살 여행이야. 그리고 난 지금 고대어 마법도 쓸 수 없어. 그러니 만약 가더라도 그건 네냐를 회복시켜 링메이든의 힘을 회복하고 위저드와 레인저가 포함된 원정대를 정식으로 조직한 다음의 일이야."

드루이드의 단호한 거절에 전사는 고개를 끄덕이고는 말없이 돌아섰다.

"나보고 어쩌란 거야! 난 카자드 전체의 일을 먼저 생각할 수밖에 없어!"

등뒤로 날아오는 실바누스의 고함소리를 무시하며 방으로 올라온 보로미어는, 방 안을 앞뒤로 거닐며 앞으로 어떻게 할지를 생각했다. 티어의 신전은 웬만큼 알려진 곳이니 정확한 위치는 내일 아침 현자의 집에서 알아낼 수 있을 것이다. 발록이든 뭐든 괴물 따위는 겁나지 않았다. 계시를 내린 이상 수호신인 로키가 돌봐줄 테니까. 그러나 자신 혼자서는 하루 이상 이어지는 원정을 할 수 없다는 문제가 여전히 남아 있다. 내일 당장 티어의 신전으로 원정을 가겠다는 상급 서열을 찾아 총독의 원정 허가를 얻어내기란 사실상 불가능한 일이다.

한참을 고민하던 전사는 다시 방을 나와 아래층으로 내려갔다. 그러나 1층에서는 실바누스의 모습을 찾을 수 없었다. 밤의 시작이 가까웠으므로 밖으로 나갔을 리는 없었다. 다시 계단을 올라온 전사는 실바누스가 묶고 있는 방 앞을 한동안 맴돌다가 큰맘을 먹고 문을 두드렸다.

"누구야?"

성난 목소리와 함께 문이 벌컥 열리며 실바누스가 고개를 내밀었다. 가죽 갑피는 벗고 얇은 사제복만 걸친 차림이었다.

보로미어가 애원조로 말했다.

"실바누스, 내가 이렇게 부탁할게. 내일 나와 같이 가줘."

"안 된다고 했잖아!"

어렵사리 한 부탁을 일언지하에 거절당하자 전사는 울컥 화가 치밀었다. 하나 지금 아쉬운 건 자신이지 실바누스가 아니었다.

간신히 끓는 속을 진정시키고 나서 보로미어는 다시 입을 열었다.

"다시 한번 부탁할게. 제발. 넌 내 보호자잖아."

그러자 드루이드는 얼굴이 빨개지면서 매섭게 쏘아붙였다.

"누가 네 녀석의 보호자래? 그 관곈 네가 깨버렸잖아!"

"실바누스, 그건 오해였어. 난 가이우스에게 속았던 거야. 제발 도와줘. 넌 카자드에서 내가 유일하게 믿을 수 있는 사람이야."

"흥, 거짓말! 낮에는 대놓고 날 믿지 못하겠다더니."

보로미어는 난감했다. 아까 생각 없이 뱉어놓았던 말 탓에, 지금 실바누스가 자신을 거짓말쟁이로 몰아붙여도 할말이 없는 것이다. 자신의 진심을 증명할 방법을 찾아 고민하던 전사의 머리에 아까 클란에게서 들었던 말이 떠올랐다.

'밤을 즐긴다는 것은 남녀가 서로에게 자신의 믿음을 확인시켜주는 아주 고귀하고 신성한 과정……'

다음 순간, 보로미어의 솥뚜껑 같은 손이 드루이드의 가냘픈 어깨를 움켜쥐었다.

"야! 야, 인마! 너 지금 무슨 짓을 하는 거야!"

실바누스는 있는 힘을 다해 소리를 지르며 몸을 비틀었지만, 나무등걸처럼 그녀의 어깨를 단단히 감싸쥔 전사의 손아귀에서 벗어날 방법은 없었다.

"이거 놓지 못해! 보로미어! 이거 놓으란……, 읍!"

비명처럼 이어지던 실바누스의 고함은 보로미어의 두툼한 입술에 덮여 뚝 끊겨졌다. 그러나 그녀의 몸부림은 오히려 더 거세졌고, 급기야는 무릎으로 보로미어의 허벅지를 걷어차기 시작했다.

'가만 있자, 이 다음은 어떻게 하라고 했더라?'

전사는 실바누스에게 맞춘 입을 떼지 않은 채 아까 클란에게서 들었던 일의 순서를 기억해 내려고 애썼다. 그 순간, 갑자기 밤의 시작을 알리는 나팔 소리가 전사의 귓전을 때리더니 동시에 온몸의 힘이 빠지면서 눈앞이 캄캄해졌다.

원철은 멀티 세트를 벗으며 거칠게 숨을 몰아쉬었다. 온몸에 땀이 비오듯했다.

'빌어먹을 보로미어 녀석!'

한 시간 내내 끙끙거리다 기어이 성공을 하긴 했지만, 자신의 뜻대로 그 전사 녀석을 움직이려니 보통 힘드는 게 아니었다. 지금 원철은 손가락 하나도 움직이기 힘들 정도로 기진맥진한 상태였다. 그나마도 클란과의 대화 중 제우스의 이름을 들었기에 가능했지, 그렇지 않았더라면 어림도 없었을 것이다.

'그나저나 제우스라니!'

간신히 기운을 차린 원철은 자리에서 일어나 방 안을 걸으며 온몸에 소름이 돋는 것을 느꼈다. 설마설마했는데 정말로 팔란티어 안에서 그 녀석의 이름을 듣게 되니, 욱의 모든 헛소리들이 새로운 충격으로 뇌리를 두드리고 있었다. 제우스의 행적을 따라가면 사건의 결정적 단서가 나올 것이라던 녀석의 말 역시 들어맞을 확률이 컸다. 무슨 수를 쓰든지 티어의 신전으로 가야만 했다.

그런 관점에서 보로미어가 원철의 의지를 신의 계시라고 받아들이게 된 것은 매우 다행스런 일이었다. 이제는 원철이 계속 힘을 들이지 않아도 그 녀석 스스로가 제우스를 찾아 나설 것이다.

'그러나 혼자서 어떻게?'

막상 접속을 끊은 상태에서 다시 생각을 해보자 아까 당장 출발하도록 보로미어를 다그친 것이 조금 후회가 되기 시작했다. 클란도 제우스가 '원정대'를 만들어 갔다고 했고, 실바누스도 하루에 다녀올 거리는 아니라고 했다. 하지만 카자드 제일의 템플러가 돌아오지 못한 곳으로 원정을 나설 상급 서열은 없을 것이니, 정식 원정대가 구성되기를 기다리는 것은 토끼 머리에 뿔이 나기를 기다리는 것과 마찬가지일 것이다. 역시 보로미어가 생각한 대로 실바누스의 도움을 받는 것이 제일 빠른 방법이라는 데는 원철도 동의를 할 수밖에 없었다.

'실바누스?'

그 불쌍한 엘프 여인을 생각하자 원철은 슬며시 미소가 떠오르는 것을 참을 수 없었다. 일단 보로미어는 그녀를 믿기로 했고 그 결정엔 원철 자신도 이의가 없었다. 하지만 하루 종일 저 곰 같은 녀석에게 시달림을 받고도 모자라 결국엔 입술까지 뺏긴 그녀를 떠올리자 원철의 가슴엔 애절한 연민이 무럭무럭 솟아올랐다.

그러나 동시에 그는 보로미어의 입술로 전해지던 실바누스의 감촉을 상기하면서 약간의 당혹감을 느꼈다. 사실 '밤을 즐긴다'는 의미에 대해 이미 자신은 그 내용을 충분히 예상하고 있었다. 그러므로 보로미어가 실바누스나 클란에게 설명을 요구하며 낯뜨거운 법석을 떤 것은 녀석 스스로가 벌인 일이다. 웃기지도 않는 일이지만 그 방면으론 정말 순진스럽게도 밝히는 녀석이었다.

하지만 사실 그 점이 가장 이상했다. 술집에서 같이 앉아 있던 제스로도 클란의 말뜻을 간단히 알아들었는데, 어째서 보로미어만은 위저드의 세세한 설명이 끝날 때까지 섹스에 대해서 아무것도 모르고 있었던 것일까? 어쩌면 성에 대한 자신의 무관심이 그런 형태로 나타났을는지도 모르는 일이다.

그러나 정말로 원철을 당황케 하는 것은, 하급 서열은 밤을 즐기는 것이 불가능하다는 것을 알면서도 보로미어가 그것을 시도해 볼 용기를 냈다는 점이다. 그것은 아예 그런 욕구 자체를 억누르려고만 하는 자신과는 분명하게 차이가 나는 행동이었다. 원철 자신이라면 아무리 게임 안이라고 해도 절대로 실바누스에게 입을 맞추진 않았을 것이다. 허나 보로미어의 행동은 자신의 충동에 반응하는 것이라는데, 그럼 설마 아직도 자신의 깊숙한 곳 어딘가에선 그런 충동이 강하게 꿈틀대고 있단 말인가?

반신 반의하던 원철은 시계가 자정을 알리자 서둘러 의자에 앉으며 멀티 세트를 착용했다. 제우스를 찾아야 한다는 명제를 쉬지 않고 되뇌는 가운데, 약간의 어지러움이 스쳐가며 높은 천장이 눈에 들어왔다. 실바누스의 방이었다.

방바닥에서 일어난 보로미어는 사방을 둘러보았으나 실바누스의 모습은 어디에도 보이지 않았다. 아마도 문 앞에서 잠든 자신을 방 안으로 들여놓은 다음 어디론가 가버린 듯했다.

자신의 방과 아래층까지 샅샅이 뒤진 후에야 전사는 드루이드가 여관 안에 없다는 것을 깨달았다. 어디로 가는지 말도 없이 사라진 것으로 보아 아마도 티어의 신전으로 가자는 자신의 부탁을 원천적으로 거부하려는 것이 분명했다.

"젠장."

아무리 링메이든으로서의 일이 중요하다고는 하지만, 그래도 사람이 그 정도로 부탁을 하면 들어주는 시늉이라도 해야 하는 것 아닌가? 그리고 이쪽에서 그 정도로 믿는다는 표시를 했으면 답례가 있어야지, 되레 발로 걷어차 가며 거부를 해? 게다가 결국엔 말도 없이 야반 도주까지…….

설마 아직도 자신이 그녀를 믿지 못한다고 생각하는 것일까?

어쩌면 앞으론 영원히 그녀를 볼 수 없을지도 모른다는 생각이 전사의 머리를 얼핏 스쳤다.

보로미어는 아래층 테이블에 찌푸리고 앉아, 앞으로 어떻게 할 것인가에 대해 잠시 고민을 해야 했다. 아무래도 실바누스의 도움 없이 원정은 불가능했다. 그러나 그렇다고 신이 내려준 계시를 무시할 수도 없었다.

일단 티어의 신전이란 곳의 위치나 알아보자는 생각에 전사는 몸을 일으켜 현자의 집으로 향했고, 잠시 후 하시벳이란 현자의 방을 나서는 보로미어의 손에는 작은 지도 한 장이 들려 있었다. 하시벳은 먼저 네크로맨서로 가는 길을 따라가다가 아르망 패스를 넘지 말고 계속 산맥을 따라 남쪽으로 내려가라고 했다. 그 산맥의 줄기가 아이언 힐의 본류와 만나는 곳에 바로 티어의 신전이 있다는 말이었다.

현자의 집 앞에서 몇 번이고 지도를 들여다보던 전사는 결국 한숨을 내쉬고 말았다. 분명히 하루에 갔다 올 수 있는 거리가 아니었다. 게다가 아르망 패스의 남쪽 길은 제대로 그려져 있지도 않왔다. 그것은 원정에 성공하여 정보를 가지고 돌아온 위저드가 아무도 없다는 것을 뜻했다.

그냥 혼자서 갈 수는 없을까 하는 생각을 떠올리던 보로미어는 이내 머리를 저었다. 허가받은 원정 대장의 안전 지대가 없으면 다음날 건강치의 반이 날아간다고 했다. 그런 상태로 발록이든 뭐든 제우스의 원정대를 전멸시킨 녀석들과 홀로 맞설 수는 없는 일이다.

'하지만 신의 계시는……'

보로미어는 한참을 더 고민하다가 결심을 굳혔다. 그래도 일단 로키 신의 가호를 믿고 길을 나서보는 것 이외엔 방법이 없었다.

일단 결정을 내리자 전사는 더 이상 머뭇거리지 않았다. 근처 상점에 들러 회복수를 잔뜩 사 짊어진 전사는 성큼성큼 비트라 쿰의 남쪽 성문을 나섰다.

아르망 패스까지의 길은 바로 그저께 지난 곳이므로 크게 거칠 것이 없었다. 오히려 가이우스 원정 때와는 달리 혼자서 마음껏 속력을 낼 수 있었기 때문에, 정오도 되기 전에 어렵지 않게 아르망 패스의 발치에 다다를 수 있었다.

다시 한번 지도를 꺼내 본 보로미어는 깊은 숨을 들이쉰 다음 미스릴 블레이드를 뽑아들었다. 칼만으로 해결할 수 없는 놈들이 있다는 건 이제 익히 알고 있는 일이다. 하나 지금은 이 녀석밖에는 믿을 것이 없었다. 제라드 쿰에서 칼이 반항을 할지도 모른다는 이야길 듣기는 했지만, 최소한 지금까지는 반항은커녕 더할 나위 없이 순종적이었다. 역시 전사라면 결국 자신의 칼과 수호신에 믿음을 두어야 할 것이다.

한참을 걷다 보니 어느새 깊은 숲속에 접어들어 있었다. 나무들 사이로 이어지는 한 가닥 가는 길만을 계속 따라왔는데, 정신을 차리고 보니 어느새 동서 남북이 구분이 안 갈 정도로 깊은 삼림이 주위를 둘러싸고 있었다. 고개를 갸우뚱거리며 계속 걸음을 옮기던 보로미어는 비슷한 풍경이 되풀이하여 펼쳐지자 차츰 당황하기 시작했다. 계속 같은 곳을 맴도는 듯한 느낌이 들었기 때문이다.

초짜 레인저라도 하나 꾀어서 데리고 올 걸 하는 후회를 떨쳐버리며 사방을 둘러보았으나 보면 볼수록 더 방향을 알 수 없었다. 허둥대는 걸음으로 이리저리 뛰어다니던 전사는 갑자기 뒤에서 들려오는 부스럭거림에 잽싸게 몸을 돌렸다. 달려드는 시커먼 그림자를 향해 반사적으로 칼을 내지르자 녀석은 날카로운 비명과 함께 뒤로 물러섰다.

2미터는 족히 되어보이는 몸집에 네 개의 눈과 여덟 개의 다리가 달린 곤충류였는데, 방금 칼에 벤 상처에서는 찐득한 녹색 액체가 흘러내리고 있었다. 뭔지 이름도 모르는 녀석이었으나, 전사는 영체나 마족이 아니라는 데 일단 마음을 놓았다. 그러나 미스릴 블레이드의 일격을 버텨낸 녀석이라면 절대로 간단히 상대할 수 있는 놈은 아닐 것이다.

보로미어는 틈을 주지 않고 달려들어 너더댓 번의 연속 공격을 퍼부었다. 그러자 녀석의 갑피는 미스릴 블레이드의 번쩍임에 따라 사방으로 갈라졌지만, 놈은 여전히 꿈틀거리며 반격을 시도했다.

"이런 버러지 같은 놈이!"

전사가 짜증스레 마지막 칼날을 내리치는 순간, 녀석의 입이 벌어지면서 허연 액체가 뿜어져 나왔다. 곤충의 몸이 두 조각 나는 것과 동시에 그 액체를 정통으로 맞은 보로미어 역시 뒤로 나뒹굴었다.

"이런 빌어먹을!"

투덜거리며 몸을 일으키려던 전사는 갑자기 전혀 사지를 움직일 수 없다는 것을 깨닫고 소스라치게 놀랐다. 몸을 내려다보니 그 허연 액체가 손가락 굵기의 끈끈이 줄로 굳어져가며 자신의 팔다리를 단단히 죄어가고 있었다.

"이이익!"

카자드에 당할 자 누구냐던 힘을 있는 대로 써보아도, 줄들은 더욱 죄어들기만 할 뿐이었다. 10분 가량을 더 몸부림치던 보로미어는 자신의 힘으로는 어떻게 해도 그 줄을 끊을 수 없다는 것을 깨닫고서야 조용해졌다.

'제기랄! 이게 무슨 꼴이람.'

서서히 지금 상황에 대한 분노가 끓어오르기 시작했다. 지금 자신은 신의 계시를 받아 티어의 신전으로 가고 있어야 했고, 이렇게 한가로이 누워 나뭇잎 사이로 비치는 하늘이나 구경하고 있을 여유가 없었다. 하지만 누가 와서 이 줄들을 끊어주기 전에는 꼼짝도 할 수 없는 처지 아닌가.

"거기 누구 없어?"

목청 높여 소리를 질러보았으나 울창한 숲으로부터는 돌아오는 메아리조차 없었다.

다시 한번 용을 써보려던 전사는 이곳이 좀처럼 원정 오는 사람이 없는 지역이라는 것에 생각이 미쳤다. 그것은 만약 오늘 안으로 이 길을 지나가는 원정대가 없다면 꼼짝없이 이 상태로 밤을 넘겨야 한다는 것을 뜻했다. 그러면 내일 아침엔 건강치의 반이 사라질 것이고 모레도 또 반이 날아갈 것이다. 최대한 버틴다고 해도 사흘 후의 아침에는 도저히 살아 있지 못할 것이다. 그리고 그것도 이 근처를 어슬렁거리는 늑대 무리나 개미 떼 같은 것들이 그때까지 자신을 고이 놔둔다는 가정하에서의 이야기다.

"휴우우!"

온몸의 기운이 완전히 빠져나가는 것을 느끼며 보로미어는 눈을 감았다. 만일 로키가 정말로 자신을 돕는 수호신이라면 지금이 바로 그것을 증명해 보일 때였다.

"아주 꼴이 가관이로군."

갑자기 들려온 목소리에 눈을 뜬 전사는 눈앞에 거꾸로 디밀어진 얼굴을 알아보려고 애썼다. 그 사람이 발 쪽으로 돌아와 다시 얼굴을 내밀자, 보로미어는 반가운 나머지 크게 그의 이름을 불렀다.

"실바누스!"

"흥! 신의 계시니 어쩌니 하며 방방 떠들어대더니, 이게 무슨 꼴이셔? 로키는 이런 식으로 자신의 전사들을 수호하나 보지? 하긴 너야 이렇게 단단히 묶여 있는 게 스스로에게도 안전하긴 하겠다만."

그녀의 빈정거림에도 불구하고 보로미어는 입가에서 기쁨의 미소를 지을 수가 없었다.

"정말 반가워, 실바누스. 이것 좀, 이 줄들 좀 풀어줄래?"

그러나 놀랍게도 드루이드는 고개를 좌우로 살래살래 흔들었다.

"그건 안 돼."

"뭐라고? 야, 너 무슨 소리야? 그럼 날 그냥 이렇게 내버려두겠다는 얘기야?"

"그거야 너 하기 나름에 달렸지. 어쩌면 정말로 여기 버려두고 갈지도 몰라."

"나 하기 나름이라니? 도대체 무슨 소리야?"

"첫째는 로키 신에게 맹세를 해. 다시는 내 몸에 손을 대지 않겠다고."

"다시는?"

"그래! 다시는!"

실바누스가 칼로 자르듯 말하자 보로미어는 곤란한 표정을 지었다.

"하지만 내가 상급 서열이 된 다음, 혹시 너랑 결혼을 할 수도 있잖아. 그렇게 되면 네 몸에 손을 대지 않고서는 밤을 즐기기가 힘들……."

"시끄러워, 이 바보 같은 녀석!"

실바누스는 새빨개진 얼굴로 버럭 소리를 질렀다. 그녀가 화를 내는 이유를 도무지 이해할 수 없어 보로미어가 멀뚱멀뚱 눈만 끔벅이고 있자, 그녀는 긴 한숨을 내뿜더니 투덜거렸다.

"도대체 너란 인간은 뭐가 어디서부터 잘못되었는지……."

또다시 뭔가 실수를 했다는 것을 깨달은 전사는 더 이상 말을 하지 않고 가만히 있으려 했으나, 드루이드가 날카로운 어조로 다그치는 바람에 고개를 끄덕일 수밖에 없었다.

"일단 맹세를 해!"

"알았어. 하지 뭐. 이젠 어서 풀어줘."

그러나 실바누스는 다시 고개를 저었다.

"아직은 아냐. 둘째로 지금 당장 이 말도 안 되는 짓을 그만두고 나와 같이 비트라 쿰으로 돌아가겠다고 약속해."

이번엔 전사의 미간이 찌푸려졌다.

"그, 그건 곤란해. 티어의 신전으로 가라는 건 로키의 계시야. 그걸 거역할 순 없어."

"어휴, 이 바보! 그런 게 어딨어? 이건 뻔한 자살극이야! 정말로 네 수호신이 그런 일을 시켰다면 지금 네가 이런 꼴을 당하는 걸 보고만 있겠어?"

"그래서 널 보냈잖아."

"난 로키가 보낸 게 아니야."

실바누스가 다시 소리를 질렀으나 전사는 물러서지 않았다.

"여기서 묶인 채로 죽는다고 해도 그것만은 안 돼. 네가 아니더라도 로키 신은 분명히 도움을 보내줄 거야. 그리고 난 티어의 신전으로 갈 거고."

보로미어의 대답에 실바누스는 발을 구르며 한동안 투덜대더니 말했다.

"좋아. 네 선택이니 네가 알아서 해. 그럼 난 간다."

"그래. 알았어."

너무도 담담한 전사의 대답에 실바누스는 잠시 머뭇거렸으나 이내 발길을 돌려 사라졌다. 다시 고요 속에 남겨진 보로미어는 오히려 속이 편해지는 것을 느꼈다. 기대하지도 않았던 실바누스가 이곳에 나타났다는 것은 어떻게든 도움을 보내줄 것이란 로키의 또 다른 계시임에 분명했다. 그런 계시를 받았는데 여기서 걸음을 되돌릴 순 없는 일이다.

한참을 누워 있자 다시 낮은 발소리가 들리더니 실바누스가 돌아왔다.

"으이그, 이 고집불통! 그래, 내가 졌다! 졌어!"

드루이드는 품에서 작은 단검을 꺼내더니 전사를 묶고 있는 줄들을 향해 거칠게 휘둘러대기 시작했다.

"고마워, 실바누스."

간신히 자유로워진 전사가 일어나 앉으며 말하자 그녀는 뭐라고 혼자 투덜대며 돌아앉았다.

"이젠 넌 어떻게 할 거지? 드루이드 신전으로 갈 건가?"

전사가 묻자 실바누스가 소리치듯 말했다.

"뭘 어떻게 해? 네 녀석 혼자 보냈다간 무슨 꼴이 날지 뻔한데, 나한테 무슨 선택의 여지나 있어? 그리고 이젠 몰래 따라가기도 지쳤고."

"그럼……"

보로미어는 그제야 실바누스가 여기 나타난 것이 우연이 아니었음을 깨달았다. 그녀는 자신이 걱정이 되어 비트라 쿰에서부터 뒤를 밟아온 것이다.

멍하니 앉아 있는 보로미어를 흘끗 돌아본 드루이드는 내키지 않는 듯 일어서며 체념한 목소리로 중얼거렸다.

"가자고, 가! 그 정도 묶여 있었으면, 어차피 로키 신의 가호만으론 부족하다는 걸 깨달을 시간은 충분하지 않았어?"

잠시 후 두 사람은 어깨를 나란히한 채 길을 따라 걷고 있었다.

실바누스는 험하게 우거진 숲속인데도 아주 익숙하게 방향을 잡고 있었다. 엘프들의 선천적인 방향 감각은 이런 숲속에서 가장 큰 힘을 발휘한다. 덕분에 늦은 오후쯤에는 끝도 없을 것 같던 숲을 벗어나 너른 초원으로 나설 수 있었다. 가물가물하던 아이언 힐도 두 사람 앞으로 성큼 다가서 있었다.

그러나 행군 내내 앞장선 실바누스가 한 마디도 말을 하지 않았기 때문에, 보로미어는 목덜미를 조여오는 거북한 기분을 좀처럼 떨쳐버릴 수가 없었다. 자청하여 돕겠다고 나서고서도 여전히 쌀쌀하기만 한 그녀를 전사는 도무지 이해할 수가 없었다. 어쨌거나 이런 식으로 남은 여정을 침묵 속에서 보낼 수는 없었다.

"저기, 실바누스."

"왜?"

퉁명스럽다기보다는 성이 났다는 표현이 더 어울릴 것 같은 대답에 전사는 움찔했지만, 그래도 뭔가 이야기할 거리를 찾아야 했다.

"저기, 좀 이상하지 않아?"

"뭐가!"

"어……, 이 길 말이야. 이렇게 텅 비어 있는데 왜 사람들이 원정을 안 올까?"

"그걸 내가 어떻게 알아?"

가시 돋친 대답에 전사가 입을 다물자 조금은 미안했는지 잠시 후 실바누스가 덧붙였다.

"비트라 쿰에는 이쪽으로 원정을 와서 살아 돌아간 사람이 없다는 소문이 퍼져 있지. 아마 그래서 그럴 거야."

"그게 정말일까? 정말 여기서 살아 돌아간 사람이 하나도 없을까?"

"없다고 지금 돌아갈 것도 아니면서 묻긴 왜 물어?"

드루이드가 다시 투덜거리듯 말했으나 아까보다는 훨씬 부드러워진 말투였다. 전사는 조금 용기를 내어 말했다.

"저기, 이렇게 도와줘서 정말 고마워. 정말이야."

"흥, 그런 쓸데없는 소린 관두고 네 갑옷 다루는 연습이나 해. 마지막 배 갑판을 발동시키면 그 말이 진심이라고 믿어주지."

"쩝."

전사는 그녀의 퉁명스런 대꾸에 머쓱한 얼굴로 고개를 돌렸으나, 그 말이 옳다는 것은 잘 알고 있었다. 이렇게 남는 시간에 연습이라도 해두는 것이 현명했다.

망토를 뒤로 젖힌 전사는 배 갑판을 발동시키려고 끙끙거렸으나 30분 가량이 지난 다음 결국 포기할 수밖에 없었다. 다른 갑판들과는 달리 그것만은 도무지 요지 부동이었다.

"그럼 일단 다른 갑판 두 개를 같이 발동시키는 것부터 해봐."

곁눈으로 보로미어의 고군 분투를 지켜보며 걷던 실바누스가 보다못해 말했다.

"글쎄, 그것도 어려울 텐데……."

중얼거리며 정신을 집중하자 생각했던 것보다 훨씬 쉽게 등과 가슴의 갑판이 동시에 빛을 뿜었다.

"어, 된다!"

보로미어는 스스로도 믿기지가 않아 소리쳤다. 아마도 각각의 갑판을 발동시키는 감정들이 어제보다는 명료해진 상태였기 때문

112

일 것이다. 용기를 낸 전사가 땀을 뻘뻘 흘려가며 노력한 결과 두어 시간 후엔 양어깨와 등, 가슴의 네 개 갑판에서 동시에 빛을 발하게 하는 데 성공했다. 그러나 그것은 생각했던 것보다 훨씬 많은 체력 소모를 요구하는 작업이었다.

"아이고, 더는 못하겠다."

전사가 회복수를 꺼내 마시며 툴툴대자 드루이드가 말했다.

"아직은 부족해. 지금 내가 고대어 주문을 쓸 수 없는 이상은 그 갑옷에 의지하는 수밖에 없어. 적어도 오늘 해가 지기 전까진 그 갑옷을 마스터링해야 해."

"쳇, 또 그 걱정! 아무것도 없는 텅빈 길인데, 여전히 걱정을 만들어서 하는군."

보로미어가 들릴락 말락한 소리로 중얼거리자 실바누스는 매섭게 그를 흘겨보았다. 그러나 전사는 짐짓 못 본 척하며 다른 곳으로 시선을 돌렸다.

다시 밀려든 침묵 속에 반 시간 정도가 지난 다음이었다. 갑자기 실바누스가 걸음을 멈추고 고개를 들었다.

"무슨 일이야?"

전사가 묻자 엘프 드루이드는 손을 내저어 입을 다물라는 신호를 했다. 그녀는 눈썹을 모으고 전방의 숲속을 뚫어지게 노려보았다. 보로미어는 실바누스가 바라보는 방향으로 눈을 돌리다가 자신도 모르게 전신의 근육이 긴장되는 것을 느꼈다. 그의 무딘 감각으로도 앞쪽 숲속에서 뻗어나오고 있는 강력한 기운들을 분명히 느낄 수 있기 때문이었다.

하나, 둘, 셋…….

그 기운들의 수는 아홉 개와 그리고 또 다른 하나였다.

"뭐, 뭐지."

보로미어가 더듬거리는 순간, 마치 전사의 질문에 답이라도 하듯 나무들 사이로 열 개의 그림자가 모습을 드러냈다. 비쩍 마른 체구에 보석 박힌 미늘 갑옷, 그리고 목에 걸린 금색 부적들이 눈에 들어오는 순간, 보로미어는 온몸의 피가 얼어붙는 듯했다.

"기트얀키들……."

순간 실바누스가 그의 옷깃을 거칠게 잡아끌며 뒷걸음질치기 시작했다.

"보, 보로미어. 도망가야 해."

그러나 채 몸을 돌리기도 전에 기트얀키들의 날쌘 걸음이 순식간에 두 사람을 에워쌌다. 보로미어는 아랫입술을 깨물며 미스릴 블레이드를 뽑아들었다. 한 달이라는 말에 마음을 놓고 있던 것이 잘못이었다. 이렇게 신속하게 녀석들의 추적대가 따라붙으리란 것은 정말 예상 밖이었다. 그것도 하필 이런 곳에서, 실바누스와 단둘만 있을 때…….

"이미 늦었어. 빌어먹을! 최대한 해보는 수밖에!"

전사가 외치자 실바누스가 그를 돌아보며 말했다.

"그냥 우리 힘만으론 승산이 전혀 없어. 네 갑옷의 힘을 이용해야 해!"

"놈들과 싸우면서 집중할 수 있을까?"

"방어는 내게 맡기고 일단 넌 갑옷에만 신경을 써."

드루이드가 하늘을 향해 두 팔을 뻗자, 연두색 빛이 돔처럼 두 사람을 덮었다. 그러자 기트얀키들도 일제히 달려들어 실바누스의 보호막에 칼을 휘둘러대기 시작했다.

"어서. 시간이 별로 없어!"

보로미어는 서둘러 눈을 감고 정신을 집중하기 시작했다. 잠시 시간이 흐르자 아까 성공했던 네 개의 갑판에서 네 가지 빛이 뿜어져 나왔다. 이를 악물며 정신을 모으자 두 개의 옆구리 갑판에서도 희미하게 빛이 감돌기 시작했다.

"그래! 그거야, 바로."

힘겹게 보호막을 지탱하고 있던 실바누스가 말했다.

조금 더 정신을 집중하자 여섯 개 갑판이 동시에 영롱한 빛을 발하기 시작했다.

"됐어. 이제는 배 갑판만……."

실바누스의 목소리가 가늘게 떨리는 것을 느끼며 주위를 둘러본 전사는 이미 보호막의 여러 군데에 굵은 금이 가 있는 것을 발견하고 가슴이 철렁했다. 돌아보자 실바누스의 반지들은 여전히 빛을 발하고 있었으나, 그녀의 얼굴은 고통으로 심하게 일그러져 있었다.

"실바누스, 괜찮아?"

보로미어가 묻자 실바누스가 소리질렀다.

"바보! 이쪽은 신경 쓰지 말랬잖아!"

그 순간, 요란한 소리와 함께 기트얀키의 검 하나가 기어이 보호막을 비집고 들어왔다.

"빌어먹을!"

전사는 어쩔 줄 모르고 당황하다가 일단 보호막이 깨진 곳을 향해 달려갔다. 이미 반쯤 보호막 안으로 상반신을 들이밀고 있는 녀석에게 미스릴 블레이드를 휘두르자 녀석은 능숙한 동작으로 보로미어의 검을 받아냈다. 그러나 이어지는 동작은 보로미어가 더 빨랐다. 녀석은 두 번 더 전사의 칼을 막아냈지만 쉬지 않고 파고드는 전사의 연속 동작에 결국은 목을 내주고 말았다.

'흠, 이런 정도라면!'

자신을 가지고 돌아선 전사는 이번엔 보호막의 반대편을 깨고 들어오고 있던 다른 녀석에게 달려들었다. 그러나 이 녀석은 이미 발 하나를 안으로 들여놓고 있었고, 따라서 첫 번째 녀석에 비해 두 팔이 훨씬 자유로운 상태였다. 보로미어는 녀석이 다섯 번의 연속 공격을 모두 막아내자 약간 주춤하며 한발 물러섰는데, 그 틈을 타고 날아든 놈의 롱 소드가 방패를 깨뜨리며 왼팔에 긴 찰과상을 남겼다.

"아얏!"

보로미어는 이를 악물며 녀석의 목을 향해 미스릴 블레이드를 내질렀으나, 기트얀키가 재빨리 검을 회수하여 방어 자세로 전환하는 것을 보고는 속으로 후회했다.

'제기랄, 왼쪽 허리를 노렸으면 막지 못했을 텐데.'

그러자 놀랍게도 녀석의 목을 향해 날아가고 있던 미스릴 블레이드의 검신이 불가능한 각도로 휘어지더니, 놈의 왼쪽 허리로 방향을 바꿨다.

"뭐, 뭐야, 이건?"

"끄르르!"

기트얀키의 비명에 정신을 차린 전사가 연이어 세 번의 공격을 가하자, 미늘 갑옷을 장식하고 있던 보석들이 사방으로 튀며 녀석이 쓰러졌다.

다시 주위를 둘러보던 전사는 남아 있는 기트얀키 중 넷이 이미 보호막의 깨어진 틈으로 몸을 들이밀고 있는 것을 보았다.

"바보! 다른 짓 말고 어서 그 배 갑판을 움직여봐!"

실바누스가 보로미어와 등을 맞대고 서면서 목청이 터져라 외쳤다. 그러나 전사도 지지 않고 소리를 질렀다.

"안 돼! 그러기 전에 녀석들에게 당할 거야. 이젠 정면 승부밖에는 방법이 없어."

보로미어의 말에 실바누스도 사태의 급박함을 깨달았는지, 한 손으로 보로미어의 팔을 잡으며 새로운 주문을 펼쳤다.

"텔레포테이션(Teleportation)!"

잠시 어지러운 기분이 지나가자 기트얀키들이 사라지면서 웬 절벽이 눈앞에 솟아올랐다. 소름끼치는 괴성에 뒤를 돌아본 전사는 기트얀키들이 사라진 것이 아니라 자신과 실바누스가 그들의 포위 밖으로 100미터 가량 순간 이동을 해왔다는 것을 깨달았다.

"이젠 절벽을 등졌으니 앞만 신경 쓰면 돼."

실바누스의 말에 몸을 돌린 보로미어가 검을 곧추 잡으며 말했다.

"기왕이면 좀더 멀리 이동하지 그랬어?"

"바보! 이게 지금 내가 할 수 있는 최대야! 넌 잔말 말고 어서 그 배 갑판 좀 발동시켜 봐!"

다가오는 기트얀키들을 바라보며 정신을 집중하자 여섯 개의 갑판이 간단히 빛을 내뿜었다. 훈련을 하면 할수록 쉬워지는지 힘도 아까보다는 훨씬 덜 들었다. 그러나 그 빌어먹을 배 갑판만은 아무리 골을 쥐어짜도 여전히 반응이 없었다.

기트얀키들은 벌써 20여 미터 앞으로 다가와 있었다. 그러자 실바누스가 떨리는 목소리로 말했다.

"보로미어. 혹시……, 내게 무슨 일이 생기면 네냐를 비트라쿰의 신전에 전해 줘. 꼭이야."

보로미어는 고개를 돌려 그녀를 바라보았다. 이런 나약한 말을 듣는 것은 만난 이후 처음이었다.

"그런 소리 마! 이 갑옷이 없어도 우린 이길 수 있어. 전에도 항상 그래왔잖아!"

보로미어가 격하게 외치자 마치 맞장구라도 치듯 미스릴 블레이드가 손 안에서 꿈틀거렸다.

'그래. 이길 수 있을 거야. 이 녀석이 아까처럼 도와만 준다면.'

보로미어는 검을 쥔 손에 다시 힘을 넣으며 앞으로 걸음을 내딛었다. 전사의 위치는 항상 사제의 앞이다.

이내 대여섯 개의 기트얀키 검이 보로미어를 향해 날아들었다. 일단 오른쪽의 세 개는 미스릴 블레이드로 막았지만, 방패가 깨진 지금 몸의 왼쪽은 놈들의 공격에 고스란히 노출되어 있었다.

"실드 오브 다이아몬드(Shield of diamond)!"

실바누스가 주문을 풀자 보로미어의 왼쪽에 지름이 석 자 가량 되어보이는 투명한 마법 실드가 나타났다. 실드가 날렵하게 움직이며 나머지 기트얀키 공격을 차단해 준 덕에 보로미어는 공격에만 전념할 수 있었다.

"그래, 이 말라 비틀어진 부지깽이 같은 놈들아! 어디 한번 해 보자!"

전사가 고래고래 소리를 지르며 맹렬히 검을 휘둘러대자, 맨 앞에 나와 있던 기트얀키 하나가 노란 피를 뿜으며 두 조각이 났다. 이제 미스릴 블레이드는 아예 채찍처럼 휘어지며 공격을 하고 있었기 때문에, 그 끝은 한치의 오차도 없이 보로미어가 노린 대로 놈들의 급소를 파고들었다. 놀란 기트얀키들이 결사적으로 검을 휘둘러 미스릴 블레이드를 막으려 했지만 그들의 방어는 이제 무용지물에 가까웠다.

그러나 수의 열세만큼은 쉽게 극복이 되지 않아, 한 녀석을 더 쓰러뜨리고 난 전사는 대여섯 군데에 가볍지 않은 상처를 입고 뒷걸음질을 칠 수밖에 없었다.

"물러나지 마!"

실바누스가 뒤에서 고함을 지르며 회복 주문을 폈다. 기운을 차린 보로미어는 다시 두어 걸음을 내딛으며 검을 내질렀다. 그러나 이번에는 기트얀키들도 제대로 전열을 갖추고 달려들었기 때문에 아까처럼 쉽게 결론이 나지 않았다. 녀석들이 번갈아 가며 공격을 해오는 바람에 도무지 보로미어가 공격할 틈이 나지 않았다. 역시 수의 열세가 문제였다. 칼과 칼이 다시 맞부딪힌 지 한참이 지났으나 상처만 늘어날 뿐, 보로미어는 좀처럼 결정적인 공격을 가할 기회를 잡지 못하고 있었다.

"에잇, 발할라아!"

참다못해 녀석들의 한가운데로 몸을 던지며 뒤에 있던 녀석에게 집중적으로 연속 공격을 가하자 잠시 놈들의 전열이 흐트러졌다. 그 틈을 놓치지 않고 잽싸게 방향을 전환한 보로미어는 황급히 물러나던 한 녀석의 목을 잘라버리는 데 성공했다. 그러나 그의 갑작스런 돌격을 예상치 못했던 실바누스가 미처 실드를 움직이지 못했기 때문에, 그만 왼쪽의 방어에 공백이 생기고 말았다.

노련한 기트얀키 전사들이 그 공백을 놓칠 리 없었다.

"으아아!"

두 개의 기트얀키 롱 소드가 동시에 왼쪽 무릎을 파고들자 천하의 보로미어도 비명을 지르며 털썩 주저앉았다. 단순 회복 주문으론 어림도 없는 큰 상처였다. 가까스로 몸을 굴려 연이어 떨어지는 검날을 피했으나 어느 틈에 또 다른 통증이 오른쪽 허리춤을 파고들고 있었다.

"으악!"

미스릴 블레이드를 휘둘러 허리에 박힌 검을 털어내는 순간, 따스한 기운이 전신으로 퍼지며 상처들이 회복되었다. 곡예를 넘듯 아슬아슬하게 기트얀키 검들을 피해 다시 드루이드의 앞으로 돌아오자, 실바누스가 분통을 터뜨리며 고래고래 소리를 질렀다.

"거기서 뛰어들면 어떻게 해!"

"달리 방법이 없었잖아!"

"내가 회복 주문을 무한정 쓸 수 있는 줄 알아?"

"그러니 어떻게든 빨리 결판을 내야지! 질질 끌면 우리만 불리해!"

지금까지 다섯을 죽였고 이제 앞에서 다가오고 있는 기트얀키들은 넷이었다. 한 녀석은 큰 상처를 입었는지 뒤에서 싸움을 지켜보고만 있었다.

"저 정도면 우리도 승산이 있어!"

보로미어가 기운차게 외치며 다시 앞으로 나서려 하자, 실바누

스가 그 앞을 가로막았다. 동시에 갑자기 기분 나쁜 향기가 사방
으로 번지기 시작했다.

'마족?'

전사가 흠칫 놀라는 순간, 기트얀키들의 뒤쪽에 시커먼 그림자
하나가 솟아올랐다. 중키에 검은 망토를 두른 호리한 몸은 얼핏
보면 인간 사제로 착각할 정도였으나, 이마에 솟은 작은 두 뿔은
녀석이 분명한 데블 족임을 나타내고 있었다.

보로미어는 사지에서 기운이 쪽 빠지는 것을 느꼈다.

'이 상황에 마족까지……'

그러나 놀랍게도 데블 족은 두 손에서 푸르스름한 전광을 내뿜
으며 기트얀키들을 공격하기 시작했다.

"지금이야, 보로미어! 여기서 끝을 내야 해."

실바누스를 돌아본 전사는 그녀가 한 손에 둥근 접시 같은 것을
꺼내들고 있는 것을 보았다. 아모네 이실렌에서 얻은 탈리스만인
가 하는 물건이었다. 데블 족의 영혼을 봉인해 놓았느니 어쩌니
하던 물건이었는데, 아마도 실바누스는 그 물건을 통해 저 마족을
조종하고 있는 듯했다.

"히야아아!"

뜻밖의 원군에 기운을 얻은 보로미어는 환성을 지르며 앞으로
달려나갔다. 더 이상 실드 오브 다이아몬드의 보호는 받을 수 없
었지만 큰 문제는 되지 않았다. 기트얀키 넷 중 두 녀석이 데블 족
을 상대하기 위해 돌아서 있었으므로 실제 상대는 겨우 둘뿐이었
기 때문이다.

눈 깜짝할 사이에 놈들과 대여섯 번 검을 주고받은 브로미어는

그중 한 녀석의 빈틈을 발견하고 번개같이 블레이드를 내질렀다. 칼은 목에 걸린 부적을 깨뜨리며 놈의 가슴 중앙에 정확히 박혔으나, 동시에 또 다른 녀석의 검이 보로미어의 오른쪽 겨드랑이를 깊숙이 파고들었다.

"으윽!"

저도 모르게 검을 놓친 전사는 마비되어 가는 오른팔을 부여잡고 뒷걸음질쳤다. 실바누스가 서둘러 회복 주문을 펼치며 말했다.

"바보야, 조심해! 벌써 대회복 주문만 두 번째 아냐!"

"제기랄, 나도 알고 있어!"

보로미어가 투덜거리며 돌아서자, 실바누스가 부리는 데블 족이 살아남은 기트얀키 셋과 혈전을 벌이고 있는 것이 보였다. 빈손인 보로미어는 자신의 검에 산적꽂이가 된 채 쓰러져 있는 기트얀키를 향해 손을 뻗으며 달려가다가 멈칫했다. 갑자기 미스릴 블레이드가 부르르 떨더니 자신을 향해 날아왔기 때문이다.

"으악!"

전사는 반사적으로 두 손을 들어 얼굴을 가렸으나 날아온 블레이드의 칼자루는 자석처럼 철커덕 그의 손바닥에 달라붙었다.

"이, 이럴 수가……."

놀라움에 손에 들린 칼을 쳐다보던 전사에게 현자 라키시스의 말이 떠올랐다.

'그 칼은 아주 강력한 힘으로 전사를 끌어당겨요.'

그게 정말로 끌어당긴다는 말이었을 줄이야.

정신을 차리고 앞을 보자 기트얀키 중 한 녀석이 모락모락 김을 내면서 비틀거리고 있는 것이 보였다. 칼을 휘두르자 놈은 뾰족한 정수리에서 사타구니까지 세로로 길게 갈라지며 운명을 다했다.

'이제 남은 것은 둘!'

보로미어의 가슴에는 이길 수 있다는 확신이 솟아올랐다.

그러나 뒤쪽에 조용히 서 있던 녀석이 천천히 움직이기 시작하는 것을 보면서, 전사는 이유를 알 수 없는 불길한 예감에 휩싸였다. 데블 족의 마법 공격이 남은 기트얀키 중 하나를 숯덩이로 만드는 것을 뻔히 보면서도 녀석은 전혀 서두르는 기색이 없었다. 그 느긋함 때문에 보로미어는 데블 족과 함께 마지막 기트얀키를 쓰러뜨리는 동안에도 다가오는 그 녀석에게서 눈을 뗄 수 없었다.

아니나다를까, 다음 순간 녀석의 손에서 뭔가 은빛 물체가 번쩍이더니 갑자기 데블 족이 보랏빛 연기로 변하며 사라졌다.

"쨍!"

동시에 등뒤에서 들려온 날카로운 소리에 고개를 돌리자, 얼굴이 납빛으로 변한 실바누스가 털썩 무릎을 꿇는 것이 보였다.

"실바누스!"

피투성이가 된 그녀의 손에서 깨진 탈리스만의 조각들이 떨어져 내리고 있었다. 전사는 기트얀키의 공격으로 데블 족이 소멸하면서 그를 조종하고 있던 실바누스도 뭔가 심한 피해를 입었다는 것을 직감했다.

다시 앞을 돌아보던 전사는 다가온 기트얀키의 손에 자신의 미스릴 블레이드와 같은 검이 들려 있는 것을 보는 순간 온몸의 피가 얼어붙는 것을 느꼈다. 녀석은 상처를 입고 있던 것이 아니라 바로 추적대의 대장이었던 것이다! 챔피언 급 전사라고 했던가?

쓰러진 실바누스에게 달려가고 싶은 마음을 억누르면서 추적

대장의 앞을 막아서자, 놀랍게도 기트얀키가 입을 열었다. 얼음장 같이 차갑고 딱딱한 목소리였다.

"전사여, 정말 대단한 용기다."

"……."

"그러나 기트얀키의 검으로 기트얀키에게 맞서는 것은 어리석은 짓."

대장이 왼손을 들어올리며 눈을 번쩍이자, 갑자기 손에 들고 있던 미스릴 블레이드가 천근만근 무거워지며 칼끝이 땅으로 떨어졌다. 보로미어는 있는 힘을 다해 다시 칼끝을 들어올리려 했으나 칼은 꿈쩍도 하지 않았다.

추적 대장의 목소리가 다시 울려퍼졌다.

"헛된 노력은 말도록. 그 칼은 이미 너의 말을 듣지 않는다."

"빌어먹을!"

"우리의 신물에 손을 댄 죄를 묻자면 이대로 널 이승의 저편으로 보내버려야 하겠지만, 내 부하들을 물리친 너의 힘에 경의를 표하는 뜻에서 한 가지 선택권을 주기로 하겠다."

"개자식! 무슨 헛소릴 하는 거야!"

전사가 여전히 두 손으로 미스릴 블레이드를 잡은 채 외치자, 뒤에서 실바누스의 목소리가 가냘프게 들려왔다.

"보로미어……, 어서, 네 갑옷! 그게 유일한 기회야!"

"젠장!"

보로미어는 결국 블레이드를 들어올리는 것을 포기하고 정신을 가다듬었다. 하나, 둘, 셋, 넷……, 레인보 플레이트의 갑판들이 하나씩 빛을 뿜기 시작했다.

124

기트얀키 대장이 계속하여 말했다.

"너는 무기 없이, 그리고 네 동료의 보호도 없이 나와 혼자 맞서거나, 내가 요구하는 것을 내놓고 목숨을 부지할 수 있다."

"이 칼을 원하는 거면 어서 가지고 꺼져!"

전사가 배 갑판을 발동시키기 위해 안간힘을 쓰면서 소리치자 기트얀키는 고개를 저었다.

"아니. 이미 그 칼은 널 주인으로 정했다. 내가 원하는 것은 그 칼의 대가로 네 동료의 목숨을 받는 것뿐. 나는 그것으로 만족하고 물러가겠다."

생각지도 않았던 제안에 당황하는 바람에, 애써 밝혀놓았던 갑옷의 갑판들이 불규칙하게 깜박이기 시작했다.

'실바누스의 목숨만 내주면 그냥 물러가겠다고? 그리고 미스릴 블레이드도 그냥 가지라고?'

어찌할 바를 몰라 뒤를 돌아본 전사는, 겨우 쓰러지는 것만을 면한 채 비틀거리고 있던 드루이드와 눈이 마주쳤다.

'배 갑판은?'

실바누스의 눈이 간절하게 묻고 있었다.

전사가 보일락 말락하게 고개를 젓자 그녀는 눈을 감고 잠시 생각을 해보더니 말했다.

"보로미어. 녀석의 제안을 받아들여."

"뭐?"

"귀가 먹었어? 녀석이 널 죽이면 다음은 나야. 어차피 둘 다 죽든가 나 하나만 죽든가의 선택이니, 답은 뻔하잖아."

"제기랄! 그럴 순 없어."

그러자 실바누스가 버럭 화를 냈다.

"이 바보야! 평소엔 제 편한 대로 잘도 우겨대던 녀석이 지금은 왜 갑자기 남 걱정을 하고 난리야? 그렇게 대가리가 안 돌아가니까 병신같이 가이우스 따위의 꾐에 넘어가는 거잖아!"

"안 돼! 그래도 그건 절대로 안 돼! 네가 여기 따라온 것도 저 빌어먹을 기트얀키들이 우리에게 따라붙은 것도 따지고 보면 모두 나 때문이야. 그런데 내가 살기 위해 너보고 죽으라니, 그럴 순 없어!"

전사가 잘라 말하고 등을 돌리자 뒤에서 실바누스가 소리쳤다.

"네 책임이 아니야!"

"뭐라고?"

보로미어가 다시 돌아보자 실바누스가 말했다.

"널 따라서 여기까지 온 것도, 저 녀석들과 마주치게 된 것도, 다 내가 선택한 거야. 그러니까 네 책임이 아니야! 네가 지금 무슨 결정을 하더라도 난 널 원망하지 않아. 앞으로……, 널 다시 못 보게 되더라도, 그것만은 말해 주고 싶었어."

전사의 마음속 깊은 곳에서 뭔가가 뭉클하니 솟아올랐다. 그 힘은 엄청난 기세로 소용돌이치면서 지금까지 그 거센 줄기를 완강히 막고 있던 둑 하나를 여지없이 허물어버렸다. 동시에 눈을 뜰 수 없을 정도로 밝은 청색 광휘가 배 갑판으로부터 뿜어져 나왔다.

"보로미어……."

놀란 실바누스가 중얼거리자 보로미어가 말했다.

"실바누스, 난……, 미안해! 저 녀석의 제안, 이미 나에겐 선택

사항이 아니야."

이를 악물고 기트얀키를 향해 돌아선 전사는 정신을 모아 이미 빛을 발하고 있는 청색 배 갑판을 제외한 나머지 여섯 갑판을 발동시켰다. 등, 가슴, 양어깨, 그리고 왼쪽 옆구리에 이어 마지막으로 오른쪽 옆구리의 보랏빛이 뿜어져 나오자, 각각의 일곱 빛은 차가운 백색광으로 어우러지더니 사방으로 퍼져나갔다.

"자, 이 녀석, 맛이 어떠냐!"

신이 나서 외치던 전사는 기트얀키가 여전히 자신의 앞에 버티고 서 있자 소스라치게 놀라 뒷걸음질을 쳤다. 녀석의 그림자는 일어나서 달려들기는커녕 얌전히 녀석의 발꿈치에 붙어 있을 뿐이었다. 가이우스가 죽을 때와 똑같은 상황이었다.

"실바누스!"

당황한 보로미어가 떨리는 목소리로 드루이드의 이름을 부르자, 그녀가 뒤에서 말했다.

"어서 녀석의 제안을 받아들여! 이 바보! 어서!"

기트얀키 대장도 말했다.

"전사여! 어서 선택을! 더 이상의 시간은 줄 수 없다."

그러나 이를 악문 전사는 조금의 망설임도 없이 큰소리로 외쳤다.

"이 비쩍 마른 개뼈다귀야! 내가 내 동료의 목숨을 이따위 칼과 바꿀 녀석으로 보이더냐? 덤빌 테면 덤벼봐!"

"보로미어, 안 돼!"

뒤에서 실바누스가 울부짖었다.

"네가 한 선택이니 후회는 없겠지."

기트얀키 대장은 말을 마치자마자 번개처럼 미스릴 블레이드를 내지르며 보로미어의 품안으로 파고들었다. 마치 커다란 불덩이가 아랫배를 쑤시고 들어오는 느낌이었다. 그러나 동시에 보로미어의 두 손도 녀석의 목을 단단히 움켜쥐었다.

이미 자신이 돌이킬 수 없는 상처를 입었다는 것은 누가 말해주지 않아도 느낄 수 있었다. 그러나 아랫배에서 번져가고 있는 그 고통보다도, 다시는 실바누스를 볼 수 없을 것이라는 생각이 더 견디기 힘들었다.

하지만……, 이렇게 하면 최소한 그녀만은 살릴 수 있을 것이다.

"이이익!"

전사의 몸 안에 남아 있던 모든 힘이 갑옷의 도움으로 증폭되며 두 팔에 모이자, 기트얀키의 얼굴이 믿을 수 없다는 듯 일그러지기 시작했다.

서서히 어두워져가는 전사의 시야에 들어온 마지막 장면은, 몸통에서 뜯겨져 나온 기트얀키의 머리가 자신의 손 안에서 짓고 있는 경악스런 표정이었다. 실바누스의 모습을 한번 더 돌아보고 싶었으나 보로미어에게 남겨진 가이아의 시간은 그 작은 바람을 이루기에도 너무 부족했다.

삑!

날카로운 경고음과 함께 정신을 차린 원철은 눈앞에서 깜박이고 있는 붉은 글씨를 뚫어져라 쳐다보았다.

보로미어 님은 사망하셨습니다.

다른 캐릭터로 다시 시작하시겠습니까?

'맞아, 난 죽었지.

아니, 죽은 건 보로미어야.

그래. 보로미어가 죽었어.

보로미어가……, 죽었어…….'

끊어진 필름처럼 조각조각 이어지던 사고의 흐름이 정상으로 돌아오면서 그 글귀의 뜻이 이해되기 시작했다.

'보로미어가 죽었어. 보로미어가…….'

원철은 멀티 세트를 벗고 자리에서 일어나다가 갑자기 다리가 풀려 방바닥에 주저앉았다.

한동안 그렇게 멍하니 앉아 있던 프로그래머는 갑자기 '우욱' 하며 울음을 터뜨렸다.

눈물을 닦지는 않았다.

어차피 두 손만으론 다 닦기에 벅찬 양이었다.

제30장
벌어지는 틈

6월 12일 목요일

일어나며 시계를 보자 10:43 am이란 문자열이 눈에 들어왔다. 일어서서 화장실로 향하는 걸음은 발목에 납덩이라도 매단 듯 무거웠다. 아마도 어젯밤에 정신없이 주워마신 술이 좀 과했던 모양이었다.

세수를 하고 고개를 들자 퉁퉁 부은 눈의 사내가 거울 속에서 자신을 바라보고 있었다. 아무리 뜯어보아도 어제까지 알고 있던 자신의 얼굴이 아니었다.

"제기랄!"

투덜거리면서도 양치질을 마치고 작업실로 돌아온 원철은 일과의 시작으로 이메일을 점검하다가 눈이 휘둥그레졌다. 성식이형, 경민이, 수정이, 혁진이, 은영이, 그리고 강 과장에 미숙씨 등 블레이드 팀의 팀원들은 물론이고 개인적으로 아는 다른 팀의 대리들에게서까지 60통에 가까운 이메일이 날아와 있었다.

"뭐야?"

새벽 2시 32분에 도착한 성식이 형의 첫 메일부터 차근차근 열어보던 원철의 표정은 시시각각으로 굳어져갔다. 서너 통을 읽고 난 프로그래머는 후닥닥 자리에서 일어나 전화 수화기를 들어보다가 얼굴을 찡그렸다. 어젯밤 정신없이 퍼마시고 자는 바람에 전화를 다시 연결하는 것을 깜박했던 것이다. PDA니 핸드폰도 모두 꺼놓은 상태였으니 자신에게 연락이 닿지 않은 것이 당연했다. 당황해서 계속 이메일을 날리던 블레이드 러너들은 급한 김에 다른 팀 친구들까지 동원했던 것이다. 물론 쉬지 않고 전화와 핸드폰도 걸어댔을 것이고.

전화선을 단자에 연결하자 기다렸다는 듯 벨이 울려댔다.

"여보세요? 이 대리님?"

미숙이었다.

"어, 미숙씨. 나야."

"저기, 지금 난리가 났어요. 회사가 온통 발칵 뒤집어졌다고요."

"알아, 알고 있어."

"지금까지 어디 계셨어요? 제가 세 시간째 계속 전화를 걸어도 안 받으시던데."

원철은 우물거리다 적당히 둘러댔다.

"저기……, 전화기가 고장이 나서."

"나 참, 기가 막혀서. 여기 숙희랑 영신이가 계속 핸드폰을 때

렸는데 그것도 못 받으셨어요?"

다른 팀 상근 요원들까지 동원해서 이 난리를 쳤다니 정말 일이 터져도 심하게 터진 모양이었다.

"집이라 그런 건 꺼놨지. 그건 그렇고 다른 사람들은 지금 어디 있어?"

"현장에요."

"알았어. 지금 나도 출발한다고 전해 줘."

"네."

전화를 끊은 원철은 급히 시스템의 전원을 올린 다음 필수적인 파일 10여 가지와 삼진의 코딩 원본을 메모리 칩으로 카피하도록 명령을 내렸다. 카피가 되는 것을 확인한 그는 안방으로 건너가 옷을 꿰입기 시작했다.

'제기랄, 버그라니, 이게 무슨 난리람!'

노바에 입사한 이후 처음 있는 일이었다. 게다가 하필 전화선까지 빼놓은 날에!

정말 머피의 법칙이 따로 없었다.

대충 바지저고리만 걸친 원철은 메모리 칩 앞에서 2, 3분간 발을 동동 구르다가 작업이 완료되자마자 잽싸게 디스크를 품안에 쑤셔넣으며 현관으로 달려갔다.

원철이 숨을 헐떡거리며 전산실 문을 박차고 들어간 것은 오후 2시 3분의 일이었다. 점심 시간의 혼잡을 고려한다면 상당히 빨리 도착한 편이었지만 그에게 집중된 시선들은 도무지 곱지가 않았다.

원철은 방 안에 무겁게 들어찬 침묵을 헤치고 삼진의 간부들과 블레이드 팀원들, 그리고 강 과장에게 둘러싸여 있는 성식에게 다가갔다. 모니터에 코를 박은 채 끙끙거리고 있던 성식은 원철이 어깨에 손을 올려놓자 그제야 뒤를 돌아보더니 안도의 한숨과 함께 일어섰다.

"휴우, 왔구나. 여기까진 쫓아갔는데 다음은 도저히 모르겠다."

"됐어요. 이젠 저한테 맡기세요."

모니터 앞에 앉은 원철은 화면에 떠 있는 코드들을 훑어보았다. 각 스테이션에서 모여든 정보를 적절한 데이터 베이스로 분류해 보내는 교통 정리 파일이었다. 빠르게 라인들을 스크롤하던 프로그래머는 갑자기 고개를 갸우뚱거렸다. 분명히 자기가 쓴 코딩이었는데 대여섯 라인이 바뀌어 있었다. 변수 이름이 뒤죽박죽으로 어지럽혀져 있었고, 계산식에도 도저히 있을 수 없는 구문(Syntax) 오류가 생겨 있었다.

이런 코딩이라면 애초에 시스템이 제대로 작동할 수가 없다. 그렇다면 이런 오류들은 그저께 시스템이 가동된 후에 생겼다는 이야기고, 그것은 시스템을 해킹하지 않고서는 불가능한 일이었다.

원철은 반사적으로 혁진을 돌아보았으나 그는 걱정스런 얼굴로 자신만 바라보고 있었다. 그것은 그가 시스템이 해킹되었다는 것을 아직 모르고 있다는 것을 뜻했다. 만약 알았다면 지금쯤 푸르딩딩한 얼굴을 해가지고 길길이 뛰고 있어야 했다.

일단 파일을 닫고 루트 디렉토리를 펼친 원철은 시스템 파일의 변경 날짜를 하나하나 살펴보기 시작했다.

"원철아, 디버깅은 않고 지금 뭐하는 거야?"

뒤에서 성식이 형이 물었으나, 원철은 대답 대신 잠시 기다리라고 손짓을 하며 계속 파일들의 날짜를 검토해 나갔다.

"그러면 그렇지!"

원철은 고개를 끄덕이며 가져온 메모리 칩을 품에서 꺼냈다. 도합 다섯 개의 파일들이 어젯밤 12시 30분을 전후로 수정되어 있었다. 혁진의 보안을 뚫고 여기까지 해킹해 들어온 녀석이 교통 정리 파일 하나에 만족하고 물러갔을 리가 없었다.

원철은 메모리 칩에서 해킹된 파일들을 불러 루트에 복사해 넣은 다음 자리에서 일어났다.

"형, 왜 그래? 큰 이상이야?"

경민이 짐짓 걱정스런 표정으로 물었다.

"아니다. 다 된 거야. 이제 다시 구동만 시켜주면 돼."

원철의 말에 낮은 탄성들이 사방에서 울려퍼졌다. 성식이 다시 시스템을 초기화하느라 분주한 동안, 40대 중반의 사내가 원철에게 다가왔다.

"전산 실장입니다. 도대체 뭐가 어떻게 잘못되었던 겁니까?"

"시스템이……."

하마터면 해킹당했다고 말할 뻔한 원철은 가까스로 실수하는 것을 면했다.

"저기……, 간단한 버그였습니다. 변수 지정이 잘못되었어요."

"허참, 그래도 대단하십니다. 그 짧은 시간에 그걸 다 찾아내시다니."

"제가 만든 프로그램이니까요."

"어쨌든 수고하셨습니다."

원철은 안도의 한숨을 내쉬며 돌아섰다. 전산 실장은 눈치채지 못한 듯했다. 프로그램에 버그가 있었다면 약간 쪽팔리긴 해도 있을 수 있는 일로 넘어갈 수 있다. 그러나 해킹을 당했다면 문제의 차원이 달라지는 것이다. 아마도 경영진까지 긴장하여 언성을 높일 것이 분명하니, 일단 여기서 이렇게 마무리를 지어놓고 나중에 혁진과 이야기를 하는 것이 나았다.

"아니, 아직도 이 모양이야?"

갑자기 한 사내가 고성을 지르며 전산실 문을 차고 들어왔다. 개통식 때 보았던 김 사장인가 하는 사람이었다.

"몇 억씩 들여가며 만들어놓은 게 어떻게 이틀을 못 가서 고장이 나는 거야! 당신들 도대체 뭣하는 사람들이야?"

김 사장은 무조건 소리를 지르며 강 과장에게 삿대질을 하기 시작했다.

"김 사장님, 이건 처음 시스템을 가동하고 흔히 있는 문제예요. 그래서 계약서에도 이 문제에 대해 분명히 명시가 되어 있잖아요. 문제가 생기면 열두 시간 안에 해결해 드리는 것으로요."

강 과장이 차분한 어조로 답하자 김 사장이 다시 소리를 질렀다.

"저거 고장난 지는 벌써 열두 시간이 넘었잖아!"

"우리가 연락을 받고부터는 정확히 열한 시간 48분이에요."

강 과장이 뛰어난 시간 감각을 과시하며 물러서지 않자 김 사장은 얼굴을 붉히며 다시 뭐라고 소리를 지르려고 했다.

"김 사장님, 걱정하지 마세요. 문제는 다 해결됐고 시스템은 이미 다시 돌아가고 있어요."

경민이 끼어들며 말하자, 김 사장은 전산 실장을 돌아보았다.

그가 고개를 끄덕이는 것을 보고서야 김 사장의 말투가 조금 누그러졌다.

"경민 군도 잘 알겠지만 우리 회사는 여기에 엄청나게 투자를 했다고. 그런데 이런 문제가 생기면 내 얼굴이 어떻게 되나?"

"에이, 김 사장님도. 이건 김 사장님 얼굴하곤 상관이 없는 문제에요. 다른 회사들에 알아보세요. 운영 초기에 이런 문제 생기는 건 다반사예요. 그래도 전세계에서 우리 노바가 가장 그런 문제가 적은 회사라니까요. 프로그래머가 도착하자마자 10분도 안 돼서 시스템이 다시 돌아가잖아요. 다른 데 같으면 2, 3일은 걸렸을걸요?"

나이답지 않은 놀라운 달변과 애교로 경민이 김 사장을 달래기 시작하자 강 과장은 슬며시 옆으로 빠졌다. 돌아보자 모니터 앞의 성식이 지친 표정으로 엄지손가락을 들어 보였다.

시계를 들여다본 원철은 그제야 안도의 한숨을 내쉬었다.

오늘은 정말 아슬아슬했던 것이다.

무르익어 가는 여름의 열기는 창문을 통해 복사되어 후끈하게 회의실을 달구고 있었다.

모두 자리에 앉은 지 3분이 지났지만 아직까지 아무도 입을 열지 않았다. 일부는 침통한 표정으로, 또 일부는 아직도 이해가 가지 않는다는 표정으로 서로의 얼굴만 쳐다보고 있을 뿐이었다.

"이 대리, 도대체 어떻게 된 거예요?"

가라앉은 방 안의 분위기를 깨며 드디어 강 과장이 말문을 열었다.

"저도 모르겠습니다. 시스템 파일 다섯 개가 해킹당해 있었어요."

"거짓말!"

원철의 대답에 혁진이 버럭 소리를 지르며 자리에서 일어났으나, 은영이 옆에서 소매를 잡아당기자 마지못해 다시 자리에 앉았다.

원철은 혁진이 진정하기를 기다렸다가 계속했다.

"얼핏 보아선 잘 알 수 없을 정도로 몇 개의 라인만을 바꿔놓았더군요. 해킹 생각을 못했으면 아주 낭패를 볼 뻔했어요."

"그게 해킹이란 증거가 어디 있어요?"

혁진이 얼굴을 붉히며 따지자 원철은 품에서 메모리 칩을 꺼내 책상 위에 놓았다.

"내가 만들었던 오리지널 프로그램이 담긴 메모리 칩이야. 너도 옆에서 보았지? 디버깅은 고사하고 파일들 몇 개만 다시 카피해 주니까 시스템이 다시 정상으로 돌아왔잖아. 그 파일들은 모두 어제 자정 전후로 변경이 되어 있었어."

"이런! 해킹은 생각도 못했어. 난 무조건 버그라고 생각하고 코딩만 들입다 뒤졌지 뭐야."

성식이 안경을 올리며 투덜대었다.

"누가 그런 짓을 한 거죠?"

은영이 분한 목소리로 묻자 수정이 눈살을 찌푸리며 말했다.

"모르지. 하지만 혁진이의 보안을 뚫고 들어올 정도라면 대단한 녀석일 거야."

"혹시 과장님이 또 크래커들 동원한 건 아니죠?"

혁진이 심문하듯 묻자 강 과장이 어이없다는 듯 고개를 저었다.

"그런 장난을 할 때가 따로 있지."

"그럼 도대체 어떤 새끼야!"

혁진이 다시 분통을 터뜨리는 순간, 혼자서 생각에 잠겨 있던 경민이 의견을 내놓았다.

"코딩 몇 줄만 슬쩍 바꿔놓은 거로 봐서는……, 혹시 다른 회사 팀들이 아닐까요? 그런 식으로 우리 팀 신용을 깎아먹으려고 할 수도 있잖아요."

블레이드 러너들은 서로 마주보았다. 충분히 가능성이 있는 말이었다.

"웃기지 마. 국내엔 그럴 능력이 되는 놈이 없어."

혁진이 다시 소리치자 성식이 손을 들어 제지하며 말했다.

"아니야. 정말 우리 이름에 먹칠을 하려고 작정을 했다면, 외국에서 전문 해커를 데려올 수도 있고 삼진 내부의 사람을 매수할 수도 있는 일이야. 요즘 이 바닥 경쟁이 점점 치열해지니까 별별 놈들이 다 나오고 있다고. 이런 짓 정도는 하고도 남아."

"어이 씨, 이 자식들을!"

혁진이 다시 주먹을 불끈 쥐며 일어서자 강 과장이 말했다.

"최 대리, 좀 진정해요. 예상 못했던 일도 아니잖아요."

"그래도 이렇게 치사하게 나오다니……."

혁진은 좀처럼 흥분을 가라앉히지 못했다.

"대책을 세워야죠, 대책을."

은영의 말에 성식이 뒤통수를 긁적이며 말했다.

"그래. 대책을 세우긴 세워야지."

잠시 침묵이 흐른 후 강 과장이 말했다.

"어차피 보안이란 게 결국은 방어일 수밖에 없다는 게 문제에요. 하지만 경영 전략에서도 공격은 최선의 방어란 말이 있죠."

모두의 시선이 강 과장에게 집중되었다.

"우리 시스템을 해킹하는 사람에게 거꾸로 선물을 보내주는 방법도 있을 거예요. 크래커 팀도 몇몇 해외 사이트에서 그렇게 당한 적이 있다고 들었어요."

"맞다!"

혁진이 소리를 질렀다.

"그래. 내 보안에 손대는 새끼는 하드를 몽땅 날려줄 거야. 그러려면 일단 역추적 기술을 동원해서……."

혁진이 노트에 뭔가를 끄적이며 혼자 중얼거리기 시작하자 강 과장이 말했다.

"일단 소문이 나면 우리 시스템은 아예 건드릴 생각도 안 할 거예요. 어쩌면 그게 최선의 보안이 될 수도 있겠죠."

원철은 미소를 지었다. 역시 강 과장이었다. 자기 분야의 전술에만 능한 그들에겐 저런 전략가가 필요했다.

"저기, 지금 꼭 해야 될 얘기는 왜 모두 피하려는 거죠?"

갑자기 수정이 말을 꺼냈다.

"언니……."

옆에서 은영이 말렸으나 수정은 멈추지 않았다.

"원철 오빠가 한 시간만 더 늦었으면 우린 앉아서 텍 서포트 위약금 5000만 원을 날렸을 거야. 어디 있든지 항상 연락만은 유지하게 되어 있는데 도대체 오빠 어제 어떻게 됐던 거예요?"

사람들이 일제히 원철을 쳐다보았다.

"전화가······."

아까처럼 전화가 고장났다고 둘러대려던 원철은, 그들의 눈빛에서 그런 어설픈 변명이 통하지 않으리란 것을 직감했다.

"솔직히 얘기해요. 그 여자랑 노느라고 정신이 없었다고!"

수정이 다그치자 모두 깜짝 놀라 그녀를 돌아보았다.

"그 여자? 그 여자라니?"

원철도 어안이 벙벙하여 수정에게 되묻자 그녀가 말했다.

"흥, 저번 토요일 저녁에 오빠네 집에서 시시덕대고 있던 그 여자 말이야! 어제도 걔 때문에 밤새 정신없던 것 아녜요?"

"수정아!"

지나친 표현에 성식이 그녀의 말을 막았지만 이미 수정은 거칠 것이 없는 듯했다.

"전엔 왜 운동한다고 거짓말을 했죠? 아니면······, 오빠 섹스도 운동으로 치나?"

"야, 시끄러!"

원철은 참다못해 버럭 소리를 질렀다. 수정이 이렇게 악의적으로 나오는 이유를 이해 못하는 바는 아니지만, 갑자기 치밀어오르는 화를 누를 길이 없었다.

"개 눈엔 똥만 보인다더니 네 눈엔 모든 게 그 짓으로만 보이냐?"

"그럼 도대체 오늘 아침까지 왜 연락이 닿지 않았는지 설명해 봐요!"

"어젯밤 전화선을 빼놓은 다음 깜박했을 뿐이야!"

"핸드폰까지?"

"그, 그건……."

모두의 눈이 다시 자신에게로 향하자 원철은 머뭇거렸다. 뭔가 납득할 만한 대답을 하지 않고는 도저히 그냥 넘어갈 수 없는 분위기였다. 그리고 이런 경우, 진실이 가장 무리 없이 납득된다는 것을 원철은 잘 알고 있었다.

"후우, 게임 때문이야."

"게임?"

성식이 눈을 동그랗게 뜨며 물었다.

"팔란티어라고 일종의 온라인 게임인데, 접속하고 있는 동안 방해받기가 싫어서 전화고 뭐고 모두 꺼놨어. 그리고 다시 연결하는 걸 까먹고 그냥 잤다고."

원철의 답변에 강 과장이 퍼뜩 고개를 들더니 물었다.

"가만, 그럼 혹시 전에 데드라인 넘긴 것도 그 게임에 시간을 뺏겨서 그랬던 겁니까?"

"……."

원철이 입술을 씹으며 대답을 않자 수정이 말했다.

"그럼 이번으로 두 번째네요. 처음엔 우리 모두의 일정을 지연시키고, 두 번쩬 위약금 무는 걸 가까스로 면하게 하고. 세 번쩬 뭐죠? 오빠는 게임이나 하고 놀면서 우리보고는 똥줄 타게 그 뒤치다꺼리나 하라는 건가요?"

매섭게 쏘아붙인 수정은 성식을 돌아보며 말했다.

"성식 오빠, 이건 도저히 그냥 넘어갈 수 없어요. 원철이 오빠 빼고 우리끼리 얘기 좀 해요."

"언니······."

은영이 놀라서 말리려고 했으나 수정은 막무가내였다.

"난 지금 이 팀의 일원으로서 팀장에게 정식 논의를 요청하는 거예요."

"양수정 대리!"

보다못한 강 과장도 수정의 이름을 불렀으나 그녀는 돌아보지도 않았다.

"저기······, 일단 요구하는 사람이 있으면 팀장으로선 거절할 수 없으니······."

성식은 난처한 표정으로 머뭇거리다 원철을 보고 말했다.

"원철아, 미안하지만 잠시만 바깥에 나가 있을래? 잠깐이면 될 거야."

"그래요! 기꺼이 그러죠!"

원철은 성난 얼굴로 수정을 노려보며 소리지른 다음 거칠게 회의실 문을 열고 나갔다.

바깥 사무실로 나온 원철이 한쪽 구석에 놓인 소파에 털썩 주저앉자, 미숙이 다가오며 걱정스런 표정으로 물었다.

"이 대리님, 무슨 일이 있으세요?"

"아, 제기랄, 저 쌍년이!"

원철이 대답 대신 회의실 쪽을 향해 버럭 욕설을 내뱉자 미숙은 눈을 동그랗게 뜨며 두 손으로 벌어진 입을 가렸다.

그녀는 이해하지 못할 것이다. 지금 회의실 안에서는 나머지 팀원들이 원철을 계속 팀에 둘 것인지 말 것인지를 놓고 갑론을박을 벌이고 있었다. 문제를 일으킨 팀원이 있을 때 이런 식으로 일을 처리하는 것이 노바의 방식이었다. 그 사람의 잘못에 대해 다른 팀원들이 논의를 거쳐 투표를 하는 것이다. 일단 내보내기로 결정이 나면 그 팀원은 그 시간부로 즉시 팀에서 방출된다. 좀 냉랭하긴 해도 상당히 능률적인 인사 방식이라고 생각하고 있었는데, 막상 자신이 당하고 나자 너무 비인간적이란 생각이 들었다.

주머니에서 담배를 꺼내 불을 붙이고 있을 때 강 과장이 회의실 문을 열고 나왔다. 그녀도 팀에 고용된 전문 경영인일 뿐 정식 팀원은 아니므로 논의에 참가할 자격은 없었다. 하지만 연장자로서 자신의 입장을 밝힐 정도의 기회는 허락되었을 테니 아마도 한 소리 하고 나오는 길일 것이다. 보나마나 자신의 욕이겠지만.

강 과장은 원철 앞으로 뚜벅뚜벅 걸어오더니 고갯짓으로 바깥을 가리키며 말했다.

"이 대리, 나 좀 봐요."

원철을 데리고 복도로 나간 강 과장은 커피 자판기에서 율무차 두 잔을 뽑아 하나를 원철에게 건넸다. 차를 마시며 잠시 창 밖을 내다보던 강 과장이 말했다.

"이 대리, 전에는 그렇지 않던 사람이 왜 그렇게 무책임해진 거죠?"

"……."

"온라인 게임 같은 거, 여기 사람들이 달가워하지 않는다는 거 몰라요?"

"넷 중독증 얘기라면 꺼내지도 마세요. 이건 일주일에 여섯 시간만 열리는 게임이라고요. 일주일에 단 여섯 시간 정도도 내가 하고 싶은 일에 쓸 수 없단 말입니까?"

원철이 말대꾸를 하자 강 과장은 한숨을 쉬며 그를 바라보다가 말했다.

"이 대리, 어쨌거나 그 게임 때문에 두 번이나 문제를 일으킨 건 사실 아녜요? 우린 다른 직업을 가진 사람들에 비해 시간이 자유로운 반면, 필요할 땐 그걸 희생할 각오도 해야 해요. 그것도 사생활 침해라고 우길 건가요?"

틀린 말이 아니었으므로 원철은 아무 대답도 하지 않았다.

그러자 강 과장은 헛기침을 하더니 다시 말했다.

"저 안의 분위기는 그다지 나쁘지 않아요. 누가 뭐래도 이 대리 능력 하나는 자타가 공인하는 거니까……, 하지만 반대 의견도 만만친 않더군요. 그런데 혹시 양 대리랑 무슨 일 있었어요?"

"네?"

원철은 깜짝 놀라 강 과장을 돌아보았다.

"양 대리랑 개인적으로 무슨 일이 있었냐고요."

재차 묻는 그녀의 얼굴에서, 원철은 그 질문이 중년 여인 특유의 직관에서 기인한 것일 뿐임을 간단히 읽을 수 있었다.

"아, 아니오. 아무 일도 없었는데요."

부인하고 넘어가자 강 과장은 안심했다는 듯 고개를 끄덕였다.

"그럼 다행이고요. 하여간 너무 걱정하진 말아요. 이 대리 자르면 나도 나가겠다고 으름장을 놓고 나왔으니, 설마 자르진 않을 거예요."

"네?"

원철은 다시 놀라며 강 과장을 돌아보았다.

"후후, 이 대리가 귀여워서 그런 건 아니니 놀랄 것은 없어요.

144

지금 이 대리가 나가면 당장 어디서 프로그래머를 하나 구해 와야 하는데, 이 대리 정도 되는 사람 찾기가 어디 쉬운 줄 알아요? 게다가 넥서스부터 시작해서 몇 달 치 일정을 다시 조정해야 하고, 나도 보통 골치 아파지는 게 아니라고요. 잘못하면 그루비와 크래커까지 영향을 받을지도 모르고, 그러느니 차라리 그만두고 말지."

내용과는 달리 정이 담뿍 담긴 말투였다.

"……."

"이 블레이드 러너 팀, 내가 지금까지 맡았던 팀 중에 최고예요. 아마 앞으로도 이렇게 완벽한 밸런스를 갖춘 팀은 나오기 힘들 겁니다. 그러니 나도 이 대리 놓치고 싶지 않다고요."

"……."

"결론은 이미 내려진 회의니까 금방 끝날 거예요. 괜히 기분 나빠하거나 하지 말고 앞으론 이런 실수 하지 말아요. 그리고 시간 좀 꼭꼭 지키고."

"네."

원철은 얌전히 고개를 숙였다. 물론 이렇게라도 자신을 위로해 주려는 사람에게 말대꾸를 할 생각도 없었지만, 저렇게 고향 고모님 같은 말투로 타이르는 데야 다른 말을 할 여지가 없었다.

다시 사무실로 돌아온 원철은 율무차를 홀짝거리며 아까보다는 훨씬 차분해진 기분으로 논의가 끝나기를 기다렸다. 따지고 보면 자신을 방출하자고 주장할 사람은 수정밖에 없었다. 강 과장마저도 저렇게 나오는데 동고 동락해 온 다른 팀원들이 매정하게 나오지는 않을 것이다.

그러나 10분 20분 시간이 지나고 30분이 지나도 회의실의 문이 열리지 않자 원철은 차츰 안절부절못하기 시작했다. 강 과장도 슬슬 걱정이 되는지 연신 시계를 들여다보았다. 드디어 참다못한 원철이 자리에서 일어서려고 할 때 회의실 문이 열리며 경민이 얼굴을 내밀었다.

"원철이 형, 들어오시래요."

강 과장과 함께 회의실 안으로 들어선 원철은 착잡한 표정으로 앉아 있는 다른 팀원들의 얼굴을 한번 둘러본 다음 자리에 앉았다.

"원철아, 먼저 결론부터 얘기하마."

성식이 무겁게 입을 뗐다. 원철은 예상치 못했던 분위기에 긴장하면서 성식의 다음 말에 귀를 기울였다.

"일단 널 방출하지는 않기로 했다. 하지만 조건이 있어. 그 온라인 게임에서 완전히 손을 떼는 거야."

"뭐라고요?"

원철이 황당한 얼굴로 외치자 성식이 입맛을 다시며 말했다.

"진정하고 내 말을 들어봐. 원래는 3대 2로 널 내보내자는 쪽이 우세했어. 하지만 그 사람들 중 하나가 네가 그 게임에서 손을 뗀다는 조건으로 마음을 바꿨단 말이야."

원철은 다른 팀원들을 돌아보았다. 그러자 수정을 제외한 나머지 세 사람이 그의 눈길을 피해 다른 곳으로 시선을 돌렸다. 성식이 형은 방출에 반대, 수정은 찬성이었을 테니, 저 세 사람 중 두 사람이 자신을 자르는 데 일단 동의했다는 뜻이다.

"내 맘대로 게임도 하나 못한단 말이에요? 이건 진짜 사생활

침해야!"

원철이 언성을 높이자 성식은 괴로운 표정을 지으며 말했다.

"이미 충분히 힘든 상황이니 더 악화시키진 마라. 어떻게 할 거니?"

원철은 이를 악물고 자신을 빤히 쳐다보는 수정을 노려보았다.

'마귀 같은 년!'

무슨 소릴 어떻게 했는지는 몰라도 다른 팀원 둘을 설득한 것은 그녀의 혓바닥이었음이 분명했다.

"어쩔 거예요?"

시선이 부딪히자 수정은 눈 하나 깜박하지 않고 오히려 다그쳐 물었다.

원철은 그 자리를 박차고 나가고 싶은 충동을 가까스로 억눌러야 했다. 사실 보로미어도 죽은 지금, 반드시 팔란티어를 계속해야 할 이유는 없었다. 하지만 스스로 그만두는 것과 이런 식으로 강제당하는 것은 이야기가 달랐다.

'그렇지만……'

그렇지만 이만한 직장을 구하는 것 역시 쉬운 일은 아니다. 게다가 이 팀원 중 최소한 두 사람은 자신이 남기를 원했다. 그리고 강 과장도…….

원철은 낮은 목소리로 내뱉았다.

"그만두겠어."

"뭐라고?"

제대로 듣지 못한 성식이 되묻자 원철은 소리치듯 말했다.

"그만둔다고! 그만두면 되잖아요!"

그러자 강 과장이 흠칫하며 물었다.

"뭘 그만둔다는 거예요? 우리 팀이오, 아니면 그 게임이오?"

"그 게임을 그만두겠다고요!"

원철이 이를 악물며 대답하자 회의실 안에 가벼운 한숨들이 울려퍼졌다. 일부는 안도의, 일부는 실망의 소리들이었다.

"자자, 다들 힘든 하루들이었을 테니까 오늘은 이만들 해요. 데드라인은 다음주 수요일에서 하루 더 미루도록 할 테니, 이젠 제발 가서들 쉬라고요."

스스로도 지친 표정인 강 과장은 팀원들의 등을 거의 떠밀다시피 하며 모임을 끝냈다.

머리가 아프다는 핑계로 뒤풀이를 빠진 원철이 집에 도착한 것은 저녁 7시가 다 되어서였다. 기진맥진하여 차고로 꺾어 들어가던 그는 집 앞에 못 보던 차 한 대가 서 있는 것을 발견하였다.

고개를 갸우뚱거리며 다가간 원철은, 그 안에서 의자를 뒤로 젖힌 채 잠들어 있는 혜란의 모습을 발견하고는 긴 한숨을 쉬었다.

'하필 지금……'

연구고 나발이고 지금은 아무 생각 없이 쉬고만 싶었다.

원철은 눈 딱 감고 집으로 걸음을 옮기려다가 이내 마음을 고쳐먹고 돌아섰다. 이런 행동이 종로에서 뺨 맞고 한강 가서 눈 흘기는 격이란 생각도 들었고, 또 언제고 그녀가 잠에서 깨면 어차피 자신의 대문을 두드릴 것은 뻔한 일이기 때문이었다.

조용히 차창을 두드리자 순한 아기처럼 잠들어 있던 혜란이 살며시 눈을 떴다. 잠이 덜 깬 듯 주위를 두리번거리던 그녀는 원철의 얼굴을 발견하고는 반가운 미소를 지었다.

"오늘은 외출을 하셨더군요."

혜란이 차에서 내리며 말하자 원철은 건성으로 고개를 끄덕였다.

"네, 좀 일이 있어서. 언제부터 여기서 기다리신 겁니까?"

원철의 물음에 시계를 본 혜란은 깜짝 놀라는 표정을 지었다.

"어머, 시간이 벌써 이렇게 됐네? 4시경에 왔으니, 한 세 시간 됐군요."

"미안합니다. 미리 연락이라도 드릴 것을."

원철이 사무적인 투로 말하자 혜란은 활짝 웃음을 지으며 고개를 저었다.

"괜찮아요. 원래 원철 씨 스케줄이 이런 거 알고 시작한 일이잖아요? 그리고 덕분에 밀린 잠도 보충했고. 저한테 미안해하실 필요는 없어요."

"그래요? 하지만 여전히 미안하긴 하군요. 참, 저녁은 드셨어요?"

그러자 혜란은 '아차' 하는 표정을 지으며 서둘러 차의 트렁크를 열더니 울상을 지었다.

그녀의 어깨 너머로 트렁크 안을 들여다보던 원철은 피어오르는 악취에 저도 모르게 얼굴을 찌푸렸다.

"어떡하지? 이거 다 상했네."

혜란은 생선회가 담긴 플라스틱 접시를 꺼내며 어쩔 줄 몰라 했다.

"오늘은 라면 신세 좀 면해 보려고 준비해 온 건데……."

그녀가 너무도 안타까운 어조로 중얼거리는 바람에 원철은 저도 모르게 짧은 웃음을 터뜨렸다.

"하하, 혜란 씨가 라면 공포증이 있는 건 미처 몰랐군요. 자, 따라오세요."

잠시 후 원철은 가까운 횟집에서 혜란과 마주앉았다.

"제가 늦은 덕에 날린 회니까, 오늘 저녁은 제가 살게요."

원철의 제안에 혜란은 고개를 저었다.

"그러지 마세요. 매일 이렇게 괴롭히러 오는 것도 미안해 죽겠는데."

"상관없어요. 어차피 저도 저녁은 먹어야 하는 거니까."

원철은 한 마디로 그녀의 말을 일축하고는 우럭을 주문했다.

밑반찬이 나오고 난 다음 혜란이 말했다.

"정말로 이러지 않으셔도 돼요. 저도 미리 전화를 드리고 왔어야 하는 건데⋯⋯, 항상 집에 계시기에 오늘도 그럴 줄 알고 그냥 왔거든요."

"오늘은 좀 예상치 못했던 일이 생겨서⋯⋯."

말을 꺼내던 원철은 잠시 잊고 있었던 낮의 일들이 떠올라 말꼬리를 흐렸다.

"안 좋은 일이셨나 봐요?"

혜란이 원철의 표정을 들여다보며 묻자 원철은 씁쓸한 미소를 지으며 대답했다.

"뭐, 살다보면 흔히 있는 그런 일이죠. 자기밖에 모르는 인간들과 같이 일하려면 어차피 겪어야 하는 그런 일들 있잖아요."

"또 장 형사님 얘긴가요?"

"아뇨. 오늘은……, 직장 동료들이 절 괴롭히더군요."

그러자 혜란은 눈을 동그랗게 뜨며 물었다.

"아니, 프리랜서라고 하시더니 직장이 있으세요?"

"일반적인 직장하곤 좀 다르지만……, 일종의 프리랜서 조합 같은 거죠."

"어떻게 다른데요?"

원철은 우럭이 나올 때까지 노바의 특수한 조직 체계를 자세하게 설명해 주었다. 고개를 끄덕이며 이야기를 듣고 난 혜란은 잠시 고개를 갸우뚱거리더니 입을 열었다.

"굉장히 독특하긴 한데……."

"그런데요?"

"이런 표현을 쓴다고 뭐라 하진 마세요. 하지만 뭐랄까, 좀 비인간적인 냄새가 풍기는군요."

혜란의 말에 원철은 조금 놀라 되물었다.

"왜 그런 느낌을 받으셨죠?"

그러자 그녀는 앞에 놓인 회를 한 점 집어먹으며 말했다.

"그냥 느낌이 그래요. 아무리 직장이 이익을 추구하기 위한 2차 집단이라지만, 그래도 일반적인 직장들은 1차 집단의 성격을 조금씩은 띠게 되죠. 동료들 사이에 우정도 생길 수 있고 이성간이라면 사랑을 할 수도 있고요. 하여간 대부분의 사람들에게 직장이란 단지 일하고 월급 받기만 하는 곳이 아니란 말이죠."

원철은 고개를 끄덕였다.

혜란은 다시 회 한 점을 입에 넣으며 계속했다.

"하지만 그 노바라는 곳은 그런 1차 집단적인 성향들이 끼어들 여지를 완전히 잘라내 버린 조직처럼 보이는군요. 단지 이윤 추구의 극대화라는 지상 목표만을 위해 잘 다듬어진 그런 조직 말이죠. 아마도 분위기가 좀 삭막할 것 같은 느낌이 들어요."

원철은 저도 모르게 낮은 탄성을 토해 내었다. 혜란의 말은 아까부터 자신의 가슴속을 짓누르던 막연한 답답함의 실체를 정확히 끄집어낸 것이었다.

"맞아요, 맞아! 혜란 씨가 정확히 보셨어요. 어제만 해도 그런 말을 들으면 아니라고 펄쩍 뛰었겠지만 오늘은 저도 동의할 수밖에 없네요. 2년씩이나 그 팀에 내 인생을 쏟아부었는데 그런 건 알아주지도 않아요. 그저 자기들 연수입만이 최대 관심사일 뿐이죠."

원철이 가시돋친 말투로 내뱉자 혜란이 조심스레 물었다.

"저기……, 설마 잘리신 건 아니죠?"

"그건 아니지만 거의 그럴 뻔했어요."

쓴웃음을 지으며 젓가락을 들던 원철은 혜란이 여전히 궁금한 표정으로 자신을 보고 있자 회 한 점을 입 안에 털어넣으며 말했다.

"후우, 사실 따지고 보면 별일도 아니지만……."

원철은 오늘 아침부터 있었던 일에 대해 간단하게 이야기하기 시작했다. 처음엔 차분하게 시작했으나 사무실에서 다른 팀원들이 자신의 방출 논의를 하는 부분에 가까워질수록 언성이 높아졌다. 다섯 명 중 세 명이 자신을 자르자고 표를 던졌던 것을 생각하면 너무도 자존심이 상해 견딜 수가 없었다. 원철은 결국 팀원들의 이름까지 거론해 가며 그때 상황을 세세히 설명하고는 말했다.

152

"결국엔 제가 그 게임을 포기하기로 하고 넘어갔어요. 하지만 자식들, 어떻게 그럴 수가 있죠? 아무리 돈벌이가 중요하다고 하지만 실제로 문제가 생긴 것도 아니잖아요. 수정이란 애야 나랑 좀 문제가 있었으니 그렇다고 쳐도 나머지 둘은 뭡니까? 진짜 문제가 생기면 항상 해결하는 건 난데, 걔들이 어떻게 나보고 나가랄 수가 있냐고요!"

"너무들 했군요."

혜란은 충분히 공감이 간다는 표정으로 고개를 끄덕였다.

원철이 계속했다.

"자랑은 아니지만 솔직히 내가 빠지면 그 팀도 다른 팀들과 다를 바 없어져요. 나랑 성식이 형의 콤비가 워낙 좋았거든요. 일 내용을 봐도 형이랑 내가 틀을 만들고 다른 녀석들은 그 틀을 메워주는 식인데, 지금까지 내 덕을 봐도 한참은 본 녀석들이 감히……."

어느새 다시 격해진 목소리로 울분을 터뜨리던 원철은 자신이 너무 감정적으로 나가고 있다는 것을 깨닫고 말을 멈췄다. 혜란은 그런 원철을 잠시 바라보다 입을 열었다.

"인간이란 종족은 정말 재미있는 구석이 많은 동물들이죠."

"네?"

"각 개개인의 성격에 상관없이 일단 집단이 되면 반응이 달라져요. 군중 심리랄까 그런 거……."

"그거랑 이거랑 무슨 상관인가요?"

갑작스런 심리학 강의에 의아한 표정을 짓는 원철에게 혜란이 말했다.

"'나'가 아닌 '우리'가 되면서 죄의식이 줄어들고, 그러다 보면 평소엔 생각지도 못하던 일들을 서슴없이 저지르게 돼요. 그런 경우에 가장 쉽게 고개를 드는 것이 사디즘, 즉 가학 심리죠. 특히 그것이 소수를 학대함으로써 다수에 속하고 싶은 심리와 합쳐지면 충분히 오늘 같은 일이 벌어질 수 있어요. 실제론 그럴 생각이 없으면서도 일단 남을 괴롭힌다는 쾌감에 원철 씨를 자르자는 쪽에 손을 들고 보는 거죠. 나치 독일의 유태인 학대나 일본의 이지메, 우리 나라의 왕따, 모두 같은 맥락에서 볼 수 있는 거예요."

"과연 그럴까요?"

"처음에 누군가 한 사람이 강경하게 원철 씨를 비난했을 거예요. 아마도 그 수정 씬가 하는 분이겠죠. 그러자 나머지 사람들이 지금 말한 그런 심리에서 엉겁결에 그 의견을 따라갔을 거고. 그런 식의 투표 방식이야말로 아무런 양심의 가책 없이 스스로의 가학 욕구를 만족시키기에 좋은 기회가 아니겠어요?"

"흐음……."

원철은 턱을 쓰다듬으며 생각에 잠겼다.

분명히 그랬을 것이다. 은영이나 혁진이나 경민에게 특별히 원한진 일도 없었고, 자신이 팀에서 나가면 어떤 일이 벌어질지 모를 애들도 아니다. 그중 두 사람이 자신을 자르자고 했다면 아마도 혜란이 말한 그런 이유에서였을 것이다.

"혜란 씬 모든 일들을 그렇게 심리학적으로 분석하시나요?"

원철이 갑자기 묻자 회를 가득 물고 있던 혜란은 당황하며 손으로 입을 가렸다. 겨우 입 안에 있던 것을 삼킨 혜란은 미소를 지으며 말했다.

"그렇진 않아요. 하지만 그렇게 생각을 하다보면 화낼 일들이 좀 줄어들 때가 많죠."

원철은 마주 미소를 지었다. 사실 아까에 비해 상당히 화가 풀어진 것은 사실이었다. 이틀 전에도 그랬고 오늘도 마찬가지였다. 이 여자와 이야기를 하고 나면 항상 기분이 나아졌다.

"참, 그런데 그 수정 씨란 분과는 왜 사이가 안 좋으세요?"

혜란이 계속 회를 집어먹으면서도 기습적으로 질문을 던지는 바람에, 원철은 들고 있던 회 조각을 떨어뜨렸다.

"왜 수정이와 사이가 안 좋냐고요?"

원철이 되묻자 혜란은 고개를 끄덕이며 말했다.

"네. 그래픽을 디자인하시는 분이면 원철 씨와 업무상 마찰이 생길 일도 별로 없을 것 같은데……."

"그, 그건……."

얼버무리려던 원철은 혜란이 자신을 빤히 바라보고 있는 것을 깨닫고 마지못해 입을 열었다.

"솔직히 이런 구구한 이야긴 하고 싶지 않지만, 하지 않으면 이해를 못하실 것 같아서……."

운을 뗀 원철은 수정이 전부터 자신에게 접근을 해왔으나 자신이 피해 왔다는 것, 그리고 궁여지책으로 소개시켜 준 욱이 두 번이나 사고를 치는 바람에 수정이 잔뜩 앙심을 품고 있다는 것 등을 간략하게 이야기했다. 물론 두 사람의 프라이버시를 위해 구질구질한 뒷이야기들은 하지 않았다.

이야기를 들은 혜란은 고개를 끄덕이더니 물었다.

"그 수정 씨란 분이 아주 못생겼나요?"

"아뇨. 그완 정반대죠."

"그럼 원철 씬 왜 그 아가씨를 피하시려는 거죠?"

"네?"

갑작스레 방향을 바꾼 혜란의 질문에 원철은 당황했다. 머뭇거리는 틈을 타고 혜란의 질문은 계속해서 날아왔다.

"남자라면 자신을 좋아하는 여자에 대해서 일단 호감을 가지는 게 일반적이잖아요. 게다가 특별히 혐오스러운 외모도 아니라면, 전 원철 씨가 수정 씨란 분을 피하려는 이유가 뭔지 궁금해지는데요?"

"저기……, 전 그냥 혼자 사는 게 편합니다."

"왜요? 슬슬 가정을 꾸리고 정착하실 나이잖아요?"

"그, 그게……."

원철은 갑자기 집요해진 혜란의 질문 공세에 말을 더듬었다. 도둑이 제발 저리다고 그녀가 자신의 비밀스런 문제를 알고 있는 것 같은 느낌이 들자, 갑자기 얼굴이 달아오르며 혀가 말을 듣지 않았기 때문이다.

계속 어물대던 원철은 가까스로 스스로를 진정시킨 다음 혜란에게 물었다.

"한데 그렇게 물으시는 혜란 씨도 아직 독신이시지 않나요? 게다가 저보다 연상이고요."

그러자 그녀는 어깨를 움찔하더니 쑥스러운 미소를 지었다.

"이런, 본전도 못 건질 질문을 괜히 했군요."

"자자, 그 기분 나쁜 인간들 얘기는 그만하고 우리 식사나 하죠."

가까스로 사태를 수습하며 젓가락을 들던 원철은 회 접시가 반 이상 비어 있는 것을 발견하고 깜짝 놀라 혜란을 쳐다보았다.

"실은 전 회라면 사족을 못 써서……."

어느새 또 한 점을 집어먹었는지 혜란은 우물거리는 입을 가리며 살짝 얼굴을 붉혔다. 그녀의 표정이 너무나 재미있어서 원철은 다시 한번 짧은 웃음을 터뜨렸다.

식사를 마친 두 사람이 원철의 집으로 돌아온 것은 8시 반이 가까워서였다. 원철이 커피 물을 올려놓고 있는데, 혜란이 주방 안을 기웃거리며 물었다.

"참, 그런데 말이죠? 아까 팔란티어를 그만두시기로 동료분들한테 약속했다고 하지 않으셨어요?"

"네. 그랬죠."

"정말 그러실 건가요?"

"그러라면 그래야죠. 제가 무슨 힘이 있나요. 그리고 어차피 할 수도 없어요. 게임 안의 제 캐릭터가 어젯밤……, 죽었거든요."

'맞아. 보로미어가 죽었지…….'

하루 종일 잊고 있던 보로미어가 생각나자 갑자기 날카로운 통증이 원철의 가슴속을 긁고 지나갔다.

그러자 주방 밖에서 혜란이 고민스러운 표정을 지으며 혼자 중얼거렸다.

"그러면 곤란한데……."

"네? 뭐가 곤란해요?"

잠시 보로미어의 생각에 정신을 빼앗겼던 원철이 그녀를 돌아보며 묻자, 혜란이 말했다.

"실은 원철 씨 무의식을 분석하는 일이 거의 끝났거든요. 오늘
부터는 그 게임 하는 걸 보면서 게임 안의 캐릭터를 분석하려고
했는데……."

"난 또. 그런 걱정은 접어두세요."

원철은 돌아서서 커피잔을 꺼내며 별것 아니라는 듯 말했다.

"그 게임은 내용을 갈무리를 할 수 있어요. 예전부터 모아놓은
파일들을 보면 되니까 혜란 씨가 필요로 하는 자료는 충분할 겁니
다."

그러자 혜란의 얼굴이 다시 밝아졌다.

"정말인가요?"

"커피가 끓는 대로 시작하죠, 뭐."

잠시 후 원철과 혜란은 김이 모락모락 오르는 커피 잔을 하나씩
손에 들고 작업실로 들어섰다. 원철은 의자 하나를 더 들여놓아
혜란이 자신과 나란히 모니터를 향해 앉을 수 있도록 했다.

정면 벽에 걸린 대형 모니터를 놀란 눈으로 쳐다보던 혜란은 사
방을 두리번거리며 물었다.

"그런데 컴퓨터는 어디 있는 거죠?"

"바로 여기요."

원철은 책상 서랍을 열어 작은 본체를 보여주고는 책상 옆에 붙
은 스위치를 올렸다. 그러자 이내 부팅 동영상이 뜨면서 낯뜨거운
여자의 반나신이 불쑥 튀어나왔다. 원철이 황급히 부팅을 스킵시
키자 의자에 앉아 있던 혜란이 깔깔 웃으며 물었다.

"깜짝이야. 그게 뭐였죠?"

"신경 쓰지 마세요. 그냥 우리 노바에서 만든 부팅 영상이에요."

"후후, 앞으론 재밌는 게 나오면 미리 얘길 해주세요. 자세히 좀 보게요."

"흠흠, 그러죠."

원철은 흔들의자에 앉은 다음 자이로 마우스를 손에 끼웠다. 그러자 그것을 보고 있던 혜란이 놀랍다는 듯 말했다.

"정말 컴퓨터 관련 장비들은 최고급으로만 마련하셨군요."

"밥줄인데 당연하죠."

원철은 빙긋 웃은 다음 팔란티어 브라우저를 작동시켰다. 그러자 화면이 열리며 수십 개의 파일 명이 주욱 떠올랐다.

"어디부터 보고 싶으세요? 최근? 아니면 최초?"

"맨 앞에서부터요."

원철은 3월 24일자로 되어 있는 파일을 선택하여 열었다. 그러자 이젠 기억에서조차 가물가물한 브루이넨의 황량한 풍경이 모니터 위에 펼쳐졌다.

"저기가 맨 처음 시작한 곳이었어요, 브루이넨이라고. 어느 정도 경험을 쌓은 후에 카자드란 곳으로 넘어가지만."

원철의 설명에 혜란은 고개를 끄덕이며 말없이 화면을 주시했다.

"지금 나오는 건 매일매일 게임을 기록한 갈무리 파일이죠. 실제로 게임을 할 때는 멀티 세트란 걸 쓰고 해요. 전자기장을 이용해서 정보를 직접 뇌로 전달하는 장비인데, 그걸 쓰고 있을 땐 시각에서 촉각까지 모든 감각 정보가 현실과 똑같이 느껴집니다. 정말 완벽한 가상 현실이죠. 안타깝게도 정해진 사용자의 뇌파가 아니면 받아들이지 않기 때문에 지금 혜란 씨께 보여드릴 수는 없지만."

계속해서 원철은 팔란티어에 대한 기본적인 사항들을 아는 대로 일러주었다. 가끔씩 메모를 해가며 듣던 혜란은 쓸데없는 장면이 느린 속도로 이어지자 원철을 돌아보며 물었다.

"조금 빨리 볼 수도 있나요?"

"그럼요."

원철은 자이로 마우스를 휘둘러 빨리 감기를 했다. 한동안 빠르게 지나가는 화면을 바라보던 혜란이 소리쳤다.

"잠깐만, 잠깐만요."

원철이 황급히 화면을 정지시키자 혜란은 뭔가를 살피는 듯하더니 말했다.

"아, 아니에요. 코끼리를 봤다고 생각했는데……."

"하하, 코끼리요? 여기선 아직 그런 대형 괴물이 나올 단계가 아니에요. 계속할까요?"

원철이 묻자 혜란이 말했다.

"원철 씨가 하는 것보다는 제가 직접 돌리면 어떨까요?"

"아, 그러세요."

원철은 기꺼이 자이로 마우스를 벗어 혜란에게 내밀었다. 그러나 그 과정에서 그녀와 손이 스치자 그는 반사적으로 움찔하며 손을 뺐다. 덕분에 잠시 공중에 떴던 자이로 마우스를 가까스로 움켜잡은 혜란은 원철을 보며 웃음을 터뜨렸다.

"호호, 명색이 쥐라고 요녀석도 꽤나 바동거리는군요."

"그, 그러네요."

쓸데없이 당황한 자신을 속으로 책망하며 원철도 어색한 미소를 지어 보였다.

혜란은 아마도 자이로 마우스가 처음인 듯 한동안 어설픈 동작으로 허공을 허우적거렸으나, 익숙해지고 나자 이내 파일을 앞뒤로 돌려가며 모니터에 눈을 고정시켰다. 그러곤 가끔씩 화면을 정지시키고, 들고 있는 노트에 뭔가를 또박또박 적어넣었다.

원철은 그런 그녀를 잠시 바라보다가 모니터로 눈을 돌렸다. 화면에선 보로미어가 혜란만큼이나 어설픈 동작으로 허공에 대고 곤봉을 휘두르고 있었다. 아직 에브왐을 통한 조종이 완전히 몸에 익지 않던 때의 모습이었다.

잠시 후 필요한 것을 다 확인한 듯 혜란은 다음 파일을 열었다. 그러자 아까와 크게 다르진 않았지만 그래도 조금은 덜 어설픈 움직임의 전사가 뒤뚱거리며 모니터 안을 뛰어다니기 시작했다. 여전히 시궁쥐와 박쥐 정도밖에는 상대할 수 없는 초짜였지만, 그래도 고만고만한 다른 캐릭터들과 무리지어 돌아다니며 시간 가는 줄 모르던 보로미어의 어린 시절이었다.

모니터의 영상은 끊임없이 이어졌다.

"이거 다 보려면 며칠은 걸리겠는걸요?"

모니터에서 눈을 떼지 않고 말하던 혜란은 원철이 대답이 없자 그를 돌아보다 말고 흠칫 놀랐다.

"원철 씨……."

멍하니 보로미어를 쳐다보고 있던 원철은 그제야 자신이 울고 있다는 것을 깨달았다.

"잠시만……."

원철은 황급히 자리에서 일어나 화장실로 향했다. 그는 문을 닫고 수돗물을 있는 대로 틀어놓은 후, 거칠게 눈두덩을 비벼대며 코를 훌쩍이기 시작했다.

'바보 같은 녀석, 죽기는 왜 죽어.'

겨우 눈물이 잦아들자 그는 천천히 세수를 한 다음 화장실을 나섰다. 그러자 걱정스런 표정으로 거실을 서성이고 있던 혜란이 그를 돌아보며 물었다.

"원철 씨……, 괜찮으세요?"

"미안합니다. 추한 꼴을 보여서."

"남자의 눈물이 추한 경우란 없어요."

"후우, 언제나 해야 할 말을 정확히 알고 계시는군요."

원철이 한숨을 쉬며 중얼거리자 혜란은 고개를 저었다.

"언제나는 아니에요. 그런데 설마 지금 그 눈물이 저 보로미어란 캐릭터 때문은 아니시겠죠?"

혜란의 물음에 원철은 쑥스러운 미소로 답을 대신했다.

"세상에, 놀랍군요. 게임 속의 캐릭터에 대해 그렇게 강한 감정을 가지다니."

혜란이 눈을 동그랗게 뜨며 말하자 원철은 씁쓸한 표정으로 대답했다.

"직접 해보지 않은 사람은 절대로 알 수가 없어요. 자기도 모르는 사이에 자기 자신에게 느끼는 것 이상의 강한 애정을 갖게 되거든요. 그나마 지금 보신 부분들은 완전히 내 조종에 의해 움직이던 때지만, 약간만 더 앞으로 나가면 저 녀석이 점점 더 말을 안

듣게 되거든요? 그런데도 도무지 녀석을 미워할 수가 없어요."

"……."

"계속 보시면 알겠지만 나랑은 완전히 반대되는 녀석이에요. 솔직히 정이 갈 만한 구석이라곤 하나도 없는 놈인데, 지금은 이상하게도 녀석 생각밖에는 나지 않아요."

"혹시 넷 중독증이나 그런 거 아닌가요?"

"넷 중독증은 아니에요."

원철은 소파 위로 털썩 주저앉으며 고개를 저었다. 그러곤 혜란이 맞은편 소파에 앉기를 기다렸다가 말했다.

"저 녀석이 죽은 건 어제 일이에요. 그리고 원래 내일 저녁에나 다시 접속을 하게 되어 있으니, 패턴상 오늘은 넷 중독의 금단 증상이 나타날 시기가 아니죠. 그리고 녀석이 살아 있었을 땐 게임이 없는 날 이런 감정이 생겨본 적이 없어요."

"후우, 아무래도 제가 연구할 과제가 하나 더 늘어난 듯하군요. 그건 그렇고 이런 식이라면 저 파일들을 이번 주 안에 다 보긴 글렀는걸요?"

혜란이 낙심한 표정으로 말하자 원철은 숨을 한번 크게 들이마신 다음 자리를 털고 일어섰다.

"그럼 저 파일들을 복사해 가세요. 브라우저를 같이 복사해서 가면 혜란 씨 컴퓨터에서도 볼 수 있을 거예요."

"그렇게 해주시겠어요?"

"저도 시간이 절약되고 좋죠."

"고마워요. 안 그래도 시간이 늦어서 걱정하고 있었는데."

혜란의 말에 시계를 보자 어느새 10시가 넘어 있었다.

"아니, 벌써 이렇게……."

원철은 서둘러 작업실로 돌아가 자이로 마우스를 집어들었다.

"S-DVD 플레이어는 있으신가요?"

원철이 갑자기 묻자 혜란은 잠시 멍한 눈으로 그를 쳐다보았다.

"에스……, 뭐요?"

"슈퍼 DVD라는 거 있잖아요. 작년에 나온 건데."

"아, 있어요. 데이터 백업하느라고 몇 달 전에 샀어요."

혜란이 고개를 끄덕이자 원철은 서랍을 열어 공 디스크 두 장을 꺼내며 말했다.

"이 파일들 덩치가 워낙 크다 보니 일반 DVD로는 어림도 없어요. S-DVD도 한 장에 파일 두 개면 꽉 차요. 일단 오늘 보신 것 두 개는 빼고 다음 것 네 개를 복사해 드리죠."

파일 복사 명령을 받은 드라이브가 지시등을 반짝이며 돌아가는 동안 원철은 혜란에게 팔란티어 브라우저를 설치하는 방법을 간략하게 설명해 주었다.

잠시 후 디스크를 받아들고 현관을 나서던 혜란이 말했다.

"저기……, 오늘 저녁은 정말 감사히 먹었어요."

"천만에요."

"그런데……."

"말씀하세요."

머뭇거리던 혜란은 원철이 재차 고개를 끄덕이자 조금 심각한 표정을 하며 물었다.

"도대체 원철 씨가 그 보로미어란 캐릭터에게 그토록 애착을 느끼시는 이유가 뭘까요? 전 도무지 감이 잡히지 않아요."

"……."

곰곰이 생각을 해보던 원철은 어깨를 으쓱한 다음 혜란을 마주 보았다.

"글쎄요. 아마……, 혹시 녀석이 팔란티어란 이상적인 세계와 나를 이어주는 고리였기 때문이 아닐까요? '더 나은 세계에 속해 있는 또 다른 나' 라고나 할까……."

"그건……, 원철 씨가 그 팔란티어의 세계를 우리 세상보다 나은 곳이라고 생각한다는 뜻일까요?"

"최소한 오늘 몇 가지 일을 겪고 나니까 확실히 그렇게 느껴지는군요."

원철의 무거운 답변에 혜란은 고개를 갸우뚱거리며 몸을 돌리다가, 다시 돌아서서 종이 한 장을 건넸다.

"참, 여기 제 사무실과 핸드폰, 그리고 집 전화가 적혀 있어요. 저는 모레 저녁쯤에 다시 오려고 하는데 혹시 오늘처럼 나갈 일이 생기시면 미리 연락을 주세요."

"꼭 그렇게 하도록 하죠."

"그럼 모레 뵐게요."

혜란이 떠난 후 원철은 마루에 서서 멍하니 창 밖을 바라보았다.

'그래. 보로미어는 죽었지…….'

똑같은 문장을 반복하여 되뇌던 원철의 머릿속에 지금까지 미뤄왔던 '왜' 라는 의문이 서서히 고개를 들기 시작했다.

'왜? 왜 보로미어는 살 수 있는 선택을 저버리고 죽음을 택했던 것일까?'

실바누스를 살리기 위해서?

아니면 기트얀키의 제안을 받아들이자니 자존심이 허락지 않아서?

아니면 원래 그딴 식으로 제멋대로인 녀석이어서?

그러나 원철은 그 이유를 보로미어에게서 찾으려는 노력이 아무 의미가 없다는 것을 이내 깨달았다. 좀더 근본적인 원흉은 따로 있었다. 가이아가 아닌 바로 이곳, 대한민국에!

그 원흉은 제우스를 찾아야 한다고 자신을 닦달한 욱이 녀석이었다. 그 녀석이 이 빌어먹을 사건에 자신을 끌고 들어가지만 않았다면, 보로미어는 지금도 카자드 땅에 새파랗게 살아 있을 것이다.

모든 것이 다 그 자식의 억지와 지랄과 이기심 때문이었다.

분노의 대상을 확정한 원철은 작업실로 들어가 난폭하게 키보드를 두드리기 시작했다.

욱에게

어제 팔란티어에서 제우스의 소문을 들었다. 네 말대로 녀석의 흔적이 팔란티어에 남아 있기는 하더라. 하지만 직접 그 소문들을 확인하지는 못했어. 왠지 알아? 그건, 네놈 덕에 무리하게 서두르던 내 보로미어가 어제 결국 죽어버렸기 때문이야.

제기랄! 네놈 일 가지고 그렇게도 날 몰아붙이더니 이제 속이 시원하냐? 난 앞으로 그 게임엔 손도 대지 않을 작정이니, 더 이상 이 일로 날 괴롭히지 마!

그리고 당분간은 다른 일로라도 네 목소리 듣는 일이 없으면 좋겠어.

내친 김에 메일을 발송했으나 일단 솟아오른 화는 조금도 사그라들지 않았다. 오히려 오후의 일까지 새록새록 떠오르면서 그 강도는 점점 더 심해져 가기만 했다.

블레이드 러너들도 욱이 녀석도 모두 똑같은 놈들이었다.

'제 눈앞의 이익밖에는 생각할 줄 모르는 이기적인 근시들!'

어쩐 일인지 이 빌어먹을 세상은 그런 놈들로만 가득차 있었다.

씩씩거리며 목적 없이 집안을 걸어다니던 원철은, 마침내 냉장고에서 병소주를 꺼내어 뚜껑을 땄다.

"개자식들!"

낮은 욕설을 내뱉은 프로그래머는 손에 든 병뚜껑을 바닥에 내팽개친 다음 거칠게 술병을 나발 불기 시작했다.

제31장
끈질긴 녀석들

6월 13일 금요일

문이 닫히고 엘리베이터가 올라가기 시작하자, 욱은 어디서 시작을 해야 할지 본격적으로 고민하기 시작했다.

'스물일곱에 벌써 전과 4범이라······.'

강력 전과자라면 칠성 장군이건 팔성 장군이건 가릴 게 없는 욱이었지만, 이런 종류의 소위 '특수 범죄자'를 다뤄본 적이 없는 그로선 어떤 식으로 접근을 해야 할지 막막할 따름이었다.

그래도 아마 부드러운 방법이 나을 것이다. 머릿속에 뭐가 좀 들었다는 녀석들은 권위적인 태도에 일단 반발부터 하는 경향이 있으니까.

띵!

벨이 울리고 문이 열리자 욱은 엘리베이터에서 내려 좌우를 둘러보았다. 1층에 붙어 있던 '호텔식 오피스텔'이라는 자체 광고처럼, 과연 내부는 웬만한 관광·호텔 뺨치게 호화스러웠다. 가석방 상태인 전과자 주제에 이런 곳에서 살 만큼 돈을 벌다니 역시 능력 있는 놈들은 뭐가 달라도 달랐다.

'904호라……'

복도를 걸으며 좌우를 둘러보던 욱은 찾던 호실을 발견하고 벨을 눌렀다. 1분 가량 기다렸으나 대답은 없었다.

'나갔나?'

포기하고 몸을 돌리려는데 문이 열리며 작은 체구의 깡마른 사내가 고개를 내밀었다.

"누구세요?"

"혹시 심동규 씨 맞습니까."

"맞는데 댁은 누구시죠?"

욱은 대답 대신 신분증을 내보였다. 그러자 심동규라던 남자의 얼굴이 갑자기 굳어지며 신경질적으로 물었다.

"무슨 일이죠? 감호 담당이 또 바뀌었나요?"

"아니오. 난 이곳 경찰서가 아니라 본청 소속입니다."

최대한 부드러운 말투로 대답을 한 욱은 집안으로 슬쩍 눈길을 던지며 덧붙였다.

"중요한 일인데 일단 들어가서 이야기를 해도 될까요?"

그러자 심동규는 귀찮다는 표정을 지으며 말했다.

"지금은 바빠요."

그가 문을 닫으려 하자 욱은 한쪽 발을 문틈으로 집어넣으며 물었다.

"이원철이라고 알죠?"

그러자 심동규는 미심쩍은 얼굴을 하며 말했다.

"알긴 아는데……, 원철이 형이 무슨 잘못이라도 저질렀나요?"

여전히 비협조적인 말투였지만 최소한 문을 닫으려는 시도는 멎었다.

"실은 난 원철이 친굽니다. 도움이 좀 필요해서 원철에게 물어보니, 심동규 씨에게 가보라고 하더군요."

"무슨 도움이요?"

"그게 좀 이야기가 길어서……."

욱이 널찍한 미소를 지으며 말꼬리를 흐리자 사내는 조금 머뭇거리다가 문을 열어주었다.

"고맙습니다."

현관으로 들어선 욱은 깔끔하게 꾸며진 실내를 두리번거리며 신발을 벗었다. 전에 갔던 백호철이란 비듬 덩어리의 집과는 전혀 다른 모습이었다.

"앉으세요."

심동규는 고급 가죽 소파를 가리켰다. 자리에 앉은 욱은 껌을 까서 입에 넣으며 좌우를 둘러보았다. 옆의 창문으로는 한강과 원효대교의 모습이 뿌연 스모그 사이로 흐릿하게 보이고 있었고 반대쪽 벽은 컴퓨터 서적이 키 높은 책장을 가득 채우고 있었다. 마주앉은 심동규의 뒤로는 작은 컴퓨터와 대형 모니터가 놓인 책상과 방문이 보였다. 벽장식과 가구들은 모두 고급스런 원목이었다.

"원철이 형 친구시라고요?"

"맞습니다. 장욱이라고 합니다."

"그런데 무슨 도움이 필요하시다는 거죠?"

"그게 실은⋯⋯."

욱이 더듬거리며 이야기를 시작하자 심동규의 얼굴에 서서히 놀람의 빛이 떠올랐다.

어젯밤 늦게 집에 돌아온 욱은 자료실을 통해 원철의 메시지를 받았다. 제우스의 흔적을 발견했다는 것은 당연히 기뻐할 일이었지만, 원철의 캐릭터가 죽어버렸다면 더 이상 팔란티어 안에서 박현철의 망령을 추적할 방법은 없다고 봐야 했다.

아예 새로 게임을 시작한다면 가능이야 하겠지만 그러면 제우슨지 뭔지를 찾을 때까지 시간이 얼마나 더 걸릴지 모르는 일이다. 그리고 편지의 내용으로 보아 지금 원철이 녀석은 자신에게 머리끝까지 화가 나 있었다. 어쩐 일인지 최근 몇 달 동안 녀석이 이상하게 사근사근해졌다 생각하고 있었는데, 아니나다를까 어제의 그 짧은 메시지에서는 돌아온 짜증 덩어리의 냄새가 물씬 풍기고 있었다. 이런 경우엔 건드리지 않고 한두 달 가만히 내버려두는 게 상책이란 걸 형사는 잘 알고 있었다.

그러나 그렇다고 지금 하고 있는 수사까지 가만히 놔둘 수는 없는 일이었다. 현재 가장 시급한 문제는 팔란티어와 박현철 간의 직접적인 연관을 증명할 물증을 확보하는 일이었는데, 온라인 게임 사용료 지불을 근거로 그 연결을 증명하려 한 시도가 실패한 이후 욱은 원철이 제우스를 추적하여 그것을 찾아주길 기대하고 있었다. 그러니 지금 원철의 캐릭터가 죽어버렸다면 문제가 상당히 커지는 것이다.

김혜란 박사에게 부탁해 놓은 일이나 자신이 지금 준비하고 있는 비밀 무기도, 단지 게임 안의 인물이 현실로 뛰쳐나와 살인을 할 수도 있다는 일반적인 가설을 뒷받침하기 위한 것일 뿐이다. 만약 박현철과 팔란티어를 연결하는 고리가 없다면 아무리 그 가설을 증명한다고 해도 사건 해결엔 쥐뿔만큼도 도움이 안 된다.

고민하던 형사는 일전에 백호철이 했던 말을 기억해 냈다. 그는 이것도 저것도 안 된다면 해킹을 하면 된다고 했다. 하지만 이메일 보내고 받는 것만도 벅찬 그로선 해킹이란 것을 어떻게 해야 하는지 감조차 잡히지 않았다. 수사반 주위를 둘러봐도 자신과 다를 바 없는 인간들만 우글거릴 뿐, 마땅히 도움을 청할 만한 사람이 없었다.

그러나 오늘 아침 세수를 하는 도중 욱은 일전에 원철에게서 들은 이야기를 떠올렸다. 원철은 자신이 일하는 회사에 해킹 전문가들로 구성된 팀이 있다고 했다. 우리 나라 최고의 해커들이지만 모두 전과자라고 했던 이야기가 기억에 남아 있었다.

몇 통의 전화를 걸어본 욱은 담당 경찰서를 통해 아직 가석방중인 심동규의 주소를 어렵지 않게 알아냈다. 형사는 집 근처에서 해장국 한 그릇을 말아먹은 다음, 이곳으로 직행한 것이다.

욱이 짧게 요구 사항을 이야기하자 심동규는 어이가 없다는 표정으로 물어왔다.

"그러니까 날더러 그 게임 회사를 해킹해 달란 거예요?"

"간단히 말하자면 그렇죠. 물론 저는 수사상 필요한 전문적 도움을 지원한다는 표현을 더 쓰고 싶습니다만."

"쳇, 그 말이 그 말이지."

심동규는 퉁명스럽게 툴툴거리고는 물었다.

"만약 문제가 생기면 나한테 면책권이라도 있나요?"

"……."

욱이 대답을 않자 심동규는 '그러면 그렇지' 하는 표정으로 고개를 저었다.

"그렇다면 관두세요. 그까짓 온라인 게임 하나 해킹하는 거야 어렵지 않지만, 아시잖아요. 지금 내가 가석방 기간 중인 거. 눈곱만 한 문제라도 생기면 난 그대로 다시 딸려 들어간다고요!"

"그건 잘 알고 있어요. 하지만 이건 아주 중요한 문제란 말입니다. 자세한 내용을 다 이야기할 순 없지만, 중요한 살인 사건이 얽혀 있어요. 이해하기 어려울지 몰라도 우린 그 정보가 꼭 필요해요."

"그러다 문제가 생기면? 나보고 다 뒤집어쓰라고요?"

"안 걸리게 잘하면 되잖아요."

"내가 걸릴 거란 게 아니라, 만에 하나 그렇게 되면 어떻게 하냐는 거죠."

욱은 자기도 모르게 얼굴을 찡그렸다. 손바닥 뒤집듯 간단히 할 수 있는 일을 가지고 이렇게 따지고 드는 인간들을 보면 짜증이 솟구쳤다. 국내 최고의 해커라면 이런 간단한 게임을 해킹하다 걸릴 리도 없었고, 일단 정보만 확인되면 어떻게든 합법성의 옷을 입히는 것은 문제도 아니었다. 이 녀석이 가석방중이란 사실을 모르는 바는 아니지만 눈치를 보아하니 진짜로 겁이 나서라기보다는 귀찮아서 그러는 것이 분명했다.

욱은 최대한 정중한 목소리로 말했다.

"심동규 씨, 댁이 지금 가석방중이란 사실은 나도 잘 알아요."

"그러니까 억지 그만 부리고 돌아가세요."

"하지만 심동규 씨 자신은 가석방의 의미를 제대로 알고 있소?"

욱의 목소리에 갑자기 싸늘한 한기가 스며들자 심동규의 얼굴이 굳어졌다.

"무슨 말이에요?"

"밝히고 싶지는 않았지만 난 경찰청 특별 합동 수사반 소속이오. 지금 우리가 맡고 있는 사건이 뭔진 잘 알겠죠?"

"혹시 그 국회 의원 살인……."

심동규의 얼굴이 더 더욱 굳어지자 욱은 고개를 무겁게 끄덕이고는 최대한 권위주의적인 목소리를 짜냈다.

"지금부터 하는 이야기는 절대 비밀이지만, 현재 우리 수사반은 최대한 사건을 빨리 종결짓기 위해서 모든 초법적인 권한을 휘두르고 있소. 그게 뭘 의미하는지 아쇼?"

"……."

"가석방중인 해커 하나, 매일 관할 경찰서 감호 담당에게 출두하게 만드는 것 정도는 손가락 굽히기보다 쉽다는 말이오. 지금 여기서 보여줄 수도 있소."

욱이 품안에서 핸드폰을 꺼내들자 심동규의 얼굴이 틱틱한 납빛으로 변했다.

"잠깐만요. 그, 그건 말도 안 돼……."

"분명히 법의 테두리 안에서 가능한 일이오. 우리 협조를 거부했던 회사들이 몽땅 정밀 세무 조사 받고 있다는 얘기 못 들었소?"

심동규는 입술을 깨물며 입을 다물었다. 욱은 한동안 차가운 눈으로 그의 표정을 응시하다가 달래는 듯한 어조로 덧붙였다.

"이 답답한 양반아. 세상 돌아가는 걸 그렇게도 모르나? 일단 가석방중이면 최대한 우리에게 잘 보이는 게 당신에게도 도움이 될 거 아냐. 우리에겐 정식 절차 밟아가며 이런 거 할 만한 여유가 없고, 당신도 작은 일 하나 도와주고 남은 가석방 기간 편하게 보내고. 그게 서로 좋은 거 아니겠냐고. 그리고 설마 문제가 생긴다고 우리가 모른 척하겠소?"

"이건 순 협박이군."

심동규가 내뱉자 형사의 입술 한 귀퉁이가 살짝 말려 올라갔다.

"협상이라고 합시다."

"나한텐 별로 선택의 여지가 없는 일이군요."

"정확히 봤소."

그러자 심동규는 크게 숨을 들이쉬더니 어쩔 수 없다는 투로 물었다.

"좋아요. 정확히 원하는 게 뭐라고요?"

'그러면 그렇지!'

욱은 번지는 미소를 억누르기 위해 입 주위의 근육에 힘을 주어야 했다. 사람인 이상, 강력범이건 해커건 역시 다루는 방법은 매한가지다.

크게 헛기침을 한 욱은 근엄한 얼굴로 말했다.

"첫째는 신원 확인이오. 그 게임에 박현철이 제우스라는 이름으로 가입해 있었다는데, 그걸 확인할 증거를 잡아주시오."

"그거야 간단한 일이고, 두 번째는?"

"둘째는 그 게임의 본사가 어디 있는지를 알아주시오."

그러자 심동규는 기가 막힌다는 표정을 지으며 되물었다.

"아니, 그럼 지금까지 위치도 어딘지 모르는 회사를 수사해 왔단 말이에요?"

"그러니까 댁한테까지 와서 부탁을 하는 것 아니겠소."

"아니, 하지만 어딨는지도 모르는 시스템을 어떻게 해킹하란 거예요?"

심동규가 여전히 황당하다는 투로 묻자 욱은 일전에 영진 판타지의 고석만으로부터 받았던 이메일 주소를 꺼내 그에게 건네주었다. 그것을 들여다본 심동규가 다시 물었다.

"이게 다예요? 게임 접속 어드레스는 없어요?"

욱이 고개를 젓자 해커는 막막한 표정을 지었다.

"이거 간단한 일이 아닌데요. 국내 네트워크들을 하나씩 다 뒤져야 할지도 모르고……."

그러나 일단 불가능하다는 말은 아니었으므로 욱은 자리를 털고 일어섰다.

"심동규 씨, 기분 나쁘게 생각하지 말고 물에 빠진 사람 하나 도와준다고 생각하시오. 나도 오죽하면 이러겠소?"

"흥, 댁 같으면 기분이 좋겠어요?"

해커가 눈살을 찌푸리며 따라 일어섰다.

"기왕 도와줄 거 우리 기분좋게 합시다. 자유 대한민국의 건전한 시민으로서의 당연한 의무를 수행한다는 자부심을 가지고……."

"알았어요, 알았어!"

심동규가 벌레 씹은 표정으로 사설을 가로막자 욱은 자신의 연락처가 적힌 명함을 내밀었다.

"뭔가 알아내는 대로 내게 연락을 주시오. 그리고 오늘 내게 들었던 이야기들은 모두 수사상의 일급 비밀들이니 절대로 발설하지 마시오. 일단 말이 새어나가 문제가 생기면 나도 동규씨를 보호해 줄 수 없어요. 알았소?"

그러자 심동규는 뭐라고 투덜거리면서도 고개를 끄덕였다.

"그런데 정말 원철이 형 친구는 맞아요?"

대문을 나서려는데 심동규가 의심스런 말투로 물었다. 욱은 그냥 무시하고 나가려다가 행여나 이 멍청한 해커가 쓸데없는 전화로 원철의 화를 돋굴까 싶어 짧게 대답했다.

"이원철 씨도 별 선택의 여지가 없었다고 해둡시다. 물론 이원철 씨에게도 오늘의 이야긴 비밀이오."

원철은 한동안 자판을 두드리다가 일어나서 주방으로 향했다. 냉장고를 열어보았으나 마땅히 먹을 만한 간식이 없다는 것만 새삼 확인하고 돌아설 수밖에 없었다. 물을 올리려던 프로그래머는 지난 두 시간 동안 벌써 커피를 석 잔이나 마셨다는 것을 상기하고 레인지의 불을 껐다.

어제 진창 술을 퍼마시고 오전 내내 푹 잤건만 도무지 컨디션이 좋지 않았다. 숙취가 심한 것도 아니고 열이 있는 것도 아닌데 어쩐 일인지 영 일이 손에 잡히지 않았다. 커피도 담배도 모두 소용

없었다.

계속 안절부절못하던 그는 드디어 시스템의 전원을 내리고 마루의 소파 위에 벌렁 드러누웠다. 어제 다른 팀원들과 있었던 일도 어느 정도는 분이 삭아들었고 보로미어가 죽었다는 사실에 대한 충격도 서서히 가라앉아 가고 있었다. 그런데도 뭔가가 계속 허전한 것이, 꼭 가슴 한구석에 커다란 구멍이 뚫린 듯한 느낌이었다.

몸을 뒤척이며 돌아눕는데 갑자기 전화벨이 울렸다.

"여보세요?"

혜란이었다.

"아, 혜란 씨. 어쩐 일이세요?"

"별일은 아니고 그냥 잘 계신가 궁금해서 걸었어요."

"하하, 별 걱정을 다. 저야 물론 잘 있죠."

"후후, 그럼 안심이고요. 실은 어제 저녁에 하시던 말들 때문에 좀 걱정이 됐거든요."

"무슨 걱정이요?"

"아니에요. 괜한 걱정이라 이상하게 들리실 거예요. 잘 계시면 된 거죠, 뭐."

"아니, 잠깐만요."

원철은 자기도 모르게 전화를 끊으려는 혜란을 다급히 불러세웠다.

"혜란 씨, 그래도 사람을 궁금하게 만들어놓고 그냥 끊으시면 어떡합니까?"

"들으면 아마 웃으실 거예요."

"그러지 말고 얘기해 주세요. 웃지 않기로 약속할게요."

"정말요?"

혜란은 잠시 머뭇거리다가 말했다.

"실은 어제 저녁에 하신 말들을 곰곰이 생각해 봤거든요. 그러자 조금 걱정이 되더라고요. 혹시 원철 씨가 자살 충동을 느끼고 있는 건 아닌가 해서요."

방금 약속해 놓고서도 원철은 커다랗게 웃음을 터뜨렸다.

"거봐요! 웃지 않으시기로 하고선!"

혜란의 항의에 원철은 가까스로 숨을 억누르며 사과했다.

"미안해요. 정말로. 후후, 하지만 걱정치고는 너무 엉뚱해서."

"흥, 생각해 보면 그렇게 엉뚱한 걱정만은 아니었다고요."

"왜죠?"

원철이 묻자 혜란은 특유의 논리적 말투로 돌아가며 말했다.

"먼저 원철 씬 어제 보로미어란 캐릭터의 죽음에 눈물을 흘리실 정도로 강한 감정적 반응을 보이셨잖아요. 그건 상실감에서 기인해요. 그런 상실감은 곧 우울증의 빌미를 제공하거든요. 심한 우울증에선 자살이 드물지 않아요."

"그런가요?"

원철이 장난기 어린 말투로 묻자 혜란이 다시 말했다.

"치이, 그것만이 아니에요. 원철 씬 또 팔란티어의 세계가 이상적인 세상이고 보로미어란 인물이 더 나은 세계에 속해 있는 또 하나의 자신이라고 말했잖아요."

"그랬죠."

"그 말은 원철 씨가 지금 살고 있는 삶에 대해 얼마나 염증을 느끼고 있는가를 단적으로 대변해 주는 거예요. 물론 어제 직장에서 있었던 일을 생각하면 공감이 가지 않는 건 아니지만, 전 그런 생각이 단지 어제 일 때문에 생겼다고는 보지 않아요. 오래 전부터 조금씩 쌓여왔던 것이 어제 일을 기화로 터져나온 것뿐이죠."

"……."

"게다가 원철 씬 그 외진 곳에서 혼자 사시잖아요. 어제 같은 경우에 이야기라도 나눌 사람이 옆에 있는 것도 아니고……. 하여간 이런저런 작은 사실들을 끌어모으다 보니까 갑자기 안 좋은 생각이 들더라고요."

"흠……."

원철은 고개를 끄덕였다. 하긴 어제 그녀 앞에서 눈물까지 보였으니 그런 오해를 받을 만도 했다.

혜란이 결론을 내리듯 말했다.

"어쨌든 전 제 걱정이 뜬구름 잡는 여자의 육감 따위는 아니었다는 이야길 드리는 거예요. 물론 쓸데없는 기우였다면 다행이고요."

"일단 기우였던 건 맞습니다만, 그렇게 걱정을 해주시다니 고맙군요."

"천만에요."

"……."

잠시 침묵이 흘렀다. 필요한 이야기가 끝났음에도 혜란은 전화를 끊으려 하지 않았고 원철도 끊고 싶지 않았다. 원철은 어색함을 면하기 위해 얼른 질문을 던졌다.

"저기, 가져간 파일들은 보셨나요?"

"아, 그것들이오? 네, 잘 봤어요. 그런데 그 보로미어란 캐릭터는 좀 뭐랄까, 좀 너무……, 과격하더군요."

"그래요?"

원철은 뜻밖의 대답에 고개를 갸우뚱했다. 브루이넨에서의 초기 파일은 손발의 쓰임이 익지 않은 보로미어가 뒤뚱거리는 장면들이 대부분이다. 녀석 특유의 충동적이거나 과격한 모습은 아직 볼 수 없는 단계일 텐데…….

혜란이 계속했다.

"물론 아직은 결론적인 이야길 하기 힘들지만요, 간간이 다른 캐릭터나 몬스터들에게 보이는 초보적인 반응들을 보면 대단히 충동적이고 고집도 세며 게다가 어쩌면 굉장히 폭력적일 것 같다는 느낌을 받았어요."

이어진 혜란의 말에 원철은 웃음을 터뜨렸다.

"하하, 놀랍지만 정확히 봤어요. 하지만 계속해서 다음 파일들을 보시면 방금 사용하신 단어들만으론 표현이 부족하다는 것을 느낄 거예요."

"어머, 그런 정도예요?"

원철의 말에 혜란은 정색을 했다.

"하지만 이 보로미어란 캐릭터는 원철 씨와 너무 달라요. 아무리 가상 현실 속이라지만 어떻게 이렇게 다를 수가 있죠?"

"글쎄요. 실은 나도 그게 상당히 궁금해요. 아무리 내 충동에 반응을 해서 움직이는 캐릭터라지만, 내가 봐도 이해가 안 가는 점이 너무 많아요."

원철이 대답하자 혜란은 한숨을 쉬며 말했다.

"후우, 이젠 장 형사님이 게임 속의 인물이 살인을 한다느니 하는 생각을 하게 된 것이 충분히 이해가 돼요. 정말 이 정도의 현실감을 가진 게임이라면 그런 생각이 들 만도 하네요."

"그럼 정말 그게 가능하다고 보세요?"

"후후, 글쎄요. 느낌이 그렇다는 말이지, 지금까지 본 것만 가지곤 아직 보로미어가 원철 씨의 무의식을 대표할 수 있는지도 확실치 않아요. 하지만 상식적으로 생각해도 게임의 캐릭터가 살인을 하다니, 그건 좀 어렵지 않을까요?"

"그렇겠……죠?"

"하지만 아직은 뭐라고 결론을 짓기가 좀 일러요. 일단 보로미어의 인격 성향을 좀더 분석해 본 다음에 그 가능성을 연구해 봐야겠어요."

"네……."

"……."

다시 어색한 침묵이 흐르자 이번엔 혜란이 먼저 말했다.

"저기, 원철 씨."

"예?"

"너무 주제넘은 말이라고 생각하진 마시고요……."

"네……."

"일단 보로미어가 죽었으니 말인데요……, 앞으론 그 팔란티어란 게임에 손을 대지 않으시는 게 좋겠어요. 왠지 원철 씨한테는 그다지 좋은 영향이 아닌 것 같아서……."

"……."

"저기……, 지금 우리가 살고 있는 세상도 그리 나쁜 곳은 아니에요. 가끔 너무 고통스럽게 느껴질 때도 있지만 그래도 다시 돌아보면 아직은 정 붙일 곳이 없진 않은 곳이라고요. 그렇게 생각하지 않으세요?"

수화기를 든 원철의 손이 가늘게 떨렸다.

이 여자, 정말 섬뜩할 정도로 날카로운 면이 있었다.

"후우……, 그렇게 생각해 보도록 하죠. 그리고 혜란 씨?"

"네?"

"저……."

원철은 잠시 어물거렸다. 뭔가 말하고 싶었는데 그게 뭔지 스스로도 정확히 알지 못했기 때문이다.

"저기……, 고마워요. 전화해 줘서."

"후후, 천만에요."

간단한 인사말을 끝으로 전화를 끊은 원철은 한동안 멍하니 앉아있었다. 그러나 잠시 후 그는 아까보다 기분이 훨씬 나아진 것을 깨달았다. 혜란과 5분 남짓 통화를 한 것뿐인데 아까의 그 공허한 느낌이 많이 사그라들어 있었다.

곰곰이 생각에 잠겼던 그는 그 허전함의 원인이 무엇인지 알 수 있을 것 같았다. 최근 2년간 단 한번도 느껴보지 못했건만, 어쩐 일인지 오늘 살금살금 기어 들어와 자신을 괴롭히고 있는 그것은 바로 외로움이었다.

'게다가 원철 씬 그 외진 곳에서 혼자 사시잖아요. 이야기라도 나눌 사람이 옆에 있는 것도 아니고…….'

혜란의 말이 메아리처럼 귓전에 맴돌았다.

우스운 일이었다. 처음 이곳으로 나올 땐 자신이 외로우리라는 생각은 추호도 해본 적이 없었다. 오히려 대문만 나서면 홍수난 강물의 급류처럼 자신을 휩쓸어버리는 대도시의 인파로부터 해방된다는 희열에 들떠 발걸음마저 가벼웠던 것이다.

'그런데 이제 와서 갑자기 뜬금없는 외로움이라니……'

초여름 오후의 열기에 온몸이 끈적거리기 시작하여 원철은 옷을 벗으며 화장실로 향했다. 수도꼭지를 돌리자 시원한 물이 머리 위의 샤워기에서 세차게 뿜어나왔다. 조금 차가운 듯한 느낌에 잠시 어깨를 움츠렸던 원철은 이내 불쾌하던 끈적거림이 조금씩 벗겨져 가는 것을 느꼈다.

정수리를 두드리는 물줄기 속에서 눈을 감은 채 그는 지난 2년 간의 삶을 되돌아보았다. 성식을 만나 블레이드 러너를 만들고, 노바의 일원이 되면서 이곳으로 원하던 탈출을 하고, 그리고 이어지는 일, 일, 일 속에 정신없이 지나간 세월들. 지금까지는 나름대로 아쉬울 것 하나 없다고 자부하며 살던 생활인데, 2년 전과 아무것도 달라진 것이 없는 지금 갑자기 왜…….

아니, 달라진 점이 하나 있었다.

바로 지난 토요일 이후로 혜란이란 존재가 자신의 삶에 끼어들었다는 것이다. 솔직히 원철은 지난 2년 동안 어느 누구와도 그렇게 깊고 긴 대화를 나눠본 적이 없었다. 처음엔 욱이 녀석 때문에 어쩔 수 없이 시작한 만남이었지만, 솔직히 말하자면 지금은 그녀와의 대화가 은근히 기다려질 정도였다. 어쩌면 그녀와의 만남이 반복되면서 사람에 대한 그리움이 은근슬쩍 고개를 들었는지도 모르는 일이다.

게다가 언제부터인가 혜란은 밤늦도록까지 머물기 시작했다.

아무리 연구 때문이라고는 하지만, 의식적으로 여자들을 피해 온 그로선 그렇게 늦은 시간까지 이성과 단둘이 있는 것에 대해 자신이 아무런 거부감도 느끼지 않았다는 것이 신기했다.

'설마…….'

눈을 뜨고 자신의 사타구니에 힘없이 달려 있는 남성을 내려다보던 원철은 세차게 고개를 저었다.

아니, 그럴 리가 없었다. 지금 자신의 처지에 사랑이란 사치일 뿐이다. 가능하지도 않은 감정에 대해 환상을 가지고 싶은 생각도 없었고, 2년간의 고통 끝에 겨우 얻은 마음의 평안을 이제 와서 팽개쳐버리고 싶지도 않았다. 자신의 캐릭터인 보로미어조차도 밤을 즐긴다는 것의 의미를 모를 정도로 육체적인 성에 대해선 무관심하지 않았던가.

원철은 수건으로 몸을 말리며 쓸데없는 생각들을 털어버리려고 애썼다. 그러나 갑자기 떠오른 또 다른 생각에 그는 멈칫 손을 멈췄다. 아무리 무관심하다던 보로미어였지만, 녀석은 분명히 푸른색 배 갑판을 발동시키고야 말았다. 이유야 어찌 되었건 녀석은 원철이 2년간 견고하게 쌓아올렸던 감정의 벽을 기어이 부숴버리고야 말았던 것이다.

알몸으로 거실로 나선 원철은 거실 창문을 열어젖힌 다음, 시원한 바람 속에 앉아 생각에 잠겼다. 만약 그 보로미어가 사랑이란 감정을 수용할 수 있었다면…….

'게임 속의 인물이 현실의 원철 씨에게 어떤 영향을 미치고 있을 지를 확인해야죠.'

혜란도 그렇게 말했다.

'그게 정말로 가능할까? 게임 속의 보로미어가 현실의 나에게 어떤 영향을 준다?'

욱이 생각한 대로 살인까지는 아니더라도, 어쩌면 작은 감정상의 변화 정도는 가능할지도 몰랐다.

하지만 실바누스에 대한 보로미어의 감정이 자신에게 영향을 미친 것일까, 아니면 혜란 때문에 생긴 자신의 변화가 보로미어의 배 갑판 발동을 가능하게 한 것일까?

돌고 도는 생각에 골치가 아파진 원철은 혜란에 대한 자신의 감정을 다시 정리해 볼 수밖에 없었다. 그것은 다른 여자들에게 느끼는 획일적인 무관심보다는 짙은 감정이었지만, 분명히 친한 말 벗에게 느끼는 우정의 범주를 벗어나지는 않는 것이었다. 사랑은 확실히 아니었다.

결국 원철은 보로미어의 감정이 어떻게든 자신에게로 스며들었다고 결론을 내릴 수밖에 없었다.

'하지만 그렇다면……'

갑자기 가슴이 두근거려 왔다.

원철은 그제야 하루 종일 자신을 괴롭히고 있던 공허감의 실체를 똑똑히 깨달을 수 있었다. 그것은 분명히 사랑에 빠진 바보들만이 느낄 수 있는 애틋한 그리움이었다. 지난 2년간 성공적으로 억눌러왔다고 생각했던 감정이 전혀 생각지도 않은 방향에서 슬쩍 돌아와 자신의 어깨를 툭툭 치고 있었던 것이다. 지금까지의 혼란은 바로 그 그리움의 대상을 제대로 인식하지 못했던 데에서 기인하는 것이었다.

갑자기 사지의 힘이 빠졌다.

떨리는 손으로 담배를 꺼내려고 가슴께를 더듬던 원철은 자신이 알몸이라는 것을 깨닫고 몸을 일으켰으나, 밀려드는 현기증에 다시 소파에 몸을 뉘었다.

"혜란 씨가 아니었어, 혜란 씨가……"

원철은 천장을 향해 중얼거리다 말고 하도 기가 막혀 저도 모르게 너털웃음을 지었다.

정말 웃기지도 않는 일이지만, 자신은 지금 실바누스와 사랑에 빠져 있었다.

저녁 내내 만들었던 코딩을 세 번째로 뜯어고치면서 원철은 이를 악물었다. 어쩐 일인지 일이 영 마음먹은 대로 풀리지 않고 있었다. 말도 안 되는 버그가 발생하질 않나, 아차 하는 순간 마우스를 잘못 놀려 라인 순서를 온통 뒤죽박죽으로 만들어버리질 않나, 결국 이번엔 애초에 알고리듬 자체를 잘못 응용한 것을 깨닫고 아예 플로차트부터 모든 것을 뜯어고치고 있었다.

"어이 씨, 제기랄!"

결국 짜증이 뻗쳐버린 프로그래머는 거친 손짓으로 작업 창을 닫아버리고 말았다. 그는 그러고 나서도 한동안 씩씩거리고 앉아 숨을 가다듬어야 했다. 이런 식으로 계속할 수는 없었다. 가슴 한 구석의 퀭한 느낌은 어떻게든 메워지기를 절실하게 요구하고 있었다.

문제는 자신에게 그걸 메워줄 방법이 없다는 것이다.

원철은 반사적으로 마지막 팔란티어 갈무리를 불러 재생시켰다. 기트얀키와의 접전 부분이 나오자 프로그래머는 넋을 잃고 실바누스의 모습을 쳐다보았다.

실바누스가 부르짖고 있었다.

'보로미어. 녀석의 제안을 받아들여.'

아름다웠다.

그러나 그녀의 아름다움은 그녀의 이국적인 용모나 늘씬한 몸매에서 기인하는 것과는 다른 차원의 것이었다.

"빌어먹을!"

원철은 낮게 중얼거리고 시계를 돌아보았다. 바늘은 12시 5분을 막 지나고 있었다.

더 이상 참고 견딘다는 것은 불가능했다. 그는 자리에서 일어나 필요한 준비를 한 다음, 다시 의자에 앉아 팔란티어의 접속 아이콘을 클릭했다.

비록 보로미어는 죽었지만 다른 캐릭터로 다시 시작하면 되는 것이다. 처음 떨어지는 곳이 노렐이건 다메시아건 상관없었다. 카자드의 링메이든인 실바누스는 카자드에 있을 테니 어디서 시작하건 카자드로 찾아가면 되는 것이다.

그러나 모니터에 엉뚱한 메시지가 떠오르자 원철은 고개를 갸우뚱했다.

멀티 세트를 착용하십시오.

'이게 무슨 소리지? 새 캐릭터의 이름과 계급을 정하고 시작해야 할 텐데?'

의아해하던 프로그래머는 일단 모니터의 지시대로 멀티 세트

를 착용했다. 그러자 낯설지 않은 어지러움이 노도처럼 밀려들
었다.

제32장
재회

6월 13일 금요일

힘차게 날개를 펴고 하늘을 향해 솟아오르는 커다란 새의 모습이 보였다. 어스름한 빛이 눈에 익자, 보로미어는 그것이 천장에 양각되어 있는 그림이라는 것을 깨닫고 몸을 일으켰다.

'여기가 어디지?'

주위를 돌아본 전사는 자신이 낯선 작은 방의 돌침대 위에 앉아 있다는 것을 깨달았다. 동시에 지난 기억이 서서히 되살아났다.

'가만! 난 죽었는데……'

자신은 티어의 신전을 향해 가던 도중 기트얀키 추적 대장의 손에 목숨을 잃었다. 그렇다면 여기는 도대체 어디란 말인가?

침대에서 내려선 전사는 자신의 차림새를 훑어보았다. 팔다리도 멀쩡했고 없어진 물건도 없었다. 고물 갑옷도 미스릴 블레이드도 모두 예전과 마찬가지였다. 보로미어는 맞은편 벽에 있는 문으로 다가가 조심스레 바깥을 내다보았다. 좌우로 길게 이어진 복도를 둘러보자 상당히 낯익다는 느낌이 들었다.

보로미어는 방을 나서 밝은 빛이 보이는 왼쪽으로 걷기 시작했다. 그 빛에 거의 다다라서야 그는 자신이 있는 곳이 어디인지를 깨달았다.

눈부신 아침 햇살 속으로 걸음을 내딛은 전사는 자신의 뒤에 서 있는 신전 건물을 돌아보았다. 비트라 쿰의 신전, 그러니까 아모네 이실렌 원정 때 실바누스가 중독을 치료하러 왔던 곳이었다.

'실바누스!'

전사는 번쩍 고개를 쳐들었다. 그녀는 어찌 되었을까? 자신이 마지막 기트얀키를 죽였으니 더 이상 공격은 받지 않았을 것이다. 하지만 그 탈리스만인지 뭔지를 사용하다 상당히 깊은 상처를 입은 것 같았는데…….

어쩌면 그녀도 치료를 위해 여기 와 있을지 모른다는 생각이 들자 전사는 황급히 다시 신전 안으로 뛰어들었다. 방들을 뒤지고 다니던 전사는 복도에서 안면이 있는 놈 족 사제를 만나자 다짜고짜 물었다.

"이봐. 혹시 실바누스라는 드루이드가 여기 치료받으러 오지 않았어?"

놈은 보로미어를 보자 찔끔하며 피하려 하다가 전사가 앞을 막아서며 묻자 어쩔 수 없이 대답했다.

"잘 모르겠어요."

"티란딜 장식의 가죽 갑피를 입은 금발의 여자 엘프야."

"글쎄 잘 모르겠다니까요."

놈은 귀찮다는 듯 내뱉고 자리를 뜨려 했으나 보로미어가 인상을 쓰며 멱살을 거머쥐자 순식간에 파랗게 질리고 말았다.

"인마! 잘 생각해 봐!"

"지, 진짜 몰라요. 최소한 어, 어제까지는 그런 사람이 없었어요."

"정말 없었어?"

"네⋯⋯."

울상을 짓고 있던 놈 사제는 전사가 손을 풀자마자 재빨리 복도 반대편으로 달아났다.

멍한 기분으로 다시 신전을 나선 전사는 사방을 둘러보았다. 실바누스는 이곳에 없는 것이 분명했다. 그렇다면 어디에?

보로미어는 일단 마지막으로 묵었던 여관을 향해 빠르게 걸음을 옮겼다. 그곳에서도 역시 허탕을 치자, 전사는 거리로 나서 술집들을 뒤지기 시작했다. 소득 없이 서너 곳을 돌아본 전사는 이런 식으로는 도저히 가망이 없다는 것을 깨닫고 옆에 있던 빈 테이블에 털썩 주저앉았다.

그는 멍한 눈으로 거리를 쳐다보며 기트얀키와의 마지막 전투를 떠올렸다. 녀석의 제안을 받아들이라고 외치던 실바누스의 모습이 아직도 눈에 선했다. 위급한 순간 자신을 위해서 목숨을 던지려 했던 그녀⋯⋯.

이번이 벌써 몇번째인지 몰랐다.

'널 원망하지 않아. 앞으로 널 다시 못 보게 되더라도⋯⋯, 그것만은 말해 주고 싶었어.'

마지막 말과 함께 처연하던 그녀의 얼굴이 떠오르자 갑자기 전사의 가슴엔 뭐라 할 수 없는 강한 저림이 울려퍼지기 시작했다. 티어의 신전이고 신의 계시고 모두 필요 없었다. 실바누스를 찾아야 했다. 일주일이 걸리건 1년이 걸리건, 가이아를 몽땅 뒤지는 한이 있더라도 그녀를 다시 찾아야만 했다. 그러기 전엔 아무 일도 할 수 없었다.

입술을 굳게 다물고 사리에서 일어선 진사는 다시 거리로 나서다 웬 사람과 어깨를 부딪쳤다.

"아하! 그러면 그렇지! 역시 네놈이었군."

보로미어의 옷자락을 부여잡으며 탄성을 올리는 사람은 다름 아닌 메디나였다.

"안녕하세요."

지난번에 미안했던 일도 있고 하여 깍듯이 인사를 하자 드워프는 득의 양양한 미소와 함께 그를 노려보며 말했다.

"난 안녕하지 못해. 오늘은 첫 근무라 조용히 보내려고 했는데, 방금 전에 신고가 들어왔지. 바로 네 녀석일지도 모른다는 생각을 하긴 했는데 역시 내 생각이 맞았어."

"첫 근무요?"

"그래. 너도 잘 알겠지만 카자드의 보안관을 맡고 있던 가이우스가 죽었어. 그래서 일단 로한이 새 보안관을 임명할 때까지는 각 도성들이 각자의 치안 담당을 임시로 정하기로 했지. 난 오늘부터 비트라 쿰의 임시 보안관이야. 그리고 넌 내 첫 일거리고."

"내가요?"

보로미어가 어리둥절하며 되묻자, 메디나는 뭐가 그리도 좋은지 연신 싱글벙글거리며 보로미어의 갑옷을 끌어당겼다.

"그래, 인마. 누더기 갑옷을 걸치고 신전에서 소란을 피운 인간 전사가 바로 너지? 넌 일단 비트라 수르로 가서 총독의 심판을 기다려야 해. 호호. 판결이 어떻게 나올지 정말로 기대되는군."

"자, 잠깐만요."

보로미어가 버티고 서서 움직이려 하지 않자 메디나의 인상이 일그러졌다.

"뭐야, 이 자식! 지금 반항하겠다는 거냐? 총독에게 말해 병사들을 동원할 수도 있어. 그럼 너만 더 불리해져."

"그. 그게 아니에요!"

"아니긴 뭐가 아냐! 잔말 말고 따라와!"

"난 지금 실바누스를 찾아야 한단 말이야!"

실랑이 끝에 보로미어가 소리를 지르자 메디나는 깜짝 놀라는 표정을 지으며 전사를 잡고 있던 손을 놓았다.

"실바누스? 아니, 넌 실바누스 님과는 제라드 쿰에서 헤어졌다고 했잖아."

"그게 아니라니까요. 난 그 다음에 실바누스와 다시 만나서 같이 티어의 신전으로 향하던 중 죽었어요."

"뭐?"

메디나가 눈을 끔벅이며 되묻자 전사는 답답하다는 투로 말했다.

"내가 죽었다고요. 그리고 오늘 아침 신전에서 다시 눈을 떴는데, 솔직히 뭐가 어떻게 된 건지 전혀 모르겠어요. 하지만 내가 죽을 때 실바누스도 심한 상처를 입고 있었는데……."

194

"잠깐, 이게 언제 얘기지?"

메디나의 표정이 차츰 굳어지고 있었다.

"그게……, 잘 모르겠어요."

전사가 더듬거리자 드워프가 다시 물었다.

"티어의 신전으로 떠난 게 언제야?"

보로미어는 눈을 감고 기억을 더듬었다.

"네크로맨서 원정에서 돌아온 다다음날의 일이니까……."

"그럼 그저께 일이군. 실바누스 님은 그 다음에 어떻게 되었지?"

"그걸 모르겠어요."

그러자 메디나가 버럭 소리를 질렀다.

"야, 인마! 그럼 부상당한 실바누스 님을 혼자 남겨두고 도망쳤단 말이야?"

"혼자 도망친 게 아니라 난 죽었다니까요!"

보로미어도 지지 않고 소리를 지르자 드워프는 다시 전사의 갑옷을 잡아끌며 말했다.

"시끄러워, 이 자식아! 어서 앞장이나 서."

"어, 어디로요?"

"어디긴 어디야! 네가 죽었던 곳이지."

메디나는 술집을 나서자마자 입구에 매어놓았던 말에 올라탔다.

"지금 거기까지 다시 가자고요?"

보로미어가 묻자 메디나는 말의 옆구리를 걷어차며 말했다.

"당연하지."

보로미어는 허겁지겁 메디나를 쫓아 달리면서 외쳤다.

"하지만 거긴 오늘 안에 갔다 오긴 너무 멀어요! 여기서 해 저물 때까지 꼬박 걸어야 하는 거리라고요!"

"말이 있으니까 밤이 시작되기 전에 돌아올 수 있어."

"난요? 난 말이 없잖아요!"

"그러니까 빨리 뛰어!"

메디나가 정말 광풍처럼 말을 몰았기 때문에 보로미어는 혼신의 힘을 다해 달려야 했다. 힘쓰기라면 그 누구에게도 뒤지지 않는다는 보로미어였지만 그렇게 달리다 보니 체력의 소진은 예상 외로 빨랐다. 결국엔 천하의 보로미어도 아르망 패스 아래에 다다라서는 메디나의 초조한 눈총을 받으며 잠시 멈춰 서야 했다.

회복수로 일부 체력을 회복한 전사는 말 위에서 자신을 노려보고 있는 메디나에게 말했다.

"저기, 대장. 저번의 일은 말이죠……."

"저번의 무슨 일?"

"가이우스 원정대가 출발하던 날 아침에……."

"관뒤라. 다 지나간 일이야."

"난 그때 오해를 하고 있었어요. 가이우스에게 속아서……."

"관두라니까. 그나저나 가이우스는 어떻게 죽은 거야? 발록에게 당했다는 소문이 있던데."

보로미어는 가이우스가 죽던 때의 상황을 간략히 말해 주었다. 메디나는 이야기를 듣더니 고개를 끄덕였다.

"그러니까 실바누스 님이 그 원정대에 끼여 있었다, 이거군. 그리고 그 원정에서 돌아온 지 이틀 후에 너와 티어의 신전을 향해 출발했고."

"맞아요."

"그나저나 실바누스 님은 어떻게 티어의 신전 같은 곳을 너와 단둘이서 나설 생각을 하셨을까?"

"……."

보로미어는 속으로 찔끔했다.

"하긴 지금 중요한 건 그게 아니지. 자, 이젠 쉴 만큼 쉬었지?"

메디나는 다시 보로미어를 재촉하며 말고삐를 움켜쥐었다. 하지만 거기서부터의 길은 보로미어만이 알고 있었기 때문에 메디나도 아까처럼 앞장서서 말을 달릴 수가 없었다. 그래도 길잡이 역할을 맡은 보로미어가 최대한 서둘렀으므로 오후 무렵에는 가까스로 기트얀키들과 맞붙었던 장소에 다다랐다.

주변을 돌아본 메디나는 입을 쩍 벌렸다. 숲속의 공터엔 죽은 기트얀키들의 갑옷과 무기들이 가득 널려 있었다.

"하나, 둘, 셋, 넷……. 어휴, 다 셀 수도 없군."

그녀는 놀라움에 혀를 내두르다가 보로미어에게 물었다.

"도대체 어떤 녀석들이었어?"

보로미어는 숨을 고른 후 말했다.

"기트얀키들이었어요."

"뭐? 기트얀키?"

메디나는 믿어지지 않는다는 듯 되묻더니, 말에서 내려 땅에 흩어져 있는 물건들을 유심히 살펴보았다. 보로미어는 미스릴 블레이드가 또 하나 남아 있을 것이란 점에 생각이 미치자, 황급히 메디나를 막아섰다.

"대장, 조심해요."

"왜 그래?"

"기트얀키의 검 중엔 전사를 끌어들이는 검이 있어요."

"미스릴 블레이드 얘기라면, 걱정 마. 전사를 유혹하는 힘은 기트얀키 대장의 손에 들려 있을 때만 발휘되는 거니까. 하지만 여긴 모두 갈란듐으로 만든 롱 소드밖에는 없구먼."

드워프인지라 메디나는 병장기에 대해선 일가견이 있었다. 전사는 다시 땅에 놓여 있는 물건들을 돌아보았으나 그녀의 말대로 아홉 자루의 롱 소드가 전부였다.

"이상하군."

보로미어가 뒤통수를 긁으며 중얼거리자 메디나가 물었다.

"네가 죽었을 때 몇이나 남아 있었지?"

"마지막 놈을 죽이고 나도 죽었어요. 실바누스는 그때까진 살아있었고요."

"그럼 실바누스 님과 둘이서 기트얀키 열을 모두 해치웠단 말이야?"

메디나가 믿어지지 않는다는 목소리로 물었다. 보로미어가 고개를 끄덕이자 그녀는 잠시 생각을 해보더니 말했다.

"그 미스릴 검은 아마도 실바누스 님이 가지고 가셨을 거야. 그렇다면 최소한 여기는 살아서 벗어나셨단 얘긴데……."

"어디로 갔을까요?"

"그거야 모르지."

잠시 침묵이 흐른 다음 보로미어가 혼자말로 중얼거렸다.

"이럴 줄 알았으면 트래킹할 레인저라도 하나 데리고 오는 건데."

그러자 메디나가 그를 빤히 쳐다보더니 소리를 버럭 질렀다.

"인마! 왜 그 얘기를 지금 와서 하는 거야!"

"대장이 얘기할 틈이나 줬어요?"

보로미어도 기가 막혀 마주 소리를 질렀다. 메디나의 말은, 그래도 명색이 상급 서열이란 사람이 아무런 생각도 없이 무턱대고 여기까지 달려왔다는 것을 뜻했다. 정말 대책이 안 서는 아줌마였다.

혼자 뭐라고 툴툴대던 메디나가 고개를 저으며 말했다.

"후우, 이래선 아무것도 안 되겠어. 일단 진정하고 차분히 생각을 해보자."

보로미어는 생각에 잠긴 메디나를 바라보며 한동안 서 있었다. 그러나 '차분한 생각'에 소질 없기론 그녀가 자신보다 한 술 더 뜬다는 것을 그가 깨달을 즈음, 메디나가 마침내 입을 열었다.

"할 수 없지, 뭐. 일단 여기를 살아서 떠난 건 분명하니까 큰 걱정은 던 셈이야. 사실 죽지 않으신 것만 확인된다면 우리가 더 이상 걱정할 필요야 없겠지. 원래 소리 없이 다니는 분이니까 어쩌면 우리가 찾기를 바라지 않으실지도 몰라."

"무슨 소리에요! 포기할 순 없어요. 난 실바누스를 반드시 다시 찾아야 해요!"

보로미어가 갑자기 소리를 지르자, 놀란 메디나가 의심스런 눈으로 그를 돌아보며 물었다.

"아니, 넌 왜 그렇게 실바누스 님을 찾으려는 거지?"

"저기……, 내, 내 보호자니까요."

보로미어가 더듬거리며 대답하자 메디나는 잠시 그의 얼굴을 들여다보다 고개를 저었다.

"아니, 아니야. 너란 녀석은 거짓말 하나도 제대로 못하는군. 내가 아무리 둔한 드워프 전사라지만 그 정도도 눈치채지 못할 줄 알아? 너답지 않게 꾸며대지 말고 어서 그 진짜 이유나 말해 봐. 경우에 따라선 도와줄 수도 있어."

보로미어는 입술을 씹으며 메디나를 노려보았다. 자기 혼자서 실바누스를 찾는 일이 어렵다는 것은 이미 절실하게 느끼고 있었다. 누구든 도와줄 사람이 필요했다. 원정이 가능한 상급 서열이라면 더욱 좋을 것이다. 일자로 굳게 다문 메디나의 입술을 보고 있던 보로미어는 그녀가 중독된 실바누스를 살리기 위해 애지중지하던 도끼를 포기했던 일을 떠올렸다.

'그래. 메디나라면 도와줄 거야.'

그러나 막상 말을 꺼내려니 왠지 입이 떨어지질 않았다.

"알았어요, 메디나. 시, 실은 난 실바누스를……, 난……."

얼굴만 붉히고 서 있는 보로미어를 못마땅하게 쳐다보던 메디나의 얼굴에 서서히 놀라움이 차오르기 시작했다.

"아니, 이 자식! 혹시 너 실바누스 님을 사랑……?"

자신의 질문에 보로미어가 입술을 깨문 채 고개만 끄덕이자 메디나는 한 손을 이마에 얹고 투덜거렸다.

"젠장, 도대체 뭐가 어떻게 돌아가고 있는 거야?"

"대장, 도와줘요."

보로미어의 애원에 메디나는 잠시 생각을 해보더니 기트얀키의 유품들을 가리켰다.

"일단 여기 널린 것들부터 주워담아. 비트라 쿰으로 돌아가서 얘기하자고."

보로미어는 해가 저문 후에야 비트라 쿰의 성벽을 볼 수 있었다. 그러나 메디나가 성문을 통과하고 나서야 말을 채찍질하던 손을 멈추었기 때문에, 오후 내내 그녀의 뒤를 따라 달렸던 보로미어는 거의 쓰러지기 일보 직전의 상태였다. 회복수를 한 병 마신 후 간신히 기운을 차린 전사는 메디나에게 투덜댔다.

"대장, 이렇게까지 서둘 필요가 있어요?"

그러자 메디나는 씩 웃음을 지으며 대꾸했다.

"인마, 난 너보단 한참 바쁜 사람이야. 밤이 시작되기 전에 처리할 일들이 많다고."

"실바누스를 찾는 일은 도와줄 거죠?"

그러자 메디나의 얼굴엔 어두운 그림자가 잠시 스쳐갔다.

"그 문제는 조금 있다가 얘기하기로 하자. 난 일단 비트라 수르에서 처리할 일들이 있거든. 한 시간 후에 '번개 용왕'에서 보기로 하지."

"하지만……."

뭐라 할 틈도 없이 메디나는 어느새 말을 달려 비트라 수르를 향해 멀어져가고 있었다.

혼자 남은 전사는 멍하니 서 있다가 '번개 용왕'을 향해 터덜터덜 걸음을 옮겼다.

밤이 시작되기까지는 아직 시간이 좀 남아 있었기에 '번개 용왕'은 많은 사람들로 북적대고 있었다. 보로미어는 한구석에 홀로 자리를 잡고 앉아 주문한 술을 기다리다가, 사람들 사이에서 두건을 눌러쓴 낯익은 뒷모습을 발견하고는 자리를 박차고 달려갔다.

"실바누스!"

그러나 두건의 어깨를 잡아 돌린 보로미어는 앳된 위저드의 성난 얼굴만을 확인하고 힘없이 돌아서야 했다.

다시 터덜거리며 자리로 돌아와 주저앉자 처음 미디움에서 실바누스를 만난 이후의 일들이 주마등처럼 스쳐갔다. 메아리 숲과 에스트발데에서, 그리고 아모네 이실렌과 스톤헨지, 사천왕의 숲에서까지 목숨을 걸고 자신을 보호하던 드루이드의 모습은 가슴이 시릴 정도로 생생하게 기억났다. 게다가 그 동안의 모든 폭언과 오해에도 불구하고 그녀의 마지막 말은 자신을 원망하지 않는다는 것이었다. 보로미어의 억지스런 고집 때문에 어쩔 수 없이 그 무모한 여정에 따라온 그녀였지만, 그래도 원망하지 않는다고 했다.

사랑했다.

실바누스를 사랑했다.

이제는 누가 묻는다고 해도 아까처럼 더듬지 않고 그렇게 말할 자신이 있었다.

그래서 더 더욱 그녀를 찾아야 했다. 직접 만나서 그녀에게 그 말을 해주어야 했다.

"아, 그러니까 8000두카트면 많이 깎아주는 거야. 이거 일반 상점에선 구할 수도 없지만, 있다 하더라도 1만 두카트는 족히 줘야 할걸?"

보로미어는 갑자기 등뒤의 테이블에서 들려온 목소리에 고개를 들었다. 어디서 많이 듣던 낯익은 음성이었다.

돌아보자 작은 체구의 엘프 위저드가 좀 어수룩해 보이는 인간

202

위저드와 흥정을 벌이고 있었다. 보로미어의 눈은 두 위저드보다도 테이블 위엔 놓인 흥정의 대상에 먼저 가서 멎었다.

"야, 인마. 그 클로크는 나한테서 1500두카트에 사간 거잖아?"

보로미어가 돌아앉으며 말하자 엘프 위저드는 자리에서 벌떡 일어서며 외쳤다.

"보, 보로미어!"

"오랜만이군, 닉스."

전사가 씨익 미소를 짓자 닉스는 믿어지지 않는다는 듯 물었다.

"너……, 너 아직 살아 있었구나!"

"그럼, 인마. 죽어 있기를 바랐냐?"

"아니. 그런 게 아니라. 난 네가 가이우스를 따라가서 죽은 줄로만……."

당황해하던 닉스는 어설프게 미소를 짓더니 덧붙였다.

"바, 반갑다. 다시 만나서."

"잠깐만. 당신이 이 클로크를 1500두카트에 팔았다고?"

옆에서 끼여든 인간 위저드가 묻자 보로미어가 말했다.

"암. 더도 덜도 아니고 딱 1500두카트였지."

"이런 사기꾼!"

인간 위저드는 자리에서 일어나 경멸스런 눈으로 닉스를 쏘아본 후 휘적휘적 가버렸다.

"이 씨, 너 왜 남의 흥정을 깨고 난리야?"

위저드가 얼굴을 찡그리며 항의하자 보로미어는 아예 의자를 돌려앉으며 말했다.

"그러는 너야말로 남 등쳐먹는 못된 버릇을 아직도 못 버렸구나."

"제기랄, 그럼 돈도 다 떨어지고 끼워주는 원정대도 없는데 날 더러 어쩌란 말이야!"

닉스가 투덜거렸다. 그러고 보니 위저드의 행색은 마지막 제라드 쿰에서 보았던 것과는 달리 남루하기 짝이 없었다.

"넌 어쩌다 이 꼴이 된 거냐?"

보로미어가 묻자 닉스는 의자에 털썩 주저앉으며 긴 한숨을 내쉬었다. 그는 잠시 손가락을 꼽아보더니 내뱉듯 말했다.

"벌써 엿새나 되었군. 너와 실바누스가 날 '배신' 하고 '헌신짝' 처럼 팽개쳐버린 지가."

닉스는 배신과 헌신짝이란 단어에 힘을 주며 말을 계속했다.

"너희들이 떠난 다음, 난 계속 제라드 쿰에서 날 받아줄 원정대를 찾아 돌아다녔어. 하지만 처음 보는 위저드를 선뜻 끼워주는 원정대는 없더군."

"왜 그렇지? 너 정도 되는 위저드라면 누구나 환영할 텐데."

보로미어가 고개를 갸우뚱거리자 닉스는 원망스런 눈으로 그를 쏘아보더니 말했다.

"그 바이란트 패거리들을 겪고도 원정대들이 얼마나 폐쇄적이란 걸 몰라? 너희들이 사라지고 나서 내가 거기서 외톨이로 얼마나 설움을 받았는데, 씨이!"

닉스는 그 일만 생각하면 아직도 감정이 북받치는지 어깨를 들썩거리며 얼굴을 붉혔다.

"나, 난 네가 그렇게 될 줄은 모르고……."

전사가 주섬주섬 변명하자 닉스는 빈정거리듯 말했다.

"그래, 그랬겠지! 동료도 버리고 훌쩍 떠나가는 녀석이 그런 자잘한 뒷일에 어떻게 신경을 쓰겠냐."

"미안해. 하지만 그땐 나도 제정신이 아니어서."

"흥, 넌 대개 제정신이 아니잖아."

닉스는 보로미어의 사과에도 여전히 가시돋친 목소리로 대꾸하고는 계속했다.

"하여간 사흘을 그러고 나니까, 도저히 이래선 안 되겠다는 생각이 들었어. 영원히 상급 서열에 오르지 못할 것 같은 생각이 들더라고. 그래서 거금을 들여 현자의 집에서 정보를 산 다음 구스톤 망루 쪽에 있다는 이파코리오의 계곡으로 갈 캐러밴을 손수 끌어 모았지. 이파코리오는 박쥐의 날개를 가진 커다란 뱀인데, 워낙 난폭해서 잡기가 쉽지 않은 짐승이야. 하지만 그 뼈와 눈이 사제들에게 요긴하게 쓰이기 때문에 일단 잡으면 비싼 값으로 팔 수 있거든. 하여간 이파코리오를 잡은 위저드라고 소문이 나면 날 받아줄 원정대가 나타날 거란 기대로 한 일이었는데……."

"그래서 어떻게 되었는데?"

전사가 묻자 닉스는 이를 악물고 낮은 목소리로 으르렁거렸다.

"내 꼴을 보면 몰라? 돈이고 대원이고 몽땅 날리고 몸만 간신히 건졌지!"

"인마, 그러면 그런 거지, 왜 인상은 쓰고 그래?"

위저드의 갑작스런 적대감에 놀란 보로미어가 투덜대자 닉스는 여전히 이를 벅벅 갈아대며 쏘아붙였다.

"지금 인상 안 쓰게 됐어? 내가 제라드 쿰에서 그 꼴을 당한 것도 따지고 보면 다 네가 미친놈처럼 훌쩍 떠났기 때문이잖아! 빈

털터리로 제라드 쿰에서 여기까지 터덜터덜 오는 동안 내 기분이 어땠는 줄 알아? 빌어먹을! 그런데 간신히 여기까지 와서 보니, 오늘밤 여관비조차 없더군. 그래서 마지막까지 아끼고 아끼던 재산 목록 1호를 큰맘 먹고 팔려는데 네놈이 그것마저 훼방을 놓은 거야!"

"내가?"

보로미어가 멍한 표정으로 묻자 닉스는 못 참겠다는 듯 두손으로 책상을 쾅 내리치더니, 부들거리는 손으로 전사의 면상에 대고 손가락질을 했다.

"이 바보야! 아까 네놈이 내 흥정을 틀어놨잖아! 지금의 내 꼴은 시작부터 끝까지 다 네놈의 짓이라고!"

"그, 그럼 아까 그……."

보로미어가 그제야 상황을 깨닫고 당황하자 닉스는 한동안 씩씩거리며 전사를 노려보다가 간신히 흥분을 가라앉히고 말했다.

"솔직히 네가 가이우스 녀석을 따라서 떠날 때, 난 네가 죽을 거라고 확신했어. 전에 죽은 원정 대장 라이언도 꼭 그런 눈을 하고 마지막 원정을 떠났거든. 그런데 막상 여기 와서 소식을 들어 보니 엉뚱하게도 가이우스가 죽었다더군. 그리고 너는 이렇게 멀쩡히 살아 있고."

"그래서 불만이라 이거야?"

"아니. 난 그렇다고 네가 죽기를 빌 정도로 속이 좁은 엘프는 아니야. 물론 네놈이 미워 죽겠기는 하다만, 내 부탁을 하나 들어 준다면 지난 일은 다 용서해 주기로 하지."

"부탁?"

"그래. 방금 들은 소문인데 가이우스의 원정에서 살아온 소수의 대원들 중에 은빛 장검을 귀신처럼 쓰는 상급 서열 전사가 한 명 있다더군. 은색 갑판 갑옷을 입었고 이 동네에선 은검 전사라던가 뭐 그런 별명으로 통하는 모양이야. 너도 그 원정에 따라갔으니까 그 친구가 누군지 알 거 아냐. 그 전사에게 날 소개해 줘."

'은검을 쓰는 상급 서열?'

보로미어는 잠시 어리둥절해하다가, 닉스가 말하는 전사가 바로 자기 자신이라는 것을 깨달았다. 아마도 비트라 쿰으로 귀환할 당시 가이우스의 갑판 갑옷을 입고 있었기 때문에 상급 서열이란 소문이 돈 것일 것이다.

터져나오는 웃음을 억누르면서 보로미어가 물었다.

"그 전사를 만나 뭘 하려고?"

"그의 다음 원정에 날 데려가 달라고 할 거야. 네가 위저드로서의 내 능력을 잘 얘기해 준다면 거절하지야 않겠지."

전사는 고개를 끄덕였다.

"그야 어렵지 않은 일이지. 그 사람, 나랑 아주 친하다고. 다음 원정도 같이 가기로 되어 있는걸."

그러자 닉스의 얼굴이 활짝 펴졌다.

"정말이야? 역시 내가 제대로 짚었군."

"그럼 이제 날 용서해 주는 거냐?"

보로미어의 장난스러운 물음에 닉스는 원래의 밝은 목소리로 돌아가며 말했다.

"헤헤, 용서하고 자시고가 어딨어. 론디움 이후로 우린 어차피 한가족이었잖아."

"자식이! 그럴 놈이 왜 화내는 척은 하고 그래?"

"흥, 척만은 아니야. 지금 널 만나기 전까지 내가 너한테 얼마나 화나 있었는데."

"호오, 그 부탁 하나 들어준 게 그 엄청난 화를 다 풀어버렸다?"

그러자 닉스는 빙긋 웃더니 대답했다.

"아니, 네가 살아 있어준 게."

'닉스, 이 자식……'

전사는 갑자기 시큰해진 가슴으로 마주앉은 위저드를 바라보았다.

"자, 그럼 그건 됐고, 이젠 그 빌어먹을 가이우스 녀석이 뒈질 때 얘기나 해줘. 직접 보지 못한 게 한이지만 대신 얘기라도 들어야지."

갑자기 어색해진 분위기를 떨쳐버리기라도 하듯 위저드가 수선을 떨며 말하는 바람에 보로미어도 정신을 차렸다.

"어? 어, 그래. 가이우스 말이지? 그래. 그 녀석은 발록의 화염 공격으로 숯덩이가 되었어."

"불에 타서 죽었단 말이지?"

"응."

"오래오래 타다 죽었어?"

"암. 아주 천천히 타다 죽었지."

"비명도 지르고?"

"암. 목이 터져라 질러댔지. 몸부림도 치고."

"잘됐군."

208

"암. 아주 잘된 일이지."

그러나 즐거워할 줄 알았던 닉스는 오히려 침울한 표정으로 테이블 위만 바라보았다. 아마도 죽은 옛 동료들을 생각하는 듯했다.

그러나 이내 원래의 표정을 되찾은 위저드는 보로미어에게 물었다.

"참, 그런데 혹시 실바누스의 소식은 못 들었어?"

이번엔 전사가 침울해질 차례였다. 뭔가 이상함을 느낀 닉스가 입을 다물고 보로미어의 눈치를 살피고 있는데, 육중한 덩치 하나가 반가운 듯 위저드의 뒷덜미를 툭 치며 테이블에 앉았다.

"아니, 내 귀여운 닉스! 넌 도대체 어디로 사라졌다 이제야 나타난 거냐?"

후닥닥 자리에서 일어난 위저드는 공포에 실린 표정으로 뒷걸음질치려 했으나 이미 메디나의 억센 손에 손목을 잡힌 후였다.

"아, 안녕, 메디나. 오, 오랜만이에요."

"이리 앉아라. 뭘 일어서고 난리야."

강제로 닉스를 옆자리로 끌어다앉힌 메디나는 그의 머리를 쓰다듬으며 물었다.

"이 녀석, 지금까지 어디서 뭘 하고 있었니?"

"아니 난, 저, 그저 여기저기……."

울상이 된 닉스가 말을 더듬고 있는데 보로미어가 메디나에게 물었다.

"대장, 실바누스를 찾는 일은 어떻게 할 거예요?"

그러자 드워프는 닉스에게서 손을 떼며 보로미어를 향해 돌아앉았다.

"보로미어, 실바누스 님을 찾는 일은 단념하는 게 좋을 것 같다."

"실바누스를 찾다니? 그게 무슨 말이야?"

어리둥절해진 닉스가 물었지만 메디나도 보로미어도 그를 돌아보지 않았다.

"왜죠?"

보로미어가 조용히 묻자 메디나는 난감한 얼굴을 하며 대답했다.

"너를 위해서야. 실바누스 님은 어서 잊어버려."

"왜냐고 묻잖아요."

"……대답하기 어려운 문제야. 단지 그게 널 위한 최선의 길이라는 것만 알아둬."

메디나의 말에 보로미어는 단호히 고개를 저었다.

"그럴 수 없어요."

"그래야만 해."

그러자 보로미어는 거칠게 테이블 양옆을 움켜잡았다. 그의 두 손이 부르르 떨리고 있었다.

"대장, 분명히 말하는데 난 실바누스를 찾고야 말 거예요. 대장이 뭐라든 상관없어. 대장이 도와주지 못하겠다고 해도 난 실바누스를 찾아요. 평생이 걸리더라도 난 찾고야 말 거라고."

"바보 같은 녀석! 귀가 달렸으면 단 한번만이라도 다른 사람 말을 들어봐! 실바누스 님을 빨리 잊는 게 널 위한 최선이라니까! 사람 말뜻을 그렇게 못 알아들어?"

답답해진 메디나가 언성을 높이자 전사는 자리에서 벌떡 일어섰다.

"도와주기 싫으면 말아! 당신이 뭘 안다고 날보고 실바누스를 잊어라 마라 하는 거야?"

"인마, 다 널 위해서 하는 소리라니까!"

메디나도 자리를 박차고 일어서며 외쳤다.

"잠깐! 잠깐만!"

팽팽히 서로를 노려보고 서 있는 두 사람 사이로 닉스가 끼어들었다.

"서로 이렇게 소리만 지른다고 문제가 해결되겠어? 일단 앉아요. 네?"

씨근덕대던 보로미어가 먼저 자리에 앉자 메디나도 따라서 자리에 앉았다.

"뭔 일인진 몰라도 우리 차분히 얘기해 보자고요."

닉스가 두 사람을 번갈아 보며 말한 다음 보로미어에게 물었다.

"그럼 넌 실바누스를 다시 만나긴 만났던 거야?"

"실바누스가 가이우스의 네크로맨서 원정에 따라왔어."

보로미어의 대답에 닉스는 조금 놀란 표정을 짓더니 다시 물었다.

"그럼 둘이서 다시 화해를 한 거야?"

"화해라기보다는……, 오해가 풀린 거지."

전사가 어물쩍 대답하자 위저드는 다시 한번 고개를 갸우뚱거리고선 말했다.

"실바누스가 그 원정에 따라갔다면 당연히 네가 걱정되어서겠지. 하지만 제라드 쿰에서 너에게 그 꼴을 당하고도 계속 널 보호하려 했다는 건 좀……."

위저드는 잠시 말꼬리를 흐리며 생각을 해보더니 다시 보로미어에게 물었다.

"도대체 그래서 실바누스가 어떻게 되었는데?"

"그저께 나와 같이 원정을 갔다가 난 죽었고, 실바누스는 어디론가 사라졌어. 내가 정신을 차렸을 땐 오늘 아침 여기 비트라 쿰의 신전이었어."

"네가 죽었다고?"

닉스는 믿어지지 않는다는 듯 되물었고 보로미어는 고개를 끄덕였다. 잠시 생각을 해보더니 닉스가 짤막하게 내뱉었다.

"소원이었겠군."

"소원?"

보로미어가 되묻자 닉스가 계속했다.

"물론 고급 사제 중에는 죽은 사람을 살리는 레서렉션(Resurrection) 주문을 쓰는 사람도 있다고 하지만, 그건 8급인 브라만 이상이 되어야 가능하다고 들었어. 카자드 쿰의 대사제인 사이프러스도 겨우 7급인 라마밖에는 안 되니까, 네가 사제의 마법에 의해 다시 살아났을 가능성은 희박하다고 봐야지."

메디나가 '맞아, 맞아' 하며 천천히 고개를 끄덕였다.

"난 잘 이해가 안 가는걸?"

보로미어가 고개를 갸우뚱거리자 닉스가 그를 돌아보며 말했다.

"소원으로 할 수 있는 일은 많이 있지만, 가장 많이 쓰이는 것은 원정중 죽은 동료를 살리는 일이야. 하지만 웬만해선 소원을 얻기가 힘들어. 신들이 소원을 걸어놓은 원정에 성공하든가 엄청난 액수의 돈을 신전에 바치든가, 뭐 그런 식이니까."

"그리고 죽은 사람을 다시 살리는 것도 시간이 너무 오래 지나면 불가능해. 죽은 자가 돌아오길 거부할 수도 있으니까."

메디나가 덧붙였다.

"하여간 네가 죽은 지 이틀 만에 다시 살아났다면 누군가가 아껴뒀던 소원을 사용했다고 봐야지."

닉스가 결론을 내리자 보로미어가 다시 물었다.

"누가?"

"으이 씨! 누구긴 누구야, 실바누스겠지! 너 때문에 가이우스의 자살 특공대까지 쫓아갔던 녀석인데, 네가 죽었으면 당연히 널 살리려고 했을 것 아냐!"

보로미어는 그제야 앞뒤 상황을 깨달았다.

"그럼 실바누스가……, 그렇지……, 그랬겠지."

전사가 멍하니 더듬거리자 닉스가 이번엔 메디나에게 물었다.

"그런데 왜 보로미어에게 실바누스를 잊으라는 거죠? 그 정도 되는 사제와 함께 다니는 게 왜 보로미어에게 나쁘다는 거예요?"

그러자 메디나는 잠시 머뭇거리다 말했다.

"그러니까 너도 이해하기 어려운 부분이 좀 있어. 실은……, 그러니까……, 어휴!"

메디나는 말솜씨가 따라주지 않자 가슴을 치며 한숨을 내뱉었다.

"참, 나! 그냥 있는 대로 말을 하면 되지 뭐가 그렇게 어려워요?"

닉스가 핀잔을 주자 메디나는 결심한 듯 입을 열었다.

"닉스, 실은 실바누스 님은 사제가 아니라 드루이드야."

"네?"

"이해가 안 갈지 모르지만 실바누스 님이 사제 행세를 하는 데에는 나름대로의 사정이 있어. 그건 실바누스 님이 카자드에서 영주나 도서관장처럼 어떤 직책을 맡고 계시기 때문이야."

"그게 뭔데요?"

"그건 네가 알 필요 없어."

"넌 몰라도 돼."

보로미어와 메디나가 양쪽에서 이구 동성으로 말하는 바람에 닉스의 얼굴이 무안으로 벌겋게 달아올랐다. 한편 메디나는 놀란 눈으로 보로미어를 쳐다보다가 나직이 물었다.

"그럼 너도 이미 알고 있는 거냐?"

보로미어가 고개를 끄덕이자 메디나는 기가 막힌다는 듯 고개를 저으며 한숨을 쉬었다.

"도대체 뭘 알고 있다는 거예요?"

닉스가 뚱한 목소리로 물었으나 드워프는 여전히 그를 무시하면서 보로미어에게 투덜거렸다.

"빌어먹을! 그걸 알고 있는 놈이 왜 기어코 실바누스 님을 찾겠다는 거냐!"

"하! 그게 왜 내가 실바누스를 잊어야 하는 이유가 되죠?"

"왜냐고? 정말 몰라서 묻는 거야?"

"그래요."

그러자 메디나는 소리치듯 말했다.

"젠장! 실바누스 님의 일은 어느 한 사람에게 매여선 안 되는 일이잖아! 항상 카자드를 돌아다녀야 한다고!"

"그래서요!"

"그래서 실바누스 님은 누구와도 결혼을 할 수 없게 되어 있어!"

"……"

드워프는 일그러진 보로미어의 얼굴을 안됐다는 듯 바라보다가 착잡한 목소리로 말했다.

"그러니까 네가 아무리 실바누스 님을 사랑한다고 해도 다 부질 없는 일이야. 그분하고 가까워지면 질수록 너만 더 괴로워져. 그러니까 어서 잊어. 잊고 다시 네 갈 길을 가라고."

"도대체 뭐가 어떻게 됐다는 건지 하나도 모르겠네! 같은 남자끼리 무슨 사랑이야, 사랑이! 게다가 결혼은 또 뭐고!"

참다못한 닉스가 버럭 소리를 지르자 메디나가 짧게 대답했다.

"닉스, 실바누스 님은 여자야."

"네?"

놀란 닉스는 동그란 눈으로 두 사람을 번갈아 보다가 '꿍' 하는 신음과 함께 테이블에 머리를 처박았다.

한동안 침묵이 흐른 다음 보로미어가 조용히 입을 열었다.

"대장. 난 실바누스가 하는 일이 뭐건, 결혼을 할 수 있건 없건 상관없어요. 내가 아는 건, 내가 실바누스가 없다는 사실을 견딜 수 없다는 거예요. 막 가슴이 터질 것 같고 텅 빈 것도 같고 정말 어쩔 줄을 모르겠어. 만약……, 만약 실바누스를 다시 볼 수 없다면……, 난, 난……."

보로미어는 더 이상 말을 잇지 못하고 얼굴을 씰룩이다가 메디나를 똑바로 쳐다보았다.

"하여간 대장, 제발 도와줘요."

그러나 메디나는 보로미어의 간절한 시선을 슬쩍 외면하며 대답을 하지 않았다.

"대장!"

보로미어가 다시 언성을 높였으나 메디나는 여전히 입을 꾹 다문 채 눈까지 감아버렸다.

무슨 말을 해도 드워프가 마음을 돌리지 않을 것이란 사실을 깨달은 전사는 씁쓸한 표정으로 자리에서 일어섰다.

"알았어요. 대장 생각이 정 그렇다면 내가 강요할 수 있는 건 아니겠죠. 하지만……, 하지만 혹시라도 실바누스를 보게 되면 내가 찾고 있더라고 전해 줘요."

"야! 너 잠깐 자리에 앉아봐!"

그때 갑자기 고개를 든 닉스가 보로미어의 옷자락을 잡으며 외쳤다. 보로미어가 마지못해 자리에 앉자 위저드는 얼굴을 붉으락푸르락하며 말했다.

"그러니까 실바누스가 여자고 사제가 아닌 드루이드며 나한테 알려줄 수 없는 어떤 일을 하고 있기 때문에 결혼을 할 수는 없는 처지인데, 보로미어는 그녀를 사랑한다 이거지? 맞아?"

쏜살같이 빠른 위저드의 말투에 두 전사가 엉겁결에 고개를 끄덕이자 닉스는 쉴 틈을 주지 않고 보로미어에게 물었다.

"그리고 넌 메디나가 도와주지 않아도 실바누스를 찾아나설 거지?"

"그래."

보로미어가 고개를 끄덕이자 닉스는 이번엔 메디나에게 물었다.

"대장이 안 도와준다고 보로미어가 실바누스 찾는 일을 혼자서 못하는 건 아니죠?"

"그렇……지."

"어떻게든 죽을 때까지라도 찾겠다잖아요."

"그, 그래서?"

메디나가 되묻자 닉스는 두 손으로 머리를 벅벅 긁더니 외쳤다.

"아, 짜증나! 그럼 정말 보로미어를 위한다면 아예 실바누스를 찾지 못하게 막아야 할 거 아녜요! 그냥 돕지 않는 게 녀석을 위하는 길은 아니잖아요."

"그걸 막을 수 있는 권한은 아무에게도 없어."

메디나가 말하자 닉스는 테이블을 쾅 내리치더니 소리쳤다.

"막지 못한다면, 어차피 혼자서라도 찾아나선다는데, 그렇다면 같이 도와주는 게 답이잖아요. 저렇게 부탁을 하는데 저 녀석 불쌍하지도 않아요?"

"그, 그런가?"

위저드의 속도에 말려 이제는 거의 얼이 빠진 메디나는 반쯤 고개를 끄덕였다. 그러자 닉스는,

"그럼 그 문젠 됐는데……."

하며 숨을 들이쉬더니 갑자기 자리를 박차고 일어나 고래고래 소리를 지르기 시작했다.

"그런데 왜 지금까지 나한텐 아무도 이런 얘길 해주지 않았지? 난 쏙 빼놓고 지금까지 너희들끼리만 알고 있었단 말이야? 같은 원정대였으면서 나만 따돌렸다 이거지! 보로미어, 네가 어떻게 나한테 이럴 수가 있어! 그리고 대장도 만날 귀여운 닉스 어쩌고 하

며 날 더듬으면서, 그런 얘긴 왜 한 마디도 안해 줘!"

당황한 두 전사는 누가 먼저랄 것도 없이 위저드를 달래기 바빴다.

"니, 닉스! 진정해!"

"그래, 닉스. 우리 차분히 얘기하기로 했잖아. 차분히."

"그래, 우리 차분히 얘기하자. 앉아서 차분하게, 응?"

간신히 입을 다문 위저드는 씩씩거리며 두 사람을 번갈아 쏘아보더니,

"차분하고 싶어도 그럴 수 없게 만드는 게 누군데, 씨이."

하고는 자리에 털썩 앉았다.

"너랑 헤어지기 전까진 나도 몰랐어. 3, 4일 전에 알게 된 얘기라고."

숨을 돌린 보로미어가 변명하자 닉스는 메디나를 째려보았다.

"나, 나도 말해 줄 틈이 없었잖아. 아모네 이실렌 후로 널 보는 건 오늘이 처음 아냐?"

메디나 역시 더듬거리며 변명을 하자 위저드는 차츰 화를 가라앉히고 말했다.

"좋아. 그럼 도대체 실바누스가 맡은 일이 뭔지나 말해 봐."

그러자 메디나가 곤란한 표정을 지으며 말했다.

"그건 상급 서열들에게만 열려 있는 정보야. 아직 너에겐 말해 줄 수 없어. 하지만 네가 상급 서열이 되면 내가 제일 먼저 알려줄게. 맹세한다."

"저 자식은 상급 서열도 아닌데 알고 있잖아요."

닉스가 보로미어를 가리키며 따졌으나 메디나는 단호히 고개

를 저었다.

"보로미어가 어떻게 알고 있는지는 내가 상관할 바가 아냐. 내가 아는 건 하급 서열에게 이 이야기를 해선 안 된다는 거야."

닉스는 보로미어를 돌아보았다.

"나 역시 맹세를 했어."

보로미어가 미안한 표정을 지으며 말하자 닉스의 얼굴은 다시 붉어졌으나 이내 흥분을 가라앉히며 말했다.

"흥, 좋아. 나도 원정 한두 번이면 곧 상급 서열이 되니까 그때까지만 참도록 하지. 하지만 그땐 메디나가 책임지고 얘기해 주는 거예요."

"그럼, 그럼."

다시 한번 드워프의 다짐을 받은 닉스는 완전히 화가 풀린 듯 평소의 목소리로 돌아가 말했다.

"자, 그럼 실바누스는 어떻게 찾을 건데요?"

그러나 그 질문에 두 전사가 모두 꿀 먹은 벙어리처럼 입을 다물고 있자 위저드는 약간 황당한 듯 보로미어에게 물었다.

"넌 어떻게 찾을 생각이었는데?"

"그냥, 일단 비트라 쿰 주변부터 시작해서 훑어보고, 없으면 카자드 쿰으로 갈……까?"

"으으으……."

닉스는 머리를 감싸쥐고 신음하더니 메디나에게 물었다.

"그럼 대장은 어떻게 도울 생각이에요?"

"일단 실바누스 님이 보로미어를 되살리러 신전에 들렀다면 어제 일일 테고, 그렇다면 아직은 이 근처에 있을 가능성이 많겠지.

어차피 난 카자드의 보안관이 새로 임명이 될 때까지는 비트라 쿰을 떠날 수 없으니까, 일을 나눠서 내가 이 주변을 맡아 찾아보고……."

"못 살아, 못 살아!"

닉스는 메디나의 말을 끊으며 가슴을 치더니 답답해 미치겠다는 투로 말했다.

"그런 식으로 어떻게 찾아요! 이 비트라 쿰 주변만 둘러보려 해도 석 달은 걸릴 텐데! 그리고 실바누스가 그때까지 이 근처에 계속 있을 거란 보장도 없잖아요."

"달리 방법이 있는 것도 아니잖아."

메디나가 어쩔 수 없잖냐는 투로 말하자 닉스는 테이블을 내려다보며 한숨을 쉬었다.

"이래서 전사들은 안 돼."

보로미어와 메디나의 얼굴이 동시에 일그러졌으나, 닉스의 눈치로 보아 뭔가 좋은 수가 있으리란 기대에 모두 입을 다물고 기다렸다.

잠시 후 닉스가 고개를 들더니 보로미어에게 물었다.

"한번 잘 생각해 봐. 분명히 뭔가 실마리가 있을 거야. 실바누스도 목적 없이 아무데나 헤매고 다니진 않을 것 아냐. 만약 네가 실바누스라면 지금 어디로 가겠어?"

위저드의 말에 갑자기 떠오르는 것이 있어 보로미어는 테이블을 탁 내리쳤다.

"맞다! 드루이드 신전!"

"드루이드 신전?"

닉스와 메디나는 어리둥절한 표정으로 서로의 얼굴을 마주보았다.

"그래! 드루이드 신전. 실바누스는 그저께 아침에도 그리로 가야 한다고 말했어. 물론 내가……."

다시 한번 그날의 일이 생각난 보로미어는 머뭇거리다 기어들어가는 목소리로 말했다.

"내가 억지를……, 부렸지만……."

그러나 닉스와 메디나의 관심은 이미 보로미어에게서 떠나 있었다.

"도대체 드루이드 신전이 뭐야?"

"몰라요. 나도 처음 들어보는데요?"

"인마, 넌 위저드니까 그런 것 정도는 알고 있을 거 아냐."

"위저드라고 모든 걸 다 아는 건 아녜요. 메디나야말로 상급 서열이니까 나보단 경험이 더 많을 텐데, 정말로 드루이드 신전에 대해 들어본 적이 없어요?"

"없어, 인마. 사실 난 실바누스 님 외엔 드루이드라곤 본 적도 없어."

티격태격하던 닉스와 메디나가 조용해지자 보로미어가 물었다.

"닉스, 네가 모르더라도 알아볼 방법이 없을까? 현자들에게 물어본다거나……."

"쳇, 내가 들어본 적도 없는 걸 다른 현자들이라고 알까?"

위저드는 자존심이 상한 듯 퉁명스럽게 대꾸했으나 이내 빠르게 눈을 굴리더니 덧붙였다.

"물론 알아보는 게 나쁠 건 없겠지만."

가능성이 없지는 않다는 얘기였다.

흥분한 보로미어는 자리에서 벌떡 일어나며 말했다.

"좋아. 그럼 지금 가자."

그러자 일단 방향만 정해지면 행동이 질풍 같던 드워프가 웬일인지 고개를 저었다.

"아니, 내일."

"왜요!"

보로미어가 항의조로 묻자 닉스가 자리에서 일어나며 핀잔을 주었다.

"성미하곤. 이제 곧 밤이 시작될 시간이잖아."

보로미어는 그제서야 상당히 늦은 시간임을 깨닫고 말했다.

"어쩔 수 없군. 닉스, 너는 나랑 같이 가자. 오늘밤 숙박비는 내가 책임질게."

"8000두카트짜리 흥정을 깨놓고 하룻밤 숙박비라……, 눈물나게 고맙군."

닉스는 투덜거리면서도 전사가 자신의 처지를 기억해 준 것이 내심 기쁜 눈치였다.

"좋아. 그러면 내일 아침 날이 밝자마자 도서관 앞에서 만나기로 하자."

약속을 정한 후 메디나는 먼저 사라졌다. 보로미어는 닉스와 함께 자신이 묵고 있는 여관을 향해 걸음을 옮겼다. 그래도 작은 희망이 생겼기에 전사의 발걸음은 한결 가벼웠다.

보로미어의 너른 보폭을 종종걸음으로 쫓으며 닉스가 물었다.

"그런데 넌 어떤 녀석들을 만났기에 죽기까지 했어?"

"후우, 기트얀키."

그러자 닉스는 피식 웃음을 흘렸다.

"웃기는군. 너도 참 운도 없는 녀석이다. 어떻게 그딴 녀석들과 며칠 사이로 두 번씩이나 마주치냐? 녀석들 꽁무니도 구경 못해 본 사람들이 수두룩한데."

아마도 닉스는 미스릴 블레이드에 대해선 아직 모르고 있는 듯 했다. 보로미어는 그에게 은검 전사의 비밀에 대해 얘기해 줄까 하다 일단 미루기로 했다. 왠지 오늘밤은 더 이상 닉스를 놀래킬 이야기는 피하는 게 좋겠다는 생각이 들어서였다.

잠시 조용히 걷던 닉스가 물었다.

"그래서……, 실바누스를 좋아한단 말이지?"

"응."

"예쁘니?"

"예뻐서 좋아하는 건 아니야."

"어떤 여자야?"

"똑같아. 원래의 실바누스에서 두건만 벗기면 돼."

"쳇, 그럼 뭘 보고 좋아하는 거냐?"

"시끄러, 인마. 넌 돈이나 갚아."

"돈? 무슨 돈?"

"아직 나한테 2000두카트 빚지고 있잖아."

"……으으, 질긴 놈. 인마, 그게 왜 빚이야!"

"얼래? 이젠 아예 떼어먹겠다, 이거군."

"넌 제발 그 억지 좀 그만 부려."

두런거리며 밤길을 걷는 전사와 위저드 앞으로 여관의 불빛이 천천히 다가왔다.

접속을 끊은 원철은 멀티 세트를 벗는 것도 잊은 채 멍하니 모니터만 바라보았다.

보로미어가 살아 있었다.

'보로미어, 그 녀석이 살아 있다!'

갑자기 눈앞이 뿌옇게 흐려지는 바람에 주먹으로 눈을 문지른 그는, 저도 모르게 혼자말로 중얼거렸다.

"고마워……. 고마워, 실바누스."

제33장
비밀의 화원

6월 14일 토요일

'Fuck all that we've gotta get on with these……, fuck all that, fuck all that…….'

원철은 오랜만에 음악을 틀어놓고 키보드를 두드리고 있었다. 어젯밤 보로미어가 되살아났다는 것을 안 다음부터 우울하던 기분은 말끔히 사라진 상태였다. 비록 아직 실바누스를 다시 만난 것은 아니지만 보로미어가 살아 있는 이상 언젠가는 볼 수 있을 것이다.

물론 욱에게는 보로미어가 부활했다는 이야긴 하지 않았다. 그리고 앞으로도 당연히 하지 않을 생각이었다. 보로미어가 살아 있다는 것을 아는 순간, 녀석은 또다시 온갖 곤란한 요구를 해올 것이다. 그 빌어먹을 장단에 맞춰 지랄을 떨다가 보로미어를 죽이는 것은 한 번으로 족했다.

작업을 마친 서브 루틴을 돌려본 원철은 만족한 표정을 지으며 코드들을 저장시켰다. 이것으로 넥서스에 관련된 실질적인 코딩 작업이 마무리된 것이다. 이제 남은 것은 서브 루틴들을 알맞게 버무리는 일뿐이었는데, 그나마도 이미 반쯤은 해놓았으니 하루나 이틀이면 모든 것이 끝날 것이다. 데드라인인 다음주 목요일을 맞추는 데는 아무런 무리가 없었고 오히려 3, 4일 정도 여유가 남을 듯했다. 오랜만에 짧은 여행이라도 다녀오고 싶었다. 어쩌면 제천의 부모님을 뵈러 갈지도 몰랐다.

따르르르!

갑자기 울리는 수화기를 집어들자 전혀 듣고 싶지 않은 목소리가 흘러나왔다.

"흥, 웬일로 집에 다 있었어? 주말인데 그년이랑 안 놀아?"

수정이었다.

"왜 걸었어?"

원철이 차갑게 가라앉은 목소리로 묻자 수정은 짧게 웃고 말했다.

"어제 새벽에 또 연락이 안 닿데?"

"……"

"평소의 관심 덕에, 난 네가 밤마다 연락이 끊기는 게 월, 수, 금의 패턴인 걸 잘 알고 있었어. 혹시 우리랑 약속한 걸 벌써 잊은 거야? 내가 기억하기론 다시는 그 게임에 손대지 않기로 했던 것 같은데."

젠장! 정말 집요한 계집애였다. 그러나 원철은 그녀에게 구차

한 변명을 늘어놓고 싶지 않았다.

"……원하는 게 뭐야?"

원철이 묻자 수정은 어울리지 않게 발랄한 목소리로 대답했다.

"난 원하는 거 없어. 단지 내 힘이 닿는 데까지 널 괴롭혀주려는 것뿐이야."

"그래서 네가 얻는 게 뭔데?"

"만족감이지. 복수가 가져다주는 달콤한 만족감."

"복수? 그래, 넌 내가 도대체 뭘 그렇게 잘못했다고 복수까지 운운하는 거냐?"

"흥. 아직도 몰라? 네가 욱인지 억인지 하는 네 친구놈이랑 날 완전 병신으로 만들었잖아."

"그러지 않았어."

원철이 부정하자 수정은 깔깔대고 웃더니 말했다.

"이제 와서 변명해도 소용없어. 내가 바본 줄 알아? 푸른 산장에서 있었던 일이 너와 네 친구가 꾸민 장난이란 건 어린애라도 알 수 있는 일이야. 너는 날 그리로 불러내고, 네 친구는 내 옷을 벗긴 다음 도망가고. 그게 계획적인 일이 아니었단 말이야?"

"아니었어."

"흥. 지랄하고 자빠졌네. 날 밤새도록 거기 처박아 놓고서 너랑 네 친구는 원없이 날 비웃었겠지?"

"아니라니까!"

"웃기지 마. 그날 밤, 네가 그년 끌어안고 끙끙대고 있는 동안 난 결심했어. 내 자존심이 상처를 받은 이상 그 복수는 반드시 하고야 말 거라고."

원철은 슬슬 화가 나기 시작했다. 알아듣게 설명한다고 먹혀들 것 같지도 않았고 솔직히 이젠 이 마녀 같은 계집애에게 그런 에너지조차도 낭비하고 싶지 않았다.

"그래. 네 맘대로 생각하세요."

"안 그래도 그러고 있어."

"넌 말야……."

원철이 가시돋친 말투로 입을 열었다.

"넌 네 자신이 아주 매력적인 여자라고 생각하고 있는 것 같은데, 정신 좀 차려. 다른 녀석들은 어떤지 몰라도 난 너 같은 애한텐 애초부터 아무런 흥미가 없었어. 트럭으로 실어다 줘도 사양이야. 게다가 반 년이 넘도록 거절을 해도 쉬지 않고 추근대던 애가 이제 와서 무슨 자존심 타령이야?"

그러자 수정은 화를 내기는커녕 한참을 깔깔거렸다.

"그래, 나 원래 자존심 같은 거 없어. 게다가 처음에야 분배 퍼센티지나 좀 올려볼까 해서 따라다닌 거니까, 뭐, 그렇게 보였을 수도 있지."

"뭐?"

수정의 대답에 당황한 원철은 더 이상 말을 잊지 못했다.

"뭘 새삼 놀래고 그래. 나 같은 그래픽이 몇 푼이라도 더 받으려면, 실세 프로그래머한테 귀여움 좀 받아야 하는 건 상식 아냐?"

수정의 친절한 덧붙임에 원철은 지금까지 그녀와 일했던 다른 대리들이 왜 그녀에 대해 가볍게 떠벌려댔는지, 그리고 그들이 떠벌려대지 않은 부분이 무엇이었는지에 대해 어렵지 않게 짐작할 수 있었다.

그러나 수정은 원철의 생각 따위는 아랑곳하지 않는 다는 듯, 계속 재잘거렸다.

"그런데 말이지, 너와 네놈의 그 빌어먹을 친구 덕분에, 갑자기 나도 자존심이 생겨버린 거 잇지. 다이커 버진, 알아? 라이커 버어어어진."

"더러운 년?"

노랫가사를 흥얼거리고 있는 수정에게 참다 못한 원철이 내뱉자, 그녀도 앙칼지게 소리를 질렀다.

"이원철! 지금 당장 손이 발이 되도록 빌어도 시원치 않을 놈이 어디서 욕이야, 욕이! 넌 뭐 지금까지 이슬만 먹고 살았어?"

그녀는 숨을 크게 들이쉰 다음 또박또박 말했다.

"뭐 그간의 정도 있고, 나도 심하게 하고 싶진 않아. 일차적으론 강과장하고 얘기해서 넥서스 건의 네 퍼센티지 중 5%는 나한테 넘겨."

"허……"

황당함에 말을 잇지 못하는 원철을 무시한채 수정이 계속했다.

"그리고 넥서스 이후의 모든 프로젝트에 대해서는 3%로 만족하겠어."

"……너 미쳤니? 말 같니 않은 소리 작작해." 원철이 가까스로 대꾸하자, 수정은 차갑게 가라앉은 목소리로 말했다.

"흥, 끝까지 버텨보겠다? 그렇다면 결국 나도 내 카드를 쓰는 수밖에 없겠군. 난 내일 네가 그 게임에 또 접속했다는 걸 모두에게 알릴 거야. 다시 투표를 해야 하니까, 월요일쯤 너한테 호출이

가겠지. 아마도 이번엔 만장 일치로 널 방출할걸?"

원철은 하도 기가 막혀 다시 할말을 잃었다. 마치 사이코 스릴러 영화의 한복판으로 내던져진 기분이었다. 집요하고 잔인하고 게다가 교활하기까지 한 여자 사이코의 올가미에 옴짝달싹하지 못하게 걸려든 무력한 남자 주인공……

그런 영화의 여자 사이코들은 목적을 위해선 무슨 짓이든 서슴지 않는다.

'무슨 짓이든……?'

갑자기 번뜩인 한 가지 생각에 원철은 숨을 들이마셨다.

"수정이 너였구나! 삼진 시스템을 해킹한 게 너였구나!"

"후후, 맘대로 생각해. 국민 교육 헌장을 달달 외고 있는 사람은 나말고도 수백만 명은 될 테니까."

"넌 정말 미쳤어."

"남을 탓하기 전에 전화 빼놓고 자빠져 잔 스스로를 탓하시지. 일이 그렇게 커진 건 너한테 연락이 닿지 않아서였어. 덕분에 나야 기대 이상의 만족을 얻고 있긴 하지만. 하하하."

원철은 수화기를 쥔 손에 힘을 주며 소리쳤다.

"수정이 너! 내가 가만 있을 줄 알아? 나도 다른 팀원들에게 알릴 거야!"

"후후, 증명할 수 없을걸? 그리고 다른 사람들은 네가 어제 일로 내게 복수하려는 게 아닌가 의심하겠지. 하지만 난 증인이 있어. 어젯밤 네가 또 전화선 뽑아놓은 것을 확인하자마자 강 과장에게 전화를 한 통 해줬거든. 그 아줌마, 정말 길길이 뛰던걸? 분명히 직접 확인도 했을 거야."

"나쁜 년!"

원철은 이를 악물었다.

"아직은 선택의 기회가 남아 있어, 이원철. 얌전히 내 말대로 하든지 아니면 블레이드 러너에서 나가든지."

수정의 최후 통첩에 원철은 부들거리며 떨고 있는 자신을 일단 진정시킨 다음, 현재의 상황을 냉철하게 판단해 보았다. 그녀의 요구를 들어준다는 것은 말도 되지 않았다. 그러나 다시 방출 논의가 벌어진다면?

혜란의 말처럼 방출을 찬성했던 팀원들이 수정의 강경한 주장에 군중 심리적으로 손을 든 것이라면, 이번엔 자신이 수정보다 먼저 강하게 호소하면 된다. 모든 일이 수정과 자신의 개인적인 불화 때문에 벌어진 일이란 걸 이성적으로 설명해 주고 나면 팀의 결론은 뻔했다. 프로그래머보다는 그래픽 디자이너가 훨씬 교체하기 쉬운 직종이니까.

그리고 다른 사람은 몰라도 성식이 형만은 이해 관계를 떠나서 자신의 편이 되어줄 것이니, 그것도 강력한 무기가 된다. 시스템스 애널리스트와 프로그래머는 팀의 몸통이다. 만약 다른 녀석들이 수정에게 휩쓸려 어줍잖은 소릴 해댄다고 해도, 누가 몸통이고 누가 깃털인지를 확실히 인식시켜 줄 방법은 수없이 많이 있었다.

결론을 내린 원철은 희미한 미소마저 머금고 입을 열었다.

"수정이 네가 정말 간이 부었구나. 그래, 맘대로 해봐. 이번에도 애들이 널 따라서 손을 들 거라고 생각해? 호오……, 맞아. 넌 이미 경민이와 혁진이한테도 귀여움을 담뿍 받고있겠구나? 그걸 믿는 거냐?"

"후후, 마지막 발악을 하는군."

"발악? 생각하고 싶은 대로 하렴. 하지만 걔들도 막상 현실에 직면하면 생각이 바뀌겠지."

그러자 수정이 빈정거렸다.

"그럴까? 내가 보기엔 네가 현실을 제대로 못 보고 있는 것 같은데?"

"허! 굴러온 돌이 박힌 돌을 뽑겠다고? 블레이드 러너를 만든 건 나와 성식이 형이야! 성식이 형이 너희가 날 방출하도록 내버려둘 것 같아? 우리 둘 없이는 블레이드 팀도 없어."

그러자 수정은 참을 수 없다는 듯 큰소리로 웃기 시작했다.

"하하하……, 넌 정말……, 하하하……."

가까스로 숨을 고른 그녀가 말했다.

"아무리 제 눈에 안경이라지만 넌 정말 웃기지도 않는군. 제 앞 뒤 분간도 제대로 할 줄 모르는 녀석이 큰소리치기는."

원철은 그녀의 말투에 서린 자신감에 이유 없이 불안해지기 시작했다.

"무, 무슨 소리야?"

"넌 어제 투표가 어떻게 돌아간 줄이나 알아? 너에게 이야기하면 안 되는 줄은 알지만 꼴이 하도 불쌍해서 해주는 거야. 그러니까 잘 듣고 너야말로 두 눈 똑바로 뜨고 현실과 직면해 보렴."

수정은 커다랗게 헛기침을 하더니 어린아이에게 동화책을 읽어주는 듯한 투로 말을 이었다.

"처음 찬성 세 표는 나와 혁진이, 그리고 네가 그렇게 철석같이 믿는 성식이 형이었어."

원철은 수화기를 잡은 손이 떨리기 시작하는 것을 느꼈다.

"그대로 방출 결정을 내리려고 했지만 경민이 고놈 자식이 워낙 완강하게 반대를 하는 바람에 결국 혁진이가 조건부로 돌아섰지. 박힌 돌 좋아하고 있네. 뭘 좀 알고나 떠들어. 넌 지금 다 뽑혀서 발에 차이는 길가의 돌멩이야!"

"거짓말!"

"흥, 못 믿겠으면 그 잘난 성식이 형한테 직접 물어보든지. 네가 프로의 기본이 안 되어 있다고 모두에게 열변을 토하고, 대신 데려올 프로그래머 이름까지 들먹였던 사람이니, 발뺌은 하지 않겠지."

그러나 원철은 수정의 말투에서 굳이 그런 확인이 필요 없다는 것을 느꼈다.

"아니야, 그럴 리가 없어."

원철이 다시 중얼거렸지만 이미 맥빠진 혼잣말일 뿐이었다.

수정이 득의 양양한 목소리로 계속했다.

"실은 나도 일이 이렇게까지 멋지게 전개될 줄은 꿈에도 몰랐어. 하지만 어떻게 보면 필연적인 결과야. 저번에 네가 데드라인 넘길 때부터 팀에서 널 곱게 보는 사람은 없었으니까. 사실 어제 오후엔 누가 방울을 달러 나서느냐의 문제였을 뿐이야. 모든 게 자업 자득이니 우릴 원망할 필요는 없어. 우린 냉철하게 프로로서 필요한 결정을 내린 것뿐이니까. 물론……, 후후, 내가 그 결과를 십분 이용하고 있다는 걸 부인하진 않겠지만."

원철은 전신이 후들거려 아무 대꾸도 할 수 없었다.

"그러니까 착각하지 말고 잘 들어, 이 병신아. 지금 칼자루를 쥔 건 나야. 강 과장은 널 좋아하니까 내가 문제를 삼지만 않으면 입을 다물겠지. 하지만 내가 입을 뻥끗하는 순간 넌 그대로 딜리트야. 이번엔 경민이 고 자식이 아무리 반대해도 소용없을걸? 다시 그 게임을 했다는 걸 알면 은영이의 동정표도 순식간에 날아갈 테니까. 이제야 지금의 네 처지란 게 어떤 건지 좀 이해가 가니, 이 멍청아?"

원철은 수화기를 잡고 선 채 거친 숨만 몰아쉬었다.

그러자 수정은 착 가라앉은 목소리로 명령하듯 말했다.

"그러니, 시덥잖은 말대꾸 따위는 집어치고, 내가 시키는 대로 하기나 해. 아, 참. 그러고 보니, 돈 얘기만 하고, 가엾은 내 자존심 얘기는 빼먹었네. 중요한 건 아니지만, 나도 당한 게 있으니 그냥 넘어갈 순 없잖아? 답례로 네 녀석 자존심도 자근자근 밟아줘야겠어."

"……?"

"뭐, 별건 아냐, 아무리 비싸게 굴어도, 너 역시 남들과 하나 다를 것 없는 놈이란 것만 인정하면 돼. 일단 내 분배조건에 이의가 없다는 의사도 밝힐 겸, 오늘 당장 내 앞에 와서 무릎을 꿇어. 그리고 네가 내 밑에서 쿵쿵대던 다른 사내놈들에 비해 뭐가 그리도 잘났다는 건지, 더러운 내 자존심이 아물 때까지 한 번 증명을 해보란 말이야!"

격하게 고통치는 가슴을 안고 가까스로 서 있는 원철의 귀에 수정의 목소리가 창밖 거리의 소음처럼 울려왔다.

"흥, 네 꼴로 보아 그럴 리야 없겠지만, 정말 뭔가 다르단 걸 보여준다면 내 자존심 같은 건 그냥 접고 넘어갈 수도 있어. 왜 대답이 없어? 너무 관대한 처사에 감격해서? 후후, 그래. 난 내게 복종한 댓가는 후하게 쳐주는 편이야. 이래뵈도 불만스런 얼굴로 내 집을 나간 남자는 아직……."

원철은 더 이상 듣고 있을 수가 없어 거칠게 전화를 끊었다. 그러나 이내 벨이 다시 울어대기 시작하자, 그는 수화기를 한 번 들었다 놓은 다음 아예 코드를 잡아뽑아 버렸다.

'아니야, 거짓말이야. 성식이 형이 그럴 리가 없어.'

그래도 2년이다. 그것도 그냥 2년이 아니라 팀이 제대로 돌아갈 때까지 알커피를 씹어가며 수많은 날밤을 같이 지새운 2년이다. 그 동안 선배로, 동료로, 그리고 친구로 믿어왔던 성식이 형이 지금 와서 자신에게 어떻게…….

원철은 떨리는 손으로 호주머니를 더듬어 담배를 꺼낸 뒤 불을 붙였다.

제기랄! 결국은 다 그 돈이 문제인 것이다. 제 수입에 지장이 있을 것 같으니까, 창단 멤버요 후배인 자신까지 가차없이 잘라버리겠다는 뜻일 뿐이다.

팀 미팅의 결과에 대한 분석은 빗나갔지만, 노바에 대해 혜란이 본 것은 정확했다.

'이윤 추구라는 절대 목적만이 남은 비인간적인 집단…….'

어쩌면 자신도 이미 알고 있던 사실인지도 몰랐다. 단지 그것을 의식적으로 외면하려 노력해 왔을 뿐.

담배 연기를 깊이 들이마시던 원철은 갑자기 치밀어오른 욕지기에 화장실로 달려갔다. 아침에 먹은 라면을 변기 가득 게워놓은 다음에도 한동안 더 헛구역질을 했다. 그렇게 변기 앞에 무릎을 끓은 지 한참이 지나서야 겨우 속이 가라앉았다. 온 세상이 빙빙 도는 듯했으나 억지로 몸을 일으켜 세수를 했다. 수건으로 얼굴을 닦고 난 다음, 원철은 맥이 풀려 화장실 문설주에 기대앉았다.

성식이 형만을 욕할 일은 아닐지도 모른다. 수정도 혁진도 따지고 보면 모두가 마찬가지다. 아니, 블레이드 러너들만이 아니라 노바 전체가, 나라 전체가, 아니 온 지구가 다 마찬가지인 것이다. 돈 몇 푼에 눈이 멀어 자신은 절대 만지지도 않을 폐기물을 강으로 흘려보내고, 공사 커미션에 눈이 어두워 멀쩡한 강을 막고 바다를 메워 썩은 호수를 만들 계획을 세우는 게 인간들이다. 조금이라도 제 밥줄이 위협받으면 수백만 달러어치의 폭탄을 수천, 수만의 양민이 바글대는 도시 위로 아낌없이 쏟아버리면서도 돈벌이와 상관없는 곳에서는 길가에서 굶어죽어 가는 아이들에게 단 몇 포대의 밀가루를 건네는 것도 주저하는 그런 족속들인 것이다.

원철은 다시 밀려 올라오는 메스꺼움을 간신히 억누르며 일어섰다. 울렁거리는 속을 가라앉히기 위해 마루로 간 그는 페어글라스 밖의 녹음을 멍하니 바라보았다. 처음에 이사올 당시에는 앞산을 빽빽히 덮고 있던 삼림도 2년 사이에 쥐 떼가 뜯어먹기라도 한 듯 여기저기에 흉한 구멍이 뚫려 있었고 그 구멍들마다 울긋불긋한 지붕을 얹은 콘크리트 직육면체들이 어김없이 고개를 내밀고 있었다.

땅 전체가 무시무시한 역병을 앓고 있었다.

돈이란 양분을 먹고 이기심이란 동력으로 움직이는 기생충들이 세상의 그늘진 구석구석까지 소리 없이 그러나 꾸준하게 파고들면서, 이 땅을, 아니 이 세계를 갉아먹고 있었다. 정말 웃기지도 않는 것은 숙주의 양분이 다하면 서로를 갉아먹는 것조차도 서슴지 않는 그 기생충들이 스스로를 우주에서 '이성'을 가진 유일한 존재라고 부르고 있다는 것이다.

문명이란 허울을 뒤집어쓴 독소를, 그 무시무시한 불치의 독소를 무제한으로 생산해 내는 그 구질구질한 기생충들이 박멸되지 않는 한 이 세계는 이제 소생의 희망이 없었다. 아니, $E=mc^2$ 이후엔 어쩌면 그 가느다란 희망마저도 사라져버렸는지 모른다.

원철은 창 밖에 시선을 고정한 채 천천히 마루에 주저앉았다. 그러나 그의 눈은 더 이상 창 밖의 풍경을 보고 있지 않았다.

얼마가 지났을까. 혜란의 차가 집 앞에 와 멎는 것이 보였다. 차에서 내린 혜란은 창가에 앉아 있는 원철을 발견하고는 밝게 웃으며 손을 흔든 다음 조수석에서 커다란 비닐 봉지를 꺼내더니 현관 쪽으로 걸어왔다.

"안녕하세요?"

원철이 문을 열어주자 그녀는 여전히 미소를 지으며 인사를 했다.

그녀는 집안으로 들어서며 말했다.

"오면서 차에서 전화를 했는데 계속 통화중이더군요. 그래서 일단 집엔 계시겠구나 하고 그냥 왔어요. 이건 선물이에요."

혜란은 들고 온 비닐 봉지를 원철에게 내밀었다. 원철이 묵묵히 그걸 받아들자, 혜란이 재미있다는 듯 물었다.

"그게 뭔지……, 묻지도 않으실 건가요?"

"……이게 뭡니까?"

원철이 메마른 어투로 되묻자 혜란은 활짝 웃더니 말했다.

"저녁이오. 저번 방문 때 깨달은 것이 있다면, 그건 미리 만들어진 음식을 사오면 때맞춰 먹기 어려울 수도 있다는 거예요. 그래서 이번엔 아예 재료를 사왔죠. 스파게티 좋아하세요?"

"……네."

"잘됐어요. 그리고 저번에 주신 파일들은 정말 재미있게 봤어요. 후후, 그 게임 정말 대단하던데요?"

"네에……"

원철이 여전히 건성으로 답하며 멍하니 서 있자 혜란은 그제야 원철의 분위기가 심상치 않음을 깨닫고 그의 안색을 살피기 시작했다.

"왜……, 그러세요?"

"……"

원철은 혜란의 질문에 대답하는 대신 비틀거리며 주방으로 들어갔다.

"원철 씨? 괜찮아요?"

혜란이 그를 따라 들어오며 조심스레 묻자 원철은 대답 대신 비닐 봉지를 조리대 위에 던져놓고는 곧바로 몸을 돌려 나가려고 했다. 그러나 혜란은 몸으로 주방 입구를 막고 서서 원철의 얼굴을 똑바로 들여다보았다.

"오, 이런……"

혜란은 갑자기 당황한 얼굴을 하더니 황급히 식탁에서 의자 하나를 끌어와 주방 안에 들여놓았다.

"원철 씨, 여기 잠깐만 앉아 있어요."

그녀는 원철을 밀다시피 하여 의자에 앉히더니, 비닐 봉투에 담겨 있던 물건들을 하나씩 조리대 위에 꺼내놓기 시작했다. 이어서 찬장을 뒤져 냄비를 꺼내고 물을 담아 가스 레인지에 올려놓는 동안에도 혜란은 원철에게서 눈을 떼지 않았다.

물을 올려놓은 혜란은 다시 조리대로 몸을 돌리며 말했다.

"미국에서 햄버거에 질렸을 때 유일하게 만들어 먹던 게 스파게티였죠. 소스가 좀 문제긴 하지만, 요즘은 미리 만들어진 걸 병에 담아서 팔기 때문에 많이 간단해진 편이에요. 조금 복잡한 라면 정도랄까."

원철은 의자에 앉아 부산히 움직이는 그녀의 손을 멍하니 바라보았다. 냄비 하나를 더 꺼낸 혜란은 병에 담긴 소스를 그 안에 부어 약한 불에 올려놓았다. 조리대 위에 놓인 물건들의 포장을 차례로 열면서 혜란은 쉬지 않고 말을 계속했다.

"스파게티는 이탈리아 말로 굵은 가락국수를 부르는 말이에요. 아시겠지만 원래 밀가루 음식의 총칭은 파스타죠. 스파게티말고도 마카로니, 펜네, 푸실리, 링귀니 등등 파스타의 종류는 많아요. 하지만 맛에는 국수보다는 그 위에 얹어 먹는 소스가 더 중요해요. 얼핏 들은 얘긴데, 이탈리아에는 성씨의 수와 소스의 가짓수가 같다고 하더군요. 아마 그만큼 집집마다 독특한 소스를 만든단 얘기겠죠."

혜란은 비닐 봉지에서 상당한 양의 버섯을 꺼내 물에 씻은 뒤 잘게 썰기 시작했다.

"실은 나도 내 소스가 따로 있어요. 어디 내놓을 정도는 아니지만 그래도 간단한 맛에 즐겨먹어요. 원철 씨에게만 가르쳐드리는 건데, 비결은 바로 이 버섯이에요. 이놈을 이렇게 썬 다음에……."

혜란은 첫 냄비의 물이 끓기 시작한 것을 확인하고는 썰어놓은 버섯을 몽땅 집어넣었다.

"버섯은 소스에 넣으면 익는 데 시간이 오래 걸려요. 예전에 소스까지 집에서 만들던 시절에야 문제가 아니었겠지만, 요즘에야 어느 세월에 그거 익길 기다리고 있겠어요? 이렇게 국수 삶을 물에서 익히면 시간이 절약되죠."

그녀는 1분 가량 기다렸다가 뜰채로 버섯들을 건져 소스가 든 냄비로 옮겨넣었다.

"그리고 이 물에 파스타를 익히면 파스타 자체에도 버섯 향이 살짝 배요."

혜란은 다른 봉투를 열더니 아기 주먹만 한 크기로 말려 있는 얇은 국수 뭉치를 꺼냈다.

"이건 페투치니에요. 보통 스파게티와는 달리 두께가 얇아서 4, 5분이면 다 삶아져요."

파스타 뭉치 다섯 개가 끓는 물 속으로 사라졌다.

"여기에 소금을 좀 넣고……."

파스타 냄비에 소금을 뿌린 혜란은 서서히 진한 토마토 향이 오르기 시작한 소스 냄비로 돌아섰다.

"그리고 여기에 가루 치즈를 넣으면 요리는 끝나요."

낯익은 녹색 원통이 붉은 소스 속으로 노란 가루를 토해 냈다.

"어때요? 간단하죠?"

주방 안은 어느새 아릿한 토마토 소스 냄새로 가득 차 있었다.

그러자 그때까지 멍하니 앉아 있던 원철이 조금씩 코를 벌름거리기 시작했다.

혜란은 그런 원철을 바라보며 조심스럽게 물었다.

"그래요. 원철 씨, 맛있을 것 같지 않아요?"

"그럴……, 것 같군요."

원철이 더듬거리며 대답하자 혜란은 찬장을 뒤져 접시를 꺼냈다. 그녀는 파스타에 소스를 얹은 접시를 식탁 위에 올려놓고 다시 원철을 그 앞에 끌어다 앉혔다.

원철은 눈앞에 놓인 음식을 보는 순간 갑작스런 허기를 느끼면서 차츰 정신이 맑아지기 시작했다.

"맛있겠어……."

"들어보세요."

혜란이 포크를 쥐어주었다. 원철은 일단 맛을 보더니 이내 허겁지겁 요리를 퍼먹기 시작했다. 혜란은 그제야 안심했다는 표정을 짓고는 식탁에 마주앉아 원철이 먹는 모습을 지켜보았다.

단숨에 두 접시를 비운 원철은 한숨을 후우 내쉬며 혜란을 돌아보았다.

"이거, 정말 맛있군요."

그러나 그녀는 원철의 칭찬은 듣는 둥 마는 둥하며 물었다.

"원철 씨, 언제부터 창가에 앉아 있었나요?"

"글쎄요. 정오 무렵부터니까 한 시간 정도?"

어림으로 대답하며 시계를 보던 원철은 흠칫 놀랐다. 시계의 바늘은 오후 4시 46분을 가리키고 있었다.

"아니, 시간이 이렇게 흘렀나요?"

"그래요. 한데 기억은 다 나세요?"

혜란의 질문에 원철은 자신의 기억을 더듬어보았다. 아까 화장실에서 한바탕 게워낸 이후의 일들이 어렴풋이 떠오르긴 했지만 마치 짙은 안개 속을 보는 것 같은 느낌이었다. 그러나 토마토 소스 향기 이후의 일들은 또렷이 기억이 났다.

"그럭저럭은요. 도대체 이게 어떻게 된 거죠?"

원철이 묻자 혜란은 고개를 갸우뚱거렸다.

"나도 잘은 모르겠어요. 가벼운 의식의 혼탁이 일어났던 것 같은데……."

"의식의 혼탁이오?"

"그래요. 혹시 지난 몇 시간 동안 꿈속을 헤매는 것 같지 않았어요?"

"음……, 맞아요. 그랬던 것 같아요. 그런데 왜 그렇게 된 거죠?"

"그거야 원철 씨가 알겠죠. 오늘 무슨 일이 있었나요?"

"그냥……."

겨우 잊고 있던 수정과의 전화가 다시 생각나는 바람에 원철은 입을 다물었다.

"대부분의 문제들은 피한다고 사라지지 않아요. 용기를 갖고 얘기해 보세요."

혜란의 설득에 원철은 머뭇거리며 입을 열었다.

"실은……, 어제 다시 팔란티어에 접속을 했어요."

"보로미어는 죽었다고 했잖아요."

"아마 동료가 다시 살려낸 모양이에요. 접속을 하니까 그대로

242

연결이 되더라고요."

"제가 어제 드린 충고를 무시하셨군요."

"혜란 씨 말을 무시한 건 아니에요. 하지만 접속을 하지 않고는 견딜 수가 없어서……."

원철의 변명에 혜란은 긴 한숨을 내쉬었다.

"후우……, 그래서요?"

"그래서……, 그런데 수정이가 그 사실을 알아냈어요. 그러곤 그 사실을 다른 팀원들에게 알리겠다고 협박을 해왔죠."

"저런."

"그리고 나보고 방출당하기 싫으면 내 수익의 일부를 내놓고 자기가 시키는 대로 하라더군요."

"뭘 하란 거죠?"

원철은 다시 머뭇거렸다. 그러나 혜란이 계속 자신을 바라보고 있자 마지못해 입을 열었다.

"당장 자기 집으로 와서……, 나도 다른 남자들과 별반 다를 것 없는 사내놈이란 걸 증명하란 겁니다."

"어머……."

혜란은 놀라 할말을 잃었다.

"그 전화를 받은 다음부터 기억이 좀 흐릿해요."

원철이 빈 접시를 바라보며 말을 마치자 혜란은 굳은 얼굴로 잠시 생각을 하더니 말했다.

"남성 혐오가 아주 심한 사람인가 봐요, 그 수정 씨란 분."

"그래요? 남잘 너무 좋아하는 게 탈이 아니고요?"

원철이 냉소하자 혜란이 말했다.

"아서 왕 전설에 나오는 얘긴데 '여자가 세상에서 가장 원하는 것이 무엇이냐' 하는 수수께끼 혹시 아세요?"

"글쎄요. 답이 뭐죠?"

"바로 남자를 지배하는 거래요."

원철은 씁쓸한 미소를 흘렸다.

"허, 이거 웃어야 할지 울어야 할지 모르겠군요."

"글쎄요. 여자들이 왜 그런 생각을 하겠어요? 아마도 그건 사회적으로 항상 열등한 위치였기 때문이 아닐까요? 아서 왕 시대에도 기사다느니 뭐니 겉만 번지르르했지, 실제 여자의 지위는 아이를 낳기 위한 남자의 소유물에 불과했다고 하더군요. 가축보다 조금 위였을 뿐이죠."

"그래서요?"

그러자 혜란은 빙긋 웃더니 말했다.

"기본적으로 모든 여자들에겐 남자 위에 군림하고픈 욕구가 있어요. 결혼이란 것도 어떻게 보면 남자를 자신의 독점적인 지배하에 두고 싶은 여자의 욕망이 만들어낸 제도인지도 모르죠."

"끔찍한 해석이군요."

"물론 그런 욕구가 나쁜 것만은 아녜요. 그리고 사실 대부분의 여자들은 그런 욕구를 나름대로 잘 소화하고 사는 편이죠."

"그럼 수정인요?"

"글쎄요. 바람직하지 않은 방향으로 발전한 예로 봐야겠죠. 남성에 대한 적개심이 심한 경우엔 지배욕이 그렇게 표현되기도 하니까."

그러자 원철은 피식 웃음을 흘리더니 말했다.

"꼭 그렇게 복잡한 설명을 늘어놓아야 하나요?"

"네?"

"간단히 하셔도 되잖아요. 걘 그냥 돈에 눈이 먼 매춘부일 뿐이에요."

원철이 '매춘부' 세 글자에 힘을 주어 말하자 혜란은 고개를 끄덕였다.

"물론 그렇게 설명할 수도 있죠. 하여간 그래서 어떻게 하기로 하셨어요?"

"생각할 것도 없이 거절했죠. 그랬더니 각오하라더군요. 지금 우리 팀 중엔 날 아쉬워하는 사람이 없다나요? 그래도 난 팀장 형은 믿고 있었는데, 그 형마저도 그저께 날 방출하자고 했다더군요."

"저런, 충격이 크셨겠어요."

그러자 원철은 또다시 힘없는 웃음을 게워내며 말했다.

"후후, 충격이랄 거야 있나요. 세상이 원래 다 그런 건데."

그의 반응에 혜란의 얼굴이 살짝 굳어졌다. 그녀는 테이블 위에 놓인 접시를 응시하며 한동안 생각에 잠겼다가 고민스런 얼굴로 입을 열었다.

"후우, 생각보다 심각하군요."

"뭐가요?"

"원철 씨 상태가요."

"내 상태가 어떤데요?"

원철이 묻자 혜란은 질문에 대답하는 대신 그에게 되물었다.

"만약 수정 씨란 사람이 위협했던 대로 이 문젤 다른 사람들에게 밝히면 원철 씬 어떻게 되죠?"

"방출당하겠죠."

"그 다음엔요? 만약 직장을 잃으면 어떻게 하실 거죠?"

"글쎄요. 여행이나 가죠, 뭐."

"여행이오? 특별히 가고 싶은 곳이 있으세요?"

"……아뇨."

"정말 여행을 가고 싶으세요?"

"……아뇨."

"만나고 싶은 사람은 있나요?"

"……"

"새 직장은 구하실 건가요?"

"……아뇨."

원철은 혜란의 물음에 대답하면서 스스로도 놀라고 있었다. 지금 이 순간, 혜란의 스파게티를 조금 더 먹고 싶다는 것 외에는 진정 하고 싶은 일이 아무것도 없었기 때문이다. 아니, 하고 싶은 일이 없다는 것보다는 뭘 해야겠다는 의지가 전무하다는 표현이 더 정확했다.

혜란은 다시 한번 긴 한숨을 쉬더니 말했다.

"아까 원철 씨의 상태는 아주 경한 의식 장애였어요. 전문 용어로 클라우딩(clouding)이라고 하죠. 하지만 거기서 조금 더 심해지면 혼미 또는 스튜퍼(stupor)라는 단계로 진행해요. 다음은 코마(coma), 즉 혼수 상태죠."

"그런데요?"

"난 정신과 의사는 아니에요. 하지만 미국에서 임상 실습을 할 때 병원에서 비슷한 환자를 본 적이 있어요. 바람난 남편 때문에 자살을 하려다 미수로 그친 여자였는데……."

"남편 바람에 자살까지요?"

원철이 말도 안 된다는 듯 묻자 혜란은 고개를 저었다.

"그 상대가 자신의 딸이었던 게 문제였어요. 재혼이었는데, 새 남편이 십대인 의붓딸과 바람을 폈던 거예요."

"……"

"일순간에 남편과 딸을 다 잃고 나자 그 여잔 살고 싶은 의욕을 모두 잃었어요. 그들의 배신에 분노하는 대신 포기하는 쪽을 택한 거죠. 남편과 딸만이 아닌 세상의 모든 것들을요. 그러자 서서히 의식이 혼탁해지더니 일주일 만에 스튜퍼 상태로 가더군요. 그렇게 되면 바늘로 찔러도 아픈 줄 모를 정도가 돼요. 의식은 있지만 정신과 몸이 해리되어 다른 사람이 보기엔 정신을 잃은 것처럼 보이는 거죠."

"그럼 내가 그런 상태였단 말인가요?"

"물론 원철 씨야 그 정도까진 아니었죠. 내 싸구려 스파게티 냄새에 식욕을 회복할 정도였으니까요. 하지만 그 원인은 같아요. 원철 씬 지금 아무런 욕구가 없어요. 기본적인 생존 욕구조차도 희미하다고요."

"그런가 보군요."

원철이 중얼거리자 혜란은 얼굴을 찡그리더니 언성을 높였다.

"'그런가 보군요'라고요? 지금 원철 씬 자신이 얼마나 위험한 상태인 줄 몰라서 그래요. 그 여잔 다시는 정상으로 돌아오지 못했단 말이에요!"

원철은 흠칫 놀라 혜란을 쳐다보았다. 그러자 그녀는 답답한 듯 원철을 마주보다가 다시 말했다.

"중요한 건 왜 원철 씨의 욕구가 모두 사라졌는가 하는 거예요. 직장을 잃는 일이나 믿었던 친구의 배신 등이 심한 스트레스를 유발하긴 하지만, 그렇다고 기본적인 욕구들마저 파괴할 정도는 아니에요. 원철 씨의 경우엔 다른 원인이 있어요."

"그게 뭐죠?"

"바로 그 팔란티어란 게임이에요."

"팔란티어요?"

원철이 놀라서 묻자 혜란은 크게 고개를 끄덕였다

"네. 바로 그 게임이 문제라고요."

"왜 그렇다는 거죠?"

"후우, 그건 좀 복잡한 문제긴 하지만……."

혜란은 잠시 생각을 정리하더니 말했다.

"지금 원철 씨 상황은 누구라도 중압감을 느낄 만한 경우예요. 수정 씨나 직장 문제도 그렇고, 또 팀장이란 분의 배신도 그렇고. 그리고 그런 문제를 의논할 만한 마땅한 상대도 없는 생활 패턴이며 원래의 내향적인 성격 등등, 어쨌든 스트레스가 극도로 쌓일 만한 조건은 충분하다는 거죠. 아마도 아까 그 전화가 기폭제가 되어 지금껏 누적되었던 감정들에 불을 당긴 것 같아요."

"……."

"보통의 경우라면 누구나 일단 분노를 터뜨리겠죠. 소리를 지르고 물건을 부수고 상대와 싸움을 하고 하는 것이 정상적인 반응일 거예요. 하지만 원철 씨의 경우엔 또 다른 분출구가 있으니까 문제란 말이에요."

"또 다른 분출구요?"

"그저께 스스로 했던 말 기억하세요? 보로미어가 '더 나은 세계에 속한 나' 라고 했던 그 말?"

"기억나요. 하지만 그건 별 생각 없이 한 말이에요."

"별 생각 없이 한 말이 더 정확할 때도 있어요. 어제 전화로도 잠깐 말씀드린 거지만, 원철 씬 지금 원철 씨가 살고 있는 이 세상에 대한 혐오감이 극도에 달해 있어요. 물론 팔란티어란 이상향을 맛본 이상, 불완전한 현실과 직면할 때마다 혐오와 거부감이 조금씩 생기는 거야 당연하겠죠. 만약 팔란티어가 보통 컴퓨터 게임이었다면 원철 씨의 문제는 그 정도에서 끝났을 거예요. 하지만 그 게임은 다른 게임들과는 다르잖아요? 현실과 구분이 가지 않을 정도의 완벽한 가상 현실! 바로 그게 문제라고요! 원철 씬 지금 도저히 비교할 수도 없고 비교해서도 안 되는 두 세계를, 그러니까 게임과 현실을 동등한 차원에서 비교하고 있어요."

"……"

원철은 아무 말도 할 수 없었다. 혜란의 지적은 조금도 틀림이 없었다.

혜란이 계속했다.

"정신적 스트레스를 푸는 방법은 다양해요. 아까 말한 것처럼 분노를 터뜨릴 수도 있고 긍정적으로 그 에너지를 이용하여 원인 해결에 나서거나 다른 창의적인 일을 할 수도 있어요. 또 운동을 한다든지 범죄를 저지른다든지, 하여간 사회적으로 용인이 되는 방식이건 아니건 간에 사람은 어떤 식으로든 자신의 스트레스와 현실 사이에서 어떤 타협점을 찾으려고 노력을 하게 돼요."

혜란은 잠시 원철의 표정을 살핀 다음 착잡한 말투로 결론을 내렸다.

"하지만 원철 씨의 경우엔……, 그런 타협점을 찾으려고 노력할 필요가 없잖아요. 다른 사람들이야 현실에서 벗어날 수 없기에 그런 노력을 해야 하지만, 원철 씬 이 혐오스런 현실 대신 이상적인 팔란티어의 세계를 선택해 버리면 그만이니까요. 그게 훨씬 간단하고 편리한 출구가 아니겠어요?"

"……."

한동안 침묵이 흘렀다.

빈 스파게티 접시만 묵묵히 내려다보던 원철이 먼저 입을 열었다.

"왜 그래선 안 되죠?"

"네?"

혜란이 당황한 표정으로 되묻자 원철은 고개를 들어 그녀를 똑바로 쳐다보았다.

"왜 현실 대신 팔란티어를 선택하면 안 된다는 거냐고요."

"그런 질문이 어딨어요!"

혜란이 흥분하자 원철은 희미하게 미소를 지었다.

"혜란 씨 말대로 난 현실보다 팔란티어의 가이아 대륙이 더 나은 세계라고 생각해요. 혜란 씨의 스파게티도 상당히 구미가 당기긴 하지만 가이아는 더 매력적이거든요. 그곳의 삶은 여기처럼 복잡하지도 않고, 사람들도 이곳 인간들처럼 닳아빠지지 않았어요. 아주 가끔씩 상처를 받는 일이 없는 건 아니지만, 그곳 친구들은 어떻게 하면 그 상처를 아물게 하는지도 잘 알고 있죠."

"원철 씨……."

혜란이 간곡한 목소리로 말했지만 원철은 멈추지 않았다.

"혜란 씨도 주위를 둘러보세요. 이게 제대로 된 세상이라고 생각하세요? 가서 저 창 밖을 한번 내다봐요. 장담하는데, 5년만 지나면 저 산엔 나무 한 그루도 남아 있지 않을 거예요. 혜란 씨 말대로 현실은 현실이고 게임은 게임이라고 합시다. 하지만 서로 물고 뜯고 죽이는 것도 모자라, 이젠 자신이 사는 세계마저 파괴하려고 혈안이 된 족속들에게 희망을 둘 필요가 있을까요?"

"……."

원철은 담담한 표정으로 말했다.

"혜란 씨야말로 다시 생각해 보세요. 혜란 씨는 이 현실 세계란 게 영원하리라고 봅니까? 인간이 지배하는 이 세계가 언제까지나 계속될 거라고 믿으시냐고요. 서로 잡아먹으며 서서히 사라지든, 아니면 온난화나 열핵 병기로 일시에 날아가든, 내가 보기엔 이 구질구질한 종족의 종말은 예정된 수순입니다. 혜란 씨가 현실이라고 부르는 이 세계가 무한하다고 착각하지 마세요. 컴퓨터 전원을 내리면 팔란티어의 세계가 끝나듯이, 이 세계도 스위치 하나면 지금 당장이라도 끝장나는 세상이란 말입니다. 어차피 그럴 바에야 5분이 될지 50년이 될지는 몰라도, 내가 내 인생의 남은 시간들을 보낼 곳으로 더 나은 세상을 선택하는 것이 크게 잘못된 결정은 아닐 거라고 생각해요."

혜란은 한 손으로 턱을 괴고는 눈을 감았다. 그녀는 손가락으로 테이블을 톡톡 치면서 한동안 생각에 잠겨 있다가 말했다.

"그건 부탄이나 유기 용매, 그러니까 본드를 남용하는 청소년들이 흔히 하는 이야기일 뿐이에요. 그들은 본드에 취해 있을 때가 더 행복하고 현실은 너무 우울하고 절망적인 지옥일 뿐인데 왜 자신이 그 행복감을 포기해야 하냐고 반문하죠. 하지만 그게 옳은 말이라고 생각하시나요? 그들은 본드를 하기 때문에 자신의 현실이 더 비참해져 간다는 사실을 깨닫지 못하고 있고, 그건 원철 씨도 마찬가지에요. 컴퓨터가 만들어내는 환상이 아무리 행복하더라도 그건 잠시뿐이죠. 거기에 매달릴수록 원철 씨의 현실은 점점 더 암울하게만 보일 뿐이라고요. 언젠가는 현실로 돌아와야 한다는 운명으로부턴 누구도 자유로울 수 없어요."

"자유로울 수 없다면 거부할 순 있겠죠. 지금까지 그런 걸 거부하고 싶은 사람은 자살을 해야 했겠지만 이젠 팔란티어란 가상 현실을 대신 택할 수 있어요. 차라리 그게 낫다고 생각하지 않아요?"

"오오, 이런……"

혜란은 괴로운 듯 얼굴을 찌푸리더니 다시 물었다.

"원철 씨는 어쩌면 그렇게 심한 현실 혐오가 생긴 거죠? 아무리 고통스런 현실이라도 죽음보다는 나아요. 아무리 부조리와 모순으로 범벅이 된 세상이라지만, 그래도 애착을 가질 부분이 전혀 없는 건 아니잖아요?"

"있다면 좀 가르쳐주시죠."

원철이 여전히 덤덤한 말투로 대꾸하자 혜란은 두 손으로 얼굴을 감싸고 한동안 말이 없었다. 이윽고 다시 테이블 위로 손을 모은 그녀는 뭔가 결심한 듯한 표정으로 입을 열었다.

"좋아요. 이건 건드리고 싶지 않았던 문제지만, 결국은 거론하지 않을 수 없군요. 원철 씨는 왜 자꾸 핵심을 피하시는 거죠?"

"핵심이오?"

그러자 혜란은 원철을 똑바로 쏘아보며 또박또박 말했다.

"자신이 현실에 애착을 갖지 못하는 가장 큰 이유가, 현실에서 성적 만족을 얻지 못하기 때문이란 걸 왜 자꾸 외면하시는 거냐고요."

"뭐라고요?"

원철은 자신도 모르게 자리를 박차고 일어나며 소리질렀다. 그러나 혜란은 눈도 깜짝하지 않고 원철을 노려보았다.

"성적 만족을 얻지 못한다고 했어요. 내 목소리가 작았나요?"

"무, 무슨 소리를 하는 겁니까? 난, 난……."

원철이 더듬거리며 고개를 저으려 하자 혜란은 날카롭게 그의 말을 잘랐다.

"계속 부정만 하는 건 전혀 도움이 되지 않아요."

"……."

"……."

그녀의 시선을 피하며 씩씩거리던 원철은 갑자기 무너지듯 의자에 주저앉았다.

"……어떻게 알았어요?"

원철의 맥빠진 물음에 혜란은 차분한 목소리로 대답했다.

"그런 걸 찾아내는 게 내 일이니까요. 그리고 심리학 박사가 아니더라도 여자라면 누구나 원철 씨가 이상하다는 걸 느꼈을 거예요."

"뭐가 이상하다는 거죠?"

"모든 게요. 자랑은 아니지만, 전 아직은 젊고 여자로서의 매력도 전혀 없는 편은 아니에요. 득도한 수도승이라도 남자라면 최소한의 관심은 보이는 게 정상이겠죠. 개인적인 질문 한두 개나 은근한 시선 정도는 어떻게 보면 당연한 거예요. 하지만 지난 일주일 동안 원철 씬 단 한번도 내게 그런 관심을 보인 적이 없었어요. 관심은커녕 내 스스로 내가 여자가 맞나 하는 의심이 들 정도로 철저하게 절 무시하시더군요. 일부러 짧은 치마를 입고도 와보고 억지 애교도 부려보고 했지만, 원철 씬 여전히 절 나무토막 보듯 했어요."

"……."

"그건 의도적으로 성적 욕구를 억누르기 전에는 불가능한 일이에요. 그래서 전 고민했죠. 왜 그런 자연스런 욕구를 억누를 수밖에 없었을까. 결국 답은 하나밖에 없더군요. 그런 욕구가 생기더라도 그걸 충족시킬 수가 없기 때문이죠. 그래서 원철 씬 애초에 자신에게 그런 욕구가 존재한다는 사실조차 인정하지 않으려는 거예요."

"어, 언제부터 알고 있었죠?"

"실은 조금 전에야 깨달았어요. 성욕은 인간의 가장 기본적인 욕구예요. 아무리 세상에 정나미가 떨어진다고 해도 그것까지 포기하기란 쉬운 일이 아니죠. 하지만 원철 씬 너무도 쉽게 세상에 대한 모든 미련을 버리시더군요."

"후우……."

원철은 상기된 얼굴로 천장에 달린 등을 올려다보았다. 이건 결국 지난 토요일 이후로, 자신의 미세한 반응까지 모두 분석하고 있었다는 얘기다. 정말 무서울 정도로 날카로운 여자였다.

"원철 씨, 그러지 말고 정확히 문제가 뭔지 우리 터놓고 이야기해 봐요."

혜란의 말에 원철은 고개를 저었다.

"별로 그러고 싶지 않군요."

그러자 혜란은 미간을 찌푸리더니 말했다.

"원철 씨, 왜 모든 문제를 피하려고만 하세요? 거듭 말하지만 피한다고 해결되는 문젠 없어요. 현실이 싫다고 팔란티어로 도망칠 수는 있겠지만 그렇다고 현실이 바뀌는 건 아니잖아요. 왜 맞서서 싸우고, 문제를 해결할 용기를 내지 못하시는 거죠?"

"혜란 씨가 뭘 안다고 그러세요!"

"최소한 원철 씨보다는 많이 알죠. 박사 학위는 공짜로 받은 줄 아세요? 성적인 욕구란 억누른다고 사라지는 게 아녜요. 어떻게든 해소시킬 방법을 찾아주지 않으면 언제까지고 계속 원철 씨를 괴롭힐 거라고요. 원철 씨의 세상에 대한 혐오가 괜히 생긴 건 줄 알아요? 죽음을 동경할 정도로 살아 있는 걸 혐오하게 된 것이 정말 아무런 이유가 없다고 생각하시냐고요!"

"난 죽겠다는 말은 하지 않았어요."

"흥! 역설적이긴 하지만 내가 보기엔 그 팔란티어란 게임이 없었다면 이미 일을 내시고도 남았어요."

"그럼 계속 그렇게 살면 되지 뭐가 문젭니까?"

원철이 언성을 높이자 혜란도 소리를 질렀다.

"그건 사는 게 아니잖아요! 죽는 대신 게임에 기댈 뿐이지 결국 자신의 인생을 내던지는 건 마찬가지 아녜요!"

"그래도 내 인생이에요! 혜란 씨가 참견할 문제가 아니라고요. 내 고민이니까 내가 알아서 해요! 내가 혜란 씨한테 내 문제까지 해결해 달라고 부탁한 적이 있나요?"

그러자 혜란은 두 팔을 단단히 팔짱 끼더니 고집스럽게 말했다.

"호, 이젠 나까지 피하시려고요? 안 될 말이죠. 난 자살 충동에 짓눌린 사람을 외면할 정도로 모질진 못해요. 뻔히 보면서 내 일이 아니라고 고개를 돌리는 건, 내 양심이 허락하지 않는단 말이에요. 원철 씨가 좋든 싫든 난 절대로 그냥 넘어가지 못하겠어!"

'젠장!'

원철은 그녀의 시선을 피하며 입술을 깨물었다.

혜란이 쉬지 않고 다시 다그쳤다.

"말해 봐요. 도대체 무슨 문제죠? 성장과 인격 형성 과정이 지극히 정상적이었던 걸 고려하면 아마도 원철 씨가 성인이 된 후에 생긴 문제 같은데 정확히 그게 뭐죠?"

조금의 양보도 없는 마치 거대한 바위산 같은 그녀의 태도에서 원철은 그녀가 절대로 물러서지 않으리란 것을 느꼈다. 도저히 그냥 넘어갈 수 있는 길이 보이지 않았다.

'하지만……'

원철이 계속 머뭇거리자 혜란은 답답하다는 듯 소리쳤다.

"제발 한번만이라도 정면으로 맞서봐요! 뭐가 그렇게 두렵죠?"

"난 두려운 건 없어요! 다만……"

반사적으로 혜란을 돌아보며 같이 외치던 원철은 마땅히 그 뒤에 갖다붙일 말이 없다는 것을 깨달았다.

성난 눈으로 한동안 그녀의 굳은 얼굴을 쏘아보던 원철은 결국 빈 접시로 눈을 떨구며 역겹다는 듯 내뱉었다.

"그래요. 난 발기 불능이에요! 됐어요?"

그러자 혜란은 굳었던 표정을 풀면서 부드러운 음성으로 말했다.

"그래요. 막상 하고 나니 그렇게 힘든 말도 아니잖아요. 마음이건 몸이건, 아픈 건 부끄러운 일이 아니에요."

혜란이 너무도 담담히 받아들이는 바람에 오히려 원철이 조금 당황했다. 자신의 엄청난 비밀을 듣고도 그녀는 놀라기는커녕 마치 의례적인 아침 인사라도 받은 듯한 얼굴이었다.

혜란이 물었다.

"병원엔 가보셨어요?"

"……네."

원철이 어렵게 고개를 끄덕이자 혜란이 다시 물었다.

"뭐라던가요?"

"……몇 가지 검사를 해보더니 별 문제 없다고 하더군요. 스트레스가 많이 쌓여서 그런 거니까 마음을 편히 가지면 된다고 했어요. 하지만 마음을 편히 가져도 소용이 없었어요. 뱀이니 뭐니 정력에 좋다는 온갖 동물들은 물론 치사량의 비아그라까지 먹어보았지만 마찬가지였죠. 이것저것 몇 가지 더 시도해 보다가 언제부턴가……, 그냥 포기했어요."

"이게 얼마나 된 건가요?"

"한 2년 가까이……."

"세상에."

혜란은 애처로운 눈으로 원철을 바라보다가 조심스레 물었다.

"왜 그랬던 거죠?"

"내가 압니까? 의사도 모르던데."

원철이 한숨을 쉬며 답하자 혜란은 고개를 저었다.

"아니에요. 심인성 발기 부전은 이유 없이 생기지 않아요. 그것도 20대의 건강한 남성이라면 분명히 그걸 유발한 일이 있었을 거예요. 그게 뭐였죠?"

원철은 걷잡을 수 없이 사지가 떨려오는 것을 느꼈다.

싫었다. 그 일까진 끌어내고 싶지 않았다.

원철이 얼굴만 씰룩이고 있자 혜란이 타이르듯 말했다.

"무슨 일이 있었건 그건 이미 원철 씨 인생의 일부가 된 거예요. 억지로 잊으려 해도 잊혀지지는 않아요. 억압하려고만 하지 말고 괴롭더라도 그걸 끌어안아야 해요."

그러나 굳게 닫힌 원철의 입은 좀처럼 떨어지려 하지 않았다. 부들거리는 자신의 손을 뚫어져라 바라보던 원철은 가까스로 주머니에서 담배를 한 대 꺼내물었다. 그러나 계속해서 불을 붙이는 데 실패하자, 혜란이 그의 손에서 라이터를 받아들고는 불을 붙여주었다.

"후우……"

원철은 긴 연기를 내뿜고 나서야 온몸의 떨림을 추슬렀다.

"잠시만요."

그는 비틀거리며 자리에서 일어나 찬장을 열더니 위스키 한 병과 잔을 꺼내왔다. 혜란은 원철이 단숨에 두 잔을 비울 때까지 조용히 지켜보기만 했다.

다시 한번 길게 한숨을 내쉰 원철은 혜란을 돌아보며 쓴웃음을 지었다.

"그게 내 인생의 일부라고요? 그렇다면 정말 이 빌어먹을 인생이란 걸 포기하는 데 미련이 없어지는군요."

"마음에도 없는 소리 말아요. 그래도 2년이나 매달릴 만큼의 미련은 있었으면서."

"후후, 그렇게 되나요?"

원철은 다시 한번 공허한 미소를 던지더니 피우던 담배를 접시에 비벼 껐다. 혜란의 조용한 기다림이 한동안 더 이어진 후 원철은 천천히 입을 열었다.

"고등학교 때니까 벌써 10년 전의 일이군요. 한 여학생을 만났어요. 희연이라고. 예쁘고 싹싹하고 공부 잘하고……, 어디 하나 나무랄 데 없는 소녀였어요. 목숨 걸고 동네 깡패들에게서 구해 준 게 인연이 됐죠."

"……."

혜란은 말없이 고개를 끄덕이며 듣기만 했다.

"뭐, 그럴 목적으로 구해 준 건 아니었지만 실은 같은 독서실에서 몇 번 마주친 이후로 짝사랑 비슷하게 좋아하고 있었거든요. 그 일이 있은 다음, 아주까지는 아니지만 상당히 친해졌죠. 그녈 다시 만난 건 대학교 1학년 여름 방학 때였어요. 내가 큰맘 먹고 먼저 연락을 했어요. 희연인 날 보곤 너무 반가워했고, 나야 말할 것도 없었죠."

원철은 갑자기 혜란을 쳐다보고 물었다.

"혜란 씬 첫사랑이 기억나세요?"

"네, 어렴풋이요."

혜란이 희미하게 웃으며 답하자 원철은 손에 든 잔으로 시선을 돌리며 말했다.

"그게 얼마나 시리도록 선명한 감정인지는 말하지 않아도 아실 거예요. 물론 누구나 후회스러울 만큼 많은 시간이 지난 다음에야 깨닫는 거지만."

원철은 떨리는 손으로 술병을 잡더니 잔을 채웠다.

"우린 서로 사랑했어요. 노래말에 흔히 들어가는 그런 싸구려 사랑이 아니라 진짜 사랑 말이에요. 정말 미친 것 같았죠. 잠시라도 떨어져 있는 걸 그녀도 나도 견디지 못할 정도였으니까요. 우리가 처음으로 헤어진 건 내가 군대에 가면서였죠. 다들 그렇듯이 입영을 며칠 남기고 우린 서로의 사랑이 변치 않을 거란 걸 확인했고……."

"같이 잤다는 얘긴가요?"

"굳이 그렇게 표현하고 싶으시다면요."

혜란의 직설적인 표현에 원철은 살짝 미간을 찡그리며 위스키를 마셨다.

그녀는 원철이 다시 시작할 때까지 더 이상 말을 하지 않았다.

"그건……, 그녀도 나도 처음이었어요. 그리고 2년 동안 군 생활을 하면서 유일하게 날 지탱해 준 건 그날 밤의 기억이었죠. 희연이도 다행히 날 잊지 않아줬고, 그래서 내가 복학하면서 우린 다시 만날 수 있었어요. 단언컨대 내가 졸업할 때까지 우리 사이엔 정말로 아무 문제가 없었어요. 그리고 난 졸업을 하고 나면 당연히 그녀와 결혼을 할 거라고 믿었고요."

"그렇지 않았나요?"

"당시 경기가 급속히 나빠지면서 부모님께서 내게 부쳐주시던 돈이 점점 줄더니 끊어졌고, 제법 컸던 희연이 아버지의 회사 역시 갑작스레 부도를 내버리고 말았어요. 그러자 우린 갑자기 '돈'이란 현실적 문제와 맞닥뜨리게 됐죠. 학생 땐 나도 부모님이 꼬박꼬박 보내주시던 용돈이 있었고 희연이야 원래 부족한 걸 모르고 자란 애니까, 주머니에 돈이 떨어질 수도 있다는 생각은 둘 다 한번도 해본 적이 없었거든요. 갑자기 텅 빈 지갑을 들여다보면서 전 정말 처참했죠. 물론 희연이는 더했고요. 집안이 완전히 거덜이 났으니까⋯⋯. 겨우 구속은 면했지만, 희연이 아버지는 술독에 빠져들었고 희연인 정말 먹고 살기 위해서 온갖 아르바이트를 다 뛰어다녔어요. 그러곤 그때부터 무섭도록 독하게 변하기 시작하더군요."

"그래서 헤어진 건가요?"

원철은 고개를 저었다.

"천만에요. 그래도 우리 사인 변함이 없었어요. 언젠간 다시 좋아질 거다, 그때까지만 참자. 만날 때마다 서로 희망을 돋워주며 버텼어요. 악몽 같은 1년 후 난 가까스로 졸업을 했지만 어느 이름 없는 벤처 기업에 자리를 얻는 걸로 만족해야 했어요. 월급이라고 해도 방세와 생활비를 빼고 나면 겨우 버스 값 정도 남는 수준이었으니까 정말 심했죠. 그래도 결혼 준비랍시고 개미처럼 조금씩 돈을 모으고 있었는데 어느 날 갑자기 희연이가 찾아왔어요. 술에 많이 취한 상태였죠. 그러곤 느닷없이 한다는 소리가 자길 잊어달라더군요. 아버지를 통해서 들어온 혼처가 있는데 도저히 거부할 수가 없다는 거예요. 난 정말 밤을 새면서 설득을 했어요. 하지만 거지 신세 겨우 면하고 있던 내가 회연이네 상황을 해결해 줄 수 있는 것도 아니고, 게다가 이미 날짜까지 다 잡혀 있었고……. 서로 울며불며 다투다가 결국 내가 포기를 할 수밖에 없었어요. 상황이……, 그때 상황이 그랬어요."

원철은 괴로운 얼굴로 잔에 남은 술을 비웠다.

"다음날 회연이가 가고 난 다음 내게 남은 거라곤 돈을 벌어야겠다는 생각뿐이었어요. 내가 돈만 있었다면 그 얼굴도 모르는 자식에게 회연이가 팔려가진 않았을 거다. 없는 놈이 병신이다. 보름 후 회연이가 결혼식을 올리던 날에도 난 밤을 새고 키보드를 두드리고 있었죠."

"그럼 그 배신감을 이기지 못한 건가요?"

혜란이 묻자 원철은 허탈한 웃음을 터뜨리더니 말했다.

"배신감이오? 술독에서 허우적대는 아버지와 공공 근로 사업장에 목숨 걸고 쫓아다니는 어머니 때문에 부잣집으로 시집을 가겠다는 여자에게 배신감을 느껴요? 난 그저 가난한 내 자신이 수치스럽고 혐오스러웠을 뿐이에요. 배신감 같은 건 눈곱만큼도 없었어요."

원철은 다시 잔을 채우더니 말했다.

"그 후 경기가 살아나기 시작하면서 좀 숨통이 트이더군요. 그래도 전 악착같이 돈을 모았죠. 세기가 바뀌면서 난 비전 없던 그 회사를 그만두고 프리랜서로 뛰기 시작했어요. 하지만 진짜 운이 트이기 시작한 건 재작년에 성식이 형을 만나 노바의 일원이 되면서부터였죠. 정말 돈이 뭉치로 굴러 들어오기 시작하더군요. 혜란 씬 혹시 나쁜 일은 항상 떼를 지어 찾아온다는 말을 들어보신 적 있어요?"

"그런 경향이 좀 있죠."

혜란이 고개를 끄덕이자 원철은 미소를 짓더니 말했다.

"좋은 일도 그래요. 아니, 그렇다고 생각했죠. 내가 노바에 들어가고 보름도 되지 않았을 때 희연이가 다시 내 앞에 나타났으니까요."

혜란은 처음으로 놀라는 표정을 지었다.

"다시요?"

"네. 정말 동화 같은 일이었어요. 결혼을 하고 이미 아이까지 하나 낳았다고 하더군요. 하지만 어느 날 내가 없으면 자신이 절대로 행복해질 수 없다는 걸 갑자기 깨달았대요. 그래서 이혼 수속을 밟고 동기들에게 수소문해서 날 찾아왔다더군요."

"그래서요?"

혜란이 조금 의아한 얼굴로 물었다.

"그래서긴 뭐가 그래섭니까. 난 세상을 다 얻은 듯 기뻤죠. 드디어 모든 게 제자리로 돌아간다고 생각했어요. 비록 잠시 다른 사람에게 가 있기는 했지만, 진정한 사랑엔 시련이 따르게 마련이잖아요? 난 맹세코 그녀가 한때 다른 사람의 아내였다는 사실에 구애받지 않았어요. 그녀는 다음날로 내가 살던 오피스텔로 들어왔고, 난 내가 잃어버렸던 허니문이라고 여기면서 꿈 같은 일주일을 보냈죠."

원철이 다시 잔을 들자 혜란은 부드러운 손짓으로 그를 제지했다.

"그만요. 너무 취하는 건 지금 좋지 않아요."

그러자 원철은 고분고분 잔을 내려놓으며 짧게 웃음을 터뜨렸다.

"그래요. 너무 취하면……, 나도 무슨 짓을 할지 모르니까."

원철은 대신 담배 한 대를 꺼내 깊이 빨아마신 다음 말했다.

"그리고 어느날 밤, 우린 섹스를 하고 있었어요. 그날 밤만 세 번째인가 뭐 그랬던 것 같아요. 그런데 그때 절정에 달한 희연이가 힘을 다해 내 목을 끌어안으며 뭐라고 신음했는지 아세요?"

"?"

원철의 얼굴은 고통으로 심하게 뒤틀렸다.

"희연인 '오빠, 오빠' 하고 부르짖더군요."

혜란이 이해할 수 없다는 표정을 짓자 원철은 다시 담배를 빨아들이더니 말했다.

"희연인 나랑 동갑이에요. 고등학교 때 만난 이후로 단 한번도 날 오빠라고 불러본 적이 없어요."

"그럼……."

"날 사랑하니 어쩌니 하던 말은 다 거짓이었던 거죠. 그녀는 그 순간 이혼한 전 남편을 부르고 있었던 겁니다."

"하지만 원철 씨, 여자가 그런 때 하는 말엔 큰 의미를 둘 수 없어요. 그건 아무런 뜻이 없이 그냥 평소 버릇대로 나온 소리일 가능성이 커요."

그러자 원철은 빙그레 미소를 지었다.

"그래요. 기분이 좀 더러웠지만 나도 그렇게 생각하려고 노력했어요. 하지만 일단 의심이 생기고 나니까 전엔 보이지 않던 것들이 보이기 시작하더군요. 조금 치사하긴 했지만 난 그녀가 불행했다고 주장하던 결혼 생활에 대해서 뒷조사를 좀 했죠. 특이한 건 없었지만 몇 가지가 주의를 끌더군요. 희연이가 이혼을 한 건 날 찾아오기 불과 일주일 전의 일이었어요. 이혼을 하자마자 달려온 셈이죠. 하지만 그녀의 말대로 결혼 내내 날 잊지 못했던 거라면 그건 충분히 이해가 되는 일이에요. 그러나 이혼하기 한 달 전에 남편의 회사가 M&A 후유증에 시달리다 부도를 냈다는 게 조금 맘에 걸렸어요."

원철은 다시 담배를 빨고는 접시에 비벼 껐다.

"그런데 갑자기, 정말 갑자기 한 가지 사실이 눈에 띄더군요. 그 자료를 넘겨받고도 이틀이나 지나서의 일이었는데, 어떻게 그런 것에 생각이 미쳤는지 지금 생각해도 믿어지지가 않을 정도예요."

원철은 혜란이 말릴 틈도 없이 손에 든 잔을 비워버렸다.

"희연이가 전 남편하고의 사이에 낳은 아들 말이에요. 그 아이의 생일이 갑자기 뒤통수를 치는 겁니다. 산부인과에 물어보니까, 그 아이가 임신되었을 날이 바로 희연이가 나에게 헤어지겠다고 말하러 온 바로 그 무렵이더군요."

혜란의 입이 서서히 벌어지기 시작하는 것을 보며 원철은 이야기를 계속했다.

"희연일 다그쳤죠. 극구 부인하더니 친자 확인 소송을 하겠다고 협박을 하니까 그제야 울면서 실토를 하더군요. 바로 그 아이가 내 아이라고요."

"하아……."

할말을 잃은 혜란이 거친 숨을 뱉어내자 원철은 우는 건지 웃는
건지 모를 얼굴로 그녀를 바라보았다.

"그런데 희연이가 왜 그 아일 데려오지 않은 줄 아세요? 손이
귀한 집안이라 그 아이의 양육권을 포기하는 게 이혼 조건이었다
더군요. 하하, 그제야 모든 게 똑똑히 보였어요. 그녀와의 첫사랑
만큼이나 잔인하도록 선명하게 보였단 말이에요!"

혜란이 진정하라는 손짓을 했지만 원철은 멈추지 않았다.

"애초에 사랑이고 뭐고 그런 건 그녀에게 아무런 가치도 없는
거였어요. 그 결혼도 부모님을 위해서 한 게 아니라 단지 스스로
가난의 고통에서 벗어나기 위해 한 거라고요. 그런데 남편 회사가
부도나자 그 지긋지긋한 가난의 기억들이 되살아났겠죠. 그때 내
가 제2의 조폐 공사라고 불리던 노바에 입사했다는 이야길 듣고는
두 번 생각할 것도 없이 잽싸게 이혼 수속을 밟고 나에게 달려온
겁니다. 그녀는 제 아이를 포기하는 한이 있더라도 다가오는 가난
으로부터 벗어나는 것만이 지상 목표였던 거예요! 아시겠어요?
그녀가 진정으로 원한 건 그 빌어먹을 BMW의 유지비를 대주고
백화점 카드의 고지서를 지불해 줄 사람이었을 뿐이라고요! 그녀
에겐 자기 차와 신용 카드가 제 자식보다, 아니 우리 자식보다도
더 중요한 거였다고요!"

혜란이 여전히 아무 말도 하지 못하는 가운데 원철은 이를 악물
며 으르렁거렸다.

"그제야 이해가 되더군요. 여자란 짐승들이, 아니, 인간이란 짐
승들이 얼마나 소름 끼치는 족속들인지 똑똑히 이해가 되더라고
요."

원철은 술잔을 들어올리다가 빈 것을 깨닫고는 거칠게 테이블 위에 내려놓았다.

"난 그날로 오피스텔을 내놓고 이곳으로 이사를 했죠. 이렇게 물리적으로라도 멀어지면 모든 게 잊혀질지도 모른다고 생각하면서요. 그리고 여기로 이사온 다음날 난, 그게……, 그게 제대로 서지 않는다는 걸 알았어요."

상한 고기를 뱉어버리듯 말한 원철은 눈물에 가려 흐릿해진 혜란의 모습을 향해 외치듯 말했다.

"이제 이해가 가십니까? 희연인 내가 가졌던 인간에 대한 믿음과 행복이란 단어의 의미를 일순간에 지워버렸어요. 아니, 지워버린 것보다 더 잔인하게 성형해 버렸다고요! 그리고 제 몸뚱어리 하나밖에 모르는 엄마 덕에, 아직도 내 아이는 그게 제 아들인 줄로 착각하고 있는 병신의 손에서 자라고 있어요. 당장 찾아오고 싶지만 그게 아이에게 더 해로울 것 같아 그러질 못하고 있죠. 어때요, 혜란 씨! 이래도 내가 현실에 애착을 가져야 한다고 말할 건가요? 아니면 이런 경우도 날 납득시켜 줄 심리학적 분석이 있나요?"

원철은 혜란의 침묵을 고통스레 바라보다가 울음이 터질 것만 같아 눈을 질끈 감았다.

잠시 후 다시 눈을 뜬 원철은 마주앉아 있던 혜란의 모습이 사라진 것을 깨달았다. 고개를 돌리려는 순간, 뒤에서 따스한 손이 그의 양어깨를 감싸쥐었다. 그는 흠칫 놀라 어깨를 움츠렸으나 혜란의 손은 완강하게 자리를 지켰다.

"원철 씨……."

그녀 역시 약간 목이 메어 있었다.

"됐어요. 동정받고 싶은 생각은 없어요."

어느 정도 흥분을 가라앉힌 원철이 자리에서 일어나려 하자 혜란은 그의 어깨를 지그시 눌러 다시 자리에 앉혔다. 그녀의 작은 두 손에는 거부할 수 없는 무게가 실려 있었다.

"난, 동정하려는 게 아녜요. 단지 이해하려고 애쓰고 있을 뿐이에요. 하지만 내가 아무리 노력을 해도 지난 2년 동안 원철 씨가 짊어지고 살았던 고통의 무게를 상상조차 할 수 없다는 거……, 잘 알아요. 하지만 난, 그래도 해보려고 애쓰고 있는 거라고요."

혜란은 그녀답지 않게 떨리는 목소리로 말하더니 원철의 어깨를 감싼 손에 힘을 주었다.

"어설픈 심리 분석을 들이대진 않겠어요. 하지만……, 그래도 원철 씬 앞으로도 그 기억을 계속 짊어지고 살아야 한다는 사실을 받아들여야만 해요."

"그러고 싶지 않아요."

"그래야만 해요! 물론 쉬울 거란 얘긴 아녜요. 하지만 방금도 제게 그 얘길 하실 수 있었잖아요. 원철 씬 할 수 있어요. 그 여자의 얼굴이 기억나나요?"

"……안 나요."

"노력해 보세요."

"싫어요!"

"해봐요!"

혜란이 물러서지 않고 다그치자 원철의 어깨가 다시 떨리기 시작했다.

"……그래요. 기억이……, 나요."

그러자 혜란이 말했다.

"그 여잔 원철 씨를 사랑하지 않아요. 원철 씨에게 헤어지자고 말한 순간부터, 아니, 어쩌면 그 이전부터 그 여잔 이미 원철 씨의 기억에 남아 있는 첫사랑이 아니었어요. 혹시 원철 씬 아직도 그 여잘 사랑하나요?"

"그래요……. 아뇨……, 아니, 모르겠어요."

"그 여잔 자기 자식도 남편도 원철 씨도 사랑하지 않아요. 원철 씨 말대로 자기 자신밖에는 사랑할 줄 모르는 여자예요. 그런데도 원철 씬 그녀에 대한 미련을 버리지 못하시는 건가요? 정말 그 여잘 사랑하세요?"

한참을 괴로워하던 원철은 이를 악물고 말했다.

"……아니에요. 미워해요. 아니, 증오해요."

그러자 혜란은 원철의 어깨를 쓰다듬으며 말했다.

"그래요. 괜찮아요. 그 여잘 미워하는 건 나쁜 일이 아니에요. 그런 일을 당한 원철 씬 당연히 화를 내야 해요. 그녀가 원철 씨에게 준 고통만큼 그녀를 증오할 권리가 당연히 있다고요. 그건 원철 씨가 간직하고픈 소중한 추억들과는 별개의 문제예요. 그녀에겐 얼마든지 화를 내도 돼요."

"맞아요. 희연인 정말 나쁜 여자예요. 정말 미워요."

고개를 끄덕이며 중얼거리던 원철은 지금껏 가슴을 틀어막고 있던 답답함이 갑자기 터져나오는 것을 느꼈다.

"그래! 난 희연이가 미워요! 난 그년이 밉다고요! 정말 죽이고 싶도록 미워!"

지금껏 얼마나 그 말을 외치고 싶었는지 몰랐다. 목이 쉬어라 소리를 지르던 원철은 기어이 울음을 터뜨렸다.

혜란은 그의 머리를 쓰다듬으며 흐느낌이 잦아들 때까지 조용히 기다렸다가 말했다.

"그래요, 원철 씨. 그 여잔 원철 씨에게 상상할 수도 없는 죄를 지었어요. 옆에서 듣는 나도 화가 나요. 하지만 잘못은 그녀가 한 거예요. 그러니까 화를 내려면 그녀에게 내세요. 그녀가 속한 세상에 그 분노를 전가하진 말아요."

"하지만 세상이, 이 세상이 그녀를 그렇게 만든 거잖아요."

혜란이 울먹이는 원철에게 말했다.

"아니에요. 그녀를 변명하려 하지 말아요. 원철 씨에겐 그 여잘 감싸줄 의무 따위는 없어요. 똑같은 상황이라도 모든 사람들이 다 그렇게 변하진 않아요. 그 여잔 그 여자 스스로 그렇게 되길 선택한 거고, 그 결과는 그녀가 짊어져야 해요. 절대로 원철 씨가 책임질 부분이 아니란 말이에요. 원철 씬 그 끔찍한 기억을 가지고 살아야 하는 것만으로도 이미 충분히 무거운 짐을 졌어요."

혜란의 부드러운 음성은 그녀의 손만큼이나 따스하게 원철을 어루만졌다.

"후우, 정말 그럴까요?"

원철이 힘없이 중얼거리자 혜란은 원철의 손을 잡더니 창문 앞으로 끌고 갔다.

"밖을 보세요. 저 흉측스런 건물들만 보지 말고 그 사이를 메우고 있는 나무들도 같이 보시라고요. 아직은 건물들보다 나무들이 더 많이 남아 있잖아요. 원철 씨 말대로 5년 후에 정말 저 나무들이 모두 사라질까요? 난 저 나무들이 아직 남아 있다는 사실을 사람들이 잊지 않는 한 그렇게 되지는 않을 거라고 믿어요."

원철은 혜란이 가리키는 대로 밖을 내다보았다. 그녀의 말을 듣고 보니 창 밖의 풍경이 아까와는 사뭇 다르게 보이는 것 같기도 했다.

혜란은 그런 원철을 바라보다 창 밖으로 시선을 돌리며 말했다.

"이 세상이 완벽하지 않다는 건 나도 잘 알아요. 그리고 우리들 역시, 우리가 사는 이 세상만큼이나 불완전하다는 것도요. 인간이란 종(種)이 원철 씨 말대로 이기심과 자기 파괴 본능으로 충만한 끔찍스런 생물이라는 것, 억지로 부인하진 않겠어요. 하지만 우습게도 우리들 대부분은 자신이 불완전한 세상에 사는 불완전한 존재라는 걸 깨닫고도 삶을 포기하지 않는답니다. 포기하기는커녕 그 짧은 시간 동안에도 불가능한 완벽을 꿈꾸며 그 잡히지 않는 신기루를 향해 끈질기게 바동거리죠. 그 미련한 끈기 때문에……, 불완전하나마 인간도 가끔은 아름다울 수 있는 것 아니겠어요?"

"……."

원철은 혜란의 목소리에 실린 의연함에 홀려 그녀를 돌아보았다. 창 밖으로 펼쳐진 세상을 향해 조용하면서도 흔들림 없는 시선을 던지고 있는 혜란의 얼굴에서, 원철은 그녀가 말하고자 하는 아름다움이 어떤 것인지 뚜렷하게 볼 수 있었다. 동시에 원철은 지난 2년간 자신의 마음을 옭아매고 있던 무거운 쇠사슬이 철그렁거리며 떨어져 나가는 것을 느꼈다.

"어때요? 그냥 포기하기에는 좀 아까운 세상 아닌가요?"

혜란이 원철을 돌아보며 물었다. 그 맑은 눈과 마주치는 순간, 원철은 저도 모르게 그녀를 와락 끌어안았다. 그녀에게서 뿜어져 나오는 그 위대한 아름다움을 그렇게라도 잠시 잡아두고 싶었다.

혜란은 순간적으로 당황하는 듯했으나 거부하지 않았다.

한참 동안 그녀를 포옹하고 있던 원철이 말했다.

"고마워요."

"천만에요······."

원철은 그녀의 목소리가 의외로 떨리고 있음을 깨닫고 포옹을 풀며 한 걸음 물러섰다. 살짝 고개를 숙인 혜란의 얼굴은 아까와 는 다른 아름다움으로 발갛게 달아올라 있었다.

"미, 미안해요."

당황한 원철이 눈을 돌리며 더듬거리자 대답 대신 혜란의 두 팔 이 부드럽게 그의 목을 감아 들어왔다. 갑작스레 자각한 여인의 체취에 잠시 멍해 있던 원철은 다음 순간 주체할 수 없는 다급함 으로 그녀의 입술을 파고들었다.

어떻게 침대까지 가게 되었는지 또 어떻게 알몸이 되었는지는 기억이 희미했다. 오로지 귓가에 와닿는 혜란의 거친 호흡과 자신 의 남성을 감싼 그녀의 체온만을 또렷이 느끼면서, 원철은 지금껏 자신을 거부해 오던 고지를 향해 정신없이 내달았다. 그는 그 가 파른 경사를 숨가쁘게 뛰어올라 정상에서 기다리고 있던 낯익은 희열 속으로 주저 없이 온몸을 내던졌다.

얼마가 지났을까. 등을 보듬는 손길에 정신을 차린 원철은 자신 이 벌인 일을 깨닫고 황급히 몸을 일으키려 했다. 그러나 혜란은 그의 허리를 감은 다리를 풀지 않았다. 그녀는 손가락을 입에 대며 아무 말도 하지 말라는 뜻을 전하고는, 애정 어린 손길로 원철의 얼굴을 어루만지기 시작했다. 원철은 그녀의 깊은 눈망울을 들여다보다가 어느새 자신의 중심이 그녀의 깊은 곳에서 다시 긴장하기 시작하는 것을 느꼈다. 즐거운 놀람에 살짝 벌어지는 혜란의 입술에 키스한 원철은 아까보다는 훨씬 여유로운 걸음으로 천천히 두 번째 봉우리를 오르기 시작했다.

온몸의 감각에 불이 붙은 것 같았다. 돌처럼 단단해진 유두의 마찰과 골반을 감싼 허벅지의 매끄러움, 그리고 기분좋게 등살을 파고드는 손톱과 복숭아 향의 입김까지, 오감을 통해 느껴지는 그녀의 모든 것이 봄비 갠 날의 풍경처럼 선명하게 원철의 뇌리를 파고들었다. 끝없이 이어질 것만 같았던 황홀감에 젖어 있던 원철은 자신을 휘감은 혜란의 나신이 섬세한 경련을 일으키는 것을 느끼며 다시 한번 강렬한 쾌감을 쏟아내었다.

거친 숨을 고르며 나란히 누운 다음 원철이 먼저 입을 열었다.

"혜란 씨⋯⋯."

그러나 그녀는 고개를 저으며 다시 원철을 끌어안았다.

"아무 말 하지 말아요. 그냥 잠시만, 잠시만 이렇게 있어요."

한쪽 어깨에 느껴지는 혜란의 머리 무게와 그 은은한 향기 속에서 원철은 뭐라 할 수 없는 기분에 사로잡혔다. 지난 2년간 자신을 짓누르고 있던 커다란 짐을 벗어버린 듯한 홀가분함, 다시는 느끼지 못할 줄 알았던 이 뿌듯한 만족감, 그리고⋯⋯.

그리고 새로운 혼란⋯⋯.

"지금 무척 혼란스러운 거⋯⋯, 알아요."

혜란이 원철의 마음을 읽기라도 한 듯 입을 열었다.

"하지만 그럴 필요 없어요. 나, 무슨 책임감에서 억지로 한 일은 아녜요."

"하지만……."

원철이 뭐라고 하려고 하자 혜란은 다시 손가락으로 원철의 입술을 눌렀다.

"지난 일주일 동안 원철 씨의 내면을 조금씩 들여다보면서 나도 모르게 원철 씰 좋아하게 됐나 봐요. 사실 사람들 속에 숨어 있는 모습들은 그다지 아름답지 못하거든요. 그런데 원철 씬 달라요."

"내가……, 다르다고요?"

의아해하는 원철에게 혜란은 고개를 끄덕였다.

"그래요. 원철 씨 스스로는 깨닫지 못할지 몰라도, 원철 씬 정말 아름다울 정도로 고운 영혼을 가졌어요. 자신을 철저하게 배신한 여자까지도 미워하지 못해서 스스로를 대신 학대하는 사람이니까요. 입으론 세상과 인간을 혐오한다고 말하면서도 원철 씨의마음은 오히려 세상과 인간에 대한 사랑으로 가득 차 있어요. 단지 그 사랑을 줄 곳을 찾지 못한 것뿐이에요."

"……."

"아까 그걸 깨닫는 순간, 난 그 엄청난 사랑에 대해 더럭 욕심이 났어요. 한 여자로서요. 그때까진 내 스스로의 감정을 원철 씨의 고통에 대한 동정이나 안타까움 정도로만 생각하고 있었는데, 그게 아니었나 봐요. 후후, 웃기죠? 남의 속은 잘도 분석하면서……. 어쨌든 그걸 알고 나자 난 가만히 있을 수가 없었어요. 그래서 어떻게 해서든 원철 씨를 둘러싼 그 두꺼운 벽을 깨뜨려보려고 했던 거예요."

"……."

원철은 할말을 찾지 못하고 멍하니 천장만 바라보았다. 너무 갑작스럽고 여전히 혼란스러웠다. 자신에 대한 혜란의 성급한 기대도 부담스러웠고, 지금 자신이 한 여자를 정상적으로 사랑할 수 있을지에 대한 자신도 서지 않았다.

머뭇거리던 원철이 말했다.

"혜란 씨, 솔직히 오늘 일은 어떻게……. 후우, 하여간 고마워요. 하지만 난 혜란 씨가 생각하는 그런 남자가 아닐지도 몰라요. 그리고 혜란 씨가 기대하는 그런 사랑을 줄 수 없는 놈일지도 모른다고요."

"이해해요. 지금 당장은 너무 갑작스럽고 엄두가 안 날지도 모르죠. 하지만 원철 씬 할 수 있어요. 후후, 방금도 두 번씩이나 확인했잖아요."

혜란이 원철의 가슴에 연달아 키스를 퍼부으며 말하는 바람에 원철은 더 더욱 난감해졌다.

"하지만 그건……, 그건 그냥 단순한 본능일 수도 있어요."

"사랑 자체가 본능이에요."

"하지만……."

다시 입을 열던 원철은 갑자기 떠오른 한 여자의 얼굴에, 자신이 혜란의 사랑을 선뜻 받아들이지 못하고 있는 진짜 이유를 깨달았다.

원철은 한동안 머뭇거리다가 몸을 일으켜 혜란의 얼굴을 내려다보았다.

"하지만 혜란 씨. 만약에……, 만약에 내가 이미 다른 사람을 사랑하고 있다면……."

혜란의 얼굴에서 서서히 미소가 사라졌다.

"무슨……, 말이에요?"

"그러니까 만약이라고 했잖아요."

"난 이해가 가지 않는군요. 오늘 오후까지만 해도 원철 씬 세상 어느 누구도 사랑하고 있지 않았잖아요. 그런데 갑자기 그게 무슨 말이죠?"

"……."

"설마 그 희연 씨란 분에게 어떤 감정이 남아 있는 건가요?"

혜란의 물음에 원철은 머리를 저었다.

"그건 아녜요. 희연인……, 미워하기도 아까운 여자예요."

"그럼 누구죠? 자세히 좀 얘길 해봐요, 원철 씨."

긴장을 감추지 못하는 혜란을 보면서 원철은 어떻게 이 일을 설명해야 할지 망설였다.

"원철 씨……."

혜란이 애타는 목소리로 다시 다그치는 바람에 원철은 떠밀리다시피 입을 열었다.

"저기 실은……."

"말씀하세요."

"……실은 그 여잔 이 세상의 사람이 아녜요."

"네?"

"팔란티어 안에서 만난 여자가 있어요. 그러니까 진짜 여자는 아니고 다른 게이머의 캐릭턴데……."

276

혜란의 표정이 기가 막힌다는 듯 일그러졌다.

"그러니까 원철 씬 지금 그 게임 속의 여자를 사랑한단 말인가요?"

"좀 이해하기 어려울진 모르겠지만, 그게……, 그런 것 같아요."

원철의 어정쩡한 대답에 혜란은 맥이 풀린 듯 눈을 감으며 중얼거렸다.

"맙소사. 이건 정말 말도 안 돼."

"사실 그걸 정말 사랑이라고 할 수 있는 건진 나도 잘 모르겠어요. 하지만 자꾸 그녀에게 끌리는 걸 어쩔 수가 없어요. 물론 혜란 씨가 이해하기 힘든 건 알지만……."

원철이 해명하듯 덧붙이자 혜란은 조금 화가 난 말투로 쏘아붙였다.

"아니, 이해가 돼요. 너무 잘돼요."

"……."

"원철 씬 현실에서의 사랑이 불가능하니까 대신 가상 현실 속에서 그 대상을 찾은 것뿐이에요. 정말 그 팔란티어란 게임은 편리하기도 하군요. 현실에서 아쉬운 건 빠짐없이 제공을 해주니 말이에요."

"……."

혜란은 자신을 똑바로 쳐다보지도 못하는 원철을 못마땅한 눈으로 노려보다가 딱하다는 듯 말했다.

"원철 씨, 제발 정신 좀 차리세요. 그 팔란티어란 게임은 그저 반도체 칩과 전류가 만들어낸 환상에 불과해요. 그것도 아주 인간의 말초적인 파괴 본능만을 자극하는 유치한 게임이라고요. 왜 그 게임 100시간보다 현실의 1분이 더 가치 있고 중요하다는 걸 깨닫지 못하시는 거죠? 그리고 이젠 굳이 현실을 거부할 이유도 없어졌잖아요. 슬슬 그 혼란에서 벗어날 때도 되지 않았나요?"

"후우……, 그게 그렇게 맘대로 되는 게 아녜요."

원철이 한숨을 쉬며 말하자 혜란은 일어나 앉으며 원철의 어깨에 손을 올렸다.

"원철 씨, 난 아무에게나 쉽게 마음을 주는 여자 아녜요. 그리고 이제 와서 게임 속의 싸구려 환상이랑 원철 씨를 놓고 경쟁하고 싶지도 않고요."

원철은 혜란의 표현에 갑자기 거부감이 일었다.

"'싸구려 환상'이오?"

"그럼 아닌가요?"

"그럼 한 가지만 묻죠. 혜란 씬 날 사랑한다지만 날 위해 목숨을 버릴 수 있나요?"

"무슨 질문이 그래요?"

혜란의 항변에도 원철은 물러서지 않았다.

"이상할 것 없어요. 그냥 솔직하게 대답해 보라고요. 혜란 씬 날 위해 목숨을 버릴 수 있겠어요?"

"……."

혜란이 대답을 주저하자 원철은 쓸쓸한 미소를 띠며 말했다.

"그것 봐요. 하지만 팔란티어의 그녀는 벌써 몇 번이나 날 위해 목숨을 내던졌어요."

그러자 혜란은 한숨을 쉬며 고개를 저었다.

"하지만 그건 게임이잖아요. 그 안에선 죽어도 진짜로 죽는 게 아니니까 현실에서의 사랑과는 비교할 수 없어요."

"결국 현실의 사랑이란 이기적인 감정일 뿐이고 팔란티어 안의 무조건적인 사랑만은 못하다는 뜻이군요."

"못한 게 아니라 그냥 현실적일 뿐이죠. 연인을 위해 목숨을 던지는 일은 감동을 생산해야 하는 영화나 소설의 소재는 될 수 있을 지 몰라도 현실적으론 잔인한 일이에요. 정상적인 사람이라면 사랑하는 사람에게 그런 걸 기대할 수도 없고, 기대해서도 안 되지 않을까요? 원철 씬 순장 제도도 찬성하세요?"

"……"

원철은 다시 말문이 막혔다. 혜란은 잠시 그를 바라보다가 간곡한 어조로 말했다.

"잘 들으세요. 원철 씬 아직도 현실과 게임을 구분하지 못하고 있어요. 그 두 세계를 혼동하는 사람은 둘 중 어느 곳에도 설 자리가 없어요. 비록 그 게임이 현실보다 이상적일지는 몰라도, 그건 일시적 환상일 뿐이에요. 계속 현실을 무시하고 게임 속에서 원철 씨의 인생을 살려고 한다면 종국엔 두 세계가 모두 원철 씰 거부하고 말 거예요. 왜 그걸 깨닫지 못하는 거죠?"

원철은 갑작스레 느껴진 어떤 불길한 예감 같은 것에 그녀를 돌아보았다. 그러자 혜란은 다시 그를 끌어안더니 이마에 입을 맞추며 속삭였다.

"원철 씬……, 원철 씬 그래선 안 돼요. 난 내가 사랑하는 사람의 인생이 그렇게 망가지게 놔두진 않을 거예요."

"무슨 말이죠?"

"내가 옆에 있을게요. 내가 원철 씨 옆에서 이곳 현실이 더 나은 세계라는 걸 계속 상기시켜 줄게요. 원철 씨가 그걸 받아들이고 내게 마음을 열 수 있을 때까지요. 상대를 위해 목숨을 던지는 것만이 자신의 사랑을 보여주는 방법은 아녜요."

"난……, 혜란 씨에게 그런 짐을 지우고 싶진 않아요."

"짐이 아니라 내가 원하는 거예요. 그것까지 거부하진 말아요."

"……."

"어렵게 생각할 것 없어요. 그냥 나랑 같이 현실에서 정 붙일 것들을 찾아가면 돼요. 하나씩, 천천히."

"어떻게요?"

그러자 혜란은 원철의 가슴을 부드럽게 밀어 침대에 눕히더니 깊이 키스를 했다.

"일단 여기서부터 시작할까요?"

혜란은 미소와 함께 속삭인 다음 원철의 목덜미에서부터 가볍게 입을 맞추기 시작했다.

천천히 아래쪽으로 움직여 가는 입술이 머무는 곳마다 아릴 정도의 열기가 원철의 피부를 파고들었다. 아직도 머릿속을 가득히 메운 흐릿한 혼란을 헤치며 그녀의 연한 점막이 너무도 선연한 자취를 찍어가고 있었다.

"후우!"

원철은 어느새 자신의 남성이 또다시 고개를 들기 시작하는 것을 느끼며 저도 모르게 낮은 신음을 토해 냈다.

그녀는 이번에도 옳았다.

원철의 생각에도 거기서부터 시작하는 것이 좋을 듯했다.

제34장
환상과 현실 사이

6월 15일 일요일

눈을 뜬 원철은 기분좋은 노곤함과 함께 기지개를 켜며, 어젯밤의 기억에 저도 모르게 미소를 지었다. 겉보기와 달리 혜란은 놀라울 정도로 뜨거운 여자였다. 완전히 소진되었다는 생각이 들 때면 그녀는 어김없이 원철의 깊은 곳 어딘가에 숨어 있는 또 다른 정열을 찾아내곤 했다.

그러나 원철은 침대 옆자리가 비어 있는 것을 발견하고는 몸을 일으켰다. 설마 혜란이 말도 없이 떠난 것은 아닌가 하는 생각에 황급히 옷을 주워입고 침실 문을 열자 생각지도 않았던 향기가 방 안으로 밀려들어 왔다.

구운 빵이었다.

원철은 마루로 나서다가 마침 접시를 들고 주방을 나오던 혜란과 마주쳤다.

"어머, 일어났어요?"

혜란은 밝게 웃으며 들고 있던 접시를 식탁 위에 내려놓았다. 어디서 찾았는지 노바의 로고가 그려진 원철의 티셔츠만 걸친 차림이었다. 원철은 길게 뻗은 혜란의 맨다리를 바라보면서 그녀가 셔츠 밑에 아무것도 입고 있지 않을 거라고 짐작했다. 원철의 시선이 계속 자신의 다리에 머물자 혜란은 미소를 지으며 그에게 물었다.

"뭘 그렇게 훔쳐보나요?"

"훔쳐본 게 아니라, 그냥……, 팬티를 입고 있는지 궁금해서요."

원철이 마주 미소를 지으며 대답하자 혜란은 경쾌한 웃음을 터뜨리더니 식탁을 가리켰다.

"와서 앉아요. 그냥 집에 있는 것들 가지고 간단히 만든 거예요."

상 위에는 우유, 구운 빵, 스크램블한 계란, 햄 등이 가지런히 놓여 있었다.

"아니, 우리 집에 이런 게 다 있었어요?"

원철이 놀라며 묻자 혜란이 자리에 앉으며 말했다.

"이것뿐이 아니에요. 냉장고 안을 보니 정말 별게 다 있더군요. 중고 식료품 전문 편의점 같던데요?"

"이런, 못 볼 걸 보셨군요."

"괜찮아요. 우리 집 냉장고랑 비슷한 분위기여서 친숙하고 좋았어요."

"하하."

원철은 짧게 웃으며 자리에 앉아 빵을 집어들었다. 햄을 한 쪽 얹어 베어물자 고소한 맛이 입 안에 번지며 왈칵 침이 돌았다. 순식간에 한 조각을 삼켜버린 원철이 또 한 조각을 집어들자, 혜란이 물었다.

"맛있어요?"

원철이 입을 우물거리며 고개를 끄덕이자 혜란은 그제야 만족스런 얼굴을 하며 빵을 집었다.

두 번째 조각도 우적우적 넘겨버린 다음 원철이 말했다.

"이렇게 제대로 아침을 먹어본 게 얼마 만인지 모르겠어요."

그러자 혜란이 생긋 웃으며 말했다.

"원한다면 매일 해줄 수도 있어요."

마주 웃으려던 원철은 그 말이 의미하는 바를 깨닫고 잠시 당황했으나 이내 다시 미소를 지었다. 그것도 그리 나쁘진 않을 것이란 생각이 들었기 때문이다.

"원철 씨……."

원철의 얼굴을 지켜보던 혜란이 물었다.

"혹시 아직도 현실이 게임만 못하다고 생각하세요?"

원철은 주변을 돌아보았다. 하룻밤 사이에 정말 많은 것이 변한 느낌이었다. 식탁 위의 음식들이며 창 밖의 아침 햇살이며 그 속에 눈부신 혜란의 미소까지, 갑자기 주위의 모든 것들에서 생기가 넘쳐흘렀다. 하다못해 집안에 가득한 구운 빵 냄새까지도 흥겹게 꿈틀거리는 것 같았다. 아무리 완벽한 가상 현실을 제공하는 팔란티어라지만, 그 안에선 살아 있다는 느낌이 이렇게 강렬해 본 적이 없었다.

원철이 천천히 고개를 젓자 혜란은 그제야 안도의 한숨을 내쉬며 말했다.

"그래요. 원철 씨, 더 이상 현실과 환상을 혼동하진 말아요. 원철 씨 인생은 바로 이곳에 있어요."

"알아요. 그리고 고마워요, 혜란 씨."

"그런 말은 필요 없어요. 대신 나랑 약속 하나만 해요."

"뭐요?"

"다시는 그 게임에 접속하지 마세요."

"……."

원철이 머뭇거리자 혜란이 말했다.

"다른 사람들이라면 상관없을지 몰라도 지금 원철 씨의 상태에서 그 게임은 독이나 마찬가지예요. 겨우 제자리로 돌아온 원철 씰 또다시 흔들어놓을 게 뻔하니까요. 그럴수록 혼란은 가중될 거고, 원철 씬 또다시 현실과 게임 사이를 방황하는 악순환에 빠질 거예요."

그녀의 말이 옳다는 것을 알면서도 원철은 선뜻 고개를 끄덕일 수가 없었다. 비트라 쿰에서 자신을 기다릴 닉스와 메디나를 생각해서도 그랬고, 또 솔직히 실바누스를 완전히 잊을 수도 없었다.

"원철 씨……."

애원하듯 자신의 결심을 재촉하는 혜란을 돌아본 원철은 그녀의 얼굴에 서린 간절함에 가슴이 뭉클해 왔다. 이렇게까지 자신을 걱정해 주는 사람의 부탁을, 그것도 자신을 위해서 하는 부탁을 거절할 수는 없었다.

원철은 결국 고민을 접고 고개를 끄덕였다.

"알았어요. 그럴게요. 그게 혜란 씨가 원하는 바라면."

그러자 혜란은 얼굴을 활짝 펴더니 원철 쪽으로 달려와 그의 목을 끌어안았다.

"잘 생각했어요. 절대로 후회하진 않을 거예요."

"나도 그러진 않을 거라고 생각해요."

두 사람은 다시 긴 입맞춤을 시작했으나, 갑자기 울린 전화 소리에 원철은 멋쩍게 입맛을 다시며 일어서야 했다.

수화기를 집어들자 어느 정도 예상했던 목소리가 흘러나왔다.

"나 성식이다."

"안녕하세요."

"안녕하지 못해. 수정이가 그러는데 원철이 너, 또 그 게임에 접속했다면서?"

"그랬죠."

그러자 성식이 짜증 섞인 목소리로 외쳤다.

"인석아! 그럼 우리랑 약속했던 건 뭐야?"

"약속을 지키지 못한 거지, 뭐."

너무도 덤덤한 원철의 대답에 성식은 잠시 할말을 잃은 듯했으나 이내 차분한 목소리를 물었다.

"너, 도대체 요즘 왜 그러니? 문제가 뭐냐고?"

"난 아무 문제도 없어요. 오히려 있던 문제들이 많이 해결된 편이지."

"그럼 왜 그러는 거냐? 요즘 넌 전에 내가 알던 원철이가 아닌 것 같아."

"형이야말로 내가 전에 알던 형이 아니우."

"무슨 소리야?"

"관둡시다. 전화 건 용건이나 말하세요."

원철의 말에 돋친 가시를 느꼈는지 성식은 불편한 기색을 감추지 않고 말했다.

"난 수정이 말이 사실인지 아닌지 확인하러 건 것뿐이야."

"그럼 확인하셨네요."

"원철아, 인마! 너 도대체 어쩌자고 그러는 거야? 이러면 네 입장이 얼마나 곤란해지는 줄 알아?"

성식이 언성을 높이자 원철은 피식 웃음을 흘리고 말했다.

"형, 괜히 걱정해 주는 척할 필요 없어요. 수정이한테 다 얘기 들었으니까."

"……."

"우리, 말 길게 하지 맙시다. 나 팀 그만둘게요."

"뭐야?"

"놀랄 거 없잖아요. 절이 싫으면 중이 떠나야지."

"……그래, 알았다."

성식의 답은 서운할 정도로 빨리 되돌아왔다.

"그럼 끊어요."

원철이 전화를 끊으려 하자 성식이 다급히 그를 불러세웠다.

"잠깐만!"

"왜요?"

다시 수화기를 귀에 대자 성식이 말했다.

"저기……, 너한테 개인적인 감정이 있는 건 아니다. 우린 프로이고, 프로로서 결정을 내려야 할 때가 있다는 것, 너도 이해하지?"

"그럼요. 나도 형한테 개인적으론 감정이 있는 건 아녜요. 단지, 이제서야 형이 말하는 프로가 뭔지 깨달았고 그게 싫을 뿐이죠. 난 그런 프로는 안 할래요."

"……알았다……, 그 동안 수고했다."

"형도 고생 많았수."

전화를 끊고 돌아서자 혜란이 놀란 눈으로 쳐다보고 있었다.

"아니, 방금 직장을 그만두신 건가요?"

원철은 고개를 끄덕였다.

"그렇게 쉽게요?"

원철이 다시 고개를 끄덕였다.

"하지만……."

혜란이 계속 입만 벌린 채 말을 잇지 못하자 원철이 말했다.

"걱정 말아요. 감정적인 결정은 아니니까. 난 말했던 대로 노바의 그런 분위기가 싫어졌을 뿐이에요. 그런 가치관에 매여 내 나머지 인생을 죽어라고 일만 하며 보내고 싶진 않아요. 벌어놓은 돈도 좀 있고, 어디 가서 뭘 해도 굶어죽진 않을 테니, 이제부터는 세상을 좀 즐기며 살아볼 작정이에요."

"잘 생각했어요. 원철 씨에겐 지금 휴식이 절실히 필요해요."

"휴식은 됐고 지금은 좀 다른 게 필요한 것 같아서……."

원철은 혜란을 와락 끌어안고 다시 입을 맞추기 시작했다. 마치 기다리고 있었다는 듯한 그녀의 반응에 원철은 새삼 흥분하며 그녀를 번쩍 들고 소파로 향했다.

혜란의 티셔츠를 벗긴 원철은, 예상과 달리 그 밑에서 팬티를 발견하고는 그것도 마저 끌어내렸다. 나신이 된 혜란이 가쁜 숨을 몰아쉬며 물었다.

"아, 아침은……."

"나중에."

"식을 텐데……."

입에서 나오는 걱정과는 달리 그녀 또한 원철의 속옷을 잡아당기고 있었다. 이내 마찬가지로 알몸이 된 원철이 그녀의 유두로 입술을 옮기자 혜란은 낮은 신음을 토해 내기 시작했다.

"아……."

그러나 차츰 아래쪽으로 입술을 움직여가던 원철은 '끼이익' 하는 브레이크 소리와 함께 갑자기 앞마당에서 피어오르는 흙먼지에 고개를 들었다.

"왜 그래요?"

혜란이 묻자 창 밖을 내다보던 원철이 당황한 목소리로 내뱉었다.

"젠장! 욱이 녀석이야!"

"어머!"

놀란 혜란이 침실 안으로 뛰어들어 가고 원철이 허둥지둥 옷을 챙겨입고 있는 가운데, 초인종 소리가 요란하게 울려퍼졌다.

"나간다!"

원철이 소리를 질렀으나 욱은 원철이 문을 열어줄 때까지 쉬지 않고 주먹으로 대문을 두드렸다.

"야, 인마! 문 부서지겠다!"

원철이 성난 목소리로 외치며 문을 열어젖히자 욱은 인사도 생략한 채 작은 가죽 가방 하나를 껴안고 집 안으로 달려들어 왔다.

"인마, 무슨 일이야!"

원철이 그를 따라 들어오며 다시 소리지르자, 욱은 응접실 탁자 위에 가방을 턱 내려놓고는 득의 양양한 얼굴로 친구를 돌아보았다.

"원철아, 드디어 성공했다."

"뭐가!"

"흐흐, 비밀 무기 말이야. 드디어 내 비장의 무기가 성공했어."

"자식이, 또 무슨 헛소리야?"

"일단 앉아봐!"

욱은 원철을 억지로 소파에 앉혀놓고는 가지고 온 가방을 열었다. 그 안에서 나온 것은 흔히 보는 디지털 캠코더였다.

"그게 비밀 무기란 거냐?"

원철이 묻자 욱은 빙글빙글 웃으면서 고개를 저었다.

"아니지, 아니야. 이건 비밀 무기의 위력을 기록하기 위한 장비일 뿐이야."

"자식이, 아침부터 무슨 뚱딴지 같은 소리야? 빨리 용건이나 말하고 꺼져!"

원철이 신경질을 냈으나 욱은 전혀 개의치 않고 말했다.

"너, 김혜란 박사한테 무슨 이야기 들은 거 있어?"

원철은 갑자기 혜란의 이름이 튀어나오자 속으로 뜨끔했으나 겉으론 아무 내색도 하지 않으며 말했다.

"무슨 얘기?"

"혹시 그 여자가 팔란티어 안의 인물이 현실 세계로 뛰쳐나올 가능성에 대해서 뭐라고 하지 않던?"

"그건 거의 가능성이 없는 일이라는 것 같던데?"

그러자 욱은 커다랗게 웃음을 터뜨렸다.

"으하하! 그럼 그렇지! 내 그럴 줄 알았어."

"뭐가 그렇게 우스워?"

원철이 짜증 섞인 말투로 묻자 욱은 입가에 번지는 웃음을 감추지 못하며 말했다.

"그 건방진 계집애, 꼴에 박사라고 콧대만 세우는데 이제 완전히 묵사발을 만들어주겠어."

당황한 원철이 침실 쪽을 돌아보는 것과 동시에 옷을 차려입은 혜란이 방문을 열고 나왔다.

"그 건방진 계집애 코를 어떻게 하시겠다고요?"

혜란이 다가오며 얼음장 같은 목소리로 묻자 욱은 자리에서 벌떡 일어나 금붕어처럼 입을 뻐끔거렸다.

"바, 박사님……."

욱은 약간 푸석한 혜란의 머리와 식탁 위에 차려진 음식들, 그리고 원철의 성난 눈초리를 번갈아 보다가, 마침내 상황을 파악하고는 얼굴이 벌개졌다.

"저기, 그, 그게……."

한동안 말을 더듬던 욱은 혜란이 원철의 옆자리에 조용히 앉자 엉거주춤 따라앉으며 겸연쩍은 미소를 지었다.

"미안합니다. 방해가 된 줄은 모르고."

"야, 할말이나 빨리 하고 사라져줘라, 응?"

역시 얼굴이 붉어진 원철이 애원하듯 말하자 욱은 혜란을 보았다.

"좋아요. 하지만 박사님의 최종 결론을 먼저 확인해야겠습니다. 팔란티어 안의 인물을 현실로 끌어내는 일이 가능한지 아닌지, 지금 답해 주실 수 있을까요?"

그러자 원철 못지않게 달갑지 않은 눈으로 욱을 쏘아보고 있던 혜란은 조금도 주저하지 않고 말했다.

"원하신다면 얼마든지요. 지난 일주일간 전 원철 씨의 무의식을 분석하고 그것과 게임 안의 캐릭터를 비교해 봤어요. 예상대로 그 둘은 일치하더군요. 원철 씨의 무의식은 그 보로미어란 인물만큼이나 충동적이고 폭력적인 성향들로 가득해요."

원철은 깜짝 놀라 혜란을 돌아보았다. 그러나 혜란은 욱을 똑바로 쳐다보며 말했다.

"물론 모두 현실에서의 스트레스에 반응해서 생긴 성향들이죠. 하지만 사람의 의식 구조를 파악할 때 무의식만 가지고 논할 수는 없어요. 바로 그 무의식적 충동을 어떻게 현실과 조화시키느냐 하는 것이 더 중요한데, 원철 씨는 그런 충동들을 자신을 가학하는 방법으로 가두고 있더군요. 만약 무의식이란 것이 장 형사님 주장대로 쉽게 현실로 끌어내질 수 있는 것이라면, 뭣하러 그렇게 힘든 방법을 택하겠어요? 그럴 수가 없기 때문에 무의식과 현실 사이의 타협을 위해 자신을 가학하게 되는 거죠."

"……."

"그리고 지난 일주일 동안 원철 씨는 자신의 무의식 속에 있는 보로미어의 인격을 조금도 내비친 적이 없었어요. 대부분의 사람들에서도 마찬가지일 거고, 결국 답은 뻔해요. 전에 말씀드렸던 대로 가상 현실을 통해 무의식을 들여다볼 수는 있지만 그걸 현실로 끌어내는 건 불가능해요. 그게 제 결론이에요. 됐나요?"

혜란이 자르듯 말하자 욱은 말없이 고개를 끄덕이더니 자리에서 일어섰다.

"그런데 말입니다, 박사님. 만약에 제가 이 자리에서 원철이의 무의식을 끌어내 보인다면 어쩌시렵니까?"

"네?"

"무슨 소리야?"

원철과 혜란이 동시에 소리를 지르자 욱은 의미 심장한 미소를 지으며 말했다.

"얼마 전의 일이죠. 우연히 텔레비전에서 한 프로그램을 보았어요. 심령 특집 프로였는데 재미있는 장면이 나오더군요. 한 정신과 의사가 귀신 들린 환자와 대화를 하는데, 그 의사는 자신이 대화하던 대상이 귀신인지 무의식의 인격인지 확신을 못하더군요. 그래서 전 생각을 했죠. 만약 후자의 경우라면 그 의사는 어떻게 무의식의 인격과 대화를 할 수 있었을까요?"

혜란의 표정이 서서히 굳어지기 시작했다.

"전 그 의사가 누군지 당장 수소문을 했죠. 그리고 다음날로 그 의사를 만나 그 비밀을 알아냈고요."

욱은 거기서 한 박자 쉰 다음 혜란을 돌아보며 말했다.

"바로 '최면'이라는 것이 있더군요."

"최면?"

원철이 황당한 듯 묻자 욱은 거만하게 고개를 끄덕였다.

"음. 영어로 히프노시스(hypnosis)라고 하지. 최면 상태로 환자를 끌어들여 시술자의 말에 맹목적으로 따르게 만들 수 있는 방법이야. 여러 가지 용도가 있지만 무의식 속의 갈등이나 콤플렉스 같은 것을 간단히 표면화시킬 수 있는 방법이기도 해. 맞습니까?"

욱이 돌아보며 묻자 혜란은 마지못해 고개를 끄덕였다.

"아니. 그럼 네가 지금 나한테 최면을 걸겠단 얘기야?"

원철이 기가 막힌다는 표정으로 말하자 욱은 자신 있게 고개를 끄덕였다.

"맞았어. 지난 일주일간 난 그 의사에게서 최면술의 기초를 배웠지. 내가 병원 세무 관계에 약간의 관심을 보이니까 아주 적극적으로 도와주더군."

원철은 혀를 차며 고개를 저었다. 적극적으로 돕기는 무슨 얼어 죽을! 앰하게 저 녀석의 공갈 협박에 걸려 고생했을 그 불쌍한 의사에게 진심으로 동정이 갔다. 어쩐지 요즘 들어 녀석이 좀 조용하다 했더니 다른 사람을 들볶느라 바빴던 것이다.

"잠깐만요."

혜란이 욱을 가로막으며 말했다.

"최면이란 그렇게 간단히 다룰 기술이 아녜요. 환자를 최면 상태로 유도하는 수기를 숙달하는 데만도 몇 개월이 걸리고, 더 더욱 분석 심리학에 대한 기초 지식이 없이는 최면 상태의 환자를 제대로 다룰 수가 없어요."

그러자 욱은 혜란을 똑바로 쳐다보며 말했다.

"난 지금 환자를 다루자는 게 아닙니다. 단지 최면 상태에서 이 녀석의 게임 속 캐릭터를 현실로 끌어낼 수 있는지 없는지만 확인하자는 거죠."

"원철 씨에게 위험할 수도 있어요."

혜란이 좀처럼 물러서지 않자 욱은 빙그레 미소를 지으며 물었다.

"뭐가 위험하다는 거죠? 혹시 제가 맞을까 봐 겁이 나시는 건 아니시겠죠?"

"그런 걱정은 추호도 없어요. 하지만 지금 원철 씨의 정신 밸런스는 아주 깨지기 쉬운 상태란 말이에요. 난 욱 씨가 괜한 충격으로 그걸 흔들어놓을까 봐 걱정하는 거예요."

"그럼 일단 내가 최면을 걸 수 있다는 건 인정을 하시는 거군요?"

말이 막힌 혜란이 머뭇거리는 사이에 욱은 원철을 돌아보고 결론지었다.

"자, 들었지? 박사님도 내가 최면을 걸 수 있다시잖아."

원철은 혜란을 돌아보았다.

"하지 말아요."

혜란이 고개를 젓자, 원철이 다시 욱을 돌아보며 난감한 표정을 지었다. 그러자 형사는 '훗' 하고 짧게 웃더니 빈정거리는 투로 말했다.

"야, 이원철! 너 일주일 사이에 아주 예쁘게 길이 들었구나. 조금 있으면 화장실도 허락받고 가겠네!"

"사람이 말을 그렇게밖에 못해요? 친구라면서, 위험할 수도 있다는 데 걱정도 안 되나요?"

참다못한 혜란이 화가 나 소리치자 욱도 언성을 높였다.

"이봐요! 박사님은 지금 박사님이 틀렸다는 걸 내가 증명할까 봐 겁이 나는 것뿐이잖아요! 멀쩡한 원철이의 정신 상태는 왜 끌어대는 겁니까?"

"그만들 해!"

원철은 둘 사이를 가로막으며 버럭 소리를 질렀다. 그는 무거운 눈으로 욱과 혜란을 번갈아 보다가 혜란에게 물었다.

"지금 이 자식이 최면으로 보로미어를 끌어내겠다고 우기는 것, 가능한 얘깁니까?"

"아니라고 말했잖아요."

혜란이 답하자 원철은 고개를 끄덕이더니 욱에게 말했다.

"그럼 빨리 해봐. 불가능한 거라면 걱정할 게 뭐 있겠어. 빨리 하고 치우자고."

그러자 욱은 득의 양양한 표정으로 말했다.

"불가능할지 가능할진 해봐야 알지. 너 일단 여기 누워라."

원철이 욱이 가리키는 대로 소파에 눕자 욱은 창문에 커튼을 치고 캠코더를 맞은편 오디오 세트 위에 올려놓았다. 캠코더의 스위치를 올리자 액정 화면에 소파에 누운 원철과 응접실의 전경이 떠올랐다.

"좋았어."

불안한 표정의 혜란이 지켜보는 가운데, 욱은 식탁에서 의자를 끌고 와 원철의 옆에 앉았다.

"너, 이거 장난이면 죽을 줄 알아."

원철이 욱을 올려다보며 말하자 형사는 씩 웃더니 대꾸했다.

"걱정 마라. 지난 일주일 동안 밤을 새며 연습한 거다. 되니 안 되니 그런 거에 신경 쓰지 말고 그냥 마음을 편히 가져. 일단 눈을 감아봐."

원철이 미심쩍은 표정으로 눈을 감자 욱은 품안에서 조그만 물건을 하나 꺼내더니 테이블 위에 올려놓고 스위치를 올렸다. 그러자 거기에서 '틱, 틱' 하는 소리가 흘러나오기 시작했다.

원철이 호기심에 눈을 뜨자 욱이 말했다.

"별것 아냐. 전자 메트로놈이다. 눈을 감고 이 소리에만 집중을 해봐."

다시 눈을 감자 메트로놈이 토해 내는 단조로운 소음만이 규칙적으로 고막에 와 부딪혔다.

원철의 호흡 수가 차츰 떨어져가자 욱이 조용한 목소리로 말했다.

"자, 이제 눈은 뜨지 말고 내 얘기를 들어. 하얀 백사장을 떠올려 봐라. 넌 잔잔하고 푸른 바닷가에 있어. 옆엔 야자 나무가 한두 그루 서 있는 아주 조용한 백사장에 혼자 앉아 있는 거야. 시원한 바람에 바다 냄새가 실려오고, 넌 태어나서 지금처럼 편안했던 적이 없어."

원철은 욱이 말하는 바닷가 모래 사장을 머릿속에 그려보려고 노력했으나 잘되지 않았다.

"내 고향은 충북이야. 바다는 별로 가본 적이 없어."

원철이 눈을 감은 채 말하자 욱은 잠시 얼굴을 일그러뜨렸으나 이내 다시 가라앉은 목소리로 말했다.

"그럼 우리가 같이 놀러갔던 속리산 기억나니? 문장대를 떠올려 봐. 그 커다란 바윗돌 위에 너 혼자 앉아 있는 걸 생각해 보라고. 맑은 날, 시원한 바람, 그리고 눈 아래 끝없이 펼쳐지는 녹색의 바다를 그려봐. 그 평화로운 풍경 속에 네가 있는 거야."

아까보다는 쉽게 그림이 떠올랐다. 그 맑은 공기의 맛까지 느껴지는 것 같아 원철은 저도 모르게 작은 미소를 지었다. 시원한 바람이 이마를 스치고 지나갔다. 끝없는 수목의 대양이 발 아래 물결치고 있었다. 좋았다. 이런 곳이라면 얼마든지 앉아 있을 수 있다.

"자, 이제 메트로놈의 리듬을 타고 천천히 깊게 호흡을 해봐."

원철은 순순히 친구의 말에 따랐다.

"이제 내가 말하면 네 오른손 검지손가락이 구부러질 거야. 자, 지금 천천히 구부러진다."

욱의 목소리가 좀 멀리 들리는 것 같더니 놀랍게도 오른손 검지가 천천히 구부러졌다.

"겁낼 것 없어. 내 목소리만 따라오면 모든 게 편안해질 거야. 이제 내가 다섯을 세면 넌 깊게 잠이 들 거다."

욱은 그렇게 말하고 잠시 쉬었다가 메트로놈의 소리에 맞춰 수를 세기 시작했다.

"하나, 둘, 셋……."

원철은 욱이 다섯까지 세는 것을 듣지 못했다. 단지 그 아름다운 풍경 속에서 정말 오랜만에 느끼는 고요와 평화 깊숙이 잠겨들 뿐이었다.

얼마가 지났을까, 원철은 갑자기 들려오는 욱의 목소리에 정신을 차렸다.

"원철아, 정신차려! 인마, 눈을 뜨라고!"

눈을 뜨자 눈앞에 피투성이가 된 욱의 얼굴이 보였다. 천천히 몸을 일으키자 난장판이 된 응접실과 한구석에 망연 자실해 주저앉아 있는 혜란의 모습이 눈에 들어왔다. 자신이 누워 있는 곳도 아까까지 누워 있던 소파가 아닌 마룻바닥이었다.

멍해 있던 원철은 먼저 혜란에게 달려갔다.

"혜란 씨, 괜찮아요?"

그녀를 부축해 일으키며 묻자 혜란은 대답 대신 힘없이 고개를 끄덕였다. 욱과는 달리 외상은 없어보였지만 상당히 충격을 받은 듯한 모습이었다.

욱을 돌아보자 그는 머리의 상처를 손수건으로 누르고 있었다.

"넌 괜찮아?"

원철이 묻자 욱은 피범벅이 된 얼굴로 고개를 저으며 내뱉었다.

"네 눈엔 내가 괜찮아 보이냐?"

"도대체 뭐가 어떻게 된 거야?"

다시 원철이 묻자 욱은 대답 대신 한숨을 쉬더니 화장실로 들어갔다.

"혜란 씨, 도대체 뭐가 어떻게 된 겁니까?"

원철은 일단 넘어져 있는 소파를 일으킨 다음 혜란을 앉히며 물었다.

"……내가, 내가 틀렸어요."

한동안 머뭇거리던 혜란이 더듬거리며 입을 열자 대충 얼굴을 씻은 욱이 여전히 손수건을 머리에 누른 채 화장실에서 나왔다. 굳은 얼굴로 다가온 욱은 혜란에게 말했다.

"이젠 그 결론을 다시 내려주시겠습니까, 박사님?"

그러자 혜란은 고개를 들고 부들부들 떨면서 소리쳤다.

"그래요, 장 형사님! 장 형사님이 옳았어요. 됐어요?"

말을 마친 혜란이 자리에서 일어서려 하자 욱은 한 손으로 그녀를 막았다.

"잠깐만. 난 아직 궁금한 게 남아 있어요. 그리고 원철이도 그 부분엔 상당히 흥미를 가질 것 같던데?"

파랗게 질린 혜란이 다시 자리에 앉자 욱은 오디오 위에 올려놓았던 캠코더를 집어들더니 원철에게 내밀었다.

"네가 직접 봐라. 난 뭐라고 설명도 못하겠다."

엉겁결에 캠코더를 받아든 원철은 되감기 버튼을 누른 다음 욱과 혜란을 번갈아 쳐다보았다. 두 사람 다 아무런 말을 하지 않았다.

온몸을 엄습해 오는 불길한 예감을 떨쳐버리려 애쓰며 재생 버튼을 누르자, 캠코더의 소형 액정 화면에 소파에 누운 자신과 그 옆에 앉아 있는 욱의 모습이 나타났다.

욱이 그답지 않게 차분한 목소리로 말한다.

"이제 내가 다섯을 세면 넌 깊게 잠이 들 거다……. 하나, 둘, 셋, 넷, 다섯."

소파에 누운 자신을 한동안 내려다보던 욱이 혜란을 돌아보며 묻는다.

"속눈썹이 떨리는 걸 보니 제대로 들어간 모양이군요. 그렇죠?"

혜란이 성난 목소리로 말한다.

"스스로 최면에서 빠져나올 방법도 알려주지 않았잖아요! 플런지 상태에서 헤어나지 못하면 어떻게 하려고 그래요?"

"별 걱정을 다 하시네. 내가 깨어나라고 말만 하면 당장 깨어날 거예요. 수십 번도 더 연습한 거니까 걱정 말고 이거나 잘 보세요."

욱이 어깨를 으쓱하더니 자신을 내려다보며 다시 말한다.

"자, 이제 내 말이 들리면 대답을 해봐. 보로미어, 보로미어, 내 말이 들리나?"

욱의 말에 소파에 누운 자신의 몸이 괴로운 듯 잠시 몸부림을 친다. 그러나 욱은 참을성 있게 다시 보로미어의 이름을 부른다.

"보로미어, 내 말이 들리면 대답을 해봐."

다시 몸을 뒤틀던 자신의 입이 벌어지더니 갑자기 굵은 목소리가 흘러나온다.

"누가 나를 부르는 거냐?"

"나는 너의 친구야. 네 이름은?"

"나는 보로미어. 그런데 나의 친구라는 너는 누구지? 닉스완 목소리가 다른데? 메디나도 아니고."

캠코더를 들여다보던 원철은 입을 쩍 벌리고 여전히 머리에 손수건을 눌러대고 있는 욱을 돌아보았다.

"계속 보기나 해."

욱의 말에 원철은 다시 액정 화면으로 눈을 돌렸다. 분명히 자신의 모습을 하고 소파에 누워 있었지만, 지금의 말투는 틀림없는 보로미어였다.

액정 속에서 욱이 다시 말한다.

"보로미어, 지금 있는 곳은 어디지?"

"여기는 비트라 쿰이잖아. 잠깐, 지금은 밤인데 어떻게 날 깨운 거지?"

"진정해. 지금은 그냥 마음을 편히 가지고 내가 묻는 말에만 답하면 돼."

"아니, 이건 정말 이상하군. 도대체 네놈은 뭐야?"

자신이 외치는 것과 동시에 욱이 깜짝 놀라며 일어선다. 그러곤 혜란에게 소리친다.

"눈을 떴어요. 박사님, 이 녀석이 눈을 떴어!"

"어서 최면을 깨워요!"

혜란도 당황해 소리치며 소파로 다가서는데 갑자기 누워 있던 자신이 소파에서 벌떡 일어나 앉는다. 멍한 눈으로 사방을 둘러보던 자신은 의자를 넘어뜨리며 뒷걸음질치는 욱을 발견하더니 자리에서 일어서며 소리를 지른다.

"야! 도대체 여기가 어디야! 여긴 비트라 쿰이 아니잖아! 넌 뭐하는 자식이야? 전사냐, 위저드냐?"

"워, 원철아. 아니, 보로미어. 진정하고 다시 누, 누워!"

욱이 더듬거리고, 자신, 아니 보로미어는 사방을 돌아보며 소리를 지른다.

"닉스! 메디나! 모두 어디 있는 거야! 빌어먹을! 난 드루이드 신전을 찾아가야 한단 말이야!"

이어서 코를 킁킁대던 보로미어의 눈이 당황하고 있는 욱에게 멎더니, 위험스럽게 가늘어진다.

"알겠다. 넌 마족이구나! 이따위 흑마술로 날 속이려고 해? 당장 마법을 거두지 않으면 널 잘게 토막내 버리겠어!"

보이지도 않을 정도의 손놀림으로 검을 뽑는 시늉을 하던 보로미어는 허리에 검이 없다는 것을 깨닫고 다시 욱을 쏘아본다.

"내 검을 빼앗았다고 네놈이 안전할 줄 알아?"

말을 마치는 순간, 뻣뻣이 서 있던 보로미어가 도저히 사람의 움직임이라고 볼 수 없는 빠르기로 욱에게 달려든다. '억' 하는 소리와 함께 무술 유단자인 욱의 몸이 꺾이고, 보로미어는 놀랍게도 그를 가볍게 내던져버린다. 욱의 몸집은 응접실을 가로질러 날아가 혜란을 쓰러뜨리고 화면 밖으로 사라진다.

욱도 혜란도 쓰러져 있는 가운데, 보로미어가 사방을 돌아보며 어쩔 줄 몰라하다가 고래고래 소리를 지르기 시작한다.

"제기랄! 여기가 도대체 어디야!"

소파를 걷어차고 탁자를 뒤집어엎고 한동안 발광을 하던 보로미어가 결국 자신이 있는 곳이 방 안이라는 것을 깨달은 듯 유리창 쪽을 바라본다.

"안 돼!"

액정 화면을 들여다보던 원철은 저도 모르게 소리쳤다. 만약 자신이, 아니 보로미어가 저 상태에서 밖으로 나간다면? 창문을 향해 도약하기 위해 무릎을 굽히는 자신의 모습 위로 일전에 욱의 노트북에서 보았던 박현철의 광기 어린 살인 행각이 겹쳐지면서, 원철은 오싹한 전율로 온몸이 굳어지는 것을 느꼈다.

"야, 이 돌대가리 녀석아! 웬 소리는 그렇게 버럭버럭 질러대고 난리야? 고막 떨어지겠다."

화면 안에서 비틀거리며 일어서던 혜란이 별안간 몸을 꼿꼿이 펴며 소리친다. 그 고함소리에 막 창문을 향해 몸을 던지려던 보로미어가 라이트닝이라도 맞은 듯 돌아선다.

한동안 미심쩍은 표정으로 그녀를 뜯어보던 보로미어가 믿어지지 않는다는 듯 중얼거린다.

"……실바누스?"

"흥! 신의 계시니 어쩌고 헛소리할 때부터 알아봤어야 하는데. 그래, 결국 죽고 나니까 속이 시원하던?"

전혀 낯설지 않은 그녀의 말투는 이미 혜란의 것이 아니다.

보로미어가 묻는다.

"네가 날 살려낸 거지?"

"이 바보야, 너 때문에 아껴놓았던 소원이 날아갔잖아!"

"난 선택의 여지가 없었어. 널 죽게 할 수는 없었다고."

"시끄러워! 그래도 그렇지, 거기서 죽으면 어떡해!"

"그러는 넌 왜 날 버리고 사라진 거지?"

혜란이 잠시 머뭇거리다 말한다.

"널 위해서야."

"어떻게 그게 날 위하는 거지?"

"관두자, 관둬."

혜란이 천장을 향해 낯익은 한숨을 길게 내뿜다 말고 어리둥절한 얼굴로 주위를 둘러본다.

"잠깐, 여긴 드루이드 신전이 아니잖아. 도대체 여기가 어디지? 그리고 네 모습은 왜 그렇지? 갑옷은?"

"나도 모르겠어."

당황한 표정을 짓던 혜란이 어지러운 듯 잠시 휘청거린다.

이윽고 중심을 잡은 혜란이 보로미어에게 단호한 어투로 말한다.

"보로미어, 일단 바닥에 누워."

화면으로 보는 원철에게도 혜란의 순간적인 변화는 눈에 띌 정도였다. 말투며 행동이 순식간에 실바누스에서 원래의 혜란으로 다시 돌아온 것이다.

"실바누스, 너 갑자기 왜 그러는 거야?"

당황한 보로미어가 다가서려 하자 혜란이 다시 말한다.

"보로미어, 날 다시 만나려면 바닥에 누워 눈을 감아. 그래야만 여기서 빠져나갈 수 있어."

머뭇거리던 보로미어가 바닥에 눕자 혜란이 부드러운 목소리로 말한다.

"눈을 감고 잔잔한 로인즈 호수를 떠올려보는 거야. 그 거울 같은 수면을 보면서 마음을 진정시키라고."

거칠기만 하던 보로미어의 숨이 가라앉자 혜란이 다시 말한다.

"이제 내가 다섯까지 세면 넌 깊이 잠들게 될 거야. 하나, 둘, 셋, 넷……, 다섯."

바닥에 누운 자신이 죽은 듯 늘어지자 맥빠진 혜란이 비틀거리며 한쪽 구석에 주저앉는다. 이어서 얼굴이 피투성이가 된 욱이 다시 액정 화면 안으로 나타나더니 거칠게 자신을 흔들어대며 외친다.

"원철아, 정신차려! 인마, 눈을 뜨라고!"

떨리는 손으로 캠코더의 정지 버튼을 누른 원철은 혜란을 돌아보았다. 자신의 눈을 피해 고개를 숙이고 있는 그녀를 물끄러미 바라보던 원철이 물었다.

"혜란 씨, 이게 어떻게 된 거죠?"

"……"

"혜란 씨, 내가 이해할 수 있게 설명 좀 해봐요!"

원철이 다그치자 혜란은 고개를 들더니 힘없이 말했다.

"그래요. 나도 팔란티어를 해요. 캐릭터는 실바누스. 잘 알겠지만 마이스테스 급 드루이드죠."

"왜 나한테 숨긴 거죠?"

"숨긴 게 아녜요!"

혜란은 억울한 듯 외치더니 떨리는 목소리로 말했다.

"말할 기회가 없었을 뿐이에요. 처음에 장 형사님이 날 찾아와서 팔란티어 얘기를 하고 원철 씨의 캐릭터가 보로미어란 말을 했을 때, 난 현실의 원철 씨가 어떤 사람일지 너무도 궁금해졌어요. 원철 씨도 아시겠지만 팔란티어의 다른 게이머들과 현실에서 만나기는 어렵잖아요. 가상 현실 속에서의 모습과 현실에서 파악한 무의식의 모습을 비교하는 게 내 연구의 핵심인데, 원철 씬 내가 우리 나라에 돌아온 이후로 그걸 해볼 수 있는 첫 기회였어요. 난 그 기회를 놓치고 싶지 않았고 또 어차피 장 형사님의 부탁도 있

었고 해서 겸사겸사 원철 씨를 만나보기로 했던 거예요. 솔직히
말하자면 학문적 호기심과 개인적 호기심이 반반 정도였지만."

원철이 말없이 듣고만 있자 혜란이 계속했다.

"처음엔 연구에 영향을 줄 수 있을 것 같아 말하지 않았어요.
하지만 모든 분석이 끝난 다음엔 말하려고 했어요. 정말이에요.
그런데 막상 원철 씨를 면담하는 과정에서 생각지 못했던 문제가
생겼어요. 원철 씨는 가상 현실과 현실을 구분하지 못하는 심각한
상태였고, 난 가능한 한 원철 씨를 팔란티어로부터 격리시켜야 한
다는 결론을 내릴 수밖에 없었어요. 당연히 내가 실바누스라는 건
밝힐 수가 없었어요."

옆에 있던 욱이 끼어들었다.

"도대체 무슨 소리들인진 모르겠지만 일단 내 이론은 증명된
거지? 그러니까 무의식도 현실로 끌어낼 수 있는 거라고."

"시끄러! 넌 좀 조용히 해봐!"

원철은 친구에게 버럭 소리를 지른 다음 혜란에게 물었다.

"드루이드 신전이 어디죠?"

"그건 왜 물어요?"

"찾아가게요. 실바누스는 거기 있는 게 맞죠?"

"말도 안 돼. 원철 씨, 아까 나랑 약속한 것 잊었어요? 다시는
그 게임에 접속하지 않겠다고 했잖아요!"

"상황이 달라졌어요."

"달라진 게 뭐 있어요? 원철 씨는 아직도 위험한 상태예요. 다
시 그 게임에 접속하면 또 그 혼란 속으로 돌아갈 거라고요."

혜란이 발을 동동 구르며 반대했지만 원철은 고개를 저으며,

"많은 게, 너무 많은 게 달라졌어."

하고 중얼거리더니 욱을 돌아보았다.

"욱아, 실은 너한테 숨긴 게 있어."

"뭘?"

"보로미어가 부활했어. 녀석은 지금 팔란티어 안에 시퍼렇게 살아 있다고."

"이 자식! 왜 이제야 그 얘길 하는 거야?!"

욱이 벌컥하자 원철은 매섭게 쏘아붙였다.

"보로미어는 제우스를 추적하다 죽었어. 네놈 도우려다 죽었던 거라고. 그러니 지금이라도 얘기해 주는 걸 고맙게 생각해!"

"쳇."

"그런데 지금 보로미어 혼자서 제우스의 행적을 쫓는 건 무리야. 실바누스, 그러니까 혜란 씨 캐릭터의 도움 없이는 도저히 불가능하다고."

욱과 원철은 동시에 혜란을 돌아보았다. 혜란은 두 남자의 시선이 자신에게 집중되자 잠시 당황하더니 말했다.

"절대로 안 돼요. 난 돕지 않을 거예요."

"아니, 명색이 국과수 직원이신 박사님이 지금 수사에 협조를 거부하는 겁니까?"

욱이 으르렁대듯 말하자 혜란이 소리쳤다.

"방금 원철 씨 상태가 위험하다고 하는 걸 듣지 못했어요? 원철 씬 지금 그 게임 근처에도 가면 안 돼요. 게다가 이게 수사예요? 제대로 할 줄도 모르면서 마구 최면을 걸어대다가 방금도 큰일이 날 뻔했잖아요. 장 형사님은 지금 수사를 하는 게 아니라 사람을 잡고 있어요!"

원철은 욱이 다시 뭐라고 하려는 것을 막으며 혜란에게 말했다.

"혜란 씨, 바로 그게 중요한 거예요. 나도 이 녀석 하는 짓이 맘에 드는 건 아녜요. 하지만 이 녀석이 한 헛소리들이 지금까진 다 맞아들었어요. 혜란 씨 말대로 방금 큰일을 당할 뻔하긴 했지만, 뒤집어 생각하면 이 녀석 덕분에 그 게임이 얼마나 위험한 것인지도 깨닫게 된 것 아녜요? 혜란 씨도 같이 봤잖아요. 그걸 보고서도 가만히 있으란 말인가요?"

"……."

"난 슈퍼맨이나 배트맨 같은 정의의 사자는 아니지만, 그래도 옳고 그른 건 알아요. 팔란티어란 게임이 위험하다는 걸 안 이상 그걸 막기 위해 내가 할 수 있는 일을 할 겁니다."

"당연하지."

옆에서 쫑알대는 욱을 날카롭게 째려본 원철이 다시 혜란에게 말했다.

"팔란티어가 직접적이든 간접적이든 이번 살인 사건과 관계가 있다는 건 이제 혜란 씨도 인정할 수밖에 없잖아요. 게다가 욱이에겐 이번 사건을 해결해야만 하는 절박한 사정이 있고, 난 친구로서 그걸 외면할 수 없어요. 이렇건 저렇건 난 제우스를 찾아야 해요. 도와줘요, 혜란 씨."

그러자 혜란은 낙담한 표정으로 고개를 저으며 말했다.

"원철 씨, 지금 이러면 안 돼요. 원철 씬 다시 팔란티어에 접속할 빌미를 찾고 있을 뿐이에요. 겨우 마음을 돌려놓았는가 싶었는데 장 형사님 때문에 다시 흔들린 거라고요."

"그렇지 않아요. 지금 이 순간, 내게 게임과 현실에 대한 구분은 그 어느때보다 확실해요. 하지만 생각해 봐요. 만일 아까 내 손에 칼이 있었으면 난 욱일 죽였을 거예요. 혜란 씨까지도 죽였을는지 몰라요. 난 내 남은 인생을 현실에서 살기로 결정했고 그렇기 때문에 가상 현실이 현실에서의 내 미래를 위협하게 놔둘 순 없어요."

"거짓말 말아요!"

혜란이 참다못해 화를 터뜨렸다.

"말은 번지르르하지만 원철 씨 지금 팔란티어 접속을 합리화시킬 이유를 만들어내기에 바쁠 뿐이잖아요! 가슴에 손을 얹고 대답해 봐요. 드루이드 신전의 위치를 알려는 진짜 목적이 뭐죠? 제우스를 찾자는 건가요, 아니면 실바누스를 다시 만나려는 건가요?"

혜란의 날카로운 질문은 열변을 토하던 원철의 입을 일순간에 봉해 버렸다.

"그것 보세요. 지금 원철 씨 마음엔 실바누스를 보고 싶다는 생각뿐이에요. 입으론 게임과 현실을 구분하니 어쩌니 하면서도 아직도 그 여자에 대한 환상을 버리지 못하고 있어요. 원철 씨, 실바누스는 허상이에요, 전자 허깨비라고요!"

"그 전자 허깨비는 내가 도움을 필요로 할 때 날 외면한 적이 없어요!"

원철이 반사적으로 대꾸하자 혜란의 얼굴이 싸늘하게 굳어졌다.

"결국은 내가 실바누스만 못하단 말이군요. 도대체 원철 씬 누굴 사랑하는 거죠? 난가요, 실바누슨가요?"

원철이 어물거리며 대답을 하지 못하자 파랗게 질린 혜란은 바들바들 떨면서 원철을 노려보았다.

"아까 했던 약속들은 다 뭐죠? 말해 봐요. 난 내 진심을 모두 보여주었는데, 결국 원철 씬 보는 척만 했던 건가요? 그럼 어젯밤은 아무런 의미도 없는 장난이었어요?"

"그, 그건……."

원철이 여전히 더듬거리자 혜란은 원철의 따귀를 힘껏 올려붙인 다음 소리쳤다.

"도대체 난 원철 씨에게 뭔가요?"

눈물을 글썽이며 원철을 바라보던 혜란은, 원철이 한 손으로 볼을 감싼 채 말이 없자 휑하니 몸을 돌려 현관으로 달려갔다. 그녀는 대문 손잡이에 한 손을 올려놓고는 원철을 돌아보았다.

"미안해요. 이 이상은……, 나도 너무 힘들어요. 원철 씨 속에 가득한 혼란을 내 손으로 풀려고 했던 게 잘못이었나 봐요. 어차피 그건 원철 씨가 해야 할 일인데……."

문 밖으로 나가던 혜란은 원철에게 등을 돌린 채 덧붙였다.

"만약, 만약에요……, 원철 씨의 그 혼란이 끝난 다음에요……. 그런 다음에도 계속 날……."

미처 말을 끝맺지 못하고 문을 닫는 혜란의 모습 뒤로 원철은 한동안 멍하니 서 있었다. 달려가서 그녀를 잡고 싶었지만 발이 떨어지지 않았다.

"거 봐라, 인마. 성깔이 보통이 아닐 거라고 했잖아."

원철은 자신의 어깨를 툭툭 치며 말하는 욱을 한 대 후려갈기려다가, 새로 흘러내린 피로 범벅이 된 그의 얼굴을 보고는 쥐었던 주먹의 힘을 풀었다.

"넌 괜찮아?"

가까스로 화를 누그러뜨린 원철이 묻자 욱은 머리의 손수건을 누른 채로 고개를 끄덕였다.

"제기랄! 빌어먹을!"

원철은 낮은 목소리로 욕을 하며 소파에 털썩 주저앉았다.

"저 여자 없이는 제우스를 쫓기가 정말 불가능한 거야?"

욱이 원철의 옆에 앉으며 물었다.

"이 개새끼야! 넌 지금 상황에서도 그딴 말이 나오냐?"

원철이 버럭 소리를 지르자 욱은 찔끔하며 입을 닫았다.

잠시 침묵이 흐른 다음 원철이 말했다.

"이젠 도무지 뭐가 뭔지 모르겠어. 모든 게 엿같이 뒤죽박죽이야."

"사는 게 다 그렇지, 뭐."

"다 너 때문이야, 이 자식아."

"왜 또 날 끌고 들어가냐?"

"네놈이 내 속의 보로미어를 건드리지만 않았어도 이렇게까지 엉망은 아닐 거야. 제대로 할 줄도 모르면서 최면이니 뭐니, 설치긴 왜 설쳐?"

"인마, 성공했잖아."

"대가리에 빵꾸가 나고도 성공이냐? 실바누스가 아니었으면 지금 네놈은 살아 있지도 못했어."

"김 박사 말이냐?"

원철은 고개를 저었다.

"아니, 실바누스였어. 아주 잠시였지만 혜란 씨가 아니라 진짜 실바누스가 모습을 드러냈었어. 나중에 보로미어를 진정시킬 때처럼 그저 흉내만 낸 거라면 절대로 보로미어를 제어할 수 없었을 거야."

"어떻게 그럴 수 있지? 그 여잔 최면에 걸렸던 것도 아니잖아."

"낸들 아냐? 박현철이도 최면에 걸렸던 건 아니었잖아."

"그야 그렇긴 하지만……."

욱이 말꼬리를 흐리며 고개를 갸우뚱거리자, 원철이 크게 한숨을 쉬며 말했다.

"하여간 그 정도로 끝난 게 다행인 줄 알고 이젠 제발 무모한 짓 좀 그만해라."

"그래. 나도 그 정도일 줄은 정말 몰랐다. 난 네 무의식을 끌어내는 데 성공하더라도 내 힘으로 다룰 수 있으리라고 생각했어."

"흥, 네가 내 캐릭터에 조금이라도 관심을 가졌다면 그런 안일한 생각은 하지 않았겠지. 제 이론 증명하는 데에만 급급하니 다른 거야 눈에 들어올 리가 있나."

친구의 따끔한 일침에 욱은 입을 다물었다.

원철은 힘없이 몸을 뒤로 기대며 중얼거렸다.

"정말 웃기는군. 아까까지만 해도 모든 게 선명하다고 생각했는데 결국은 혼자만의 착각이었을 뿐이야. 아이로니컬하게도 네놈 덕에 그걸 깨달았다. 그런데 정말로 웃기는 게 뭔지 알아? 모든 게 다 혼란스러워지니까 진짜로 중요한 게 선명하게 보이는 거야."

"제우스를 찾는 거?"

"아니, 실바누스를 다시 만나는 거."

"실바누스라면 게임 속의 김 박사를 말하는 거냐?"

"그래."

"왜?"

원철은 쓴웃음을 지었다.

"사랑하니까."

욱은 기가 차다는 듯 '허!' 하며 친구를 돌아보았다.

원철이 말했다.

"웃기는 소리란 것 알아. 하지만 나도 어쩔 수가 없어."

"골 때리는군. 김 박사가 네가 위태로운 상태니 어쩌니 하던 게 바로 그 얘기였냐?"

"비슷한 거지."

그러자 욱은 고개를 갸우뚱거리며 물었다.

"그럼, 넌 김 박사는 사랑하지 않는 거야?"

"그건 아닌데……."

원철은 얼굴을 찡그렸다. 물론 자신은 혜란도 사랑하고 있었다. 하지만 혜란과 실바누스 둘 중 하나를 선택해야 한다면, 분명히 혜란은 아니었다.

원철의 반응을 지켜보던 욱이 말했다.

"정말, 너나 김 박사나 모두 웃기는 찐빵들이다."

"무슨 소리야?"

"생각해 봐, 인마. 넌 실제 김 박사보다 게임 속의 김 박사를 더 사랑하기 때문에 고민하고 있고, 김 박사는 그것 때문에 게임 속의 자신을 질투하고 있고. 도대체 말도 안 되는 걸로 서로 피곤해 하고 있잖아. 둘 다 제정신이긴 한 거야?"

"말이 안 되긴 왜 안 돼. 내가 보로미어가 아닌 것과 마찬가지로, 혜란 씬 혜란 씨고 실바누스는 실바누스야. 네가 팔란티어를 잘 몰라서 이해가 안 되는 거지."

원철이 핀잔을 주었으나 욱은 고개를 설레설레 저었다.

"아니. 내가 보기엔 네가 잘 모르는 소리를 하는 것 같은데? 어차피 보로미어란 녀석도 네 무의식 속에 있는 거 아냐. 네가 보로미어고 보로미어가 너지, 둘이 다른 게 아니잖아. 김 박사도 마찬가지고. 왜 그걸 자꾸 나눠서 생각하려고 하지?"

"네놈 식으로 얼버무려 생각을 한다 해도, 진짜 혜란 씨가 아니라 실바누스라는 혜란 씨의 허상 쪽에 내 마음이 더 쏠린다는 게 문제라니까."

그러자 욱은 양손으로 가슴을 두드리며 말했다.

"아이고, 이 답답한 자식아! 뭐가 허상이고 뭐가 진짜고 따질 게 뭐 있어? 김 박사가 좋으면 실바누스도 좋은 거고, 실바누스가 좋으면 김 박사도 좋은 거지. 인마, 이번 사건을 생각해 봐. 게임 속의 미치광이가 현실로 뛰쳐나와 백주 대낮에 사람 목을 베었어. 그런데 거꾸로 현실의 사건을 해결하는 단서는 게임 속에서 찾아야 한단 말이야. 허상이니 진짜니 따지면서 게임과 현실을 나누어 생각하면 이 사건은 절대로 해결이 안 돼. 앞으론 가상 현실 전담 수사반을 만들어야 하는 판국인데, 뭘 복잡하게 자꾸 나눠서 생각하느냐고."

원철은 욱의 말에 퍼뜩 고개를 들었다. 복잡한 걸 싫어하는 욱이 녀석이야 별 생각 없이 하는 소리였겠지만 원철에게는 내내 눈앞을 가리고 있던 두꺼운 베일이 일순간에 걷히는 듯한 충격이었다.

314

지난 세기말 인터넷과 PC 통신망이 사이버 스페이스를 만들어 냈을 때 사람들은 그것이 현실과 다른 별개의 공간이라고 생각했다. 사이버 스페이스라는 이름 자체가 그런 냄새가 짙게 스며 있는 단어다. 그러나 불과 10년이 지난 지금은 어떤가. 그 별스러워 보이던 사이버 스페이스가 없으면 사회의 모든 기능이 마비될 정도로 현실과 사이버 스페이스는 밀접하게 결합이 되어버렸다. 어느새 사이버 스페이스는 움직일 수 없는 현실의 일부가 되어버린 것이다.

팔란티어가 만들어낸 가상 현실도 마찬가지다. 좋건 싫건 이미 팔란티어의 기술은 기존의 사이버 스페이스와는 전혀 차원이 다른 신공간(新空間)을 탄생시켰다. 그것은 사이버 스페이스가 그랬듯이 차츰 현실과 유기적으로 결합해 갈 것이고, 종국엔 현실의 일부가 되어버릴 것이다. 그때가 되어도 현실이 실체이고 가상 현실은 허상이라는 종속적 이분법이 적용될 수 있을까?

원철은 '아니다'라고 답할 수밖에 없었다.

소 뒷걸음질치다 쥐 잡은 격이긴 해도 욱의 지적은 정확했다. 이번 사건에서 보듯이 팔란티어는 이미 현실과 떼어서 생각할 수 있는 세계가 아니었다. 단순히 허상이나 환상이란 단어로 무시하고 넘어갈 수 있는 공간도 아니었다. 그것은 엄연히 현존하면서 이미 현실과 결합하기 시작한 신세계였다. 언젠가는 우리가 현실이라고 부르는 이곳과 일체가 될 그런 세계인 것이다.

물론 심리학을 전공하는 혜란에게는 현실과 팔란티어가 의식과 무의식만큼이나 선명하게 구분되는 세계일지 모른다. 하지만 욱의 주장이 맞다면, 팔란티어는 수만 년 동안 억압되기만 했던 인간의 무의식이 해방된 공간이다. 무의식이 허상이 아니라면 팔란티어 역시 전자 허깨비들로 가득한 신기루일 수 없는 것이다.

원철의 머릿속을 가득 메우고 있던 흐린 안개가 서서히 걷히기 시작했다.

'빌어먹을!'

자신이 실재하는 만큼 보로미어도 분명히 실재하는 존재였다. 실체가 없는 허상이 아닌 것이다. 단지 자신은 현실에, 보로미어는 가상 현실 속에 존재하고 있다는 것만이 다를 뿐이며, 둘이 따로 나뉠 수 있는 별개의 존재가 아닌 것이다.

원철은 그제야 자신이 겪고 있던 혼란의 원인을 똑똑히 볼 수 있었다. 그것은 혜란의 말대로 현실과 가상 현실을 구분하지 못해서가 아니라 반대로 너무 명확하게 선을 그으려는 바람에 생긴 혼돈이었다. 자신이 곧 보로미어였고 그 멍청한 카자드 왈패 녀석이 바로 자신이었다. 그리고 그 둘이 각각 속해 있는 현실과 팔란티어도 마찬가지로 별개의 세계가 아닌 것이다.

결국 자신은 지금까지 서로 떼어서 생각할 수 없는 것을 실체와 허상이란 억지 구분으로 갈라놓고 스스로에게 그중 하나를 선택해야 한다는 어처구니없는 강요를 해온 셈이다. 하지만 이미 자신은 보로미어를 통해 팔란티어의 세계를 충분히 향유하고 있었고, 따라서 아무리 이 세상에 대해 정나미가 떨어진다고 해도 가이아를 택하기 위해 이 세상을 버릴 필요는 없는 것이다. 지금까지 왜 굳이 한쪽을 포기해야 한다고 생각을 했는지 이제는 스스로 이해가 가지 않을 정도였다.

원철은 무겁게 침을 삼켰다.

실바누스의 문제도 마찬가지였다. 그녀에 대한 원철의 사랑은 실체가 없는 환상에 대한 비정상적인 감정도 아니고, 또 현실의 혜란에 대한 사랑과도 다른 것이 아니다.

이 간단한 것을 왜 지금까지 깨닫지 못했을까?

이유야 어찌 되었건, 결국 자신도 혜란도 모두 잘못 생각하고 있었다. 오로지 저 멍청한 욱이 녀석만이 팔란티어란 가상 현실의 본질을 제대로 꿰뚫어보고 있었던 것이다.

원철은 머리의 상처를 누르며 오만상을 찡그리고 있는 친구를 새삼스런 눈으로 바라보았다. 어쩌면 혜란의 말대로 저 두꺼운 두개골 속 어딘가에 번뜩이는 천재가 숨어 있는지도 모를 일이었다.

욱이 투덜대듯 말했다.

"인마, 뭘 그렇게 쳐다보냐?"

"응, 아냐."

원철이 얼버무리자 욱은 자리를 털며 일어섰다.

"난 그만 갈게. 일단 팔란티어의 캐릭터를 현실로 끌어낼 수 있다는 것은 증명한 셈이고, 아무래도 병원에 가봐야 할 것 같아."

"그래. 그러는 게 좋겠다."

욱은 신발을 신고는 여전히 한 손으로 머리를 누른 채 원철을 돌아보았다.

"잘은 모르겠지만 지금 네놈 대가리 속이 무척이나 복잡하단 걸 이해는 한다. 하지만 내 사정도 좀 봐줘. 오늘 여기 오는 데도 용인으로 빙빙 돌아서 왔어. 죽이 되든 밥이 되든 이 사건이 해결나야 나도 매일 어깨 너머를 돌아보지 않고 편히 잘 수 있단 말이야."

"알고 있어. 이제는 내가 팔란티어 안에서 제우스만 찾아내면 되는 거잖아."

원철의 대꾸에 욱은 고개를 저었다.

"제우스를 찾는 게 아니라 박현철과 제우스를 연결지을 수 있는 단서를 찾는 거야. 그건 게임 안에 분명히 있어."

"알았다, 알았어. 나도 지금 사랑놀음만 하고 있는 건 아니니까 그만 좀 보채라. 아까 내가 했던 말들은 괜히 하는 소리가 아니야. 네 덕에 팔란티어가 얼마나 위험할 수 있는 게임인지 충분히 확인했고 이젠 나도 내가 할 수 있는 일을 할 거야."

"자식, 이제야 모범 시민의 자세가 좀 나오는군. 그럼 믿고 간다."

친구가 떠난 다음 원철은 엉망이 된 집 안을 대충 정리하다가 욱이 캠코더와 메트로놈을 놓고 간 것을 발견했다. 만에 하나 녀석이 천재라면 상당히 덜렁거리는 천재임에 분명했다. 원철은 다음에 돌려줄 생각으로 물건들을 거실 장식장 위에 올려놓은 다음, 소파에 걸터앉아 담배를 꺼내물었다.

오히려 홀가분한 기분이었다. 막상 팔란티어와 보로미어의 존재를 인정하고 나자, 어제까지의 혼란이 일순간에 사라져버렸다. 현실에 대한 혐오도 가이아에 대한 동경도 마찬가지였다. 그러나 아직도 문제는 남아 있었다. 자신은 그것을 깨달았지만 혜란은 그렇지 못하다는 것이다.

원철이 실바누스를 사랑하는 것과 자신을 사랑하는 것이 같은 감정이란 것을 깨닫지 못하는 한, 그녀는 결코 원철의 사랑을 받아들이지 못할 것이다. 막막한 암흑 속에 갇혀 있던 자신에게 조건 없이 구원의 손길을 내민 그녀였다. 자신의 고통을 진심으로 이해해 주고 망가진 자신을 그 모습 그대로 사랑해 준 첫 여자였다. 그런 그녀를 가상 현실에 대한 견해 차이 따위로 포기할 수는 없는 일이다.

아니, 어떤 이유에서건 혜란은 남자가 쉽게 포기할 수 있는 여자가 아니었다.

어떻게든 설득해야 했다. 꽉 막힌 여자는 아니니까, 잘 설명하면 이해시키기는 어렵지 않을 것이다.

원철은 담배에 불을 붙이며 천천히 생각을 계속했다.

혜란과의 문제는 그렇다치고 또 한 가지 정말로 중요한 문제가 남아 있었다. 방금 욱에게도 말했지만, 팔란티어가 엄연한 현실로 존재하는 이상 그 어두운 일면도 분명히 실존하는 위험이다. 굳이 박현철의 예를 들지 않더라도 현실과의 경계가 무너질 경우 어떤 일이 벌어질 수 있는지는 오늘 캠코더의 화면에서 충분히 확인을 했다.

이미 팔란티어의 가상 현실 테크놀러지가 세상에 선을 보였고 수많은 게이머들이 그것을 경험한 이상, 앞으로 그것이 사라질 리는 없었다. 아니, 오히려 혜란의 연구에서도 보듯 인류에게 도움이 될 수 있는 측면이 다분한 기술이니 굳이 사장시키려 노력할 필요도 없었다. 하지만 그 이면의 위험성을 세상에 알리고 그것을 제어할 수 있는 방법을 속히 찾는 것은 무엇보다도 중요했다.

욱의 부탁이나 알량한 도덕적 책임감 때문이 아니었다.

현재로선, 당장 내일이라도 자신이 제2의 박현철이 되지 않으리라고 장담할 수 없는 것이기 때문이다.

원철은 긴 연기를 내뿜으며 생각을 정리했다.

어떻게든 실바누스를 찾은 다음 그녀의 도움으로 제우스를 추적해야 했다. 그렇게 해서 그 단서란 것을 찾아내야만 이 사건이 해결되고, 그래야만 팔란티어의 위험성을 공론화할 수 있는 것이다.

결국 모든 것이 한곳으로 귀결되고 있었다.

어떻게든 혜란을 설득해야 했다. 모든 것이 그녀의 협조에 달려 있었다.

'문제는 어떻게 그녀를 설득하느냐 하는 것인데…….'

원철은 시계를 쳐다보았다. 서둘 필요는 없었다. 내일 밤 11시까지는 아직도 많은 시간이 남아 있었고, 블레이드 팀을 그만둔 지금 달리 할 일도 없는 것이다.

"아야, 거 살살 좀 해주세요."

소독포 밑에서 울려나온 욱의 비명에 의사는 못마땅한 표정을 지으며 말했다.

"거, 정말! 덩치는 코끼리만 한 사람이 웬 엄살이 그리 심합니까? 좀 가만히 있어요. 겨우 마취 주사 한 대 놓는 걸 가지고."

"마취 주사라는 게 왜 그렇게 아파요? 혹시 잘못 놓은 것 아녜요?"

울음에 가까운 욱의 불평에 옆에 있던 간호사가 '훗' 하고 웃음을 터뜨렸다.

"김 간호사, 마취제 좀더 줘. 이 사람 아예 혓바닥을 마취해 버리든지 해야지, 원 시끄러워서 못 꿰매겠어."

참다못한 의사의 으름장도 으름장이었지만 마취제가 서서히 효과를 발휘하기 시작했기 때문에 욱은 일단 입을 다물었다.

원철의 집을 떠난 욱은 서울과는 반대 방향인 광주 쪽으로 방향을 잡은 다음, 자신을 따라오는 차가 없다는 것을 확실히하고서야 시내로 들어섰다. 그러고는 '응급실'이라는 간판을 보자마자 차를 세운 것이다.

당직인 듯한 젊은 의사는 피범벅이 되어 들어온 욱의 얼굴을 보고도 전혀 놀라는 기색이 없이 능숙하게 처치를 하고 있었으나, 욱의 엄살은 지금까지 끊일 줄을 몰랐다.

마취를 확인한 의사가 신중하게 두피를 봉합하기 시작하자 욱이 다시 물었다.

"저, 몇 바늘이나 꿰매야 되죠?"

"그거야 꿰매봐야 알죠. 일단 심하지 않으니까 걱정 말고 이젠 집중해야 하니까 제발 좀 조용히 해줘요."

의사의 간곡한 부탁에 욱이 겨우 조용해지자 이번엔 '고향의 봄' 멜로디가 요란하게 응급실을 뒤흔들었다.

"제 건데요."

갑작스런 음악 소리에 당황하여 어쩔 줄 모르던 의사와 간호사는 욱의 말에 약속이나 한 듯 얼굴을 일그러뜨렸다.

"저……, 받아도 되겠죠? 급한 연락을 기다리는 중이라."

욱이 미안한 듯 묻자 의사는 포기한 듯 소반 위에 수술 도구를 내려놓으며 내뱉었다.

"정말 가지가지 하는군."

간호사가 들어준 소독포 밑으로 조심스레 핸드폰을 밀어넣은 욱은 헛기침을 한번 하고는 버튼을 눌렀다.

"장욱입니다."

"나예요. 심동규."

"아, 동규 씨. 일은 잘 돼가나?"

"말도 말아요. 이거 게임 회사 맞아요?"

"무슨 소리야?"

"막상 그쪽 시스템에 해킹해 들어가려니까 이건 완전히 무슨 요새 같더라니까요. 강화성 파이어 월을 겹겹이 쌓아놓고 온갖 부비트랩투성이에다가 역추적 장치까지! 젠장, 해킹이고 뭐고 간신히 몸만 빠져나왔어요."

"그럼 실패했단 말이야?"

"완패는 아니에요. 라인 시공 회사를 간접적으로 해킹해서 회사 주소는 알아냈으니까요. 하지만 그 시스템을 직접 해킹하는 건 내 힘으론 역부족이에요. 일단 주소나 받아적으세요."

"알았어."

흥분한 욱이 갑자기 몸을 일으키는 바람에, 그의 가슴 위에 가로놓여 있던 수술용 소반이 뒤집어지며 수술 도구들이 요란한 소리와 함께 응급실 바닥으로 떨어졌다.

"꺅!"

"아이, 쌍! 당신 이게 뭐야!"

의사와 간호사의 고함소리도 아랑곳없이 욱은 주머니에서 수첩과 볼펜을 꺼내어 동규가 불러주는 주소를 받아적었다.

"알았어, 동규 씨. 고마워."

"공치사는 필요없고요, 대신 앞으로 다시는 연락하지 마세요."

핸드폰과 수첩을 주머니에 집어넣고 나자 얼굴이 벌게진 의사가 수술용 고무 장갑을 낀 손을 부르르 떨고 있는 모습이 눈에 들어왔다. 그 뒤의 거울엔 피범벅으로 뒤엉킨 소독포와 봉합사를 머리에 이고 있는 자신의 모습이 선명하게 반사되어 보였다.

"아이고, 죄송합니다."

욱이 짐짓 미안한 표정을 지으며 말했지만 의사는 이미 고무 장갑을 벗어던지며 고래고래 소리를 지르고 있었다.

"안해! 당신 딴 병원 가! 나 안해!"

제35장
끝없는 평행선

6월 16일 월요일 10시 46분

신호가 가는 동안 원철은 물고 있던 담배를 재떨이에 비벼 끄면서 생각을 정리했다. 논리 싸움으로 박사인 그녀를 설득시키기는 거의 불가능할 게 분명했지만, 그래도 일단은 시도를 해볼 수밖에 없었다.

예닐곱 번 길게 이어지던 신호가 끊어지며 수화기에서 혜란의 목소리가 흘러나왔다.

"여보세요."

"접니다."

"……."

"혜란 씨?"

"……어쩐 일이세요?"

평소와 마찬가지로 차분한 그녀의 말투였으나 원철은 그 속에 담긴 가느다란 떨림을 놓치지 않았다. 그녀는 초조해하고 있었다.

아니, 겁을 내고 있는지도 몰랐다.

원철은 애처로운 생각이 들어 잠시 머뭇거렸으나 이내 부드러운 목소리로 말했다.

"혜란 씨, 어제 말을 하다 말고 그냥 갔죠?"

"……그랬죠."

"그 뒷말이 뭐였나요?"

"원철 씨가 계속 혼란한 이상……, 그 뒤가 뭐였는지는 중요치 않아요."

"혜란 씨, 혼란은 끝났어요. 난 이제 더 이상 혼란스럽지 않아요. 그리고 아직도 혜란 씨를 사랑하고요."

"후우……."

원철은 전화선을 타고 날아온 안도의 한숨에 약간의 당혹감을 느꼈다. 만일 그녀에게 자신이 말하고자 하는 혼란의 끝이 어떤 것인지 이해시키지 못한다면…….

"나도 원철 씰 사랑해요. 보고 싶어."

혜란의 울먹거림에 원철은 반사적으로 시계를 돌아보았다. 밤 10시 48분이었다. 시간이 별로 없었다.

"저기 혜란 씨. 먼저 내 말을 좀 들어봐요. 혜란 씨도 나도 한 가지 잘못 생각하고 있던 게 있어요."

"무슨 얘기에요?"

"저기, 이걸 어떻게 설명해야 할지……, 보로미어 말이에요. 그 녀석이 내 무의식인 건 분명하죠?"

"그렇……죠."

혜란의 목소리엔 서서히 아까의 떨림이 돌아오고 있었다.

"그럼 내 무의식이란 게 실재하는 건가요, 아니면 무시할 수 있는 허상인가요?"

"……."

"혜란 씨?"

"무슨 말을 하고 싶은 거죠?"

"그러니까, 저기……, 다시 말하면……."

원철은 더듬거리며 아랫입술을 깨물다가 이 문제는 달리 돌려 말할 방법이 없다는 것을 깨달았다.

"혜란 씨, 보로미어는 허상이 아니에요. 비록 팔란티어 안이지만 내가 이곳에 존재하듯이 분명히 실재하는 인격이에요."

"오오, 이런……."

비참한 신음이 수화기에서 흘러나왔으나 원철은 일단 시작한 이상 멈추지 않았다.

"혜란 씨, 잘 들어요. 난 보로미어랑 다른 사람이 아니에요. 보로미어가 나고 내가 보로미어예요. 난 그걸 깨닫지 못해서 혼란에 빠졌던 거예요. 그리고 혜란 씨도 지금 똑같은 혼란에 빠져 있어요."

"내가 혼란에 빠져 있다고요? 기가 막혀서!"

"그러지 말아요, 혜란 씨. 한 걸음만 물러서서 생각을 해봐요. 비록 게임 안이지만 보로미어는 내 무의식이 느끼는 모든 감정을 느끼고, 내 무의식이 내리는 모든 판단을 내리는 존재예요. 내 속에 자리잡은 또 하나의 나라고요. 어떻게 그런 존재를 허깨비라고

326

몰아붙일 수 있겠어요. 비록 게임이란 틀을 빌려 그 모습을 드러내긴 했지만, 녀석은 여전히 나와 별개가 아닌 분명한 실체를 가진 존재란 말입니다."

"이젠 내가 실바누스와 같다고 말하겠군요?"

혜란이 빈정대듯 물었다.

"바로 그거예요. 혜란 씨와 실바누스도 마찬가지고, 따라서 내가 실바누스를 사랑하는 건 바로 혜란 씨를 사랑하는 것과 마찬가지인 거예요. 내가 혜란 씨와 실바누스 중 한 사람만을 선택해야 할 이유가 없다고요."

"……"

긴 침묵이 불안하게 이어졌다.

"혜란 씨?"

원철이 조심스레 이름을 부르자 혜란은 천천히, 그러나 또박또박 말했다.

"원철 씨, 난 지금도 굉장히 힘들어요. 내가 사랑하는 사람이 내가 아닌 다른 사람을 사랑하고 있다는 사실을 견디는 것만도 보통 일이 아니에요. 그게 내 무의식이건 옆집 여자건, 그건 상관없어요. 내가 내 모습 그대로 원철 씨에게 사랑받지 못한다는 게 중요한 거예요. 그런데 원철 씬 이제 이상한 논리까지 끌어다대며 자신을 정당화하고는 나에게까지 그걸 받아들이라고 강요하는군요."

"그런 게 아니라니까요!"

답답해진 원철이 언성을 높였으나 혜란은 물러서지 않았다.

"내 무의식도 나의 일부분이란 말은 좋은 지적이에요. 하지만 내 무의식이 나의 전부는 아니죠. 그 무의식 속의 모든 것들과 또 내 의식 속의 모든 것들이 합쳐져서 '나'라는 인간을 만드는 거예요. 그런데 원철 씬 '내 반쪽'을 사랑하는 게 '나'를 사랑하는 것과 같다고 주장하는 건가요?"

원철은 저도 모르게 얼굴을 찡그렸다. 역시 심리학 박사와 논쟁을 벌인다는 것은 쉬운 일이 아니었다. 하지만 모든 이론과 논리를 떠나서 자신이 옳다는 확신만은 분명했다.

"혜란 씨, 우리 한 가지씩만 이야기합시다. 정말 보로미어와 실바누스가 게임 캐릭터에 불과한 허상들입니까? 정말로 그렇게 생각하세요?"

"……."

"이미 우리 둘 사이만 해도 가상 현실을 무시하고는 아무것도 설명을 할 수가 없잖아요. 난 혜란 씰 사랑해요. 그건 하늘에 맹세코 정말이에요. 하지만 혜란 씬 내가 혜란 씨의 가상 현실인 실바누스에게도 같은 감정이 있다는 이유로 내 사랑을 받아들이지 못해요. 만약 팔란티어의 가상 현실이란 게 혜란 씨 주장대로 실체가 없는 허상이라면, 왜 그게 우리 사이에 문제가 되어야 하죠? 보로미어건 실바누스건 무시할 수 있는 존재라면, 왜 혜란 씬 내가 실바누스에게 가지는 감정에 신경을 쓰는 거냐고요?"

"……."

"혜란 씬 지금 잘못 생각하고 있어요. 팔란티어란 가상 현실을 더 이상 컴퓨터가 만들어낸 허상으로 치부해선 안 돼요. 그건 엄연히 우리가 사는 현실의 일부분이고 그 안의 캐릭터들도 우리의 일부로서 그 존재를 인정받아야 해요. 그걸 인정하지 않고 무시하려고 하니까 두 세계 사이에서 혼란이 생기는 거란 말입니다!"

"원철 씨의 혼란은 이제 망상에 가깝군요. 아주 체계까지 잡혀 가는 게 정말 제 학문적 호기심을 무척이나 자극하고 있네요."

혜란의 차가운 대꾸에 원철은 참다못해 소리를 지르고 말았다.

"난 혜란 씰 사랑해요! 난 진심이라고! 난 혜란 씨 마음을 있는 그대로 받아들이고 있는데, 왜 혜란 씬 내 진심을 비뚤어지게만 보는 거예요!"

"소리지르는 모습이 보로미어와 무척 닮았군요."

"……."

"난 다정다감하고 따뜻한 원철 씰 사랑하는 거지, 그 난폭한 브루이넨 전사를 사랑하는 게 아니에요. 비록 그 골치 아픈 전사가 원철 씨 내부의 어딘가에 자리잡고 있다 해도 그게 바로 원철 씨인 것은 아니죠. 내가 사랑하는 원철 씨는 보로미어의 모든 파괴적인 충동을 이기고 여전히 세상을 따뜻하게 끌어안을 수 있는 사람이에요."

'제기랄!'

원철은 이를 악물었다. 어떻게 해도 대화는 계속 평행선을 달릴 뿐이고, 이미 시간은 11시 3분 전을 가리키고 있었다.

"이봐요, 혜란 씨! 혜란 씨가 뭐라 하건 내가 보로미어고 보로미어가 나예요. 나는 이곳에, 보로미어는 가이아에 있다는 것만 확실히 구분하면 되는 거라고요. 이제 내게 더 이상의 혼란은 없어요. 내 혼란은 끝났고 난 지금도 혜란 씨를 원해요. 아직도 내 마음을 모르겠어요?"

"……."

"날 사랑하나요?"

"……그래요."

"그럼 드루이드 신전이 어딘지 말해 줘요."

"……."

혜란의 침묵에 원철은 다시 이를 악물었다. 더 이상 지체할 시간이 없었다.

"날 정말 사랑한다면……, 가이아에서 봐요."

그 말을 끝으로 전화를 끊은 원철은 코드를 뽑고 멀티 세트를 착용했다.

오후에 혜란의 사무실로 전화를 한 원철은 그녀가 몸이 안 좋아 결근했다는 말을 들었다. 그러나 몸이 아니라 마음이 아픈 것이 분명했고, 아마도 어제 일로 상당한 충격을 받은 모양이었다. 괴로워하고 있을 그녀의 모습이 떠오르자 원철은 선뜻 그녀의 집으로 전화를 걸 수가 없었다. 오전 내내 그녀를 설득할 말들을 다듬고 다듬었건만 아무래도 불난 집에 기름 붓는 격이 될 것만 같은 느낌이 들어서였다.

그러나 접속 시간인 11시가 가까워오자 갑자기 한 가지 생각이 떠올랐다.

만약 혜란이 원초적으로 협조를 거부해 버린다면? 그러니까 그녀가 아예 팔란티어에 접속을 하지 않는다면, 보로미어로선 눈을 까뒤집고 거꾸로 선다 해도 실바누스의 도움을 받을 수가 없는 것이다.

결국 원철은 마지못해 혜란에게 전화를 걸었고 예상했던 벽에 부딪혔다.

그러나 최소한 접속을 해달라는 부탁만은 한 셈이다. 이제 남은 일은 전적으로 혜란의 결심에 달려 있었다. 자신의 간곡한 부탁을 그녀가 외면하지 않기를 빌면서, 원철은 팔란티어 접속 아이콘을 클릭했다.

보로미어는 눈을 뜨자마자 서둘러 1층으로 내려왔다. 닉스를 기다리면서 어젯밤에 일어났던 괴상한 일을 생각하던 보로미어는 고개를 갸우뚱거렸다.

"아침부터 무슨 생각을 그렇게 골똘히 하고 있는 거야?"

어느새 나타난 닉스가 묻자 전사는 자리에서 후딱 일어섰다.

"별것 아니야. 일단 도서관으로 가자. 대장이 기다릴 거야."

비트라 쿰의 거리로 나선 다음 보로미어가 말했다.

"어젯밤에 아주 이상한 일이 있었어."

"밤에?"

닉스가 의아한 얼굴로 돌아보자 전사는 얼굴을 찌푸리며 고개를 끄덕였다.

"아주 이상했어. 분명히 꿈은 아니었던 것 같은데."

"도대체 무슨 일인데?"

"갑자기 누가 날 깨웠어. 아주 기괴한 차림의 마족이었는데, 목소리가 귀에 익었어. 장소도 커다란 창문이 있는 아주 괴상한 방이었고, 하여간 모든 게 낯익기도 하고 낯설기도 한 게 영 이상했어."

"보통 그런 걸 개꿈이라고 하지."

닉스가 씩 웃으며 고개를 돌리자 보로미어가 다시 말했다.

"아니, 아니야. 꿈이 아니었어. 난 분명히 깨어 있었다고."

"하급 서열들은 밤에 깨어 있지 못해."

"그러니까 이상하다는 거지. 게다가 거기엔 실바누스도 있었어."

"뭐?"

위저드는 다시 전사를 돌아보았고, 전사는 고개를 갸우뚱거리며 계속했다.

"그래. 분명히 실바누스가 있었어. 내가 죽은 것 때문에 화를 냈고 자신이 드루이드 신전에 있다는 말도 했어."

"정말이야?"

"그래."

"농담 아니지?"

"넌 내가 농담하는 것 봤냐?"

"하긴 그것도 지능치가 좀 되어야 하는 거니까⋯⋯."

보로미어의 얼굴이 험상궂게 일그러졌으나, 그것을 보지 못한 닉스가 다시 물었다.

"그런데 도대체 그 드루이드 신전이란 게 어디 있는 거래?"

"엉? 그, 그건⋯⋯, 그건 말을 않던데?"

"왜?"

"모르겠어. 그냥 날 위해서라고⋯⋯."

그러자 닉스는 한동안 골똘히 생각을 하더니 입을 열었다.

"잠을 자는 하급 서열을 깨워서 소환까지 할 수 있다면, 그건 엄청난 힘을 가진 마법이야. 하지만 내가 알고 있는 사제 마법에는 그런 비슷한 것조차도 없어. 어쩌면 너를 소환했다는 그 마족은 마족이 아니라 신이었는지도 몰라."

"신은 무슨. 내 주먹 한 방에 조약돌처럼 날아가던걸?"

"쯧쯧. 그럼 또 주먹부터 휘둘러댔단 말이야?"

"아니, 그러니까 그게……, 쩝."

머쓱해진 보로미어가 뒤통수를 긁자 닉스가 말했다.

"하여간 그게 꿈이 아니었다면 분명히 위력적인 소환 마법이었을 거야. 하지만 아무래도 내 생각엔 꿈이었을 것 같아. 네가 너무 실바누스 생각을 하니까 그런 꿈을 꿨겠지."

"그런가?"

이야기를 나누는 가운데 두 사람은 어느새 도서관 앞에 다다랐다. 아니나다를까 메디나는 이미 초조한 걸음걸이로 오락가락하고 있다가, 닉스와 보로미어를 보고는 반가운 듯 손을 흔들었다.

"자, 어느 현자에게 물어볼까?"

메디나의 물음에 현자들의 명패를 훑어보던 닉스는 그중 하나를 가리켰다.

"이 사람이 좋을 것 같아요. 현자는 비쌀수록 제값을 하니까."

명패를 본 보로미어는 '크라울리'라는 이름보다도 그 밑에 적힌 3000두카트라는 가격에 놀라 눈을 번쩍 떴다.

"너, 너무 비싸잖아."

보로미어가 더듬거리자 메디나가 품안에서 두툼한 돈주머니를 꺼냈다.

"돈 걱정은 하지 마. 기트얀키들의 검과 갑옷을 팔아서 마련한 게 한 9000은 돼. 갑옷들이 온전했으면 더 받을 수 있었는데, 네 녀석이 워낙 철저하게 부숴놔서."

보로미어가 놀라 돌아보자 메디나가 주머니를 내밀며 말했다.

"이건 어차피 네 돈이니까. 고마워할 건 없어."

그러나 보로미어는 고마웠다. 저 성미 급한 드워프가 이 정도로 준비를 했다는 것은, 실바누스 찾는 일을 돕겠다는 그녀의 마음이 진심이란 증거였기 때문이다.

"대장……."

그러나 돈주머니를 넘겨준 메디나는 보로미어의 반응엔 아랑곳하지 않고 닉스를 재촉했다.

"시간이 없어. 빨리하자고."

"쳇, 알았어요."

닉스는 툴툴거리며 노크를 한 뒤 두꺼운 참나무 문을 밀어젖혔다.

닉스를 따라 들어선 현자의 방은 모든 벽과 천장까지 온통 검은색으로 칠해져 있었다. 안쪽의 창문 역시 두꺼운 커튼으로 가려져, 안 그래도 어두운 방에 음침한 기운마저 더하고 있었다.

"이게 뭐야?"

메디나가 중얼거리자 한쪽 구석에서 음산한 목소리가 날아왔다.

"그대들은 누군가?"

"저, 저는 4급 위저드인 메이지 닉스라고 하고 이들은 제 친구들입니다."

분위기에 눌린 닉스가 더듬거리며 말하자 갑자기 검은 그림자

334

하나가 일행 앞에 솟아올랐다. 몸집은 닉스와 비슷했지만 흑단처럼 검은 위저드 복에 역시 칠흑 같은 흑발을 산발한 젊은 놈 족이었다.

"내 지식이 필요한 건가?"

닉스가 고개를 끄덕이자 그는 한쪽에 놓인 의자를 가리켰다.

"앉게나."

놈은 일행이 모두 의자에 앉기를 기다렸다가 다시 입을 열었다.

"난 초급 정령사인 루키 크라울리라고 하네. 비용은?"

보로미어가 주머니에서 돈을 세어 내밀자 놈은 그것을 받아넣더니 짧게 물었다.

"용건은?"

그러나 닉스가 왠지 계속 머뭇거리며 말을 못하자, 답답해진 메디나가 말했다.

"난 6급 전사인 챔피언 메디나라고 하오. 드루이드 신전에 대해 알려고 왔소만."

"드루이드 신전?"

크라울리의 한쪽 눈썹이 올라갔다.

"그렇소. 일단 그게 어디 있는 건지부터 알고 싶소."

메디나가 덧붙이자 크라울리가 말했다.

"드루이드 신전에 대한 지식은 일부 상급 사제들에게만 개방되어 있는 것이오. 정령사인 나로선 언급할 만한 성질의 것이 아니오."

"그럼 알고는 있단 말인가요?"

보로미어가 묻자 크라울리는 얼굴을 찡그렸다.

"내가 알고 있냐 아니냐는 중요한 게 아니야. 내가 입에 올릴 성질의 지식이 아니라니까."

"그럼 어떻게 하면 되겠소?"

메디나가 묻자 크라울리가 말했다.

"당신들이 드루이드 신전의 위치를 알려는 이유가 뭔지는 모르겠지만, 일단 비트라 쿰의 사제장인 카디널 요한을 찾아가 설득해보시오. 사정에 따라선 가르쳐줄 수도 있을 테니까."

"그럼, 요한을 찾아가도 그가 가르쳐주지 않을 수도 있다는 말이오?"

보로미어가 신경질적으로 묻자 크라울리는 형형한 눈빛으로 전사를 쏘아보더니 말했다.

"그거야 요한이 판단할 일이지."

"제기랄, 3000씩이나 받아먹고서 한다는 소리가 겨우 그거야?"

보로미어가 자리를 박차고 일어서며 외치자 닉스가 서둘러 그의 소매를 잡아끌었다.

"됐어. 어서 가자. 나가자고."

끌리다시피 밖으로 나온 보로미어는 화를 참지 못하고 닉스에게 소리질렀다.

"도대체 저 자식이 뭐라고 넌 말도 제대로 못하는 거야? 돈 내고 물어보는 건데 네가 기죽을 게 뭐 있어?"

그러자 닉스가 이마에 송글송글 맺힌 땀을 닦으며 말했다.

"모르는 소리 말아. 저 사람은 흑정령사야."

닉스의 말에 메디나도 바짝 긴장했다.

"그건 또 뭐야?"

보로미어가 묻자 닉스가 말했다.

"위저드들은 5급 컨저러에서 정령사로 계급을 바꿀 수 있어. 저 사람은 그중에서도 어둠의 정령들을 다루는 흑정령사란 말이야. 함부로 건드려선 안 돼."

"왜?"

"정령사들은 자기가 다루는 정령을 닮아가. 흑정령사는 정령사들 중에서 가장 난폭하고 냉혹한 부류야. 언제 무슨 짓을 할지 모르는 사람들이라고."

"그래도 다른 사람을 다치게 하지야 않겠지. 그러면 영주의 심판을 받아야 하잖아."

그러자 옆에서 메디나가 끼어들었다.

"안 그래. 특수 계급 중 정령사와 로그는 다른 사람을 죽이지만 않으면 영주도 손댈 수 없게 되어 있어."

"게다가 흑정령사의 경우는 살인을 해도 영주가 아닌 신들에게만 심판을 받는다고."

닉스가 덧붙였다.

"말도 안 돼. 그건 불공평하잖아."

보로미어가 투덜대자 닉스가 말했다.

"가이아에 공평하지 않은 게 어디 한둘이야?"

그러나 여전히 불만에 가득차 있던 보로미어는 화살을 닉스에게 돌렸다.

"인마, 넌 하고많은 현자들 중에 어떻게 골라도 저런 녀석을 고르냐?"

"명패엔 이름과 가격만 적혀 있는데, 난들 별 수 있어? 그리고

사제장 요한을 찾아가 보란 이야기도 정령사 정도 되니까 해줄 수
있는 거야."

"그래. 아직은 비벼볼 언덕이 남은 셈이니 서두르자. 드루이드
신전이란 곳이 멀리 있는 곳이라면 원정을 준비해야 해. 낭비할
시간이 없어."

메디나는 보로미어가 더 이상 투덜거릴 틈을 주지 않고 신전 쪽
으로 걸음을 옮겼다.

신전 앞에 다다른 메디나는 아직도 뚱한 표정을 하고 있는 보로
미어를 돌아보며 말했다.

"요한은 나랑 안면이 좀 있으니 이건 나한테 맡겨."

보로미어가 마지못해 고개를 끄덕이자 메디나는 중앙 현관에
서 2층으로 이어지는 계단을 성큼성큼 올라갔다. 보로미어와 닉스
가 그녀의 뒤를 따라 2층에 다다랐을 때, 그녀는 이미 방문을 두드
리고 있었다.

"들어오시오."

청아한 목소리가 답하자 드워프 여전사는 머뭇거림 없이 방문
을 밀고 들어갔다.

"아니, 메디나, 웬일인가?"

약간 놀라는 얼굴을 하며 자리에서 일어난 사제장은 메디나와
비슷한 나이의 인간 남자였다. 메디나는 가벼운 손인사를 하고는
사제에게 말했다.

"요한, 물어볼 게 있어."

"우리 신임 보안관님께서 아침부터 뭐가 그리 궁금하실까?"

요한이 흥미롭다는 표정으로 되묻자 메디나가 마주 미소를 지

으며 말했다.

"드루이드 신전으로 가는 길을 알려줘야겠어."

그러자 아까 크라울리와 마찬가지로 요한의 눈썹이 치켜 올라갔다.

"드루이드 신전?"

"그래."

"자네가 거길 어떻게 아나?"

"그건 얘기가 복잡하니 생략하고 일단 위치나 가르쳐줘."

메디나가 재촉하자 요한은 다시 되물었다.

"내가 그 위치를 알고 있다고 누가 그러던가?"

"그게 뭐가 중요해? 이봐, 지금 난 급해!"

그러자 요한이 난감한 표정을 짓더니 말했다.

"그건 알려줄 수 없어. 그건 진짜 만약의 경우를 대비해서 내게 맡겨진 정보야. 사제장인 내가 그걸 알고 있다는 것조차 극비 사항인데, 도대체 어느 녀석이……."

"잠깐만요."

뒤에 있던 보로미어가 앞으로 나서며 말했다.

"그러니까 알고는 있는데 말을 못해 주겠다 이건가요?"

"자네는 누군가? 아니, 가만. 자넨 어제 아침에 여기서 난동을 부렸다는 전사와 차림이 비슷한 것 같은데?"

"말 돌리지 말고 대답이나 해요."

보로미어가 으르렁거리자 요한은 메디나를 돌아보았다.

"이것 봐, 보안관 나리. 도대체 이 친구가 언제까지 여기서 날 뛰게 놔둘 건가?"

메디나가 머뭇거리는 순간 보로미어는 번개처럼 요한에게 달려들었다. 말릴 틈도 없이 전사의 굵은 팔이 사제의 목을 감아들더니, 다른 한 손은 사제의 팔을 무자비하게 등뒤로 비틀었다.

"으아악!"

요한의 고통스런 비명이 방 안을 가득 메우자 파랗게 질린 메디나가 소리질렀다.

"보로미어! 이게 무슨 짓이야!"

그러나 보로미어는 드워프를 보고 소리를 질렀다.

"미안해요, 대장. 나도 어쩔 수가 없어. 실바누스를 찾을 수 없다면 나도 더 이상 살고 싶지 않아. 이 멍청한 사제 녀석 목을 비틀어버리고 나도 따라 죽으면 그만이야."

말을 마친 보로미어는 요한의 목을 감은 팔에 다시 힘을 넣으며 외쳤다.

"이봐, 사제장! 거드름은 그만 피우고 어서 말해. 드루이드 신전이 어디야?"

"아아악! 메디나! 나 좀 살려줘."

요한의 애처로운 목소리에 걸음을 내딛던 드워프 전사는 자신을 노려보는 보로미어의 눈빛에 밀랍 인형처럼 굳어버렸다.

"메디나아아……."

조여드는 보로미어의 팔에 숨이 막힌 요한이 다시 부르짖자 메디나는 답답한 듯 두 손으로 머리를 벅벅 긁더니 외쳤다.

"빌어먹을! 살고 싶으면 어서 그 녀석에게 드루이드 신전의 위치를 가르쳐줘, 요한!"

"네, 네가 나한테 어떻게……, 아아악!"

믿을 수 없다는 듯 더듬거리던 요한의 목소리는 보로미어의 무자비한 완력에 다시 비명으로 바뀌었다. 동시에 요한의 팔에서 '뚝' 하는 파열음이 울려퍼졌다.

"말해! 어서 말하지 않으면 넌 여기서 죽어!"

보로미어가 요한의 귀에 대고 다시 소리를 지르자 드디어 견디지 못한 사제가 입을 열었다.

"비, 비트라 쿰 남쪽 20리그, 크, 큰 램프가 꺼질 때, 화, 황금사자는 셋에 다섯을 더해 울부짖는다."

"그게 도대체 무슨 소리야?"

"나, 나도 몰라. 드루이드 시, 신전에 대해 내가 아는 건 그것뿐이야."

"정말이야?"

"그, 그래……, 으으윽."

요한의 눈이 서서히 뒤집어지기 시작하자 보로미어는 그의 목을 조르고 있던 팔을 풀었다. 사제가 비틀거리며 바닥으로 쓰러졌다. 보로미어가 돌아보니 메디나의 얼굴은 분노로 뒤틀려 있었다.

"대장, 같이 갈 건가요?"

그러나 메디나는 대답 대신 보로미어의 멱살을 잡고는 있는 힘껏 방문 쪽으로 집어던졌다.

"나쁜 자식! 어서 뛰기나 해!"

문 밖으로 나뒹군 보로미어를 노려보던 드워프는 바닥에서 신음하고 있는 요한을 돌아보며 말했다.

"요한, 정말 미안해. 이건 내 뜻이 아니었어."

"으으으……, 메디나, 넌, 넌 이제 끝이야."

이를 악물고 악을 쓰는 요한에게 메디나는 다시 뭐라고 말을 하려다 포기하고는 몸을 돌렸다.

서둘러 방문을 나선 메디나는 엉거주춤 서 있는 보로미어의 엉덩이를 힘껏 걷어차며,

"이 자식아! 어서 뛰라니까!"

하고 악을 쓴 다음 파랗게 질려 바들바들 떨고 있는 닉스의 뒷덜미를 움켜잡고는 있는 힘을 다해 달리기 시작했다.

메디나는 신전을 나서자마자 바로 말 위에 올라탄 후 남쪽 성문 쪽으로 고삐를 틀었다.

"살고 싶으면 목숨을 걸고 뛰어!"

그녀는 짧게 한 마디를 던진 후 먼지를 휘날리며 말을 몰기 시작했다. 보로미어와 닉스도 엉겁결에 그녀의 뒤를 따라 달렸다.

성문을 나선 지 얼마 되지 않아 체력이 다한 닉스가 고꾸라졌다. 보로미어는 비틀거리는 위저드를 한쪽 어깨에 들쳐멨다. 한참이 지나자 전력으로 달리던 보로미어마저 다리가 후들거리기 시작했다. 그러나 메디나는 속도를 약간 줄였을 뿐 말을 멈추진 않았다.

끝없이 이어지던 메디나의 질주가 멈춘 것은 그렇게 한 시간 가량이 지난 다음의 일이었다. 파죽음이 된 보로미어는 드워프의 말이 멈추는 것을 보고는 그대로 땅에 주저앉아 거친 숨을 몰아쉬었다.

그러자 메디나는 말에서 내려 성큼성큼 다가오더니 다짜고짜 보로미어의 따귀를 힘껏 후려갈겼다.

"나쁜 자식!"

보로미어가 힘없이 뒤로 넘어가자 옆에서 가까스로 기운을 차린 닉스가 메디나의 앞을 막아섰다.

"대장, 잘못하면 죽이겠어!"

널브러진 보로미어를 노려보며 부들부들 떨던 메디나가 '와악!' 소리를 지르며 돌아서자 닉스는 품에서 회복수 한 병을 꺼내어 보로미어의 입에 흘려넣었다. 잠시 후 전사가 긴 숨을 내뱉으며 일어나자 닉스가 성난 목소리로 소리쳤다.

"야, 너 미쳤어? 어쩌자고 신전 사제장의 팔을 부러뜨리고 난리야!"

"……."

보로미어가 입을 다물고 대답을 않자 닉스는 메디나를 돌아보며 소리질렀다.

"대장도 그래! 바로 앞에 있으면서 왜 말리지 않았어?"

그러자 위저드를 돌아본 드워프가 날카롭게 쏘아붙였다.

"멍청한 놈! 요한을 살리기 위해선 어쩔 수 없었어. 만약 내가 말리려 했으면 요한은 그대로 죽었을 거야."

닉스가 이해할 수 없다는 표정을 짓자 메디나는 보로미어를 향해 노한 목소리로 외쳤다.

"말해 봐! 이 나쁜 자식아! 너 아까 정말로 요한을 죽이려고 했지! 그렇지?"

깜짝 놀란 닉스가 돌아보자 보로미어는 잠시 머뭇거리다가 고개를 끄덕였다.

그 모습을 본 메디나가 분을 참지 못하고 다시 소리질렀다.

"빌어먹을 녀석, 어떻게 그럴 수가 있어! 네 덕에 우리까지 도망자가 되었잖아!"

"도망자? 우리가요?"

닉스가 얼떨떨한 얼굴로 묻자 메디나가 말했다.

"생각해 봐! 요한 입장에서 보면 우린 모두 한패거리였다고. 부러진 팔이야 회복 주문으로 간단히 치료가 되겠지만, 다른 사람도 아니고 한 도성의 사제장을 상하게 한 일이 그냥 넘어갈 수 있는 사건이라고 생각해? 아마 지금쯤 소식을 들은 총독이 노발대발하면서 추적대를 소집하고 있을걸? 잡히기만 하면 당장 카자드 쿰으로 끌려가 로한의 심판을 받고 지하 감방에서 최소한 6개월은 썩어야 할 거다."

"6개월!"

닉스는 숨을 헐떡이며 외치더니 옆에 앉아 있는 보로미어를 잡아먹을 듯이 노려보았다.

"미안하다. 거기까지는 나도 생각을 못했어. 그냥 알면서도 말해줄 수 없다는 소리에 하도 열이 받쳐서……."

보로미어가 기어드는 목소리로 말하자 이번엔 닉스가 전사의 머리통을 쥐어박았다.

"나쁜 놈! 아무리 실바누스를 찾는 일이 급하다고 해도 그렇지, 어떻게 사람을 죽일 생각을 해! 덕분에 나하고 메디나까지……, 어떻게 책임질래, 이 자식아!"

보로미어가 여전히 고개만 숙이고 있자 닉스는 겁에 질린 얼굴로 메디나를 돌아보았다.

"대장, 이제 어떻게 해요?"

씩씩거리던 메디나는 보로미어를 흘끗 쏘아보더니 말했다.

344

"이젠 좋건 싫건 이 녀석이 바라던 대로 드루이드 신전을 찾아야지. 그리고 실바누스 님께 사정을 이야기하고 변호해 달라고 부탁하는 수밖에. 실바누스 님이 나서주면 로한도 심한 형을 내리지야 않겠지."

"실바누스요? 로한이 왜 실바누스의 말을 들어주죠?"

"그런 게 있어."

메디나가 더 이상 이야기를 하지 않자 닉스가 한숨을 쉬며 말했다.

"대장 생각에 그게 최선의 방법이라면 일단 해봐야죠."

위저드는 여전히 땅에 주저앉아 있는 보로미어에게 무섭게 눈을 부라리더니 일어섰다.

"너도 어서 일어나지 못해!"

메디나의 고함에 보로미어도 엉거주춤 몸을 일으켰다.

그러자 드워프는 능숙한 몸놀림으로 다시 말 위에 오르더니 말했다.

"20리그라면 해질녘까지 꼬박 걸어야 하는 거리야. 서두르자."

이어진 한나절은 지옥이었다. 메디나와 닉스는 보로미어에게 한 마디도 말을 붙이지 않았고, 가끔씩 고블린이나 트롤 무리들과 마주치는 경우에도 칼을 뽑을 기회조차 주지 않았다. 완전한 따돌림 속에서 보로미어는 자신의 행동을 십분 반성했지만, 100번을 아까의 상황으로 되돌아간다고 해도 자신이 다른 선택을 하리라고는 생각하지 않았다.

이것은 선택의 여지가 없는 문제였다.

물론 메디나와 닉스에게까지 피해가 돌아가게 한 것은 미안한 일이지만, 그렇다고 실바누스를 포기할 수는 없었다. 자신은 그녀를 찾아야 했고 온 가이아 땅을 통틀어 그보다 더 중요한 일은 없었다.

보로미어는 앞에서 말을 모는 메디나와 힘겹게 그 뒤를 따르는 닉스의 뒷모습을 보면서, 과연 그들이 자신의 지금 심정을 이해해 줄 수 있을까 하는 생각이 들었다. 둘 다 자신을 돕겠다고 따라나서긴 했지만 과연 그것이 자신의 절박함을 반이라도 이해하고 내린 결정들이었을까? 아마도 아닐 것이다. 그걸 이해했다면 아까 자신이 저지른 일 역시 이해해 주어야 했다.

"워워!"

갑자기 메디나는 고삐를 잡아채며 말을 달랬다.

"무슨 일이에요?"

닉스가 묻자 메디나는 날카로운 눈으로 주변을 돌아보며 말했다.

"주변에 뭔가가 있어. 움직임이 느껴져."

드워프의 말을 들은 닉스는 긴장을 하며 손에 파이어 볼의 수인을 맺었다. 보로미어도 일행에게 다가서며 주변을 둘러보았으나, 사방에 우거진 나무들 사이로는 아무것도 보이지 않았다.

메디나가 말 위에서 랜스를 곧추 잡는 것과 동시에 앞쪽 숲에서 뭔가 큼직한 그림자가 무서운 속도로 달려나왔다.

"하아!"

메디나는 그 정체를 확인도 하지 않고 무조건 말의 옆구리를 걸어차며 달려나갔다.

쩍!

드워프의 랜스는 정확히 그림자에 명중했으나 요란한 소리를 내며 부러져 나갔다. 동시에 그림자와 정면 충돌한 말이 고꾸라지면서 메디나의 육중한 몸집이 공중을 날았다.

"파이어 볼!"

이어서 닉스의 고함과 함께 시뻘건 불덩이가 그림자를 휘감았지만, 녀석은 여전히 속도를 줄이지 않고 위저드를 향해 똑바로 돌진해 왔다. 파랗게 질린 닉스가 허둥거리며 다시 수인을 맺었으나 다음 주문을 풀 시간적 여유가 부족하다는 것은 누가 보아도 뻔했다. 반사적으로 위저드의 앞으로 달려나간 보로미어는 번개처럼 미스릴 블레이드를 내질렀다. 그러자 은검이 녀석의 살과 뼈를 비집고 들어가는 느낌이 뻑뻑하니 전해져 왔다.

그러나 기트얀키 블레이드의 일격조차도 달려오던 녀석의 관성을 막기에는 역부족이었다. 칼자루까지 깊숙이 박힌 검을 두 손으로 잡고서도 4, 5미터 가량을 주욱 밀린 보로미어는 닉스와 부딪히고 나서야 가까스로 멈춰 섰다.

"으아악!"

닉스가 비명과 함께 뒤로 날아가고 메디나가 전투용 도끼를 높이 쳐들고 달려온 후에야, 보로미어는 마지막 숨을 몰아쉬고 있는 회색 괴물의 모습을 제대로 살펴볼 수 있었다. 자신의 서너 배는 족히 되어보이는 덩치에 기둥 같은 여섯 개의 발, 그리고 온몸을 휘감은 두꺼운 가죽과 아직 미스릴 블레이드가 박혀 있는 쇠모루 같은 앞이마…….

"티타노세로스! 어쩐지……."

녀석이 죽은 것을 안 메디나가 도끼를 내리며 탄식했다.

"티타노……, 뭐라고요?"

보로미어가 묻자 메디나는 씁쓸한 표정으로 대답했다.

"티타노세로스라고. 어째 랜스가 너무 쉽게 부러지더라. 이 녀석은 무조건 돌진해서 저 쇳덩이 같은 이마로 상대를 들이받는 게 주특기지. 그건 그렇고, 이게 네크로맨서 원정에서 위력을 떨쳤다는 그 기트얀키 블레이든가?"

"에? 예……."

메디나는 보로미어가 여전히 두 손으로 부여잡고 있는 미스릴 블레이드를 신기한 눈으로 훑어보았다.

"흠, 티타노세로스의 이마를 간단히 뚫을 정도란 말이지. 칼도 칼이지만 솜씨도 귀신같구먼. 이마에서 목을 관통해 심장까지 한 번에 꿰었어."

드워프는 하루 종일 화내던 것도 잊은 듯, 미스릴 블레이드와 보로미어의 솜씨를 보고 감탄하기에 여념이 없었다. 보로미어는 검을 살짝 비틀어 뽑으며 메디나의 말이 틀리지 않았음을 알았다. 칼끝이 정확히 녀석이 심장에 박혀 있었다. 일부러 겨누었던 것은 아니니, 아마도 기트얀키들과의 대결 때처럼 검 스스로가 알아서 움직인 게 분명했다. 지능형 무기란 역시…….

"아이고, 허리야!"

오만상을 하며 다가온 닉스는 바닥에 길게 누운 짐승을 보더니 침을 꿀꺽 삼켰다.

"티타노세로스! 쳇, 오늘도 죽을 고비 하나 넘겼군. 고마워, 보로미……."

별 생각 없이 보로미어를 보며 한쪽 눈을 끔벅하던 닉스는, 갑자기 말꼬리를 흐리더니 '흥' 하고 고개를 돌렸다. 메디나도 그제야 보로미어의 죄상을 상기했는지 멋쩍은 표정을 지으며 돌아섰다.

보로미어는 순간 울컥하는 느낌이 들었으나 이내 아랫입술을 깨물었다. 더한 대우를 받더라도 자신은 지금 할말이 없는 것이다.

여전히 바닥에 널브러져 있는 말을 살펴본 메디나는 고개를 저으며 일어섰다.

"젠장, 말이 죽어버렸어."

"정말요?"

하루 종일 말을 따라 달리느라 정신이 없던 닉스가 기쁜 목소리로 묻자 메디나는 그를 잠시 노려본 다음 눈을 들어 남쪽을 바라보았다.

"제기랄, 거의 다 왔는데……"

"그럼 걸어가면 되겠네요, 천천히."

닉스가 벌어지는 미소를 감추지 못하며 말하자 메디나는 입맛을 다셨다.

"하긴 랜스도 부러졌으니 말이 꼭 필요한 건 아니지. 그리고 일단 그 신전을 찾는 게 급선무이니까, 어서 출발하자고."

그러나 벙글거리던 위저드의 얼굴은 메디나가 걸음을 옮기기 시작하자 금세 일그러졌다. 그녀의 잰걸음은 오히려 말보다도 조금 빠른 편이었던 것이다.

이동 속도를 맞추느라 애쓰던 닉스가 다시 비틀거릴 무렵, 갑자기 일행 앞에 너른 공터가 나타났다. 드워프가 사방을 살피며 먼저 조심스레 공터 안으로 발을 들여놓았다. 닉스와 보로미어가 그 뒤를 바짝 따랐다.

별일 없이 공터의 중앙에 다다른 메디나는 고개를 갸웃거리며 다시 주위를 두리번거렸다.

"왜, 왜요, 대장?"

닉스가 숨을 헐떡이면서도 걱정스레 묻자 메디나가 눈살을 찌푸리며 말했다.

"남쪽 20리그면 여기 정도가 맞아. 그런데 아무리 눈을 씻고 보아도 신전 같은 건 보이지 않잖아."

"드루이드 신전처럼 비밀스런 곳이 뻔히 드러난 곳에 있지야 않겠죠. 아마도 아까 요한이 큰 램프와 황금 사자 어쩌고 했던 구절이 신전을 찾는 열쇠일 거예요. 뭐였더라……, 아, 맞아. '큰 램프가 꺼질 때 황금 사자는 셋에 다섯을 더해 울부짖는다'라고 했어요."

닉스의 말에 메디나는 여전히 사방을 두리번거리며 투덜댔다.

"젠장, 여긴 황금 사자는커녕 고양이도 없잖아!"

"일단 램프를 찾아야 할 텐데……. 큰 램프라고 말을 한 걸 보면 분명히 각각 크기가 다른 램프가 두 개 이상일 거예요."

두 사람이 주고받는 대화를 듣던 보로미어도 사방을 둘러보았으나 메디나의 말을 인정할 수밖에 없었다. 사방은 빽빽히 우거진 숲으로 둘러싸여 있었고, 남쪽의 허연 바위산 하나를 제외하고는 그냥 평범한 숲속 공터일 뿐이었다. 램프나 황금 사자 따위는 눈을 씻고 보아도 없었다.

안절부절못하던 메디나는 한참을 더 두리번거리다가 '젠장할!' 하고 욕지거리를 내뱉으며 그 자리에 주저앉았다. 그 옆에 닉스가 따라앉은 후에도 계속 혼자말로 뭐라 툴툴대던 드워프는 갑자기 보로미어를 돌아보며 소리를 질렀다.

"이 병신아!"

"……."

"드루이드 신전인지 뭔지는 코빼기도 보이지 않고 이젠 비트라 쿰으로 돌아가기도 너무 늦었어! 영주의 허가도 받지 않고 나왔으니 이젠 여기서 안전 지대도 없이 밤을 샐 수밖에 없게 됐잖아!"

"미안해요, 대장."

"이 자식아! 미안하다면 다야? 모레까지 이렇게 돌아다니다간 꼼짝없이 죽을 테니, 내일은 당장 어느 도성으로든 기어들어 가야 한단 말이야! 거리상 가능한 곳은 비트라 쿰뿐인데 성문까지 가기도 전에 총독의 추적대에게 잡힐 거다."

"……."

"아무리 임시라지만 명색이 쿰 보안관이 도망을 다녀야 하다니."

메디나의 푸념에 보로미어는 더 깊이 고개를 숙일 뿐이었다.

잠시 침묵이 흐른 후 메디나가 한숨을 내쉬며 다시 투덜거렸다.

"젠장! 어젯밤에 끝까지 말렸어야 하는데……."

"이럴 줄 알았으면 나도 돕자는 말은 하지 않았어요."

닉스도 따라서 한숨을 쉬었다.

그러자 메디나가 다시 한숨을 쉬었다.

드워프와 엘프가 번갈아 내쉬는 한숨 소리를 듣고 있던 보로미어는 슬슬 부아가 치밀어오르는 것을 느꼈다. 물론 자신이 잘했다는 것은 아니다. 하지만 그렇게 하지 않았다면 요한은 절대로 드루이드 신전의 위치를 말하지 않았을 것이다. 정말 어쩔 수 없었기에 저지른 일인데, 같이 도와주겠다고 나섰으면서 너무들 자신의 마음을 몰라준다는 생각이 들었다.

"제기랄, 자기들이 뭘 안다고."

메디나와 닉스가 갑자기 험악한 표정으로 돌아보는 바람에, 보로미어는 방금 자기가 저도 모르게 생각한 것을 입 밖에 내어 중얼거렸다는 것을 깨달았다.

"뭐가 어째?"

메디나가 육중한 엉덩이를 떼고 일어서는 것을 본 보로미어는 아랫입술을 깨물었다.

"다시 말해 봐, 이 자식아."

드워프는 으르렁대며 다가오더니 잡아먹을 듯이 보로미어를 노려보았다. 그녀의 눈길을 피하던 전사는 문득 될 대로 되라는 심정이 되어 소리쳤다.

"그래! 대장이 내 기분을 알기나 해?"

"이 자식이 정말? 난 네 녀석의 그 황당한 대가리 속은 알고 싶지도 않아!"

"황당한 대가리? 그러는 대장은 원하는 게 뭐야?"

"원하는 거라니? 언제 내가 너한테 뭘 달라던?"

"빌어먹을! 이 가이아 땅에서 대장이 정말로 원하는 게 뭐냐고!"

"……."

보로미어의 질문에 메디나는 이해가 가지 않는다는 얼굴을 하며 어물거렸다. 그런 모습을 바라보던 보로미어가 다시 고함을 질렀다.

"대장이 그 도끼 자루를 열심히 휘둘러대며 온 카자드를 돌아다닐 땐 뭔가 바라는 게 있을 거 아냐!"

"그야 서열을 올리는……."

"그래서 얻는 게 뭔데? 대장이 계속 그 지랄 같은 서열을 올리려는 이유가 뭐냐고!"

"……."

"거봐! 할말 없지? 대장은 그저 그날그날 목숨을 부지하면서 가끔 서열이나 올리면 만족할지 몰라도, 난 달라. 내가 원하는 건 실바누스뿐이야. 실바누스와 같이 있을 수만 있다면 난 상급 서열이 못 되어도 좋고 그녀를 위해서라면 죽어도 상관없어."

"……."

"내가 아까 한 짓이 잘했다고 우기자는 건 아냐. 그래, 대장과 닉스에겐 정말 미안해. 두드려패면 암말 않고 맞겠어. 하지만 대장은 지금 내 심정을 조금도 이해해 주지 않잖아. 이게 나한테 얼마나 중요한 일인진 대장도 닉스도 절대로 알 수 없단 말이야."

보로미어의 말이 끝나자 메디나는 멍한 얼굴로 눈만 끔벅거렸다.

어느새 다가와 있던 닉스 역시 혼란스런 표정으로 보로미어를 쳐다보다가 머리를 흔들었다.

"사는 목적……? 죽지 않고 계속 사는 것 자체가 목적이지 그 이상 뭐가 또 있어?"

"있어!"

보로미어가 닉스에게 버럭 소리를 지르자, 메디나가 혼란을 털어버리려는 듯 머리를 흔들더니 굳은 얼굴로 말했다.

"잠깐만. 그럼 너한테 한번 물어보자. 그러니까 우리가 사는 데에는 아무 목적이 없고, 넌 실바누스 님을 만나야 한다는 목적이 있으니까, 네 삶이 우리 삶보다 더 중요하다 이거냐?"

"……."

"네놈 목적을 위해서는 중요하지 않은 나와 닉스는 어떻게 되건 상관이 없다는 말이냐고?"

"……."

그녀답지 않은 날카로운 질문에 보로미어는 얼굴을 붉히며 대답을 못했다. 그런 보로미어를 바라보던 메디나가 조용히 입을 열었다.

"맘 같아선 네 녀석이 바라는 대로 흠씬 두드려패 주고 싶지만, 네가 정말로 그런 생각을 하고 있다면 그러는 것도 아깝다. 그래, 네놈 눈엔 카자드에서의 내 삶이 아무런 목적도 없어보일지 몰라. 어쩌면 네놈 말이 맞을지도 모르지. 하지만 그렇다고 네가 내 삶에 맘대로 값을 매길 수 있다고 생각해?"

"……."

"멍청한 녀석. 실바누스 님을 찾는 일이 네게 얼마나 중요한지는 내가 알 바 아니다. 그걸 판단하는 건 네 녀석 몫이니까. 우리가 화난 이유는 네가 우리를 무시했기 때문이야. 네가 네 마음대로 우리의 삶에 값을 매기고, 네 일이 더 중요하다고 판단을 했기 때문이라고. 도대체 우린 너에게 뭐냔 말이다!"

전사는 그제야 자신의 진짜 잘못이 무엇이었는지를 깨달았다. 물론 닉스도 메디나도 자신의 감정을 완전히 이해하지는 못하고 있었다. 그렇지만 그건 이해할 수가 없어서가 아니라 이해할 필요가 없었기 때문이다. 동료인 보로미어가 도와달라고 했고, 그들에겐 그것으로 자리를 털고 일어날 충분한 이유가 되었던 것이다.

그런데 자신은 그들의 입장은 전혀 생각하지 않고 행동했다. 그리고 그것도 모자라 당치도 않게 자신을 이해하지 못한다고 그들을 원망하고 있었다.

웬일인지 어젯밤 꿈속에서 본 마족의 얼굴이 잠시 떠오르면서 보로미어는 스스로에 대한 강한 혐오에 사로잡혔다. 아무리 실바누스를 찾는 일이 급하고 다른 방법이 없었다고는 하지만, 동료들을 생각했다면 절대로 사제장의 팔을 부러뜨려서는 안 되는 일이었다. 지금 와서 '어쩔 수 없었다'는 말은 핑계일 뿐 분명히 선택의 여지는 있었다.

그리고 자신은 절대로 해서는 안 되는 선택을 한 것이다.

"미안해요. 정말로 미안해……."

보로미어가 고개를 숙인 채 중얼거리자 닉스가 말했다.

"이런 녀석에게는 정말 지하 감방이 딱 어울려. 대장, 차라리 지금이라도 돌아가서 총독에게 사정을 설명하는 게 어때요? 달리 방법이 없잖아요."

그러나 메디나는 왠지 아무런 대답이 없었다.

"대장? 우리 지금이라도……."

다시 이어지던 닉스의 목소리마저 중간에서 끊어지자 뭔가 이상한 것을 느낀 보로미어는 숙였던 머리를 들었다.

메디나와 닉스는 하나같이 어떤 곳을 뚫어져라 노려보며 돌기둥이 되어 있었다. 그들의 시선을 따라 고개를 돌리자 서쪽 지평

선에 걸려 커다란 램프처럼 이글거리는 태양과 그 빛을 받아 황금 빛으로 물든 공터 남쪽의 바위산이 눈에 들어왔다.

석양 노을을 받아 군데군데 그림자가 진 바위의 정면에는 네 발을 굳게 딛고 선 한 마리 사자의 자태가 또렷이 나타나 있었다.

누가 먼저라 할 것도 없이 허둥지둥 바위를 향해 달려간 세 사람은 그 밑에 다다라 위를 올려다보았다.

"이런 빌어먹을. 저렇게 그림자가 지니까 사자로 보이네."

메디나가 중얼거리자 닉스가 말했다.

"큰 램프라는 건 결국 태양을 말하는 거였어. 이 바위가 바로 황금 사자고. 그렇다면 이젠 셋에 다섯을 더한다는 말의 비밀만 풀면 되는 건데……."

"팔!"

보로미어가 바위를 향해 목이 터져라 외쳤으나 아무 일도 일어나지 않았다.

"그렇게 간단한 수수께끼는 아닐 거야."

닉스는 핀잔을 주듯 말한 다음 황금색 바위를 노려보았다.

위저드가 생각에 잠겨 있는 동안 보로미어는 주먹으로 그 표면을 여덟 번 두드려보기도 하고, 세 번, 다섯 번으로 나누어 두드려보기도 하면서 바위 주위를 맴돌았고, 메디나 역시 코를 바위에 붙이다시피 하면서 그 표면을 자세히 살펴보았다.

별다른 소득 없이 10여 분 가량이 지난 다음 갑자기 메디나의 목소리가 바위 뒤쪽에서 울려퍼졌다.

"닉스, 여기 좀 봐봐."

달려간 닉스와 보로미어는 드워프가 가리키는 바위의 한 부분

을 들여다보았다. 메디나가 조금 거무스레해 보이는 그곳을 도끼
자루로 두드리자 '쩡, 쩡' 하는 소리가 울려퍼졌다.

"이상하지? 이 부분만은 바위가 아니라 쇠로 되어 있어."

"비켜봐요."

메디나를 밀어젖힌 보로미어는 있는 힘을 다해 그 부분을 눌러
대기 시작했다. 얼굴이 시뻘개질 정도로 힘을 썼으나 바위는 옴짝
달싹도 하지 않았다.

"이 씨, 이 빌어먹을 놈의 바위. 확 부숴버릴까?"

안달이 난 보로미어가 짜증을 부리자 닉스가 퉁명스레 말했다.

"옆으로 비켜봐. 힘으로 될 일이 아닐 거야."

보로미어가 일그러진 얼굴로 비켜서자 닉스는 쇠로 된 부분 앞
에 버티고 서서 다시 생각에 잠겼다.

"쇠라……, 왜 바위에 쇠가 박혀 있을까……."

나직이 혼잣말을 중얼거리던 위저드는 갑자기 얼굴을 펴더니
번개처럼 수인을 맺고 주문을 풀었다.

"파이어 볼!"

닉스의 손에서 날아간 불덩이가 쇠로 된 바위의 표면과 부딪치
는 것과 동시에, 바위 전체가 격렬하게 진동하기 시작했다. 이어
서 놀랍게도 돌 사자의 입이 서서히 벌어지면서 난데없는 굉음이
천지를 뒤흔들었다.

"으아아!"

두 손으로 귀를 막고 뒷걸음질치던 보로미어는 다음 순간 자신
의 눈을 의심했다. 공터를 둘러싸고 있던 나무들의 일부가 사자의
울부짖음에 맞춰 꿈틀거리며 움직이기 시작했던 것이다.

바위 사자가 울음을 그치고 다시 입을 닫은 후에도 세 사람은 한동안 귀에서 손을 떼지 못하고 멍하니 서 있었다. 그리고 그런 일행 앞에는 움직임을 멈춘 나무들 사이로 좁은 길 하나가 길게 모습을 드러내고 있었다.

"이런 세상에······."

메디나가 가까스로 입을 열었을 때 보로미어는 닉스를 돌아보며 물었다.

"어, 어떻게 된 거지?"

"후우, 역시 엘러멘틀·마법이었어."

닉스가 중얼거렸다.

"뭐라고?"

"위저드 마법 말이야. 엘러멘틀 펜타곤에서 다섯 원소의 위치가 열쇠였다고. 쇠는 펜타곤의 세 번째 자리에, 그리고 불은 다섯 번째 자리에 놓이거든. 셋에 다섯을 더하란 말은 결국 쇠에 불을 더하란 말이었어."

"젠장, 더럽게도 복잡하게 해놨군."

보로미어가 투덜거리자 메디나가 말했다.

"신전을 찾는 열쇠가 위저드 마법인 것은, 아마도 사제인 제사장 혼자서 함부로 신전을 열 수 없도록 한 장치일 거야."

"그렇게까지 사람의 접근을 막으려는 곳에 우리가 함부로 발을 들여놓아도 될까?"

닉스가 혼자말처럼 중얼거리자 메디나는 등에서 도끼를 뽑아 들며 굳은 얼굴로 말했다.

"좋은 질문이야. 좀 늦긴 했지만."

358

메디나를 선두로 좁은 길로 들어선 일행은, 이내 그 길이 원래 있던 것이 아니라 나무들이 움직이면서 새로 만들어진 것임을 깨달았다. 울창한 아름드리 나무들은 마치 도열한 병사들처럼 가지런히 길 양쪽에 서 있었고 앞으로 나아갈수록 그 간격은 더욱 촘촘해져 갔다. 보로미어는 수없이 꺾어지고 휘어지는 길을 따라 걸으면서, 만약 나무들이 비켜주지 않았다면 웬만한 레인저라도 이 숲속에선 방향을 잃고 헤맬 수밖에 없었을 거란 느낌이 들었다.

상당한 시간이 흐른 후 앞서 걷던 메디나가 문득 걸음을 멈췄다. 그녀의 옆으로 다가간 보로미어는 눈앞에 펼쳐진 너른 풀밭과 그 중앙에 솟아 있는 건물을 보고 저도 모르게 숨을 들이마셨다. 더 이상 푸를 수 없을 정도로 푸른 잔디 위에 서 있는 상아색 석조 건물의 모습은 도저히 이 세상의 것이란 생각이 들지 않을 정도로 아름다웠다. 그 아름다움에 도취되어 멍하니 서 있던 전사는 건물 정문 위에 새겨진 드루이드 서클의 부조를 알아보는 순간, 저도 모르게 앞으로 달려나갔다.

"실바누스!"

목청껏 외치며 신전 안으로 뛰어든 보로미어는 사방을 두리번거리다가 우뚝 멈춰 섰다. 신전 안쪽에는 돌로 만든 제단이 높이 솟아 있었고, 그 앞에는 한 사람이 등을 돌린 채로 꿇어앉아 기도를 올리고 있었다.

"실바누스?"

보로미어는 홀린 듯 중얼거리며 제단을 향해 걸음을 옮겼다.

가까이 갈수록 길게 늘어진 금발과 티란딜 장식의 가죽 갑피가 또렷이 눈에 들어왔다. 비틀거리며 그녀 앞으로 돌아간 전사는 그토록 그립던 실바누스의 얼굴을 확인하고는 그만 그 자리에 털썩 주저앉았다.

"실바누스?"

보로미어가 떨리는 목소리로 이름을 불렀으나 드루이드는 두 손을 가슴 앞에 모은 채 아무런 대답이 없었다.

"실바누스. 나야, 보로미어. 눈 좀 떠봐."

뭔가 심상치 않은 것을 눈치챈 보로미어는 손을 뻗어 그녀의 어깨를 흔들려다가 몸에 손대지 않기로 했던 약속을 기억하고는 내밀었던 손을 거둬들였다. 어쩔 줄 모르고 그녀의 얼굴만 바라보고 있는 가운데 닉스와 메디나가 옆으로 다가왔다.

"대장, 이게 어떻게 된 거죠? 실바누스가 눈을 뜨지 않아요."

보로미어가 울먹이며 말하자 실바누스의 상태를 살펴본 메디나가 말했다.

"흥분하지 마. 실바누스 님은 지금 잠들어 있을 뿐이야."

"자고 있다고요?"

"아마 여기서 휴식을 취하며 회복을 기다리시는 거겠지."

"언제까지요?"

"그거야 실바누스 님이 깨어나고 싶을 때까지 아니겠어?"

메디나의 시큰둥한 대답에 보로미어는 허탈한 표정으로 실바누스를 돌아보았다. 잠든 그녀를 만나기 위해 여기까지 온 것은 아니다. 하지만 지금으로선 그녀가 깨어날 때까지 기다리는 것밖에 달리 방법이 없었다.

"흐음. 실바누스가 이렇게 생겼더란 말이지?"

옆에 쭈그리고 앉아 실바누스를 뜯어보던 닉스가 신기하다는

듯 중얼거렸다. 보로미어가 아무 말을 않고 가만히 있자 닉스는
전사를 돌아보며 이죽거렸다.

"네놈 취향이 어떤지 궁금했는데, 생각보단 눈이 높군."

"그만둬."

평소 같으면 당장 위저드의 멱살을 잡았을 보로미어였지만 지
금은 못마땅한 표정으로 한 마디 하는 것이 다였다. 화를 내기는
커녕 닉스가 자신에게 말을 걸어주는 것만도 황송한 처지인 것이
다. 그것을 눈치챈 닉스는 전사에게 밀린 앙갚음을 할 기회를 놓
치지 않았다.

"쯧쯧, 난 이해가 안 가. 이런 미인이 뭘 보고 너 같은 녀석에게
꼼짝을 못하는 건지."

"무슨 소리야?"

"자식이, 무슨 소리긴 무슨 소리야. 실바누스는……."

닉스는 보로미어의 얼굴을 돌아보며 조잘대다가 갑자기 말을
멈추며 물었다.

"이 녀석, 너 정말 모르는구나?"

"뭘?"

보로미어가 되묻자 닉스는 한심해 죽겠다는 눈으로 전사를 쳐
다보다가 말했다.

"이런 병신! 실바누스는 아모네 이실렌에서 목숨을 던져가며
널 살렸어. 또 제라드 쿰에서 너에게 그 수모를 당하고도 가이우
스의 원정대를 쫓아갔고. 그리고 나중에 네가 죽자 소원으로 널
다시 살려내기까지 했어. 그런데도 아직도 모르겠어?"

"?"

"실바누스는 널 사랑하고 있어. 그것도 네가 그녀를 사랑하는 이상이면 이상이지, 절대로 그 이하는 아니야."

보로미어는 멍한 얼굴로 실바누스의 잠든 모습을 돌아보았다. 지금까지 그녀에 대한 자신의 감정만을 생각했을 뿐, 자신에 대한 그녀의 감정은 단 한번도 생각해 본 적이 없었다. 제라드 쿰까지의 일은 단지 그녀가 보호자로서의 역할을 충실히하는 것이라고 생각 했고, 네크로맨서 원정에 쫓아온 이유에 대해 의문을 가졌을 때도 그저 그녀에게 뭔가 다른 목적이 있기 때문이라고 생각했다. 괜한 질문을 했다가 그녀로부터 호되게 한 소리를 들은 이후론 아무 의심 없이 그녀를 믿기만 했지 '자신'에 대한 '그녀'의 감정 따위는 생각조차 해본 일이 없었다.

'그런데 실바누스도 날 사랑한다고?'

갑자기 가슴속이 울렁거리며 뜨거운 용암이 소용돌이치기 시작했다.

"실바누스! 눈을 떠! 눈 좀 떠봐! 실바누스!"

갑자기 보로미어가 악을 쓰기 시작하자 주변을 정찰하던 메디나가 황급히 달려왔다.

"무슨 일이야?"

실바누스의 얼굴을 들여다보며 망연 자실해 있는 보로미어와 어쩔 줄 모르며 그 옆에 쭈그리고 있는 닉스를 번갈아 보던 드워프는 위저드에게 버럭 소리를 질렀다.

"너 도대체 보로미어에게 무슨 소리를 한 거야!"

"아니, 저기……, 그게……."

닉스가 우물거리자 메디나는 성난 눈으로 그를 노려보며,

"쓸데없이 입 놀리지 마라. 특히 이 녀석은 무슨 소리건 제 멋대로 받아들이는 놈이니까."

하고 쏘아붙이더니, 보로미어의 뒷덜미를 질질 끌어 실바누스로부터 멀찌감치 떼어놓았다.

여전히 넋을 잃고 앉아 있는 보로미어를 흘끗 돌아본 드워프가 닉스에게 말했다.

"한 가지 좋은 소식이 있어. 여기 신전 안은 커다란 안전 지대와 마찬가지야. 그래서 실바누스 님도 밤 속으로 사라지지 않고 저렇게 잠을 자고 있는 거고. 그러니 이 안에서 밤을 보내면 건강치를 잃을 걱정은 하지 않아도 된다고. 오히려 밤 사이에 회복이 되겠지."

"듣던 중 반가운 소리네요."

"오늘은 체력 소모가 심했으니 어서 쉬도록 해."

메디나가 도끼를 옆에 내려놓으며 바닥에 앉자 닉스도 편한 자리를 찾아 몸을 뉘었다. 메디나는 갑옷의 고리를 풀다가 그때까지도 실바누스의 잠든 모습을 멍하니 바라보고 있는 보로미어를 발견하고는 눈살을 찌푸렸다. 마치 홀딩 마법에라도 걸린 듯한 두 남녀를 잠시 바라보던 그녀는 고개를 절레절레 흔들면서 뒤로 벌렁 누워버렸다.

멀티 세트를 벗어던진 원철은 전화선을 연결한 다음, 거칠게 재다이얼 버튼을 눌렀다.

신호는 정상적으로 갔지만 대여섯 번이 울리도록 아무도 전화를 받지 않았다. 열 번이 넘자 원철은 혹시 혜란이 아예 집을 비우고 나가버린 게 아닐까 하는 생각이 들기 시작했지만, 그래도 끈기 있게 수화기를 들고 기다렸다.

열네 번째 벨이 울리는 것과 동시에 통화가 연결되었으나 말소리 대신 긴 침묵이 흘러나왔다.

"……"

"혜란 씨, 납니다. 왜 접속을 하지 않는 거죠?"

"끊으세요. 지금 별로 얘기하고 싶지 않아요."

"잠깐만, 잠깐만요. 끊을 때 끊더라도 이유는 말해 줘요. 왜 접속을 하지 않았죠?"

"……그게 내가 지금 할 수 있는 유일한 저항이니까요."

"저항이오?"

원철이 되묻자 혜란이 한숨을 쉬더니 말했다.

"내가 원하는 건 원철 씨가 당장 그 게임을 끊고 정상으로 돌아오는 것뿐이에요. 하지만 보로미어가 실바누스를 포기하지 않는 이상은 원철 씨도 팔란티어를 포기하지 않을 것 아녜요? 난 내 처지에서 보로미어를 단념시킬 수 있는 유일한 방법을 택하기로 했어요."

'빌어먹을!'

원철은 어금니를 악물었다. 예상했던 최악의 사태였다. 혜란이 접속을 하지 않는다면 실바누스도 결코 눈을 뜨지 않을 것이다. 고생고생하며 드루이드 신전까지 찾아간 것이 모두 허사가 될 판국이었다.

"혜란 씨, 좀 너무한 것 아닌가요? 지금 보로미어 녀석이 어떤 상태인지 알아요? 그 녀석이 얼마나 애타게 실바누스를 그리워하는지 알기나 하냐고요. 그 녀석 완전히 미치기 일보 직전이란 말입니다. 그런데도 실바누스를 재워놓겠다니, 혜란 씬 너무 잔인하군요."

"이젠 아예 보로미어가 정말 친구라도 되는 듯이 말하는군요. 제발 정신차려요, 원철 씨. 보로미어는 사람이 아니라 게임 속의 캐릭터란 말이에요! 그리고 괜히 보로미어를 끌어들이지 마세요. 실바누스를 보고 싶어 미칠 지경인 건 원철 씨 자신이잖아요?"

다시 한 시간 전의 논쟁으로 돌아가고 있었다. 원철은 더 이상 이야기해 봐야 소용없다는 것을 깨닫고, 방법을 바꿔보기로 했다.

"혜란 씨가 접속하지 않은 걸 내가 어떻게 알았는지 알아요?"

"……?"

"지금 보로미어는 드루이드 신전에 있어요. 실바누스의 잠든 얼굴을 마주보며 그녀가 눈뜨기만을 기다리고 있다고요."

"어떻게 신전에까지……."

"닉스와 메디나가 도와줬죠. 기억나죠? 말 많은 엘프 위저드와 그 덩치 큰 드워프 아줌마."

"알아요. 하지만 신전의 위치는 알 수 없었을 텐데, 어떻게……."

따지듯 말하던 혜란은 갑자기 말을 멈추더니 피식 웃음을 흘렸다.

"원철 씨도 정말 끈질기군요. 내 호기심을 자극하려 하다니 좋은 시도였어요. 하지만 모든 사람이 원철 씨처럼 팔란티어에 중독이 되어 있는 건 아니죠. 나도 팔란티어 안의 일이 지금 어떻게 돌아가고 있는지 상당히 궁금하긴 하지만, 접속하면 안 될 때 하지 않을 정도의 자제력은 갖추고 있답니다."

너무도 간단히 의도를 간파당한 원철은 속으로 이를 악물었다. 심리학 박사답게 자신의 속을 훤히 들여다보고 있는 그녀에게 얕은 속임수는 통하지 않을 것이다.

'그럼 어떻게! 도대체 어떻게 하면 혜란을 접속시킬 수 있을까!'

고민하던 원철은 닉스에게서 배운 한 가지 논리를 떠올렸다.

"혜란 씨, 잘 들어요. 실바누스를 계속 재운다고 보로미어가 그녀를 포기할 거라고 생각하세요?"

"……."

"그 곰탱이 녀석을 너무 얕잡아보지 말아요. 잘 알겠지만 그놈은 한다면 하는 녀석입니다. 실바누스가 눈을 뜨지 않는다고 해도 그 녀석은 1년이고 2년이고 계속 그 앞에 앉아서 기다릴 겁니다. 나 역시 실바누스가 눈을 뜰 때까지 계속 접속을 할 거고요. 공교롭게도 드루이드 신전 안은 안전 지대더군요."

"……."

"만약 혜란 씨 말대로 팔란티어에 접속하는 게 나에게 악영향을 끼치는 일이라면, 내가 접속하는 걸 막는 게 답이겠죠. 하지만 실바누스를 계속 재운다고 내가 접속을 안 할 건 아니잖아요? 따라서 혜란 씨가 나를 위한다며 접속을 않고 버티는 건 앞뒤가 맞지 않아요. 단지 내가 혜란 씨 충고를 듣지 않는 데 대한 심술에 불과할 뿐이라고요."

"……."

처음으로 혜란은 할말을 찾지 못하고 있었다. 원철은 기회를 놓치지 않았다.

"사랑해요. 절대로 혜란 씨와 실바누스를 헷갈려서 하는 말이 아니에요. 난 정말로 혜란 씰 사랑한다고요. 실바누스에 대한 감정이 없는 건 아니지만, 그건 실바누스가 혜란 씨의 일부이기 때문에 생기는 감정이에요. 하지만 혜란 씬 진정으로 날 사랑하나요?"

"그게 무슨 말이에요? 그럼 내가 원철 씨를 가짜로 사랑하기라도 한다는 말인가요?"

혜란이 불쾌한 감정을 숨기지 않으며 되물었다.

원철은 숨을 깊게 들이마신 후 말했다.

"나는요, 진정한 사랑이란 한 사람의 모든 것을 사랑하는 거라고 생각합니다. 좋은 점뿐만 아니라 그렇지 않은 점까지 모두요. 만약 혜란 씨가 정말로 날 사랑한다면, 혜란 씨는 내 무의식인 보로미어까지도 같이 사랑할 수 있어야 해요. 그리고 그 불쌍한 녀석은 지금 혜란 씨의 도움을 기다리며 질질 짜고 있단 말입니다."

"……."

시계를 돌아본 원철은 이미 12시가 넘은 것을 보고는 수화기를 잡은 손에 힘을 주었다.

"혜란 씨, 난 지금 팔란티어에 들어갑니다. 그리고 내가 들어갔을 때 실바누스가 눈을 뜨고 있기를 간절히 바랍니다. 어차피 나와 보로미어는 그녀가 눈을 뜰 때까지 드루이드 신전을 떠나지 않을 거니까요. 그리고 또 한 가지……."

원철은 아랫입술을 깨물었다. 이런 식으로 하기는 너무 싫었지만 다른 방법이 생각나지 않았다.

"지금은 21세깁니다. 사랑에 관한 한, 남자도 준 만큼 받기를 요구할 수 있다고 생각합니다. 만약 오늘 실바누스가 눈을 뜨지 않는다면……, 앞으론 굳이 나한테 연락하려 하지 마세요."

"워, 원철 씨……."

"물론 그런 일이 없기를 바랍니다. 나도 실바누스란 혜란 씨의 반쪽에만 만족하며 살고 싶지는 않으니까요. 하지만 난 내가 하는 사랑과 같은 종류의 사랑을 돌려받고 싶어요. 나중에 혼자서 상처받을 사랑은 이제 하지 않으렵니다."

칼로 자르듯 말을 마친 원철은 귀를 바짝 세우고 혜란의 반응을 기다렸다. 그러나 그녀가 거친 숨만 몰아쉬며 아무런 말이 없자 원철은 마음을 굳게 먹고 수화기를 내려놓았다.

입맛이 영 씁쓸했다. 욱이 녀석이야 밥먹듯이 하는 짓거리지만, 이런 식의 공갈은 도무지 자신의 체질에 맞지 않았다. 물론 혜란이 접속을 하지 않는다면 정말로 그녀와 만나지 않을 생각이긴 했다. 그러나 그렇다고 진짜로 결별 선언을 할 생각은 추호도 없었고 단지 그녀가 다시 접속을 할 때까지 겁만 좀 주려는 것이었다.

'하지만 과연 이런 협박이 그녀에게 먹혀들어 갈까?'

괜한 짓을 한 게 아닌가 하는 생각에 다시 전화기로 손을 뻗던 원철은 고개를 저으며 멀티 세트를 눌러썼다. 어차피 한 시간 안으로 확인이 될 일이다. 미안하다는 말은 그녀의 반응을 본 다음에 해도 늦지 않을 것이다.

"자식이, 좀 일찍일찍 일어날 것이지."

눈을 뜨자마자 닉스의 투덜거림이 날아왔다. 일어나 앉자 이미 갑옷을 갖춰 입은 메디나와 얼굴을 찌푸린 닉스가 실바누스와 마주앉아 있는 모습이 눈에 들어왔다. 드루이드의 눈은 아직도 감겨 있었다.

"내버려둬라. 우리에겐 저 녀석이 자고 있는 게 더 안전해."

메디나가 옆에서 말했으나 닉스는 보로미어에게 계속 투덜거렸다.

"인마, 우리가 지금 누구 때문에 여기 앉아 있는 줄 잊었어? 아무리 기다리는 것밖에 할 일이 없다지만, 그래도 낯짝이 있으면 일찍 일어나기라도 해야 할 것 아냐."

보로미어가 고개를 숙이고 말이 없자 닉스는 메디나를 보았다.

"대장, 그나저나 언제까지 실바누스가 눈뜨길 기다릴 거야?"

그러자 메디나는 한숨을 쉬더니 말했다.

"물론 여기서 무한정 기다릴 수는 없겠지. 하지만 우리도 어차피 당장 떠날 수 있는 입장은 아니야. 네 말대로 지금 돌아가 해명을 하고 총독이 그걸 받아들이면, 저 녀석만 처벌을 받는 걸로 끝날 수도 있겠지."

"그럼 그렇게 해요."

닉스가 당연하다는 듯 말하자 메디나는 고개를 저었다.

"하지만 총독이 우리 말을 순순히 믿어줄까? 우리 둘 다 가만히 서서 보기만 했고 또 같이 도망을 쳤잖아. 총독이 우리 모두를 로한에게 넘기기로 하면 그땐 모두가 꼼짝없이 지하 감방행이야. 그래서 결국은 실바누스 님이 필요한 거야. 실바누스 님이 도와주신다면 최소한 우린 처벌을 면할 수 있으니까."

"그럼 언제까지 기다리잔 거예요?"

"글쎄, 한 일주일?"

닉스의 물음에 메디나가 자신 없는 말투로 답하자 닉스는 잡아먹을 듯한 눈으로 보로미어를 쏘아보고는 자리에서 일어섰다.

"제기랄, 더럽게 지루하겠군."

투덜거리던 닉스는 벌떡 일어나 신전 안을 구경하기 시작했다. 보로미어는 묵묵히 앉아 있는 메디나를 바라보다 말했다.

"대장, 어제 일은 정말 미안해요. 내가 생각을 잘못했어요."

"관둬. 이미 다 지나간 일이야."

"아니 정말로 미안해요. 지금이라도 할 수 있는 일이 있다면……."

"쓸데없이 다른 문제 일으키지 말고 조용히 기다리기나 해. 아무리 기다려도 실바누스 님이 깨나지 않을 경우엔 돌아가서 영주의 심판을 받을 각오나 하고."

바늘도 들어가지 않을 것 같은 메디나의 태도에 보로미어는 입을 다물었다. 그러나 잠시 시간이 흐른 다음, 갈수록 쌓여만 가는 답답함에 전사는 다시 조심스레 물었다.

"저기, 대장. 실바누스와 같이 돌아가서 사정을 설명하면 정말 대장과 닉스는 처벌을 받지 않아도 되는 거죠?"

그러자 메디나는 길게 한숨을 쉬더니 말했다.

"그거야 총독의 마음에 달렸지. 물론 요한이 끝까지 로한의 심판을 주장한다면 우리 모두 카자드 쿰까지 가야 하겠지만, 앞뒤 사정을 듣고 요한이 납득만 해준다면 나와 닉스는 한 2, 3일 정도

출정 금지를 받는 걸로 끝날 거야. 실바누스 님이 증인으로 나서면 요한도 군소리 없이 물러설 테니 일은 간단하지. 링메이든을 보호하기 위해서였다는데 누가 시비를 걸겠어?"

"나는요?"

그러자 메디나는 피식 웃더니 말했다.

"네 녀석 문제는 좀 복잡해. 다른 사람도 아니고 쿰의 사제장을 공격한 일이야. 기본이 6개월이고, 아무리 실바누스 님이 나선다고 해도 서너 달은 각오해야 할걸?"

보로미어는 아랫입술을 깨물었다. 최악의 경우 실바누스 없이 로한의 심판을 받는 것은 피할 수 없는 일일 것이다. 하지만 6개월이라……. 6개월 이후에 실바누스가 어디에 있을지, 그리고 어떤 이름과 모습을 하고 있을지는 아무도 모르는 일이었다.

보로미어가 한참 고민에 잠겨 있을 때, 제단 쪽에서 닉스의 고함이 들려왔다.

"대장, 이것 좀 봐요!"

메디나와 함께 제단으로 다가간 보로미어는 위저드가 가리키는 물건을 보고는 숨을 들이마셨다.

"네냐!"

"도대체 이게 뭘까?"

닉스가 제단 위의 붉은색 반지를 향해 손을 내밀려는 것을 메디나가 황급히 제지했다.

"잠깐만."

"왜요?"

"이건 아무리 봐도 실바누스 님의 반지인 것 같은데……."

"맞아요."

보로미어가 고개를 끄덕이자 드워프는 상당히 불편한 표정을 지으며 중얼거렸다.

"이상한걸? 이 반지는 링메이든의 손가락을 떠날 수 없다고 들었는데……."

"모두 물러서지 못해?"

뒤에서 들려온 날카로운 목소리에 세 명은 일제히 고개를 돌렸다.

"실바누스!"

"실바누스 님!"

보로미어와 메디나가 동시에 외쳤다. 드루이드는 성난 표정으로 다가오더니 보로미어를 밀치고 제단 위의 네냐를 집어 손가락에 끼웠다. 그러곤 닉스와 메디나의 얼굴을 훑어본 다음 보로미어에게 시선을 고정했다.

"실바누스……."

그렇게도 기다렸던 그녀이건만, 막상 앞에 서자 보로미어는 그만 말을 잃고 말았다.

"넌 왜 여기에 와 있는 거지?"

그러나 인사 대신 날아온 실바누스의 차가운 목소리에 보로미어는 뭔가 이상함을 느꼈다. 분명히 실바누스의 목소리였지만 뭔가가 달랐다.

보로미어가 어물거리자 실바누스는 메디나를 돌아보며 물었다.

"도대체 너희는 드루이드 신전의 위치를 어떻게 알았지?"

머뭇거리던 메디나는 보로미어를 흘끗 돌아보고는 한 손으로 뒤통수를 긁으며 말했다.

"사제장 요한한테 들었습니다."

"요한? 요한이 그런 이야길 함부로 지껄였을 리가 없어."

"저기, 그게……."

메디나가 더듬거리며 말을 못하자 옆에서 닉스가 끼어들었다.

"그러니까 보로미어가 요한을 두드려패고 여기 위치를 담은 문구를 알아냈어. 그 문구의 비밀은 내가 해석했고."

자랑스레 떠벌리던 위저드는 실바누스가 무표정하게 바라보자 '흠흠' 하며 고개를 돌렸다.

"그러면 지금쯤 비트라 쿰의 총독은 보로미어를 잡으려고 혈안이 되어 있겠군."

혼자말처럼 중얼거리는 실바누스에게 메디나가 한 걸음 다가서며 말했다.

"실은 그게……, 그러니까 실바누스 님께서 해결해 주실 부분이 좀……."

"내가?"

실바누스의 한쪽 눈썹이 치켜 올라갔다.

"보로미어 녀석 때문에 저랑 닉스까지 도매금으로 넘어가 버려서……, 그러니까, 실바누스 님께서 총독에게 사정 설명을 좀 해주시면……."

미처 메디나의 말이 끝나기도 전에 드루이드는 고개를 저었다.

"그건 나와는 상관없는 일이야. 일을 저지른 사람들이 알아서 처리하도록 해."

"네?"

"뭐라고요?"

닉스와 메디나가 동시에 외쳤으나 실바누스의 굳은 얼굴엔 조금의 흔들림도 없었다.

"난 여기서 해야 할 일이 있어. 그러니 날 방해하지 말고 어서 저 덩치 큰 못난이를 데리고 돌아들 가."

다시 날아온 그녀의 말에 메디나는 눈만 끔벅일 뿐이었고 닉스는 어리둥절한 얼굴로 고개를 갸웃거렸다.

"저기 실바누스, 아무리 그래도 지금 우리들끼리만 돌아가면 카자드 쿰의 지하 감방은 따놓은 당상이란 말이야. 지금……."

위저드가 간곡한 말투로 설득하려 하자 드루이드는 손을 들어 그의 입을 막은 후 말했다.

"밖의 일이 어떻게 돌아가는지는 네가 굳이 풀이해 주지 않아도 돼. 하지만 그런다고 달라지는 건 없어. 난 여기서 해야 할 일이 있고, 그건 카자드 전체를 위해 중요한 일이야. 그러니까 모두 왔던 곳으로 돌아가라고."

실바누스가 짜증스럽게 돌아가라는 말을 되풀이하자 드디어 닉스도 더 이상 참지 못하고 언성을 높였다.

"실바누스! 이건 너무하잖아. 우리가 여기까지 오느라고 얼마나 고생을 했는지 알아? 얼마나 달렸던지 난 아직도 두 다리가 다 후들거린단 말이야! 게다가 그건 다 너와 보로미어를 다시 만나게 하려고……."

"그만둬!"

벼락 같은 보로미어의 고함이 닉스의 말을 끊었다. 전사는 거칠게 메디나를 밀쳐내고는 실바누스를 정면으로 마주보고 섰다.

"넌 누구야?"

밑도 끝도 없는 보로미어의 질문에 닉스와 메디나는 어리둥절한 표정을 지었다.

"이봐, 보로미어. 진정해."

메디나가 보로미어의 어깨에 손을 얹으며 말하자 전사는 실바누스에게서 눈을 떼지 않은 채 거칠게 드워프의 손을 뿌리쳤다.

"도대체 넌 누구야!"

보로미어가 무섭게 일그러진 얼굴로 다시 고함을 지르자, 실바누스는 파랗게 질려 주춤거리며 뒷걸음질치기 시작했다. 그러나 전사는 드루이드와 일정한 간격을 계속 유지하며 으르렁거렸다.

"널 본 적이 있어. 그래. 그건 꿈이 아니었던 거야. 그때도 넌 실바누스의 얼굴을 하고 있었지."

"보, 보로미어. 진정해."

실바누스가 두 손을 내저으며 더듬거렸지만 전사는 번개처럼 그녀의 어깨를 움켜쥐더니 거칠게 흔들어대기 시작했다.

"말해! 실바누스를 어디다 숨겼어! 실바누스를 내놔!"

놀란 메디나와 닉스가 보로미어에게 달려들었지만 이내 전사의 무지막지한 몸부림에 튕겨나갔다. 보로미어는 핏발이 선 눈으로 실바누스의 얼굴을 노려보며 갈라진 목소리로 쉬지 않고 외쳐댔다.

"네가 아냐! 난 실바누스를 찾아왔어. 실바누스를 내놓으란 말이야! 실바누스! 실바누스!"

신전 안을 쩌렁쩌렁 울리던 보로미어의 울부짖음은 실바누스가 갑자기 정신을 잃고 늘어지면서 뚝 끊어졌다.

"야, 인마! 너 지금 제정신이야? 요한으로도 부족해서 이젠 실바누스까지……."

닉스가 옆에서 부들거리며 소리치자 겁이 더럭 난 보로미어는 실바누스의 얼굴을 들여다보며 나직이 이름을 불렀다.

"실바누스?"

"미친 녀석! 역시 넌 자고 있을 때가 제일 안전한 놈이야!"

보로미어는 옆에서 계속 소리를 질러대는 닉스를 무시하며 다시 드루이드의 이름을 불렀다.

"실바누스, 대답 좀 해봐."

그러자 실바누스의 두 눈꺼풀이 가볍게 떨리더니 반짝 열렸다.

"실바누스!"

보로미어가 안도감에 소리치자 잠시 멍한 눈으로 그를 바라보던 드루이드가 전사의 목을 와락 끌어안았다.

"보로미어! 역시 너였구나. 역시 너였어."

얼떨떨해진 보로미어가 어쩔 줄 모르고 서 있는 동안 메디나는 두 사람 옆에서 고개를 갸우뚱거리고 있는 닉스의 뒷덜미를 끌고 한쪽으로 물러났다.

한동안 이어지던 실바누스의 떨림이 잦아들자 보로미어는 자신의 목을 감은 그녀의 두 팔을 천천히 떼내며 물었다.

"실바누스, 대체 어떻게 된 일이지?"

가까스로 숨을 고른 실바누스는 아직도 충격이 가시지 않은 듯 심하게 더듬거렸다.

"모르, 모르겠어. 눈을 떴는데도 여, 여전히 암흑 속이었어. 모, 몸을 움직이려 해도 조금도 움직일 수가 없어, 없었어. 그, 그러다가 네가 날 부르는 소리가 들리고……, 그러자 모든 게 정상으로 돌아왔어."

"……."

"저, 전에도 그린 서클을 잃었을 때 이런 적이 한번 있긴 했는데……."

말꼬리를 흐리던 실바누스는 갑자기 정신을 차린 듯 한 걸음 뒤로 물러서더니 물었다.

"잠깐! 그런데 넌 어떻게 여기 와 있는 거지?"

전사가 우물거리며 답을 못하자 그녀는 메디나와 닉스를 돌아보더니 놀란 표정을 지었다.

"아니, 너희들까지!"

두 사람 모두 영문을 모르고 눈만 끔벅이자 실바누스가 메디나에게 물었다.

"메디나, 도대체 어떻게 신전의 위치를 알아냈지?"

그러자 드워프는 혼란스런 얼굴로 조심스레 입을 열었다.

"아까도 말씀드렸지만, 요한에게서……."

"요한?"

실바누스가 믿을 수 없다는 듯 되묻자 이번엔 닉스가 나서기 전에 보로미어가 말했다.

"네가 티어의 신전으로 가기 전에 여길 오려고 했던 게 기억이 났어. 그래서 물어물어 여기 위치를 알아낸 거야."

그러자 드루이드는 잠시 고개를 갸웃거리더니 메디나를 돌아보았다.

"뭔가 많이 생략된 느낌이군. 그 정보는 내가 죽었을 경우에만 사용하게 되어 있어. 요한이 함부로 입을 놀리진 않았을 텐데?"

"도대체 몇 번을 얘기해야 하는 거야. 보로미어 녀석이 요한의 팔을 부러뜨려 가며 알아냈다니까."

아까 일로 아직도 약간 성이 나 있는 닉스가 불쾌한 목소리로 툴툴대자 실바누스의 두 눈이 쟁반만하게 커졌다.

"쿰 사제장의 팔을 부러뜨려?"

"팔뿐인가? 목도 졸랐어."

쉬지 않고 나불거리는 위저드를 향해 인상을 쓰던 보로미어는 실바누스의 성난 눈초리가 자신을 향하자 찔끔하고 고개를 돌렸다.

"자알 하는 짓이다."

드루이드의 빈정거리는 말투에 보로미어는 왠지 억울한 생각이 들어 변명을 늘어놓았다.

"비트라 쿰에서 아무 말도 없이 사라진 건 너잖아. 난 그냥 널 찾기 위해 최선을 다한 거라고."

그러자 실바누스는 한숨을 쉬더니 말했다.

"이건 대형 사고로군. 지금 비트라 쿰의 상황은 어때?"

"우리도 그 일이 터지자마자 같이 도망을 쳤기 때문에, 지금 상황까지는······."

메디나가 말꼬리를 흐리자 실바누스는 다시 놀라며 그녀와 닉스를 바라보았다.

"그러면 너희도 한패거리로 몰렸을 텐데······."

"그래서 같이 비트라 쿰으로 가서 총독에게 사정 설명을 좀 해 주셔야······."

메디나가 기어들어 가는 목소리로 말하자 실바누스는 난감한 듯 눈을 감고 생각에 잠겼다.

잠시 후 눈을 뜬 실바누스는 보로미어를 향해 서글픈 미소를 지으며 말했다.

"언제나 내가 원하는 반대로만 움직이는 네 재능엔 정말 나도 두 손들었다. 덕분에 이젠 모든 게 엉망이 되어버렸어. 아주 놀라울 정도로 뒤죽박죽이 되었단 말이야."

"도대체 비트라 쿰으로 돌아가겠다는 말이야, 아니야?"

닉스가 조급하게 묻자 실바누스는 그를 돌아보더니 말했다.

"닉스, 미안하지만, 난 여기서 해야 할 일이 있어. 그리고 그 일이 끝나기 전까진 여길 떠날 수가 없어."

"도대체 그게 무슨 말이지? 젠장, 난 이해가 안 가! 난 네가 왜 아까 한 말을 다시 되풀이하고 있는지도 모르겠고 또 왜 우리랑 같이 갈 수 없다는 건지도 모르겠어! 지금 우리가 몽땅 지하 감방에 처박히게 됐는데도 넌 아무렇지도 않다는 거야?"

참다못한 닉스가 분통을 터뜨리자 메디나는 커다란 손으로 그의 입을 틀어막은 다음 말했다.

"실바누스 님, 지금 상황이 상황인 만큼 저희에게 설명을 좀 해주셔야 되겠습니다."

그러자 드루이드는 긴 한숨을 내쉬고 고개를 끄덕였다.

"좋아. 이젠 나도 뭘 어떻게 해야 할지 도저히 판단이 서지 않으니까. 메디나, 실은 지금 난 링메이든의 힘을 모두 잃었어."

"뭐라고요?"

드워프가 깜짝 놀라 외치는 순간, 잽싸게 그녀의 손아귀에서 빠져나온 닉스가 또다시 볼멘소리를 토해 냈다.

"제기랄! 도대체 그 링메이든이란 건 또 뭐야?"

그러나 실바누스는 위저드의 질문을 무시하며 메디나에게 말했다.

"얼마 전, 제라드 쿰에서 네냐의 힘이 모두 소진되고 말았어. 그래서 난 지금 여기서 그 힘이 다시 회복되길 기다리고 있는 중이야. 그 일이 끝나기 전까지는 난 여기 있어야 해."

"어떻게 그런 일이……, 그럼 그 힘은 다시 회복이 가능하긴 한 건가요?"

메디나가 당황한 표정을 감추지 못하고 묻자 실바누스는 고개를 끄덕였다.

"이곳 드루이드 신전이 바로 그 힘을 회복시키는 곳이야. 카자드의 세 쿰 주변에 각각 하나씩 있지. 물론 잘 숨겨진 채로."

"얼마나 걸리죠?"

"두 달 정도."

무거운 침묵이 일행을 감쌌다. 두 달이나…….

굳은 얼굴로 고민하던 메디나가 물었다.

"다른 방법은 없나요?"

"없어. 기다리는 것밖엔."

실바누스가 고개를 젓자 곰곰이 생각에 잠겨 있던 닉스가 이상하다는 듯 물었다.

"그런데 이렇게 기다리기만 하면 될 일을 전에는 왜 굳이 보로미어를 끌고 오려고 했던 거지?"

순간 실바누스의 얼굴엔 당황하는 빛이 스쳐갔다. 모두의 시선이 그녀에게 모이자 한동안 머뭇거리던 실바누스가 마지못해 입을 열었다.

"실은 다른 방법도 있긴 한데……."

드루이드는 자신을 바라보는 눈길들을 한번 둘러본 다음 어쩔 수 없다는 듯 말했다.

"애초에 네냐의 힘을 소진시킨 원인을 되돌리면 돼. 물론 그러려면 보로미어의 도움이 필요하지만."

이번엔 메디나와 닉스의 눈이 보로미어를 향했다.

"무, 무슨 말이야?"

보로미어가 더듬거리자 실바누스는 계속 어두운 표정으로 말했다.

"네가 나와의 보호자 관계를 끝내 버리는 바람에 사제의 맹세가 깨진 거잖아. 그러니까 다시 그 관계를 되돌리기만 하면 링메이든의 힘은 간단히 회복이 돼. 하지만……."

일순간 밝아졌던 닉스와 메디나의 얼굴은 실바누스의 '하지만'에 다시 굳어졌다.

"하지만 너희를 변호하려면 보로미어를 로한의 정식 심판에 출두시키는 것이 전제가 되어야 하는데, 그건 절대로 저 녀석을 보호하는 일이 아니거든. 보로미어를 총독에게 넘기는 순간 난 스스로 맹세를 깨는 셈이 돼. 그건 저번처럼 보로미어에 의해 맹세가 깨지는 것과는 달라서, 그 경우에 떨어질 신의 분노는 도저히 감당하기가 힘들어. 네냐의 힘을 잃는 건 물론이고 난 하급 서열로 강등이 될 거야. 아니면 죽거나."

"끙……."

메디나는 얼굴을 찌푸리며 신음하더니 물었다.

"그럼 꼼짝없이 여기서 두 달을 기다려야 한단 말인가요?"

실바누스가 어쩔 수 없다는 듯 고개를 끄덕이자 닉스는 보로미어를 돌아보며 소리쳤다.

"인마! 이젠 네가 책임져! 여기서 두 달을 썩으나 영주의 처벌을 받으나 그게 그거잖아. 도대체 어떻게 할 거야?"

보로미어가 아무 말도 못하고 고개를 숙이자 닉스는 답답하다는 듯 가슴을 두드렸다. 모두 신전 바닥만 내려다보며 한숨을 쉬는 가운데, 어떻게든 상황을 해결해야 한다는 책임감에 떠밀린 보로미어가 더듬거리며 입을 열었다.

"저기……, 어차피 기다릴 거면……, 그러니까 일단 실바누스가 링메이든의 힘을 회복하면 우린 영주나 총독의 허락 없이도 원정을 다닐 수 있으니까……, 그럼 최소한 심심하진 않지 않을……까?"

"바보 같은 녀석! 지금까지 뭘 들을 거야? 그렇게 하면 실바누스는 다시 맹세에 매여, 우릴 변호하러 비트라 쿰엘 가지 못한다니까."

닉스가 한심하다는 듯 핀잔을 주었으나 메디나는 갑자기 눈빛을 반짝이더니 탄성을 올렸다.

"아냐! 그렇지!"

"뭐, 뭐가요?"

닉스가 놀라서 그녀를 돌아보자 메디나는 흥분하며 말했다.

"보로미어의 말대로 실바누스 님이 링메이든의 힘만 회복하면 우린 허가 없이도 원정을 다닐 수 있어. 그러니까 일단 그렇게 한 다음, 되도록 빨리 보로미어 녀석을 상급 서열에 올려놓는 거야.

실바누스 님의 맹세도 녀석이 상급 서열이 되면 끝나는 거니까, 그 다음엔 우리를 변호하러 총독에게 갈 수 있다고."

"그렇구나! 시간은 좀 걸리더라도 두 달까지는 아닐 테고 우리도 허송세월하는 건 아니니까 좋고요!"

닉스가 맞장구를 치자 메디나는 신이 나서 말했다.

"우리만 좋은 게 아냐. 실바누스 님도 네냐의 힘을 빨리 회복할 수 있어 좋고, 보로미어는 다시 실바누스 님의 보호를 받아서 좋고. 실바누스 님과 우리가 힘을 합치면 저 녀석을 상급 서열로 올려놓는 건 넉넉잡고 2, 3주면 충분할 거야."

보로미어도 큰 짐을 덜었다 싶어 실바누스를 돌아보았으나 웬일인지 그녀는 입을 다문 채 말이 없었다.

"실바누스?"

보로미어가 조용히 불렀으나 그녀는 괴로운 듯 고개를 저을 뿐이었다.

"실바누스 님, 무슨 문제가 있나요?"

메디나의 물음에 드루이드는 고개를 들더니 모두를 둘러보았다.

"아니, 문제는 없어. 단지……, 세상일이란 게 꼭 마음먹은 대로만 되질 않으니……, 후우……."

긴 한숨을 내쉰 실바누스는 보로미어를 돌아보며 쓸쓸한 웃음을 지었다.

"아무래도 난 너와 떨어질 수가 없는 운명인가 보군."

네냐의 힘을 회복하는 일은 보로미어가 제단 앞에서 실바누스를 다시 보호자로 받아들인다는 기도를 올리는 것으로 간단히 끝났다. 이어서 신전 바닥에 둥글게 둘러앉은 일행은 앞으로 어떻게 해야 할지에 대해 이야기를 나누기 시작했다. 메디나는 동쪽으로 메레디트 오크들의 변방을 두들기자는 주장을, 그리고 닉스는 제라드 쿰으로 옮겨가 이파코리오의 계곡에 도전하자는 안을 내었고, 실바누스는 아무 말 없이 그들의 의견을 들으며 고개만 끄덕이고 있었다.

한편 보로미어는 그 자리에 앉아 있기는 했지만 아무것도 듣고 있지 않았다. 왜냐하면 다시 자신의 보호자가 된 실바누스가 전혀 즐거워하고 있지 않다는 것에만 온 신경이 쏠려 있었기 때문이다. 그녀의 얼굴엔 전혀 즐거운 기색이 없었고 수심만이 가득했다. 게다가 아까부터는 자신에겐 눈길도 한번 주지 않고 있는 것이다.

이런 분위기는 전혀 기대했던 것이 아니었다. 그리고 아까 그녀는 네냐의 힘을 빨리 회복할 수 있는 방법을 의도적으로 숨기려고 했다. 닉스가 따져묻지 않았다면 아마도 끝까지 말하지 않았을 것이다. 이 두 가지를 합쳐서 생각하면 결론은 한 가지뿐이었다.

실바누스는 다시 자신의 보호자가 되는 것을 원치 않았던 것이다.

'하지만 왜?'

닉스는 실바누스도 자신을 사랑한다고 했다. 그런데 왜?

골똘히 생각에 잠겼던 보로미어는 자신과 실바누스의 관계를 처음부터 찬찬히 돌아보았다. 메아리 숲에서 가롯에 의해 억지 보호자가 된 그녀에게, 자신은 링메이든이란 임무를 수행하는 데 걸리적거리는 커다란 골칫덩어리였을 것이다. 게다가 제라드 쿰에서는 자신에게 심한 꼴을 당하고 링메이든의 힘마저 잃었다.

어느 모로 보나 실바누스가 자신을 반길 이유는 하나도 없는 게 사실이었다. 하지만 보호자의 맹세가 깨어진 이후에도 그녀가 계속 자신을 도왔기 때문에 그녀를 믿었고, 또 사랑한 것이다.

그러나 링메이든의 힘을 회복하기 위해 자신이 필요했다는 것을 알게 된 지금도 그녀의 도움을 전처럼 순수하게만 보아야 할까? 자신이 죽으면 링메이든의 힘을 되돌리기가 어려워지므로 네크로맨서와 기트얀키들로부터 계속 보호를 한 것이고, 또 같은 이유에서 자신을 되살린 것일 수도 있었다.

혹시……, 아까 정신을 차린 직후에 목을 끌어안고 난리친 것도 같은 이유 때문이 아닐까? 링메이든의 힘을 빨리 회복시킬 수 있다는 기쁨 때문에? 그리고 이제 맹세를 되살리고 자신이 필요 없어지자 또다시 골치 아픈 우환덩어리 취급을……?

그답지 않게 날카로운 눈으로 실바누스를 노려보던 전사의 가슴속에서 싸늘한 의심이 샘솟기 시작했다. 그리고 그 의심은 시간이 지날수록 확신으로 굳어져갔다.

누가 뭐래도 역시 세상에 자기 자신만큼 중요한 것은 없는 법이다. 처음에야 자신을 돕겠다며 같이 실바누스를 찾아나섰던 닉스와 메디나도 자신들에게 피해가 미치자 당장 태도를 바꾸지 않았던가. 지금 저렇게 열을 올리며 원정 목표를 논하고 있는 진짜 이유도, 실은 보로미어를 상급 서열로 올려주기 위한 것이 아니라 어떻게든 빨리 실바누스를 비트라 쿰으로 데리고 가기 위한 것이다.

실바누스라고 다를 이유가 없었다.

생각을 하면 할수록 그녀를 만나는 것이 세상에서 가장 중요하다고 믿었던 어제의 자신이 한없이 바보스러워 보이기 시작했다.

아니, 애초에 그녀를 찾겠다고 나섰던 일 자체가 어리석기 그지없는 일로 생각되었다.

'어차피 자신밖에 중요한 것이 없다면……'

실바누스라는 거대한 목표가 사라지자 전사는 그 다음으로 해야 할 일을 똑똑히 볼 수 있었다.

"우린 티어의 신전으로 갈 거야."

갑작스런 보로미어의 말에 모두들 전사를 돌아보았다.

"뭐라고?"

닉스가 되묻자 보로미어는 다시 한번 되풀이하여 말했다.

"우린 티어의 신전으로 갈 거라고."

그러자 실바누스는 피곤한 듯 이마에 손을 얹으며 눈을 감았고, 닉스는 강하게 고개를 저었다.

"안 돼. 거긴 너무 위험해. 전에 파이어 나이트 급 템플러도 죽은 곳이야. 아이스 드래곤을 보았다는 사람도 있고 발록에 대한 소문도 파다한 곳이라고."

"위험하지 않아. 내가 가봤어."

"하! 위험하지 않은 것 좋아하네. 인마, 거긴 네가 죽었던 곳이잖아!"

"날 죽인 기트얀키들은 내 검을 추적해 왔던 놈들이야. 신전을 보호하고 있던 녀석들이 아니라고. 아르망 패스 남쪽으로 한나절을 가는 동안 난 아무것도 보지 못했어."

닉스가 돌아보자 실바누스는 마지못해 고개를 끄덕였다.

"그건 보로미어 말이 맞아. 길은 거의 아이언 힐의 기슭까지 텅비어 있었어."

"그래도 안 돼. 꼭 아무도 돌아온 사람이 없다는 곳으로 가야 할 필요는 없잖아."

닉스가 머리를 흔들자 보로미어가 말했다.

"거기엔 록스란드로 가는 비밀 통로가 담긴 신탁이 있어. 게다가 난 신의 계시를 받았어."

그러자 멍한 얼굴로 전사를 쳐다보던 위저드가 메디나를 돌아보며 물었다.

"얘, 전사 맞아요?"

"글쎄……."

드워프도 고개를 갸우뚱거렸으나 닉스보다는 보로미어의 제안을 심각하게 고려해 보는 눈치였다.

"대장!"

닉스가 답답한 듯 이름을 부르자 메디나는 그를 돌아보며 말했다.

"일단 여기서 남서쪽으로 10리그 정도만 더 가면 되니까 거리도 적당해. 그리고 비트라 쿰의 반대쪽이니까 총독의 추적대와 마주칠 위험도 없고. 또 신탁 어쩌고 하는 소리까진 모르겠지만, 최소한 파이어 나이트 급 정도의 템플러가 가려고 했던 곳이라면 뭔가 있기는 있을 것 아냐."

"더 이야기할 것 없어. 우린 거기로 갈 거야."

보로미어가 짧게 잘라 말하자 닉스는 성난 눈으로 그를 노려보았다. 그러나 보로미어에게 전혀 물러설 의도가 없다는 것을 깨달은 위저드는 도움을 청하듯 실바누스를 돌아보았다.

그녀는 보로미어의 얼굴을 흘끗 훔쳐보더니 자포 자기한 목소리로 말했다.

"난 맹세에 매인 보호자잖아. 저 녀석이 억지를 부리면 꼼짝없이 따라가는 수밖에. ……그리고 지금은 너도 마찬가지야, 닉스."

"뭐라고? 나는 왜?"

어리둥절해진 닉스가 묻자 실바누스는 씁쓸한 표정으로 말했다.

"아까 말했지. 너와 메디나를 변호해 주려면 저 녀석도 같이 가야 한다고. 그러니까 넌 나뿐 아니라 보로미어까지 온전하게 비트라 쿰으로 모시고 가야 한단 말이야. 당연히 저 녀석이 행차하시겠다는 곳이면 어디건 쫓아다니며 죽지 않도록 보호해 줘야지."

멍하니 입을 벌리고 앉았던 닉스는 힘없이 고개를 저으며 말했다.

"이런 망할. 이제야 네가 저 녀석 보호자 되길 망설였던 이유를 알 것 같군."

"글쎄, 과연 그럴까?"

실바누스가 서글픈 미소를 지으며 대꾸하자 보로미어와 메디나는 약속이라도 한 듯 몸을 일으켰다.

"서두르면 오늘 안에라도 들어갈 수 있을 거야."

메디나가 재촉해도 닉스가 계속 못마땅한 얼굴로 꾸물대자 보로미어가 말했다.

"억울해할 거 없어, 닉스. 어차피 난 네 부탁을 들어주는 것뿐이니까."

"난 이런 것 부탁한 적 없어, 이 자식아!"

닉스의 볼멘소리에 보로미어는 허리에 차고 있던 미스릴 블레이드를 뽑아들며 말했다.

"내 기억엔 네가 은검 전사의 다음 원정에 꼭 같이 가고 싶다고 했던 것 같은데……."

얼빠진 눈으로 번쩍이는 은색 검날을 바라보던 닉스는 울분에 찬 괴성을 지르며 보로미어에게 달려들었다.

"이런 순 사기꾼 같은 자식아! 넌 전사가 아니라 로그야, 로그!"

이어지는 원정길의 시작은 순조로웠다. 다시 사자 바위까지 나온 일행은 실바누스가 잡은 방향에 따라 남서쪽으로 움직이기 시작했다. 일행 중에 레인저가 없었으므로 방향을 유지하기 위해 엘프인 실바누스가 앞에 섰고, 전사인 보로미어는 자동적으로 그녀의 보호를 위해 그 옆에 붙었다. 자연히 후위가 된 닉스는 메디나가 참을성 있게 다독거렸건만 두어 시간 이상을 투덜거리다가 참다못한 드워프가 그만하지 않으면 하루 종일 끌어안고 쓰다듬겠다고 위협을 한 다음에야 조용해졌다.

지형은 작은 숲들이 드문드문 우거진 초원이었고, 따라서 행군 자체는 그다지 어렵지 않았다. 그러나 실바누스가 닉스의 체력을 고려하여 무리한 속도를 내지 않았으므로 오전이 다 지날 때까지도 거리상으론 큰 진전이 없었다. 덕분에 해가 정남을 지나고 나자 메디나의 얼굴엔 조금씩 불만스런 표정이 떠오르기 시작했다. 물론 보로미어 역시 빨리 티어의 신전에 가고 싶은 생각이 굴뚝같았으나 실바누스에게 서둘자는 말을 하는 것조차도 싫어 입을 꾹 닫고 걷기만 했다.

느린 속도지만 그래도 꾸준히 행군을 계속한 결과, 저녁 어스름이 깔릴 무렵에는 낯설지 않은 풍경들이 보로미어의 눈에 들어오기 시작했다. 거침없이 앞으로 나아가던 실바누스는 절벽을 등진 작은 공간에 다다르자 문득 걸음을 멈췄다.

기트얀키들과 마지막 접전을 벌인 곳이었다.

"여기 기억나?"

갑작스런 드루이드의 질문에 보로미어는 고통스럽게 고개를 끄덕였다. 기트얀키 검의 날카로움보다도 마지막 순간 푸른 배 갑판을 발동시켰던 당시의 감정이 새삼스레 떠올랐기 때문이다. 물론 지금이야 철없던 자신의 어리석음이 고통스러울 따름이지만.

"별로 기억하고 싶지 않아."

짤막한 보로미어의 대답에 실바누스는 뭐라 말을 하려고 머뭇거리다가 한숨을 쉬며 닉스와 메디나를 돌아보았다.

"내 짐작이 맞다면 신전은 여기서 한 시간 남짓한 거리에 있을 거야. 약간만 서두르면 밤이 시작되기 전에 충분히 도착할 수 있어."

"그거야 거기까지 아무런 방해가 없을 경우의 얘기지. 여기 이후는 너나 보로미어도 가본 적이 없잖아."

닉스의 지적에 실바누스는 잠시 생각을 해보고 나서 고개를 끄덕였다.

"맞아. 그리고 이렇게 외진 곳에서 일몰 후에 움직이는 건 현명치 못한 일이긴 해."

"그렇다고 오늘 안에 닿을 수 있는 곳을 코앞에 놓고 야영하는 것도 우스운 일입니다. 어차피 가야 할 거리라면 내일 돌아갈 걸 생각해서라도 후딱 가버리는 게 좋지 않을까요?"

메디나의 말에 다시 생각에 잠겼던 실바누스가 결론을 내리듯 말했다.

"좋아, 그러면 이렇게 하도록 하지. 아직 저녁 해가 좀 남았으니 해가 질 때까지만 더 나가보자고. 그리고 해가 완전히 지면 무리하지 말고 거기서 야영을 하는 거야."

논의가 진행되는 동안 혼자서 예전의 추억에 젖어 있던 보로미어는 별다른 생각 없이 다시 걸음을 내딛는 실바누스의 옆으로 따라붙었다. 정말로 아무런 생각이 없었기 때문에, 갑자기 실바누스에게 달려든 허연 물체를 공중에서 동강낸 것은 정확히 말하자면 미스릴 블레이드가 보로미어의 손을 이끌었기 때문이었다.

"이런 빌어먹을!"

욕설을 내뱉으며 급히 실바누스의 앞을 막아선 전사의 눈에 10여 마리의 작은 토끼들이 폴짝거리며 뛰어오고 있는 광경이 들어왔다.

"혼드 해어(Horned hare)!"

메디나의 외침과 동시에 닉스의 손에서 붉은 화염이 뿜어졌다.

"블레이징 웨이브(Blazing wave)!"

앞으로 넓게 퍼져나간 불길은 빠른 속도로 다가오던 토끼 무리를 일순간에 집어삼켰다. 한두 마리는 불에 타면서도 끝까지 달려들었지만 보로미어의 검망을 통과한 놈은 없었다.

"깜짝이야. 자식들이 말도 없이!"

닉스가 놀란 가슴을 쓸어내리며 투덜거렸다. 보로미어는 발 밑에서 타들어가고 있는 외뿔 토끼의 머리를 힘껏 걷어찼다.

"별것도 아닌 것들이 말야!"

그러자 실바누스가 옆에서 낮은 목소리로 중얼거렸다.

"뿔에 묻은 독만 빼면 그렇지."

뜨끔해진 보로미어가 한 걸음 물러서자 닉스가 못마땅한 얼굴로 따지고 들었다.

"제기랄! 아무것도 없다더니, 이게 뭐야!"

그러나 보로미어는 위저드를 무시하며 짧게 말했다.

"됐어. 어서 가기나 하자고."

그러나 전사의 재촉에도 실바누스는 선뜻 움직이려 하지 않았다. 돌아보자 드루이드의 얼굴엔 근심스런 빛이 떠올라 있었다.

"왜 그러세요?"

뭔가가 이상한 것을 눈치챈 메디나가 다가오며 묻자 실바누스가 대답했다.

"글쎄……. 이 녀석들, 너무 갑자기 나타났어. 여기서 우리가 이야기를 나누는 동안에도 전혀 아무런 기척이 없었다고."

"그럼 소환 주문이란 얘긴가요?"

"글쎄. 혹시 모르니까 디텍트 매직(Detect magic) 주문을 띄우고 가보도록 할게. 그러면 소환 주문뿐 아니라 어떤 마법이건 발동하는 즉시 알 수 있으니까. 그리고 여기서부턴 좀 긴장할 필요가 있겠어."

실바누스가 디텍트 매직 주문을 푼 다음 원정대는 다시 전진하기 시작했다. 아까보다는 훨씬 느리고 신중한 걸음이었다. 그러나 채 10분도 되지 않아, 보로미어는 퍼덕이는 날개 소리에 다시 미스릴 검을 움켜잡았다.

"뭐지?"

"박쥐 종류 같아."

실바누스의 대답이 떨어지기가 무섭게 한쪽 날개 길이가 한 자는 너끈히 되어보이는 큼직한 박쥐가 정면에 모습을 드러냈다. 물론 순식간에 보로미어의 검에 갈기갈기 조각나고 말았지만, 숨돌릴 틈도 없이 똑같은 날갯짓 소리가 사방에서 울려퍼졌다. 수십 마리는 족히 되는 것 같았다.

"모뱃(Mobat)! 흡혈 박쥐야!"

보로미어가 잡은 녀석을 훑어본 닉스가 외치자 실바누스가 두 손을 하늘 높이 들어올렸다.

"엘라스 메그라스 솔리움! 선레이(Sunray)!"

그러자 일행의 머리 위에 갑자기 눈부신 빛의 구체가 나타나더니 훤한 대낮처럼 주위를 밝혔다. 보로미어가 실눈을 뜨고 바라보니 3, 40마리의 모뱃 무리가 불붙은 종이처럼 공중에서 타들어 가고 있었다.

실바누스는 마지막 한 마리까지 재로 변하는 것을 확인하고서야 태양구를 거둬들였다.

"역시 흡혈 동물이라 태양빛에 약하군. 아마도 지금은 해질 무렵이라서 안심하고들 몰려나왔던 걸 거야. 그런데 이건 좀 이상하잖아? 주변엔 녀석들이 서식할 만한 동굴도 없는데……."

닉스가 고개를 갸우뚱거리며 중얼거리자 실바누스도 이해가 가지 않는다는 표정으로 말했다.

"이건 소환 주문도 아니야. 반경 100미터 안에선 아무런 마법도 사용되지 않았어. 도대체 어떻게 이 녀석들이 기척도 없이 우리 머리 위로 떨어진 거지?"

불안한 표정으로 서로를 바라보던 일행이 다시 걸음을 옮기기 시작하자 역시 10분 후 20마리쯤 되는 들개 떼가 갑자기 앞을 가로막았다. 모처럼 상대를 만난 메디나와 보로미어가 삽시간에 놈들을 도륙해 버리긴 했지만, 계속되는 괴상한 조우에 대원들의 표정은 점점 어두워져갔고 닉스는 다시 혼자말로 뭐라고 투덜거리기 시작했다.

이번엔 아예 보로미어가 전위에 서서 행군을 시작했다. 머뭇거리며 걷던 전사는 멀리서 뭔가 번쩍이는 것을 발견하고는 걸음을 멈췄다.

"저게 뭐지?"

이젠 해가 거의 지평선 아래로 내려가 버렸기 때문에 그 번쩍이는 것의 정체를 알아보기는 쉽지 않았다. 그러나 옆에서 눈을 가늘게 뜨고 바라보던 메디나는 갑자기 탄성을 올리며 소리쳤다.

"저기야! 저기가 바로 티어의 신전이라고. 저 번쩍이는 건 황금으로 된 신전 지붕이야!"

"호오……, 지붕부터가 황금이라면 그 안은 정말로 기대가 되는군."

닉스는 두 손을 비벼대며 서둘러 걸음을 내딛었다. 보로미어가 팔을 내밀어 그를 제지하는 순간, 앞쪽에서 갑자기 이상야릇한 소리가 들려왔다. 잔뜩 긴장한 두 전사는 각자 무기를 움켜쥐며 신속히 경계 자세를 취했다. 하지만 길 앞에서는 마치 방금 잡은 물고기가 팔딱거리는 듯한 괴상한 소리만 끊임없이 이어질 뿐 아무런 괴물도 나타나지 않았다.

메디나와 어깨를 나란히하고 한 걸음 한 걸음 나아가던 보로미어는 황혼의 어스름 속에서도 뭔가 큼직한 것들이 땅바닥에서 펄 떡거리는 것을 발견하고 걸음을 멈췄다.

"라이트 글로브!"

닉스의 주문이 주위를 밝힌 다음 일행은 어이없는 표정으로 앞에 펼쳐진 광경을 바라보았다. 10미터 앞의 땅에 하반신은 물고기이고 상반신은 인간인 괴물 열댓 마리가 괴로운 듯 몸을 뒤틀고 있었다. 모두 기다란 삼지창을 하나씩 들고 있었으나 보로미어 일행을 보고도 그것을 던지는 녀석은 하나도 없었다.

"트리톤(Triton)이잖아!"

메디나가 믿을 수 없다는 듯 중얼거렸다.

"가만히 내버려둬도 죽을 것 같은데?"

닉스가 고개를 저으며 말하자 정말로 녀석들의 움직임이 조금씩 약해지더니 이내 모두 죽어버리고 말았다.

"믿을 수가 없어. 아니, 이건 정말 말도 안 돼! 트리톤은 물을 떠나선 살 수가 없는 생물이야. 어떻게 이 녀석들이 떼거리로 아이언 힐 기슭에 나타날 수 있냔 말이야!"

닉스가 성난 목소리로 소리치자 실바누스도 한숨을 쉬며 말했다.

"후우우. 이번에도 역시 아무런 마법을 느낄 수 없었어. 이젠 나도 정말 모르겠다."

"실바누스 님, 아무래도 오늘은 일단 여기서 안전 지대를 만드는 게 낫겠군요."

메디나가 긴장한 목소리로 말하자 드루이드도 고개를 끄덕였다.

"그래. 그리고 어차피 이젠 해도 완전히 졌으니까."

보로미어는 신전을 바로 눈앞에 두고도 야영을 해야 하는 것이

내심 불만이었지만, 괴상한 괴물들의 출현이 계속 이어지고 있는 상황에서 어둠 속의 전진을 고집할 수는 없었다.

실바누스는 조금도 시간을 지체하지 않고 안전 지대를 만들었다. 그녀의 안전 지대는 타오르는 붉은색을 한 둥근 원이었는데, 보로미어는 그 안으로 들어서면서 그 색과 모양이 마치 네냐를 닮았다고 생각했다.

닉스와 메디나는 자리에 눕자마자 잠이 들었지만 보로미어는 안전 지대의 한귀퉁이에 앉아 오늘 하루 동안의 일들을 천천히 되새겨 보았다. 문득 옆을 보자, 실바누스 역시 안전 지대의 반대편에 앉아 고개를 숙인 채 깊은 생각에 잠겨 있었다.

보로미어는 시종 일관 자신을 무시하고 있는 그녀의 태도에 새삼 화가 나기 시작했으나, 그런 가운데에도 그녀와 이야기를 하고 싶은 욕구를 완전히 떨쳐버릴 수는 없었다.

"무슨 생각을 해?"

"……."

보로미어가 슬쩍 물었으나 실바누스는 여전히 대답을 하지 않았다. 무시당한 전사는 다시 인상을 쓰며 돌아앉았다. 저것하고 다시 말을 하면 계급을 바꾸겠노라고 굳게 다짐을 하고 있는데 비로소 드루이드의 목소리가 조용하게 들려왔다.

"보로미어, 왜 날 찾아왔어?"

'그래, 지금은 나도 그걸 모르겠다!'

전사는 이를 갈며 아무런 대답을 하지 않았지만 실바누스는 혼자말처럼 계속했다.

"세상일이란 게 이상하게 맘대로 되질 않아. 그리고 가끔은 내

의지와는 상관없이 어떤 엄청난 힘에 휩쓸려가는 느낌이 들 때가 있어. 마치 지금처럼 말이야. 후후. 그래, 어쩌면 나 자신도 내 맘대로 움직이고 있는 게 아닌지도 몰라. 신들이 미리 정해 놓은 길을 따라 그저 흘러만 가고 있는 건지도……."

'저건 또 무슨 헛소리야!'

보로미어는 이해할 수 없는 그녀의 독백에 고개를 내저었다.

그러자 실바누스가 다시 긴 한숨을 내쉬더니 말했다.

"저 신전에 뭐가 기다리고 있을지는 나도 몰라. 어쩌면 정말로 록스란드로 가는 비밀 통로가 있을지도 모르지. 만약 그걸 손에 넣는다면 넌 영주의 심판을 겁낼 필요가 없어. 그 정도 공이면 요한의 팔을 부러뜨린 정도는 사면을 받고도 남으니까. 하지만……."

드루이드는 잠시 머뭇거리다 말했다.

"만약 그렇지 않다면, 기회를 봐서 노렐리아나 다메시아로 피하도록 해. 카자드에서 저지른 일에 대해선 카자드에서만 책임을 지면 되니까. 닉스와 메디나는 내가 어떻게 해볼 테니 넌 네 자신이나 잘 돌보란 말이야."

보로미어는 그제야 실바누스를 돌아보았다.

"나보고 닉스와 대장을 배신하라는 거냐?"

"언제나 제일 중요한 건 네 자신이지. 넌 가끔씩 그걸 까먹는 게 문제야."

드루이드의 핀잔에 전사가 차가운 눈으로 대꾸했다.

"……이제는 그럴 리 없으니까 걱정하지 마. 충고는 고맙게 받아들이지."

"그리고……."

실바누스는 다시 뭐라고 덧붙이려 하다가 고개를 돌렸다.

"아니야. 어서 자도록 해. 내일은 힘든 하루가 될 거야."

"신전이 바로 저 앞인데 힘들 게 뭐 있어?"

보로미어가 대수롭지 않다는 듯 말했으나 드루이드는 고개를 저었다.

"솔직히 지금 상황은 나도 이해하기가 힘들어. 하지만 한 가지는 확실해. 지금까지 거의 10분 간격으로 녀석들이 나타났어. 아마도 밤이 시작되기 전까진 계속 나타나겠지. 내일 아침엔 그놈들을 한꺼번에 상대해야 해."

"흥. 걱정하는 버릇은 여전하군. 오늘 만난 녀석들을 보면 하룻밤이 아니라 일주일 치가 모여 있어도 겁나지 않아."

보로미어가 코웃음을 치며 고개를 돌리는 순간, 기분 나쁜 부스럭거림이 사방에서 들려왔다. 안전 지대 밖을 내다보자 등판 크기가 일 미터는 너끈히 되어보이는 딱정벌레들이 떼를 지어 몰려다니고 있었다.

"흥, 자이언트 비틀(Giant beetle). 거 봐. 저건 속주에서 초급 전사들이나 상대할 놈들이잖아."

보로미어는 가소롭다는 투로 한 마디 내뱉은 다음 뒤로 벌렁 누워버렸다.

그러나 혼자 남은 실바누스는 여전히 불안한 눈으로 사방을 돌아보며 혼자말처럼 중얼거렸다.

"다음이 뭔지가 걱정이야. 다음이……."

멀티 세트를 벗은 원철은 긴 한숨을 내쉬며 뒤로 몸을 기대었다. 조금 석연치 않은 점이 있긴 했지만 어쨌든 실바누스를 다시 만났고 우여곡절 끝에 티어의 신전까지도 다다랐으니, 일단 목적한 바는 모두 이룬 셈이다. 물론 욱이 원하는 단서란 게 정말 신전에 있을지는 두고 볼 일이겠지만.

그나저나 자신의 어설픈 협박이 혜란에게 먹혀들어 간 것이 믿어지지 않았다. 갑자기 미안한 생각이 든 원철은 전화를 들고 재다이얼 버튼을 눌렀으나 아무리 기다려도 혜란은 전화를 받지 않았다.

제36장
도망자들

6월 17일 화요일 늦은 오후

"꺼억!"

마지막 한 방울까지 깨끗이 비운 욱은 주위 사람들이 돌아볼 정도로 커다랗게 트림을 한 후 자리에서 일어났다. 별 생각 없이 들어온 작은 국밥집이었는데 생각보다 맛이 괜찮았다. 형사는 역시 해장국 대신 내장탕을 시키길 잘했다고 생각하며 국밥집을 나섰다. 길 건너편의 허름한 4층 빌딩을 바라보며 고개를 갸웃거리던 그는 일단 차를 세워둔 골목 쪽으로 걸음을 옮겼다.

이해할 수 없는 일이었다. 몇 번이고 확인을 한 것이지만 바로 이곳이 심동규가 알아낸 주소였다. 하지만 80년대풍의 4층 콘크리트 건물이라니······.

그래도 최첨단 게임 회사의 메인 시스템이 있는 곳이라면, 지능

형 고층 빌딩까지는 아니더라도 어느 정도 모던한 분위기일 것이라고 기대했던 욱이었다. 그러나 그 건물은 아무리 뜯어보아도 모던은 고사하고 재개발 대상이나 되지 않으면 다행일 정도였다.

아침 나절 내내 그 건물 주위를 배회하며 허비했지만 별로 알아낸 것은 없었다. '한경 상사'라는 평범한 상호 아래로 사람들이 간간이 들락거리는 모습은 여느 회사나 다를 바 없어보였고 유리창을 통해 보이는 2층과 3층의 내부 역시 특이한 점이 없었다. 혹시 심동규 녀석에게 물먹은 거 아닌가 하는 생각에 직접 한번 들어가보고 싶은 충동이 수차례 몰려왔지만 지난 번 영진 판타지에 쳐들어갔던 일의 후유증을 생각하며 가까스로 참았다.

결국 원철이 녀석이 팔란티어 안에서 뭔가를 찾아내기 전에는 조용히 기다리는 것만이 자신의 할 일임을 깨달은 욱은 맞은편 국밥집에서 늦은 점심을 때우고 본청으로 돌아가기로 마음을 정한 것이다.

"에이 씨, 어떤 자식이……."

와이퍼에 끼여 있는 주차 위반 딱지를 발견한 욱은 순간적으로 얼굴을 찌푸렸다. 분명히 '공무중' 카드를 올려놓았는데도 스티커를 끊다니. 어떤 정신 나간 녀석인지 평생 잊지 못할 따끔한 맛을 보여주리라며 이를 갈던 형사는, 이내 얼굴을 펴고 딱지를 한쪽 주머니에 쑤셔넣었다. 그건 다음주에 할 일이고 지금은 일단 수사반으로 들어가 오 반장에게 지금까지의 상황을 보고하는 일이 급했다. 게임 속의 캐릭터가 현실로 뛰쳐나와 살인을 할 수 있다는 자신의 가설이 입증된 이상, 원철이 녀석이 결국 실패할 경우에 대한 대책도 대충은 상의해 놓아야 하는 것이다.

시동을 걸고 골목을 빠져나올 때 길 옆에 서 있는 안내판의 글씨가 눈에 들어왔다. 아까 들어갈 때는 가로수에 가려 미처 보지 못했던 푯말이었다.

'정보 통신부 전산 관리소'

반사적으로 차를 멈춘 욱은 안내판에서 이어지는 긴 진입로와 그 끝에 서 있는 관리소 건물을 쳐다보았다. 새로 개축한 깨끗한 신형 건물이었다. 다시 한경 상사를 돌아본 욱은 두 건물이 직선거리로는 채 1킬로미터도 떨어져 있지 않다는 점을 눈여겨보았다.

빵!

뒤 차의 경적 소리에 밀려 대로로 나선 욱은 혹시 그 허름한 건물과 전산 관리소 사이에 무슨 관계가 있는 건 아닐까 하는 생각에 다시 백미러를 들여다보다가 고개를 저었다.

'일개 게임 회사가 정부의 전산 관리소와 무슨 관계가 있다고……'

아무래도 최근 들어 신경이 너무 날카로워진 게 아닌가 하는 생각이 들었다.

띠띠 띠띠띠, 띠, 띠, 띠…….

요란하게 울리는 "고향의 봄." 멜로디에 욱은 허둥지둥 윗도리를 더듬어 가까스로 핸드폰을 찾아낸 다음 버튼을 눌렀다.

"여보세요."

대답을 하기가 무섭게 다급한 목소리가 수화기에서 튀어나왔다.

"장 형사님? 나 심동규예요."

"누구? 어어, 그래. 동규 씨, 웬일이야?"

"이거 어떻게 된 거예요? 문 밖에 사람들이 와 있어요."

"사람들?"

욱이 정신을 가다듬으며 묻자 동규가 와락 소리를 질렀다.

"쌍! 내가 별 네 개를 공짜로 단 줄 알아요? 짭새들은 냄새만 맡아도 안다고!"

"차근차근히……, 도대체 무슨 얘기야?"

"이 씨, 지금 우리 집 대문 앞에 양복 입은 사람들 서넛이 서 있는데 분명히 사복 경찰들이에요. 날 찾기에 잠깐만 기다리라고 해 놓고 지금 전화하는 거라고요."

"……?"

"뭐가 어떻게 된 거예요! 문제가 생기면 장 형사님이 처리한다고 했으니까, 책임져요!"

어리둥절해진 욱이 물었다.

"경찰은 분명해? 신분증 봤어?"

"……아뇨."

"그럼, 보여달라고 해봐. 어느 서 소속인지나 알아야 내가 손을 쓰지."

"알았어요."

잠시 침묵이 흐른 후 동규의 목소리가 멀리서 들려왔다.

"저기 실례지만 어디서 오신 분들인지 신분증 좀 볼 수 있을까요?"

그러자 갑자기 요란한 금속성 소음이 들려오고 허둥거리는 발소리에 이어 동규가 다시 수화기를 잡았다.

"저, 저 사람들……, 지금 무, 문을 부수고 있어요!"

"뭐?"

동규의 집에 들이닥친 녀석들이 누군진 몰라도 경찰이 아닌 것만은 분명했다.

"동규 씨, 도망쳐! 일단 무조건 도망치라고!"

"씨발! 여긴 9층이라고! 어디로 도망을 치란 거야! 쌍, 도대체 뭐가 어떻게 된 거야! 당신이 책임을 진다고……."

심동규의 목소리는 뭔가가 와장창 무너지는 소리와 함께 일단 끊어졌으나, 이내 멀리서 다시 들리기 시작했다. 그는 목이 터져라 고함을 지르고 있었다.

"다, 당신들 뭐야! 나가! 이, 이게 무슨 짓들……, 억!"

둔탁한 소리와 함께 그의 목소리가 멈췄다.

"동규 씨! 심동규!"

욱이 핸드폰에 대고 그의 이름을 외쳐댔지만 아무 대답이 없었다. 그리고 다음 순간 갑자기 전화가 끊겼다.

황당한 표정으로 손에 든 핸드폰을 바라보던 욱은 갑자기 앞에 나타난 붉은 신호에 있는 힘을 다해 브레이크를 밟았다.

'도대체 이게 무슨…….'

잠시 멈췄던 그의 두뇌가 고속으로 회전하기 시작했다.

어떤 놈들일까? 심동규를 찾아간 것으로 보아 해킹이 문제가 된 게 분명했다. 그렇다면 분명 팔란티어와 줄이 닿아 있는 놈들일 테고, 그렇다면 자신을 감시하는 녀석들과도 관련이 없진 않을 것이다. 어쩌면 같은 놈들일지도…….

그 녀석들이 누구든 간에, 심동규 그 자식은 꿀밤 한 대면 카나리아처럼 노래를 부를 녀석이었다. 아마도 벌써 자신의 이름을 불었을 것이다. 그렇다면 그 다음은?

물론 그 다음은 당연히 자신을 옭아매려 할 것이다. 불법 해킹을 교사한 셈이니 이번엔 꼼짝없이 당할 수밖에 없다. 안 그래도 수사반에서 자신을 제거하고 싶어 안달을 했던 녀석들인데, 이런 기회를 놓칠 리가 없었다. 어쩌면 이번엔 아예 옷을 벗겨버리려 들지도 모른다. 그렇게 되면 지금까지 해온 모든 수사가 물거품이 되는 것은 물론 놈들이 자신에게 무슨 짓을 해오더라도 아무런 보호를 받지 못하는 것이다. 절대로 먼저 당해선 안 된다.

1.5초 만에 거기까지 생각이 이어진 욱은 본능적으로 가속 페달을 밟으며 차를 돌렸다. 갑작스런 유턴에 주위의 차들이 요란스레 경적을 울려댔으나 형사는 뒤도 돌아보지 않고 한강을 향해 속력을 올리기 시작했다.

일단 강을 건넌 욱은 롯데 월드 주차장에 차를 세운 다음 백화점으로 들어갔다. 인파 속에 섞인 다음에야 숨을 돌린 그는 차분히 상황을 정리해 보았다. 현재 이 빌어먹을 상황을 빠져나갈 수 있는 유일한 방법은 역시 사건을 해결하는 것뿐이었다. 그러나 그것은 원철이 녀석이 팔란티어 안에서 물증을 확보해 주기 전에는 불가능한 일이고 녀석은 오늘 아침까지 아무런 연락이 없었다. 즉 어젯밤도 성공하지 못했다는 뜻이다.

'그렇다면……'

다음 접속은 수요일 저녁이니 최소한 그때까지는 무슨 수를 쓰든지 잡히지 않고 버텨야 했다. 수사반은 고사하고 집 근처에도 얼씬하지 말아야 한다.

'하지만 만약 수요일 밤에도 원철이 녀석이 허탕을 친다면?'

갑자기 조바심이 난 형사는 반사적으로 핸드폰을 꺼내들다가 고개를 저었다. 어차피 자신이 압력을 넣어서 될 일도 아니고, 또 괜히 그러다가 전처럼 보로미어가 죽기라도 하면 더 큰일이란 생각이 들어서였다.

띠띠 띠띠띠, 띠, 띠, 띠…….

순간 울려퍼지는 '고향의 봄' 멜로디에 형사는 잠시 머뭇거리다가 버튼을 눌렀다. 그러자 낯익은, 그러나 긴장한 목소리가 흘러나왔다.

"장 형사? 나야, 남 수사관. 자네 도대체 어떻게 된 거야?"

기철의 목소리는 속삭이고 있었다.

"왜?"

"방금 여기 수사반에 양복 네 명이 국장과 함께 들이닥쳐서 널 찾고 있어."

욱은 반사적으로 시계를 들여다보았다. 심동규의 전화가 있은 지 30분, 더럽게도 빠른 녀석들이었다.

"뭐하는 놈들이래?"

"몰라. 소속도 안 밝히는데 하여간 국장도 꼼짝을 못해. 지금 막무가내로 네 책상을 뒤지며 난리도 아니야. 대체 무슨 일이야?"

"난들 아나? 반장은?"

"지금 방에서 녀석들 우두머리로 보이는 녀석과 이야기중이야. 자네 도대체 무슨 일을 벌인 거야?"

"나도 모른다니까."

욱이 잡아떼자 잠시 침묵했던 기철이 물었다.

"들어올 거야?"

"글쎄……, 어떻게 하는 게 좋을까?"

욱이 되묻자 기철은 망설이지 않고 말했다.

"지금은 안 들어오는 게 나을 것 같아. 이 녀석들 완전히 살기가 등등한 데다 눈에 뵈는 것도 없어. 내가 뭔가 알아내는 대로 다시 연락을 해줄 테니까, 일단 기다려봐."

"고마워."

전화를 끊은 다음 잠시 생각에 잠겼던 욱은 반장의 전화 번호를 눌렀다.

"여보세요!"

오 반장의 굵직한 목소리는 낮게 가라앉아 있었다.

"접니다. 욱입니다."

그러자 대뜸 옆방에서 가스통이 터졌을 때나 들릴 듯한 굉음이 핸드폰에서 터져나왔다.

"이런, 우라질 노므 자식아! 너, 지금 어디 있어!"

"말씀드릴 수 없습니다."

"너, 이 자식아! 도대체 무슨 개수작을 벌이고 다니는 거야? 지금 검찰에서 높으신 어른들이 널 찾아오셨어, 인마! 지금 내 방에까지 들어와 계시단 말이야! 너 당장 들어오지 못해?"

"안 됩니다. 지금 들어가면 모든 게 끝입니다."

"그래, 그래. 한 시간이면 되겠지?"

욱은 갑자기 어리둥절해졌다.

'이 영감탱이가 귀가 먹었나?'

반장이 다시 말했다.

"그래, 아까 시킨 일 후딱 마무리짓고 마치는 대로 당장 굴러들어 와! 운전 조심하고. 그럼 끊는다."

전화가 끊어진 다음에도 욱은 한동안 멍하니 서 있었다.

'이 영감이 정말 망령이 났나? 제가 뭘 시킨 일이 있다고……, 게다가 뭐? 운전 조심? 언제부터 그렇게 자상한 상관이 되었다고…….'

그러자 갑자기 이해가 되었다. 검찰의 '어른' 들이 코앞까지 들어와 계신다면 반장도 당연히 말이 자유롭지 못할 것이다. 그렇다면 아까 시킨 일이란…….

욱은 고개를 끄덕였다. 지금 반장은 그쪽 상황은 신경 쓰지 말고 일단 수사를 마무리지으란 말을 하고 있는 것이다. 한 시간 어쩌고 한 것은 자신에게 시간을 벌어주기 위해 하는 소리였다. 자신이 수사반으로 들어오는 중이라고 생각할 테니, 최소한 앞으로 한 시간 정도는 놈들을 묶어둘 수 있을 것이다. 욱은 그 동안 자신이 해야 할 일들을 머릿속에 정리하며 급히 걸음을 옮기기 시작했다.

일단 현금 자동 인출기를 찾은 그는 꺼낼 수 있는 돈을 만 원과 10만 원 권으로 나누어 모두 찾았다. 다해서 600만 원 가량으로, 급한 대로 쓸 수 있을 정도는 되었다. 그 다음은 백화점 옆의 호텔로 가서 렌터카를 한 대 세냈다. 물론 돈은 현금으로 지불했다.

지체 없이 호텔을 빠져나온 그는 하남 쪽으로 방향을 잡았다. 일단 도심에서 멀리 떨어져 있으면서도 여차하면 중부 고속 도로를 탈 수 있는 곳이기 때문이다.

대로변에 차를 세운 그는 골목 안쪽으로 들어가 조용해 보이는 카페에 자리를 잡았다. 노트북을 꺼내어 무선 인터넷을 연결하고 자료실로 들어갔으나 여전히 원철로부터 온 메시지는 없었다. 욱은 현재 일이 어느 정도 진행되고 있는지 가능한 한 빨리 알려달라는 내용의 편지를 올린 다음 연결을 해제했다.

앞에 놓인 커피를 노려보며 욱은 아랫입술을 깨물었다. 너무 방심했다. 최근 들어 놈들이 별 움직임을 보이지 않았기 때문에 자기도 모르는 사이에 경계심이 약해졌던 것이다. 아무리 국내 제일이라고는 하지만 심동규에게 섣불리 해킹을 의뢰해서는 안 되는 일이었다. 게다가 바로 자신의 이름으로 이어지는 연결을 남겨놓다니!

일단 저녁 때까지는 여기 틀어박혀서 일 돌아가는 꼴을 지켜볼 수밖에 없었다. 상황을 봐서 근처 여관을 잡든지, 아니면 대전쯤으로 튈 계산이었다. 수요일 저녁까지 버틸 자신은 충분히 있었지만 원철이 녀석이 그때까지 일을 해결해 줄 수 있을까?

껌을 하나 꺼내어 입에 넣은 욱은 다시 하나를 까서 넣고, 내친김에 통에 남아 있던 것들을 모두 까서 입에 털어넣었다.

'그나저나 이번엔 검찰? 그러면 심동규네 문을 두드려 부수고 그를 잡아간 녀석들도 검찰인가?'

그는 커다란 껌덩이를 우물거리며 고개를 저었다. 아니다. 검찰 애들은 그렇게까지 무식한 짓은 하지 않는다.

다시 핸드폰이 울리자 욱은 재빨리 꺼내들었다.

"여보세요?"

"나야."

남 수사관이었다.

"어떻게 됐어?"

"방금 모두 떠났어. 반장은 아직도 방에 틀어박혀서 나오지 않고. 뭐가 어떻게 된 거야?"

"나도 모른다니까."

"한 녀석은 분명히 NIS에서 나온 녀석이야. 최경식이 녀석 벌 벌 기는 꼴이 아주 가관이더군. 뭐 짚이는 거 없어?"

'NIS?'

"······없어."

"후우······, 그리고 한 녀석이 나가기 전에 전화하는 걸 얼핏 엿들었는데, 핸드폰 어쩌고 하는 걸로 봐서 아마도 네 핸드폰도 도청할 생각인 모양이야."

"빌어먹을! 앞으론 이리로 전화하지 마. 내가 연락할게."

"알았어. 참, 그리고 네 책상에 있던 것들을 아주 깨끗이 쓸어 갔어. 종이 한 장 남기지 않고. 자식들, 영장도 없는 것들이 정말 당당도 하더라."

'내 책상에 있는 것들?'

욱은 재빨리 머리를 굴렸다. 수사 관련 서류와 잡지 두세 권, 불법 복제 CD가 서너 장 있고, 칫솔과 전기 면도기, 그리고 전화 번호와 명함을 모아놓은 다이어리 하나······.

'빌어먹을! 전화 번호!'

책상에 두었던 다이어리엔 원철의 전화 번호도 적혀 있었다. 물론 쓸데없는 다른 전화 번호 2, 300개와 섞여 있기는 했지만 놈들은 분명히 하나하나 확인을 할 것이다. 만약 팔란티어와의 관련성에 초점을 맞출 경우, 그중 유일한 이용자인 원철에게 관심이 모이는 것은 시간 문제였다.

그리고 그렇게 되면 모든 것은 끝장이다.

"아, 알았어. 고마워."

정신이 번쩍 든 욱은 서둘러 전화를 끊고 자리에서 일어났다. 옆의 공중 전화에서 원철에게 전화를 걸자 공교롭게도 통화중이었다.

"제기랄!"

애꿎은 수화기에 대고 욕설을 내뱉던 욱은, 멀지 않은 거리니 차라리 직접 가는 게 낫겠다 생각하고 카페를 나섰다. 광주 쪽으로 방향을 잡고 국도에 들어서는 순간 심동규에게 원철의 이름을 팔았던 것이 기억났다.

"씨발!"

생각보다 시간이 없을지도 몰랐다. 어쩌면 이미 늦었는지도……

형사는 이를 악물고 가속 페달을 밟은 오른발에 힘을 주었다.

원철은 오전에 혜란의 직장으로 전화를 했다가, 그녀가 오늘도 출근하지 않았다는 것을 알았다. 걱정이 되어 집으로 전화를 하자 이번엔 자동 응답기가 나왔다. 핸드폰도 음성 사서함으로 연결될 뿐이었다. 직접 찾아가 볼까 하는 생각도 들었지만, 십중팔구 집에 없을 것이 분명한 지금 무턱대고 찾아가기도 좀 뭣했다.

갑자기 넘치도록 남아도는 시간을 주체하지 못해 고민하던 그는 고향집에 다녀오기로 결심했다. 그럭저럭 한번 다녀올 때도 되었고 하루 정도 고향집에서 푹 쉬며 앞으로의 계획을 세워보는 것도 나쁘지 않을 것 같아서였다.

원철이 간단히 짐을 꾸리고 있을 때 초인종이 울렸다. 혜란일 것이란 생각이 든 그는 황급히 달려나가 문을 열었으나, 그곳엔 욱의 긴장한 얼굴이 그를 기다리고 있었다.

"어? 너 웬일이냐?"

"별일 없었지?"

욱의 물음에 원철은 고개를 끄덕였다.

"그럼 나야 별일 없지. 근데 웬일이냐니까?"

그러자 욱은 다짜고짜 원철을 끌고 집 안으로 들어가며 다시 물었다.

"이상한 전화 같은 것 없었어? 찾아온 낯선 사람이나."

"아니. 도대체 무슨 일이야?"

그러자 욱은 안심했다는 듯 숨을 내쉰 다음 말했다.

"나도 몰라. 놈들이 갑자기 강공으로 나왔어. 방금 전 수사반 사무실에 웬 녀석들이 다녀갔대. 날 찾더래."

원철의 입이 쩍하고 벌어졌다.

"도대체 왜 갑자기……."

"그건 지금 중요한 문제가 아니야. 나중에 설명해 줄 테니까 어서 짐이나 챙겨."

"짐?"

원철이 이해가 가지 않는다는 얼굴을 하자 욱은 잠시 머뭇거리다 말했다.

"조만간 녀석들이 널 찾아올 가능성이 커. 그 전에 자리를 피하는 게 좋을 것 같아."

그러자 원철의 얼굴이 일그러졌다.

"제기랄! 인마, 너 이런 일은 없을 거라고 그랬잖아."

412

"미안하다. 하지만 지금은 시간이 없어. 화는 나중에 내고 어서 짐을 챙겨."

성난 눈으로 형사를 노려보던 프로그래머는 '씨발' 하고 내뱉더니 방으로 뛰어들어 갔다. 그는 싸놓았던 짐에 옷가지 몇 개를 추가로 집어넣은 다음 다시 작업실로 가서 책상 서랍을 열었다.

"인마, 시간이 없어. 다른 건 놔둬."

조바심이 난 욱이 말하자 원철은 뒤도 돌아보지 않고 날카롭게 쏘아붙였다.

"이 자식아! 어딜 가든지 이게 있어야 팔란티어와 접속을 할 수 있어. 아무 기계로나 되는 게 아니란 말이야!"

원철은 서랍에서 본체를 꺼내어 디바이스 연결 코드들을 모두 뽑은 후 가방에 넣었다. 그는 자이로 마우스와 멀티 세트를 같이 챙긴 다음 돌아섰다.

"됐어."

달리다시피 집을 나선 두 사람은 욱의 렌터카에 올라탔다. 일단 차가 국도로 빠져나오자 원철이 물었다.

"어디로 가는 거야?"

"몰라."

"뭐?"

원철이 신경질적으로 되묻자 욱도 이를 악물고 소리쳤다.

"나도 몰라! 일단 네가 팔란티어 안에서 증거를 찾을 때까지 어디든 눈에 띄지 않는 곳에 숨어 있어야 할 것 아냐! 아직 정해 놓곳은 없어!"

"제기랄!"

투덜거리며 창 밖으로 눈을 돌렸던 원철은 갑자기 다시 욱을 돌아보며 물었다.

"도대체 어떤 녀석들이야? 어떤 놈들이기에 감히 경찰청 수사반에 나타나서 널 내놓으란 소릴 하는 거야?"

"몰라. 검찰이란 말도 있고 국정원이란 말도 있는데 솔직히 나도 모르겠어."

"인마! 네가 모르면 누가 알아? 도대체 어떻게 된 건지 알아듣게 설명을 좀 해봐. 왜 조용하던 녀석들이 갑자기 난리냐고. 분명 네가 무슨 짓을 했으니까 그랬을 것 아냐!"

욱은 얼굴을 찡그리며 머뭇거리다 모두 털어놓기로 했다. 어차피 이렇게까지 된 바에야 뭐든 숨길 이유도 없었다.

"실은 저번에 보로미어가 죽었을 때 해킹을 부탁했어. 심동규 알지?"

"동규?"

"그래. 너한테 들었던 게 기억이 나서 찾아갔었어. 하여간 그 친구가 박현철 아이디를 확인하기 위해 팔란티어를 해킹하려다 실패했거든."

"나쁜 녀석! 나한텐 상의도 없이 동규는 왜 끌어들여!"

원철이 버럭 소리를 질렀으나 욱은 잠시 쉬었다 말을 계속했다.

"……오늘 아침에 그 친구가 잡혔어. 나랑 통화하는 도중에 녀석들이 대문을 부수고 들어와 끌고 갔어. 그러고 나서 30분 만에 놈들이 수사반에 나타났다더군. 난 마침 밖에 있어서 몸을 피할 수 있었지."

원철의 입은 커다랗게 벌어졌고 반대로 욱은 입을 닫았다.

414

잠시 후 원철이 가까스로 물었다.

"그, 그런데 왜 놈들이 나한테 온다는 거야? 넌 항상 미행당하지 않도록 조심했다고 했잖아. 서로 연락도 비밀 자료실로 했는데 어떻게 녀석들이 나에 대해 알 수 있지?"

"저기……, 그건 내가 동규에게……, 아니, 녀석들이 내 전화번호부를 가져가서……, 거기 네 번호가 있거든."

"거기 내 번호만 있는 건 아닐 것 아냐."

"그, 그렇지. 하지만 그중 팔란티어와 관련 있는 사람은 너뿐이야."

"……그렇겠군."

생각에 잠겼던 원철은 앞을 바라보며 투덜거렸다.

"제기랄! 너 이런 일은 없을 거라고 약속했잖아."

"미안하다. 하지만 네가 확실한 단서 하나만 잡아주면 모든 게 해결돼."

욱이 다독거렸으나 원철은 여전히 가시 돋친 투로 따졌다.

"넌 계속 그 소릴 하는데, 정말이야? 검찰에다가 안기부까지 손이 닿는 녀석들인데 우리가 증거를 잡는다고 그게 세상에 밝혀지게 놔둘까?"

"……."

욱이 대답을 하지 못하자 원철이 애원하듯 말했다.

"욱아, 우리 생각을 다시 해보자. 차라리 그냥 지금 자수하는 게 어때?"

그러자 형사는 갑자기 길 옆에 차를 급정거시키더니 소리를 질렀다.

"자수? 인마! 지금 수사를 하는 건 나야! 우리가 무슨 잘못을 한 게 있다고 자수야, 자수는!"

"……."

"그리고 아까 내가 한 이야기 못 들었어? 그 자식들, 영장도 없이 심동규를 끌고 갔다고. 우린 지금 법에 쫓기고 있는 게 아니야! 법 집행을 방해하는 나쁜 놈들로부터 잠시 피신하는 것뿐이지."

"인마, 그렇게 당당하면 왜 도망을 가?"

"그거야……, 그거야 법보다 주먹이 가까우니까 그렇지."

"그래도 이건 좀……."

원철이 계속 거북스런 얼굴을 하며 말꼬리를 흐리자 욱은 잠시 아랫입술을 잘근거리다가 낮게 가라앉은 목소리로 말했다.

"원철아, 정말 이런 얘긴 하고 싶지 않지만, 우리 최악의 상황을 생각해 보자. 검찰인지 국정원인지 놈들의 정체는 솔직히 나도 모르겠다. 하지만 중견 국회 의원의 살인 사건을 은폐하려고 나선 놈들이야. 그리고 오늘은 백주 대낮에 영장도 없이 동규를 끌고 갔어. 법적으로 따지면 그건 납치야. 만약 그런 녀석들이 박현철의 비밀을 아는 우릴 잡으면 어떻게 할 거라고 생각하니?"

"……."

"정말 널 끌어들인 건 미안하다. 하지만 상황은 똑바로 보자. 지금 우린 목숨이 위태로운 처지인지도 모른단 말이야."

그제서야 원철의 얼굴도 차츰 심각해지기 시작했다.

욱이 계속했다.

"이제 방법은 한 가지뿐이다. 녀석들이 우릴 잡으려고 혈안이 된 이유는 우리가 뭔가 녀석들이 감추고 싶은 것에 가까이 갔기

416

때문이야. 그것도 펄쩍 뛸 정도로 가까이. 심동규의 해킹에 갑자기 난리를 치는 것을 보면 그게 뭔지 짐작이 가. 지금 놈들은 어떻게든 박현철과 팔란티어 사이의 연결을 숨기려고 하고 있는 거야. 그러니까 그걸 찾아내야 우리가 안전해. 수사고 뭐고 다 집어치우고 우린 그걸 가지고 있어야만 한다고. 그래야 녀석들이 우릴 함부로 못할 거란 말이야."

"……그럼 동규는……."

"그거야 모르지. 하지만 죽이기야 했겠어? 우리가 확실한 단서만 손에 넣으면 놈들과 협상을 할 수 있을지도 몰라."

"……."

원철은 다시 창 밖을 바라보며 입을 다물었고 설익은 자두 씹는 표정으로 친구를 바라보던 욱은 다시 차를 몰기 시작했다. 용인 방향이었다.

10여 분 가량 이어진 침묵 후에 원철이 조용히 중얼거렸다.

"옵틱 라인."

"뭐?"

"광케이블로 된 전용선 말이야. 어딜 가든 그게 있어야 해. 팔란티어 접속을 하려면 일반 LAN으론 안돼. 백본과 비슷한 속도가 필요하거든. PC방 같은 곳에선 할 수 없단 말이야. 어디 구할 수 있겠어?"

"복잡하군. 그냥 지방 여관이나 산장에 처박혀 있을 생각이었는데……."

미간을 찡그리며 중얼거리던 욱은 무슨 생각이 났는지 차를 길 옆 주유소로 끌고 들어가더니 공중 전화를 찾았다.

원철이 초조한 표정으로 차 안에서 기다리는 동안, 욱은 핸드폰에서 한 번호를 찾아내어 전화를 걸었다. 몇 번 신호가 간 다음 연결이 되자 욱은 그답지 않게 공손한 말투로 말했다.

"여보세요? 홍 순경 좀 부탁합니다."

잠시 후, 젊은 미혼 여성들이 전화를 받을 때 내는 다소곳한 목소리가 수화기에서 흘러나왔다.

"네에. 홍현숙 순경입니다."

"어이, 홍 순경! 나, 장 경사야."

그러자 한 박자의 침묵 후 성난 으르렁거림으로 바뀐 목소리가 욱의 고막을 긁어댔다.

"왜 걸었어요? 나한테 전화를 다 하다니 정말 얼굴도 두껍네!"

"에이, 홍 순경, 아직도 그때 일로 화가 안 풀린 거야?"

"하, 기가 막혀서! 끊어요."

"자, 잠깐만. 저번 일은 미안했어. 정말이야."

"관두세요. 듣기 싫어요."

"정말로 미안하다고. 그 녀석이 그런 변탠지 누가 알았겠어? 알았으면 절대 홍 순경한테 그런 일을 시키지 않았지."

"끊어요!"

"내 말을 끝까지 들어봐. 실은 얼마 전에 집을 치우다 보니 그때 도청하던 테이프랑 망원 렌즈로 잡았던 사진 원본이 나와서 말이야. 아마 증거 제출할 때 깜박한 것 같아."

"……."

"내가 보관하고 있기도 그렇고, 늦었지만 제출을 하자니 내용이 좀……, 그렇더라고. 하여간 어떻게 할지 당사자인 홍 순경하

418

고 상의를 해보는 게 순서일 것 같아서 말야."

홍 순경은 잠시 말이 없다가 포기한 듯한 목소리로 물었다.

"……도대체 원하는 게 뭐예요?"

"아니, 홍 순경! 지금 내가 뭘 바라고 이러는 것 같아?"

"길게 끌지 말고 어서 말해요, 장 경사님."

"난 정말 바라는 거 없어. 물론 집 열쇠나 한 일주일 빌려주면 고맙겠지만."

"우리 집 열쇠요?"

"아니. 내가 홍 순경 집을 빌려서 뭘 하겠어. 그거말고 왜 그쪽 팀 수사 때 가끔 쓰는 아파트 있잖아. 지금 비어 있으면 딱 일주일만 빌리자고."

"그건 내 맘대로 할 수 없어요."

"홍 순경이 그 열쇠 관리하는 거 알아. 필요하면 금방 비워주면 되잖아. 딱 일주일이야. 그럼 그 낯뜨거운 사진들과 테이프는 모두 넘겨줄게. 약속하지."

"……먼저 그것들을 받은 다음 생각해 볼게요."

욱은 한숨을 쉬었다. 요즘 여자들은 왜 이리도 깐깐한지…….

"저기, 홍 순경. 어려우면 나 그냥 호텔로 가도 돼. 아니, 생각해 보니 그게 더 편하겠군."

"장 경사님, 잠깐만요!"

홍 순경은 다급히 외치더니 잠시 머뭇거리다가 말했다.

"좋아요. 열쇠는 수도 밸브함에 넣어둘게요. 그리고 그 테이프와 사진들은 꼭 주시는 거죠? 원본도요."

"그럼그럼. 열쇠 돌려줄 때 같이 줄게. 약속하지. 그리고 집은 오늘 저녁 7시엔 쓸 수 있으면 좋겠어."

"알았어요. 그리고 다신 이런 전화 하지 마세요."

전화를 끊은 욱은 다시 차에 올라타며 원철에게 씨익 웃음을 지어 보였다.

"됐어. 광케이블이 있는 집을 구했어."

"어디야?"

"구리에 있는 작은 아파트야. 마약 팀에서 수사할 때 위장 가옥으로 쓰는 곳인데, 전에 한번 가본 적이 있어. 라인이 두어 개는 돼. 저녁때부터 쓸 수 있을 거야."

다시 차가 움직이기 시작하자 원철이 물었다.

"그럼 이제 뭘 해야 하지?"

"일단 아파트를 쓸 수 있을 때까지 조용한 곳에서 시간을 때워야지 뭐."

"그럼 어디 가서 뭐나 먹자. 난 오늘 일어나서 지금까지 빵 한 조각도 못 먹었다."

"그러자."

욱은 길 옆에 늘어선 카페와 음식점들을 주욱 훑으며 달리다가 그 중 하나를 골라 차를 끌고 들어갔다. 다른 곳들과 달리 요란한 간판도 없었고 안이 들여다보이지 않도록 코팅된 유리창이 맘에 들었기 때문이다.

원철이 김치 볶음밥을 먹는 동안 욱은 콜라 한 잔을 시켜놓고 생각에 잠겼다. 구해 놓은 아파트는 홍 순경만 입을 닫고 있으면 절대로 발각될 리가 없었다. 물론 홍 순경에게 약속했던 테이프나 사진들은 존재하지도 않지만, 욱이 그것을 가지고 있다고 믿고 있는 이상 그녀는 절대로 입을 열지 않을 것이다. 그러니 당분간 안전한 은신처는 확보를 한 셈이다. 돈도 현재로선 크게 부족하지 않았다.

그러나 길어봤자 일주일이다. 새 은신처를 구해야 하는 것과 돈이 바닥나는 것 중 어느것이 먼저일지는 몰라도, 둘 다 일주일 이상은 가지 않을 것이다.

정신없이 김치 볶음밥을 퍼먹는 친구의 모습을 곁눈질하던 욱이 물었다.

"넌 지금 어느 정도 가고 있는 거냐?"

"뭐가?"

"팔란티어 안에서 말이야. 제우스에 대한 단서는 아직 못 찾은 거야?"

"그게……, 실은 제우스가 마지막으로 향했다는 신전 바로 앞까지 가 있어. 내일 밤엔 일단 신전에 다다를 수 있을 거야."

"젠장, 조금만 더 빨리 가지."

욱은 혼자말로 투덜댄 다음 다시 물었다.

"그 신전이란 델 가면 뭐가 있는데?"

"그거야 가봐야 알지. 네가 원하는 대로 박현철과의 연결 고리가 있을지는 장담 못해."

"빌어먹을! ……김 박사는 잘 협조해 주던?"

"후우……."

혜란의 이야기가 나오자 원철은 길게 한숨을 쉬었다.

"그게……, 어제까지는 잘 도와줬는데……, 글쎄 모르겠어. 오늘은 계속 연락을 하는데도 닿질 않아. 직장에도 집에도 없고 핸드폰도 안 받고."

그러자 욱이 고개를 갸우뚱거리며 물었다.

"그럼 사라졌단 말이야?"

"나도 모르겠어. 실은 조금 걱정이 되던 중이야."

"그 신전까지 가는 데 아직도 그 여자의 도움이 꼭 필요해?"

"글쎄, 있으면 아무래도 도움이 되지. 그리고 지금 그 안의 상황이 좀 심상치 않거든."

원철이 다시 볶음밥으로 주의를 돌리자 욱은 한숨을 쉬며 껌을 찾았다. 그러나 아까 가지고 있던 것을 다 씹어버렸다는 것을 깨달은 형사는 자리에서 일어섰다.

"나, 껌 좀 사올게."

듣는 둥 마는 둥하는 원철을 뒤로 하고 출입구 쪽으로 가던 형사는, 코팅된 창을 통해 검은색 승용차 한 대가 음식점 주차장으로 들어오는 것을 보았다. 운전석에 앉은 건장한 남자를 보는 순간 욱은 섬뜩한 느낌에 반사적으로 몸을 굽혔다.

차가 정지하자 문 네 개가 동시에 열리며 짙은 색 양복을 입은 남자 넷이 내려섰다. 모두들 귀에 투명 플라스틱으로 만든 이어폰을 꽂고 있었다.

"젠장!"

형사는 조금의 머뭇거림도 없이 돌아서서 원철을 끌어당겨 일으킨 다음, 카운터의 종업원을 보고 외쳤다.

"여기 뒷문이 어디요?"

종업원이 카운터 반대편을 가리키자 욱은 원철의 팔을 잡고서 있는 힘을 다해 그쪽으로 달렸다. 주방 옆의 작은 문을 통해 뒷마

당으로 나온 욱은 건물을 돌아 달리다가 측면 모퉁이에 다다라서야 멈춰 섰다.

"갑자기 왜 이래?"

간신히 씹던 밥을 삼킨 원철이 성난 목소리로 속삭이자 욱은 손짓으로 조용히하라는 신호를 한 다음 조심스레 앞쪽 마당을 내다보았다. 세 명은 음식점으로 막 들어서고 있었고 한 녀석은 욱의 차를 향해 걸어가고 있었다.

"원철아, 넌 무조건 조수석으로 올라타. 알았지? 자, 뛰어!"

욱에게 밀린 원철은 한순간 비틀거렸으나 다행히 넘어지지 않고 달리기 시작했다. 친구의 뒤를 따라 같이 달려나간 형사는 차 쪽으로 가던 녀석이 놀라 돌아서는 순간, 있는 힘을 다해 어깨로 그의 가슴을 들이받았다. 전력으로 달리던 속도에 100킬로그램에 가까운 욱의 체중까지 실린 태클이다. 양복은 비명도 지르지 못하고 뒤로 날아갔다.

차에 올라탄 욱과 원철이 문을 닫는 것과 동시에 음식점에 들어갔던 세 명이 고함을 지르며 달려나왔다. 그러나 욱은 그쪽은 돌아보지도 않은 채 시동을 건 다음 있는 대로 가속 페달을 내리 밟았다.

먼지를 휘날리며 국도로 튀어올라 온 욱은 무조건 앞으로 내달렸다.

"무, 무슨 알이야?"

겨우 정신을 차린 원철이 더듬거리자 욱은 핸들을 손으로 내리치며 욕설을 내뱉았다.

"빌어먹을! 놈들이야! 씨발, 어떻게 알았지?"

"노, 놈들이 맞아?"

"틀림없어. 아까 심동규의 집과 수사반에 들렀다던 양복들과 차림이 같아."

"인마, 양복만 입었다고 그렇게 단정할 순 없잖아."

"그럼 왜 저렇게 쫓아오냐?"

욱의 말에 원철은 반사적으로 뒤를 돌아보았다. 200미터쯤 뒤에서 녀석들의 차가 무시무시한 속력으로 따라붙고 있었다.

"제기랄! 누가 백주 대낮에 후려갈기고 도망가면 나라도 당연히 쫓아가겠다."

원철이 투덜거리는 동안에도 검은 세단은 점점 거리를 좁혀왔다. 핸들을 잡고 있던 욱은 속도계가 160을 넘어선 것을 보고는 이를 악물었다. 아무리 다른 차가 없고 널찍한 4차선이긴 하지만 국도에서 이 이상은 자살 행위다. 그러나 녀석들은 어느새 백미러로 표정이 보일 정도까지 다가와 있었다.

어물거리는 사이에 녀석들의 차는 매끄러운 움직임으로 중앙선을 넘더니 이내 욱의 왼쪽 옆에서 평행으로 달리기 시작했다. 다음 순간, 녀석들이 막무가내로 밀고 들어오는 바람에 욱의 차는 2차선으로 밀려났다. 그 동안에도 조수석에 탄 녀석은 굳은 표정으로 욱에게 차를 세우라는 손짓을 계속하고 있었다. 얼핏보니 차에 타고 있는 것은 셋뿐이었다. 태클당한 녀석은 버려두고 온 모양이었다.

'셋이면 한번 붙어볼 만도 한데' 하는 생각이 형사의 머리를 스치는 순간, 원철이 찢어지는 듯한 목소리로 외쳤다.

"총! 총이잖아! 저 자식들, 총을 가졌어!"

옆을 돌아본 욱은 원철의 말이 사실임을 확인했다. 조수석에 탄 녀석이 한 손에 권총을 들고 인상을 쓰고 있었다.

'젠장!'

욱은 이를 악물고 앞을 바라보았다. 멀리 맞은편 차선에서 덤프 트럭이 다가오고 있는 것을 본 형사는 모험을 결심했다.

"원철아, 벨트 하고 꽉 잡아."

원철은 뭐라 하려다 말고 황급히 안전 벨트를 하며 바로앉았다.

"야, 욱아……."

원철이 떨리는 목소리로 친구의 이름을 부르는 것과 동시에 욱은 핸들을 왼쪽으로 꺾었다.

와작!

"으아아아!"

차체를 흔드는 엄청난 충격과 함께 원철이 비명을 질렀고 녀석들의 차는 중앙선 너머로 밀려났다. 그러나 욱은 충돌의 여파가 채 가라앉기도 전에 다시 한번 힘차게 핸들을 꺾었다.

와지끈!

뭔가가 심각하게 부러지는 소리와 함께 녀석들은 다시 한 차선 밀렸고, 이제는 욱도 녀석들과 마찬가지로 중앙선 반대편을 거꾸로 달리고 있었다. 그리고 놈들의 차선 정면에는 15톤 덤프 트럭이 무시무시한 속도로 다가오고 있었다.

조수석에 탄 녀석이 앞을 가리키며 뭐라고 소리를 지르고 운전대를 잡은 놈은 욱의 차를 밀어내려고 안간힘을 썼지만, 욱은 핸들을 단단히 잡고 비켜주지 않았다. 트럭의 요란한 경적 소리와 함께 놈들의 차는 정면 충돌을 피해 왼쪽 갓길로 방향을 틀었다.

그러나 제때 속도를 줄이는 데 실패한 세단은 중심을 잃고 길에서 튕겨나갔다.

아슬아슬하게 트럭을 비껴지난 다음 백미러를 보자, 공중에 떴던 검은 세단이 길 아래 유휴지에 처박히며 폭발하는 모습이 욱의 눈에 들어왔다.

"젠장!"

형사는 욕설을 내뱉으며 브레이크를 밟았다. 속력을 줄인 그가 유턴을 하려 하자 사색이 된 원철이 소리쳤다.

"야, 인마! 그냥 가자!"

그러나 말없이 차를 돌린 욱은 갓길에 차를 세운 다음 차 문을 열고 밖으로 나왔다.

길 옆 사면을 내려간 형사는 노란 불덩이로 변한 차에는 차마 접근하지 못했으나, 한쪽에 엎어져 있는 양복을 발견하고 조심스레 다가갔다. 가까이 가서 보니 아까 조수석에 타고 있던 녀석으로, 놈의 목은 비정상적인 각도로 꺾여 있었다.

"욱아! 빨리 가자!"

길 위에서 원철이 다시 소리를 질렀으나 욱은 녀석이 그때까지도 움켜쥐고 있던 권총을 집어들고 유심히 살펴보았다. 경찰에서 흔히 쓰는 38구경이나 최경식이 녀석이 심심하면 꺼내들고 자랑하던 베레타가 아니라 훨씬 육중하고 날렵한 모양의 기종이었다.

안전 장치는 풀려 있었다.

고개를 갸우뚱거리던 욱은 녀석의 주머니에서 지갑을 꺼내 뒤져보았다. 예상대로 상당한 양의 현금말고는 아무런 신분증도 들어 있지 않았다. 욱은 현금을 주머니에 쑤셔넣은 다음 권총의 안전 장치를 잠가 허리 뒷춤에 꽂았다.

막 일어서려고 할 때 녀석의 비틀린 목에서 뭔가 반짝이는 것이 눈에 띄었다.

쇠로 된 목걸이 줄이었다.

줄을 당기자 두 개의 낯익은 금속판이 품속에서 끌려나왔다.

후들거리는 다리를 이끌고 다시 길 위로 올라온 욱의 얼굴은 돌처럼 굳어 있었다. 차에 올라탄 형사가 아무 말이 없자 원철이 먼저 물었다.

"야, 정말 다 죽은 거야?"

욱이 말없이 고개를 끄덕이자 원철은 울먹이며 어쩔 줄 몰라 했다.

"인마, 그럼 우린 살인을 한 것 아냐!"

"정당 방위지. 녀석들은 총까지 들고 우릴 위협했어. 그리고……."

욱은 거칠게 차를 출발시키며 덧붙였다.

"그리고 이 구간은 80이 제한 속도야. 누가 저희들보고 과속하래?"

형사는 일단 남쪽으로 방향을 잡았다. 무조건 서울에서 멀어지고 보자는 계산에서였다. 입은 굳게 다물었지만 핸들을 잡은 그의 손은 가늘게 떨리고 있었고, 방금 제한 속도 운운했던 사람답지 않게 차의 속도는 순식간에 120을 넘어섰다.

뭔가 이상한 것을 눈치챈 원철이 물었다.

"너 왜 그래?"

"……뭐가."

"아까 녀석들 밀어붙일 때는 눈도 깜박 안 하더니 지금은 왜 떨어?"

"……."

"개자식! 날 여기까지 끌어들였으면서 뭘 또 숨기려는 거야!"

원철의 노기 어린 다그침에 욱은 어쩔 수 없이 입을 열었다.

"그놈들 중 하나가 군번 줄을 하고 있었어. 권총도 내가 처음 보는 기종을 들고 있었고."

"어디 봐."

욱이 원철에게 총을 내주자 원철은 조심스레 받아들고 살펴보더니 가방을 열어 컴퓨터와 멀티 세트를 꺼냈다.

"뭐하는 거야?"

"차나 몰아!"

원철은 퉁명스레 대꾸한 다음 키보드와 자이로 마우스를 본체에 연결하고 시가 잭에 전원을 꽂았다. 이어서 핸드폰을 꺼내 시스템에 연결한 프로그래머는 멀티 세트를 뒤집어쓰며 메인 스위치를 올렸다.

"속도는 좀 느려도, 이걸로라도 이용해 봐야지."

연신 공중에 대고 자이로 마우스를 휘둘러대던 원철은 뭐라고 자판을 치고, 다시 몇 번 허공에 손을 휘젓더니 말했다.

"제인스 데이터 베이스에 따르면 이건 H&K 2000DF란 기종이야. 헤클러 앤 콕(Heckler & Koch)에서 미국 특수전 사령부의 발주로 만든 공격용 권총의 개량 모델이로군. 델타포스와 SEAL 팀에 2009년부터 지급되기 시작했네. 우리 나라를 포함한 각국의 특수 부대에도 대량으로 수출되고 있고."

거기까지 말한 원철은 황급히 멀티 세트를 벗으며 물었다.

"아니 그럼, 아까 그 녀석들이 군 특수 부대 소속이란 말이야?"

"후우……, 모르겠어. 이젠 나도 정말 모르겠어! 검찰에 NIS에 이젠 특수 부대까지, 빌어먹을! 도대체 이 녀석들 정체가 뭐야!"

욱이 핸들을 내리치며 악을 쓰자 원철은 컴퓨터를 정리해 넣으며 쏘아붙였다.

"흥분하지 마. 조용히 생각 좀 해보게."

"생각할 게 뭐 있어! 개자식들, 대낮에 총까지 들고! 몽땅 죽어도 싸!"

욱이 여전히 부들거리며 소리를 질러대는 가운데 원철이 갑자기 생각난 듯 물었다.

"그런데 녀석들이 어떻게 우릴 찾았을까?"

"뭐?"

"우린 미행당한 것도 아니잖아. 그런데 놈들이 우릴 어떻게 그렇게 정확히 찾았지?"

"……몰라."

"잘 생각 좀 해봐. 아니면 또 다른 녀석들이 쫓아올 것 아냐! 이번엔 전투기를 몰고 올지도 모르잖아."

욱은 침을 꿀꺽 삼켰다. 전투기까지는 몰라도 분명히 다른 녀석들이 따라붙을 것이다. 녀석들이 어떻게 자신과 원철의 위치를 찾아냈는지를 알지 못하면, 아무리 멀리 도망을 가더라도 부처님 손바닥의 손오공 꼴이다.

오만상을 찌푸리고 끙끙대던 욱이 갑자기 외쳤다.

"핸드폰!"

"핸드폰?"

원철이 의아한 얼굴로 되묻자 형사가 설명했다.

"모든 핸드폰은 일정 간격으로 고유 주파수를 발신해. 그 주파수만 알면, 기지국 세 곳의 출력을 재서 위치를 파악할 수 있는 방법이 있어. 거의 GPS 정도로 정확해!"

"아!"

욱은 고개를 끄덕이며 말을 이었다.

"그래. 하지만 그것까지 마음대로 확인하고 있는 건가? 도대체 뭐하는 놈들이야!"

"이 녀석들은 어떻게……."

"모르지. 핸드폰 회사 사장 머리통에 권총이라도 들이대고 있는지. 일단 핸드폰부터 끄자."

욱이 핸드폰을 꺼내어 전원을 내리려고 하자 원철은 그의 손에서 전화기를 빼앗아 들며 말했다.

"더 좋은 생각이 있어. 저 앞차 옆에 붙여봐."

욱이 강원 번호판을 달고 있는 1톤 트럭 옆으로 차를 붙이자, 원철은 창문을 열고 트럭 짐칸에 실린 돼지들 틈으로 욱의 전화기를 던져넣었다.

"혹시 모르니까."

하며 자신의 핸드폰마저 트럭 안으로 던져넣은 원철은 창문을 닫으며 말했다.

"이건 나중에 네가 물어내."

"알았다, 알았어."

욱은 속도를 줄인 다음 다시 유턴을 하여 북쪽으로 향했다.

두 사람이 구리에 있는 아파트 단지에 도착한 것은 저녁 8시가 조금 넘어서였다. 그때까지는 팔당과 남양주 일대의 샛길을 돌면서 시간을 때웠다. 핸드폰을 버린 이후로 더 이상 달라붙는 놈들은 없었지만 여전히 마음을 놓지 못하던 욱은, 렌터카를 빌릴 때 운전 면허를 제시했던 것을 기억해 내고는 남양주 시 뒷골목에 차를 버렸다. 그 후 버스를 타고 이동했기 때문에 예상했던 것보다 도착 시간이 늦어진 것이다.

한번의 위기를 겪고 나자 원철은 오히려 냉정을 되찾기 시작했다. 그러나 반대로 욱은 눈에 띄게 불안해하고 있었다. 버스 안에서도 웬 청년과 시비가 붙었고 아파트 문 앞에서도 수도 밸브함 뚜껑에 붙여놓은 열쇠를 찾지 못하고 한바탕 난리를 피우는 바람에 원철이 대신 찾아주어야 했다.

집 안에 들어선 원철은 90평은 되어보이는 너른 실내와 그 호사스런 장식에 눈을 번쩍 떴다.

"호오……, 이게 '조그만' 아파트냐? 나라에서 웬 세금을 그렇게 많이 떼어가나 했더니 몽땅 이런 데다 쓰고 있었군."

"시끄러워. 마약상들은 없어보이면 상대도 안해. 주로 여길 비밀 요정으로 차려놓고 흥정 장소로 이용하지. 여긴 모든 방에 카메라와 도청 장치가 되어 있어."

어깨를 으쓱한 원철이 짐을 내려놓는 동안 욱은 방마다 커튼을 내리며 이상이 없는지 살펴보았다.

"광케이블은 어디 있어?"

원철이 묻자 욱은 한쪽 구석에 있는 방으로 그를 안내했다. 방 한쪽에 달린 벽장을 열고 다시 그 뒷벽을 밀자 작은 밀실이 나왔다. 원철은 정면에 보이는 초대형 플라즈마 스크린과 그 부속 장비들을 보고 눈이 휘둥그레졌다.

"우와, 이게 다 뭐야?"

"감시 장비지."

욱이 스위치를 올리자, 스크린이 바둑판처럼 아홉 개로 갈라지며 각 방의 영상이 떠올랐다.

"여기선 집 안 전체를 한눈에 볼 수 있어. 비디오는 물론 오디오까지 다 감청이 되고 디지털로 기록까지 할 수 있어. 끝내주지? 그리고 광케이블은 이쪽에 있는데 보통 이걸 통해서 본부와 연결을 하거든. 아마 이걸로 팔란티어에도 연결이 가능할 거야. 그리고 마루에도 하나 더 있어."

"좋았어. 이 정도면 충분해."

원철은 당장 시스템을 가져와 연결하기 시작했다. 모든 것이 제대로 작동하는 것을 확인한 다음 두 친구는 거실에 마주앉았다.

원철이 물었다.

"그럼 이젠 내일 저녁까지 기다리는 일만 남은 건가?"

"지금 봐서는 그래. 물론 뭔가 먹을 걸 사오긴 해야겠는데."

"됐어. 음식은 자장면 시켜먹으면 돼. 난 지금 하나 시켜야겠다."

"한 집에서 계속 시키면 의심받아."

욱이 불안스레 주의를 주자 원철은 빙긋 미소를 지었다.

"알았다. 끼니마다 딴 집에서 시킬 테니 넌 안심하고 흥분이나 좀 가라앉혀라."

탁자 밑에서 찾아낸 상가 안내에는 다행히 열네 개나 되는 중국

집 번호가 수록되어 있었다. 원철은 음식과 음료수, 그리고 담배를 주문한 다음 다시 친구에게 물었다.

"너, 만약 내가 티어의 신전에서 박현철과 제우스를 연결시킬 만한 단서를 발견하면 그 다음엔 어떻게 할 거냐?"

"일단 우리 반장에게 넘기고 그 다음은 반장이 알아서 하겠지."

"네 반장이란 사람은 믿을 수 있어? 그 사람한테 증거를 넘겨 주고 나면 또 박현철이 컴퓨터처럼 증발해 버리는 것 아냐?"

원철의 물음에 욱은 고개를 저었다.

"다른 사람은 몰라도 오 반장은 믿을 수 있어. 그리고 국회에서 특별 검사를 선임하기 전까지는 대통령이라도 건드릴 수 없는 면 책특권이 있으니까, 우리가 증거만 확보하면 수사는 제대로 진행이 될 거야. 그건 확실해."

"정말 그럴까? 반장도 녀석들에게 당할 수 있잖아."

원철의 지적에 욱은 퍼뜩 고개를 들었다. 합수부 형사인 자신에게 총을 뽑아들었던 녀석들이다. 목적을 위해서라면 반장이라고 거리낄 이유가 없었다.

욱은 오늘 일어났던 일을 반장에게 알려야겠다는 생각에 전화로 손을 뻗다가 멈칫했다. 어쩌면 반장의 전화와 핸드폰도 도청을 당하고 있을지 모른다. 함부로 이곳 전화를 쓰는 것은 위험했다.

형사는 인상을 쓰며 자리에서 일어섰다.

"원철아, 나 잠깐 나갔다 올게."

"왜?"

"반장에게 연락을 좀 해봐야 될 것 같은데 이 전화를 쓰긴 좀 불안해서."

"알았어. 나간 김에 라면도 좀 사오고, 그리고 좀 침착해라. 아까부터 너답지 않게 왜 그래?"

"알았다, 인마."

욱이 나간 다음 원철은 한동안 생각에 잠겨 있다가 수화기를 집어들었다. 잠시 망설이던 그는 혜란의 번호를 돌렸으나 여전히 그녀는 전화를 받지 않았다.

아파트 단지를 나선 욱은 버스를 타고 서울로 들어갔다. 늦은 시간이었기 때문에 상봉 터미널까지는 20분도 채 걸리지 않았다. 터미널의 인파를 헤치고 공중 전화를 찾은 욱은 그 앞에 멈춰 서서 잠시 생각을 정리했다.

'침착하자, 침착.'

그는 먼저 남 수사관의 핸드폰 번호를 눌렀다.

"여보세요."

"나야, 장 형사."

"어, 그래. 안 그래도 기다리고 있었어. 반장이 자네 찾아내라고 오후 내내 난리 법석을 피웠다고. 난 말을 해야 될지 말아야 될지 몰라서 그냥 입 다물고 있었지."

"잘했어. 혹시 녀석들이 수사반에 다시 나타나진 않았어?"

"아니."

"지금 반장은 어디 있는데?"

"가끔씩 뭐 집어던지는 소리가 나는 걸로 봐선, 아마 아직도 사무실에 있는 것 같아."

욱은 한숨을 쉰 다음 다시 물었다.

"저기……, 자네 믿을 수 있어?"

"뭐? 무슨 말이야?"

"내가 남 수사관을 믿어도 되냐고."

"이 친구 갑자기 왜 이래? 나 조금 불쾌해지려고 하는데?"

"지금 내 목숨이 위험해. 나 까딱하면 죽을지도 몰라."

"도대체 그게……"

욱의 목소리에 담긴 심각함이 전달되었는지 기철은 따지고 들다 말고 말을 멈췄다.

잠시 간격을 두며 주저하던 욱은 마음을 정하고 입을 열었다.

"실은 나, 이번 사건의 실마리를 잡았어. 거의 다 풀어가고 있었는데 어떤 녀석들이 갑자기 훼방을 놓기 시작했어. 오늘 사무실에 나타났던 녀석들도, 날 죽이려고 달려들던 녀석들도 모두 한패거리야."

"자넬 죽이려고 들어? NIS에서?"

기철이 놀란 목소리로 소리쳤다.

"그건 모르겠어. 반장은 검찰이래고 자넨 국정원이래고, 그리고 아까 날 쫓아온 녀석은 군번 줄을 하고 있었어. 놈들의 정체가 뭔진 나도 도무지 감이 잡히지 않아. 하지만 막무가내로 날 제거하려는 놈들인 건 확실해."

"……"

욱은 침을 꿀꺽 삼킨 다음 말했다.

"나 좀 도와줘."

"……좋아. 내가 뭘 해줄까?"

흔쾌하진 않았으나 거절은 아니었다.

욱은 속으로 안도의 한숨을 내쉰 다음 말했다.

"아까 반장 사무실에 들어갔던 사람은 자기가 검찰이라고 했대. 그 사람 정체를 좀 알아봐 줘. 자네는 원소속이 검찰이니 어렵지 않을 것 아냐."

"알았어. 그리고?"

"그리고 아무래도 녀석들이 핸드폰으로 내 위치를 추적한 것같아. 분명히 이동 통신 회사 장비를 이용했을 텐데 도대체 어떻게 그럴 수 있었는지도 알아봐 줘."

"그건 좀 어렵겠지만 일단 해보지."

"고마워. 그리고 내가 다시 연락할 때까지 자네는 아무것도 모르는 거야."

"오케이."

전화를 끊은 욱은 다시 장소를 이동하여 다른 공중 전화에서 반장에게 전화를 걸었다.

"여보세요."

반장의 목소리는 어둡게 가라앉아 있었다.

"가로수 아래서 뵙죠."

짤막하게 말한 욱은 이내 전화를 끊었다. '가로수'는 본청 맞은편 건물 지하에 있는 카페 이름으로, 반장이 오후 커피를 마시러 가끔씩 들르는 곳이었다.

욱은 10분 가량 기다린 다음 가로수로 전화를 걸었다.

"여보세요."

주인 아주머니의 목소리에 이어 욱이 대답할 틈도 없이 반장의 목소리가 터져나왔다.

"너 지금 어디 있어!"

"말씀드릴 수 없습니다."

"이런 쥐좆만 한 노므 자슥이! 넌 지금······."

공중 전화 박스가 다 웅웅거리는 반장의 고함소리에 욱은 잠시 수화기를 귀에서 떼어야 했다. 소음이 가라앉은 다음 욱이 말했다.

"반장님, 길게 말할 수 없으니 잘 들으세요. 오늘 놈들이 절 덮쳤습니다. 안전 장치 푼 총을 들고 있었고 반항하면 주저 없이 쏠 기세였습니다."

"······."

"아직은 살아 있으니 걱정 마시고 제 위치는 반장님을 위해서 말씀드리지 않는 거니까 더 이상 묻지 마세요."

"······알았다."

반장은 조금 진정이 되어가는 것 같았다.

욱이 계속했다.

"박현철이 살인을 저지른 이유는 바로 그 게임 때문인 게 확실하고, 전 지금 그걸 증명하기 일보 직전입니다. 그래서 놈들이 갑자기 난리 법석인 거고요. 모레 아침이면 모든 게 확실히 드러날 겁니다."

반장은 잠시 생각을 해보더니 말했다.

"좋아. 사정이 그렇다면 그때까지 기다려야지. 하지만 지금 엄청난 압력을 견디느라고 내 등이 거북 등짝이 되고 있다는 것만 명심해라."

"알겠습니다. 그리고 반장님."

"왜?"

"제가 그 증거 자료를 반장님께 넘겨드리면 그 뒤는 자신이 있으십니까?"

"……무슨 소리냐?"

"경찰청에서 증거물을 빼가고 저 위의 높으신 분들한테도 줄이 닿는 녀석들입니다. 게다고 오늘은 절 죽이려고 했다고요. 제가 증거를 찾아내면 그 뒷감당을 하실 자신이 있으세요?"

욱은 말을 마치자마자 다시 수화기를 귀에서 떼어야 했다.

"이런 호로 자슥을 봤나! 네놈이 지금 이 오환철이를 어떻게 보고……."

이어지던 소음이 가라앉은 다음 욱이 말했다.

"제 말은 그게 아니라 그 자식들이 반장님도 제끼려 들지 모른다 이겁니다."

"……."

한동안 침묵이 흘렀다.

이윽고 반장이 그답지 않게 조용한 목소리로 말했다.

"알았다, 무슨 얘긴지. 하지만 그건 내 문제니까 넌 딴 걱정 말고 그 증거란 것만 빨리 손에 넣어라."

"……알겠습니다. 그리고 반장님."

"또, 왜?"

"조심하세요."

"……알았다. 너야말로 몸조심해라."

전화가 끊어진 다음 욱은 길게 한숨을 내쉬었다. 매번 전화 한 통화 하려고 이 지랄을 떨 수는 없는 일이다. 하지만 지금으로선 다른 방법이 없지 않은가.

터덜거리며 버스 정류장으로 되돌아가던 형사는 길가에 늘어선 간판들 중 하나를 보는 순간 갑자기 눈을 반짝였다.

문을 열고 들어가자 진열대 뒤에서 혼자 가게 안을 정리하던 30대 중반의 남자가 사무적인 미소를 지으며 욱을 맞았다.

"어서 오세요."

"어……, 휴대폰 좀 사려는데…….."

"어떤 기종으로 드릴까요? 최신 기종까지 모두 다 있습니다."

"기종이나 회사는 상관없고 좀 비싼 걸로 샀으면 좋겠는데…….."

"아, 그러세요? 가격이야 손목 시계형이 제일 세죠, 기계만 50만 원이니까."

남자가 진열대에서 물건을 집어들며 말하자 욱은 고개를 저었다.

"아니. 내 말은 그런 것 말고, 아주 비싼 걸로 사고 싶단 말이오. 진짜로 비싼 걸로."

욱이 한쪽 눈까지 찡긋거리며 '비싼 것'을 강조하자 남자의 얼굴에 은근한 미소가 떠올랐다.

"아하, 예. '정말' 비싼 것 말씀이시군요?"

욱이 마주 미소를 지으며 고개를 끄덕이자 남자가 두 손을 비비며 말했다.

"저기……, 손님, 100은 주셔야겠습니다."

"에이, 그건 너무 비싼데."

욱이 고개를 젓자 남자는 정색을 하며 말했다.

"다른 데 가도 더 부르면 불렀지 절대로 그 이하는 없어요."

욱은 고민스런 표정을 지어 보이다가 마침내 결심한 듯 말했다.

"좋아요. 대신 두 개 살 테니 150으로 합시다. 현찰로 드리지."

그러자 남자의 얼굴에 함박웃음이 피어올랐다.

"좋습니다. 마지막 손님이신데 그 정도는 해드릴 수 있죠. 그럼 계산을 먼저……."

욱이 돈을 건네주자 남자는 아예 가게문 셔터를 내리더니 뒷방으로 들어갔다. 잠시 후 방에서 나온 남자는 구형 핸드폰 두 개를 욱에게 내밀었다.

"번호들은 거기 나와 있는 대로고요. 너무 과하게 쓰면 번호 주인에게 들통나는 수가 있으니까 적당히 쓰세요. 해외 전화는 명세서에 번호가 다 찍히니까 삼가는 게 좋을 거예요. 그리고 그럴 리야 없겠지만 혹시 문제가 생기면 그냥 길거리에서 샀다고 하시고요."

욱은 전원 스위치를 눌러 기계들이 이상 없이 작동되는 것을 확인한 다음 물었다.

"그런데 이렇게 비싼 걸 보니 요즘 단속이 심한가 봐요?"

"예전보다 전파 도용이 많이 늘긴 했거든요. 옛날엔 한두 달 정도 폰섹스 팍팍 쓰고 버리려고들 만들었는데, 요즘은 야금야금 장기간 쓰는 사람도 많이 늘었대요. 자꾸 문제가 생기니까 경찰에서도 한 달에 한두 번은 정기적으로 들르더라고요."

"이거 걸리면 벌금이 비싼가요?"

"하하, 벌금요? 말도 마세요. 가게 문 닫아야 돼요."

남자가 두 손을 내젓자 욱은 싱긋 웃음을 지었다.

"그럼 문 닫을 준비를 하셔야겠군."

"네?"

남자는 이해가 안 간다는 표정을 짓다가 욱이 들이민 경찰 신분증을 보더니 하얗게 질리며 한 걸음 뒤로 물러섰다.

"무선 통신 및 관련 전파 사용에 관한 시행령 제9조 2항을 위반한 혐의로 당신을 체포합니다. 일단 주민증부터 내놓으쇼."

욱이 주머니에서 수갑을 꺼내며 말하자 남자는 황급히 진열장 앞으로 돌아나오더니 욱의 손목을 부여잡고 애원하기 시작했다.

"아이고, 형사님. 코딱지만 한 전세방에 아직 초등학교도 못 간 애새끼들이 둘이나 있습니다요. 이 가게 닫으면 당장 그 녀석들 거리로 나앉습니다. 한번만 봐주십쇼, 한번만."

"아, 글쎄 주민등록증이나 보자니까."

욱은 남자의 손을 뿌리치려 했으나, 그는 손을 놓치면 천 길 낭떠러지로 떨어지기라도 할 듯 두 손으로 꽉 잡고 놓아주지 않았다.

"형사님, 딱 한번만 봐주십쇼. 부탁입니다."

눈물까지 흘리며 애원하는 남자를 한동안 지켜보던 욱은 짐짓 한숨을 쉬며 수갑을 집어넣었다.

"좋아. 처음이니까 이번은 그냥 넘어가겠소. 하지만 앞으로 이 가게는 내가 특별히 주시하고 있을 테니 각오 단단히 하시오."

"감사합니다. 감사합니다."

남자는 90도로 몸을 굽혀가며 인사를 하다가 욱이 손을 내밀자 아까 받아넣었던 돈을 허둥지둥 꺼내어 올려놓았다. 욱은 돈을 집어넣은 다음 최대한 위협적인 표정으로 말했다.

"그리고 이 전화기들은 내가 보관하고 있을 테니, 그리 아쇼.

또 이런 짓 한다는 소문 비슷한 거라도 들리면 이게 그대로 증거
물이 되는 거요. 알겠소?"

"명심하겠습니다."

연신 허리를 굽히던 남자는 욱이 몸을 돌리자 황급히 그의 앞으
로 달려가 셔터를 올렸다.

"살펴 가십시오."

남자의 인사를 등뒤로 한 욱은 씨익 미소를 지으며 버스 정류장
으로 걸음을 옮겼다.

욱이 문을 열고 들어오자 커다란 식탁에 혼자 앉아 있던 원철이
말했다.

"좀 늦었네? 만두가 좀 남았으니 먹어라."

"만두? 내 짬뽕은?"

"동앗줄처럼 불어터져 가기에 내가 먹었다."

원철의 대답에 욱이 인상을 썼다.

"야, 그럼 난 굶으란 거야?"

"넌 라면 먹으면 되잖아."

"아차, 라면."

욱은 그제야 이마를 쳤다.

"뭐야. 라면 사오는 거 까먹은 거야?"

원철의 질책에 욱은 대답 대신 들고 있던 핸드폰을 던져주었다.

"이건 또 뭐야?"

"갚아주기로 했잖아. 남의 주파수에 얹어 쓰는 거라 절대로 추
적당할 염려가 없어."

"그런 게 있어?"

"나도 말로만 듣던 건데 찾으니 정말 있더군."

"정말 무서운 세상이야."

원철은 고개를 저으며 전화를 집어넣었다.

욱은 자리에 앉자마자 식은 만두를 게걸스레 우겨넣으며 말했다.

"수사반 쪽에 아직까지 별다른 일은 없었나 봐. 하지만 반장에 겐 날 찾아내라고 사방에서 압력이 들어오고 있는 모양이더군. 아는 친구에게 수사반에 왔던 녀석들 뒷조사를 부탁해 놨으니까, 조만간 녀석들의 정체도 알 수 있을 거야."

"제발 좀 그랬으면 좋겠다."

"하지만 어쨌건 네가 팔란티어 안에서 단서만 발견하면 그 순간으로 모든 일은 끝이야. 뒤는 반장이 책임지겠다고 확실히 약속했어."

그러자 원철이 혼자말처럼 중얼거렸다.

"정말 그 안에 뭔가가 있다면 말이지……."

"자식, 뭔가가 있으니까 놈들이 지금 이 야단을 하고 있는 거 아냐!"

욱이 가까스로 씹던 만두를 삼킨 다음 핀잔을 주자 원철은 고개를 저었다.

"널 기다리는 동안 나도 생각을 좀 해봤어. 그런데 아무리 생각을 해도, 놈들이 지금 난리를 치는 건 네가 동규를 시켜 녀석들 시스템을 해킹했기 때문이라는 생각만 들어. 만약 네 말대로 그 신전에 뭔가 녀석들이 감춰야 할 것이 있다면 너보다 보로미어인 나부터 치고 들어왔겠지. 안 그래?"

"……."

"그리고 그게 사람을 죽이면서까지 감출 정도로 중요한 거라면, 아예 게임 시스템을 꺼버리면 간단히 끝나는 일이잖아."

다시 만두 하나를 입에 집어넣던 욱은 원철의 마지막 말에 그만 사래가 들려 기침을 하기 시작했다. 물을 마시고 나서야 겨우 진정이 된 형사는 머리를 감싸쥐고 끙끙거리다가 되물었다.

"원철아, 혹시 그 시스템이란 게 끌 수 없는 것 아닐까?"

"말도 안 되는 소리 좀 작작 해라. 세상에 끌 수 없는 컴퓨터가 어디 있어? 물론 그랬다가는 유저들이 난리 법석을 칠 테니 운영자로선 당연히 그걸 최후의 선택으로 미뤄놓고 싶겠지. 그리고 영 시스템 전원을 내리기가 어려우면 다른 방법이 없는 것도……, 가만……."

갑자기 얼굴을 굳힌 원철은 멍한 눈으로 욱을 쳐다보다가 차츰 입을 벌렸다.

"왜 그래?"

욱이 묻자 원철은 갑자기 오른손으로 식탁을 내리치며 외쳤다.

"시도를 했어! 놈들이 우릴 막으려고 시도를 했다고!"

"무슨 소리야? 언제?"

욱이 놀라서 되묻자 원철은 펜을 꺼내어 뭔가를 계산해 보더니 빠른 말투로 대답했다.

"어제 게임 속에서 갑자기 이상한 괴물들이 10분 간격으로 나타났다고. 소환 주문이나 뭐 그런 것이 아니라, 갑자기 우리 머리 위에서 통통 떨어져내렸어. 게임 속의 10분은 현실의 시간으로 치면 약 30초 정도니까, 지금 상황은 운영자가 수동으로 우리 원정대 앞에 괴물들을 집어넣고 있는 게 분명해. 빌어먹을! 내가 왜 지금까지 그 생각을 못했을까?"

"도대체 무슨 소리냐?"

욱이 여전히 이해가 가지 않는 얼굴로 앉아 있자 원철은 답답한 듯 말했다.

"전에 호철이 형이 했던 말 기억 안 나? 요즘 온라인 게임에는 세이프티 가드가 되어 있다고 했잖아. 아무리 운영자라도 일단 게임 안에서 진행된 내용엔 함부로 손댈 수가 없단 말이야. 그 신전 안에 뭐가 있든지 간에, 놈들은 지금 그걸 바꿀 수도 지워버릴 수도 없는 처지인 거라고. 그러니까 대신 새 괴물들을 추가해서 우리 원정대의 길을 막으려는 거야. 아예 신전에 접근을 하지 못하도록 하겠다는 거지."

"제기랄! 그러면 이젠 그 신전엔 갈 수 없는 거야?"

"게임 마스터가 작정을 하고 막으려 든다면 절대로 쉬운 일은 아니겠지. 하지만 완전히 불가능한 건 아니야."

"그럼 아직 희망은 있는 거구나."

"그렇지. 하지만 문제는 놈들도 그걸 알고 있을 거란 거야. 그러니까 오늘처럼 총을 들고 덤비는 거야. 아예 현실에서 접속을 하지 못하도록 막자는 거지. 아차! 혜란 씨!"

원철은 소리를 지르며 자리에서 벌떡 일어났다.

"왜? 김 박사는 왜?"

욱이 손에 들었던 반쪽짜리 만두를 내려놓으며 묻자, 원철이 격한 말투로 외쳤다.

"인마! 네 말대로 녀석들이 나에 대해 안다면 당연히 게임 안에서의 내 캐릭터가 보로미어란 것과 티어의 신전을 목표로 하고 있다는 것도 알 수 있을 것 아냐! 그리고 당연히 같은 원정대의 멤버들이 누구란 것까지 다 알 수 있을 것 아니냐고!"

"그래서?"

"녀석들이 나말고 다른 대원들의 접속을 현실에서 막으려 든다면 혜란 씨가 1번 타깃일 것 아냐! 우리 원정대 멤버 중 가장 서열이 높으니까. 빌어먹을! 어쩌면 놈들이 이미 혜란 씨를 덮쳤을지도 몰라. 오늘 하루 종일 연락이 되지 않은 이유도 그 때문인지 모른다고! 가봐야겠어."

"잠깐만!"

욱은 흥분하여 뛰어나가려는 원철을 가로막았다.

"왜?"

"위험할지도 몰라. 그리고 그러다 너까지 잡히면, 우린 정말 끝이야."

"비켜 인마! 그럼 혜란 씨는 다쳐도 된다는 얘기야?"

"그런 말은 아니지만……."

"그리고 던전 마스터가 작정을 하고 괴물들을 쏟아붓기 시작하면 어차피 보로미어 혼자선 5분도 버틸 수가 없어. 실바누스의 보호 없이는 신전에 도착하는 건 고사하고 또 죽어버릴 거란 말이야."

"그렇다고 지금 이렇게 무턱대고 달려갈 수는 없어."

"그럼 다른 방법이 있으면 말해 봐."

그러자 욱은 똥 마려운 얼굴을 하고 잠시 친구를 쏘아보더니 푸우 한숨을 내쉬며 물었다.

"……제기랄! 너, 그 여자 집은 알아?"

"몰라. 제기랄!"

원철은 이를 악물고 돌아서더니 시스템을 차려놓은 구석방으로 뛰어갔다. 전원을 올리자 벽에 있는 스크린에 부팅 영상이 나타났다. 이미 영상이 그쪽으로 나오도록 연결을 해놓은 모양이었다.

"뭐하는 거야?"

"기다려봐."

원철은 마우스 낀 손을 허공에 저으며 전화 번호 안내 사이트로 찾아들어 가더니, 혜란의 이름과 번호를 넣고 검색을 했다. 그러나 잠시 후 찾을 수 없다는 메시지가 뜨자 원철은 사이트를 바꾸고 다른 프로그램을 실행시켰다. 욱이 얼핏 보기에도 비밀 번호 조합이 마구 돌아가는 게 해킹 프로그램이 분명했다. 일단 프로그램이 돌아가기 시작하자 원철은 한숨을 쉬며 말했다.

"아마 자기 이름으로 등록된 번호가 아닌 모양이야. 연구소에서 놔준 거겠지."

"그럼 어떻게 찾으려고?"

"잠시만 기다려봐. 과학 수사 연구소가 어디 있는 거지?"

"양천구."

"좋아. 일단 직장 근처가 가능성이 높으니 거기부터 해보자."

원철은 화면에 프롬프트가 뜨기를 기다렸다가 '양천구'라고 쳐넣고는 물러앉으며 말했다.

"지금 다운받는 중이니까, 여기서 검색을 해볼 수 있을 거야."

"뭘 다운받아?"

"서울시 양천구의 모든 전화 번호와 연결 주소."

"뭐야?"

"불법이긴 하지만 지금 다른 방법이 없어. 일단 양천구 것만 받으니까 5분이면 될 거야."

"……."

잠시 후 다운이 끝나자 원철은 그것을 데이터 베이스로 불러들인 다음 혜란의 전화 번호와 매칭되는 주소를 검색하기 시작했다.

"찾았다."

주소를 복사한 원철은 이내 다른 사이트를 연결하여 복사한 주소를 붙여넣었다. 그러자 이내 5000분의 1 축척의 실사 지도가 화면에 떴다.

"여기로군."

위치를 확인한 원철은 뒤도 돌아보지 않고 현관으로 달려나갔다.

"빌어먹을!"

잠시 머뭇거리던 욱은 낮은 목소리로 욕설을 투덜거리며 친구의 뒤를 쫓았다.

택시 기사는 서울이라는 말에 고개부터 저었으나 욱이 10만 원을 건네자 언제 그랬냐는 듯 전속력으로 달리기 시작했다. 늦은 시간이라 길은 막히지 않았지만, 거리가 거리인 만큼 혜란의 집 앞에 다다랐을 때는 12시가 가까워 있었다.

욱은 무조건 계단을 뛰어올라 가려는 원철의 뒷덜미를 끌어당긴 다음, 조용히 집 주변을 살펴보았다. 다세대 주택이 분명한 3층 양옥은 2층의 방 하나를 제외하고는 혜란의 집인 3층까지 모두 불이 꺼져 있었다. 옆에서 초조한 표정으로 사방을 두리번거리던 원철은 대문 옆에 주차되어 있는 혜란의 차를 발견하고는 욱의 어깨를 두드렸다. 차가 있다는 것은 그녀가 집 안에 있을 가능성이 높다는 뜻이다.

차를 돌아본 욱은 고개를 끄덕였으나 골목 안쪽과 맞은편 건물까지 주의 깊게 훑어본 다음에야 계단을 오르기 시작했다. 3층 대문 앞에서 걸음을 멈춘 형사는 다시 한번 주위를 살핀 후 조심스레 문 손잡이를 돌렸다. 문이 잠겨 있는 것을 확인한 욱은 옆에 있는 발코니로 옮겨가 창문 안을 살짝 들여다보았다.

"아무도 없는 것 같은데?"

혼자말로 중얼거리던 욱은 창문이 열려 있는 것을 발견하고 다시 원철을 돌아보았다. 원철이 망설이는 표정을 짓자 욱은 말없이 창문을 열더니 미끄러지듯 집 안으로 들어갔다. 잠시 후 욱이 안에서 열어준 대문으로 들어서던 원철은 집 안을 가득 메운 시큼한 냄새에 반사적으로 얼굴을 찡그렸다.

작은 손전등을 들고 집 안을 살피던 욱은 이내 응접실 탁자 위에서 냄새의 원인을 찾아내었다. 거기에는 10분의 1 정도만 남은 조니워커 병 하나와 위스키 잔이 굴러다니고 있었다.

집 안에 별다른 기척이 없자 조금 안심한 욱이 낮게 투덜거렸다.

"어째 네놈 주변의 여자들은 하나같이 술고래들이냐?"

원철은 대꾸하는 대신 그에게서 손전등을 빼앗아 들고 안쪽으로 들어갔다. 반쯤 열려 있는 문 하나를 열고 들어가자 침대 위에 죽은 듯 엎드려 있는 속옷 차림의 혜란이 보였다.

"혜란 씨!"

놀란 원철이 달려가 그녀를 안아 일으키자 게슴츠레 눈을 뜬 혜란이 불분명한 발음으로 뭐라고 말했다.

"뭐라고요?"

원철이 그녀의 입가에 귀를 대며 묻자 뒤에서 욱이 말했다.

"술취한 여자 하는 소릴 뭣하러 듣고 있어? 어서 뜨자고. 녀석들이 언제 들이닥칠지 모르잖아."

"잠깐만. 아무리 그래도 접속 장비는 가지고 가야 해."

원철은 침대 위의 홑이불로 대충 혜란을 덮어준 다음 집 안을 뒤지기 시작했다. 수색은 1분도 걸리지 않았다. 옆방에서 데스크탑을 찾아낸 원철은 연결선들을 뽑은 다음, 옆에 굴러다니고 있는 멀티 세트와 몇 가지 필요한 장비를 챙겨 일어섰다.

방에서 나온 원철은 욱이 홑이불에 말린 혜란을 한쪽 어깨에 짊어지고 현관으로 향하고 있는 것을 발견하고는 낮게 그의 이름을 불렀다.

"욱아!"

형사가 돌아서자 원철은 그에게 다가가며 물었다.

"너, 그러고 택시를 잡으려는 거야?"

그러자 욱은 대답 대신 혜란의 자동차 열쇠를 들어 보였다. 자세히 보니 그의 어깨에는 어느새 그녀의 핸드백까지 걸쳐져 있었다.

1층으로 내려온 원철은 조수석에 컴퓨터를 실은 다음 욱에게서 혜란을 받아 안고 뒷자리에 올라탔다. 욱은 운전대를 잡자마자 지체 없이 출발했다.

88대로로 접어들 때까지 말없이 운전만 하던 욱은 여의도 앞을 지나면서 원철에게 물었다.

"어때? 김 박사, 정신이 좀 드는 것 같아?"

"전혀. 혹시 병원에 가봐야 하지 않을까?"

"관둬라. 푹 재우고 아침에 술국이나 끓여주면 되지, 병원은 웬병원. 술취한 사람 데리고 병원 가면 환자 대접도 못 받는다. 그나저나 여자가 웬 술을 그렇게 퍼마셔? 무거워서 혼났네."

형사의 투덜거림에 원철은 혜란의 잠든 얼굴을 내려다보았다. 그녀가 술을 퍼마실 수밖에 없었던 이유에 대해선 누구보다도 잘 알고 있는 그였다. 자신이 실바누스를 사랑한다는 사실이 그렇게도 견디기 힘든 일이었을까? 어차피 실바누스 역시 자신의 일부분이란 간단한 사실을 왜 그녀는 받아들이지 못하는 것일까?

원철이 혜란을 끌어안고 말이 없자 시큰둥해진 욱은 차의 속력을 올리며 혼자 중얼거렸다.

"제기랄, 배고파 죽겠네."

제37장
티어의 신전

6월 18일 수요일 오전 11시 3분

침대 옆에 앉아 혜란의 잠든 모습을 물끄러미 보고 있던 원철은 대문 열리는 소리에 거실로 나갔다. 시계는 벌써 오전 11시를 넘어서고 있었지만 우중충한 날씨 탓에 실내는 등을 켜야 할 정도로 어두웠다.

우산을 접으며 들어온 욱은 인상을 쓰면서 커다란 봉투 두 개를 원철에게 내밀었다.

"수고했다."

원철이 말하자 욱은 옷에 묻은 빗물을 털어내며 투덜거렸다.

"빌어먹을, 비까지 오는데 아침부터 여자 옷 심부름이나 시키고. 김 박사는?"

"아직도 자고 있어."

"씨발, 목숨 걸고 도망다니는 와중에 술취한 여자 수발까지 해야 한단 말이야?"

"시끄러워, 이 자식아. 보로미어 혼자만으론 도저히 신전까지 갈 수 없다고 몇 번이나 말해야 알아들어?"

원철의 말에 욱은 입을 다물었지만 찌푸린 얼굴을 펴지는 않았다.

봉투 중 하나를 들여다본 원철은 날카로운 눈으로 친구를 쏘아보았다.

"인마, 이게 뭐야?"

"뭐긴 뭐야, 옷이지."

욱이 퉁명스레 대답하자 원철이 버럭 소리를 질렀다.

"자식이, 아예 비키니를 사오지 그랬냐? 지금 혜란 씨보고 이런 걸 입으라고 사온 거야?"

"이 빗속에서 그거라도 구해 온 게 어딘데 그래? 그리고 내가 보기엔 잘 어울리기만 하겠구먼."

봉투에서 쫄티와 핫팬츠를 꺼내든 원철은 못마땅한 눈으로 손에 든 옷과 친구의 능글맞은 미소를 번갈아 쏘아보다가, 한쪽으로 옷을 던져놓고 다른 봉투를 열었다. 원철은 봉투 속의 내용물을 살펴본 다음 말없이 주방으로 걸어갔다.

원철이 봉투에서 콩나물을 꺼내놓고 물을 끓이기 시작하자 욱은 혜란이 자고 있는 방 쪽을 한번 흘끔거린 다음 물었다.

"그나저나 김 박사는 왜 저렇게 술을 마신 걸까?"

"……"

"혹시 전에 그 일 때문은 아니겠지?"

"무슨 일?"

"일요일 날 너희 집에서 있었던 그 일 말이야. 내가 보로미어를 불러내 김 박사가 틀렸다는 걸 증명한 일 말이야."

"그건 아니야. 그리고 너 때문에 술 마실 여자는 아니니까 신경 쓰지 마."

원철이 쏘아붙이자 욱은 얼굴을 붉히며 입을 다물었다.

"그리고 욱이 너……."

콩나물을 씻던 원철은 물을 잠근 다음 친구를 돌아보며 말했다.

"너 앞으로 혜란 씨에 대해서 말할 땐 조심하도록 해. 네 형수가 되실 분이니까."

"뭐야?"

"이번 일이 정리되고 나면 난 혜란 씨와 결혼할 생각이야. 그러니까 지금부터 말조심하라 이 말이야."

그러자 욱은 해가 서쪽에서 떴다는 이야기를 들은 듯한 표정으로 원철을 바라보다가, 고개를 설레설레 저으며 거실 소파에 털썩 주저앉았다.

국이 한참 끓고 있을 때 방문이 열리며 혜란의 헝클어진 머리가 모습을 드러냈다. 몸에는 여전히 홑이불을 두른 상태였다.

"으으음……."

혜란은 낮게 신음하며 자신을 빤히 바라보고 있는 두 남자의 시선을 흐린 눈으로 마주보다가, 그제야 정신이 드는지 황급히 방문을 닫았다. 원철이 방문을 열고 따라 들어가자 혜란은 침대 위에 몸을 웅크리고 앉아 있었다.

"혜란 씨, 괜찮아요?"

"속이 쓰려 죽을 것만 같아요."

"차츰 나아질 거예요."

"으으……, 그렇겠죠. 그런데 내가 왜……, 여기 와 있는 거죠?"

"그건……."

원철이 머뭇거리자 어느새 원철의 어깨 너머로 고개를 내밀고 있던 욱이 대신 대답을 했다.

"어젯밤에 박사님 댁에서 우리가 모셔왔어요."

"넌 좀 나가 있어."

원철은 욱의 등을 떠밀어 방 밖으로 쫓아낸 다음 방문을 닫고 혜란 옆에 앉았다.

"지금은 아무 생각도 하지 말고 쉬도록 해요. 밖에 콩나물국을 끓여놓았으니 좀 먹고요."

"지금은 아무것도 못 먹겠어요. 샤워나 했으면 좋겠는데……."

"그럼 그렇게 해요."

원철은 방에 붙은 욕실까지 그녀를 부축한 다음, 그녀가 욕실 문을 닫자 욱이 사온 옷들을 그 앞에 가져다놓았다.

"여기 옷을 놔둘 테니 입도록 해요."

"고마워요."

안에서 물소리가 나기 시작하자 원철은 방문을 닫고 밖으로 나왔다. 거기서 뚱한 얼굴로 자신을 노려보고 있는 욱을 발견한 원철은 한숨을 쉰 다음 말했다.

"욱아, 지금 혜란 씨와 나 사이엔 조금 미묘한 문제가 있어. 그리고 괜한 얘기로 혜란 씨에게 공포감을 줄 필요는 없으니까 그간의 사정 얘기는 나한테 맡겨라."

"쳇. 네 맘대로 하세요."

골이 난 욱이 거실로 돌아가자 원철은 주방으로 들어가 끓여놓은 국을 그릇에 담았다.

잠시 후 주뼛주뼛 방문을 열고 나온 혜란은 욱을 힐끔거리며 얼굴을 붉혔다.

"옷이……, 이것밖에 없나요?"

원철은 다시 한번 욱을 매섭게 쩌려본 다음 난감한 표정으로 식탁을 가리켰다.

"일단 앉아봐요."

혜란 앞에 콩나물국을 갖다놓은 원철은 어설픈 미소를 지으며 그녀와 마주앉았다. 그러나 혜란은 숟가락을 드는 대신 원철을 똑바로 쳐다보았다. 아까보다는 훨씬 맑아진 눈빛이었다.

"원철 씨, 어찌 된 일인지 설명 좀 해보실래요?"

화장기 하나 없는 얼굴이었지만, 젖은 머리를 한쪽으로 젖히며 묻는 혜란의 모습은 아찔할 정도로 아름다웠다. 잠시 머뭇거리던 원철은 그녀를 마주보며 말했다.

"욱이가 수사하던 사건에 조금……, 문제가 생겼어요. 그래서……."

"지금 내가 궁금한 건 원철 씨가 왜 날 여기로 데려왔냐는 거예요."

"저기 그건……."

원철이 머뭇거리자 혜란은 미간을 좁히며 물었다.

"이젠 날 여기 가둬놓고 강제로라도 접속시키겠다는 말인가요? 그렇게 비열한 협박으로도 모자라서요?"

"그런 게 아니라……."

원철은 그 뒤를 이을 말을 찾지 못하다가 털어놓았다.

"……실은 혜란 씨가 걱정이 되어서 그랬어요."

"뭐가 걱정이 되었단 거죠? 혹시 내가 술취한 상태에서 정신이 이상한 남자들에게 납치라도 당할까 봐 걱정이 되셨나요?"

혜란이 비꼬아대는 바람에 원철의 얼굴이 벌겋게 달아오르자 보다못한 욱이 소파에서 몸을 일으켰다.

"그런 식으로 말하지 마세요. 원철인 정말로 박사님이 걱정돼서 그런 겁니다. 박사님을 데려오느라고 우리도 상당한 위험을 감수했어요."

"위험이라고요?"

혜란의 얼굴에 이해할 수 없다는 표정이 떠올랐다.

"넌 좀 빠지라니까!"

원철이 소리를 질렀으나 욱은 식탁으로 다가오더니 의자 하나에 걸터앉으며 말했다.

"너나 조용히해, 이 자식아. 지금이 말장난하고 있을 때야? 박사님도 알 건 아셔야 해."

원철이 입을 다물고 고개를 돌리자 욱은 혜란을 돌아보며 말했다.

"김 박사님, 팔란티어가 내 주의를 끈 이후로 어떤 이상한 녀석들이 계속 내 수사를 방해해 왔습니다."

"방해……요?"

"먼저 박현철과 팔란티어의 관계를 증명할 수 있는 유일한 증거물이 사라졌고, 그 후엔 NIS에서 날 감시하더군요."

"……."

"박사님도 아시겠지만 그 후로 난 원철이의 도움으로 사건을 해결하려고 노력해 왔습니다. 그리고 이제 거의 사건의 해결을 눈앞에 두었는데 갑자기 정체 모를 녀석들이 어제 우릴 덮쳤습니다."

"덮쳐요?"

"네. 우릴 죽이려고 했다고요."

그러자 혜란은 피식 웃음을 흘리더니 욱에게 말했다.

"꼭 무슨 첩보 영화 같군요. 지금 날보고 그 말을 믿으란 건가요?"

욱은 대답 대신 뒷춤에서 권총을 꺼내어 혜란에게 보여주었다.

"H&K 2000DF. 특작 부대용 공격 권총입니다. 놈들이 갖고 있던 거죠."

혜란의 입이 벌어지자 욱은 잠금 장치를 눌러 탄창을 뽑아냈다.

"그리고 보시다시피 이건 실탄들입니다. 공포탄이 아니에요. 어제 나와 원철이를 겨눴던 총알들이란 말입니다."

그러자 비로소 혜란의 얼굴에 심각한 빛이 떠올랐다.

"도대체 어떤 사람들이죠?"

"그건 우리도 몰라요. 하여간 어떤 놈들이든 간에 단순한 위협 차원이 아닌 건 확실합니다. 그래서 지금 나와 원철이가 여기 틀어박혀 있는 겁니다."

욱이 다시 탄창을 집어넣으며 말하자 혜란은 고개를 갸우뚱했다.

"그럼 나는 왜……."

그녀의 질문에 욱이 머뭇거리자 원철이 나섰다.

"그 녀석들이 누군진 몰라도, 팔란티어와 밀접한 관계가 있는 녀석들이에요. 욱이가 팔란티어 회사에 직접 접근할 때마다 신속하게 반응을 보였거든요. 그리고 지금 놈들은 팔란티어 안에서도 보로미어가 티어의 신전에 접근하지 못하도록 막고 있어요. 기억이 나죠? 우리 앞에 일정한 간격으로 계속 나타나던 괴물들."

"네."

"그건 누군가가 수동으로 시스템 안에 직접 괴물을 배치하고 있는 거예요."

"아……."

혜란이 낮은 탄성을 올리며 고개를 끄덕이자 원철은 계속했다.

"그 신전에 있는 것이 뭐든지 간에, 녀석들이 우리의 접근을 막으려 한다는 것은 분명해요. 그리고 욱이와 나에게 총까지 들이댔던 놈들이라면 아예 우리 원정대가 오늘밤 접속을 하지 못하도록 원천 봉쇄할 가능성도 있어요."

"원천 봉쇄라뇨? 어떻게요?"

원철은 잠시 머뭇거리다 말했다.

"후우……, 그러니까……, 현실에서 우리 대원들을 납치하든가 어떻게 해서 아예 접속을 할 수 없도록 만들 수도 있는 거잖아요. 닉스와 메디나는 어쩔 수 없다 하더라도 최소한 실바누스, 아니 혜란 씨만큼은 보호를 해야 했기에 이리로 데려올 수밖에 없었어요."

그러자 혜란은 굳은 표정으로 두 남자를 번갈아 보다가 욱에게 물었다.

"이 얘기들……, 모두 정말이군요."

"지금 우리가 왜 박사님한테 거짓말을 합니까!"

욱이 억울한 듯 언성을 높이자 원철은 손을 뻗어 그의 입을 막으면서 말했다.

"됐어요, 혜란 씨. 일단 사정 이야기는 그쯤하고 그 국이나 들어요. 나머지 얘기는 나중에 합시다."

원철의 말에 마지못해 숟가락을 든 혜란은 반쯤 식은 국을 한 술 뜨려다 말했다.

"미안해요, 원철 씨. 난……, 그런 사정이 있는 줄은……."

"나중에 얘기하자니까요."

원철은 그녀의 말을 끊으며 자리에서 일어난 다음 욱과 자신이 먹을 점심을 준비하기 시작했다.

욱과 원철이 라면을 먹는 동안, 혜란은 조용히 국을 떠먹기만 했다. 그녀가 다시 입을 연 것은 욱이 올려놓은 커피 물이 막 끓기 시작할 즈음이었다.

"그 사람들이 티어의 신전에서 감추려는 게 뭘까요?"

혜란의 갑작스런 질문에 잠시 당황했던 원철이 대답했다.

"아마……, 아마……, 실은 나도 모르겠어요. 하지만 우린 그것이 현실의 박현철과 팔란티어의 제우스를 이어줄 고리이길 바라고 있는 거죠. 그리고 지금 여러 가지 정황으로 미루어볼 때 그럴 가능성은 상당히 높아요."

"그게 뭐든, 그걸 감추는 게 사람을 죽이려 들 정도로 중요한 일일까요?"

이어지는 혜란의 질문에 원철이 머뭇거리자 욱이 주전자를 식탁으로 가져오며 말했다.

"만약 놈들이 송 의원 살인 사건과 조금이라도 관계가 있는 놈들이라면 그걸 은폐하기 위해선 무슨 짓이라도 할 겁니다."

"그럼 그 사람들이 그 사건의 배후란 말씀인가요?"

"현재로선 그럴 가능성도 배제할 수 없죠."

그러자 혜란은 잠시 생각을 해보곤 다시 물었다.

"그러면 결국 어떤 사람들이 송경호 씨를 죽이기 위해 박현철에게 살인을 청부했다, 뭐 이런 얘기가 되나요?"

그러자 욱은 난감한 표정을 지었다.

"글쎄요. 실은 거기가 좀 이해하기 어려운 부분이긴 한데……, 박현철은 살인 청부 같은 걸 받을 만한 위인도 아니었고, 받았다고 해서 실행에 옮길 만큼의 강심장은 아니었거든요. 아마 제 코피만 봐도 그 자리에서 기절할 그런 녀석이었다고요. 물론 놈들은 박현철이 아니라 제우스를 보고 살인을 맡겼겠지만요."

어깨를 으쓱해 보인 형사는 껌을 하나 꺼내씹으며 계속했다.

"맨 처음에 수사를 시작할 때 나도 박현철이 그냥 미친놈일 거라고 생각했습니다. 당연히 무슨 배후 세력이 있을 거란 생각은 하지도 않았죠. 놈들의 압력으로 반장에게 근신을 먹었을 때도, 그런 정도의 밋밋한 대응을 해오는 놈들이라면 살인의 직접적인 배후는 아닐 거라고 안일하게만 생각을 했고요. 하지만 지금은 놈들이 송 의원 살해의 진짜 배후일 가능성도 고려해야만 합니다. 왜 놈들이 박현철이를 끌어들였는지, 그리고 어떻게 박현철이가 제우스를 현실로 불러냈는지는 모르겠지만 말이죠. 어쨌거나 지금 그 신전이란 데 감춰진 것을 손에 넣지 못한다면 나와 원철인 앞으로도 계속 위험할 겁니다. 어느 날……, 쥐도 새도 모르게 사라질 수도 있다고요. 물론 그건 박사님도 마찬가지지만."

"……."

거의 협박에 가까운 욱의 말에 혜란은 흠칫하며 입을 다물었다. 그녀는 앞에 놓인 국을 숟가락으로 저으며 뭔가 골똘히 생각하다가 머리가 아픈 듯 얼굴을 찡그렸다.

"이제 그만해라."

그녀를 주시하고 있던 원철이 욱을 가로막았으나 욱은 그를 무시하며 다시 혜란에게 말했다.

"박사님, 이젠 지금 우리 사정을 아시겠죠? 그리고 왜 박사님이 여기 있어야 하는지도요. 그러니 말도 없이 이리로 모셔온 게 좀 기분 나쁘더라도 이해를 하십쇼, 예? 우리 사정도 사정이지만 박사님의 안전을 위한 일이기도 했으니까요. 그리고 너무 걱정은 마세요. 오늘밤 원철이가 그 신전에서 확실한 증거만 찾아내면, 이번 사건도 가뿐히 해결되고 우린 모두 안전해진다 이겁니다."

한동안 국그릇만 내려다보던 혜란은 갑자기 한숨을 내쉬며 고개를 들었다. 원철을 마주본 그녀는 씁쓸한 표정으로 말했다.

"게임 속에서나 현실에서나 원철 씨는 제게 전혀 선택의 여지를 주지 않는군요."

원철이 입을 다문 채 대답이 없자 혜란이 다시 물었다.

"난 아직도 한 가지가 잘 이해가 안 돼요. 만약 원철 씨 말대로 누군가가 보로미어와 실바누스를 막으려는 거라면, 왜 그런 저급 괴물들을 이용하는 거죠? 팔란티어 안에는 훨씬 강한 괴물들도 많이 있어요. 드래곤족이나 상급 마족, 천족들도 있는데, 그들을 놔두고 왜 하필 모뱃이나 트리톤 같은 약한 괴물들만 등장시키는 걸까요?"

혜란의 지적에 원철은 자세를 곧추세웠다. 원철이 선뜻 대답을 못하자 혜란이 다시 물었다.

"혹시 누군가가 원정대를 저지하려 한다는 원철 씨의 생각이 틀린 건 아닐까요?"

"글쎄……, 그건……."

원철이 머뭇거리자 욱도 궁금한 눈으로 원철을 돌아보았다.

"팔란티어 안과 현실의 시간차를 고려해 본다면……."

두 사람의 시선에 밀린 원철이 더듬거리며 입을 떼었다.

"아마도……, GM은 30여 초 간격으로 괴물들을 투입하고 있을 거예요. 나야 팔란티어 시스템을 전혀 모르니까 단정적으로 말할 순 없지만 아마도……, 그게 최대 속도 아닐까요? 상식적으로 생각해도 괴물의 종류를 고르고, 숫자를 정하고, 던전 안의 투입 장소까지 지정하려면……, 어떤 시스템에서도 30초 정도는 걸릴 테니까요."

느릿느릿 설명을 하는 도중, 어렴풋하던 생각 하나가 원철의 머릿속에서 확실한 모습을 갖춰가기 시작했다. 그에 따라 그의 말투도 빨라졌다.

"그러니까 혹시 GM이 당황했던 게 아닐까요? 생각지도 않은 방향에서 갑자기 나타난 원정대가 절대로 접근해서는 안 되는 티어의 신전을 향해 나아간다. 급한 김에 그 앞길에 괴물을 투입해 막아보려 하지만, 상당한 실력을 지닌 놈들이라 파죽지세로 계속 전진한다. 그러자 GM은 더욱 당황하고 결국엔 말도 안 되는 괴물들까지 마구 집어넣는다. 뭐 이렇게 된 게 아니겠어요? 트리톤의 경우를 보면 그건 더욱 확실하잖아요. 당황한 나머지 물에 사는 괴물을 산기슭에 던져놓는 실수를 저지른 거라고요."

듣고 있던 혜란이 이해가 간다는 듯 고개를 끄덕였다.

"잠깐만!"

욱이 갑자기 긴장을 하며 원철을 바라보았다.

"왜?"

원철이 돌아보자 형사는 몸을 앞으로 기울이며 물었다.

"난 자세한 건 모르겠다만, 그러니까 게임 안에서 널 막으려는 녀석이 그저께는 당황한 김에 아무 괴물이나 집어넣었다, 이 말이냐?"

"그렇지."

"그러면 오늘은?"

욱의 질문에 원철과 혜란은 얼굴을 마주보았다.

"젠장. 그렇지……."

원철이 낮게 신음하자 혜란이 떨리는 목소리로 말했다.

"아무리 실바누스가 고대어 마법을 쓴다고 해도, 에메랄드 드래곤 한 마리면 우린 흔적도 없이 전멸이에요."

"큰일이군. 오늘은 놈들이 만반의 준비를 하고 기다릴 텐데……."

원철이 근심스런 얼굴로 중얼거리며 안절부절못하자 욱이 물었다.

"신전까지는 얼마 남지도 않았다면서?"

"그래."

"그럼 접속하자마자 있는 힘을 다해 뛰면 되잖아."

욱의 말에 원철은 얼굴을 찡그렸다.

"모르면 가만히나 있어라. 오늘은 시작하자마자 그저께 밤에 해치우지 못했던 녀석들과 싸워야 해. 그리고 내가 뛰란다고 보로미어가 괴물들을 눈앞에 두고 뛸 것 같아? 그놈은 괴물이라면 앞뒤 재지 않고 칼부터 휘두르고 보는 놈이라고."

"그럼 다른 방법은 없는 거야?"

"……."

원철과 혜란이 여전히 서로 눈치만 보고 있자 형사는 주먹으로 상을 내리치며 이를 악물었다.

"빌어먹을……, 여기까지 와서!"

한동안 고민스런 침묵이 흐른 다음 욱이 결심한 듯 말했다.

"씨발! 이에는 이, 눈에는 눈이야! 우리도 그 자식들이 하는 대로 돌려주는 수밖에."

"무슨 말이야?"

원철의 물음에 욱은 원철과 혜란을 번갈아 쳐다본 다음 입을 열었다.

"놈들이 게임 안에서 우릴 막으려 든다면, 거꾸로 현실에서 녀석들을 막으면 되는 거야."

"어떻게?"

"심동규를 통해 알아낸 것이 하나 있어. 바로 그 팔란티어란 게임의 본사가 있는 주소야. 너하고 김 박사님이 게임 안에서 신전으로 가는 동안, 난 거기로 가서 놈들이 허튼 장난을 치지 못하도록 막겠어."

"웃기지 마. 너 혼자 어떻게."

원철이 말도 안 된다는 듯 손을 내젓자 욱은 엷은 미소를 지으며 권총을 꺼내들었다. 멍한 얼굴로 친구를 바라보던 원철은 거세게 고개를 흔들어대기 시작했다.

"안 돼, 이 녀석아! 너 미쳤어? 안 돼. 절대로 안 돼!"

"장 형사님, 그건 제가 생각하기에도 너무 무모한 계획이에요."

혜란도 걱정스런 얼굴을 하며 말렸으나 욱은 권총을 뒷춤에 찔러넣으며 일어섰다.

"필요한 준비를 하자면 지금 나가야겠군요. 제 걱정은 마시고 박사님은 지금부터 어떻게 보로미어를 신전에 보낼지나 연구해 주세요."

욱이 미소를 지으며 혜란에게 말하자 원철은 자리에서 벌떡 일어나 친구의 앞을 가로막았다.

"너 정말 죽으려고 작정이라도 한 거야? 메인 시스템이 있는 곳을 녀석들이 비워놓았을 리가 없잖아!"

"원철아, 이건 내게 맡기고 넌 그 신전에서 필요한 증거나 찾아."

"안 돼, 이 자식아. 절대 못 가."

원철이 두 팔을 벌리며 소리지르자 욱은 한숨을 쉬더니 양손으로 원철의 어깨를 감싸쥐었다. 거구의 형사는 친구를 내려다보며 마치 떼쓰는 어린아이를 달래듯 말했다.

"원철아, 내가 꼭 가야 하는 이유는 두 가지가 있어. 첫째, 이건 내가 시작한 수사야. 그러니 내겐 그걸 끝내야 할 의무가 있어. 게다가 난 이런 일을 하라고 나라로부터 봉급을 받고 있는 놈이야."

"웃기지 마! 네놈이 언제부터 그렇게 모범적인 경찰이었다고!"

원철이 그의 손을 뿌리치며 외치자 욱은 싱긋 미소를 지었다.

"그래. 사실은 두 번째 이유가 더 중요하긴 해. 그건 우리가 이 사건을 해결하지 못하면, 솔직히 너나 나나 무병 장수하긴 어려울 거란 거야."

"……."

"후우, 나도 일이 이렇게까지 커질 줄은 정말 몰랐어. 하지만 이젠 그냥 손을 떼고 돌아서기에도 너무 늦었잖아. 우리가 그러려고 해도 녀석들이 가만 있지 않을 거야. 내가 널 이 엉망진창 속으로 끌어들인 이상 최소한 다시 꺼내는 줘야지, 안 그래? 그리고 아무리 생각해도 그럴 방법은 이것밖에 없어."

"……그래도 안 돼!"

원철이 여전히 움직이려 하지 않자 욱은 얼굴을 굳히며 말했다.

"원철아, 네 생각은 어떤지 몰라도 난 지금 상황을 아주 간단하게 인식하고 있다. 넌 어떻게든 팔란티어 안에서 그 신전에 숨겨진 증거를 찾아내야 하고, 난 어떻게든 현실에서 너, 아니 보로미어가 거기까지 안전하게 도착할 수 있도록 길을 터주어야 해. 아니면 우린 둘 다 죽어. 알겠어?"

형사의 입에서 나오는 무시무시한 이야기에 원철은 움찔했다. 그는 길을 비키진 않았으나 욱이 자신의 옆을 지나 현관으로 가는 것을 막지는 않았다.

욱이 신발을 신고 문을 나서려는데 원철이 돌아서며 친구의 이름을 불렀다.

"욱아!"

"왜?"

욱이 돌아보자 원철이 떨리는 목소리로 물었다.

"너, 조심할 거지?"

"자식, 당연한 소릴 하고 있어."

"그래도……, 너 혼자서 어떻게……."

원철이 약간 메인 목소리로 말을 더듬자, 욱은 이맛살을 잔뜩 찡그리며 짜증스럽다는 듯 뒷머리를 긁어댔다.

"야, 이원철, 너 아까부터 왜 그래? 혼자서라니 뭐가 자꾸 혼자 서야?"

"……?"

"인마, 난 여전히 특별 합동 수사 본부 소속의 대한민국 경찰 경사야. 전화 한 통이면 기동 타격대 2개 중대는 10분 내로 동원할 수 있어. 내가 미쳤다고 거길 혼자서 가냐? 너야말로 괜히 혼자서 센치해져 가지고 난리 피우지 말고 접속 준비나 잘하고 있어, 자 식아!"

멍하니 서 있는 원철을 뒤로 하고 집을 나서던 욱은 대문을 닫 으며 덧붙였다.

"10시 반에 핸드폰으로 연락을 할 테니까 전화나 열어둬라."

한동안 닫힌 문을 바라보다가, 원철은 뿌드득 이를 갈며 중얼거 렸다.

"나쁜 자식, 괜히 분위긴 혼자서 다 잡아놓고……."

비는 어느새 그쳐 있었지만 날은 여전히 음산했다.

아파트를 나선 욱은 핸드폰을 꺼내들었으나 막상 번호를 누르지 못하고 한동안 망설이다가 그냥 버스를 탔다. 청량리에서 내린 그는 역전의 인파 속에 섞인 다음에야 남 수사관에게 전화를 걸었다.

두어 번 신호가 울리자 기다렸다는 듯 기철이 전화를 받았다.

"여보세요."

"나야."

"장 형사?"

"응. 지금 통화할 수 있어?"

"잠깐만."

잠시 후 문이 닫히는 소리가 나더니 기철이 다시 물었다.

"지금 어디야?"

"말할 수 없어."

"좋아. 자네가 부탁한 건 오늘 오전에 알아봤는데, 어제 사무실에 왔던 사람은 검찰 직원이 아니야."

"뭐라고? 그럼 왜 반장은 검찰이라고 했지?"

갑자기 솟아오르는 의심을 누르지 못하고 욱의 목소리가 갈라졌다.

"진정해, 이 친구야. 그 사람 현직은 아니지만 얼마 전까지만 해도 검찰 직원이긴 했어."

"아, 그래?"

욱이 누그러지자 기철이 계속했다.

"한 9개월 전까지만 해도 우리 수사관이었대. 이름은 조병관. 사이버 범죄 전담반 소속으로 주로 해커들 추적하는 일을 했고, 9개월 전쯤 사표 쓰고 개인 회사에 취직한 걸로 되어 있어. 그런데……."

"그런데?"

"그런데 좀 웃기는 게, 그 이후로 아무도 이 사람과 연락이 닿은 사람이 없다는 거야. 새로 일을 인계받은 사람이 업무 관계로 뭘 물어보려 해도 도무지 연락할 길이 없더란 거지. 집에도 들어오질 않고 핸드폰도 해지하고 하여간 완벽하게 증발해 버렸다더군."

욱은 전혀 놀라지 않았다. 아니, 그건 오히려 어느 정도 기대했던 내용들이었다.

'해커 전담반이라. 그러면 그렇지.'

욱이 다시 물었다.

"흐음……, 그럼 어제는?"

"그것도 좀 이상해. 따지고 보면 이건 분명히 검찰을 사칭한 거거든? 그리고 사칭이 아니라고 해도 일개 수사관 출신에게 경찰청 국장이 꼼짝도 못하고 눈치만 본다는 게 말이나 돼? 아무래도 뭔가가 좀 수상해."

"알았어. 그리고 조금도 수상해하지 마. 지금부터 아예 그쪽으론 관심도 갖지 말라고. 잘못하면 남 수사관까지 다쳐. 지금 상황에서 그렇게 되면 난 팔 하나가 잘리는 셈이야."

"……알겠어. 혹시 더 필요한 건 없어?"

"현재로선. 그리고 오늘 혹시 병력 출동할 일은 없지?"

"아직까진 없는 걸로 아는데?"

"알았어. 그럼 조만간 내가 다시 연락을 할게. 고마워."

"몸조심해, 장 형사."

전화를 끊은 욱은 지체 없이 반장의 번호를 눌렀다. 그는 반장이 전화를 받자마자,

"가롭습니다."

하고 끊고는 어제처럼 10분 가량을 인파 속에서 서성이다가 커피숍의 번호를 눌렀다.

"나다."

이번엔 아예 반장이 처음부터 전화를 받았다.

"문제가 좀 생겼습니다."

"뭐냐?"

"증거물은 오늘 자정이 되기 전에 손에 넣을 수 있습니다. 그런데 그러려면 사람이 좀 필요하겠습니다."

"얼마나?"

"2개 중대 정도면 될 것 같습니다."

"뭐에 쓰려는 거냐?"

"제가 그 증거를 얻는 걸 방해하려는 놈들이 있습니다. 그걸 손에 넣을 때까지만 그 녀석들을 막아주면 됩니다."

반장은 잠시 생각을 해보더니 물었다.

"……혹시 영장이 필요한 일은 아니냐?"

"……"

욱은 아랫입술을 깨물었다. 한경 상사의 건물 안으로 들어가야 하는 일이니 당연히 사전 영장이 필요했다. 한번만 눈감아 주면 좋겠건만 반장은 그럴 위인이 못 되는 것이다.

"영장 없으면 안 된다."

반장이 자르듯 말하자 욱은 참지 못하고 분통을 터뜨렸다.

"아이 씨, 참! 이 증거가 있어야 그 영장을 받을 수 있는 거 아녜요! 영장 타령하면서 이대로 구경만 하면 증거는 날아가 버린다고요!"

"그래도 안 돼."

"일단 기동대는 출동시켜 주세요. 영장 문제는 증거를 확보한 다음에 제가 알아서 처리하면 되잖아요."

"네놈 일하는 방식을 모르는 건 아니다만 그러다간 다 잡아놓고도 법정에서 놓친다. 요즘 약은 녀석들, 미란다 헌장을 줄줄 외는 것 몰라? 그러니 먼저 그 증거란 것부터 얻어와라."

"그게 그렇게 안 된다니까요, 반장님!"

"나도 안 된다면 안 돼!"

욱은 한숨을 쉬었다.

"좋습니다. 그럼 출동 대기만이라도 해주세요. 제가 그 증거물을 확보하는 대로 바로 출동할 수 있도록, 대기만이라도 해달란 말입니다."

"좋아. 그건 해줄 수 있지. 출동 목표가 어디야?"

"지금은 말씀드릴 수 없고 하여간 광진구에 있습니다."

"알았어. 그럼 동부서에서 대기하마. 증거를 확보하는 대로 내 핸드폰으로 연락을 해라. 한 녀석 법원에 박아놓고 가면, 긴급 영장은 10분이면 돼."

"시간은 11십니다."

"알았다. 9시부터 대기하마."

"반장님, 꼭입니다. 약속하시는 겁니다."

"알았다니까."

전화를 끊은 욱이 참지 못하고 '와악!' 소리를 지르는 바람에 주위의 사람들이 일제히 돌아보았다. 그러나 욱은 사람들의 시선은 아랑곳하지 않고 지하철 역 쪽으로 성큼성큼 걸음을 옮겼다.

콩나물 시루 같은 역 구내의 인파를 헤치고 화장실을 찾은 욱은 거칠게 지퍼를 내리고 소변을 보기 시작했다. 그러나 소변을 보는 동안에도 형사의 다리는 계속 떨리고 있었다.

'침착하자, 인석아. 침착하자.'

욱은 일을 마친 다음에도 계속 그 자리에 서서 속으로 중얼거렸다.

어차피 각오했던 일이다. 애초부터 영장 없이 병력을 출동시킬 수 있으리라고는 기대도 하지 않았다. 원철이 앞에서야 억지로 여유를 가장해 보이긴 했지만, 결국은 자신 혼자서 해결할 수밖에 없는 일이란 것을 그는 처음부터 알고 있었다. 그러나 막상 그 상황이 눈앞에 닥치자, 가슴 밑바닥부터 서늘한 긴장이 차올라 오는 것만은 그로서도 어쩔 수 없었다.

지금까지 경찰 생활을 하며 수없이 험한 일들을 겪었지만, 항상 쫓는 쪽이었지 이번처럼 쫓기는 입장이 되어보기는 처음인 것이다.

욱은 세면대에서 손을 씻으며 그래도 모든 것을 긍정적으로 바라보려고 애썼다. 후닥닥 밀고 들어가 게임 안에 괴물을 집어넣고 있는 녀석만 막으면 되는 일이다. 어쩌면 우르르 기동대를 몰고 들어가는 것보다 혼자 움직이는 것이 나을지도 몰랐다. 팔란티어 안에서는 시간이 빨리 간다니까, 한 2, 3분만 버텨주면 원철이 증거물을 확보할 시간은 충분할 것이다. 그리고 일단 그것만 손에 넣으면 녀석들도 감히 자신을 어쩌지는 못할 것이고, 고로 퇴로는 걱정할 필요가 없었다.

그리고 어쩌면 이 모든 걱정들이 쓸데없는 기우일지도 모른다. 녀석들 모두가 강원도 어느 산골짜기에서 돼지우리나 뒤지고 있을 가능성도 농후했다. 휘파람 불며 느긋하게 정문으로 걸어 들어갈 수 있는 상황인지도 모르는 것이다.

'그래! 분명히 그럴 거야!'

거울에 비친 자신을 향해 억지로 웃음을 지어 보인 욱은 몸을 돌려 화장실을 나섰다. 밤 11시까지는 시간도 많았지만 자신이 준비해야 할 물건들도 많았다. 그는 지하철 승강장으로 내려가면서 계속 자신을 따라붙는 불길한 생각들을 떨쳐버리려고 애썼다.

욱이 떠난 다음 혜란은 한동안 창 밖을 바라보며 말이 없었다. 왠지 슬퍼 보이는 그녀의 뒷모습을 바라보던 원철은 조심스레 입을 열었다.

"혜란 씨……."

"……."

"그날 내가 전화로 했던 말, 진심이 아니었던 것 알죠?"

"그랬나요?"

유리창에 반사되어 날아온 그녀의 낮은 반문은 날카롭게 원철의 가슴을 긁었다.

원철은 입 안이 말라오는 것을 느끼며 말했다.

"정말로 진심이 아니었어요."

"저에겐 진심 이상의 진심으로 들리던데요? 그렇지 않았더라면 난 절대로 접속을 하지 않았을 테고, 그러면 우리가 지금 여기에 숨어 있어야 할 이유도 없겠죠."

"미안해요. 이렇게 위험한 일이 될 줄 알았더라면 절대로 혜란 씰 끌어들이지 않았을 텐데……, 다 내 잘못이에요. 하지만 다시 만나지 않겠다던 말만은 내 진심이 아니었어요."

그러자 혜란은 몸을 돌려 원철을 바라보았다. 그녀의 눈시울은 붉어져 있었다.

"그런 말을 하기엔 조금 늦은 것 같군요. 이미……, 이미 모든 게 너무 늦어버렸어요."

"아니, 그렇지 않아요. 이제 시작일 뿐이에요."

원철은 숨을 크게 들이마신 다음 그녀에게 말했다.

"혜란 씨, 나와 결혼해 주세요."

그러자 그녀는 더할 나위 없이 비참한 얼굴로 원철을 바라보다가 갑자기 울음을 터뜨렸다.

당황한 원철이 다가서려 하자 그녀는 한 손으로 그를 막으며 비틀거렸다.

"혜란 씨……."

원철이 엉거주춤하게 서서 그녀의 이름을 부르자 혜란은 아예 두 손으로 얼굴을 감싸며 서럽게 울기 시작했다.

"혜란 씨, 이러지 말아요. 내가 진심으로 사과할게요. 난 정말로 혜란 씰 사랑해요. 이번 일만 끝나면……."

원철이 그녀를 달래기 시작하자 혜란은 갈라진 목소리로 울부짖었다.

"원철 씬 몰라요. 원철 씬 모른다고요!"

그러곤 거세게 그를 밀치고 방 안으로 뛰어들어 가버렸다.

이해할 수 없는 그녀의 반응에 멍하니 서 있던 원철은 그녀를 따라 방으로 들어가려고 했으나 문은 잠겨 있었다.

"혜란 씨? 문 좀 열어봐요."

원철은 그 앞에 서서 문을 두드리며 그녀를 불렀지만 굳게 닫힌 방문은 열릴 줄을 몰랐다.

"원철 씨, 그만 일어나세요."

가볍게 흔드는 혜란의 손에 잠이 깬 원철은 게슴츠레한 눈으로 그녀의 얼굴을 바라보다 몸을 일으켰다. 거실 소파 위였다.

"어우……, 내가 잠깐 낮잠을……."

비몽사몽간에 중얼거리던 프로그래머는 창 밖이 어두운 것을 보고 번쩍 정신을 차렸다. 그러나 황급히 시계를 돌아보자 다행히 8시가 가까웠을 뿐이었다.

"아직도 세 시간이나 남았으니까 걱정 말아요. 정말 세상 모르고 자더군요. 어린아이처럼."

혜란은 경쾌한 말투로 말하더니 환한 미소를 지었다.

"아함……, 어제 일로 긴장한 데다 밤에 잠을 많이 못 자서 피로가 쌓였나 봐요."

원철이 하품을 하며 말하자 혜란은 고개를 끄덕였다.

"그럴 것 같아서 깨우지 않았어요. 하지만 이젠 일어나야 해요. 음식이 식으니까."

그녀는 원철의 손을 잡고 식탁으로 이끌었다. 거기에는 방금 삶아낸 듯 김이 모락모락 올라오고 있는 파스타와 낯익은 향의 김혜란 소스가 그를 기다리고 있었다. 혜란에게 떠밀려 엉겁결에 자리에 앉은 원철은 그녀가 파스타에 소스를 얹어 자신의 앞에 놓자 의아한 표정으로 그녀를 바라보았다.

앞에 있는 사람은 분명히 혜란이었으나 아까 울면서 방으로 뛰어들어 가던 그녀와는 180도 다른 사람으로 보였다. 얼굴은 환했고 목소리도 밝았다.

"저기……, 아까는 왜 그랬어요?"

원철이 조심스레 묻자 혜란은 다시 미소를 지으며 말했다.

"아까는……, 미안했어요. 너무 갑작스럽고 그래서 그만……."

"난 내가 뭘 또 잘못한 건가 하고……."

"아니, 아니에요. 그런 것 없어요. 그냥 순간적으로 너무 혼란스러워서 그랬을 뿐이에요. 하지만 이젠 됐어요. 원철 씨가 자는 동안 다 정리가 됐으니까요."

그녀의 표현에 원철은 조금 의아해졌다.

"정리가 돼요?"

"생각을 했어요. 아주 오랫동안. 내가 지금까지 배워서 알고 있던 모든 지식들을 접어두고, 원철 씨가 했던 말만 생각했어요. 그러자 원철 씨가 계속 나에게 말하려던 것들이 이해가 됐어요."

"내가 말하려던 것들이오?"

"네. 팔란티어 역시 현실과 동등하게 받아들여야 하는 세계라는 것이며 실바누스를 사랑하는 것이 곧 나를 사랑하는 것이라는 것, 그리고 그저께 그렇게라도 날 접속시킬 수밖에 없었던 사정

등등, 뭐 그런 것들 말이에요."

"그럼……."

원철이 정신을 차리며 말을 더듬자 혜란은 밝게 웃으며 고개를 끄덕였다.

"그래요. 원철 씨 청혼을 받아들일게요."

원철은 너무나 기쁜 나머지 입만 벌린 채 아무 말도 하지 못했다. 그는 상 위로 손을 뻗어 혜란의 손을 잡은 다음에야 가까스로 목소리를 찾았다.

"고마워요, 혜란 씨……, 사랑해요."

"저도요."

원철은 자신을 마주보는 혜란의 눈동자 속에서 그 눈동자만큼이나 투명한 그녀의 진심을 보았다.

한동안 이어지던 침묵을 깨며 혜란이 말했다.

"음식이 식어요."

"그래요, 일단 먹자고요."

원철은 갑작스런 허기를 느끼면서 포크를 집어들었다.

식사를 하면서 두 사람은 앞으로의 일들에 대해 이야기했다. 정확히 말하자면 주로 혜란이 자신의 희망 사항을 이야기하고 원철이 맞장구를 치는 식이었지만, 식사가 끝날 무렵에는 원철의 머리에도 앞으로의 생활에 대한 구체적인 그림이 그려졌다.

두 사람은 낙엽이 지기 전에 식을 올릴 것이고, 그때 혜란은 원철이 결혼 선물로 사줄 다이아몬드 목걸이를 하고 실크로 짠 웨딩드레스를 입을 것이다. 식장은 여름의 마지막 녹음이 짙게 우거진 수목원으로 잡았고, 들러리로는 보로미어와 실바누스의 인형을

478

세워놓기로 했다. 식을 올리자마자 두 사람은 남프랑스의 리비에라로 신혼 여행을 떠나서 지금 원철이 사는 집을 2층으로 증축하는 공사가 끝날 때까지 머물다가 집이 완성되면 돌아와 첫아이를 낳을 것이다. 이름은 남자면 주혁, 여자면 주희로 부르기로 했다. 아이가 세 살이 되면 혜란이 글을 가르쳐주고, 네 살이 되면 원철이 컴퓨터를 가르쳐줄 것이며, 첫아이가 학교에 가기 시작하면 둘째 아이를 낳기로 했다.

둘째 아이의 이름을 놓고 마음을 정하지 못하던 혜란은 빙그레 미소만 짓고 있는 원철을 의식하고는 웃음을 터뜨렸다.

"이런, 내가 너무 앞질러 나갔죠?"

혜란이 쑥스러운 듯 얼굴을 붉히며 묻자 원철은 고개를 저었다.

"아니오. 전혀 그렇지 않아요. 손자들 이름까지 다 지어도 돼요."

그러자 혜란은 허공을 바라보며 혼잣말처럼 중얼거렸다.

"아, 눈만 감으면 벌써 상상이 돼요. 정말……, 정말 멋진 인생이 될 수 있었을 텐데."

"네? 뭐라고요?"

원철이 뭔가 잘못 들었나 싶어 되묻자 혜란은 다시 그를 바라보며 미소를 지었다.

"원철 씨와 함께라면 정말 멋진 인생이 될 거라고요. 분명히 그럴 거예요. 그렇죠?"

"아, 예. 그럴 거예요. 하지만 우리 인생이 멋있어진다면 그건 나 때문이 아니라 혜란 씨 때문이겠죠."

그러자 혜란은 잠시 원철을 바라보다가 물었다.

"나 부탁 한 가지만 해도 돼요?"

"뭐든지요."

원철이 흔쾌히 고개를 끄덕이자 얼굴을 붉히며 머뭇거리던 혜란이 마침내 입을 열었다.

"한국에선……, 결혼한 다음엔 서로 '여보'라고 부르잖아요. 원철 씨가 날 그렇게 부르는 걸 들어보고 싶어요."

원철은 잠시 멀뚱거리며 혜란을 바라보다가 웃음을 터뜨렸다.

"왜요? 뭐가 우스워요?"

항변하듯 묻는 혜란 앞에서 원철은 고개를 흔들며 간신히 웃음을 삭였다.

"혜란 씨, 요즘은 그 말 거의 안 써요. 글쎄요, 애들이 다 자란 다음이라면 모를까……."

"그러니까 들어보고 싶다는 거예요. 나중에, 그러니까 아주 나중에 우리가 같이 늙어갈 때 느낌이 어떨지 미리 알고 싶어요. 부탁이에요."

"하하, 같이 늙어갈 때요?"

원철은 다시 웃음을 터뜨리며 고개를 젓다가 혜란이 정색을 하며 눈을 흘기자 머쓱해져 뒤통수를 긁었다.

"혜란 씨가 정 원한다면……."

원철은 흠흠 목청을 돋운 다음 혜란을 똑바로 보았다. 그러나 막상 '여보'란 말을 하려고 하니 그게 생각보다 쉽지 않았다.

"여……, 여……."

몇 번을 시도하던 원철은 간신히 그 말을 입 밖으로 밀어냈다.

"여보!"

막상 한번 말하고 나자 그 후론 거칠 것이 없었다.

"여보, 이 말을 들으니 기분이 어때요, 여보?"

원철이 빙글거리며 묻자 혜란은 쑥스러운 듯 미소를 지었다.

"나쁘지 않아요. 아주 좋아요. 역시 당신 청혼을 받아들이길 잘했던 것 같아요."

그녀의 입에서 나온 '당신'이란 단어는 원철의 생식기에 갑작스런 위력을 발휘하기 시작했다. 꽉 끼는 티 탓에 드러난 그녀의 유두와 가슴 윤곽이 필요 이상으로 선명하게 보이면서, 원철의 호흡이 가빠지기 시작했다.

"왜 그래요?"

뭔가 이상한 것을 눈치챈 혜란이 묻자 원철은 말없이 자리에서 일어섰다. 그녀의 손목을 당겨 일으킨 원철은 갑자기 그녀를 번쩍 안아들고 방으로 향했다.

"워, 원철 씨……."

당황한 혜란이 그의 이름을 불렀으나 그녀를 침대 위에 내려놓은 원철은 대답 대신 입고 있던 옷들을 거칠게 벗어던졌다. 별로 옷이라 할 만한 것도 입고 있지 않았던 혜란이 알몸이 되는 것은 더욱 순식간이었다.

10시 반이 가까워오자 혜란을 끌어안고 침대에 누워 있던 원철은 억지로 몸을 일으켜 옷을 입었다. 혜란은 원철이 옷을 다 입은 다음에야 몸을 일으켰다. 원철은 옷을 입는 혜란의 뒷모습이 정말로 아름답다고 생각했다. 그리고 그것은 단순한 육체적 욕망이 아닌, 어떤 종교적 경외심 같은 것을 불러일으키는 그런 종류의 아름다움이었다.

옷을 입은 두 사람은 어깨동무를 한 채 거실 소파에 앉아 욱의 전화를 기다렸다. 대화는 없었다. 더 이상의 말이 필요치 않았기 때문이다.

혜란의 목덜미에 키스를 하며 그 짙은 살 냄새를 들이마시던 원철은 핸드폰이 울리자 재빨리 그것을 귀에 갖다대었다.

"욱이냐?"

"그래. 접속 준비는?"

"나는 되었고……."

거실 반대편을 돌아본 원철은, 혜란이 어느새 자신의 컴퓨터를 광케이블에 연결해 놓은 것을 보았다.

"혜란 씨도 됐어. 그래, 이쪽은 다 됐어. 너는?"

"여기도 준비는 끝났다. 기동대 2개 중대가 정문 앞에서 대기중이야. 내 신호만 떨어지면 여길 완전히 쑥밭으로 만들어버릴 거다. 우리 일단 시간을 정확히 맞추자. 지금 네 시계론 몇 시냐?"

원철은 손목 시계를 들여다본 다음 말했다.

"10시 36분 40초."

"내 시간이 10초 빠르군. 그 정도면 좋아."

욱은 혼잣말로 중얼거리더니 목소리를 낮추며 말했다.

"잘 들어. 난, 아니 우리는 정확히 10시 55분에 들어갈 계획이다. 아마도 네가 접속을 할 때쯤이면 이쪽 상황은 벌써 다 종료되어 있을 거야. 그러니 넌 접속을 하자마자 무조건 그 신전이라는 데로 가서 거기에 숨겨진 걸 찾아내기만 하면 돼. 박현철이와 팔란티어를 연관지을 수 있는 것이 분명히 거기에 있을 거야. 그게

뭐든 그걸 확보하는 대로 지체 없이 나에게 그 내용을 알려줘. 알
았지?"

"알았어."

"네가 그걸 빨리 알려줘야 여기 일이 수월해져. 꼭이야!"

"알았다니까."

욱은 원철과의 전화를 끊자마자 다시 쌍안경을 집어들었다. 그
는 한 시간 전부터 맞은편 건물의 옥상에 앉아 한경 상사를 감시
하고 있었다. 물론 그의 옆에는 기동대 2개 중대는 고사하고 개미
새끼 한 마리도 없었다.

한경 상사의 건물에서 현재 불이 켜져 있는 창문은 셋이었다.
그중 하나는 숙직실로 보였고, 다른 하나는 와이셔츠 차림의 남자
하나가 책상이 앉아 있는 것이 평범한 일반 사무실 같았다. 마지
막 하나가 욱이 주시하고 있는 3층 방이었다. 컴퓨터 모니터로 보
이는 패널들이 책상마다 두어 개씩 달려 있고, 가끔씩 사람들도
두엇씩 왔다갔다하는 것이 보였다.

'3층이라……'

욱은 쌍안경을 집어넣고 장비들을 점검했다. 방탄 조끼와 조끼
양쪽에 세 개씩 꽂힌 다이너마이트, M16 A1 소총과 30발들이 탄
창 두 개, 그리고 허리에 찬 권총과 발목에 감은 대검.

이 정도면 완벽했다.

물론 다이너마이트는 진짜 다이너마이트가 아니라 공사장에서
쓰는 신호용 플레어이고 M16과 탄창은 장난감 가게에서 산 모형
BB총일 뿐이지만, 이 정도면 누구라도 섣불리 달려들지는 않을

것이다. 게다가 어제 빼앗은 권총과 남대문 구석에서 찾아낸 구형 미해병 방탄 조끼, 그리고 발목의 대검은 진짜였다.

다행인 것은 정말로 모두 강원도로 가버렸는지 덩치 큰 양복들이 하나도 보이지 않는다는 점이었다. 이 정도라면 3층까지 돌파하는 데 3분이면 충분했다.

문득 세 번째 방에서 뭔가 새로운 움직임이 있어 욱은 다시 쌍안경을 집어들었다. 처음 보는 녀석이 방 안에 모습을 드러내고 있었다. 30대 후반으로 굵은 뿔테 안경을 쓰고 있었고 후줄근한 면티에 청바지 차림이었다. 그다지 위협적으로 보이지는 않는 인물이었으나 방 안에 있던 두 사람은 왠지 그에게 머리를 숙이며 꼼짝을 하지 못했다. 아니, 꼼짝을 못하는 정도가 아니라 아예 그 앞에서 벌벌 기는 것이 쌍안경으로 자세히 보기가 안쓰러울 정도였다.

뿔테 안경은 사람들에게 뭐라고 한참 이야기를 하더니, 책상 하나에 앉아 모니터를 응시하며 입을 다물었다. 녀석은 뭔가를 기다리고 있었다.

'무엇을? 11시를?'

욱은 직감적으로 그 녀석이 자신의 목표라는 것을 느꼈다. 바로 저 녀석이 원철의, 아니 보로미어의 앞길을 막으려 드는 망할 자식이었다. 형사는 숨을 들이쉬며 시계를 보았다.

10시 43분.

움직여야 할 시간이었다.

욱은 스키 마스크로 얼굴을 가린 다음 몸을 일으켰다.

옥상에서 내려온 형사는 골목의 그늘에 몸을 숨긴 채 길 건너의

4층 건물을 노려보았다. 2차선 도로를 사이에 두고 있으니 직선 거리로 2, 30미터 가량? 현관의 유리문은 반쯤 열려 있었지만, 그 안에서 졸고 있는 수위 한 사람이 문제였다. 제발 지나갈 때까지만 깨지 않기를.

"3층 왼쪽 두 번째 문, 3층 왼쪽 두 번째, 3층, 왼쪽……."

쉬지 않고 입 속으로 자신의 목표를 되뇌던 형사는, 시계가 55분을 가리키는 순간 있는 힘을 다해 골목의 그늘로부터 달려나갔다.

조용히 시계만 바라보던 혜란이 입을 열었다.

"이제 10분 남았군요."

"그러네요."

원철이 말하자 혜란은 갑자기 그의 목을 끌어안고 키스를 해 왔다. 그녀는 긴 키스가 끝난 다음에도 원철의 목을 놓지 않고 말했다.

"원철 씨, 한 가지만 물어봐도 돼요?"

"그럼요."

"만약 나와 실바누스 중 한 사람을 반드시 택해야만 한다면 누굴 택하실래요?"

원철은 살짝 눈살을 찌푸리며 말했다.

"그 문젠 이미 다 끝난 거 아니던가요?"

그러자 혜란은 미소를 지으며 원철의 볼을 쓰다듬었다.

"그러니까 만약이라고 했잖아요. 이건 순전히 호기심에서 물어보는 거예요. 보로미어가 아닌 원철 씨의 입장에서 나와 실바누스 중 어느쪽이 더 좋아요? 여자로서 말예요."

원철은 고개를 갸웃거렸다.

"글쎄요. 그건 참 대답하기 힘든 문젠 것 같은데……, 여자로서야 물론 혜란 씨가 더 호감이 가죠. 실제로 느끼고, 사랑하고, 결혼도 할 수 있으니까요. 하지만……."

"하지만?"

"하지만 뭐랄까……, 실바누스는 자신의 목숨을 돌보지 않고 보로미어를 보호하잖아요. 그 모습도 좋아보여요. 물론 혜란 씨 말대로 게임 안에서만 가능한 맹목적인 사랑이겠지만 그런 순수하고 헌신적인 사랑이 실바누스의 가장 큰 매력인 것 같아요."

그러자 혜란은 서글픈 눈으로 원철을 바라보며 말했다.

"게임에서만일까요?"

"네?"

갑작스런 물음에 원철이 어리둥절해하자 혜란은 다시 미소를 짓더니 원철에게 입을 맞췄다.

"아니에요. 별 얘기 아녜요. 그리고 이젠 접속할 시간이네요."

혜란은 원철의 목을 감았던 팔을 풀고 일어나 자신의 컴퓨터 앞에 앉았다. 원철도 소파에서 몸을 일으킨 다음 골방으로 향했다. 일단 방 안으로 들어갔던 원철은 갑자기 그 동안 잊고 있었던 사실을 하나 기억해 내고는 다시 고개를 내밀었다.

"그런데 혜란 씨?"

"네?"

"마지막 접속 때, 신전에서 처음 눈을 떴던 게 혜란 씨였죠? 실바누스가 아니라 혜란 씨였던 거 맞죠?"

"후후, 글쎄요."

"어떻게 팔란티어 안에서 실바누스가 아닌 혜란 씨로 존재할 수 있었던 거죠?"

"글쎄 그게 정말 저였을까요?"

혜란은 웃으며 반문하더니 후딱 멀티 세트를 뒤집어썼다.

"그리고 도대체 실바누스는 왜 보로미어를 반기지 않는 겁니까?"

원철이 끈질기게 묻자 혜란은,

"하하, 그건 실바누스에게 물어봐야죠."

하면서 컴퓨터의 스위치를 올렸다.

원철은 묻고 싶은 것이 더 있었지만 시간을 보고는 다시 골방으로 돌아가 멀티 세트를 눌러썼다.

접속 아이콘을 누르고 대기 상태로 누워 있는데 밖에서 혜란의 목소리가 들려왔다.

"원철 씨, 기억나요?"

"뭐가요?"

"보로미어가 죽기 직전에 실바누스가 했던 말 기억나요?"

"아……, 뭐였더라?"

원철이 더듬거리자 혜란이 말했다.

"보로미어의 책임이 아니라고 했어요. 보로미어를 원망하지 않는다고요."

"아, 맞아요! 그랬죠."

원철이 고개를 끄덕이자 혜란이 말했다.

"원철 씨 탓도 아니에요!"

"뭐라고요?"

"원철 씨 책임이 아니라고요. 이건 내가 선택한 일일 뿐이고 후회는 없어요. 절대로 원철 씨를 원망하진 않아요. 절대로."

"무슨 말이죠?"

가늘게 떨리는 그녀의 말투에서 뭔가 심상치 않은 것을 느낀 원철이 몸을 일으키려 했으나 이내 동기화의 어지러움이 밀려왔다.

전속력으로 길을 건넌 욱은 순식간에 한경 상사의 정문에 도착했다. 유리문을 밀치고 현관으로 들어서자 정면에 계단이 보였다. 욱은 달려오던 속도를 계속 유지하며 계단을 향해 내달았다. 욱의 요란한 발자국 소리에 졸고 있던 수위가 깜짝 놀라며 잠에서 깼으나, 욱은 뒤도 돌아보지도 않고 계단을 달려 올라갔다.

욱은 2층에 올라갈 때까지 아무런 제지를 받지 않았다. 그러나 회심의 미소를 지으며 3층으로 가는 계단을 뛰어오르던 형사는 마지막 반 층을 남겨놓고 그만 우뚝 서버렸다.

계단이 3층으로 이어지는 곳에 두꺼운 유리로 된 문이 서 있었다. 그것도 그냥 유리문이 아니라, 카드키로 작동이 되는 종류였다. 재질이 투명한 유리여서 아까 사전 정찰 때에는 보지 못했던 것이다.

"젠장!"

머뭇거리던 욱은 아래층에서 갑자기 소란스런 움직임이 들려오자, 시계를 들여다보았다. 어느새 11시 1분 전이었다. 지체할 시간이 없었다.

욱은 권총을 뽑아들고 안전 장치를 푼 다음 유리문을 향해 방아쇠를 당겼다. 45구경 탄알의 소음과 반동은 엄청나서, 욱은 하마

터면 권총을 놓칠 뻔했다. 겨우 정신을 차리고 계단을 올라가려던 형사는 유리문의 전면에 불투명할 정도의 금이 가기는 했지만 아직도 완전히 깨지지 않았다는 것을 깨달았다.

"설마 방탄?"

긴장한 욱은 급히 계단을 달려 올라가 문의 재질을 살펴보았다. 총구멍이 분명한 것이 다행히 방탄 유리는 아니었고, 아마도 2중 유리 사이에 강화 필름을 넣은 특수 유리로 생각되었다.

"씨발!"

욱은 들고 있던 M16의 개머리판으로 유리문을 후려갈기기 시작했다. 그러자 총구멍을 중심으로 조금씩 너덜거리는 부분들이 생겨났지만, 질긴 강화 필름은 필요 이상으로 제 역할을 하고 있었다.

대여섯 번 정도 문을 두들기던 욱은 2층에서 요란한 발소리가 들려오자 일단 계단 중간으로 내려와 아래쪽 상황을 살펴보았다. 욱이 고개를 내미는 순간, 검은 양복을 입은 사내 셋이 2층 계단 앞에 모습을 드러냈다.

탕!

욱은 망설임 없이 그들의 머리 위로 권총을 한 방 갈기고는 재빨리 M16의 총부리를 겨눴다.

"꼼짝 마!"

욱의 호령에 녀석들은 얼어붙은 듯 그 자리에 멈춰 섰다.

"모두 바닥에 엎드리지 못해!"

욱이 날카롭게 명령하자 놈들은 순순히 그의 말을 따랐다.

"손은 머리 뒤로!"

다시 고함을 지른 욱은 여섯 개의 손을 모두 확인한 다음 시계를 들여다보았다. 이미 11시 1분이었다. 그는 아랫입술을 깨물며 계단 위의 문을 바라보았다. 어떻게든 저걸 통과해야 했다. 그것도 빨리.

순간 그의 머릿속에 한 가지 생각이 떠올랐다.

"내 몸엔 다이너마이트가 둘러져 있다! 섣부른 짓 하면 모두 같이 가는 거야!"

2층에 엎어져 있는 세 사람에게 으름장을 놓은 욱은 다시 유리문을 향해 달려 올라갔다.

보로미어는 눈을 뜨자마자 미스릴 검을 뽑아들었다. 안전 지대 바깥으로 수십 마리의 크고 작은 괴물들이 우글거리고 있었기 때문이었다.

"어제 밤이 시작되기 전까지 쌓였던 녀석들이군."

거의 동시에 눈을 뜬 실바누스가 옆에서 말했다.

"내가 보기엔 별것들 없어."

보로미어가 코웃음을 치는 순간, 메디나와 닉스도 잠에서 깨어났다.

"어이 씨, 이게 뭐야?"

놀란 닉스가 주위를 둘러보며 소리를 지르자 메디나가 등에서 전투용 도끼를 꺼내며 빙글거렸다.

"뭐긴 뭐야, 모두 아침 일거리들이지."

"이제 곧 안전 지대가 사라질 거야. 힘든 상대는 없지만 그래도 몸조심들 해야 해. 아직도 신전까지는 거리가 꽤 남았어."

실바누스가 말을 마치자마자 안전 지대를 나타내는 붉은 원이 희미해지기 시작했다. 누가 먼저라 할 것도 없이 앞으로 달려나간 보로미어와 메디나는 괴성을 지르며 각자의 무기를 휘두르기 시작했다.

애초에 보로미어가 판단했던 대로 기다리고 있던 녀석들은 모두 변변치 않은 놈들뿐이었다. 그래서 닉스가 두 번째 파이어 볼 주문을 풀 때쯤에는 숨이 붙어 있는 괴물들이 거의 없었다. 중급 영체 괴물이 서넛 있었으나 전투의 시작과 동시에 실바누스에 의해 제거되었다.

마지막 괴물인 돌도마뱀을 가볍게 동강낸 보로미어는 칼도 닦지 않고 앞으로 나가기 시작했다. 이제는 목적지가 빤히 보이고 방향을 잡을 필요도 없으니 전사인 보로미어가 선두에 서는 것이 당연한 순서였다. 실바누스와 메디나는 말없이 그의 뒤를 따랐으나 닉스는 쫓아오면서도 계속 투덜거렸다.

"이봐, 보로미어! 왜 그리 서두르는 거야? 좀 천천히 가자."

그러나 전사는 대꾸하는 대신 전진 속도를 올렸다. 왠지 빨리 신전에 다다라야 한다는 생각만이 머리를 가득 메웠다.

500미터 가량 나아갔을까, 갑자기 사방에서 괴상한 울음소리가 울려퍼지기 시작했다.

"뭐야!"

전사가 검을 든 손에 힘을 주는 순간, 열 마리쯤 되는 괴물들이 지축을 흔들며 앞을 가로막았다. 덩치가 보로미어의 서너 배씩은 되어보이는 아이언 골렘(Iron golem)들이었다.

"제기랄!"

보로미어는 갑자기 나타난 강적을 보고 일단 걸음을 멈췄다. 비록 미스릴 블레이드가 있다고는 해도 아이언 골렘이라면 만만한 상대가 아니다. 게다가 열 마리나 되는 대부대라면……

보로미어가 머뭇거리는 순간 메디나가 앞으로 달려나갔다.

"죽어라!"

여전사의 날카로운 기합과 함께 맨 앞에 섰던 골렘이 무릎을 꿇었다. 그러나 녀석은 이내 다시 몸을 일으켰고 다른 녀석들까지 가세하여 협공을 해오자 메디나는 뒤로 물러날 수밖에 없었다.

"발할라!"

메디나의 옆으로 뛰어나간 보로미어가 검을 휘두르자 아까 무릎을 꿇었던 녀석의 오른팔이 날아갔다. 일반 검으로야 어림도 없는 일이다. 그러나 미스릴 블레이드는 강철보다도 단단하다는 녀석들의 장갑을 간단히 파고들고 있었다.

그러나 연달아 두 번이나 치명타를 입고도 골렘은 쓰러지지 않았다. 그런 녀석들이 열 마리나 되니 일행이 순식간에 밀리기 시작한 것은 당연한 일이었다.

"모두 비켜!"

뒤에서 날아온 닉스의 고함에 보로미어와 메디나는 반사적으로 몸을 틀었다.

"아이언 게일!"

전사들이 비킨 자리로 닉스의 복합 주문이 날아갔다. 그 동안 연습을 좀 했는지 그 위력은 아모네 이실렌에서와는 비교할 수도 없을 정도였다. 상극인 주문에 걸린 골렘들은 금속성 비명을 내지르며 몸부림쳤지만, 닉스의 재빠른 손놀림은 그들을 계속 죽음의 바람 안에 가둬놓았다.

그러나 다음 순간 차크라의 소모를 의식한 듯 닉스가 주문을 거 둬들이며 외쳤다.

"보로미어, 메디나! 부탁해!"

갑작스런 교대에 보로미어는 잠시 당황했으나 이내 메디나와 보조를 맞춰 미스릴 블레이드를 휘두르기 시작했다. 닉스의 주문 으로 골렘들의 장갑이 대부분 파괴되었기 때문에 뒤처리는 비교 적 간단한 편이었다. 서너 군데 상처를 입기는 했지만 잠시 후 두 전사는 마지막 골렘을 협공으로 세 토막 내버렸다.

"어서!"

보로미어는 숨을 고를 틈도 없이 다시 앞으로 달려나갔고, 실바 누스와 메디나, 그리고 헐떡거리면서도 여전히 투덜대는 닉스가 그의 뒤를 따랐다.

남은 거리의 반 정도를 갔을 때 갑자기 이상한 향기가 사방에 퍼지기 시작했다.

"젠장할! 마족이다!"

보로미어의 고함과 동시에 30미터 전방에 보로미어 정도 체구 의 마족이 모습을 드러내었다. 몸은 인간이었으나 머리만은 커다 란 늑대의 모습을 하고 있었다.

"뭐야, 별것 아니잖아?"

녀석의 몸집에 안심을 한 보로미어가 앞으로 나가려는 순간 실 바누스가 비명을 질렀다.

"아몬(Amon)! 아몬이야!"

"뭐라고?"

보로미어가 그녀를 돌아보는 찰나에 갑자기 녀석이 보로미어와 닉스 사이에 솟아오르더니 닉스의 머리를 물어뜯었다.

"아아악!"

닉스의 비명에 보로미어의 검과 메디나의 도끼가 아몬의 가슴과 목을 파고들었다. 그러나 녀석은 다시 연기처럼 자취를 감추더니 원래 서 있던 곳에서 모습을 드러냈다. 꽤 컸던 녀석의 상처가 순식간에 아물어가는 것을 본 보로미어가 당황하여 소리쳤다.

"제기랄, 저 자식은 뭐야?"

"아몬⋯⋯, 데블 족의 대공(Duke)들 중의 하나야. 어떻게 저 녀석이 카자드에⋯⋯."

실바누스가 얼빠진 얼굴로 중얼거렸다.

"센 놈이야?"

"⋯⋯."

드루이드는 전사의 물음에 대답을 하지 않았다.

"실바누스 님."

메디나의 다급한 목소리에 정신을 차린 실바누스는 황급히 꿇어앉아 닉스를 치료하기 시작했다.

"녀석의 약점은?"

보로미어가 다시 묻자 실바누스는 등을 돌린 채로 고개를 저었다.

"⋯⋯없어."

"그럼 어쩌란 거야?"

보로미어가 짜증스레 소리쳤으나 실바누스는 어깨를 부들거리기만 할 뿐 대답이 없었다.

"제기랄! 신전이 바로 저긴데!"

보로미어가 이를 악무는 순간, 아몬은 돌연 머리를 뒤로 젖히더니 하늘을 향해 긴 포효를 내뱉었다.

"오, 세상에……. 호드 서모닝(Horde summoning)."

닉스의 치료를 마치고 일어서던 실바누스가 떨리는 목소리로 중얼거렸다.

"그건 또 뭐야?"

보로미어가 물었으나 실바누스는 대답 대신 두 손을 들어올리며 주문을 외웠다.

"가라드렌 마니에덴 드라스 상투스 레! 초원을 덮은 풀이여, 숲을 메운 나무여! 그 힘을 빌어 마이스테스의 이름으로 멍하노니, 보호하라! 지키라! 수호하라!"

그러자 갑자기 주위의 땅이 눈부신 청백색 빛을 토해 냈다. 보로미어가 감았던 눈을 뜨자 지름이 20미터쯤 돼보이는 빛의 원이 원정대 주위의 땅에 둥글게 그려져 있었다.

"으으으, 저 개새끼가 날 물었어!"

닉스가 정신을 차리며 소리쳤다.

"개새끼가 아니라 아몬이란 놈이란다."

보로미어가 대꾸하자 닉스는 벌떡 일어나 앉으며 소리쳤다.

"아몬? 헬 듀크 아몬?"

"너도 아는 놈이냐?"

보로미어가 묻자 닉스는 아몬을 한번 돌아보더니 덜덜 떨기 시작했다. 보다못한 메디나가 소리를 질렀다.

"실바누스 님! 저 녀석이 뭔진 몰라도 계속 이러고만 있을 겁니까?"

그러나 실바누스는 한숨을 쉬더니 고개를 저었다.

"메디나, 이젠 글렀어. 저 녀석은 지옥계에서 날아온 데블 족의 대공이야. 비록 실체가 아닌 아바타(Avatar)에 불과하지만 그것만으로도 우린 상대가 안 돼."

"뭐가 그렇게 대단하다는 거야?"

보로미어가 묻자 실바누스가 대답했다.

"데블 족의 마법도 마법이지만……, 지옥계의 대공들은 자신이 거느리는 하급 데블들을 불러올 수 있어. 아몬은 40개 중대의 본 데블(Bone devil)을 부리는 대공 중의 대공이야. 그리고 녀석은 방금 자기 부하들을 불렀어."

"40개 중대라면……."

"1개 중대는 120마리야."

손가락을 꼽으며 계산을 해보던 메디나가 파랗게 질리며 도끼를 떨어뜨렸다.

"물론 다 부른 건 아니겠지만, 본 데블 1개 중대만 해도 메레디트 오크 5, 600마리랑 맞먹어."

실바누스가 말했다.

"젠장, 그럼 방법이 없는 거야?"

보로미어의 물음에 실바누스가 원정대를 둘러싼 빛의 원을 가리키며 말했다.

"지금 당장은 생추어리(Sanctuary)를 만들어놨어. 마족이라면 저 선을 넘지는 못할 테니, 녀석의 부하들이 몰려온다 해도 당분간은 버틸 수 있겠지. 하지만 생추어리도 녀석의 마법 공격을 막지는 못해. 지금은 부하들을 소환하느라고 마력을 소모했기 때문에 조용히 있지만 아마도 마력을 회복하는 대로 직접 공격해 올 거야."

그러자 떨고 있던 닉스가 조용히 말했다.

"쳇, 보로미어, 너 책임져. 네가 오자고 한 원정이니까."

지금이 그런 것 따질 때냐고 소리를 지르려던 보로미어는 창백한 얼굴로 덜덜 떨고 있는 닉스를 보는 순간 가슴이 덜컥했다.

"닉스? 너 왜 그래?"

그러자 위저드는 전사를 향해 희미한 미소를 지었다.

"보면 몰라? 중독이 되었잖아."

"실바누스! 왜 해독을 안해 주는 거야?"

보로미어가 돌아보며 묻자 드루이드가 말했다.

"마족의 독은 특별한 해독약을 필요로 해. 가롯의 죽음을 잊었어?"

"빌어먹을!"

보로미어는 욕설을 내뱉었고 메디나는 닉스 옆에 쭈그리고 앉았다.

"닉스, 괜찮아?"

"호호, 대장도 참……, 괜찮을 리가 있어요?"

닉스가 힘없이 웃으며 말하자 메디나가 커다란 손으로 그의 머리를 쓰다듬었다.

"걱정 마라. 다 잘될 거야."

"알아요."

말없이 두 사람을 바라보던 보로미어는 갑자기 들려온 굉음에 고개를 들었다. 아몬의 뒤쪽에서 일기 시작한 뭉게구름을 바라보던 전사는 그 속에서 수십, 수백 마리의 괴물들이 괴성을 지르며 달려나오기 시작하자 그만 맥이 탁 풀리고 말았다. 덩치 큰 해골 전사처럼 생긴 녀석들이었으나 붉게 빛나는 두 눈과 이마에 짧게 솟은 뿔이 놈들의 흉폭한 본성을 확연히 드러내고 있었다.

원정대는 눈 깜짝할 사이에 소름 끼치는 비명을 질러대는 수백의 본 데블들에게 둘러싸였다. 그러나 다행히도 땅에 그려진 청백색 원을 넘어오는 녀석은 하나도 없었다.

"닉스!"

메디나의 다급한 목소리에 보로미어는 다시 위저드를 돌아보았다. 위저드는 반쯤 감긴 눈으로 여전사의 품안에 힘없이 늘어져 있었다.

"됐어요, 대장……, 후회는 없어……. 대장도 실바누스도 저 머저리 보로미어 녀석도, 미안해……."

중얼거리던 위저드는 보로미어를 돌아보며 말했다.

"인마, 넌 그 성격 좀 고쳐……. 그리고……, 흐흐흐, 미안……. 그 2000두카트는 결국 떼어먹는군……."

"인마, 약한 소리하지 마! 우린 저 신전에 같이 가야 해!"

보로미어가 그의 옆에 꿇어앉으며 소리를 질렀으나 닉스는 커다란 미소를 지어 보이더니 눈부신 백색 빛으로 사라졌다.

"닉스……, 닉스……."

위저드를 껴안고 있던 두 팔을 부들거리며 그의 이름을 부르던 메디나는 갑자기 하늘을 향해 피를 토하듯 절규했다.

"닉스으으으아!"

다음 순간 그녀는 벌떡 일어나더니 한 줄기 광풍처럼 생추어리 밖의 데블 호드 속으로 뛰어들었다.

"메디나!"

실바누스가 그녀의 이름을 부르짖었으나 이미 메디나는 녀석들 한가운데서 좌충 우돌하며 도끼를 휘둘러대고 있었다. 셋, 다섯, 여섯……, 마치 썩은 수수깡을 베듯 본 데블들을 쳐넘기던 메디나는 잠시 주춤하는 듯하더니 이내 성난 마족의 물결에 묻혀버렸다. 그녀를 둘러싼 본 데블들 사이로 붉은 빛줄기가 가늘게 반짝인 다음 사라졌다.

두 친구의 죽음에 멍해 있던 보로미어의 뒤에서 실바누스가 조용히 말했다.

"이젠 내 차례로군."

"뭐?"

"잠시 후면 아몬이 마력을 회복하고 공격해 올 거야. 당연히 상급 서열인 내가 다음 목표가 되겠지."

"제기랄!"

"후우, 역시 네 보호자를 다시 맡는 게 아니었어."

실바누스의 한탄에 보로미어는 참을 수 없는 분노가 치밀어 오르는 것을 느꼈다.

"그래. 다 내 탓이다, 내 탓! 닉스와 메디나가 죽은 것도 우리가 이 꼴이 된 것도 다 내 탓이다! 하지만 그렇다고 내가 너희들에게 조금이라도 미안해할 줄 알아? 중요한 건 나 자신뿐이야. 지금 나한테 중요한 건 신의 계시대로 저 신전의 신탁을 얻는 것뿐이라고. 나머진 상관없어."

쏘아대는 보로미어를 보고 있던 실바누스의 얼굴이 비참하게 일그러졌다.

"보로미어, 넌 어떻게……."

"시끄러워! 그리고 네가 날보고 뭐라고 할 자격이나 있어? 날 이용이나 해먹던 주제에!"

"뭐? 내가 널 이용했다고?"

드루이드가 이해가 안 간다는 듯 묻자 보로미어는 경멸 가득한 눈으로 그녀를 노려보며 말했다.

"그래. 넌 그 링메이든의 힘을 회복하기 위해서 날 필요로 했던 것뿐이잖아. 그래서 날 계속 돕는 척하고 소원으로 되살려내고 그랬던 거잖아. 하지만 네냐의 힘이 회복되자 넌 마치 날 벌레 보듯 했어. 그리고 뭐? 상급 서열이 되면 노렐리아나 다메시아로 가라고? 차라리 그냥 날 보기 싫다고 해라. 메스껍게 걱정해 주는 척하지 말고."

멍하니 보로미어를 바라보던 실바누스는 고개를 숙이며 입을 다물었다.

"어이구, 그런 얼굴 하지 마. 세상이 다 그런 것 이제 알았어?"

전사는 한번 더 쏘아붙이고는 주위를 에워싸고 있는 본 데블들에게 눈을 돌렸다. 신전을 지척에 두고 메디나처럼 포기할 수는 없었다. 분명히 방법이 있을 것이다.

"난 자신이 없었을 뿐이야."

실바누스가 갑자기 입을 여는 바람에 전사는 다시 그녀를 돌아보았다.

"뭐?"

그러자 실바누스는 가라앉은 목소리로 계속했다.

"그때……, 그때 네가 기트얀키의 제안을 거절했을 때, 난 거기 앉아서 네가 죽는 걸 보고만 있을 수밖에 없었어. 난 차라리 네가 그 녀석에게 날 내주길 바랐어. 그렇게 네가 죽는 걸 속수 무책으로 지켜봐야 하는 고통이 어떤 건지 넌 상상도 할 수 없을 거야."

'이건 또 무슨 소리지?'

보로미어의 무릎이 가늘게 떨리기 시작했다.

실바누스가 다시 말했다.

"보로미어, 난 링메이든이야. 카자드에서 가장 위험한 원정만을 쫓아다니며 수시로 목숨을 걸어야 하는 게 내 운명이라고. 난 널 알아, 보로미어. 내 옆에 있으면, 넌 그럴 때마다 나 대신 그 위험을 짊어지려고 나서겠지. 그러다 보면……, 언젠가는 또다시 네가 죽는 모습을 내 눈으로 봐야 하는 날이 올 거야. 이번에야 소원이 있었지만, 다음엔? 난……, 난 그런 상상조차도 견뎌낼 수가 없었단 말이야."

보로미어는 비틀거리기 시작했다.

'아냐. 이게 아니었는데…….'

실바누스는 괴로운 듯 눈을 감으며 말했다.

"널 만난 이후로 난 네가 날 좋아하도록 내버려뒀어. 링메이든으로선 욕심을 내선 안 되는 사치를 누려보려고 했던 거지. 하지만 너의 죽음을 보고 나서 난 더 이상 내 욕심대로만 해서는 안 된다는 걸 깨달았어. 어떻게든 널 내게서 멀리 보내야 했고, 그래서 말없이 드루이드 신전으로 사라졌던 거야. 네가 날 영원히 찾을 수 없도록 말야. 하지만……, 하지만 신전으로 찾아온 널 다시 보자……, 미안해, 보로미어. 내가 끝까지 네 보호자가 되길 거부했더라면 닉스도, 메디나도……, 그리고 너도……."

실바누스는 더 이상 말을 잇지 못했다.

"왜……, 왜 진작 이런 얘길 하지 않았어? 난……, 난……."

보로미어가 더듬거리며 묻자 실바누스가 서글픈 미소를 지으며 말했다.

"바보. 이 얘길 했으면 넌 더 떠나려 하지 않았을 것 아냐. 이젠 더 이상 감출 이유가 없으니 하는 얘기지만."

"난……, 난, 실바누스……."

보로미어가 다시 입을 여는 순간 실바누스가 갑자기 고통스런 비명을 내지르며 허리를 꺾었다.

"실바누스! 왜 그래?"

놀란 보로미어가 다가서며 외치자 드루이드는 이를 악물고 말했다.

"놀랄 것 없어. 드디어 아몬의 마법 공격이 시작된 것뿐이야."

"어떻게 해야 돼? 뭘 어떻게 하면 되는 거지?"

전사가 휘청거리는 그녀를 부축하면서 물었으나 실바누스는 대답 대신 희미한 미소만 지어 보일 뿐이었다.

"제기랄! 안 돼! 지금 와서……, 지금 와서 이럴 순 없어! 방법이, 뭔가 방법이 있을 것 아냐!"

전사는 상처 입은 짐승처럼 울부짖으며 아몬이 서 있던 쪽을 노려보았으나 생추어리를 둘러싼 광란의 무리들만이 시야를 가로막을 뿐이었다.

자잘하게 금이 간 유리문에 다다른 욱은 M16을 옆에 내려놓고 다이너마이트, 아니 플레어를 뽑아들었다. 유리 사이의 강화 필름도 필름은 필름이다. 그렇다면 충격엔 강할지 몰라도 열에는 약할 것이다.

막대 끝의 도화선 줄을 당기자 눈부신 불기둥이 뿜어져나왔다. 욱은 권총을 든 손으로 눈을 반쯤 가리고 플레어를 유리문에 갖다 댔다. 그러자 예상했던 대로 너덜거리던 부분들이 스멀스멀 녹아 내리기 시작했다. 플레어는 마치 산소 용접기가 철판을 절단하듯 천천히, 그러나 확실하게 강화 유리를 잘라갔다.

플레어의 불꽃이 흔들거리자 욱은 그것을 옆으로 던지고 다시 M16을 집어들었다. 야구 방망이를 잡듯 총신을 거머쥔 형사는 힘을 다해 개머리판으로 유리문을 내리쳤다. 처음엔 유리 조각들만 튀었으나 두어 번 더 내리치자 '우쩍' 하는 소리와 함께 사람 하나 들어갈 정도의 틈이 벌어졌다.

욱이 회심의 미소를 짓는 것과 동시에 계단 아래쪽에서 요란한 발소리가 들려왔다. 셋이 아니라 예닐곱은 되는 것 같았다.

"쓰벌!"

낮게 욕설을 내뱉은 그는 지체 없이 유리문의 틈을 향해 몸을 날렸다. 문을 통과하면서 약간의 찰과상을 입기는 했으나 형사는 비교적 안전하게 문 안쪽 복도로 진입하는 데 성공했다.

"왼쪽 두 번째, 왼쪽⋯⋯."

입 속으로 쉬지 않고 중얼거리며 왼쪽으로 달려간 욱은 문제의 두 번째 방이 잠겨 있는 것을 발견하고는 뒤로 두어 걸음 물러섰다.

"으아압!"

기합을 넣으며 오른쪽 어깨로 문을 들이받았으나 문은 꿈쩍도 하지 않았다. 화끈거리는 어깨를 문지르며 다시 물러서는 순간, 놈들 중 하나가 유리문의 틈을 비집고 몸을 들이미는 것이 보였다.

"젠장!"

더 이상 꾸물거릴 여유가 없었다.

탕, 탕, 탕!

욱은 문 손잡이를 겨눠 방아쇠를 당긴 다음 발로 힘껏 문을 걸어찼다. 요란한 소리와 함께 방문이 열리자 세 명의 남자가 유리창 쪽에 바짝 붙어 파랗게 떨고 있는 것이 보였다.

"다, 당신 누구야!"

뿔테 안경을 쓴 남자가 떨리는 목소리로 소리치자 욱은 재빨리 다가가며 M16의 총구를 그의 가슴에 겨눴다.

"잔말 말고 손이나 올려!"

세 남자의 손이 동시에 하늘로 올라갔다.

"누군진 몰라도 당신 큰 잘못을 하고 있는 거야. 여기가 어딘 줄이나 알아?"

조금 침착함을 되찾은 뿔테 안경이 소리를 질렀다.

"시끄러워, 이 자식아! 엎드리기나 해!"

욱이 으르렁대는 순간, 갑자기 뒤에서 요란한 굉음이 터지며 사내들 뒤의 유리창이 일순간에 박살이 났다. 반사적으로 바닥에 엎드린 네 사람 위로 빗발치듯 총알이 날았다.

다다다다……, 다다다다…….

'자동 화기?'

책상 뒤에 몸을 숨기고 있던 욱은 정신이 아뜩해지는 것을 느꼈다.

'자동 화기라니! 도대체 이 자식들은 뭐야?'

"쏘지 마! 이 병신들아! 여기 실장님 계신단 말야!"

와이셔츠를 입은 남자 중 하나가 소리치자 순식간에 총성이 멎었다. 그제야 정신을 차린 욱은 M16을 한켠에 버린 다음 옆에 엎드려 있던 뿔테 안경의 머리에 권총을 들이댔다.

"모두 총 버리라고 해! 어서!"

욱이 악을 써대자 뿔테 안경은 겁에 질린 목소리로 소리쳤다.

"나, 실장이다! 초, 총 버려! 모두 총 버리라고!"

그러나 문 쪽에서는 총을 버리는 것 비슷한 소리조차 들리지 않았다. 책상 위로 빠끔 고개를 내밀던 욱은 마침 조심스레 문을 들어서고 있던 한 녀석과 눈이 마주쳤다. 망설일 틈도 없이 권총으로 대충 한 방 갈기자 녀석은 기겁을 하고 다시 문 밖으로 사라졌다.

"한 녀석이라도 가까이 오는 기미가 보이면 여기 있는 녀석들 머리는 다 날아갈 줄 알아!"

욱이 소리를 지르자 문 밖에서 굵직한 목소리가 날아왔다.

"넌 포위됐다. 순순히 항복을 하는 게 좋을 거다. 지금 항복하면 법에 따라 처리해 줄 걸 약속한다."

'개새끼들, 서울 시내 한복판에서 자동 소총을 쏘아대는 주제

에 법 좋아하시네. 정말 법이 뭔지를 보여주마.'

"시끄러워! 난 이 건물 전체를 날려버릴 수 있는 다이너마이트를 몸에 두르고 있어! 서툰 짓 하면, 모두 함께 가는 거야!"

목청껏 소리를 지른 욱은 주머니에서 핸드폰을 꺼내어 단축키를 눌렀다.

"이, 이봐. 이러지 말고, 우리 말로 하자고. 원하는 게 뭐지? 돈인가?'

엎어져 있던 뿔테 안경이 달래듯 말하자 욱은 대답 대신 권총 손잡이로 녀석의 뒤통수를 후려갈겼다.

"입 닥쳐, 이 새끼야!"

"으으윽!"

방문을 주시하며 핸드폰을 귀에 대자 오 반장의 굵직한 목소리가 흘러나왔다.

"여보세요."

"접니다. 욱입니다."

"아, 그래. 증거물은 어찌 됐어?"

"증거물이고 나발이고, 빨리 오세요! 이러다 저 죽겠습니다."

"무슨 소리야?"

"지금 웬놈들이 제게 총을 쏘아대고 난립니다."

"뭐? 총?"

"네. 자동 화기도 있고, 정말 난리도 아니라고요."

"난 총소린 안 들리는데?"

'으이그, 이 고지식한 돼지 새끼야! 사람 좀 믿어라, 믿어!'

욱은 속으로 반장에게 욕을 해대며 천장을 향해 권총 두 발을

506

쏘았다.

탕, 탕!

그 다음 총 손잡이로 뿔테 안경의 뒤통수를 다시 후려갈기자, 그는 아까보다 훨씬 실감나는 비명을 지르며 고통스레 신음하기 시작했다.

욱은 잠시 핸드폰을 뿔테 안경의 옆에 댔다가 말했다.

"반장님, 들리시죠! 여기 사람도 많이 다쳤어요. 완전 생지옥이라고요. 인질도 셋이나 되요."

"그래도 영장 없이는……."

반장의 대답이 끝나기도 전에 욱은 고래고래 소리를 질렀다.

"바보같이! 현행범들에게 무슨 영장입니까, 영장이! 이러다 정말 저 죽는 거 보실래요!"

"그, 그렇지. 거기 어디냐!"

"동부서에서 자양로로 그대로 내려와서요……."

위치를 설명한 다음 전화를 끊자 뿔테 안경이 말했다.

"욱이라면, 혹시 당신이 장욱 경산가?"

욱이 깜짝 놀라 몸을 멈칫하자 그가 다시 말했다.

"정말 대단하군. 우리 아이들을 강원도로 따돌리고 막상 자신은 여기에 나타나다니."

"시끄러워, 너 또 맞을래?"

욱이 을러댔으나 뿔테 안경은 말을 멈추지 않았다.

"장 경사, 지금 당신은 큰 잘못을 하고 있는 거야. 우린 여기서 우리 나라의 장래가 걸린 중요한 일을 하고 있어. 당신이 어설프게 끼어들 일이 아니란 말이야."

"시끄럽다고 했지. 앞으로 한 마디 할 때마다 열 대씩 맞을 줄 알아!"

"장 경사, 당신이 왜 이러는지는 알아. 하지만 당신은 지금 큰 착각을 하고 있어. 아주 큰 실수를 하고 있는 거라고. 여기는……, 억!"

인정사정 보지 않고 뿔테의 주둥이를 후려갈긴 욱은 그의 머리칼을 거세게 부여잡으며 말했다.

"야, 이 개새끼야! 너 우리말 몰라? 조용히하라니까!"

"으으으……."

이번엔 욱의 메시지가 확실히 전달되었는지 뿔테는 더 이상 말을 하지 않았다. 그 순간 옆에 있던 와이셔츠 중 하나가 목쉰 소리로 욱에게 고함을 질렀다.

"나쁜 놈! 어서 그 총 버리지 못해?!"

사내를 돌아본 욱은 터질 듯한 긴장에도 불구하고 그만 짧은 웃음을 터뜨리고 말았다. 녀석은 어느새 바닥에 굴러다니고 있던 M16을 주워들어 욱을 겨누고 있었다.

"병신 새끼, 쏘려면 쏴라. 하지만 한번에 날 못 죽이면 다음은 네 차례야."

형사가 말을 마치기가 무섭게 와이셔츠는 눈을 질끈 감고 M16의 방아쇠를 당겼다.

틱!

둔탁한 플라스틱 소리에 놀라 눈을 뜬 사내는 욱이 섬뜩한 미소를 지으며 권총을 겨누자 손에 든 소총을 떨어뜨리며 사색이 되었다.

"사, 살려주십쇼."

"너 죽기 싫으면 이쪽으로 와. 그리고 너도."

욱은 두 와이셔츠를 뿔테의 양쪽에 엎드리게 한 다음, 세 남자의 다리 위에 올라앉았다.

"으으윽!"

보통이 넘는 욱의 체중이 오금에 실리자 사내들은 낮게 신음하기 시작했다. 그러나 욱은 아랑곳하지 않고 다시 명령했다.

"모두 두 손을 머리에 얹는다. 실시!"

고통에 몸을 비틀면서도 세 쌍의 손들이 잽싸게 움직였다.

"이제부터 조금이라도 입을 여는 새끼는 45구경짜리 똥침을 맞을 줄 알아라."

욱은 권총으로 그들의 엉덩이 사이를 쿡쿡 찔러가며 으름장을 놓은 다음, 원철의 번호를 저장해 놓은 두 번째 단축키를 눌렀다.

거친 숨을 씩씩거리며 어쩔 줄 몰라하던 보로미어는, 부축하고 있던 실바누스가 다시 비명을 올리며 몸을 뒤틀자 더 이상 참지 못하고 생추어리 밖으로 달려나가려고 했다. 그러나 실바누스는 그의 팔을 단단히 잡고 말했다.

"제발……, 그러지 마. 이미 끝난 일이야. 그냥 내 곁에 있어만 줘. 내 마지막 부탁이야."

"안 돼, 실바누스. 이럴 순 없어. 넌 지금 죽으면 안 돼. 난 그렇게 되도록 봐두지 않을 거야."

"바보. 우린 지금 아무것도 할 수 없어. 그러니 그냥 조금이라

도……, 조금이라도 더 너랑 같이 있게 해달란 말이야. 내가 텔레
포트하지 않고 이 생추어리를 만든 이유를 아직도 모르겠어?"

"이 씨……."

보로미어는 어깨를 축 늘어뜨리며 비틀거리는 실바누스를 부
축해 땅에 눕혔다.

실바누스가 말했다.

"보로미어, 내 힘으론 도저히 녀석의 사이오닉(Psionic) 공격을
막을 수 없어. 하지만 내가 죽더라도 네냐의 힘은 사라지지 않을
거고, 따라서 이 생추어리도 남아 있을 거야. 그러면……, 어쩌면
너에겐 마지막 희망이 남았을는지도……."

그녀는 갑자기 보로미어의 팔을 잡았다.

"그러니 너도 받아들일 건 받아들이고 메디나처럼 섣부른 행동
은 하지 말란 말이야. 어차피 누구도 죽음으로부터 자유롭진 않잖
아. 난 그냥 너와 함께했던 시간들로 만족해. 다만 네가 상급 서열
이 되는 것만은 꼭 보고 싶었는데……, 그게 조금 아쉬울
뿐……."

전사는 그제야 자신에게도 아직 못 다한 말이 남았음을 깨닫고
그녀에게 다가앉았다.

"실바누스, 내 말 좀 들어봐. 어제 내게 왜 드루이드 신전에 찾
아왔냐고 물었지? 그건 네게 꼭 해줄 말이 있어서였어. 난……,
난 널……."

"아악!"

보로미어의 말을 끊고 실바누스가 다시 몸을 뒤틀었다. 숨을 헐
떡이며 다시 고개를 든 그녀는 보로미어를 향해 희미한 미소를 지

어 보였고, 다음 순간 그녀의 몸은 휘황한 진홍색 빛을 내뿜더니 순식간에 전사의 시야에서 사라지고 말았다.

"……널 사랑한다고……."

전사는 멍청한 얼굴로 입술 사이에 걸렸던 말을 중얼거렸으나, 이미 그의 앞에는 그 말을 들어야 할 사람 대신 티란딜 가죽 갑피와 세 개의 반지만이 쓸쓸히 굴러다니고 있었다.

실바누스가 죽었다.

견딜 수 없이 고통스러워야 하는데 웬일인지 그렇지가 않았다.

실바누스가 죽었다.

화도 나지 않았고 저 아몬이란 녀석에게 복수를 하고 싶은 생각도 들지 않았다. 그녀가 되살아나지 않는 이상, 그런 것들은 아무런 의미가 없었다. 신탁이고 뭐고 다른 모든 것들도 마찬가지였다.

실바누스가 죽었다.

자신을 둘러싼 가이아의 모든 세상이 의미 없는 빈 공간일 뿐이었다.

쩔그렁!

손에 들고 있던 미스릴 블레이드가 힘없이 땅에 떨어졌다.

메마른 공허함이 전사의 내부를 메우는 순간, 갑자기 눈앞이 하얗게 변했다.

얼마가 지났을까, 순백의 광휘 속에 멍하니 앉아 있던 전사의 눈이 차츰 적응되면서 주위에 펼쳐진 광경이 보이기 시작했다. 생추어리 밖의 본 데블들이 자기들끼리 물고 뜯는 사투를 벌이며 무시무시한 속도로 사라지고 있었다.

초점 없는 눈으로 그 광경을 응시하던 보로미어는, 마지막 10여

마리가 남고서야 그들이 스스로의 그림자와 싸우고 있다는 것을 깨달았다. 마지막 본 데블이 자신의 그림자에 의해 갈기갈기 찢기고 나자 천지를 메웠던 광채는 서서히 사그라들더니 보로미어의 갑옷 속으로 사라졌다.

한동안 멍하니 앉아 있던 전사는 비틀거리며 자리에서 일어났다. 사방을 둘러보아도 산처럼 널린 본 데블들의 주검 외에는 아무것도 보이지 않았다. 앞을 돌아보았으나 아몬의 모습도 온데간데 사라지고 없었다.

서서히 정신을 차린 보로미어는 믿어지지 않는 듯 자신의 갑옷을 더듬었다.

"……그림자? 그럼……, 태, 태초의 빛?"

전사는 비로소 이해할 수 있었다.

자신도, 가롯도, 가이우스도, 그리고 실바누스마저도 모두 잘못 생각하고 있었다. 갑옷의 진정한 힘은 감정을 발산할 때가 아니라 거꾸로 모든 감정을 버릴 때 발동하는 것이었다. 돌이켜보자 그림자 동굴에서도, 그리고 스톤헨지에서도, 모두 자신이 정신을 잃었을 때 그 힘이 나타났다.

"이런, 빌어먹을! 빌어먹을!"

보로미어는 갑옷을 쥐어뜯으며 오열하기 시작했다.

'조금만, 조금만 더 일찍 깨달았더라면……'

"실바누스!"

목이 터져라 드루이드의 이름을 외쳐대던 전사는 문득 발치에서 구르고 있는 실바누스의 반지들이 눈에 들어오자 떨리는 손으로 그것을 주워들었다.

신척이라던 노란 반지.

드루이드의 블루 서클이라던 파란 반지.

그리고 붉게 타오르는 링메이든의 네냐…….

그것이 실바누스가 남기고 간 전부였다.

세 개의 반지를 힘껏 움켜쥔 보로미어는 다시 미스릴 블레이드를 주워들었다.

어쩌면 실바누스가 했던 것처럼 자신도 그녀를 되살릴 수 있을지 모른다. 어렴풋한 기억에 신전에 예물을 바치는 것 외에도, 신들을 위해 공을 세워 소원을 얻을 수도 있다고 들은 것 같다.

로키의 계시를 따라 신탁을 얻으면 소원을 얻을 수 있을지도 모른다. 아니, 그게 아니더라도 어쩌면 저 신전 안에 소원을 살 수 있을 정도의 보물이 있을지도 몰랐다.

전사는 눈앞에 보이는 황금 지붕의 건물을 향해 전속력으로 돌진하기 시작했다. 아몬을 마지막으로 더 이상 보로미어의 앞을 가로막는 괴물은 없었다. 순식간에 신전 앞에 다다른 보로미어는 조금의 망설임도 없이 입구로 향하는 계단을 뛰어올랐다. 입구의 거대한 돌기둥 사이를 지나 수많은 신들의 부조로 장식된 긴 회랑을 통과하자, 널찍한 둥근 방이 나왔다.

방 입구에서 사방을 두리번거리던 전사는 한쪽에 시커먼 석상이 놓여 있는 것을 발견하고는 반사적으로 미스릴 블레이드를 치켜들었다. 저러다가 갑자기 골렘으로 돌변하는 놈들도 있었기 때문이다. 그러나 한동안 지켜보아도 그것이 움직이지 않자 보로미어는 조심스런 걸음으로 그 석상을 향해 전진했다.

가까이 다가가서 보니 그것은 석상이 아니라 무릎을 꿇고 앉은

사람이었다. 그것도 안면까지 가린 티란딜 투구를 눌러쓰고 붉은
색 갑판 갑옷을 입은 것이 보로미어와 같은 전사임에 분명했다. 그
가 워낙 움직임 없이 앉아 있었기 때문에 석상으로 착각한 것이다.

잠시 그를 살펴보던 보로미어는 그가 드루이드 신전에서의 실
바누스처럼 잠을 자고 있다는 것을 깨달았다.

'혹시 이 사람이 제우스?'

그렇다면 이 신전도 드루이드 신전처럼 안전 지대인 모양이었
다. 그리고 그가 지금 여기에 있다는 것은 신탁도 아직 이곳에 남
아 있다는 것을 뜻했다. 다시 주위를 둘러보던 보로미어는 제우스
의 앞쪽 바닥에 금으로 만든 장방형 액판이 박혀 있는 것을 발견
했다.

액판의 글씨가 공용어로 되어 있었기 때문에 보로미어도 쉽게
그 내용을 읽을 수 있었다.

　　신들의 뜻을 찾아온 자들이여,

　　너희들의 긴 여정은 드디어 끝에 가까웠도다.

　　약속의 땅으로 향하는 길이 멀지 않을지니.

　　그러나 그 길을 열기 위한 마지막 과제가 남아 있으니,

　　그것은 구름의 신 티어의 영원한 네메시스이며, 모든 종족의 적
인 마왕 벨리알의 아바타를 죽이는 것이다.

　　이곳 신전의 서남쪽, 아이언 힐의 중턱에서 그의 성채가 너희를
기다린다.

　　벨리알의 아바타가 카자드에서 사라지는 날, 약속의 땅으로 향
하는 길은 스스로 너희를 반길 것이다.

514

고개를 들어 앞을 보라. 거기에 너희의 적인 벨리알의 모습이 있다.

보라. 기억하라. 증오하라.

그리고 티어의 이름으로 놈을 처단하라.

글에 적힌 대로 고개를 들려던 보로미어는 액판 앞쪽 바닥에서 녹색 빛을 발하고 있는 작은 물건에 먼저 눈이 갔다. 왠지 낯설지 않은 느낌에 끌린 전사는 가슴을 두근거리며 그것을 주워들었다.

그것은 가이아의 모든 녹음과 같은 짙은 녹색으로 아롱진 반지였다.

조심스레 반지를 살펴보던 전사는 그것이 다름 아닌 드루이드 서클임을 깨닫고 소스라치게 놀랐다.

'설마 이게……, 실바누스의 그린 서클? 하지만 도대체 이게 왜 여기에…….'

갑자기 온몸을 휘감아 오는 불길한 예감을 억누르며 전사는 천천히 고개를 들어 정면의 신전 벽을 바라보았다.

벽에는 바닥에서 천장까지 이어진 커다란 부조가 새겨져 있었다. 흉측한 뿔과 송곳니가 난 마왕의 모습을 기대했던 보로미어는 그 부조를 보는 순간 그대로 그 자리에 얼어붙어 버렸다.

그곳에는 희고 붉은 두 송이의 장미를 손에 든 괴상한 노인의 얼굴이 새겨져 있었다. 반쯤 벗겨진 대머리에 주름진 이마, 차가운 두 눈 밑으로 이어지는 살찐 두 볼, 그리고 입고 있는 옷은…….

'흰색 와이셔츠와 줄무늬 넥타이……?'

"저건 송경호 의원이잖아!"

보로미어, 아니 팔란티어의 환상이 깨지는 순간 보로미어를 누르고 고개를 든 원철의 의식이 부르짖었다.

멍하니 부조를 올려다보던 원철은 즉각 접속을 해제했다.

삐이이잉!

날카로운 로그 오프의 어지러움이 지나가자 원철은 서둘러 멀티 세트를 벗고 자리에서 일어났다.

"혜란 씨! 이게 어떻게 된 일이죠?"

골방에서 나오며 원철이 소리를 질렀으나 마루에는 혜란의 컴퓨터와 멀티 세트만이 덩그러니 놓여 있을 뿐 그녀의 모습은 보이지 않았다.

"혜란 씨! 혜란 씨!"

그녀의 이름을 부르며 침실로 향하던 원철은 탁자 위에 놓여 있던 핸드폰이 요란하게 울리기 시작하자 일단 그것을 집어들었다.

"어떻게 됐니?"

다짜고짜 물어오는 목소리는 욱이었다.

"그게……, 신전까지는 갔는데……."

"증거를 잡은 거야, 만 거야?"

"잡은 것 같기도 한데……."

"같기도 한데가 뭐야? 도대체 거기 뭐가 있던 거야?"

"그러니까 거기 신전 벽에 송 의원의 얼굴이 그려져 있었어."

"뭐?"

형사는 비명에 가까운 소리를 질렀다.

"인마, 그게 무슨 소리야?"

516

"말한 대로라니까! 신전의 벽에 송 의원의 얼굴이 그려져 있었다니까!"

원철이 마주 목소리를 높이자 욱은 잠시 뭔가를 생각하고 난 후 말했다.

"좋아. 네가 그거 갈무리한 것 좀 이리로 가져다줘야겠다."

"내가?"

"지금 난 움직일 수가 없어. 네가 그 파일을 우리 반장에게 직접 전해 줘야 해."

"왜?"

"시끄러워, 이 자식아. 나 죽는 꼴 보기 싫으면 그냥 시키는 대로 해줘! 어려운 일도 아니잖아!"

욱이 죽어라 악을 쓰는 바람에 원철은 잠시 고막이 찢어지지 않았나 했다.

"아, 알았어. 거기가 어딘데?"

형사는 한경 상사의 위치를 간략히 설명한 다음 덧붙였다.

"여기 오면 아마 경찰이 쫙 깔려 있을 거야. 무조건 오환장, 아니 오환철 경감을 찾아서 그 파일을 전해 줘야 해."

"그러기만 하면 돼?"

"그래. 그리고 서둘러. 지금 내 목숨이 달랑달랑한단 말야."

전화를 끊은 원철은 욱의 마지막 말에 실린 절박함에 저도 모르게 흥분하기 시작했다. 아무래도 녀석의 평소 뻥과는 달랐다.

"혜란 씨!"

쉰 목소리로 다시 혜란의 이름을 부르던 원철은 한 가지 생각이 떠올라 다시 골방으로 뛰어들어 갔다. 감시 장비의 스위치를 올리고 스크린을 연결하자 이내 아홉 개의 화면이 스크린에 떠올랐다. 그러나 어디에도 혜란의 모습은 보이지 않았다.

"빌어먹을!"

원철은 어쩔 줄 모르고 발을 구르다가 일단 자신의 컴퓨터를 집어들었다.

"혜란 씨! 혜란 씨!"

방에서 나오며 두어 번 더 그녀를 불러본 원철은 더 이상 지체할 수가 없어 대문을 박차고 달려나갔다.

원철과 통화를 마친 욱은 초조한 심정으로 창 밖을 돌아보았다. 아무리 버스에 시동을 걸어놓고 있었다고는 해도, 여기까지 최소한 10분 정도는 걸릴 것이다.

'10분……'

욱은 아랫입술을 깨물었다. 문 밖의 저 무지막지한 놈들이 10분 동안 자신을 곱게 내버려둘까? 물론 자신에게 무슨 일이 생긴다 하더라도 증거는 원철에 의해 반장에게 전달될 것이다.

'그나저나 송 의원의 얼굴이 신전의 벽에 그려져 있다니, 이건 또 웬 뚱딴지 같은 소리지.'

얼굴을 찌푸렸던 욱은 복잡한 생각을 털어버리려는 듯 고개를 저었다.

그게 무슨 의미든 상관은 없었다. 어쨌거나 팔란티어와 송 의원의 죽음 사이에 뭔가 관련이 있다는 것은 증명된 셈이니, 그 다음은 영장을 받아 정식 수사를 하면 되는 것이다. 지금 중요한 것은 반장이 도착할 때까지 자신의 목숨을 부지하는 일이었다.

"장 경사, 지금이라도 늦지 않았어."

두 손을 머리에 얹은 채로 뿔테 안경이 말했다.

"너 정말 죽을래? 시끄럽다고 했잖아."

욱이 녀석의 옆구리를 쥐어박으며 소리를 질렀으나 뿔테는 멈추지 않았다.

"아까 증거 어쩌고 하던데, 혹시 신전 벽에 그려진 송 의원 그림 얘긴가?"

욱은 깜짝 놀라 입을 벌렸다.

그러자 뿔테는 짧은 너털웃음을 터뜨리더니 말했다.

"장 경사, 정말 대단하군. 그럼 게임 속의 그 녀석들과 자네가 결국 한패였단 말이지? 이거 정말 놀랐는걸?"

욱은 아무 대답도 하지 않았다. 이 자식들은 지금까지 자신과 원철의 관계에 대해서 모르고 있었다. 그렇다면 어제 원철이 녀석을 끌고 도망친 것은, 녀석을 구한 게 아니라 거꾸로 위험 속으로 끌어넣은 셈이 된다. 빌어먹을!

뿔테가 다시 말했다.

"하지만 장 경사, 우린 송 의원의 죽음과는 아무 관련이 없는 사람들이야. 그리고 자네가 아무리 그 온라인 게임 안의 그림을 증거라고 들이밀어도 수사는 진행되지 않아. 무슨 말인지 알아? 이미 저 윗선에서 그러지 않도록 되어 있단 말이야."

"……!"

"그러니까 자네나 자네 친구들은 지금 완전히 헛수고를 하고 있는 걸세. 더 이상 일이 커지기 전에 어서 그만둬. 아까도 말했지만 여긴 나라의 장래가 걸린 중요한 일을 하는 곳이야. 그래, 모르고 한 일이니까, 지금이라도 그 총을 버리고 투항하면 절대로 개인적인 피해는 가지 않도록 내가 보장하겠네. 절대로 자네에게 피해가 가지 않도록 해준다고."

사내의 말에 잠시 입을 다물었던 욱이 갑자기 정중해진 말투로 물었다.

"저기, 실장님, 그런데……."

"말해 보게."

욱은 말하는 대신 주먹을 들어올렸다.

"그런데! 넌! 언제 봤다고! 나한테! 반말을! 하십니까!"

한 마디씩 내뱉을 때마다 욱은 뿔테의 꼬리뼈를 사정없이 후려갈겼다.

"아으으윽!"

녀석의 비명이 방 안에 울려퍼졌다.

"그러게 주둥이 닥치고 있으라고 했잖아!"

사납게 으르렁대면서도 욱의 눈은 방문 쪽을 불안스레 주시하고 있었다.

"아저씨, 빨리요. 돈은 달라는 대로 드릴게요. 지금 사람 목숨이 달렸다니까요."

"아따! 지금 있는 대로 밟고 있잖어!"

계속되는 원철의 재촉에 택시 기사도 참지 못하고 소리를 질렀다.

"지금 벌써 120이야! 이 좁은 길에서 뭘 어떻게 더 밟으란 말이야!"

찔끔한 원철은 입을 다물 수밖에 없었다. 사실 창 밖의 풍경은 원철이 보기에도 섬뜩할 정도의 속도로 스쳐가고 있었다. 원철은 급한 마음을 달래며 몸을 뒤로 기댔다.

'그래, 제 몸 하나는 잘 간수하는 녀석이니까 별일은 없을 거야. 헌데 팔란티어 안에 송 의원의 초상화라니! 도대체 이게 어찌 된……'

원철은 순간적으로 깨닫는 것이 있었다.

그 그림 앞에 앉아 있던 전사는 분명 제우스, 즉 박현철의 캐릭터일 수밖에 없었다. 만약 제우스가 액판에 적힌 글귀를 읽고 벽의 부조를 보았다면 당연히 그의 머릿속에는 송 의원의 얼굴이 벨리알의 모습으로 각인되었을 것이다. 따라서 그런 제우스를 현실로 끌어내다면, 그는 송 의원을 보는 순간 그를 벨리알로 착각하고 달려들게 된다.

"이런 빌어먹을……."

원철은 저도 모르게 중얼거렸다. 결국 이 모든 사건은 계획된 살인이었던 것이다. 현실 세계엔 아무런 증거도 남지 않도록 아주 치밀하고 지능적으로 계획된 암살이었다. 그리고 지금 욱은 이런 짓을 저지른 녀석들과 '목숨을 달랑거리며' 맞서고 있었다.

다시 택시 기사를 재촉하려던 원철은 속도계의 바늘이 130을 넘은 것을 보고 반쯤 열었던 입을 닫았다. 그는 흥분을 가라앉히려고 서너 번 심호흡을 한 후 정신을 가다듬었다.

'도대체 어떤 놈들이기에 이렇게 기상 천외한 암살을 계획한 것일까? 그리고 왜 그런 일을 저지른 것일까? 또 저 그림은 어떻게 팔란티어 안에 들어가 있는 것이며, 놈들은 왜 하필 제우스를 제물로 고른 것일까?

누가? 왜? 어떻게……?

그러지 않으려고 해도 끝없는 의문들이 꼬리를 물며 떠올랐다.

그 와중에도 택시는 원철의 머릿속만큼이나 어지러이 밤길을
질주해 갔다.

여섯 개의 다리 위에 올라앉아 인상을 쓰고 있던 욱은 갑자기
밖이 소란스러워지자 창 밖을 내다보았다. 차창에 철망을 덮은 네
대의 버스가 빌딩 앞으로 들어오고 있었다.

"왔구나!"

욱은 환호성을 지르며 100여 명의 기동대 병력이 버스에서 쏟
아져 나오는 것을 지켜보았다. 그 선두에 오 반장의 비대한 체구
가 보였다.

"이젠 됐어."

욱이 중얼거리자 뿔테가 고개를 들며 말했다.

"장 경사, 지금이라도 늦지 않았……, 으윽!"

녀석의 뒤통수를 냅다 후려갈긴 욱은 아무리 기다려도 계단을
뛰어 올라오는 발걸음 소리가 들리지 않자 다시 불안해지기 시작
했다. 그때 요란스레 핸드폰이 울렸다.

"욱입니다."

"나 반장이다."

"안 들어오고 뭐하십니까!"

"인마, 들어가긴 뭘 들어가. 생난리가 났다더니 여기 유리창 몇
장 깨진 것 말고는 조용하기만 하잖아. 게다가 지금 이 회사 직원

으로 보이는 껄떡쇠들이 문을 막고 영장 없이는 한발짝도 못 들어
간다고 버티고 있어."

"어이, 쌍! 그냥 무시하고 들어와요! 지금!"

욱이 고함을 지르자 반장이 지지 않고 소리쳤다.

"'어이 쌍?' 이 씨벌눔이 지금! 인마, 난 이제 네놈 새끼가 하는
말은 한 마디도 믿질 못하겠다. 설령 이 썩어빠진 빌딩 안에 무슨
증거 나부랭이가 있다고 해도, 이런 식으로 들어가면 법정에서 채
택이 안 돼!"

"반장님, 증거는 곧 반장님 손에 전달이 될 거예요. 송 의원의
죽음이 이 회사 게임과 관련이 있다는 확실한 증거를 제 친구가
들고 오고 있다니까요! 그러니까 일단 들어오세요. 이러다간 저
정말 죽습니다!"

"관둬! 그 말도 네놈이 진짜로 죽고 나면 믿으마. 그리고 그 증
거란 게 내 손에 들어오기 전엔 난 한발짝도 움직이지 못하겠다.
네놈을 믿고 말고를 떠나서 법이 그렇게 되어 있어!"

"으아! 씨발!"

욱은 악을 쓰며 권총과 핸드폰을 바꿔쥐었다. 조용해서 못 들어
오겠다면 시끄럽게 만들어주면 된다. 그는 왼손에 든 핸드폰에서
고래고래 쏟아져 나오는 반장의 욕지거리를 무시하며, 오른손의
총으로 천장을 겨눴다.

이를 악물고 방아쇠를 당겼으나 요란한 총성 대신 가벼운 금속
음만이 방 안에 울려퍼졌다. 당황한 형사는 총을 살펴보고는 파랗
게 질렸다. 뒤로 밀린 슬라이드 옆으로 탄피 구멍이 커다랗게 입
을 벌리고 있었다.

'젠장! 그새 총알이 다 됐나?'

동시에 밑에 깔려 있던 세 남자가 거칠게 몸부림을 치는 바람에 욱은 잠시 중심을 잃었고, 두 와이셔츠는 그 틈을 놓치지 않고 그에게 엉겨들었다.

욱은 잠시 당황했으나 이내 정신을 차리고 주먹을 휘두르기 시작했다. 총알이 떨어진 권총과 온갖 욕설을 토해 내고 있는 핸드폰도 때로는 위력적인 무기가 될 수 있다는 것을 순식간에 증명해 보인 형사는 허겁지겁 바닥을 기어가고 있는 뿔테를 덮쳤다.

"사, 살려줘!"

욱의 체중에 눌린 뿔테가 비명을 지르자 서너 명의 양복들이 황급히 문 앞에 모습을 드러냈다.

"제기랄!"

욱은 왼팔을 뿔테의 목에 감으며 오른손으로 발목에 찬 대검을 뽑아들었다. 칼을 뿔테의 목에 갖다대자 달려오던 양복들이 정지 버튼이 눌린 비디오처럼 멈춰 섰다.

"모두 물러서!"

욱은 힘을 다해 소리를 지르며 뿔테를 일으켜 세웠다. 녀석은 조여드는 욱의 팔에 숨이 막히는 듯, 캑캑거리며 두 팔을 내저었다. 욱은 대검으로 뿔테의 목을 겨눈 채 벽 쪽으로 뒷걸음질쳤다.

"모두 총 버려!"

등을 벽에 붙인 욱이 다시 외쳤으나 양복들은 그럴 생각이 없는 듯했다.

"야, 다 총 버리라고 해!"

욱이 칼끝으로 목줄기를 지그시 찌르며 으르렁대자 뿔테가 허둥지둥 소리쳤다.

"모, 모두 총 버려!"

그러나 양복들은 전혀 그의 말에 따르려 하지 않았다. 오히려 맨 앞에 서 있던 양복이 한 걸음 다가서며 말했다.

"실장님, 말씀만 하십시오. 칼보다는 총알이 빠릅니다."

그러나 실장보다는 욱이 빨랐다.

"셋 셀 동안 저 녀석들이 총을 안 버리면 넌 죽어! 하나, 둘……."

실장이 입도 뻥긋하기 전에 욱이 먼저 소리를 질렀고, 욱이 셋을 세기 전에 양복들은 뒤로 물러났다. 그러나 그들은 여전히 총을 버리지 않았다.

욱은 자신과 그들의 사이에 팽팽하게 떠 있는 긴장을 헤치고 양복들을 노려보았다.

이제는 기 싸움이었다. 저들의 발을 묶어놓고 있는 것은 자신이 진짜로 칼을 사용할지 모른다는 두려움뿐이다. 물론 정말로 칼을 사용할 마음은 없었지만, 저 녀석들이 그것을 눈치채는 순간 모든 것은 끝장이다. 경찰이란 신분에 매인 자신과는 달리 저 녀석들은 조금도 망설임 없이 자신의 이마를 조준하여 방아쇠를 당길 놈들인 것이다.

'난 이 녀석을 죽일 거다. 죽이고 말 거다. 네놈들이 한 걸음만 더 나오면 난 이 녀석을 반드시 죽일 거다.'

욱이 쉬지 않고 속으로 중얼거리며 녀석들을 노려보자 놈들은 불편한 표정을 지으며 다시 한 걸음 뒤로 물러났다.

끼익!

갑자기 택시가 정지하는 바람에 원철은 정신을 차렸다.

"무슨 일이오?"

택시 기사가 창 밖으로 고개를 내밀며 묻자 앞을 가로막은 정복 경관이 다가오며 말했다.

"차를 돌리시오. 여기선 더 갈 수 없습니다."

앞을 바라본 원철은 이미 자신이 목적지에 도착했음을 깨닫고 황급히 차에서 내렸다.

"여봐! 차비 줘야지."

기사의 외침에 손에 잡히는 대로 지폐를 던져주고 앞으로 달려가려 하자, 또 다른 경관이 원철의 앞을 가로막았다.

"지금 이 지역은 출입 통제중입니다."

"난……, 난……."

원철은 욱이 말해 준 반장의 이름이 생각나지 않아 잠시 허둥대다가 간신히 그 세 글자를 기억해 냈다.

"오환철! 오환철 경감님을 만나러 왔어요!"

"무슨 일입니까?"

경관이 딱딱한 얼굴로 되물었다.

"전해 드릴 게 있어요! 중요한 물건이에요!"

경관은 비명을 지르듯 소리치는 원철을 잠시 노려보더니,

"여기서 기다리십시오."

하고는 사라졌다. 그가 서 있던 자리는 이내 다른 경관이 막아섰다.

초조하게 기다리던 원철은 정면의 건물을 올려다보았다. 불 켜진

3층 창문 중 하나가 완전히 박살이 나 있었고, 건물 주위엔 100여 명이 넘는 기동 대원들이 바글대고 있었다. 다행히 늦지는 않은 것 같았다.

그러나 잠시 후 원철은 뭔가 이상한 것을 눈치챘다. 건물 입구는 양복을 입은 일단의 사내들이 가로막고 있었고, 기동 대원들은 단지 건물을 둘러싸고만 있을 뿐이었다.

'왜들 이러지? 설마……'

'난 지금 움직일 수가 없어. 네가 직접 전해 줘.'

욱과의 마지막 통화를 기억해 낸 원철은 직감적으로 욱이 혼자서 그 빌딩 안에 있다는 것을 깨달았다.

'나쁜 자식! 또 날 속였어!'

발만 동동 구르며 기다리던 원철은 아까의 경관을 대동하고 다가오는 웬 잠바 차림의 거구를 보고 앞을 막아섰던 경관을 밀치며 달려갔다.

"오 경감님이세요?"

"그렇소만, 댁은 누구요?"

"전 장욱 경사 친굽니다. 그리고 여기……"

원철이 들고 있던 컴퓨터를 불쑥 내밀자 오 경감은 엉겁결에 그것을 받아들었다.

"이게 뭐요?"

"증거요. 팔란티어가 송 의원 사건의 원인임을 증명할 증거가 여기 담겨 있어요."

"팔란티어?"

"온라인 게임이오. 욱이가 말씀 안 드렸던가요?"

반장은 그제야 고개를 끄덕였다.

"아, 그 게임. 그런데 이거 정말 확실한 증거요?"

"그래요!"

원철이 언성을 높였으나 반장은 여전히 의심스런 표정을 지우지 않았다.

'빌어먹을 녀석, 평소에 얼마나 신뢰를 잃어놨으면! 이건 완전히 양치기 소년이 따로 없군.'

속으로 이를 갈던 원철은 더 이상 참지 못하고 소리쳤다.

"경감님! 지금 시간이 없어요. 지금 욱이는 저 안에 혼자 있는 거죠? 그런데 왜들 이렇게 서 있기만 하는 겁니까!"

그러자 반장은 송곳 같은 눈길로 원철을 잠시 응시하다가 핸드폰을 꺼내들었다.

"이봐. 나 반장이다. 지금 증거 확보했으니 일단 긴급 영장을 받아와."

전화를 끊은 반장은 컴퓨터를 부하에게 넘겨준 다음 원철을 돌아보았다.

"이보시오. 장 형사 친구라고 했지. 이름이……?"

"이원철입니다."

"그래, 이원철 씨. 난 지금 당신과 장욱이 말만 믿고 엄청난 도박을 벌이고 있어. 만약 지금 엉뚱한 장난을 치고 있는 거라면……."

"반장님! 증거는 확실해요. 제가 이 두 눈으로 똑똑히 봤어요."

"당신이 눈으로 봐?"

"네! 그리고 지금 이러고 있을 때가 아니라니까요. 이놈들이 어

528

떤 놈들인지 반장님이 몰라서 그래요. 욱이가 죽을지도 몰라요!"

원철이 다시 소리치자 반장이 말했다.

"이것 봐. 이원철 씨. 난 지금 일이 어떻게 돌아가는지도 모르겠고, 실제로 장욱이 그 자식이 저 건물 안에 있기나 한지도 모르겠어. 그리고 실제로 그렇다 하더라도 난 영장 없이 저 안에 들어가 지금까지의 수사를 물거품으로 만들 생각은 추호도 없단 말이야. 그러니 우린 기다리는 거야. 영장이 올 때까지, 알겠어?"

말없이 욱을 노려보던 양복 중 하나가 말했다.

"네가 장욱인가? 넌 어제 우리 동료 셋을 죽이고 하나를 병원으로 보냈어. 무슨 일이 있어도 우린 널 살려두지 않을 거야."

다른 한 녀석도 가세했다.

"그래. 여기서 언제까지 이러고 버틸 수 있다고 생각하는 거지? 저 밖에 깔린 경찰들이 이 안으로 들어올 거라고 생각해? 이미 윗선에서 움직이기 시작했어. 저치들은 곧 철수할 거야."

"윗선?"

얼떨떨해진 욱이 묻자 맨 앞의 양복이 말했다.

"그래, 이 친구야. 지금 자네가 여기서 이런다고 달라질 건 없어. 지금이라도 그 칼을 버리고 투항하는 게 스스로를 위하는 길이야."

"나, 나도 최선의 선처를 약속하지."

목에 감긴 욱의 팔뚝을 당기며 뿔테도 가까스로 말했다.

당황하던 욱의 눈에 양복들의 무릎이 조금씩 굽는 것이 보였다. 그제야 녀석들의 의도를 깨달은 욱은 뿔테의 목을 감은 팔에 다시 힘을 주며 창 쪽을 향해 옆으로 움직이기 시작했다.

놈들은 어떻게든 자신을 혼란시키려 하고 있었다. 면도날 같은 틈이라도 만들어 덮쳐보려는 것이다. 그러나 욱은 그런 틈을 보여 주고 싶은 생각이 조금도 없었다.

창을 등지고 선 형사는 양복들이 머뭇거리는 틈을 이용하여 창틀 위로 올라앉았다. 창에 남아 있던 깨진 유리가 귓가를 긁었으나 욱은 아픈 것도 느끼지 못했다. 그는 두 다리로 단단히 뺄테의 허리를 감고 소리쳤다.

"허튼 수작 마라! 내가 떨어지면 이 새끼도 같이 가는 거야."

욱이 위험스레 몸을 뒤로 젖히자 뺄테의 발이 서너 치 가량 바닥에서 떴다.

"으아아……."

"조, 조심해!"

양복들은 파랗게 질리며 허둥대다가 서너 발짝씩 뒤로 물러섰다. 욱은 그제야 몸을 바로하며 다시 소리를 질렀다.

"난 이미 죽을 각오를 했다니까! 그리고 아까 모두 총을 버리라고 했잖아!"

그러나 놈들은 총을 버리지 않았고 순간의 동요가 가라앉자 잘 훈련된 침착함으로 다시 다가오기 시작했다.

"반장님, 저기!"

옆에 있던 경관이 소리치는 바람에 반장과 원철은 동시에 건물을 올려다보았다. 유리가 깨진 3층 창문에 사람 그림자 하나가 위태롭게 걸려 있었다.

"저건 욱이에요!"

한눈에 알아본 원철이 소리를 지르자 반장은 옆에서 건네준 쌍안경으로 그 모습을 확인하며 낮은 신음을 토해 냈다.

"저 씨부럴노므 자슥! 저기서 칼을 들고 뭔 짓을 벌이고 있는 거야!"

"반장님! 어서요!"

원철이 옆에서 부르짖었으나 반장은 난감한 표정으로 중얼거렸다.

"아직 영장이……."

"그렇다고 이렇게 보고만 있을 순 없잖아요!"

원철의 애원에 뭔가를 고민하던 반장은 갑자기 고개를 번쩍 들며 벼락 같은 목소리로 외쳤다.

"야! 3중대 들어가!"

"하지만 영장은……."

옆에 있던 기동대 차림의 간부가 되묻자 반장은 그의 헬멧을 후려갈기며 악을 썼다.

"이 민두더지 같은 자식아! 저거 안 보여! 저 자식을 체포하란 말이야! 장욱이 저 새끼를 살인 미수 현행범으로 체포하란 말이야!"

원철은 수십 명의 기동 대원들이 일제히 건물 안으로 들어가는 것을 가슴 졸이며 지켜보았다. 굳건히 문 앞을 막고 섰던 양복들은 일단 진입이 시작되자 얌전히 옆으로 비켜섰다.

천 년 같은 시간이 흐른 다음 두 손을 머리에 얹은 욱이 기동대원들에게 둘러싸여 건물 정문을 나서는 모습이 보였다. 그는 원

철을 보자 긴장했던 얼굴을 풀며 특유의 능글맞은 웃음을 지어
보였다.

'개자식! 무사했구나!'

갑작스런 어지러움에 다리가 풀린 원철이 비틀거리자 옆에 있
던 경관 한 사람이 그를 부축했다.

"반장님!"

아까 헬멧을 얻어맞은 간부가 달려오며 소리쳤다.

"장 경사와 대치하던 놈들이 총기를 들고 있었습니다. 그것도
자동 화기입니다."

"모두 달아넣어! 저 문 앞에 있던 놈들도!"

명령에 따라 바삐 움직이는 경관들 사이로 버스에 오르는 욱의
모습이 보였다. 그와 다시 눈이 마주치자 원철도 희미한 미소를
지어 보였다.

제38장
25시

6월 19일 목요일 오전 2시 13분

시간은 벌써 새벽 2시를 넘어가고 있었지만, 원철은 말똥말똥한 눈으로 바삐 움직이는 사람들을 지켜보았다. 여기서 기다린 지벌써 30분이 지났건만 사무실 안쪽에서 다시 자신을 찾을 듯한 기미는 보이지 않았다.

한경 상사 앞에서의 난리통이 마무리되자 오 반장은 원철에게같이 합동 수사 본부로 동행해 줄 것을 요구했다. 원철은 잠시 망설였지만 이내 반장의 말에 따랐다. 어차피 '증거'의 의미를 설명할 수 있는 사람은 자신밖에 없었고, 졸지에 살인 미수범이 되어버린 욱의 향후 처리도 걱정이 되었기 때문이다.

수사반에 도착한 원철은 먼저 팔란티어의 갈무리 파일을 열어 신전 벽의 송 의원 그림을 반장을 비롯한 수사반원들에게 보여주었다. 그리고 '바로크'와 '벨라'의 뜻에 대해서도 설명해 주었다. 그러자 사람들은 낮은 탄성을 올리며 고개를 끄덕였으나 이내 어떻게 게임 속의 캐릭터가 현실에서 살인을 저지를 수 있는지에 대해 물어왔다. 원철은 그 동안 욱과 혜란에게서 주위들은 지식을 최대한 동원하여 욱의 가설을 설명했고, 덧붙여 송경호 의원의 살인은 그를 벨리알로 착각한 제우스에 의해 이루어졌을 것이라는 자신의 의견도 이야기했다. 대부분의 수사반원들이 하얀 백지장 같은 표정을 지었으나 오 반장만은 고개를 끄덕이며 엷은 미소를 지었다.

"됐어! 일단 그 게임 안에 저 그림이 있었다는 것만으로도 압수 수색 영장은 받을 수 있어."

손바닥으로 책상을 내리치며 소리를 지른 반장은 숨돌릴 틈도 없이 이것저것을 지시하기 시작했고, 원철은 잠시만 밖에서 기다려 달라는 부탁과 함께 복도의 장의자로 정중히 안내되었다.

기다리기에 지쳐 몸을 뒤틀던 원철은 복도 끝 자판기에서 커피 한 잔을 뽑았다. 커피를 홀짝이며 다시 의자로 돌아오던 그는 양손에 수갑을 찬 욱이 '취조실'이란 푯말이 붙은 방으로 들어가는 것을 보았다. 걱정이 되어 그를 따라간 원철은 문에 붙은 작은 창문으로 취조실 안을 들여다보고는 저도 모르게 웃음을 터뜨렸다.

문을 등지고 앉은 욱은 수갑 찬 두 손을 머리 뒤로 깍지 낀 채 두 다리를 책상 위에 올려놓고 있었다. 마주앉은 취조관은 욱의 이야기를 들으며 연신 웃음을 터뜨려댔고 욱도 뭔가를 계속 떠벌리며 몸을 흔들어대고 있었다. 이건 아무리 봐도 취조가 아니라 하릴없는 한량들의 농담 따먹기 분위기였다.

일단 욱에 대한 걱정을 접은 원철은 다시 장의자로 돌아와 도대체 송 의원의 얼굴이 어떻게 신전 벽에 그려져 있을 수 있는지에 대해 고민하기 시작했다. 반장의 말대로 영장을 받아 팔란티어를 수사하는 것은 단지 송 의원의 그림만으로도 충분하겠지만, 결국 수사의 초점은 누가 그 그림을 거기에 집어넣었느냐에 맞춰질 것이 분명했다. 누구의 소행이든 간에 그 그림을 거기에 넣어놓은 사람이 바로 사건의 배후일 것이기 때문이다.

그러나 프로그래머인 원철이 고민하는 것은 '누가'가 아니라 '어떻게'의 문제였다. 게임의 세이프티 가드를 고려한다면 일단 시스템이 가동된 다음에는 어떤 요소도 인위적인 '변형'이 불가능하다. 녀석들이 간단히 송 의원의 그림을 지워버리지 못하고 괴물들을 '추가'하여 길을 막으려 했다는 사실은, 바로 팔란티어 역시 그런 세이프티 가드의 보호 아래 있다는 증거였다.

그렇다면 송 의원의 그림은 애초에 온라인 게임을 디자인했을 때부터 들어가 있어야 했다. 어쩌면 이 팔란티어란 게임은 처음부터 송 의원을 노리고 만들어진 것인지도 모른다!

그러나 잠시 생각을 해본 원철은 고개를 저었다. 그건 너무 비능률적이었다. 단 한 사람을 죽이기 위해 엄청난 투자비가 들어가는 최첨단 가상 현실 게임을 만든다는 것은 어불성설이었다. 그리고 송 의원이 목적이었다면 사건 후 게임을 폐쇄해 버렸어야 했다. 신전에 사건과 게임을 연결해 줄 증거가 남아 있고 보로미어 일행이 그리로 향하고 있다는 것을 알면서도 게임을 계속 운영한다는 것은 말도 되지 않는 모순이었다.

그러면 송 의원 그림을 어떻게 그 안에 넣어놓았단 말인가.

고민하던 원철은 꼬여만 가는 생각들을 털어버렸다. 어차피 그 문제를 풀 책임은 이제 합동 수사반으로 넘어간 것이다. 자신이 고심할 문제가 아니었다.

'그나저나 혜란 씨는 도대체 어디로 사라진 것일까?'

생각을 돌리던 원철은 갑자기 몸을 굳혔다.

혜란, 실바누스…….

그린 서클.

'지금 내 그린 서클은 고대어 마법 하나를 묶어서 다른 곳에 쓰고 있어.'

프로그래머의 손에서 종이컵이 떨어지며 사방으로 커피가 튀었다.

방법이 있었다.

팔란티어라면, 일단 시스템이 구동된 후라도 게임 안의 내용을 바꿀 수 있는 방법이 한 가지 있기는 했다. 링메이든의 고대어 마법은 신전 벽의 부조 같은 고정 요소를 합법적으로 '변형'시킬 수 있는 것이다. 온라인 게임 프로그램 내부에서 적법하게 이루어지는 행동이므로 세이프티 가드와는 충돌을 일으키지 않는다.

'하지만 실바누스가 왜…….'

원철은 온몸을 떨면서도 세차게 머리를 저었다.

'아니야. 그럴 리가 없어…….'

그러나 원철의 이성은 이미 고개를 끄덕이고 있었다. 달리 신전 벽의 송 의원과 그 앞에 구르고 있던 실바누스의 드루이드 링을 설명할 방법이 없었다.

실바누스가 고대어 마법으로 벨리알의 부조를 송 의원으로 바꿔놓는다. 그리고 그것을 본 제우스는 송 의원을 벨리알로 인식하고 현실로 뛰쳐나와 송 의원을 살해한다.

처음부터 송 의원의 그림을 넣은 온라인 게임을 디자인한다는 것보다 훨씬 무리가 없는 설명이었다. 아니, 좀더 정확히 말하자면 아무런 무리가 없었다.

'아냐! 그럴 리가 없어!'

부들거리던 원철은 자리를 박차고 일어섰다. 혜란을 찾아야 했다. 분명히 뭔가 납득할 수 있는 해명이 있을 것이다. 그녀가 이런 끔찍한 일에 관련되어 있을 리가 없었다.

그 순간 복도 맞은편 엘리베이터의 문이 열리며 7, 8명의 남자들이 우르르 몰려나왔다. 맨 앞에 선 나이 지긋한 경찰 정복의 얼굴은 차갑게 굳어 있었고, 그 뒤를 따르는 사복 차림의 남자들에게는 초조한 기색이 역력했다. 그들은 황급히 원철의 앞을 지나 수사반 사무실로 들어갔다.

엘리베이터를 놓치지 않으려고 서둘던 원철은 그 남자들의 복장이 모두 통일된 감색 정장이라는 것과 그것이 아까 한경 상사 건물의 입구를 막아섰던 양복들의 차림과 같다는 것을 깨닫고 퍼뜩 몸을 돌렸다.

조심스레 다가가 사무실 문을 들여다보자 경찰 정복이 오 반장에게 뭐라고 이야기하는 것이 보였다. 다른 수사반원들이 모두 엉거주춤한 자세로 바라보는 가운데, 갑자기 오 반장이 얼굴을 붉히며 소리쳤다.

"무슨 소립니까! 그럴 수는 없습니다!"

그러나 반장보다 고위 간부임에 분명한 정복은 고개를 젓더니 반장을 데리고 반장실 안으로 들어갔다.

원철은 어서 혜란을 찾아야 한다고 생각을 하면서도 알 수 없는 불안감에 좀처럼 자리를 뜰 수 없었다.

3분 정도 지났을까, 정복을 따라 반장실에서 나온 오 경감이 똥 씹은 표정으로 뭔가를 지시했다. 그러자 수사반원 중 한 사람이 양복 두 명과 함께 원철의 앞을 지나 욱이 노가리를 풀고 있던 취조실로 향했다.

무슨 일인가 하여 그들 뒤를 따르려는데 갑자기 두꺼운 손이 원철의 어깨 위에 얹혀졌다. 돌아보자 오 반장이 굳은 얼굴로 자신을 바라보고 있었다.

"왜 그러세요?"

원철이 묻자 반장은 대답 대신 고개를 돌렸다.

"이원철 씨죠?"

반장 옆에 서 있던 양복이 한 걸음 다가서며 물었다. 원철은 그의 눈이 매를 닮았다고 생각했다.

"그런데요. 무슨 일이죠?"

원철이 되묻자 매눈 사내는 무표정한 얼굴로 대답했다.

"잠시 나눌 얘기가 좀 있습니다."

원철이 머뭇거리며 대답을 하지 못하자 반장이 그의 어깨를 다독였다.

"괜찮아. 별 일 아니야. 내가 같이 있을 테니까 걱정할 것 없어."

그러자 사내는 불쾌한 눈으로 반장을 노려보았다.

"아직까지는 내 사건의 증인이야."

반장이 으르렁대듯 말하자 남자는 어쩔 수 없다는 듯 쓴웃음을 지으며 욱의 옆방을 손으로 가리켰다.

잠시 후 원철은 난생 처음으로 경찰 취조실에 앉아 매눈 사내와 반장의 얼굴을 번갈아 보고 있었다.

"도대체 무슨 일입니까?"

원철이 먼저 묻자 매눈은 못마땅한 표정으로 옆에 앉아 있는 반장을 쏘아본 다음 말했다.

"혹시 김혜란 박사를 아십니까?"

원철은 갑작스레 튀어나온 혜란의 이름에 당황했으나 이내 침착을 되찾았다.

"……네. 그런데요?"

매눈이 다시 물었다.

"혹시 오늘밤 같이 있었나요?"

"……그걸 왜 물으시죠?"

"묻는 말에만 대답하세요."

"……같이 있었어요."

원철의 답변에 반장은 긴 한숨을 내쉬었다.

"도대체 왜 그런 걸 묻는 겁니까?"

원철이 조금 언성을 높였으나 매눈은 듣지 못한 듯 다시 질문을 던졌다.

"마지막 보신 게 언제죠?"

"……밤 11시경이오. 같이 온라인 게임에 접속을 했는데 내가 게임을 끝냈을 땐 사라지고 없었어요."

"같이 계시던 곳이 혹시 구리시의 가양 아파트 맞습니까?"

"네. 맞아요. 그런데……, 도대체 이게 다 무슨 일이냐니까요!"

참다못한 원철이 소리치자 반장이 말했다.

"됐어, 원철 씨. 더 이상 얘기하지 마. 일단 변호사를 선임하는 게 좋을 것 같아."

"네? 변호사요?"

원철이 벌떡 일어서며 외치는 순간, 취조실 문이 열리며 또 한 명의 양복이 달려들어 왔다. 그는 손에 들었던 종이 한 장을 매눈에게 전해 주고는 귓속말로 뭐라고 속삭였다.

말을 마친 양복이 다시 사라지자 매눈은 불편한 기색이 역력한 얼굴로 전해 받은 종이를 읽어내려 갔다. 원철은 매눈의 얼굴이 차츰 일그러져가는 것을 지켜보다가 반장에게 물었다.

"반장님, 지금 왜들 이러시는 겁니까?"

그러나 반장은 대답 대신 매눈의 손에서 종이를 낚아챘다. 반장의 무례한 행동에도 불구하고 매눈은 곤혹스런 표정만 지을 뿐 화를 내지는 않았다.

한동안 종이에 적힌 내용을 노려보던 반장은 굳은 얼굴로 그것을 원철에게 내밀었다.

"이게 뭐죠?"

"자네가 직접 읽는 게 좋을 것 같네."

반장의 목소리는 먼 천둥 소리처럼 낮게 가라앉아 있었고 원철의 귀엔 자신의 심장 소리가 커다랗게 들려오기 시작했다. 그 종이에 담긴 것이 무엇이건 간에 읽고 싶지 않았다.

그러나 읽어야 했다.

종이를 받아들자 A4 용지에 빽빽히 프린트된 글자들이 보였다.
이메일을 프린트한 것이었다.

제목: 관계자 여러분께

날짜: Wed, 18 Jun 2011 23:43:18 +0900

발신: Helena Kim 'helena93@hotmail.com'

수신: chief@npa.go.kr

참조: president@cwd.go.kr, webmaster@nis.go.kr, damas-
ter@sppo. go.kr, webmaster@assembly.go.kr

연일 수고하고 계시는 수사 관계자 여러분 및 해낭 관청의 기관
장님들께 이 편지를 씁니다.

본인은 국립 과학 수사 연구소에 객원 연구원으로 있는 김혜란
이라고 합니다. 갑자기 이렇게 편지를 드리는 이유는 지난 5월 11일
에 있었던 국회 의원 송경호 씨의 살인 사건에 대한 진상을 밝히기
위해서입니다.

어디서부터 시작을 해야 할지 모르겠지만, 결론부터 말씀드리
자면 이 모든 비극은 제 책임입니다.

저는 미국에 있을 때부터 가상 현실을 통해 인간의 무의식을 가
시화하는 방법에 대한 연구를 해왔습니다. 제 연구가 기존 학계의
심한 반발에 부딪혀 답보 상태에 있을 때 다행히 모국에서 초청장
이 날아왔고, 저는 과학 수사 연구소의 객원 연구원 신분으로나마
연구를 계속할 수 있었습니다.

그러나 여기에서도 반발은 적지 않았습니다. 연구소 내에서 제 연구에 관심을 가지는 사람은 극소수였고, 대부분은 절 선정적인 주제로 학계의 스타가 되어보려는 속물 정도로만 여길 뿐이었습니다. 결국 전 사람들의 인식을 바꿔보기 위해 작은 실험을 하나 계획하게 되었습니다.

실험 디자인은 간단했습니다. 가상 현실을 통해서 인간의 무의식에 접근할 수 있다는 것만 증명하면 되었으니까요. 가상 현실 시스템으로는 제가 귀국한 이후 애용하고 있던 팔란티어란 온라인 게임을 이용하기로 했습니다. 팔란티어는 비록 게임이긴 하지만 지금까지 제가 본 것 중 가장 완벽한 가상 현실을 제공하는 시스템입니다. 너무도 완벽하기 때문에 이제는 제 연구의 필수 불가결한 도구가 되어버린 게임이고, 또한 연구소 동료들의 냉대를 참아가며 저를 계속 이 나라에 머물게 한 이유이기도 합니다.

저는 그 팔란티어 안에서 게이머들이 하는 행동이 그들의 무의식적 충동과 일치한다는 것을 사람들에게 보여주려고 했습니다. 지극히 간단한 실험이었고 그 실험이 그대로만 진행되었더라면 아마도 이번 사건은 일어나지 않았을 겁니다. 하지만 실험은 결국 이루어지지 않았습니다.

왜냐하면 범죄 심리학과 과장인 송일호 박사가 제 실험 계획을 검토조차 하지 않고 거부해 버렸기 때문입니다. 참고로 송일호 박사는 제가 연구소에 도착한 순간부터 한시도 쉬지 않고 제 연구를 비난하고 격하하는 것은 물론, 인격적 모독도 서슴지 않았던 사람입니다. 당연히 그에 대한 제 평소 감정은 좋은 편이 아니었고 그가 제 실험과 연구를 '애들 장난'이라 부르며 거부하는 순간, 전

복수를 생각할 수밖에 없었습니다.

그 대상은 송 박사의 형인 송경호 의원으로 정했습니다. 송일호 박사가 20년이나 묵은 낡은 지식을 가지고도 계속 과장 자리를 유지하고 있는 이유가 바로 그 형인 송경호 의원의 후광 때문임은 알 만한 사람이면 누구나 아는 사실이니까요.

변명 같지만, 소위 그 '복수'라는 것을 계획하고 실행에 옮기는 동안 전 그것이 조금도 위험한 일이라고 생각하지 않았고, 또 이런 엄청난 결과를 불러오리라고는 상상조차 해본 적이 없습니다. 사실 그것은 복수라기보다는 제 이론을 조금 화려하게 증명하여 송일호 박사의 콧대를 꺾어주려는 조금 심한 장난에 불과했으니까요.

전 팔란티어 안에서 전사로 이름을 날리고 있던 한 플레이어를 이용하기로 했습니다. 게임 안에서의 이름은 제우스, 그리고 나중에 알았지만 현실에서의 이름은 박현철이란 사람이었습니다.

게임 안에서 전 제우스를 티어의 신전이란 곳으로 유인했습니다. 그리고 게임 안에서 제게 허용된 마법을 사용하여 신전 벽의 마왕 부조를 송경호 의원의 그림으로 바꿔놓았습니다. 전 제우스에게 그 그림을 보게 한 후, 일요일이 되면 송 의원이 다니는 교회로 이동하여 눈을 뜨라고 최면을 걸었습니다. 최면을 발동시키는 신호로는 두 송이의 장미, 즉 각각 빨갛고 하얀 두 송이의 장미를 지정했습니다.

그리고 지난 5월 11일, 저는 약속된 장미 두 송이를 들고 송 의원이 다니는 교회 앞을 돌아다녔습니다. 제우스의 플레이어가 그 장미들을 보고 팔란티어 안에서 걸어놓은 최면에 빠지도록 말입니다. 최면을 통해 현실로 끌려나온 무의식이 정말로 가상 현실 속의 인격, 즉 전사 제우스라면 그 사람은 송 의원을 마왕 벨리알로 착각하고 공격할 것이고, 그렇게 되면 가상 현실을 통해 인간의 무의식을 관찰할 수 있다는 제 이론은 간단히 증명이 되는 것입니다.

그 다음의 일은 아시는 바와 같습니다.

이미 돌이킬 수 없는 일이 벌어졌고 이젠 때늦은 변명이 되겠지만, 그래도 여기서 당시의 제 의도를 명확히 말씀드리고 싶습니다. 전 제우스가 송 의원을 죽이리라고는 꿈에도 생각하지 못했습니다. 팔란티어 안의 캐릭터가 현실에서 그렇게 무서운 힘을 보이리라고는 전혀 예상하지 못했고, 또 그 사람이 날이 선 진검까지 준비해 오리라고는 정말 상상조차 하지 못했습니다.

전 그냥 그 사람이 송 의원의 따귀나 몇 대 때려 망신주길 기대했던 것뿐입니다. 국회 의원을 폭행한 사건이니 당연히 사람들의 주목을 받을 테고, 그러면 저는 나중에 슬쩍 나서서 그 사람의 법적 무책임과 함께 제 이론을 증명할 생각이었습니다. 물론 제가 계획한 일이라는 것은 묻어둔 채 말입니다.

그러나 어찌된 일인지 제 장난스런 복수는 진짜 피를 뿌리게 되었습니다. 제 감정과는 전혀 상관도 없는 선량한 사람들의 피를 말입니다. 지난 한 달 동안 전 많은 고민을 했습니다. 하지만 막상 모든 것을 밝히려고 해도 도무지 용기가 나지 않았습니다. 엉뚱한 사람들이 많은 고생을 치르고 있고, 결국 제가 나서서 책임을 져야 한다는 것을 알면서도 정말 용기가 나지 않았습니다.

그런데 우습게도 이 일에 대한 업보는 돌고 돌아 제가 사랑하는 사람에게로 돌아왔습니다. 이 일 때문에 제가 사랑하는 사람은 생명을 위협받는 상황에 처하게 되었고 그를 구하기 위해선 어떻게든 이 사건이 결말지어져야 했습니다. 인과 응보라고 해도 좋고, 어쩌면 신의 심판인지도 모르겠습니다.

매듭은 결국 묶은 사람이 풀어야 합니다. 그리고 전 이제야 그럴 수 있는 용기를 냈습니다. 지금까지 제가 말씀드린 것은 추호의 가감도 없는 진실이며, 모두 합동 수사 본부의 장욱 형사님과 그 친구인 이원철 씨가 확인 증언을 해줄 수 있는 내용들입니다. 그리고 이 두 분은 중요한 증인들인 만큼 이분들의 신변은 수사가 마무리될 때까지 충분히 보호돼야 하리라 믿습니다.

지금까지 이번 사건으로 고통받으신 모든 분들께 진심으로 사죄를 드립니다. 정말 입이 열 개라도 할말이 없다는 표현은 저를 두고 만들어진 것 같은 느낌입니다. 이 편지로 사건이 빨리 마무리되고 더 이상 무고한 사람들이 고통받는 일이 없었으면 좋겠습니다.

한 가지 더 사죄를 드리자면 제가 충분히 용감한 사람이 못 된다는 점입니다. 저는 돌아가신 분들의 유족께 직접 용서를 빌고 법의 공개적인 심판을 감내할 만큼 모질지는 못한 사람입니다. 이 편지를 받아보실 때쯤이면……

원철은 눈앞이 아득해져 와 더 이상 읽을 수가 없었다.

반장은 조용히 그의 손에서 종이를 뽑아가며 말했다.

"김혜란 박사는 오늘 새벽 1시쯤 구리시의 경찰 안가에서 발견되었네. 사람들이 도착했을 때는 이미 사망한 지 상당한 시간이 지난 후여서 도저히 손을 쓸 수가 없었다더군. 아마 이 이메일을 보낸 직후에 자살한 모양이야."

그러나 원철은 온몸에 거센 경련을 일으키며 말이 없었다.

착잡한 표정으로 원철을 바라보던 반장은 매눈을 돌아보며 말했다.

"자, 이젠 돌아가시오. 당신들이 뭐하는 사람이든 간에 더 이상 내 부하와 내 증인을 살인범으로 몰아붙일 순 없을 거요. 치안 경감님이 아니라 행자부 장관, 아니 대통령을 달고 와도 이젠 소용 없어. 당신들이 왜 자꾸 우릴 방해하려 드는지 모르겠지만, 지금부터는 절차대로 수사가 진행될 거요. 혹시라도 이 사건에 대해 책임을 져야 할 사람이 더 있다면 당연히 법 앞에서 심판을 받아야 할 거고."

그러자 매눈은 벌레 씹은 얼굴을 하면서도 짧게 코웃음을 쳤다.

"글쎄, 그게 당신 맘대로 될까?"

"이 똥강아지 같은 새끼가!"

반장이 귀청이 떨어질 듯한 고함을 지르며 벌떡 일어나는 바람에, 매눈은 놀란 몸을 젖히다가 그만 뒤로 나뒹굴고 말았다.

"원철 씨, 그만 일어나지. 저 새끼에게 더 이상 시간 뺏길 것 없어."

반장이 원철을 돌아보며 말했으나 그는 여전히 움직일 줄 몰랐다.

"이원철 씨."

반장이 다시 재촉을 하자 원철이 중얼거렸다.

"내가 죽였어요."

"이봐요, 원철 씨. 지금 무슨 소릴 하는 거요?"

당황한 반장이 그의 어깨에 손을 얹었으나 원철은 거칠게 뿌리치며 일어섰다. 온몸을 부들거리며 반장을 노려보던 원철은 갑자기 고래고래 소리를 질러대기 시작했다.

"내가 죽였어! 내가 혜란 씨를 죽였다고!"

"진정해. 김 박사는 자살했어. 그리고 이 편지가 발송된 시간에 원철 씨는 나랑 같이 있었잖아!"

반장이 차분히 말했으나 원철은 목이 터져라 계속 고함을 질렀다.

"아냐! 내가 죽였어! 혜란 씨 말대로 그만뒀어야 하는데 결국 내가 죽인 거야! 그래, 보로미어도 실바누스를 죽였지. 나랑 보로미어가 혜란 씨를 완전히 죽여버린 거야! 그 자식이……, 아니, 내가……, 그 망할 맹세만 되살리지 않았어도! 아니, 레인보 플레이트……, 실바누스……, 내 칼! 빌어먹을 제우스 녀석! 황금 사자는 뭐냐! 아아……, 실바누스! 우어어……."

원철의 절규가 점차 알아들을 수 없는 비명으로 변해 가자 뭔가 심상치 않음을 느낀 반장이 그의 어깨를 잡고 흔들었다.

"이원철 씨! 정신차려! 이봐! 정신차리라고!"

그러자 원철은 잠시 눈을 허옇게 뒤집는 듯하더니 가까스로 정신을 차렸다.

"원철 씨, 괜찮아?"

반장이 걱정스러운 듯 묻자 원철은 고개를 끄덕였다.

"후우, 괜찮아요. 하지만 서둘러야 돼요."

"서둘러?"

"그래요. 늦지 않았어요. 아직 혜란 씨를 살릴 방법이 남아 있어요."

"무슨 소리야?"

반장이 이해할 수 없다는 표정을 짓자 원철은 상기된 얼굴로 설명을 계속했다.

"아직 소원이 남아 있잖아요, 소원이! 벨리알의 성채는 여기서 멀지 않거든요. 그 녀석만 해치우면 분명히 소원을 얻을 수 있을 거예요. 그럼 그걸로 신전에서 혜란 씨를 되살릴 수 있단 말이에요. 반장님께선 도와주실 거죠? 욱이도 같이 가자면 갈 거예요. 내 친구니까. 참, 욱이는 어디 있죠? 먼저 그 녀석 수갑을 풀어줘야 하는데."

"도대체 무슨……."

눈살을 찌푸리며 되묻던 반장은 원철의 눈을 정면으로 마주보고는 무거운 신음을 흘렸다.

"어서요, 반장님. 위험하진 않을 거예요. 위저드가 없어도 제겐 태초의 빛이 있으니까요. 천하의 벨리알이라도 카자드에선 아바타에 불과하니까 프라이멀 라이트로 간단히 소멸시킬 수 있어요. 자, 어서요."

초점 없는 눈을 번뜩이며 원철이 그의 소매를 잡아끌었으나 반장은 고통스러운 표정으로 고개를 저을 뿐이었다.

"야영을 할 수 없으니 해지기 전에 일을 마쳐야 해요. 시간이 없다니까요, 반장님. 어서요."

반장도 매눈도 말이 없는 가운데, 원철의 간절한 애원만이 좁은 취조실에 끊임없이 울려퍼졌다.

제39장
나무들을 위한 노래

2011년 11월 중순

이미 낙엽이 진 지 오래인 마을 앞 밤나무는 차가운 늦가을 햇살 아래로 을씨년스런 그림자를 길게 드리우고 있었다. 좁은 신작로를 상당한 속력으로 달려오던 검은 스포츠 카는 마치 그 그림자에 걸리기라도 한 듯 급정거하더니 말쑥한 차림의 청년 한 사람을 토해 냈다.

청년은 시골의 아침 공기를 가슴 깊이 들이마신 다음 잠시 마을을 두리번거리다가 오렌지색 기와를 얹은 한 농가를 향해 걸음을 옮겼다.

대문 앞에 잠시 멈춰 서 문패를 확인한 청년은 반쯤 열려 있는 문을 밀고 들어가며 물었다.

"계십니까?"

"뉘슈?"

마당 한켠에서 빨래를 널던 나이든 아낙이 돌아보자 청년은 꾸벅 고개를 숙였다.

"저기, 아까 전화 드렸던……."

그러자 아낙은 들고 있던 빨랫감을 던지다시피 내려놓으며 황급히 다가왔다. 그녀의 주름진 얼굴엔 반가운 기색이 역력했다.

"아이고, 이 먼 데까지 어떻게……, 길이 험해서 힘들었재?"

"아닙니다. 길은 아주 잘 뚫려 있던데요, 뭐. 아주 편안히 왔습니다."

"따뜻헌 차라도 한잔 할려우?"

아낙이 물었으나 청년은 두 손을 내저었다.

"아니, 됐습니다. 그나저나 형은……."

그러자 아낙은 고개를 끄덕이며 집 뒤쪽을 가리켰다.

"저쪽으로 올러가면 축사가 있어. 한 달째 죙일 거서만 살어."

"예, 감사합니다."

청년은 다시 고개를 꾸벅하더니 집 뒤로 이어지는 언덕길을 따라 걸음을 옮겼다.

"얘기 좀 잘해 보우."

청년의 등뒤에 대고 아낙이 고함을 질렀다.

축사에 다다른 청년은 우리 안에서 돼지 사료를 주고 있는 남자의 뒷모습을 미심쩍은 눈으로 바라보다가 자신 없는 목소리로 이름을 불렀다.

"형? 원철이……, 형?"

550

그러자 남자는 청년을 돌아보며 놀란 얼굴을 하더니 이내 커다랗게 미소를 지었다.

"어라? 경민이 네가 웬일이냐?"

"웬일이긴, 형 얼굴 보려고 왔지."

그제서야 경민도 얼굴을 펴며 손을 흔들었다.

원철은 목에 걸쳤던 수건으로 땀을 닦으며 다가와 손을 내밀다가, 자신이 사료와 돼지 똥으로 범벅인 것을 깨닫고는 멋쩍은 듯 손을 거둬들였다.

그러자 경민이 웃으며 말했다.

"헤헤, 돼지 치는 재미가 좋은 모양이네요. 어머님 말씀으론 종일 여기서 산다면서요?"

"암. 눈이 빠져라 모니터 들여다보는 것보다는 훨씬 낫지."

짧게 대답한 원철은 우리에서 나와 사료통과 삽을 옆에 세워둔 다음, 주머니에서 담배를 꺼내 피워물었다.

"후우……."

원철은 길게 담배 연기를 내뿜고는 경민을 돌아보았다.

"그리고 여러 면에서 돼지들이 사람보다 나아."

경민이 이해가 안 간다는 표정을 짓자 원철은 씁쓸한 미소를 지으며 손을 저었다.

"아니다, 아니야. 우리 일단 내려가자."

원철이 대충 샤워를 마친 후 방으로 들어가자 기다리고 있던 경민이 말했다.

"걱정 많이 했어요."

"걱정? 무슨 걱정?"

"많이 아프시다고 들어서……."

그러자 원철은 머리를 닦던 수건을 한쪽으로 집어던지며 피식 웃음을 흘렸다.

"아프긴 뭐가 아파. 그냥 잠시 머리 좀 식힐 필요가 있었던 것뿐이야."

경민이 거북한 얼굴로 대답이 없자 원철은 그의 어깨를 툭 치며 테이블에 마주앉았다.

"난 괜찮아. 이젠 다 지난 일이다."

그러자 경민은 조금 어색한 미소를 지으며 물었다.

"그럼 왜 아직 일을 시작하시지 않나요?"

"일? 여기서 열심히 하고 있잖아."

원철의 대답에 경민은 얼굴을 살짝 찡그렸다.

"참 나. 이게 말이 돼요? 노바의 골드핑거라던 사람이 이 산골 짜기에서 돼지나 치고 있고! 그러니까 서울선 완전히 맛이 갔네 어쩌네 하는 소문들이 도는 거라고요."

"평양 감사도 제가 싫으면 관두는 법이다. 난 정말로 농사일이 좋아서 여기 있는 것뿐이야."

"……."

"그나저나 너야말로 오늘 웬일이냐? 설마 내가 제정신인가 아닌가 확인하러 예까지 내려온 건 아닐 테고……."

원철이 말을 돌리자 경민은 입을 삐죽거린 다음 말했다.

"실은 그거 확인하러 온 것 맞아요. 봐서 제정신이면 같이 일하자고 할 생각이었는데 돼지 치는 일이 더 좋다는 걸로 봐선 형은 아직도 제정신이 아닌 게 분명해."

"후후, 이거 미안하군. 하지만 난 정말로 여길 떠날 생각이 없어."

"에이, 형. 우리 그러지 말고 같이 가자. 지금 프로그래머가 꼭 필요해요."

경민이 계속 매달리자 원철은 고개를 갸웃거렸다.

"글쎄, 네 나이 또래의 젊은 프로그래머들도 많을 텐데, 왜 굳이 날 찾아온 거지?"

"아이 참. 그거야 형이 우리나라 최고니까 그렇지."

지독한 아부에도 원철의 표정에 아무런 변화가 없자 경민은 한숨을 쉬며 말했다.

"좋아요, 좋아. 실은 나 블레이드 팀에서 독립했어요. 이젠 나도 시스템스 애널리스트 일을 슬슬 시작할 단계고, 또 사실 형이 빠진 후로 블레이드 팀은 완전히 내리막길이거든. 새 팀의 운영은 강 과장이 맡아주기로 했고 벌써 일감도 구했어요. 선수금으로 3000이나 받았다고요. 그런데 의뢰인의 조건이, 꼭 형이 프로그램을 맡아주었으면 좋겠다는 거예요."

원철의 왼쪽 눈썹이 살짝 올라갔다.

"꼭 내가? 그 의뢰인이 누군데?"

"이름도 없는 작은 중소 기업인데 강 과장도 잘 모르는 곳이래요. 하여간 간단한 시스템인데도 보수는 대기업 수준으로 주겠다고 하니까 더 물어볼 필요도 없죠."

"그래? 강 과장도 잘 모른다고?"

혼자말처럼 중얼거리며 입술을 씰룩이던 원철은 서서히 고개를 숙여 테이블을 노려보았다.

뭐라 말을 이으려던 경민은 갑자기 심각해진 그의 표정에 눌려 벌렸던 입을 다물었다.

"후우, 결국 이렇게 되는 이야기였나……."

한숨을 쉬며 무겁게 중얼거린 원철은 경민을 돌아보며 허탈한 미소를 지었다.

"네?"

경민이 의아한 얼굴을 하자 원철은 손을 내저으며 자리에서 일어섰다.

"아니다. 너 차 몰고 왔지?"

"네."

"그럼 나 좀 서울까지 태워다줄 수 있겠니?"

그러자 경민의 얼굴이 활짝 펴졌다.

"그럼 같이 가시는 건가요?"

원철은 고개를 끄덕였지만 그의 표정은 경민만큼 밝지 않았다.

간단히 짐을 꾸려 부모님께 인사를 드리고 나니 정오가 가까워져 있었다. 경민은 원철이 차에 오르자마자 신나게 속도를 내기 시작하더니 원철이 묵묵히 앞만 바라보고 있자 먼저 입을 열었다.

"이 차, 괜찮죠? 블레이드 러너 그만두면서 기념으로 샀어요."

"응. 좋은 차로구나."

"원래는 포르셰로 사려고 했는데 형 때문에 일이 틀어졌잖아요. 그래서 이걸로 낙착을 본 거예요."

"나 때문에?"

원철이 돌아보자 경민은 핸들을 탕 내리치더니 말했다.

"참, 나! 그럼 누구 때문이겠어요? 형이 그렇게 갑자기 그만두니까 성식이 형이 페가수스 팀에 있던 동원이 형을 억지로 끌고 왔고, 동원이 형 덕에 우린 프로젝트 세 개를 연달아 말아먹었다고요."

"세 개를 모두?"

"음……, 정확히 말하면 다 말아먹은 건 아니었지만 하나는 늦어서 위약금 물어줬고, 또 하나는 시스템이 사흘 동안 멈춰 서서 꼼짝을 하지 않아 날밤을 샜고, 하여간 진짜 장난이 아니었다고요. 에이 씨, 형은 왜 하필 그때 미치……, 아니, 아파가지고……."

말실수를 할 뻔한 경민이 기어 들어가는 목소리로 말꼬리를 흐리자 원철은 저도 모르게 엷은 미소를 지었다. 하긴 녀석의 입장에서 보면 정말 억울하기도 했을 것이다.

원철의 침묵에 긴장했던 경민은 그의 표정을 한번 훔쳐본 다음 말했다.

"에이, 뭐 그렇다고 진짜로 형을 원망하는 건 아니고 그냥 아쉽다 그거지 뭐. 참. 은영이 누나랑 혁진이 형은 결혼했어요."

"그래?"

"하하, 그냥 돈 좀 더 벌고 하려고 했는데 실패했대."

"실패?"

"응. 피임 말야. 아마 벌써 7개월이라나? 하여간 그래서 은영이 누나까지 빠지고 나니까 도통 팀이 돌아가야지. 성식이 형 혼자서 바둥댄다고 일이 되나? 수정이 누난 누나대로 너바나 팀에 새로 들어온 프로그래머 쫓아다니느라 정신이 없고, 뭐 그래서 저도 기회다 하고 그만둬 버렸어요."

"완전히 공중 분해되어 버렸겠군."

"프로의 세계란 게 그런 거지, 뭐. 실은 따지고 보면 다 성식이 형 잘못이잖아요. 그때 어떻게 해서든 형을 잡았어야죠. 잡을 사람과 보낼 사람도 구분할 줄 모르는 아마추어가 팀장을 하고 있으니 팀이 그 꼴이 되는 거예요. 쓸데없이 사생활까지 간섭하려 들고."

살짝 가시가 돋친 말투에 원철이 그를 다시 돌아보자 경민은 어깨를 한번 으쓱해 보이더니 덧붙였다.

"실은 지금에서야 하는 말이지만 나도 그 게임을 하거든요. 팔란티어."

경민은 운전을 하느라 보지 못했지만 원철의 얼굴이 흠칫하더니 순식간에 어두워졌다. 애써 잊으려던 그 지옥 같은 곳의 기억이 되살아나고 있었다.

'팔란티어라……, 빌어먹을.'

정신을 차리고 나서 처음 원철의 눈에 들어온 것은 벽에 걸린 달력이었다.

'7월 2일…….'

벌써 7월인가 하며 사방을 둘러보자 자신은 낯선 방 안에 홀로 앉아 있었다. 원철은 도대체 이곳이 어디인지 또 자신이 왜 여기에 와 있는 것인지 생각해 내려고 애를 썼지만, 마지막 기억으로 남아 있는 것은 무서운 속도로 택시 유리창을 스쳐가던 가로수들

556

의 그림자뿐이었다.

한동안 굵은 철창으로 가로막힌 창문만 멍하니 바라보던 원철은 방문을 향해 몸을 일으키려다 풀썩 주저앉았다. 온몸의 뼈가 젤리로 변한 것만 같았다. 기다시피 하여 다다른 방문을 힘없이 두드리자, 문이 열리며 흰 옷을 입은 건장한 남자 한 사람이 찌푸린 얼굴을 들이밀었다.

"또 왜 그래?"

거친 말투에 잠시 당황했던 원철은 남자가 고개를 저으며 문을 닫으려 하자 사력을 다해 그의 바지에 매달렸다.

"여, 여기가 어딥니까?"

남자는 인상을 쓰며 원철의 손을 뿌리치려다가 원철이 가까스로 쥐어짜낸 목쉰 소리에 고개를 까딱거리더니 원철에게서 눈을 떼지 않으며 큰소리로 외쳤다.

"어이, 정 선생님 좀 불러줘. 19호실이야."

잠시 후 모습을 드러낸 흰 가운의 남자를 보고서야 원철은 자신이 있는 곳이 병원임을 깨달았다. 처음 문을 열었던 남자는 남자 간호사였던 것이다.

정 선생이라 불린 의사는 원철을 일으켜 앉히더니 눈에 펜 라이트를 비춰보며 물었다.

"여기가 어딘지 알겠어요?"

"······병원이오."

"당신 이름이 뭐죠?"

"이······원철이오."

"보로미어가 아니라요?"

"……."

원철이 뭐라 말을 못하고 우물거리기만 하자 정 선생은 펜라이트를 주머니에 집어넣으며 말했다.

"저는 이원철 씨 주치의인 정붕헌이라고 하고 여기 입원하신 지는 오늘로 2주쨉니다. 짐작하시겠지만 여기는 정신과 병동이고요."

"……어떻게 제가 여기에……."

"전혀 기억이 나지 않으시나요?"

"……네."

"어디까지 기억이 나시죠?"

"전 친구 때문에 급히 달려가던 길이었습니다. 장욱이라고……. 아차, 욱이는 어떻게 되었죠?"

원철은 자리에서 벌떡 일어나려다 말고 그만 눈앞이 하얗게 변하는 바람에 비실거리며 무너져 내렸다. 남자 간호원의 부축으로 겨우 쓰러지는 것을 면한 원철에게 정 선생이 말했다.

"무리하지 말고 지금은 쉬도록 해요."

"욱이, 욱이는요? 그, 그리고 혜란 씨는?"

겨우 숨을 가다듬은 원철이 더듬거리며 묻자 정 선생은 몸을 돌려 나가며 말했다.

"서둘지 맙시다. 천천히. 그게 좋아요."

차라리 모든 것이 그대로 망각 속에 남아 있었더라면 했다. 그러나 저주스러울 정도로 왕성한 인간의 자연 치유력은 원철의 바람을 간단히 무시해 버리더니 불과 일주일 만에 그 끔찍한 밤의 기억을 모두 되살려놓았다. 한경 상사 앞에서의 숨막히던 순간들이며 이후 수사반에서 벌어졌던 일들…….

그리고 혜란의 죽음.

거부하려고 해도 매일 조금씩 떠오르는 기억의 조각들은 견디기 힘든 고문이었다. 그러나 더 미치겠는 것은, 그 조각들에 딸려 나오는 의문에 대한 답을 구할 수 없다는 사실이었다.

"제 친구는 어떻게 되었답니까? 송 의원 사건의 수사는요?"

"그걸 제가 어떻게 알겠어요."

원철이 애걸하며 물을 때마다 정 선생에게서 돌아오는 곤혹스런 답변이었다.

"그럼 소식이라도 알아봐 주세요."

"이원철 씨의 회복에 지장을 줄 수 있어요."

"난 다 회복했어요. 이제 퇴원하겠어요."

"아니오. 아직 회복이 충분치 않아요."

"그럼 부모님하고 면회라도 허락해 줘요."

"그것도 아직은 시기 상조예요."

"텔레비전은요? 신문은!"

"……안 됩니다. 죄송합니다."

아침 저녁으로 되풀이되는 대화에 지친 원철이 철문과 쇠창살로 둘러싸인 폐쇄 병동을 탈출한 것은 7월 말경의 일이었다. 그러나 점심 급식차를 위해 잠시 열린 철문 틈으로 몸을 던졌던 원철은, 미처 열 걸음도 떼어놓지 못하고 세 쌍의 억센 팔뚝들에게 사지를 구속당했다. 개 끌리듯 병동으로 돌아온 그를 기다리고 있던 것은 한 평 남짓한 독방이었다.

"당신 이럴 순 없어! 이건 치료가 아니라 감금이야!"

독방 문에 달린 손바닥만 한 쪽문을 통해 원철이 외치자 정 선생은 착잡한 표정으로 대답했다.

"회복이 완전치 않은 환자를 내보낼 순 없습니다."

"난 이제 환자가 아냐!"

"그건 제가 결정할 문젭니다. 그리고 제가 보기에 이원철 씨는 아직도 증상이 심한 상태에요."

"개자식!"

정 선생은 대답 대신 쪽문을 닫았다.

그 이후, 규칙적으로 제공되는 세 끼의 식사를 제외하고는 이삼일에 한 번씩 고개를 내미는 정 선생만이 원철이 외부와 가질 수 있는 유일한 접촉이었다. 그는 잠시 쪽문을 통해 원철의 상태를 살핀 다음, 혹시 필요한 것이 있는지만을 짤막하게 묻고 돌아가곤 했다. 원철은 그럴 때마다 그에게 항의도 하고 내보내 달라고 애원을 하기도 했으나 시간이 지남에 따라 그러한 행동들이 자신에게 아무런 도움도 되지 않는다는 것을 깨달았다.

몸을 뒤척이기도 버거운 그 작은 방 안에서 한여름의 열기와 고독을 상대로 벌이던 사투가 한 달을 넘어설 무렵, 원철은 마침내 쪽문 틈으로 자신을 굽어보는 정 선생에게 무릎을 꿇었다.

"더 이상 여기서 내보내 달라고 조르진 않겠어요. 대신 내가 어떻게 하면 나갈 수 있을지만은 알려줘요."

"⋯⋯."

"⋯⋯제발⋯⋯."

"⋯⋯잊으세요."

정 선생이 짧게 던지고 간 한마디에서 원철은 모든 것을 이해했다. 마치 감금과도 같던 입원 생활은 말 그대로 감금이었고, 감옥처럼 보이던 이 독방이 바로 감옥이었던 것이다. 그리고 자신을 계속 이 방에 가둬놓는 힘은 정 선생보다 훨씬 높은 곳에서부터 뻗쳐오고 있었다.

바로 팔란티어로부터.

며칠을 갈등하던 원철은 정 선생의 조언을 받아들이기로 했다. 달리 방법이 없기도 했고 무엇보다도 어쩌면 여기서 영원히 나가지 못할지도 모른다는 공포감을 견디기가 힘들었기 때문이다. 결국 그는 제우스와 박현철, 송 의원, 그리고 특히 팔란티어에 대한 모든 것을 망각 속으로 몰아넣는 데 성공했다. 마지막으로 욱에 대한 걱정과 혜란에 대한 죄책감마저 증발해 버리고 난 그곳엔 오로지 이 지옥에서 나가야 한다는 일념만이 하얗게 이글거리고 있었다.

비굴하고 얌전한 수형인의 생활이 끝없이 이어지던 어느 날, 독방의 문이 갑자기 열리더니 두 명의 남자 간호사가 원철을 병동 입구로 안내했다. 거기서 두 손을 가운 주머니에 찔러넣고 기다리던 정 선생은 원철을 똑바로 보며 조용히 말했다.

"퇴원하세요."

"……."

원철이 멍한 눈으로 바라보자 그는 착잡한 표정으로 덧붙였다.

"나 역시 힘들었어요. 하지만 내 맘대로 되는 것도 아니잖소. 내 말은……, 그……, 회복이란 것이 말이오."

"……이해합니다."

원철은 수동적으로 고개를 끄덕이며 병동의 거대한 철문이 열리는 것을 말없이 지켜보았다. 떨리는 걸음으로 문을 나서려는데 정 선생이 등뒤에서 말했다.

"고향이 충북이라고 하셨죠?"

"⋯⋯네."

"한적하고 좋은 곳이겠군요. 내가 이원철 씨라면, 한동안 그런 곳에서 조용히 눌러살고 싶을 거요. 그것이 제가 이원철 씨께 드릴 수 있는⋯⋯, 유일한 조언입니다."

그 말에 담긴 뜻을 곱씹으며 병동문을 나선 원철은 자신을 향해 허겁지겁 달려오는 부모님의 모습을 보며 갑자기 목구멍으로 치밀어오르는 뜨거운 것을 되삼키려고 애써야 했다.

"형은 내 말을 듣고 있기나 한 거예요?"

"으, 으응?"

정신을 차리고 돌아보자 테이블 너머의 경민이 뚱한 얼굴로 자신을 노려보고 있었다.

"후우, 하여간 그래서 내가 그날 투표 때 끝까지 형을 편들었던 거라고요. 나도 같은 온라인 게임을 하고 있었으니까. 참, 난 록스란드의 위저드로 샤키란 이름을 쓰고 이래봬도 상급 서열이라고요. 지난 번 록스란드 공략에서⋯⋯."

다시 주절거리던 경민은 원철의 멍한 시선을 의식하고는 어깨를 으쓱하며 입을 닫았다. 그는 손에 들고 있던 컵에서 커피 한 모금을 마신 다음 다시 말했다.

"뭐, 얘기해도 형은 잘 모르겠네. 하여간 이번에 제가 만드는 팀은 그런 것 전혀 걱정할 필요 없다고요. 일정량의 사생활은 무슨 일이 있어도 보장해 주기로 강 과장하고도 쇼부를 봐놨으니까, 일감 수주나 작업 스케줄도 다 그런 걸 고려해서 이루어질 거예요. 형도 팔란티어건 뭐건 맘대로 해도 된다고요. 이의 없죠?"

"그래……."

원철은 건성으로 대답하며 휴게소 창 밖으로 시선을 돌렸다.

경민은 그런 원철을 부담스런 곁눈질로 흘끔거리다가 손에 든 컵을 비우며 일어섰다.

"일어나죠, 형. 벌써 2시에요."

원철은 마치 좀비처럼 비틀거리며 경민의 뒤를 따라 일어섰다. 그러나 그의 눈은 아직도 먼 곳을 바라보고 있었다.

고향집에 돌아온 후 원철은 집 밖으로 한 걸음도 나가지 않았다. 먹고 자고, 멍하니 방에 앉았다가 다시 먹고 또 자고……. 아버지는 그런 그를 아무 말 없이 바라보기만 하셨고, 어머니 역시 조용히 밥상만 차리실 뿐이었다.

그렇게 일주일이 지난 다음 갑자기 방문을 열고 들어오신 아버지는 커다란 종이 뭉치 하나를 그의 앞에 내려놓으셨다.

"이거라도 읽어보거라."

신문이었다.

6월 19일자부터 빠짐없이 철이 된 지난 석 달 간의 일간지들이었다. 아마도 자신이 입원해 있는 동안 매일 꼬박꼬박 모아놓으셨던 모양이다. 어쩌면 그것은 미쳐버린 아들을 기다리면서 당신이 하실 수 있던 유일한 일이었을는지도 모른다. 커다란 기억의 공백을 안고 돌아올 아들에게, 그 빈 곳을 메워줄 무엇인가를 제공하는 것이 당신의 책임이라고 생각하셨던 것이 분명했다.

그러나 아버지가 나가신 후 젖은 눈으로 그 신문 뭉치를 읽던 원철은 차츰 몸을 떨기 시작했다. 그를 전율케 한 것은 다름 아닌 송 의원 사건의 뒷마무리였다.

신문 기사에 따르면, 합동 수사 본부는 부진한 수사와 일부 수사반원들의 직권 남용을 이유로 6월 21일자로 전격 해체되었다. 물론 혜란이 기관장들에게 보냈던 이메일이나 원철 자신이 반장에게 넘겨주었던 팔란티어 갈무리 파일은 물론, 그날 밤 한경 상사에서 있었던 총격전에 대해서는 단 한 줄의 보도도 없었다.

이튿날 소집된 국회는 기다렸다는 듯 전직 검찰 출신의 국회 의원 한 명을 특별 검사로 임명했고, 그는 놀랍게도 단지 일주일 만에 모든 사건을 종결지어 버렸다. 공교롭게도 수사 시작 이틀 만에 거금이 예치된 박현철의 비밀 구좌가 갑자기 발견되었고 그 뉴스가 발표된 지 다시 이틀 후 자신이 송경호 의원에 대한 개인적인 원한에서 모든 일을 계획했다는 한 재일 교포의 유서가 특별 검사 앞으로 날아들었던 것이다. 물론 박현철의 구좌로 돈을 보낸 것이 그 재일 교포임도 확인이 되었다. 그러나 하코다테 앞바다에 투신하겠다던 그 재일 교포의 시신은 끝내 발견되지 않았다.

송 의원 가족들에 의한 축소 은폐설이 제기되었으나 잠시뿐이었고, 7월 6일 이후의 신문들은 마치 약속이라도 한 듯 그 사건에 대한 일체의 보도를 중지하고 있었다. 아마도 대다수의 국민들이 사건 자체를 슬슬 지겨워하고 있었을 터이니 모든 일은 빠르게 잊혀져갔을 것이다.

다시 허겁지겁 신문을 뒤지던 원철은 한 일간지의 6월 21일자 사회면에서 짤막한 단신 기사를 찾아냈다.

'국립 과학 수사 연구소 소속의 객원 연구원인 김혜란 박사가 어제 저녁 늦게 자택에서 숨진 채 발견되었다. 동료 연구원들에 따르면 김 박사는 올해 초 연구소의 초청에 따라 귀국한 이후 계속 우울증에 시달려왔다고 하며, 경찰은 이번 사건을 그에 따른 자살로 추정하고 있다. 장례식은…….'

원철은 눈을 감고 호흡을 가다듬으려고 애썼다. 그날 반장에게 듣기로 혜란의 주검은 구리의 아파트에서 발견되었다고 했다. 그런데 이 기사에는 분명히 자택이라고 나와 있었다.

그놈들의 수작이 분명했다. 놈들은 혜란의 죽음을 원철에게 뒤집어씌우려다가 실패하자 허겁지겁 그녀의 시신을 들어다가 집에 던져놓았을 것이다.

"나쁜 놈들……."

원철은 죽은 후에도 녀석들의 손에 이리저리 짐짝처럼 끌려다녔을 혜란을 생각하며 이를 악물었다. 놈들은 끝까지 그녀가 편히 눈을 감도록 내버려두지 않았던 것이다.

지난 석 달 간 간신히 억눌렀다고 생각했던 감정들이 또다시 북받쳐 올라왔다. 단순히 혜란 때문만이 아니었다. 이렇게 엄청난 짓들을 서슴지 않고 자행하는 그런 놈들이 마냥 이 세상에서 활개 치도록 내버려둘 수는 없었다. 절대로 그럴 수는 없는 일이었다.

그러나 다음 순간 원철은 숨을 내쉬며 주먹의 힘을 풀었다. 지금 자신의 처지에서는 달리 할 수 있는 일이 없었다. 부모님께는 말을 않고 있었지만, 가끔씩 마을 어귀를 서성이는 낯선 그림자의 존재는 돌아온 첫날부터 익히 인지하고 있었다. 감이 전 같지 않다고 아버지가 투덜거리시는 것으로 보아 전화 역시 도청당하고 있는 것이 분명했다.

시퍼런 분노를 속으로만 삭이던 원철은 며칠이 지난 후 기회를 잡았다. 고향에 남아 있던 고등학교 동창 녀석이 갑자기 집으로 찾아왔던 것이다.

"인석아, 오랜만이다. 너 왔단 말은 진작 들었는데, 추수니 뭐니 영 시간 내기가 쉽지 않더라."

싱글거리며 마주앉는 친구를 바라보던 원철의 눈이 반짝였다.

"원철이 너 많이 말랐구나. 그래도 여기서 맘 편히 지내면……, 어? 왜 그래?"

그러나 막무가내로 친구의 손에서 핸드폰을 빼앗아 든 원철은 손가락을 입에 대어 조용히하란 시늉을 한 다음 라디오의 스위치를 올렸다. 어리둥절해하고 있는 친구의 시선과 시끄러운 댄스 음악에 둘러싸인 채 원철은 욱의 전화 번호를 눌렀다.

그러나 수화기에서는 안내 방송의 친절한 기계음만이 흘러나올 뿐이었다.

'지금 누르신 번호는 없는 번호이오니……'

몇 군데 더 다이얼을 눌러보던 원철은 욱에게 연락하기를 포기하고 대신 다른 번호를 돌렸다. 전화는 교환을 포함한 대여섯 명의 통화자들에 의해 이리저리 돌려진 다음에야 겨우 목적한 곳으로 연결되었다.

"저기……, 혹시 오환철 경감님 계신가요?"

원철의 조심스런 물음에 지극히 사무적인 대답이 돌아왔다.

"오 경감님은 유럽 인터폴로 장기 출장중이십니다."

"······언제 돌아오시나요?"

"글쎄요. 아마 내후년은 되어야 할걸요?"

"호, 혹시 장욱 경사님은······?"

"장욱 경사요? 글쎄요. 전 그런 사람은 모르는데요. 아마 제가 오기 전에 계셨던 분인가 봅니다."

"······감사합니다."

맥이 빠져버린 원철이 전화기를 건네주자 그것을 받아든 친구가 침울한 얼굴로 말했다.

"너 아직 모르는구나."

"뭘?"

친구는 손을 뻗어 라디오 스위치를 내린 다음 모래라도 씹는 표정으로 말했다.

"욱이······, 죽었다."

"!"

"얼마 안 됐어. 술을 잔뜩 퍼마시고 운전하다가 파로호에 차를 처박았다더라. 너 퇴원하기 일주일 전에 장례 치렀다. 그 녀석, 저번 그 국회 의원 사건 때문에 강원도로 좌천되었거든. 아마 그 일로 상처를 많이 받았던 모양이야. 그래도 그렇지, 에이 그 녀석도 참······."

욱의 신세 타령을 대신 씨부리던 친구가 떠난 다음에도 원철은 한동안 자리에서 일어날 수가 없었다. 욱이가 음주 사고? 그 녀석은 절대로 그럴 놈이 아니었다. 이건 사고가 아니었다. 절대로 아니었다.

갑자기 입 안에 번지는 비릿한 맛에 정신을 차린 원철은 언제부턴가 아랫입술을 깨물고 있던 턱에서 힘을 빼야 했다.

'내가 퇴원하기 일주일 전이라고?'

설명을 할 수는 없었지만, 원철은 자신이 지금 누리고 있는 제한된 자유가 어떤 형식으로든 친구의 죽음과 맞바꿔진 것임을 깨달았다. 그리고 그 깨달음이 날카로운 비수가 되어 사정없이 심장을 그어대는 것과 동시에, 퇴원하던 날 정 선생이 했던 마지막 조언의 의미가 새삼스레 와닿기 시작했다.

'조용히 지내십시오.'

그 뒤에 생략된 말이 무엇이었는지는 굳이 확인할 필요가 없었다. 그들의 메시지는 욱을 통해 이미 충분히 전달이 되었으니까.

잊어야 했다.

구차한 목숨이나마 부지하려면 혜란도, 욱도, 팔란티어도 모두 잊어야 했다.

그것이 그날 밤을 꼬박 지샌 원철이 가까스로 도달할 수 있었던 결론이었다.

새벽 해와 함께 삽을 집어들고 집을 나선 원철은 축사 쪽으로 걸음을 옮겼다. 지난 넉 달 간 그 지옥 속에서 확실히 배운 것이 있다면, 그것은 잊어야 할 것은 빨리 잊는 것이 좋다는 지극히 평범한 교훈이었다. 그리고 이미 이 세상의 모든 것에 대해 철저하게 넌더리가 나버린 그에게 그것은 그다지 어려운 일도 아니었다.

게다가 실제로 돼지들은 여러 가지 면에서 인간보다 나았다.

"많이 피곤한 것 같은데 그만 쉬세요. 내일 다시 연락 드릴게

요."

경민이 인사를 하고 떠난 다음에도, 원철은 한동안 집 앞에 서서 움직일 줄을 몰랐다. 오늘 아침까지만 해도 다시 이곳으로 돌아오게 될 줄은 상상도 못했다. 몇 달 만에 돌아온 집이건만, 키작은 단층 건물은 지난 여름 욱과 함께 허겁지겁 떠났던 때의 모습 그대로 자신을 기다리고 있었다.

열쇠를 꺼낸 원철은 조용히 문을 열고 집 안으로 들어섰다. 입원하고 있는 동안 어머니께서 한번 다녀가신 덕인지 먼지가 조금 쌓인 것을 빼고는 깨끗하게 정리되어 있었다. 단지 현관에 작은 산을 이루고 있는 우편물만이 자신의 부재가 짧지 않았음을 새삼 상기시켜 주었다.

우편물을 챙겨 거실로 간 원철은 또 한무더기의 우편물들이 탁자 위에 곱게 놓여 있는 것을 보고는, 들고 있던 것들을 그 옆에 내려놓았다. 그러고는 보일러 스위치를 올린 다음 거실부터 바지런히 걸레질을 시작했다.

한 시간쯤 후 청소를 마치고 나자 집 안엔 훈훈한 기운이 돌기 시작했고 원철의 이마에도 송글송글 땀이 맺혀 있었다. 그는 간단히 샤워를 한 다음 진한 커피 한 잔을 끓여 들고 거실 창 밖을 내다보았다. 앞산에는 불과 다섯 달 만에 서너 개의 건물이 추가로 들어서 있었다.

커피보다 더 쓸쓸한 입맛을 다시며 소파에 앉은 원철은 어지러운 생각들을 정리하기 시작했다. 이미 자신은 모든 것을 잊기로 마음을 정한 바였지만, 아무래도 그들은 자신을 그냥 놔둘 생각이 아닌 듯했다.

물론 욱이처럼 죽이려는 것만은 아닌 것이 분명했다. 만약 그럴 작정이었다면 4개월이나 되는 입원 기간 동안 충분한 기회가 있었다. 투약 부작용이나 자해 등 적당한 사인을 갖다붙이자면 병원 안이 훨씬 더 편리하다. 그런데도 멀쩡히 퇴원하도록 내버려둔 것을 보면 그들에게는 자신을 죽이려는 의도가 없다는 결론이 나왔다.

그러나 오늘 아침 갑자기 이름도 없는 중소 기업에서 자신을 프로그래머로 찍어서 일을 의뢰했다는 경민의 말을 듣는 순간, 싸늘한 떨림이 원철의 등골을 훑어내렸다. 자신이 손을 놓은 것은 벌써 다섯 달 전의 일이다. 경쟁이 치열한 이 바닥에서 정신 병원 입원 경력까지 있는 자신의 이름을 반년이나 기억했다가, 그것도 퇴원 시기에 맞춰 이렇게 일을 의뢰해 온다는 것은 말도 안 되는 일이었다.

깊이 생각할 필요도 없었다. 주욱 의심하고 있던 일이긴 했지만 역시 녀석들이 여지껏 자신을 살려둔 것은 자신을 죽여서는 안 되는 어떤 이유가 있기 때문임이 분명했다. 송 의원 사건의 진실을 아는 세 사람, 즉 혜란과 자신과 욱 중 지금까지 살아 있는 사람은 자신 혼자뿐이다. 그 엄청난 사건을 완벽하게 은폐해 버린 녀석들의 입장에서 보자면 그 전모를 아는 자신을 살려둔다는 것은 엄청난 부담을 떠안는 일일 것이다.

따라서 분명히 뭔가가 있었다. 위험을 감수하면서라도 자신을 살려두어야 하는 그 이유. 녀석들은 지금 그것이 필요해지자 다시 경민을 통해 자신을 서울로 불러내려고 하는 것이다.

물론 경민을 의심하는 것은 아니었다. 녀석의 태도에서도 역력

570

히 느낄 수 있었지만, 경민 역시 고객의 엉뚱한 요구 조건을 만족시키기 위해 내키지 않는 걸음을 했던 것뿐이다. 언제나처럼 팔란티어의 힘은 한 걸음 뒤에서 은밀하게 움직이고 있었다.

그것을 알면서도 오늘 상경을 결심한 것은, 일단 녀석들이 원하는 대로 움직여주는 것만이 목숨을 부지하는 길이라는 본능적인 판단에 따른 것이었다. 그리고 자신이 계속 버티며 고향에 남아 있을 경우 혹시라도 부모님께 닥칠지 모르는 불상사에 대한 두려움도 그 결정에 일조했다.

결국 다시 여기까지 올라온 지금, 원철이 고민하는 것은 도대체 그들이 자신으로부터 원하는 것이 무엇인가 하는 것이었다. 그러나 생각을 하면 할수록 그 답 대신 엉뚱한 생각만이 조심스레 고개를 들기 시작했다.

아까 경민의 입에서 '팔란티어'라는 네 글자를 들은 순간부터 원철의 가슴 한구석에서 꿈틀거리기 시작했고 이제는 서서히 비논리적인 당위성으로 굳어져 가고 있는 그것은, 혜란이 스스로 목숨을 끊을 수밖에 없었고 욱이 외로운 가을 호수 속으로 차를 몰아야 했던 것처럼, 자신이 이렇게 혼자 살아 있는 것 또한 어쩌면 자신에게 주어진 운명이 아닐까 하는 생각이었다.

그리고 운명이 자신에게 그것을 요구했을 때는 혹시 여기서 자신이 해야 할 일이 아직 남아 있기 때문이 아닐까?

원철은 지금 그것이 무엇인지 알고 싶었다.

풀리지 않는 생각을 털어버리기 위해 프로그래머는 거실 탁자 위에 쌓여 있는 산더미 같은 우편물들을 정리하기 시작했다. 수신인이 정신 병원에 갇혀 있건 말건, 월간 잡지와 광고지와 자동 납부 영수증들은 꾸준히도 날아들었던 것이다.

이것저것 버릴 것들을 추리던 원철은 발신인 미상의 하얀 규격 봉투 하나를 발견하고 겉봉을 뜯었다. 별 생각 없이 내용을 읽어 내려가던 원철의 손이 조금씩 떨리기 시작했다.

사랑하는 원철 씨

당신이 이 편지를 읽고 계실 때면 난 이미 이 세상 사람이 아니겠죠. 그리고 내 철없는 장난이 송 의원을 죽음으로 몰아넣었다는 사실도 알고 계시리라 믿어요.

지금 내 앞에는 시안화합물이 든 작은 병이 하나 놓여 있어요. 친절하게도 원철 씬 이 병이 들어 있던 내 핸드백도 빠짐없이 챙겨 오셨더군요. 이 약은 연구소에서 구한 거예요. 어젯밤 마시려고 했지만 용기가 나지 않아 술만 마시다 잠들었는데…….

이 약 한 모금으로 형편없이 엉망이 된 내 인생이 깨끗이 정리되리라 생각하면 지금 당장이라도 입 안에 털어넣고 싶지만, 그래도 원철 씨께 이 편지를 쓰고 있는 이유는 원철 씨가 꼭 들어야 할 얘기가 있기 때문이에요.

내 죽음을 알고 나면 원철 씬 먼저 상당한 죄책감에 시달릴 거예요. 하지만 제발 그러지 말아요. 모든 일의 발단은 나한테 있고 내가 저지른 일을 내가 매듭짓는 것뿐이에요. 원철 씬 내 죽음이 절대로 원철 씨나 욱 씨의 책임이 아니란 걸 아셔야 해요. 원인은 나예요. 지금 당장은 어려울지 몰라도 시간이 지나면 원철 씨도 그걸 받아들일 수 있을 거라고 믿어요.

내가 걱정하는 건 그 다음에 원철 씨를 사로잡을 증오예요. 나란 여자에 대한 배신감은 원철 씨 가슴속에 깊이 박혀 있는 인간 혐오를 자극할 거고, 그런 혐오감은 결국 세상에 대한 증오가 되어 원철 씨의 남은 인생을 비참하게 만들고 말 게 분명해요. 난 원철 씨가 그런 삶을 사는 걸 절대로 원치 않아요. 그래서 구질구질한 변명으로 들릴지도 모를 이런 글을 쓰고 있는 거고요.

처음에 장 형사님을 통해 원철 씨를 만난 건, 정말 순수한 학문적 호기심 때문이었어요. 난 내가 알고 있는 보로미어와 원철 씨의 무의식이 정말로 일치하는지 확인하고 싶었거든요. 하지만 차츰 원철 씨를 알아가면서 난 정말로 원철 씨를 사랑하게 됐어요. 학문을 연구하는 사람으로서 그래서는 안 된다는 걸 알면서도, 걷잡을 수 없이 원철 씨에게 빠져드는 내 자신을 어쩔 수가 없었어요. 어쩌면 보로미어에게 가졌던 내 감정이 그대로 원철 씨에게 전이된 건지도 모르죠. 난 그 얼뜨기 카자드 전사를 정말로 좋아했거든요.

하지만 보로미어가 제우스의 뒤를 쫓기 시작하면서부터 난 당황했어요. 티어의 신전엔 제우스에게 최면을 걸기 위해 사용했던 고대어 마법이 그대로 남아 있었거든요. 그 드루이드 링은 진작에 회수했어야 하는 거지만, 제우스에게 최면을 건 이후로 실바누스는 내가 팔란티어 안으로 직접 들어가는 것을 완강하게 거부했어요. 팔란티어만큼은 자신의 세계라고 선을 그은 거죠.

보로미어가 티어의 신전으로 향하다 죽은 다음엔 잠시 마음을 놓았지만, 그 밉살스런 드루이드는 내 의지완 상관없이 보로미어를 다시 살려놓더군요. 전 어쩔 수 없이 팔란티어에 접속하지 못하도록 원철 씨를 말리고 또 현실과 가상 현실을 구분하지 못한다고 겁을 줬어요. 어떻게든 그 게임에 접속을 하지 못하도록 말이죠.

당시 내 행동들이 이중적이었다는 건 나도 인정해요. 그리고 지금 원철 씨가 나라는 여자에 대해서 어떻게 생각하고 있을지도 물론 알아요. 하지만 한 가지만은 꼭 밝혀두고 싶어요. 그건 그 모든 일이 벌어지는 동안에도 내가 항상 원철 씨를 사랑하고 있었다는 사실이에요. 진심으로.

솔직히 제우스의 비밀이 밝혀지는 건 겁나지 않았어요. 송 의원의 죽음에 대해선 언젠가 책임을 질 생각이었으니까. 내가 진정으로 두려워했던 건, 그 비밀이 밝혀지는 순간 원철 씨를 잃어야 한다는 사실이었어요. 난 그저 원철 씨와 조금이라도 더 함께 있고 싶어 발버둥쳤던 것뿐이에요. 단지 그 끔찍한 사건의 책임을 회피하려는 게 목적이었다면 끝까지 팔란티어에 접속을 하지 않고 버텼어야 했겠죠. 아무리 원철 씨가 다시는 보지 않겠다고 협박을 하더라도 말예요.

원철 씨의 강요로 그저께 다시 접속한 다음, 난 가까스로 직접 팔란티어 안으로 다시 들어가는 데 성공했어요. 아마도 당시의 내 절박했던 심정이 실바누스의 저항을 누른 덕이었겠죠. 난 드루이드 신전에서 보로미어를 막아보려고 했지만, 이번엔 보로미어가 실바누스를 불러내어 날 내쫓더군요. 어찌 됐건 전 보기 좋게 실패했고 실바누스와 보로미어는 결국 사이좋게 티어의 신전으로 향했죠.

그리고 어제 난 많은 고민을 했어요. 접속을 해도 원철 씨를 잃고 하지 않아도 마찬가지인 상황에서 난 절망했고, 결국 자포 자기한 심정으로 죽음을 생각하게 되었죠. 그래서 몰래 연구소에 들어가 이 약을 마련했지만 차마……, 마실 수가 없었어요.

오늘에서야 원철 씨의 그 협박이 거짓이었다는 걸 알게 됐지만 이젠 다른 이유로 접속을 할 수밖에 없는 상황이군요. 오늘은 보로미어에게도 또 원철 씨에게도 그 어느때보다 실바누스의 도움이 필요한 하루일 테니까요.

이런 이야기를 털어놓는 게 원철 씨의 죄책감을 더는 데 전혀 도움이 되지 않을 거란 것, 잘 알아요. 하지만 그래도 난 이야길 하고야 말았네요. 어쩌면 모든 게 원철 씨의 기억에나마 좋은 여자로 남고 싶은 뻔뻔스런 변명인지도 모르죠.

하지만 원철 씨.

날 뭐라고 욕해도 좋지만, 내가 원철 씨를 이용했다거나 내 목적을 위해 사랑을 가장했다는 생각만은 하지 마세요. 구질구질한 변명으로 오해받을 걸 각오하고 이 편지를 쓰는 건 원철 씨가 그것만은 꼭 이해해 줬으면 하는 간절한 바람에서예요. 원철 씨가 또다시 현실에 대한 혐오감에 젖어 남은 인생을 비참하게 보낼지도 모른다는 생각을 하면 난 도저히 눈을 감을 수가 없거든요.

원철 씨가 말한 대로 우리 사는 세상은 그다지 아름답지 못한 곳이에요. 덕분에 앞으론 팔란티어보다 더 매력적인 가상 세계들이 그런 현실로부터의 도피처를 제공하겠죠. 그런 세상들도 현실과 동등하게 받아들여져야 한다던 원철 씨의 말, 나도 공감이 가지 않는 건 아니에요. 가능만 하다면 혜란의 삶을 포기하고 실바누스로서 살고 싶은 게 지금 내 심정이니까요. 하지만 불행히도 그건 불가능한 일이랍니다.

사랑하는 원철 씨.

현실이 아무리 혐오스럽다고 해도 우린 그걸 짊어지고 나아갈 수밖에 없어요. 지금 당장은 힘들겠지만 원철 씨도 그렇게 해야만 하고요. 난 우리가 함께한 짧은 시간이 아름답게 기억될 수만 있다면 하는 바람에서, 원철 씨가 분명히 그렇게 할 수 있을 거라고 믿으며 이 글을 쓰고 있어요.

다른 할말이 많지만, 원철 씬 굳이 글로 쓰지 않아도 지금의 내 마음을 헤아려줄 거라고 믿어요.

이제 나가서 저녁 식사를 준비해야 할 시간이로군요. 난 오늘 세상에서 가장 맛있는 파스타를 만들 생각이에요. 그리고 원철 씨와 함께 그걸 먹은 다음, 즐거운 마음으로 보로미어를 도우러 가겠어요. 다시 한번 말하지만 그건 절대로 원철 씨나 욱 씨의 강요에 의한 게 아니에요. 내가 그렇게 해야만 하는 일이기 때문에 하는 거예요. 그 다음 이 작은 병에 든 축복을 마시는 것도 마찬가지고요.

전에 원철 씨가 운명에 대해서 했던 말이 생각나요. 인생엔 정해진 궤적이 있고, 운명이란 그런 현실을 받아들이려고 할 때 쓰는 말이라고 했죠? 그래요. 지금 나는 내 운명을 받아들였어요. 그러니 원철 씨도 원철 씨의 운명을 받아들이세요. 내 인생의 궤적이 원철 씨의 것과 같을 수 없듯, 원철 씨의 운명도 나와는 다른 곳에 있다는 것을 절대 잊지 마시고요.

혜란

두 장의 종이가 철 지난 낙엽처럼 하늘거리며 원철의 손에서 떨어졌다.

'원철 씨 들러리는 보로미어가 하면 되잖아요. 아니, 사회를 맡

576

길까?'

'집이 완성되면 첫 아이를 낳아요. 이름을 뭐라고 하지?'

'정말……, 정말 멋진 인생이 될 수도 있었을 텐데…….'

그날 저녁 그녀가 했던 말들이 생생하게 원철의 귓가에 울리기 시작했다.

"우우욱……."

원철은 자신이 울고 있다고 생각했지만 두 손으로 아무리 눈을 문질러봐도 눈물은 묻어나오지 않았다. 차라리 한바탕 시원하게 곡이라도 했으면 좋겠다는 생각이 간절했으나 이상하게도 울음이 나오지 않았다.

한동안 거친 숨만 몰아쉬던 원철은 바닥에 떨어진 혜란의 편지를 주워든 다음 고이 접어 다시 봉투 안에 넣었다. 그 봉투를 가슴에 품고 거실을 오락가락하던 그는 마침내 소파에 기대앉아 한숨을 내쉬었다. 그녀의 예상처럼 지난 몇 개월 간 자신의 마음속에는 세상에 대한 증오가 독버섯처럼 자라고 있었고, 그녀의 의도대로 그것은 지금 눈 녹듯이 사라지고 있었다.

빌어먹을! 언제나처럼 그녀는 해야 할 말을 정확히 알고 있었다.

'내 운명이 자기와는 다른 곳에 있다고? ……하지만 어디에?'

멍하니 테이블 위에 쌓인 우편물 더미를 바라보던 원철은 딱딱한 마분지로 된 편지 하나를 발견하고 그것을 집어들었다.

전보였다.

접힌 종이를 펴자 거기엔, '친구가. 석짱.'이라고만 씌어 있었다.

'친구? 프렌드?'

순간적으로 그 의미를 깨달은 원철은 골방을 뒤져 전에 쓰던 구형 펜티엄 노트북을 꺼냈다. 욱과의 연락처로 쓰던 인터넷 자료실에 접속하자 9월 11일, 그러니까 욱이 죽기 일주일쯤 전의 날짜로 올라와 있는 xyz 파일 하나가 보였다. 다운을 받고 'frend' 라는 암호를 쳐넣자 장문의 텍스트가 화면에 스크롤되기 시작했다.

원철이 보아라.

솔직히 이걸 네가 보리라고 기대하고 쓰는 건 아냐. 온갖 경로를 통해 몇 번이나 알아보았지만, 네 퇴원은 지금 전혀 기약이 없어보이거든. 동원할 수 있는 모든 줄을 다 당기고는 있다만 솔직히 지금으로선 큰 희망이 보이질 않는구나.

하지만 만약 네가 퇴원을 해서 이걸 보게 된다면, 지금부터 말해 줄 이 정보들을 어떻게 활용할지는 신중히 생각하길 바란다. 이걸 읽고 있다면 너도 이미 알겠지만 지금 상황이 그리 좋아보이진 않거든.

첫째로는 박현철과 팔란티어의 관계야. 네가 팔란티어 안에서 찾아낸 송 의원의 초상은 네 컴퓨터와 함께 사라져버렸어. 박현철과 팔란티어를 연결시켜 줄 유일한 고리가 사라진 거지.

후후, 놈들도 그렇게 생각하겠지.

하지만 아니야.

기억나? 내가 팔란티어 이용료를 추적하다 실패했던 거? 이 산골짜기로 전보를 받은 후에야 박현철 그 자식이 대학생이었다는 사실이 생각나더군. 몇 가질 확인해 보니 아주 간단히 증거가 나왔어. 그 우라질 녀석은 팔란티어의 사용료를 제 어머니 신용 카드에 얹어서 내고 있었던 거야. 제 어머니를 졸랐는지 몰래 카드 번호를 도용했는진 알 수 없지만, 어쨌거나 그 어미의 신용 카드에선 매달 일정액이 영진 소프트란 회사로 꼬박꼬박 이체되고 있었더군. 물론 지난 5월이 마지막이었지만 말야.

두 번째는 지금 송 의원의 살해를 사주했다고 알려진 재일 교포에 대한 거야. 결론부터 얘기하자면 그 자식은 조총련계 북한 공작원이야. 그 병신 같은 녀석이 유서를 쓴 지 한 달 만인 7월 24일, 블라디보스톡의 유곽에서 행패를 부리다가 현지 경찰에 체포를 당한 덕에 알 수 있었지. 아마도 술김에 잠시 제 원래 여권을 제시했나 봐. 혹시나 해서 홍콩, 베이징과 블라디보스톡의 옛 마약반 친구들에게 부탁을 해놓지 않았더라면 나도 놓쳤을 거야. 블라디보스톡 주재 북한 영사가 번개같이 녀석을 빼내갔거든. 이젠 무용지물이 된 러시아 정보 기관의 능력을 고려한다면 아마도 그 사실을 아는 건 나와 내 친구인 세르게이 로바노비치 정도일 거야. 하지만 놈들도 지금쯤은 내가 그걸 안다는 걸 알고 있을지 몰라. 정말 대단한 놈들이니까.

마지막으론 김혜란 박사에 대한 이야길 좀 해야겠어. 네가 병원으로 실려간 직후, 반장이 그 여자가 사방에 뿌린 이메일을 보여주더라. 난 김 박사가 죽었다는 것을 도저히 믿을 수가 없었지만 내 눈으로 그녀의 시신을 확인한 다음엔 별 도리가 없더군. 난……, 태어나서 처음으로 너한테 미안했다. 그렇게 일이 될 줄 알았더라면 난…….

관두자. 어차피 난 사과하는 덴 익숙지가 않은 놈이니까. 그리고 내 지금 심정은 네가 잘 알리라 믿는다.

하지만 김 박사의 자백서를 읽고도 이해할 수 없던 것이 두 가

지 있었어. 첫째는 어떻게 김 박사가 제우스에게 최면을 걸었냐는
거지. 우리가 제우스의 비밀을 밝히는 데 애를 먹었던 건, 보로미
어가 네 말을 듣지 않고 자기 맘대로 움직였기 때문이잖아? 내가
알고 있기론 최면이란 완벽한 자기 통제뿐 아니라 시술 대상과의
진정한 교감이 필요한 기술이거든. 충동적으로 움직이는 가상 현
실 속의 캐릭터가 시술할 수 있는 게 절대로 아니란 말이야.

그래서 처음에 난 김 박사의 이메일이 거짓말이라고 생각했어.
김 박사를 희생양으로 내세우기 위한 녀석들의 은폐 조작이라고
생각했던 거지. 그런데 차츰 돌아가는 꼴을 보니 그게 아닌 거라.
나도 소름이 끼칠 정도로 완벽하게 사건을 덮어가는 게, 굳이 김
박사를 희생양으로 내세울 필요가 전혀 없었거든.

결국 난 LA의 한 교포 사립 탐정에게 김 박사에 대한 조사를 의
뢰했고 그걸 토대로 여기서 몇 가지 조사를 더 했지. 기분 나빠하
진 마. 어차피 김 박사에 대한 뒷조사는 그녀가 팔란티어 플레이어
란 것을 안 그날부터 맘을 먹고 있던 거였으니까. 안 그래도 그녀
가 자꾸 네 접속을 막으려 드는 게 좀 이상하던 차에, 그런 우연을
그냥 지나치긴 꼭 똥 누고 밑 안 닦는 것 같아서. 후후, 불행히도
사람을 의심하는 게 내 직업이잖니. 하여간 다음은 그 모든 걸 종
합한 거야. 대부분 그 탐정의 말에 의존한 거니까 믿든 말든 그건
네 마음대로 하도록 해.

미국 이민국 기록에 따르면 김혜란 박사, 그러니까 헬레나 킴은
1981년생으로, 1991년에 미국으로 이민을 가서 2001년 시민권을 획
득했고 동시에 일리노이 주립 대학에 입학한 것으로 되어 있어. 하
지만 중요한 건 2001년 이전의 10년 기록이 거의 백지에 가깝다는

거야. 중고등 학교 재학 기록 외에는 그 흔한 주차 딱지 한 장 없었거든. 그 사립 탐정이 귀띔해 주기론 그런 식의 기록은 대부분 위조된 거라더군.

그래서 난 김 박사의 지문을 조회해 봤지. 멍청한 검시관 녀석은 김 박사의 국적이 미국이라는 이유로 그때까지 국내 지문 조회는 하지도 않고 있더라. 물론 안 한 건지 못 한 건지는 알 수 없지만 말이야. 하여간 조회 결과 일치되는 기록이 하나 나왔어. 이름은 김영란. 1981년생이 아니라 1984년생이고 1998년 부모가 이혼하면서 아버지를 따라 도미한 거로 되어 있더군.

지금부터는 미국에 도착한 이후의 김영란의 행적에 대해 얘기할 거야. 네가 받아들이기 힘든 부분이 있을지도 모르지만 일단은 들어둬. 물론 판단은 네가 하고.

김영란은 이민 1년 만인 1999년, 콜로라도 덴버라는 곳에서 살인죄로 기소된 적이 있어. 10대 소녀가 자고 있는 사람을 식칼로 아홉 번이나 찔러 잔인하게 살해했고, 게다가 그 대상이 자기 아버지여서 상당히 떠들썩했던 사건이라더군.

그런데 이후 기록을 보면 재판 도중 연방 검찰에서 고소를 취하한 걸로 되어 있어. 재판 과정중 그녀의 정신 상태가 정상이 아니란 사실이 드러났기 때문이야. 김영란은 그대로 주립 정신 병원으로 보내졌고 거기서 다중 인격 장애란 진단을 받았더군.

책을 찾아보니 다중 인격 장애란 '견디기 힘든 환경적 스트레스 하에서 자신의 고유한 인격이 다른 인격으로 대치되어 그 새로운 인격의 지배를 받게 되는 질환'이라고 나와 있더라. 그리고 그런 환자는 자기가 새 인격의 지배하에서 벌인 행동에 대해선 전혀 기억을 못한다고 해. 그러니까 당시 법정에선 김영란의 살인 행위가 자기 자신이 아닌 다른 인격에 의해 저질러진 거고, 따라서 법적 책임을 물을 수 없다고 판단을 한 거지.

하지만 도대체 무슨 스트레스가 그녀를 그렇게 만들었는지는 알아낼 수가 없었어. 그 사립 탐정도 병원 기록만은 도저히 얻을 수가 없었으니까. 물론 말도 잘 안 통하는 타국으로 부녀 둘이서만 이민을 간다는 게 정신적으로 큰 스트레스이긴 하겠지만 사람을 미치게 만들 정도는 아닐 거야. 따라서 미국에서의 그 1년 동안, 두 부녀 사이에서는 분명 뭔가 다른 일이 있었던 거지. 그게 뭔지는 나로서도 추측만 할 수 있을 뿐이지만.

내 추측이 뭔지는 여기서 말하지 않겠어. 말 그대로 추측일 뿐이고 네가 별로 듣고 싶어하지 않을 게 분명하니까 말이야. 단지 당시 재판 기록 중에 그녀가 임신중이란 대목이 있었다는 것만 말해 두겠어. 그래. 별로 아름다운 그림은 아니야.

하여간 김영란은 병원에 입원한 상태로 치료를 받다가 계속 통원 치료를 받기로 하고 퇴원을 했는데, 그 후론 아무런 기록이 없어. 통원 치료고 뭐고 그냥 흔적도 없이 사라진 거지. 그런데 가만히 보면 그 시기가 김혜란 박사의 실제적인 기록이 시작되는 시기와 묘하게 맞아떨어진단 말이야.

이런저런 정황을 맞춰보면 아마도 김영란은 병원에서 퇴원하자마자 김혜란으로 신분을 위장한 것 같아. 돈만 있다면 가능했을 거야. 미국에서야 돈이면 뭐든 가능하니까. 이후 김 박사는 일리노이 주립대에서 시작해서 미국 동부의 대학 서너 군데를 전전하다가 2008년에 콜럼비아 대학에서 박사 학위를 받았고, 2010년까지 시애

틀의 대학 연구소에서 근무한 걸로 되어 있어. 그러다가 작년 말에 국과수 초청으로 귀국을 했고.

사실 이 부분이 제일 어려웠는데, 그녀의 이런 과거를 고려한다면 김 박사가 팔란티어 안에서 마음대로 제우스에게 최면을 걸 수 있었던 걸 설명할 수 있는 방법이 한 가지 있더군.

가만히 생각해 보면, 팔란티어 안의 캐릭터들은 현실 플레이어들의 무의식이 인격화된 존재들이고, 그건 어떻게 보면 다중 인격 장애와 비슷한 거잖아. 다중 인격 장애란 것이 결국 자기 무의식에서 다른 인격을 하나 만들어내는 질환이라니까 말이야. 그러니까 너는 보로미어라는, 그리고 김 박사는 실바누스라는 또 하나의 인격을 각자의 무의식 속에 가지고 있던 셈이지.

난 그러고 나서 팔란티어와 현실 세계를 뒤집어 생각해 보았어. 그러면 김 박사가 실바누스의 무의식 속에 존재하는 다중 인격이라고 생각할 수도 있지 않겠어? 그런데 만약 실바누스가 팔란티어 안에서 다중 인격 장애를 일으켰다면 어떻게 될까? 그런 상태라면 혹시 김 박사가 김 박사 원래의 인격으로 팔란티어 안에서 존재할 수도 있지 않았을까? 실바누스가 아니라 마음대로 신전 벽에 송 의원의 초상을 새겨놓고 또 제우스에게 최면도 걸 수 있는 심리학 박사 김혜란으로 말이야.

넌 또 실눈을 뜨고 고갤 갸웃거리고 있겠지. 그게 그렇게 간단한 일이었다면 네가 제우스를 찾느라고 그 고생을 하진 않았을 테니까 말야.

하지만 너완 달리 김 박사가 환자였다는 걸 잊지 마. 무의식 속의 제2인격과 원래의 자기 인격이 수시로 뒤바뀌는 다중 인격 환자였단 말이야. 내가 네 속에서 보로미어를 끌어내던 날 기억 나? 그날 김 박사는 최면에 걸렸던 것도 아닌데 보로미어가 부르자 실 바누스를 드러냈잖아. 어쩌면 그녀는 다른 사람들과는 달리 자유 자재로 게임 안팎을 들락거릴 수 있었을는지도 몰라.

후우, 실은 나도 자신을 가지고 하는 얘기는 아니야. 어쩌면 다 구름 잡는 얘긴지도 모르지. 솔직히 이젠 나도 뭐가 뭔지 잘 모르 겠거든. 뭐가 의식이고 뭐가 무의식인지, 또 뭐가 게임이고 뭐가 현실인지 너처럼 마구 헷갈린단 말이야. 이젠 김 박사가 진짜 김 박사였는지조차 의심스러워. 어쩌면 김 박사가 다중 인격체이고 게임 속의 실바누스가 진짜 김영란이었는지도 모르는 일이지.

어쨌거나 이젠 확인할 수도 없는 문제니까 그 얘긴 그만하자. 하지만 만에 하나 내 생각이 맞는다면 좀 으스스한 상상이 하나 따 라붙더군. 왜냐하면 너를 비롯해서 그 게임을 하는 사람들이 모두 잠재적인 다중 인격 환자란 말이 되니까 말이야.

김 박사가 쓴 편지를 보면서 두 번째로 이해가 가지 않던 건 만 약 이 사건이 그녀의 주장대로 정말로 그녀의 단독 범행이었다면 도대체 NIS를 시켜서 날 감시하고 총을 쏴대며 너와 날 쫓아오던 녀석들은 누구냐 거야. 놈들은 이제 김 박사의 죽음까지 포함해서 모든 사건을 완벽하게 은폐하는 데 성공했고, 아직도 날 감시하고 있어. 지금은 나도 모든 일이 김 박사 혼자 저지른 일이란 걸 믿지 만, 그러면 그럴수록 그 녀석들의 정체에 대해서만큼은 도무지 감 이 잡히질 않는구나. 그리고 김 박사가 범인인 게 확실하고 또 이 미 죽었는데, 왜 계속 사건을 은폐할 필요가 있는지 난 아무리 생 각해도 이해를 할 수가 없다.

584

각설하고, 일단 여기서 줄여야겠다. 내가 지금까지 해준 얘기만으로도 이번 사건은 충분히 설명이 되니까 말이야. 그리고 이건 언젠가 네가 이런 사실들을 필요로 할지도 몰라서 남겨놓는 글이야. 솔직히 요즘 들어 내 주위를 서성이는 놈들의 수가 부쩍 늘었거든. 어쩌면 네가 퇴원한 다음에 내가 직접 모든 걸 얘기해 줄 수 없을지도 모른다는 생각이 들어서 적어놓는 거라고.

그리고 그럴 리야 없겠지만 만약 정말로 그런 일이 발생한다면 이 편지에 적힌 사실들을 어떻게 사용할지는 신중하게 판단하도록 해. 위의 내용을 뒷받침할 서류 사본들을 파일로 첨부해 놓았으니까, 원한다면 너 혼자서라도 모든 걸 증명할 수 있을 거야. 하지만 가만히 보니 경찰, 검찰, 신문, 방송, 인터넷 등, 솔직히 녀석들의 손길이 미치지 않는 곳이 없어. 내 말은 그냥 이 편지를 안 읽은 걸로 생각하는 게 좋을 수도 있다는 뜻이야. 그때 상황이 어찌 될지 지금의 나로선 알 수 없으니 말했듯이 판단은 네가 하도록 해라.

단, 냉철하고 신중하게 말이야.

석짱

읽기를 마친 원철은 푸른 바탕의 TFT 모니터를 뚫어져라 들여다보다가 거칠게 노트북의 뚜껑을 닫았다.

'바보 같은 녀석!'

이걸 쓸 때 욱이 녀석은 자신의 생명이 위험하다는 걸 알고 있었다. 그리고 그렇게 된 이유는 바로 이 편지에 적힌 내용들을 알아내려고 사방을 쑤시고 다녔기 때문일 것이다.

'개자식, 가만히만 있었으면 물귀신 꼴은 면했을 것 아냐!'

속으로 외치던 원철은 드디어 자신이 울고 있다는 걸 깨닫고는 가까스로 자신을 진정시켰다. 어차피 그렇게 되도록 정해졌던 일이다. 어쩌면 욱이 녀석 스스로도 가만히 입 닥치고 있을 수 없는 자신이 원망스러웠을지 모른다. 진실에 대한 집요함이란 도저히 어떻게 할 수 없는 녀석의 본성 그 자체였으니까.

원철은 깊게 숨을 들이쉰 다음 다시 생각에 잠겼다.

욱이 알아낸 혜란의 과거를 받아들이기는 쉽지 않았다. 하지만 욱이 녀석이 거짓을 꾸며댈 이유는 없었다. 아마도 녀석이 추측한 대로 혜란의 본명은 김영란이 맞을 것이다. 그리고 그 다중 인격 어쩌고 하는 것 때문에 그녀가 팔란티어 안에서 마음대로 행동을 할 수 있었다는 설명도 어렵지 않게 납득할 수 있었다. 드루이드 신전에서 실바누스가 깨어나던 날, 자신이 잠시 보았던 것은 실바누스가 아니라 혜란이 분명했기 때문이다.

그렇게 생각을 하고 보니 혜란의 편지에 씌어 있던 '팔란티어 안으로 직접 들어간다'는 말의 의미도 이제는 확실히 이해가 되었다. 아마도 현실의 혜란은 무의식 속의 실바누스를 강제로 누르고 들어가 벨리알의 부조를 조작하고 또 제우스에게 최면을 걸었을 것이다. 그리고 그에 반발한 실바누스(어쩌면 원래의 김영란일지도 모르는)가 더 이상의 침입을 용납하지 않는 바람에 드루이드 링을 회수할 수 없었던 것이고…….

하지만 지금 그런 빌어먹을 것들을 아는 게 무슨 소용이란 말인가. 옴짝달싹도 할 수 없는 현재 상황에서 자신이 할 수 있는 일은 아무것도 없었다. 그리고 혜란도 욱도 모두 죽은 이 마당에 자신이 꼭 뭔가를 해야 할 마땅한 이유도 없었다.

원철은 다시 혜란의 편지를 꺼내들고 읽기 시작했다. 글자 하나 하나가 신의 계시라도 되는 듯, 조심스레 거듭해서 읽고 또 읽었다.

얼마가 지났을까, 갑작스런 허기에 고개를 든 원철은 언뜻 거실 창 밖을 내다보았다. 그러자 늦가을 지는 해에 검붉게 물든 앞산과 흉물스런 콘크리트 사이를 듬성듬성 메우고 있는 앙상한 나뭇가지들이 눈에 들어왔다.

'나무들이 남아 있다는 사실을 잊지 않는 한, 나무들은 사라지지 않을 거예요.'

지난 여름 그녀가 바로 이 자리에서 저 산을 보며 했던 말이다.

'잊지 않는다면 나무들은 사라지지 않을 거라고. 잊지만 않는다면……'

순간, 원철은 자신이 해야 할 일이 무엇인지 깨달았다. 자신이 지금까지 살아 있어야 했던 이유가, 그리고 그것을 위해 자신이 가야 할 삶의 궤적이 시릴 정도로 선명하게 앞산 풍경 위에 겹쳐 있었다. 혜란의 말대로 자신의 운명은 다른 곳에 있었다. 그러나 어떻게 보면 같은 곳인지도 몰랐다. 결국 모든 운명이란 한곳으로 모이는 것일 테니까.

허기진 배를 주무르던 원철은 천천히 일어나 주방으로 향했다. 이제는 기다리는 일만 남았으니 급할 것은 없었다.

예상과 달리 기다림은 그다지 길지 않았다. 바로 다음날, 경민임이 분명한 서너 차례의 전화를 의도적으로 무시한 원철은 점심 무렵 한 대의 검은 세단이 집 앞에 멈춰 서는 것을 덤덤한 눈으로 지켜보았다. 그리고 거기서 내린 짙은 색 양복 차림의 두 남자가 초인종을 눌렀을 때도 역시 덤덤한 태도로 대문을 열었다.

문을 열자 체구가 작은 쪽 남자가 간단히 목례를 한 다음 물었다.

"이원철 씨 맞으시죠?"

"네."

"혹시 시간이 되신다면 잠시 저희와 함께 가주실 수 있을까요? 만나뵙고 싶어하는 분이 계십니다."

정중한 말투였지만 어깨 너비로 다리를 벌리고 두 손을 앞에 모은 그들의 태도는 원철이 선택할 수 있는 대답이 한 가지뿐임을 강하게 암시하고 있었다.

원철은 대답 대신 간단히 고개를 끄덕인 다음 망설임 없이 마루에 걸려 있던 코트를 걸치고 그들을 따라 문을 나섰다. 그는 자신을 기다린다는 사람이 누구인지 묻지 않았고, 남자들 역시 그것이 당연하다는 듯한 태도로 원철을 세단 뒷자리로 안내했다.

차 문을 닫아준 남자는 예상과 달리 원철의 옆이 아닌 앞쪽 조수석에 올라탔고, 이윽고 차는 부드럽게 미끄러지기 시작했다. 차가 출발한 직후 조수석의 남자가 원철을 한번 돌아보긴 했으나 그것을 끝으로 차 안엔 침묵만이 이어졌다.

뒷좌석 쿠션에 몸을 기댄 원철은 흘러가는 창 밖의 풍경을 보며 마음을 편히 가지려고 노력했다. 뭔가 자신에게서 원하는 것이 있는 이상 설마 죽이지야 않을 것이고, 녀석들이 어떤 방법으로든 접촉을 해오리란 것은 이미 충분히 예상했던 일이었다. 단지 이렇게 신속하고 노골적이란 것이 좀 의외였을 뿐······.

그나저나 항상 무대 뒤에서만 움직이던 놈들이 이렇게 직접 나선 것을 보면 녀석들 사정도 그렇게 느긋한 편만은 아닌 모양이었다. 그래도 지난번처럼 총을 휘두르며 달려들지 않는 게 어디냐는 생각이 얼핏 떠오르는 바람에, 원철은 저도 모르게 엷은 웃음마저 지었다.

한참을 달리던 차는 어느덧 서울로 접어들고 있었다. 원철은 타고 있던 차가 잠실 대교를 건너려는 것을 깨닫고 고개를 끄덕였다. 그때 그 난리를 쳤는데도 여전히 그 한경 상사란 곳이 놈들의 본거지인 모양이었다. 그리고 거기서 자신을 기다리고 있는 사람이 누군지 원철은 잘 알고 있었다.

모든 게임의 끝에는 보스가 나오게 마련 아닌가.

그러나 창 밖을 내다보던 원철은 갑자기 예상치 못했던 방향으로 차가 꺾어지자 잠시 당황했다. '정보 통신부 전산 관리소'란 푯말을 스쳐지난 차는 가시만 남은 낙엽송이 길게 늘어선 진입로를 달려 깔끔한 20층 건물의 뒤편에 부드럽게 멈춰 섰다.

잠시 머뭇거리던 원철은 차에서 내려 건물을 올려다보았다. 최근에 새로 지은 티가 팍팍 풍기는 최첨단 빌딩이었다.

'하지만 여기는 관공서 건물인데 이 녀석들이 왜 여기에…….'

"이쪽입니다."

원철은 조수석에 탔던 양복의 목소리에 정신을 차렸다. 돌아보자 그는 건물 구석에 있는 엘리베이터를 가리키고 있었다. 엘리베이터 앞으로 다가간 원철은 옆의 벽에 버튼 대신 열쇠 구멍이 하나 달려 있는 것을 보았다. 양복은 품에서 작은 은색 열쇠를 꺼내더니 그곳에 꽂아 돌렸고, 잠시 후 엘리베이터의 문이 열리자 한 손으로 그 안을 가리켰다.

원철이 선뜻 발을 떼어놓지 못하자 양복이 말했다.

"걱정하실 건 없습니다."

그 말을 완전히 믿는 건 아니었지만 원철은 크게 숨을 들이마신 다음 엘리베이터 안으로 들어갔다. 여기서 집에 가겠다고 한다고 해서 보내줄 것 같지도 않았고, 어차피 각오를 하고 온 바에야 한 번 끝까지 가보기라도 하자는 심산이었다. 그러나 문이 닫힌 엘리베이터 안에 혼자 남게 되자 손바닥이 조금씩 축축해지기 시작하는 것은 어쩔 수 없었다.

엘리베이터는 또다시 원철의 예상을 깨고 아래로 움직이기 시작했다. 얼마나 내려갔을까, 다시 문이 열리자 두 명의 건장한 양복이 원철을 맞이했다. 그리고 그들 뒤에는 공항에서나 봄직한 문틀형 금속 탐지기가 서 있었다. 황당해진 원철이 다시 머뭇거리자 왼쪽의 양복이 옆으로 한 발짝을 비키며 탐지기 쪽으로 손을 뻗었다.

'금속 탐지기라……'

원철은 입맛을 다신 다음, 양복이 지시하는 대로 금속 탐지기를 통과했다.

다행히 경보음은 울리지 않았다.

이어서 원철은 오른쪽 남자의 인도를 받아 몇 번이나 좌우로 꺾어지는 긴 복도를 걸어갔다. 복도 양쪽에는 녹색 철문들이 도열해 있었으나 모두 굳게 닫혀 있어, 천장에서 뻗어나오는 밝은 형광등 불빛에도 불구하고 뭔가 음침하고 비밀스런 분위기를 풍기고 있었다.

건물의 내부는 보기보다 넓었다. 양복은 한참을 더 걸은 다음에야 고급스런 원목으로 만들어진 나무문 앞에서 멈춰 섰다. 그러자 노크를 하지도 않았는데 문이 열리며 또 다른 양복이 나왔다.

새 양복은 원철에게 90도 각도로 정중히 인사를 한 다음 물었다.

"이원철 선생님이시죠?"

"네."

"들어오시죠. 실장님께서 기다리고 계십니다."

'실장?'

어울리지 않는 직함에 의아해하던 원철은 그를 따라 방 안으로 들어갔다. 그러자 원철을 인도했던 양복이 뒤따라 들어오며 문을 닫았다.

방 안을 두리번거리던 원철은 눈이 휘둥그레졌다. 30평은 족히 되어보이는 너른 방은 한쪽 전면이 유리로 되어 있었고, 그 밖에는 따스한 햇살 아래 녹음이 우거진 정원이 펼쳐져 있었다.

'하지만 여긴 지하고 지금은 초겨울인데 어떻게······?'

"멋지지 않아? 요즘은 홀로그램의 발전 속도도 믿을 수 없을 정도지."

갑자기 들려온 목소리에 돌아본 원철은 그곳에 서 있는 남자를 보며 자신의 눈을 의심했다.

"형?"

"반갑다. 이게 얼마 만이지? 1년 반? 아니, 2년?"

원철은 엉겁결에 남자가 내민 손을 마주잡았다. 남자는 원철의 손을 힘껏 쥐었다 놓은 다음, 방 한쪽에 놓인 가죽 응접 세트로 원철을 이끌었다.

원철이 엉거주춤한 자세로 자리에 앉자 남자는 맞은편 소파에 몸을 던지며 말했다.

"너, 건강해 보이니 다행이다."

원철은 두 눈을 힘껏 감았다 뜬 다음 앞에 앉은 남자를 다시 쳐다보았다. 굵은 뿔테 안경에 사람 좋은 미소, 그리고 학교 마크가 찍힌 헐렁한 스웨터와 해진 청바지. 아무리 눈을 씻고 보아도 마주앉은 사람은 학교 선배인 미친 코뿔소 이국환이 분명했다.

"혀, 형은 미국에 있다고 하던데……."

원철이 더듬거리자 국환은 너털웃음을 터뜨렸다.

"하하하, 물론 지금도 미국에 있지. 출입국 기록상으론 말이야."

"언제 돌아왔어요?"

그러자 국환은 어깨를 으쓱하며 미소를 지었다.

"그건 대답하기가 좀 곤란한걸? 실은 난 애초에 우리 나라를 떠난 적이 없거든."

원철이 이해할 수 없다는 얼굴을 하자 국환은 다시 웃음을 터뜨린 다음 말했다.

"나 대신 어떤 사람이 내 여권으로 미국에 들어갔던 것뿐이야. 난 주욱 이곳에 있었어."

그의 대답에 원철은 다시 한번 방을 둘러본 다음 물었다.

"여긴 뭐하는 곳이에요? 그리고 형은 도대체 왜 여기 있는 거죠?"

그러자 국환은 다시 미소를 지었다.

"이 건물의 지하 2층부터는 우리 부서가 사용하고 있어. 난 그 부서의 책임자고."

"'우리 부서' 요?"

592

"작년에 재경부 산하에 새로 만들어진 기구야. 아직 정식 명칭은 없고 편의상 미라지(Mirage) 팀이라고 부르고 있지."

"뭘 하는 부선데요?"

"이것저것 여러 가지 일을 하고 있지만 자세히 얘기할 순 없고 주업무는 팔란티어란 게임을 제작하고 운영하는 일이야."

"네?"

원철은 한동안 말을 잃고 국환을 바라보았다.

"그, 그럼 팔란티어가 형 작품이었어요?"

간신히 더듬거리며 묻자 국환은 자랑스럽게 고개를 끄덕였다.

"당연하지. 아마도 내 마지막 작품이 되겠지만."

그러나 원철은 도무지 이해가 가지 않았다. 그의 얼빠진 얼굴을 마주보던 국환은 담배를 꺼내 원철에게 권한 다음, 자신도 한 대를 피워물었다.

"형, 도대체 뭐가 어떻게……. 형, 내가 알아듣게 좀 설명해 봐요."

원철의 물음에 국환은 선뜻 고개를 끄덕였다.

"그래. 너도 알 건 알아야 하겠지."

국환은 잠시 생각을 정리하는 듯하더니 천천히 입을 열었다.

"너도 알다시피, 내가 하는 일은 게임 기획이지만 주관심사는 사용자 인터페이스였어. 당연히 에브왐은 개발 단계부터 주목을 하고 있었지. 그런데 그 병신 같은 미국 것들은 결국 개발을 포기하더군. 황금알을 낳는 거위를 앞에 두고도 살이 오르지 않는다고 내팽개쳐 버린 셈이지. 몇몇 투자자들을 모아 그 특허를 사오는 일은 아주 간단했어. 그게 에……, 벌써 재작년의 일이로구나."

국환은 담배 연기를 길게 내뿜은 다음 계속했다.

"난 에브왐의 몇 가지 단점들을 보완한 다음, 사상 초유의 온라인 게임을 계획했지. 호철이와 또 몇몇 친구들을 모아 개발에 착수하는 데는 한 달도 채 걸리지 않았어. 노바의 이름을 걸어놓았던 덕에 투자자들 끌어들이는 것도 식은죽 먹기였고."

"그 얘긴 호철이 형한테 들었어요. 하지만 그 프로젝트는 실패했다던데……."

원철의 말에 국환은 '흥' 하고 코웃음을 쳤다.

"실패? 호철이가 그러더냐? 그 머저리 녀석은 아직도 깨닫질 못했군."

"……?"

"하긴 문제가 없었던 건 아니야. 에브왐의 특성상, 게임 안의 캐릭터가 게이머의 의도대로만 움직여 주질 않았거든."

"충동 전위 신호!"

원철이 고개를 크게 끄덕이자 국환이 말했다.

"그래. 너도 무슨 말인지 아는구나. 하지만 내가 보기에 개발은 완벽한 성공이었어. 호철이도, 또 다른 녀석들도, 모두 미국 애들이 범한 것과 똑같은 오류를 범했던 것뿐이야. 스스로 정의한 성공 외에는 모두 실패라고 받아들인 거지. 하긴 팔란티어를 단순한 게임으로만 생각하던 녀석들이니 그럴 수밖에 없었을지도 몰라."

"그럼 팔란티어는 게임이 아닌가요?"

그러자 국환은 정색을 하며 원철을 똑바로 쳐다보았다.

"너도 팔란티어를 했으니 물어보자. 넌 팔란티어가 재미없다고 생각하니?"

594

원철이 고개를 젓자 국환은 커다란 미소를 지으며 말했다.

"그래, 바로 그거야! 사람들이 게임을 하는 이유는 바로 재미를 얻기 위해서거든. 재미만 있으면 되는 거 아냐. 재미만 있다면 그 안의 캐릭터들에 대한 완벽한 컨트롤이 가능하건 불가능하건, 그건 상관없어."

"하지만……."

원철이 반론을 하려 하자 국환은 손을 들어 그의 입을 막았다.

"아, 아! 내 얘길 끝까지 듣고 말해라. 컴퓨터 게임이란 어차피 놀이야. 사람들이 여가를 보내기 위해 하는 놀이일 뿐이란 말이야. 하지만 여가를 보내는 방법은 여러 가지가 있어. 텔레비전이나 영화를 보기도 하고, 또 소설책을 읽기도 하지. 하지만 드라마나 소설 속의 주인공들이 꼭 우리가 원하는 대로만 움직이던가?"

"……."

"당연히 아니지! 하지만 스토리만 재미있으면 사람들은 계속 그 드라마를 보고 그 책을 읽어. 팔란티어란 게임도 마찬가지야. 재미만 있다면 이용자들은 계속 접속을 해. 아주 간단한 원리지."

말을 마친 국환은 원철이 여전히 이해가 안 간다는 눈으로 자신을 바라보자 뒤통수를 한번 긁적인 다음 입을 열었다.

"원철아, 사람들이 영화나 텔레비전을 보는 이유가 뭐겠니? 사람들이 그런 것들로부터 진정 원하는 게 뭐겠냐고."

"……."

"그건 바로 환상이야. 영화나 드라마를 보면서 사람들은 잠시나마 피곤한 현실이 아닌 다른 환상에 젖어보고 싶은 거야. 컴퓨터 게임이라고 해서 하나도 다를 게 없어. 우주 전쟁을 지휘하는 사령관이나 월드컵 축구 선수건, 아니면 먼 나라의 공주나 가이아 대륙의 전사건, 하여간 뭔가 다른 인생, 다른 세계를 간접적으로 경험해 보고 싶은 게 사람들의 바람인 거라고."

원철은 그제야 어렴풋이나마 국환의 말을 이해할 수 있었다.

"그럼, 설마……."

원철이 더듬거리자 국환은 고개를 끄덕였다.

"그래, 맞아. 팔란티어는 끝없이 이어지는 한 편의 미니시리즈와도 같아. 프로듀서인 난 단지 그 커다란 틀을 제공할 뿐이고 세세한 이야기들은 시청자인 게이머들이 직접 엮어나가는 한 편의 드라마란 말이야. 게다가 진짜로 신나는 것은 그게 간접 경험이 아닌 직접 경험이란 거지. 자기가 주인공인 드라마인데 어떻게 재미가 없을 수 있겠어?"

국환은 담배를 비벼 끈 다음 선언하듯 말했다.

"팔란티어는 절대로 게임이 아니다. 겉으로 온라인 게임이란 틀을 빌리긴 했지만, 그건 영화도 드라마도 연극도 아닌 전혀 새로운 장르의 엔터테인먼트란 말이야."

원철은 국환의 말을 되뇌어 보았다.

'게임이 아닌 엔터테인먼트라……'

정말 팔란티어의 정수를 정확히 표현한 말이었다.

그때 양복 하나가 쟁반에 차를 들고 다가왔다. 테이블에 차를 내려놓은 양복은 다시 방문 앞으로 가서 부동 자세를 취했다. 사천왕처럼 문 양쪽에 버텨선 두 양복을 돌아본 원철은 다시 국환에게 물었다.

"저 사람들은 누구예요?"

"우리 미라지 팀의 직원들이야."

"그런데 어쩌다 정부에서 팔란티어를 운영하게 된 거죠?"

"그러면 안 되냐?"

"그건 수익 사업이잖아요."

"담배와 인삼도 수익 사업이야."

"하지만 이건 다르잖아요. 온라인 게임은……."

따지듯 묻던 원철은 갑자기 멈칫하며 말을 멈췄다.

'설마……'

국환은 찻잔을 들어 한 모금 마신 다음 미소를 지었다.

"사람 일이란 게 참 재미있어. 만약 호철이 녀석이 내 말에 귀를 기울였더라면 난 아직도 평범한 게임 운영자로 썩고 있었을 거야. 하지만 그러긴커녕 그 녀석하고 박 과장은 모든 걸 내게 뒤집어씌우는 데만 급급했어. 나에겐 상의도 없이 프로젝트가 실패라는 말을 투자자들에게 흘렸단 말이야. 한바탕 난리가 났고 난 꼼짝없이 실패의 모든 책임을 짊어져야 했지."

국환은 그때의 일이 새삼스레 기억나는 듯 잠시 입술을 씰룩이더니 다시 빙그레 웃음을 지었다.

"하지만 실패는 그걸 받아들이려는 사람들에게만 의미가 있는 단어야. 난 위기를 통해 더 큰 시야를 얻었지. 그 병신들을 모아놓고 설득을 할 수도 있었지만, 돼지들에게 애써 진주 목걸이를 걸어주려고 애쓸 필요가 있겠어? 그래서 난 팔란티어의 진정한 가치를 알아줄 수 있는 사람을 찾아갔지."

"누구요?"

"당시 재경부의 한 국장이던 우리 선배로 지금의 재경부 장관이야. 경제 전문가답게 그 선배는 딱 10분 만에 내 말을 알아듣더군. 물론 그 다음의 일은 일사천리였지. 공무원들이라고 모두 바보가 아니란 걸 난 그때 알았다. 덕분에 팔란티어는 작년 대선이 끝났을 때 이미 시험 가동을 하고 있었고 미라지 팀의 세부 계획도 모두 완료되었지. 신임 대통령은 계획서를 보자마자 모든 걸 승인하더군. 하긴 굴러 들어온 떡을 마다하는 바보야 없을 테니까."

"결국 모든 게 돈 때문이었단 말인가요?"

원철이 허탈한 목소리로 묻자 국환은 살짝 눈살을 찌푸린 다음 말했다.

"글쎄, 액수가 적었다면 네 말대로 '단순히 돈 때문'이라고도 말할 수 있겠지. 하지만 그게……, 그게 너무 컸어."

국환은 자리에서 일어나 뒷짐을 지고 왔다갔다하기 시작했다.

"지금 팔란티어의 이용자는 대략 2000명 가량이야. 현재까지는 타깃 광고 형식으로만 이용자를 모집했기 때문에 수가 많지는 않아. 우린 시간당 4만 원이라는 높은 이용료를 받고 있는데, 넌 그 2000명 중에서 게임을 포기한 사람이 몇이나 될 거라고 생각해?"

"글쎄요? 열에 하나 정도?"

원철이 대충 짐작으로 대답하자 국환은 머리를 저었다.

"지금까지 정확히 다섯 명이 그만뒀어. 둘은 교통 사고로 죽었고, 나머지 셋은 박현철과 너, 그리고 김혜란 박사야."

갑자기 튀어나온 혜란의 이름에 원철이 움찔했지만 바닥을 보고 있던 국환은 눈치채지 못하고 계속했다.

"비록 이용료에 부담을 갖지 않을 정도의 고소득자들만 골라서 끌어들이긴 했지만, 일단 이 게임을 시작한 사람들은 절대로 그만 두질 않아. 어쩌면 당연한 일이겠지. 먹고 살 만한 사회일수록 사람들은 여흥거리에 집착하게 마련이니까. 하여간 지금은 한 사람이 한 달 평균 20시간 정도를 접속하고 있고, 그건 매달 한 사람이 80만 원 정도를 낸다는 얘기지. 이건 지금 현재로서도 한 달에 16억, 1년이면 200억 가까운 수익을 올리지. 고작 2000명의 사용자로 말이야. 이게 100배가 되면 어떨까? 그리고 해외 유저에게도 기회를 제공하면 수익은 1000배 아니면 10000배? 이건 정말 엄청난 사업이야. 멀티 세트 등 기초 투자 비용을 뽑는 데는 한날도 안 걸려."

"그래서 지금까지 그걸로 정치가들에게 더러운 뒷돈이나 대주고 있었단 말이에요?"

원철이 버럭 소리를 지르자 국환은 깜짝 놀란 얼굴로 그를 돌아보았다.

"더러운 뒷돈?"

"정치 자금 말예요!"

원철이 다시 외치자 국환은 갑자기 커다란 웃음을 터뜨렸다.

"아하하, 이원철. 하하하, 넌 선배인 내가 그런 정도의 인간으로밖에 안 보이더냐?"

"......?"

얼떨떨해진 원철이 할말을 잃고 있자 국환은 이내 웃음을 멈추고 원철을 노려보았다.

"넌 미국에 자동차 한 대를 팔면 우리가 얼마 버는 줄 아니?"

원철은 갑작스런 질문에 우물거리며 답했다.

"그, 글쎄요…… 한 5000달러?"

그러자 국환은 '흥' 하고 코웃음을 흘린 다음 말했다.

"중형차 한 대를 팔면 한 50달러 정도 벌 거다. 판매가가 중요한 게 아니야. 그 차 한 대를 만들기 위해선 철광석 사와야지, 생고무 사와야지, 주요 부품 특허료 줘야지, 직간접적으로 국외로 나가는 돈이 한도 끝도 없단 말이다. 결국 수출이 늘면 늘수록 수입도 늘 게 되어 있는 게 우리 나라의 산업 구조야. 전 국민이 죽어라 매달려 일을 해도 결국은 푼돈 몇 푼 붙여먹는 가공 무역이라고."

국환은 원철을 똑바로 쳐다보며 계속했다.

"50달러면 요즘 아이들 좋아하는 청바지 한 벌을 수입할 때 코쟁이들에게 줘야 하는 돈이다. 결국 우리가 낑낑대고 자동차 한 대 만들어 팔아 애들 바지 한 벌을 사주고 있는 형편인 거지. 내가 보기에도 먹고 사는 게 신기할 정도니 정말 한심하지 않아?"

"……."

"그런데도 우리 나라는 지금 통일을 향해 나가고 있어. 그건 피할 수 없는 대세야. 하지만 넌 잠정적으로 추산된 통일 비용이 얼마나 되는지 알아? 독일과 비례해서 비슷하게만 잡아도 대략 1500에서 2000억 달러야. 공식적인 비용만 따져도 그렇게 된다고."

수출? 통일? 갑작스레 튀어나온 거창한 주제들에 원철은 갈피를 잡지 못했다.

국환은 그런 원철을 향해 노한 표정으로 언성을 높였다.

"지금 국민들은 무조건 통일을 외치고 있어. 통일이 되면 우리 나라가 자동적으로 동북아의 초강대국이 되는 줄로들 알고 있단 말이야. 물론 학자들과 실제 국정을 맡고 있는 관료들은 '무조건 통일'의 결과가 어떤 건지 잘 알고 있지만, 차마 국민들의 장밋빛 환상을 깰 수 없어 입을 다물고 있어. 아니, 맞아죽는 게 겁나서 입을 닥치고 있다는 표현이 더 정확하겠지. 앞뒤 못 가리는 그 반통련 아이들이나 젊은 혈기에 좀 떠들어댈 뿐이라고! 넌 IMF를 기억하니? 그때 우리 나라의 경제 주권이 얼마나 위험했는지 알아? 통일은 IMF보다 더하면 더했지, 절대로 덜하지는 않을 거야. 만약 지금 상태에서 이대로 통일이 이루어지면 우린 정말로 망해. 기술 투자비는 형편없이 줄어들 거고, 그러면 지금까지 우리 입에 겨우 풀칠을 해주던 서너 개 기술 우위 분야마저도 내줘야 하겠지. 결국 애써 만들어진 우리의 통일 조국은 또다시 수십 년간 미국과 일본의 경제 식민지 노릇을 해야 한단 말이야!"

"형, 도대체 그게 다 무슨 얘기야?"

간신히 목소리를 찾은 원철이 더듬거리며 묻자 국환은 다시 자리에 앉아 차를 한 모금 마셨다. 그는 잠시 격앙됐던 감정이 가라앉자 침착한 말투로 입을 열었다.

"간단히 말해서 우리와 북한은 가난한 연인들과 같아. 식은 올리고 싶은데, 막상 결혼 비용을 계산해 보니 간신히 마련해 놓은 단칸방이 날아갈 지경이란 말이야. 벌어서 비용을 마련하자니 지금의 수입으로는 도저히 기약이 없고."

"……."

"그게 이번 정권이 직면하고 있는 최대의 딜레마야. 통일을 하자니 나라 전체가 부도날 판이고 사실대로 말하자니 국민들의 분노가 무섭고……. 후후, 난 그 딜레마에 대한 답으로 팔란티어를 제시했고 현정권이 그걸 받아들였던 것뿐이야."

국환의 입가에 떠오른 미소를 보는 순간 원철의 머릿속에는 한 가지 생각이 스쳐갔다.

"그, 그럼 혹시……."

국환은 크게 고개를 끄덕였다.

"그래, 맞아. 지금까지의 팔란티어는 일종의 시험 가동이었을 뿐이야. 새해인 2012년 1월 1일을 기해 팔란티어는 공개 서비스를 시작할 거고, 동시에 인터넷을 통한 해외 서비스도 개시하게 돼. 시간당 접속비는 40달러. 조금 높은 가격이긴 하지만 공짜인 첫 열 시간 후에 비싸다고 그만두는 사람은 거의 없을 거라고 봐. 첫 1년간 미국과 일본에서만 약 35억 달러, 전 세계적으론 한 100억 달러 가량이 들어오겠지. 물론 아무런 원자재 수입이 필요 없는 순수한 이익으로 말이야. 2년 후에는 약 300억 달러 정도를 예상으로 잡고 있어."

'3, 300억 달러!'

원철은 숨이 막혀 아무 말도 할 수 없었다.

국환이 계속했다.

"그 이후는 나도 몰라. 지금도 글로벌 넷화는 계속 진행중이고, 중국까지 포함하면 앞으로 5년 10년 후의 네티즌 수가 얼마가 될 지는 아무도 예측할 수 없으니까. 하지만 에브왐과 멀티 세트의 특허는 내가 확실히 확보해 놓았고 인터넷을 통한 온라인 게임 운영에 관한 국제법 문제며 그 사용료의 지불에 관한 문제 등등도 우리 미라지 팀에서 이미 다 처리를 했어. 후후, 코쟁이 녀석들, 인터넷 무역에 비관세 어쩌고 해놓으면 자기들에게 유리할 거라고 생각을 했겠지. 하지만 이제 앞으로 두 달 후부터는 아주 쓰디

쓴 맛을 보게 될 거다."

국환은 원철에게 커다란 미소를 지어 보인 다음 덧붙였다.

"원철아, 이 숫자들은 절대 내 희망 사항이 아니다. 말했지만 팔란티어는 단순한 게임이 아니라 새로운, 아니 어쩌면 궁극적인 유흥거리야. 앞으로 사람들은 지금까지 여가를 위해서 쓰던 모든 돈을 여기에 투자하게 되겠지. 영화, 책, 컴퓨터 게임은 물론, 하 다못해 여름 휴가비와 프로 야구 입장료까지, 그런 모든 걸 포기 하면서라도 팔란티어에 매달리게 될 거라고."

팔란티어의 중독성을 익히 알고 있는 원철은 국환의 말이 절대로 과장이 아님을 깨달았다. 예상의 80퍼센트만 맞아든다고 해도 엄청난 금액이었다. 그 정도라면 웬만한 기간 산업 한두 개는 너끈히 넘는 규모이니 정부가 직접 개입을 한다고 해도 하나도 이상할 것이 없었다. 아니, 필히 개입을 해야만 하는 일이었다.

'매년 200억 달러의 순수익이라……'

정말이라면 이건 인천 앞바다에 유전이 하나 솟아나는 것과 마찬가지의 일이었다.

"그, 그럼 송 의원 사건은……."

가까스로 진정한 원철이 운을 떼자 국환은 갑작스레 불편해진 표정을 감추지 않으며 고개를 끄덕였다.

"그래. 그 사건……."

국환은 다시 담배를 한 대 피워문 다음 천천히 입을 열었다.

"정말 예상치 못했던 문제였어. 사실 그게 어떻게 된 일인지는 나도 김 박사가 죽은 다음에야 알았다. 아주 유감스런 사건이었지."

"내용을 몰랐다면 왜 욱이와 날 쫓아다녔던 거죠?"

원철의 물음에 국환은 고개를 저었다.

"우린 네가 장 형사와 같이 있는 줄은 정말 몰랐다. 우린 단지 팔란티어를 보호하려고 했던 것뿐이야."

"팔란티어를 보호해요?"

국환은 무겁게 고개를 끄덕인 다음 말했다.

"이 사업은 선점이 중요해. 일단 팔란티어의 세계에 맛을 들인 이용자는 가상 현실을 이용한 또 다른 게임이 만들어진다고 해도 웬만해선 팔란티어를 떠나지 않을 거야. 물론 내가 모든 특허를 다 가지고 있으니 경쟁 상대가 생길 리야 없겠지만, 만에 하나 일본이나 미국에서 미라지 팀의 계획과 그 진짜 목적을 눈치챈다면 어떻게든 방해를 놓으려고 할 거야. 만약 우리 계획이 지연된 동안 다른 녀석들이 에브왐을 조금 개조해서 새 특허를 따내고 그래서 우리보다 먼저 가상 현실 게임을 시작한다면, 우린 완전히 낙동강 오리알이 되는 거란 말이야. 이 나라의 운명이 걸린 일인지라 우린 무조건 조심스러울 수밖에 없었다."

국환은 한숨을 쉰 다음 말을 이었다.

"당연히 애초의 계획 단계부터 미라지 팀은 극비였지. 신임 대통령에게 계획서를 제출할 당시에 그걸 알고 있던 사람은 단지 다섯 뿐이었어. 시험 가동을 위한 이용자를 개별적인 타깃 광고로 모집했던 것도, 또 회사의 조직을 정보 기관의 형식을 빌려 드러나지 않도록 만든 것도, 결국 다 보안 때문이었다. 그리고 모든 작업은 철저하게 목적을 감추고 아웃소싱을 했지. 그 이름답게 미라지 팀은 단 한번도 세상에 실체를 드러낸 적이 없단 말이야. 우리에게 법률적 조언을 해준 로펌들은 우릴 평범한 인터넷 무역 업체로 알고 있고, 작가들은 동화책에 실릴 내용이라 믿으며 팔란티어 안에서 쓰일 전설들을 지어내고, 뭐 이런 식이었지. 지금도 미라지 팀의 진짜 목적을 알고 있는 사람은 쉰 명 남짓할 뿐이야."

원철은 말없이 국환의 설명을 듣기만 했다.

"가끔 필요 이상의 관심을 가지는 마니아들이 있었지만 모두들 적당한 선에서 포기했어. 하긴 아무리 파고들려고 해봤자 파고들 건덕지가 없었을 테니까. 그러던 중 어느 날 네 친구인 장욱 형사가 우리 사무실 중 하나를 찾아왔다고 들었다. 처음엔 귀찮은 마니아가 또 하나 나타났다고만 생각을 했는데, 알고 보니 그 친구는 우리 이용자가 아니더군. 게다가 제우스란 이용자 아이디를 들먹였다고 해서 유저를 확인해 보니까 그게 바로 희세의 살인마 박현철이었던 거야! 난 완전히 미치는 줄 알았다."

"왜요?"

"왜냐고? 매스컴에서 '이게 박현철이가 즐기던 온라인 게임이다' 하는 순간, 전 국민의 관심이 우리에게 쏠릴 것 아냐. 그건 절대로, 절! 대! 로! 일어나서는 안 되는 일이었어. 우린 일단 박현철과 팔란티어를 이어주는 고리인 그 컴퓨터를 없앤 다음 필요한 기관장들을 동원해서 장 형사를 수사팀에서 제외시키려고 했지. 컴퓨터는 간단히 없앨 수 있었지만, 그 반장이란 친구가 워낙 완강하게 버티는 바람에 장 형사는 결국 그 수사반에 남게 되었어. 뭐 조금 찜찜하긴 했지만 그 이후로 장 형사가 별다른 돌출 행동을 하지 않았고, 또 괜히 너무 무리를 하다간 쓸데없이 일이 커질 수도 있겠다 싶어서 우리도 거기서 신경을 껐다. 하긴 거기에만 매달려 있을 여유도 없었고."

"그럼 그날 총 들고 우릴 쫓아온 사람들은 뭐예요?"

원철이 묻자 국환은 괴로운 표정으로 담배를 비벼 껐다.

"우리가 지난 1년간 가장 신경을 썼던 게 전체 계획의 보안이라면 두 번째로 신경을 쓴 것 역시 보안이었어. 바로 팔란티어 시스템 자체에 대한 전산 보안 말이야. 해킹은 절대로 용납될 수 없는 일이었고, 따라서 우린 몇 가지 보안 장치를 고안해 냈지. 첫 번째는 접속 방식이야. 접속 프로그램은 이용자의 고유 뇌파를 키로 한 암호를 사용해서 모든 데이터를 처리해. 그러니 원래의 사용자가 아니면 절대로 게임에 접속을 할 수가 없는 거지. 게다가 1차 접속 후에는 고유 뇌파를 키로 해서 우리 쪽 접속 주소까지 암호화시켜 버리기 때문에, 원래 사용자라도 우리 주소는 절대로 알아낼 수가 없게 되어 있어. 그냥 멀티 세트를 쓰면 자동으로 접속은 되지만 말이야."

원철은 고개를 끄덕였다.

'그래, 덕분에 욱이 녀석도 한번 혼이 났지.'

국환은 목이 타는 듯 앞에 놓인 찻잔을 비운 후 말했다.

"두 번째 보안 장치는 시스템의 이원화야. 운영을 위한 모든 조작과 이용자들의 연결은 요 앞의 한경 상사 빌딩에서 취급을 하지만 메인 시스템, 그러니까 팔란티어의 본 프로그램과 데이터가 담긴 슈퍼 프레임은 벙커탄을 맞아도 끄떡이 없도록 지어진 이 건물 지하 4층과 5층에 고이 모셔놓았지. 혹시라도 누군가가 시스템 해킹을 목적으로 침투해 들어오면 한경 상사와 이곳 사이의 모든 연결은 자동적으로 끊어지게 되어 있어. 도마뱀처럼 꼬리만 내주자는 거지."

국환은 한숨을 쉰 다음 계속했다.

"팔란티어를 구동시킨 이후로 그럴 필요가 있었던 적은 단 한 번뿐이었다. 바로 동규, 그 자식 때문이었지. 정말 대단한 녀석이란 말밖에 할 수가 없었다. 그래서 우린 어쩔 수 없이 제3의 보안 장치를 사용할 수밖에 없었어."

"제3의 보안 장치요?"

국환은 대답 대신 방문 양옆에 서 있는 두 양복을 흘끗 돌아봤다.

"해킹을 당하는 순간, 떨어져 나간 한경 상사의 시스템은 역추적 파일럿을 해커에게 쏘아보내게 되어 있어. 그러면 해커가 일단 로그 오프하더라도 언제고 다시 넷에 온라인이 되는 순간 파일럿이 우리에게 호밍 신호를 보내오거든. 그렇게 해커의 소재가 파악되면 미라지 팀의 행동 대원들이 출동을 하지. 미라지 계획 기획 당시의 가상 적이 미국과 일본의 정보 기관들이었기 때문에, 우리 행동대도 우리 나라 각 기관에서 차출한 최정예 요원들로 구성되어 있어. 후우, 난 그날 행동대의 출동을 처음으로 승인하면서 그들이 잡아올 사람이 동규 녀석일 줄은 정말 꿈에도 몰랐다."

"해커가 동규인 걸 보고도 총까지 들고 욱이와 날 쫓아왔어야 했나요?"

원철이 갑자기 언성을 높이며 따지자 국환은 두 손을 내저으며 도리질을 쳤다.

"아니, 아니야! 말했지만 우린 네가 장 형사랑 같이 있다는 것도 몰랐다니까! 단지 동규의 입에서 장 형사의 이름이 나오는 순간, 우린 그가 일전에 제우스에 대해 묻고 다니던 바로 그 형사라는 걸 깨닫고 당황했을 뿐이야. 난 무조건 장 형사를 데려오라고 지시했고 행동대가 다시 움직였지. 당시 출동했던 대원들은 '도저히 멈추려 하지 않는다. 총으로 위협해 보겠다' 라는 무전을 마지막으로 모두 죽었고, 그 이후 일이 걷잡을 수 없어졌던 거야."

'위협? 그게 위협이었다고?'

원철이 멍한 표정으로 국환을 쳐다보자 그가 덧붙였다.

"사실 난 네가 그 일에 관련되어 있는 줄은 장 형사가 한경 상사에 뛰어든 후에야 알았다."

"그럼 왜 팔란티어 안에서 우릴 막으려 들었죠?"

원철이 의심 어린 투로 다시 묻자 국환은 한숨을 푹 쉬었다.

"해킹을 보고받은 다음날, 난 도대체 장 형사가 왜 그렇게 제우스에 대해 집착하는지 궁금해졌어. 그래서 게임 안에서 제우스를 찾아봤지. 허, 그랬더니 놀랍게도 제우스의 정면에 송 의원의 그림이 그려져 있더군. 어떻게 된 일인진 몰라도 유저 중 하나가 고대어 마법으로 부조를 변형시켜 놓았던 거야. 만약 게이머 중 누구라도 그 그림을 보게 된다면 정말로 걷잡을 수 없는 일이 벌어질 것 아니냐!"

"……."

"우린 발을 동동 굴렀어. 팔란티어의 세이프티 가드 때문에 도저히 그걸 지워버릴 수는 없었고, 그렇다고 시스템을 닫아버리는 건 생각조차 할 수 없는 일이었으니까. 게다가 그때 마침 신전으로 접근하던 원정대가 발견되었기에 우린 급한 나머지 그 원정대를 무조건 막을 수밖에 없었어. 불행히도 우리가 할 수 있는 유일한 저지 방법은 새 몬스터들을 그 앞길에 뿌려놓는 것뿐이었는데, 놈들은 우리 직원이 당황해서 마구 투입한 몬스터들을 깨끗이 해치워 버리더니 아예 안전 지대를 만들어버리더군. 그래서 다음 세션엔 내가 직접 아이언 골렘을 투입했는데 그 괴물 같은 녀석들은 그것도 간단히 처치해 버리더라고. 결국 난 게임 밸런스가 깨질 걸 각오하고서 아몬까지 투입을 했던 거야. 설마 그 괴상한 원정대가 장 형사와 관계가 있으리라는 것과 네가 그 일원이리라는 건 난 정말 상상조차 못했다. 정말이야. 송 의원 사건의 전모도 김 박사의 편지를 보고 나중에야 알았어."

원철은 천천히 고개를 끄덕였다.

'그래, 그렇게 됐을 수도 있구나.'

생각에 잠겼던 원철이 갑자기 생각난 듯 물었다.

"그래서 동규는 지금 어떻게 됐어요?"

"녀석은 팔란티어의 보안 책임자로 열심히 일하고 있지. 조금 있다가 만나봐."

"욱이는요?"

"뭐?"

"왜 욱일 죽였어요?"

원철의 직접적인 질문에 국환은 자리에서 펄쩍 뛰어 일어났다.

"무슨 소리냐! 넌 우리가 사람을 마구 죽이는 깡패들로 보이냐? 그 녀석 때문에 우리 요원이 셋이나 죽었고 난 한 달 동안 의자에 똑바로 앉지도 못했다만, 우린 그런 개인 감정으로 움직이는 조직이 아니다! 국가와 민족의 장래를 위해 자기 사생활을 몇 년씩이나 묵묵히 희생하고 사는 사람들에게 너 그게 지금 할 소리냐!"

씩씩거리던 국환은 원철에게 손가락질까지 해가며 소리쳤다.

"너랑 장 형사랑 친한 사이였다는 건 나도 알아. 하지만 그런 식으로 함부로 사람을 의심하진 마! 저 혼자 술 처먹고 음주 운전 하다가 사고 낸 걸 우리보고 어쩌란 얘기냐!"

말을 마친 국환이 손짓을 하자 어느새 원철 뒤로 다가와 있던 두 양복이 다시 문 쪽으로 물러났다. 아마도 국환이 언성을 높이자마자 다가와 있었던 모양이었다.

"좋아요, 좋아."

원철은 한숨을 쉬며 고개를 저었다.

"모든 게 형 말대로라고 합시다. 그럼 오늘은 왜 날 불러온 거죠? 미라지 팀에 대한 이야기부터 그런 극비 사항까지 다 나한테 털어놓는 이유가 뭐냔 말예요?"

그러자 국환은 다시 자리에 앉더니 간곡한 어조로 말했다.

"원철아, 우리 같이 일하자."

"네?"

갑작스런 제안에 원철이 눈을 동그랗게 뜨자 국환이 말했다.

"지금까지 팔란티어 안에는 카자드, 노렐리아, 다메시아의 3개 국만이 존재하고 있었어. 하지만 이제 다메시아가 록스란드 진입에 성공했고 3국은 모두 록스란드의 속주가 되었지. 앞으론 록스란드가 다시 칼라엘, 할크로스라는 다른 두 나라와 곤도란이라는 약속의 땅을 놓고 경쟁하게 돼. 그렇게 끝없이 이어지도록 되어 있는 게 팔란티어의 세계야. 그리고 해외 서비스 개시 전에 가이아 말고 다른 대륙도 만들어야 해. 하여간 결론적으로 말해서 난 지금 손이 달린다. 네가 좀 도와다오."

"난 일을 놓은 지가 벌써 5개월이나 됐어요. 다른 애들도 많은
데 왜 하필 나죠?"

그러자 국환은 안경을 올린 다음 말했다.

"팔란티어의 제작은 일반 게임과는 좀 달라. 일반적인 프로그
래밍 기법으론 그 엄청난 작업을 도저히 감당할 수가 없어."

"……?"

"결국 에브왐을 사용해야 해."

"네?"

원철이 깜짝 놀라 고개를 들자 국환이 미소를 지었다.

"뭘 그리 놀라? 실패하긴 했지만 에브왐은 애초에 입력 장치로
개발됐던 거잖아. 난 그걸 원래의 복적대로 활용할 방법을 찾아낸
것뿐이야."

"어, 어떻게요?"

"에브왐이 실패한 이유는 사용자가 원하는 내용대로 정확히 입
력이 되지 않기 때문이었어. 하지만 팔란티어는 게임이잖아. 인공
위성 발사 프로그램처럼 완벽한 정밀도를 요구하는 프로그래밍이
아니란 말이야. 난 그냥 에브왐을 쓰고 내 나름대로 상상의 나래
를 펼치고, 그러면 처음에 생각했던 것과 비슷하게나마 팔란티어
의 세계가 만들어져 나와. 세세한 부분만 나중에 수작업으로 보완
하면 된다고. 실은 지금까지 팔란티어의 90퍼센트 이상을 그런 방
법으로 혼자서 만들었다."

원철의 입이 벌어졌다.

'그, 그런 방법이……, 정말 가능할까?'

국환이 계속했다.

"한데 그런 방법을 쓰려면 작업 도중 일관되게 팔란티어의 가치관을 유지해야 한다는 제약이 따르지. 가이아 땅에 탱크나 비행기를 만들어넣으면 정말 큰일 아니겠어?"

국환은 거기서 잠시 한숨을 쉬더니 말했다.

"지금의 문제는 그런 일관성을 유지하며 에브왐을 다룰 수 있는 사람이 몇 안 된다는 거야. 아니, 사실대로 말하자면 아직까지나 말고는 에브왐을 제대로 다룰 수 있는 사람이 하나도 없어. 미라지 팀에는 서너 명의 프로그래머가 더 있지만 모두 에브왐을 마스터링하는 데 실패했고 지금은 수작업으로 날 보조하는 일밖에 못해."

원철은 국환의 고민스런 얼굴을 마주보며 물었다.

"그게 나와 무슨 상관이죠?"

"큰 상관이 있지. 넌 팔란티어 안에서 자신의 의지대로 티어의 신전을 찾아갔어. 현실 세계의 의지를 팔란티어 안에서 실행할 수 있을 정도라면, 에브왐을 이용해서 프로그래밍을 하는 것도 가능할 거야. 결국 모든 건 얼마만큼 자신의 충동 전위 신호를 제어할 수 있느냐의 문제니까. 물론 처음부터 잘되진 않겠지만 넌 그런 가능성을 보인 첫 번째 프로그래머야."

국환은 자리에서 일어나더니 원철의 옆에 와서 앉았다.

"원철아, 만약 에브왐을 다룰 수 있는 프로그래머를 구하지 못하면 우린 수작업으로 팔란티어를 유지할 수밖에 없어. 그러면 첫해에만 5, 600명의 1급 프로그래머가 필요할 거고, 그 요구량은 이용자가 증가함에 따라 기하 급수적으로 늘어나겠지. 하지만 그건 정말 최후의 방법이고 내가 원하는 바는 아니야. 그러니까 네가 좀 도와줘. 이건 우리 민족의 미래가 걸린 문제라고."

고개를 숙이고 앉아 있던 원철은 비틀거리며 자리에서 일어났다.

이 방에 발을 들여놓은 이후로 모든 게 예상과는 다르게 돌아가고 있었다. 지금까지 들은 엄청난 얘기들도 소화하기도 벅찬 마당에 갑자기 같이 일을 하자니……. 이건 자신이 밟아야 하는 운명의 궤적과는 너무도 다른 방향이었다.

'하지만 민족? 국가? 통일이라고?'

원철은 천천히 유리벽 쪽으로 걸어가 홀로그램 정원을 내다보았다. 그러자 다가온 국환이 원철의 어깨에 손을 얹으며 말했다.

"원철아. 망설일 게 뭐 있어."

그러나 원철은 잠시 더 머뭇거리다가 국환을 돌아보았다.

"형. 난……, 난 잘 모르겠어."

동시에 국환의 미간에 깊은 주름이 새겨졌다.

"넌 내가 지금까지 한 얘기를 제대로 들은 거냐? 이건 우리 민족의 장래가 걸린 일이라니까."

"알아요. 하지만 팔란티어는……, 팔란티어는 문제가 있는 게 임이잖아요."

"……."

원철의 말에 국환은 굳게 입을 다물더니 말없이 홀로그램 정원을 바라보았다.

한동안 생각에 잠겨 있던 그는 고개를 돌리지 않은 채 양복들에게 말했다.

"자네들은 잠깐 나가 있도록 해."

양복들이 밖으로 나가자 국환이 조용히 물었다.

"문제라니? 무슨 문제 말이냐."

"형도 잘 아시잖아요. 내가 아는데 제작자인 형이 모른다고는 하지 마세요."

원철의 대답에 국환은 잠시 입술을 씰룩거리다가 말했다.

"세상에 문제 없는 기술이 어디 있겠니. 실은 시험 가동에 들어간 이후로 난 매일 그 문제 때문에 고민했다. 그래서 김혜란 박사도 불러들였던 거고."

"네?"

원철은 깜짝 놀라 국환을 돌아보았고 국환은 몹시 어두운 얼굴로 말을 계속했다.

"후우, 그래. 너무도 완벽한 가상 현실. 그게 사람들의 가치 기준에 어떤 영향을 미칠지는 개발 단계부터 걱정거리였지. 폭력 영화가 범죄를 유발시킨다는 식의 비난이 나올 소지가 충분히 있었으니까. 당연히 가상 현실과 인간 심리의 관계에 대한 연구는 초기 단계부터 미라지 팀의 과제 중 하나였고, 그래서 그 분야의 유일무이한 전문가인 김혜란 박사를 국내로 불러왔던 거야."

"그, 그럼 혜란 씨가 미라지 팀의 일원이었단 말인가요?"

"아니야. 다른 모든 업무와 마찬가지로 그 일도 극비리에 추진된 거야. 김 박사는 단순히 자신이 과학 수사 연구소의 초청을 받은 걸로 알고 있었겠지만, 그것도 미라지 팀의 작품이었어. 우리는 김 박사가 자신이 하던 연구를 여기서 계속할 수 있도록 다른 루트로 연구비를 대주면서 그 연구 결과를 주시하고 있었지. 그런데……, 그런데 막상 그 문제를 해결해 줬어야 하는 사람이 그런 사고를 칠 줄이야……"

국환은 착잡한 듯 말꼬리를 흐렸으나, 이내 밝은 목소리로 덧붙였다.

"하지만 상관없어. 2000명이나 되는 이용자 중에 문제를 일으킨 사람은 박현철 하나뿐이니까. 게다가 그것도 김 박사 때문이었고. 그건 그 여자 스스로의 정신이 온전치 못해서 일어났던 일이야. 팔란티어 자체의 버그가 아니라고."

"하지만 형, 그 문젠 그렇게 간단한 게 아니에요."

원철이 돌아보며 말했으나 국환은 단호하게 머리를 저었다.

"간단한 문제야. 그리고 언젠간 해결이 될 거고. 이미 심리학자 둘과 정신과 의사 하나를 그 문제에 붙여놓았다."

"그치만 지금은 해결이 된 게 아니잖아요."

"원철아, 난 지금 그런 자잘한 문제에 매달려 있을 시간이 없어. 중요한 건 하루라도 빨리 공개 서비스를 시작하는 거야."

"형, 이건 자잘한 문제가 아니야!"

원철이 소리를 지르자 국환은 굳은 얼굴로 그를 노려보다 길게 한숨을 내쉬었다.

"이원철, 인마. 넌 좀 넓은 시야로 세상을 볼 수 없겠니?"

"시야가 넓어진다고 그 문제가 해결이 되나요?"

"물론 아니겠지. 하지만 우선 순위는 달라질 수 있어."

"사람들의 안전보다 뭐가 더 중요할 수 있다는 거죠?"

그러자 국환은 묵묵히 정원을 바라보다가 입을 열었다.

"넌 과학사를 공부한 적이 있니?"

또다시 불쑥 던져진 질문에 원철이 침묵을 지키자 국환은 정원에서 눈을 떼지 않고 혼자말처럼 계속했다.

"인간의 과학 기술은 대중의 욕구를 만족시키기 위해서 발전해 왔어. 아니, 그 욕구가 과학 기술을 발전시켰다는 말이 더 맞겠지. 수렵을 위해서 창과 활이 개발되었고 늘어나는 인구를 먹여살리기 위해 농경 기술이 발달했지. 바퀴, 내연 기관, 원자력, 컴퓨터. 모두 마찬가지야. 욕구가 있으면 인류는 반드시 그걸 충족시키기 위한 기술을 개발해 왔단 말이야."

"……"

"하지만 기존의 기술로 그런 욕구를 해결하는 것도 이젠 한계에 달했어. 늘어나는 인구에 비해 공간은 절대적으로 부족하니까. 과학 기술이 아무리 발달한다고 해도 공간을 만들어내진 못해. 역사를 돌아볼 때, 인류는 욕구를 해결할 기술이 없는 경우 자체적으로 욕구의 절대량을 조절하는 길을 택해 왔어. 결국 이 경우의 결론은 공간에 맞춰 인구를 줄여야 한다는 건데, 그 방법이 뭐가 될지는 너도 잘 알겠지. 넌 그런 일이 일어나길 원하니?"

"……"

"하지만 팔란티어는 공간을 만들 수 있어. 비록 가상 현실 속이지만, 현실의 공간을 훌륭하게 대체할 수 있는 공간을 만들어낼 수 있단 말이야. 원하는 만큼 즐길 수 있는 널찍한 공간이 있다면 굳이 사람들이 현실의 공간을 놓고 싸울 일은 없을 거 아냐. 이건 인구 과밀로 자멸해 가던 유럽을 구한 북아메리카 발견과도 같은 일이야. 아니, 그보다 더한 사건이지. 팔란티어는 단지 대륙 하나가 아니라 하나의 세계니까. 그것도 원하는 대로 무한히 확장할 수 있는."

"……."

국환은 눈을 돌려 원철을 바라보았다.

"원철아, 팔란티어 역시 인류가 필요로 했기 때문에 태어난 테크놀러지일 뿐이야. 너와 내가 여기 서서 거기에 문제가 있니 없니 따지는 건 아무런 의미가 없어. 역사의 거대한 흐름이 이미 그렇게 방향을 잡았고 그건 이제 아무도 막을 수가 없는 일이다. 내가 팔란티어를 만들지 않았다 하더라도 3년 후, 아니 5년 후엔 누군가가 그걸 만들었을 거야."

"……."

"그래. 지금은 약간의 문제가 있을지도 몰라. 하지만 처음부터 모든 게 완벽할 수는 없잖아. 만약 기술을 개발한 사람들이 모든 문제가 해결될 때까지 그걸 움켜쥐고 있었다면, 인류의 역사는 지금보다 훨씬 더 비참하게 쓰여졌겠지. 그리고 지금까지의 예들을 보면 그 문제들이란 게 꼭 개발자에 의해서만 해결됐던 건 아니거든. 결국 개발자의 책임은 기술을 개발하는 데까지야. 그걸 사용할지 말지의 판단과 그에 따른 책임은 개발자가 아닌 세상의 몫이란 말이야."

"……."

원철이 혼란스런 얼굴로 말을 않고 있자, 국환은 한 손으로 홀로그램의 표면을 가볍게 문질렀다. 그러자 정원 안에 두 명의 남자가 나타났다. 한 사람은 국환 자신이었고 또 한 사람은 처음 보는 서양인이었다.

국환이 물었다.

"저 사람이 누군지 알아?"

원철이 고개를 젓자 국환이 말했다.

"스티브 옥스타칼니스. 가상 현실의 바이블인 『실리콘 미라지』의 저자지. 지난 세기말 개념만 무성하던 가상 현실의 기술적 실현 방향을 처음으로 명쾌히 제시한 사람이야. 물론 이제부터는 21세기에 대한 인류의 요구가 무엇이었는지를 정의내린 사람으로 알려지겠지만. 참, 우리 팀 이름도 그의 저서에서 따온 거다."

"……"

"그리고 보다시피 저건 나. 옥스타칼니스와 함께 그의 꿈을 현실로 실현시킨, 아니, '가상 현실'로 실현시킨 사람으로 역사에 기록되겠지. 마치 그리스도와 바울, 마르크스와 레닌처럼 말이야."

스스로 도취된 듯 중얼거리던 국환은 갑자기 원철을 돌아보며 외쳤다.

"원철아! 너도 저 옆에 설 수 있어! 우리 같이 일하자. 지금은 그런 쓸데없는 고민으로 시간을 낭비할 때가 아니야!"

원철은 멍한 눈으로 홀로그램 정원과 그 안에 서 있는 두 남자를 바라보았다. 오만가지 생각이 교차하고 있었다.

'민족, 가상 현실, 통일, 욱, 팔란티어, 역사, 기술, 혜란, 인류, 책임……'

너무도 혼란스러웠다. 무엇이 옳고 그른지 도무지 판단이 서지 않았고 판단을 하고 싶지도 않았다. 그저 모든 걸 다 집어치워버리고만 싶었다.

하지만 살다 보면 피할 수 없는 선택들과 맞닥뜨릴 때도 있는 법이다. 그리고 자신은 지금 바로 그런 선택에 직면해 있었다. 뭔가 결정이 내려져야 했고 그것은 분명 우선 순위의 문제가 아닌

원칙의 문제였다.

가까스로 생각을 정리한 원철은 국환을 돌아보았다.

"형, 형은 정말로 하나의 '세계'를 만들어냈고 난 누구보다도 그 세계의 존재를 인정해요. 다른 사람들처럼 단순한 게임으로 치부하지는 않는단 말이에요. 형 말대로 가상 현실은 훌륭하게 현실을 대체해 줄 공간이고, 앞으론 현실의 연장으로 우리 생활의 일부분이 되겠죠. 형 표현대로 그게 역사의 흐름인지도 몰라요. 난 지금 그걸 부정하자는 게 아녜요."

"……."

"하지만 문제는 우리가 아직 그 세계에 대해 모든 걸 알지 못한다는 점이에요. 비록 형이 만든 세계이긴 하지만 형 자신도 아는 것보다 모르는 게 더 많아요. 형은 팔란티어가 인간의 무의식에 어떤 영향을 미치는지 알아요?"

국환은 대답을 못했고 원철은 그런 국환을 답답한 눈으로 바라보다 말했다.

"그건 내가 겪어봐서 알아요. 어떤 사람들에겐 현실과 가상 현실의 경계가 형이 생각하는 것처럼 뚜렷하지만은 않아요. 아니, 어쩌면 모든 사람들에게 그건 종이 한 장보다도 얇은 구분일지 몰라요. 박현철이를 보세요. 간단한 최면만으로도 두 세계의 경계가 여지없이 무너져버렸잖아요. 수십만 수백만의 이용자가 접속을 하게 될 경우, 모든 이용자가 두 세계를 정상적으로 구분할 수 있으리라고 생각해요? 여차 잘못하면 박현철 같은 살인마를 대량 생산할 수도 있어요."

"……."

"그리고 그런 문제들이 간단히 해결되리라고 생각하지 마세요. 형이 전문가라고 데려왔던 혜란 씨조차도 모든 걸 알진 못했어요. 혜란 씬 팔란티어 안에서 제우스에게 최면을 걸면서 설마 현실의 박현철이 진검을 준비해 오리라곤 상상조차 못했단 말이에요. 왜 그런 일이 벌어졌는지 혜란 씨도 결국 설명할 수 없었어요. 단지 그것뿐만이 아니라 설명할 수 없는 문제들은 계속 생겨날 거예요."

"그러면서 해결이 되어가겠지."

국환의 덤덤한 대꾸에 원철은 결국 분통을 터뜨렸다.

"형은 지금 그걸 말이라고 하는 거예요? 그런 생각이 얼마나 위험한 건지 알아요? 처음 원자 폭탄을 실험할 때, 후대에까지 영향을 미칠 방사선이 나올 거라고 상상이나 했는 줄 알아요? 프레온 가스가 오존층을 파괴할지 누가 알았겠어요! 그런 예기치 못한 문제들 중 완전히 해결된 건 열에 하나도 안 돼요. 새로운 기술이 나올 때마다 인류는 위태롭게 그걸 가지고 놀았죠. 마치 처음 불장난하는 아이들처럼요. 집을 홀랑 태우고 등짝을 화끈하게 데인 다음에야 불의 무서움을 깨닫는 철부지 아이들! 그게 바로 우리 인간들이란 말예요!"

"원철아……."

"내 말 마저 들어요! 형이 역사를 운운했으니 나도 한 마디 해야겠어요. 내가 보는 인류의 역사는 발전이 아니라 파괴의 역사예요. 철저하게 열역학 제3법칙을 따르는 파괴의 역사란 말예요! 인류가 자신의 욕심을 위해 하나를 만들면 열이 파괴됐죠. 몇 평의 농지를 얻기 위해 수천 년을 서 있던 숲이 사라지고, 옷감 몇 필을

물들이려고 수만 년 흐르던 강이 죽었어요. 우리의 삶이 조금 편해지기 위해서 멸종시킨 종(種)이 벌써 수십, 수백은 될 거란 말예요. 그걸 발전이라고 부르는 사람들이 있을지도 모르지만 과연 지금의 우리가 과거에 비해 더 행복한가요? 정말로 우리 현실이 행복하다면 형은 할 일이 없어지겠죠. 아무도 행복을 찾아 가상 현실 속을 헤매지는 않을 테니까요!"

"원철아, 바로 그거야! 이젠 더 이상 그런 걸 아쉬워하지 않아도 된다니까. 팔란티어는 사라진 숲이며 죽은 강이며 멸종된 동물들까지, 모든 걸 만들어낼 수 있어!"

국환의 말에 원철은 눈을 부릅뜨며 그의 멱살을 움켜쥐었다.

"형은 바보야? 그나마 지금 이 세계에 남아 있는 것들이 어떻게 남아 있는데? 그래도 사람들이 그것마저 없어지면 끝장이라는 생각을 가끔이나마 하기 때문이란 말야! 그런데 거기다 대고 이 세계에서 사라진 것도 다 팔란티어 안에서 즐길 수 있다고 하면, 도대체 어떤 일이 벌어질지 형은 상상이나 해봤어? 여긴 하나도 남아나는 게 없을 거란 말야!"

"인석아! 이 손 놔라!"

국환이 거칠게 원철의 손을 뿌리쳤으나 원철은 입에 거품을 물며 홀로그램 정원을 가리켰다.

"형! 형은 저게 진짜 나무들과 같다고 생각해? 저건 나무처럼 보여도 진짜 나무가 아니야. 사람들은 진짜 나무가 뭔지 잊어선 안돼! 잊으면 사라져버려! 그러니까 이런 홀로그램 따위완 헷갈리면 안 된단 말야!"

원철은 갈라진 목소리로 외치며 홀로그램을 걷어찼다. 요란한 소리와 함께 벽의 전면을 덮고 있던 판유리가 산산조각 나자 방문이 열리며 양복들이 달려 들어왔다.

양복들이 원철의 양팔을 단단히 거머쥐고 진정시키는 동안, 국환은 고개를 숙인 채 아무 말도 하지 않았다.

원철의 몸부림이 가까스로 가라앉자 국환은 양복들에게 응접세트를 가리켰다. 원철을 자리에 앉힌 양복들은 그에게서 손을 떼었지만 1미터 정도의 거리를 유지하며 등뒤에 바짝 붙어섰다.

국환은 괴로운 표정으로 시멘트가 드러난 벽을 바라보다가 원철의 맞은편 자리에 앉으며 차분한 목소리로 물었다.

"좀 진정이 됐냐?"

원철이 여전히 씨근덕대면서도 고개를 끄덕이자 국환이 다시 물었다.

"그럼 다시 잘 생각해 봐. 거듭 말하지만 우리 나라의 장래가 걸린 문제야. 감정적으로 판단하지 말란 말이다."

"형, 잘 생각해 보란 말은 내가 하고 싶은 말이에요. 내가 순순히 여기까지 온 이유는 팔란티어의 위험성에 대해서 설득하기 위해서였어. 이건 국가의 장래가 아니라 인류의 장래가 걸린 문제라고요. 형이라면 내 말을 알아들었을 것 아녜요. 제발 다시 생각해 봐요."

"난 다시 생각할 거 없다."

"기술을 만든 사람의 책임이 만드는 데서 끝난다니요. 그건 책임회피 정도가 아니라 죄악이에요, 죄악!"

원철이 다시 언성을 높이자 국환은 참지 못하고 버럭 화를 냈다.

"정말 네 녀석이나 네 친구란 그 형사 녀석이나 어쩌면 그리도 똑같냐! 둘 다 질기기가 쇠심줄보다 더해! 말귀 못 알아듣는 것도 똑같고!"

원철은 갑자기 싸늘한 냉기가 전신으로 번지는 것을 느꼈다.

"그게 무슨 소리에요?"

"그 자식은 끈질기게 박현철과 김혜란의 뒤를 캐고 다녔어. 보다못해 몇 번이나 경고를 보냈는데도 완전히 쇠귀에 경 읽기였단 말이다!"

국환이 내뱉는 말에 원철은 그제야 자신을 점령해 가고 있는 냉기의 원인을 깨달았다.

"그, 그래서……, 그래서 죽었어요?"

원철이 더듬거리며 묻자 국환은 입을 닫으며 고개를 돌렸다.

"묻잖아요! 형이 욱일 죽였냐고요!"

원철의 갈라진 목소리가 다시 방 안에 울려퍼지자 국환은 굳은 얼굴로 말했다.

"수천만의 미래가 달린 일이다. 우리의 내 결정들은 보통 사람들의 가치기준으로 판단되어선 안 되는 거야."

"!"

원철은 섬뜩한 데자뷰에 몸을 떨었다.

'보통 사람들의 가치 기준이라고? 네크로맨서의 숲에서 죽은 수십 명의 대원들 같은 보통 사람?

……아니면, 당신이 죽인 욱이나 혜란 같은 보통 사람?'

원철이 말없이 자신을 노려보기만 하자 국환은 차가운 눈으로 그를 마주보며 말했다.

"이젠 정말 마지막으로 묻는 거다. 나랑 같이 일할 거냐, 아니면 너도 네 친구처럼 끝까지 뻗댈 거냐?"

"거부하면 나도 죽일 건가요?"

원철의 질문에 국환은 쓸쓸한 웃음을 지었다.

"그래도 명색이 내 후밴데 그럴 수야 없지. 하지만 마음이 바뀔 때까지 다시 정신 병원에 박아놓을 생각이다."

원철은 흐린 눈으로 국환과 자신 사이의 탁자를 내려다보았다.

목적했던 설득은 실패했다. 그리고 자신은 절대로 국환을 도울 생각이 없었다.

결국 자신에게 남겨진 길이 한 가지뿐임을 깨달은 원철은 무겁게 한숨을 내쉬며 고개를 숙였다. 이번에야말로 정말 긴 기다림이 될지 몰랐다.

거푸 한숨을 내쉬는 원철의 양옆으로 양복들이 다가섰다.

그다지 정중하지 않은 태도였다.

"잠깐만요. 형. 조금만……, 조금만 더 생각할 시간을 줘요."

원철이 머리를 들며 말했다.

국환이 고개를 끄덕이자 양복들은 뒤로 한 걸음 물러났다.

원철은 한숨을 쉬며 아랫입술을 씹다가 코트 주머니에서 뭔가를 꺼내 탁자 위에 올려놓았다.

"그건 또 뭐냐?"

국환이 묻자 원철은,

"그냥 내가 정신을 집중할 때 쓰는 거예요."

라고 대답한 다음 탁자 위의 물건을 잠자코 응시했다.

'운명, 운명이라…….'

"뭘 더 생각해야 된다는 거냐?"

국환이 짜증스레 다시 묻자 원철이 말했다.

"형, 나 잠시 마음 좀 가라앉히게 해줘요. 5분만, 아니 3분만 조용히 생각 좀 정리할게요."

국환은 여전히 못마땅한 표정이었으나, 안 된다는 말은 하지 않았다.

원철은 눈을 감았다.

혜란의 얼굴이 떠올랐다. 욱의 얼굴도 부모님의 얼굴도 연이어 떠올랐다.

하지만 미련은 없었다.

'길은 달라도 모든 운명은 한곳으로 모이는 거니까.'

마음을 비운 원철은 긴 한숨과 함께 눈을 뜬 다음 손을 뻗어 상위에 놓인 직육면체의 스위치를 올렸다.

'틱, 틱' 하는 단조로운 전자음이 규칙적으로 흘러나오기 시작하자 원철은 고개를 들어 마주앉은 국환을 잠시 바라보다 말했다.

"형."

"왜?"

"형은 내가 아는 어떤 녀석이랑 많이 닮은 것 같아."

"그건 또 무슨 뚱딴지 같은 소리냐?"

국환은 시덥지 않다는 듯 팔짱을 끼며 고개를 돌렸다.

'아니 맞아. 형은 아무리 봐도 개대가리야.'

원철은 엷게 미소를 지은 다음 뒤로 몸을 기대며 눈을 감았다.

이제는 볼 수 없게 된 친구의 목소리가 들리는 듯했다.

'눈 아래 끝없이 펼쳐지는 녹색의 바다를 그려봐. 그 평화로운 풍경 속에 네가 있는 거야.'

원철은 편안한 마음으로 속리산의 문장대를 떠올렸다. 마지막으로 그의 의식을 스쳐간 생각은 불어오는 산바람이 무척 시원하다는 것이었다.

　눈을 뜨자 또다시 이상한 방이었다.

　'젠장할, 또 개꿈인가?'

　속으로 투덜거리던 보로미어는 자신의 앞에 버티고 앉은 녀석을 보는 순간, 온몸을 긴장시켰다.

　아몬이었다!

　실바누스를 죽인 놈! 닉스와 메디나를 죽인 바로 그놈이, 손 내밀면 닿을 거리에 팔짱을 끼고 앉아 있었다.

　이거야말로 신의 도움이라고밖에는 생각할 수 없었다.

　실바누스의 복수를 위해 신이 내려준 기회!

　반사적으로 미스릴 블레이드를 찾던 전사는 자신이 저번 개꿈 때와 마찬가지로 빈손이라는 것을 깨달았다. 하지만 상관없었다. 저런 녀석의 숨통을 으스러뜨리는 것 정도는 맨손으로도 식은죽 먹기인 것이다.

　부드득 이를 간 다음, 보로미어는 더 이상 생각할 것 없이 몸을 날렸다.

　자신이 생각하기에도 정말 번개 같은 빠르기였다.

〈끝〉

밀리언셀러 클럽을 펴내면서

지난 수백 년 동안 소설은 기묘하면서도 교양 넘치고, 자유로우면서도 현실에 뿌리 박고 있으며, 흥미진진하면서도 감동적인 이야기로 독자들의 사랑을 독차지해 왔다.

민담이나 전설 등에 비해 비교적 최근에 탄생한 이야기 형식인 소설이 순식간에 이야기 왕국의 제왕으로 올라선 것은 현대인들이 살아가면서 느끼는 희망과 절망, 불안과 평화 등 온갖 삶의 양상들을 허구 속에 온전히 녹여 내어 재창조함으로써 이야기를 읽는 기쁨과 더불어 삶을 재발견하는 즐거움을 주어 온 까닭이다.

사실 이야기를 읽음으로써 삶을 다시 생각하고, 삶을 생각함으로써 이야기를 다시 만들어 온 것은 인간이라면 피할 수 없는 숙명이다.

그런데도 최근 이야기의 제왕이라는 소설의 위기를 말하는 목소리가 점점 늘어나고 있다. 만약에 이 말이 사실이라면, 그리하여 사람들이 소설을 점차 외면하고 있다면, 핏속에 스며들어 있으며 뼛속에 틀어박힌 이야기 본능이 무언가 다른 것에 홀려 있음에 틀림없다.

사람들은 이제 이야기를 소설이 아니라 거리에서, 인터넷에서, 영화에서, 드라마에서, 광고에서, 대중가요에서 즐기고 있는 것이다.

'밀리언셀러 클럽'은 이러한 소설의 위기를 넘어서려는 마음에서 기획되었다. 국내 뿐만 아니라 전 세계 각국에서 독자들의 사랑을 한껏 받은 작품들을 가려 뽑아 사람들 마음을 다시 소설로 되돌리고 이야기를 한껏 즐길 수 있도록 배려하였다.

'밀리언셀러'라는 이름을 단 것은 소설이 다시 사람들의 마음을 끌어 널리 읽히기를 바라기 때문이고, '클럽'이라는 이름을 단 것은 소설을 사랑하는 독자들이 이 작품들을 가운데 놓고 오랫동안 이야기를 나누기를 바라기 때문이다.

앞으로 '밀리언셀러 클럽'에는 예로부터 오늘날까지, 동양에서 서양까지 시대와 장소를 가리지 않고 널리 독자들의 사랑을 받아 온 작품들 중에서 이야기로서 재미에 충실할 뿐만 아니라 인간 본연의 모습을 확인시켜 줄 수 있는 소설들이 엄선되어 수록될 것이다.

이 작품들이 부디 독자들을 소설의 바다로 끌어들여 읽기의 즐거움을 극대화함으로써 이야기 본능을 되살려 주어 새로운 독서 세대를 창출하기를 바라는 마음 간절하다.

팔란티어 3

1판 1쇄 펴냄   2006년 3월 30일
1판 8쇄 펴냄   2019년 6월 24일

지은이 | 김민영
발행인 | 박근섭
편집인 | 김준혁
펴낸곳 | 황금가지

출판등록 | 2009. 10. 8 (제2009-000273호)
주소 | 06027 서울 강남구 도산대로 1길 62 강남출판문화센터 5층
전화 | **영업부** 515-2000 **편집부** 3446-8774 **팩시밀리** 515-2007
홈페이지 | www.goldenbough.co.kr

도서 파본 등의 이유로 반송이 필요할 경우에는 구매처에서 교환하시고
출판사 교환이 필요할 경우에는 아래 주소로 반송 사유를 적어 도서와 함께 보내주세요.
06027 서울 강남구 도산대로 1길 62 강남출판문화센터 6층 민음인 마케팅부

ISBN 978-89-8273-948-4 04810(3권)
ISBN 978-89-8273-945-3 04810(set)

㈜민음인은 민음사 출판 그룹의 자회사입니다.
황금가지는 ㈜민음인의 픽션 전문 출간 브랜드입니다.